카프카 전집 8

Franz Kafka, Briefe an Milena

밀레나에게 쓴 편지

본문 부분 편집자: 미하엘 뮐러
해설 부분 편집자: 위르겐 보른

밀레나가 막스 브로트에게 쓴 여덟 통의 편지는
막스 브로트의 『프란츠 카프카―전기』 세 번째 보완 개정판
(S. 피셔 출판사, 프랑크푸르트 암 마인, 1954)에서
옮겨 실었음.

밀레나에게 쓴 편지

프란츠 카프카 지음 ─ 오화영 옮김

솔

일러두기

1. 한자 및 외국어는 필요한 경우에 병기하였다.
2. 외국어 우리말 표기는 국립국어원 지침에 따랐으나 특별한 경우 예외를 두었다.
3. 부호와 기호는 아래와 같다.

    — 책명(단행본)·장편소설·정기간행물·총서: 겹낫표(『 』)

    — 논문·시·단편 작품·연극·희곡: 낫표(「 」)

    — 오페라·오페레타·노래·그림·영화·특정 강조: 홑화살괄호(〈 〉)

    — 대화·인용: 큰따옴표(" ")

    — 강조: 작은따옴표(' ')

차례

밀레나에 대하여

그녀는 때로 16세기나 17세기의 귀족 같은 인상을 풍겼다. 스탕달이 이탈리아의 오래된 연대기에서 따와 자신의 소설에 집어넣은 산세베리나 공작 부인이나 마틸드 드 라 몰 같은 그런 인물이었다. 열정적이고 대담하며 결정을 내릴 때에는 냉정하고 영리했으나, 그것을 성취하는 수단을 선택함에 있어서는 거칠 것이 없었다. 특히 자신의 열정이 요구하는 것에 응할 때 그러했다. 그리고 그녀의 젊은 시절에는 거의 모든 일이 그런 유類의 일이었다.

빌리 하스

카프카가 이 책에 실린 편지들을 보냈던 밀레나 예젠스카는 1896년 8월 10일 프라하에서 태어났다. 그녀는 저명한 악안면 외과 교수 얀 예젠스키의 차녀였다. 그녀는 아주 일찍이—밀레나는 그 당시 열세 살이었다—어머니를 여의었다. 한동안 그녀는 프라하에 있는 한 수녀원 기숙학교에서 생활했으며, 예비 학교를 다닌 후에 그 유명한 인문계 여자 김나지움인 '미네르바'에 들어갔다. 이 학교는 당시로서는 매우 진보적인 학교였으며, 졸업생들에게는 대학 진학이 보장되어 있었다. 아주 뛰어나게 운동을 잘했던 그녀는 여학교 시절에 '소콜'(매)이라는 이름의 체육인 애국 집단의 일원이었다. 편지들에서 여러 차례 언급되는 야르밀라 암브로조바(결혼 후 라이네로바로 불림)와 스타샤 프로하즈코바(결혼 후 일로프스카로 불림)는 밀레나의 '미네르바' 시절의 동급생이며 친구들이었다. 밀레나는 두 학기 동안 의학부에서 공부하다가, 나중에는 문학과 저널리즘 쪽으로 진로를 돌렸다.

밀레나는 1914년 가을에 훗날 그녀의 남편이 된 에른스트 폴락을 알게 되었다. 그녀보다 열 살이나 위였던 그는 프라하에 있는 한 은행의 해외 특파원으로 일하고 있었다. 그가 당시 열여덟 살이었던 밀레나에게 깊은 인상을 준 것은, 그가 불문학과 영문학에 관련된 책을 상당히 많이 읽었다는 사실과 음악, 특히 오페라에 대한 남다른 열정 때문이었다. 폴락은 밀레나보다 족히 머리 하나 정도는 작은 왜소한 체구를 지니고 있었으며, 옷차림에 항상 세심한 주의를 기울였다. 그의 프라하 친구들 중에는 빌리 하스와 그의 급우였던 프란츠 베르펠이 끼어 있었다. 그는 아주 정열적으로 밤이 깊도록 문학에 대해 토론을 벌이곤 했으나, 정작 자신은 거의 문학 활동을 하지 않았다.[1] 그는 자주 며칠씩 깊은 우울증에 시달리곤 했다.

밀레나의 아버지는 프라하의 유서 깊은 가문 출신인 데다 민족적 자긍심을 지닌 체코인이었기 때문에, 딸이 독일계 유대인이며 카페 문학청년인 폴락과 결합하는 것을 처음부터 거부했지만 그 관계를 끊게 하지는 못했다. 1916년 초에 폴락은 리거 해안로변에 작고 아담한 아파트 하나를 마련했고, 밀레나는 자주 그곳으로 그를 찾아갔다. 그녀는 굉장한 선물로 애인을 기쁘게 해주고 싶을 때면 상당한 액수의 빚을 지는 것도 서슴지 않았다. 한번은 1916년 11월에 인젤 출판사에서 나온 가죽으로 장정된 열여섯 권짜리 발자크 전집을 그에게 사주기도 했다.

그녀의 아버지에게는 딸과 에른스트 폴락의 관계가 점점 더 큰 근심을 안겨 주었다. 두 사람 간의 긴장 상태는 점점 더 악화되어, 1916년 11월에는 급기야 그와 폴락 사이에 격렬한 충돌이 있었다. 결국 1917년 6월에 그녀의 아버지는 밀레나를 프라하 근교에 있는 신경과 요양원인 벨레슬라빈 요양 치료원에 감금시켰다. 그가 그렇게 한 것은 무엇보다도 딸과 폴락과의 관계를 끊게 하려는 의도에서였다.

---

1)   하르트무트 빈더, 「에른스트 폴락─작품 없는 작가」, 『독일 실러 학회 연감』 23호, (1979), 366~415쪽 참조.

1918년 2월에 그녀는 여전히 벨레슬라빈에 있었지만 비밀리에 폴락과 다시 연락을 하고 있었으며, 둘은 결혼할 것을 약속했다. 밀레나는 1917년 8월에 성년이 되었기 때문에 1918년 3월에 요양원에서 퇴원하자마자 그와 결혼할 수 있었다.

결혼한 후 밀레나와 폴락은 곧바로 빈으로 이사했다. 폴락은 그곳에서 프라하에서 근무했던 그 은행의 본점에서 일하게 되었다. 그들은 처음에는 누스도르퍼슈트라세에 위치한 가구가 딸린 방에서 생활하다가, 1918년 5월부터는 레르헨펠더슈트라세에 있는 아파트에서 살았다. 그러나 에른스트 폴락이 저녁 시간에 집에 있는 것보다 카페에서 문인 친구들과 어울려 지내는 것을 더 좋아했기 때문에 밀레나는 자주 혼자 있었다. 그녀는 아직 독일어 실력이 서툰 탓에 문학 토론에는 거의 낄 수가 없었기 때문이다. 그래서 그녀는 고향인 프라하의 일간신문들─국가 민주당의 유서 깊은 『나로드니 리스티』지와, 1919년에 창간된 진보적인 『트리부나』지─에 기사를 쓰기 시작했다. 그 밖에도 체코어를 가르치기도 하고 번역 일─특히 독일어를 체코어로 옮기는 일─을 하기도 했다.

에른스트 폴락과 오랫동안 절친하게 지냈던 빌리 하스에 따르면, 카프카가 밀레나와 처음 알게 되었을 때에는 밀레나의 결혼 생활이 "점점 와해되어가고 있는 시기"였다. 물론 그렇게 된 데에는 무엇보다도 에른스트 폴락의 책임이 컸다. 그는 이전에 프라하에서도 그랬듯이, 빈에서도 여러 여인들과 관계를 맺고 있었기 때문이다. 1920년 5월의 편지에서 그녀가 언급한, 그녀가 항상 주는 쪽, 값을 치르는 쪽이라는("já jsem ten, který platí") 말은 밀레나와 폴락과의 관계에 꼭 들어맞는 말인 것 같다.

카프카가 이 편지들의 수신자인 밀레나를 알게 된 것은 그녀가 1919년 가을에 그녀의 고향 도시에 머물고 있을 때였다. 그들은 공통의 친구들과 지인들이 함께 자리했던 한 카페에서 서로 알게 되었다. 에른스트 폴락도 그 자리에 함께 있었다. 밀레나는 카프카와 이야기하던 중 그의 단편소설들을 체코어로 번역하고 싶다는 의사를 밝혔다. 그것이 바로 훗날 위대한 열정적 관계로 이어지게 된 계기가 된 것이다. 바로 이 책에 실린 편지를 남기게 된 그 사랑의 관계로 말이다.

밀레나에게 쓴 편지

친애하는 밀레나 부인

방금 이틀 낮과 하룻밤 동안 계속 내리던 비가 그쳤습니다. 잠시 동안일 테지만 어쨌든 축하할 일입니다. 그래서 저는 부인께 편지를 쓰는 것으로 그걸 축하하고 있는 것입니다. 하지만 비도 견딜 만했습니다. 이곳이 주는 낯섦 덕분인 것 같습니다. 물론 작은 낯섦이긴 하지만, 그래도 그것이 제 마음을 편안하게 해줍니다. 제가 받은 인상이 맞는 것이었다면, (대수롭지 않은 단 한 번의 만남이었고 특별히 서로 말을 많이 나눈 것도 아닌데, 기억 속에서는 그 일이 영원의 깊이로 느껴집니다) 부인께서도 빈의 낯섦에 대해 즐거워하셨던 것으로 생각됩니다. 시간이 흘러 그것이 일상적 상황들 때문에 희미해졌을지도 모르겠지만 말입니다. 그런데 부인께도 낯섦이 그 자체로서 기쁘게 느껴지십니까?(그건 별로 좋은 징조가 못 되는 것 같으니, 그렇지 않기를 바랍니다.)

저는 이곳에서 꽤 잘 지내고 있습니다. 이보다 더 큰 보살핌은 언젠가는 죽어버릴 뿐인 육체가 감당해낼 수 없을 겁니다. 제 방의 발코니는 정원 쪽으로 나 있는데, 꽃 핀 관목들이 발코니 주위를 둘러싸고 뒤덮고 있습니다(이곳의 식물들은 이상합니다. 프라하라면 웅덩이가 얼어붙을 정도로 차가운 날씨인데, 내 발코니 앞에서는 꽃봉오리들이 천천히 열리기 시작하니 말입니다). 거기다가 햇빛에 완전히 노출되어 있습니다(아니면 거의 일주일 동안이나 그러해왔던 것처럼 구름이 잔뜩 낀 하늘을 향해 노출되어 있다고 해야 맞을지 모르겠습니다). 도마뱀들과 새들이(어울리지 않는 짝이긴 하지만) 저를 찾아오곤 합니다. 부인께서도 메란에 계실 수 있다면 정말 좋을 텐데요. 부인께서는 일전에 숨을 쉴 수가 없다고 쓰신 적이 있지요. 거기에는 그림과 뜻이 서로 매우 가까운 것 같았습니다. 그것 둘 다가 이곳에 오면 조금 나아질 수 있을 것 같습니다.

충심으로 인사를 보내며
F. 카프카

[1920년 4월]
메란-운터마이스, 오토부르크 하숙

친애하는 밀레나 부인

프라하에서 부인께 쪽지 하나를 보냈고 메란에서도 한 번 보냈는데, 회신은 한 장도 받지 못했습니다. 물론 그 쪽지들이 특별히 빠른 회신을 필요로 하는 것은 아니었습니다. 그리고 부인의 침묵이 부인께서 그런대로 잘 지내고 계시다는 사실—그럴 때는 종종 편지 쓰기가 귀찮아지는 법이지요—을 의미할 뿐이라면 저는 아무 불만도 없습니다. 하지만 또 한 가지의 가능성—그 때문에 지금 편지를 쓰고 있는 겁니다—은 제가 그 쪽지들에서 부인의 마음을 상하게 해드렸을지도 모른다는 사실입니다(만약에 그렇다면, 제가 얼마나 거친 손을 가지고 있기에 제 모든 의지에 반하여 그런 일이 일어날 수 있단 말입니까). 아니면, 물론 이것은 그보다 훨씬 더 나쁜 상황이겠습니다만, 부인께서 언급하셨던, 편안히 한숨 돌릴 수 있는 순간이 지나가고, 어려운 시간들이 다시 찾아왔는지도 모르겠습니다. 첫 번째 가능성에 대해서는 무어라 말씀드려야 할지 모르겠습니다. 그것은 다른 어떤 것보다 더 제 의도와 동떨어진 일이니까요. 두 번째 가능성에 대해서는 조언을 하는 것이 아니라—제가 어떻게 조언을 할 수가 있겠습니까? — 그냥 여쭤보고 싶습니다. 얼마 동안 빈을 떠나보지 않겠느냐고 말입니다. 부인께서는 다른 사람들처럼 고향이 없는 분이 아니지 않습니까? 뵈멘에서 얼마간 머무르면 새로운 활력을 얻게 되지 않으실는지요? 그리고 제가 모르는 어떤 이유들로 해서 뵈멘으로 가고 싶지 않다면, 다른 곳으로라도, 어쩌면 메란도 괜찮을 것 같다는 생각이 듭니다. 메란을 아십니까?

그러니까 저는 두 가지 가운데 하나를 기대하고 있겠습니다. 계속해서 침묵하시든가—그것은 "아무 걱정 마세요. 저는 아주 잘 지내고 있습니다." 하는 것을 의미하는 것이겠지요—아니면 몇 자 적어 보내주십시오.

충심으로, 카프카

지금 생각이 났는데, 부인의 얼굴 모습에 대해서는 구체적 특징을 하나도 기억해낼 수가 없습니다. 나중에 카페의 테이블 사이를 지나서 나가실 때의 부인의 뒷모습과 의상만이 아직도 눈에 선합니다.

[메란, 1920년 4월]

친애하는 밀레나 부인, 빈의 그 음침한 세상 한가운데에서 번역*하느라 애쓰고 계시는군요. 어딘가 감동적이기도 하면서 저를 부끄럽게 만들기도 합니다. 볼프 씨로부터 이미 편지를* 받으셨을 줄로 압니다. 그가 벌써 꽤 오래전에 편지를 보냈다고 제게 알려왔으니까요. 어떤 카탈로그에 광고가 나왔다고 말씀하시는 「살인자」*는 제가 쓴 소설이 아닙니다. 그건 오해입니다. 하지만 그 작품이 제 소설들 가운데 가장 잘된 것이라고 하시니, 그건 어쩌면 맞는 말인지도 모르겠습니다.

부인의 마지막 편지와 그전 편지를 보니, 불안과 걱정이 부인을 완전히, 그리고 최종적으로 놓아준 것 같습니다. 그것은 아마도 부인의 남편* 되시는 분에 대해서도 해당하는 것이겠지요. 두 분을 위해서 제발 그렇기를 바랍니다. 몇 년 전의 어느 일요일 오후가 생각납니다. 프란츠 부두에서 벽을 따라 힘없이 걷다가 부인의 남편과 마주쳤습니다. 그분도 저보다 나을 것이 없는 모습으로 제 쪽을 향해 걸어오고 있었습니다. 두 사람 다 두통 전문가들이었으니까요. 물론 각자가 완전히 다른 양상으로 두통을 앓고 있긴 했습니다만. 그 후에 우리가 함께 걸었는지, 아니면 서로 지나쳐서 갔는지는 기억이 나지 않습니다. 그 두 가지 가능성의 차이도 별로 크지 않았을 겁니다. 하지만 그것은 지나간 일이고, 아주 멀리 지나간 일로 놔두어야 합니다. 부인의 집 안 풍경은 아름다운가요?

충심 어린 인사를 보내며

카프카

[메란, 1920년 4월]

그러니까 폐란 말이군요. 하루 종일 골똘히 그 생각만 했습니다. 다른 생각은 전혀 할 수가 없었습니다. 그 병 자체에 대해서 특별히 놀랐다는 말이 아닙니다. 아마도, 그리고 바라건대—부인께서 암시하는 말씀들로 미루어보면 제 짐작이 맞는 것 같습니다—그 증세가 부인께는 약하게 나타나는 것 같습니다. 제가 삼 년 전부터 앓고 있는 진짜 폐결핵—서유럽 인구의 절반쯤이 어느 정도 결함이 있는 폐를 가지고 있습니다—조차도 제게는 나쁜 것보다는 좋은 것을 더 많이 가져다주었습니다. 제게는 삼 년쯤 전 한밤중에 피를 토하는 것*으로 시작됐지요. 새로운 일을 당할 때면 사람들이 늘 그렇듯이, 저는 흥분되어 자리에서 일어났지요(그럴 때에는 누워 있어야 하는 건데 말입니다. 나중에야 그렇게 해야 한다는 것을 알게 됐죠). 물론 조금 놀라기도 했어요. 저는 창문으로 가서 몸을 밖으로 내밀고 기대었다가, 세면대로 갔다가, 방 안을 왔다 갔다 하다가, 침대에 앉았다가 했지요—계속해서 피가 나오더군요. 그런 와중에도 저는 전혀 불행하다고 생각하지 않았습니다. 왜냐하면 저는, 각혈만 멈춰준다면, 삼사 년을 거의 잠을 자지 못하고 지내온 끝에, 이제 처음으로 잘 수 있게 되리라는 사실을 어떤 특정한 이유로 인해 차츰 알게 되었기 때문입니다. 각혈은 과연 멈춰주었지요(그 후로 다시는 나타나지 않았습니다). 그리고 저는 나머지 밤 시간 동안 잤습니다. 아침에 시중드는 아가씨—착하고 거의 헌신적일 정도로 성실했지만 아주 사무적인 아가씨였어요—가 와서(그 당시 저는 쇤보른 궁에 거처를 하나 가지고 있었지요) 피를 보고는 "Pane doktore, s Vámi to dlouho nepotrvá."[1] 하고 말하긴 했지만, 저는 평소보다 기분이 더 나은 편이었지요. 저는 출근했다가 오후가 되어서야 병원에 갔어요. 그다음 이야기는 여기서 별로 중요하지 않습니다. 제가 말씀드리고자 하는 것은 단지 저를 놀라게 한 것은 부인의 병이 아니라는 것입니다(그건 제가 계속 제 자신의 말을 끊고 비집고 들어가고 기억을 더듬기도 하면서, 그 모든 연약함 속에서 거의 농부 같은 신선함을 알아보고, "아니, 부인께서는 병이 드신 게 아닙니다. 그건 폐가 경고를 보내는 것이지 병이 아닙니다"라고 단정하는 것만 보아도 아실 수 있을 겁니다). 그러니까 저를 놀라게 한 것은 그 사실 자체가 아니라, 이러한 장애를 불러오게 된 원인이 무얼까 하는 점입니다. 그 원인을 찾는 데 있어서, 저는 그 밖에 부인의 편지에 씌어 있는 것들, 즉 동전 한 닢도 없다든가—홍차와 사과—매일 두 시에서 여덟 시까지—같은 것들은 우선 제외해놓고 생각해보려고 합니다. 그것들은 제가 이해할 수 없는 일들이니까요. 그것들은 아마도 정말 말로만 설명할 수 있는 것들인가 봅니다. 그러니까 일단 여기서는 제외시키겠

---

1)   "박사님, 박사님은 오래 사시지 못하시겠어요."

습니다(물론 편지에서만 말입니다. 왜냐하면 그런 것들을 잊어버릴 수는 없으니까요). 그리고 그 당시 제 경우에 발병의 원인이라고 짐작했던 것°에 대해 생각해봅니다. 그것은 많은 경우에 똑같이 적용될 수 있을 겁니다. 제 경우 발병의 원인은 뇌가 자신에게 부과된 걱정과 고통들을 더 이상 견뎌낼 수 없게 된 데 있었습니다. 뇌는 말했습니다. "나는 이제 포기해야겠어. 하지만 여기 아직도 누군가가 이 전체를 좀 더 지탱하고자 한다면, 내 짐을 조금 덜어주면 좋겠어. 그러면 얼마 동안은 더 버텨낼 수 있을 거야." 그때 폐가 자원을 한 거죠. 아마 더 이상 잃어버릴 만한 것도 별로 없었을 테니까요. 제가 모르는 사이에 이루어진, 이 뇌와 폐 사이의 협상은 끔찍한 일이었을 겁니다. 그래서 이제 어떻게 하실 건가요? 아마도 부인을 조금만 잘 보살펴주면 아무 일도 아닌 것처럼 지나가버릴 겁니다. 하지만 부인을 좀 잘 보살펴줘야 한다는 사실은 부인을 아끼는 사람이라면 누구나 생각할 수 있어야 하는 일 아닙니까! 거기에는 다른 모든 것은 침묵해야 하는 것 아니냐는 말입니다. 그렇다면 이 병이 여기에서도 구원을 의미하는 겁니까? 저는 그렇다고 결론을 내렸습니다—아닙니다. 농담을 하려는 것이 아닙니다. 그럴 만큼 즐거운 기분도 전혀 아닙니다. 그리고 부인께서 생활 방식을 어떻게 새롭게 그리고 더 건강하게 바꾸셨는지 저에게 편지로 알려오기 전에는 즐거운 기분이 되지 않을 것입니다. 부인의 지난번 편지를 받고 나서는 얼마간 빈을 좀 떠나보지 않겠느냐는 말은 더 이상 하지 않겠습니다. 이제는 그 이유를 이해하겠습니다. 하지만 빈에서 아주 가까운 거리에도 머무를 만한 좋은 곳과, 부인의 건강을 돌볼 수 있는 가능성이 얼마든지 있을 텐데요. 오늘은 다른 말은 쓰지 않겠습니다. 제가 해야 할 어떤 말도 이것보다 중요하지는 않습니다. 다른 모든 것은 내일 쓰겠습니다. 제게 감동을 주기도 하고, 저를 부끄럽게 하기도 하며, 슬프게도 하고,

기쁘게도 하는 그 책자*에 대해 감사드린다는 말씀도 내일 쓰겠습니다. 아니, 이 한 가지만은 오늘 말씀드려야 하겠군요. 부인께서 주무셔야 할 시간을 단 일 분이라도 빼서 번역하는 일에 쓰신다면, 그건 저를 저주하는 거나 똑같은 일이 될 것입니다. 왜냐하면 제가 언젠가 심판을 받게 된다면, 사람들은 더 이상 다른 조사를 해보려고 하지도 않고, 그저 단순히 이 사실만을 확인할 것입니다. 그가 그녀를 못 자게 했다. 그 사실만으로 이미 저는 심판을 받게 될 것이고, 그건 마땅한 일이 될 것입니다. 그러니까 제가 부인께 다시는 그런 일을 하지 말아달라고 부탁드리는 것은 저 자신을 위해 투쟁하는 것입니다.

Kr Frank. 당신의 프란츠 K*

[메란, 1920년 4월 말]

친애하는 밀레나 부인, 오늘은 다른 것에 대해 쓰려고 하는데, 그게 마음같이 잘 안 되는군요. 그렇다고 해서 제가 그것을 심각한 것으로 받아들이는 것은 아닙니다. 만약 그랬다면 저는 다른 어조로 썼을 것입니다. 하지만 이따금씩은 정원 어딘가 반쯤 그늘진 곳에 부인을 위해 눕는 의자가 준비되어 있어야 할 것입니다. 그리고 열 잔쯤의 우유가 부인의 손이 닿는 곳에 놓여 있어야 합니다. 그곳이 빈이라도 좋습니다. 더욱이 지금은 여름철이니까요. 하지만 배고픔이나 불안 같은 건 없어야 되겠습니다. 그 정도도 불가능하단 말입니까? 그걸 가능하게 만들어줄 사람이 없을까요? 의사는 뭐라고 합니까?

그 큰 봉투에서 책자*를 꺼냈을 때, 저는 거의 실망했습니다. 저는 부인의 얘기를 듣고 싶었지, 오래된 무덤에서 흘러나오는, 제게 너무도 익숙한 그 목소리를 듣고 싶었던 게 아니었기 때문입니다. 그 목소리가 왜 우리 사이에 끼어드는 겁니까? 그러자 우리를 서로 알게 해준 것도 그 목소리였다는 사실이 생각났습니다. 하지만 그래도 부인께서 이렇게까지 수고를 아끼지 않았다는 사실이 이해가 가지 않습니다. 그리고 한 문장 한 문장을 얼마나 충실히 번역을 하셨는지, 정말 감동적이었습니다. 그런 충실함이 가능하다는 것도, 부인께서 하셨듯이 그렇게 아름답고 자연스러운 권한으로 충실할 수 있다는 것도 제가 체코어에 대해 기대하지 못했던 것들이었습니다. 독일어와 체코어가 그렇게 가깝다는 말입니까? 그러나 어찌 되었든 간에 그것은 아주 지독히 형편없는 소설입니다. 친애하는 밀레나 부인, 저는 그것을 다른 어떤 것보다도 쉽게, 거의 매 줄마다 증명해 보여드릴 수 있습니다. 다만 그 일을 하는 데 대한 역겨움이 증명 그 자체보다 조금 더 강할 거라는 게 문제지요. 부인께서 그 소설을 좋아한다는 사실이 물론 그 소설의 가치를 높여주기는 하지만, 저는 그로 인해 세상이 좀 더 어둡게 보이는군요. 이제 그 얘기는 그만합시다. 『시골 의사』*는 볼프 씨에게서 받으시게 될 겁니다. 그분께 편지를 썼습니다.

물론 체코어를 읽을 수 있습니다. 벌써 몇 번이나 부인께 체코어로 편지를 써보지 않겠느냐고 말씀드리려 했습니다. 부인께서 독일어를 잘 구사하지 못해서가 아닙니다. 부인께서는 대체로 독일어를 놀랍도록 잘 구사하십니다. 그리고 어쩌다 잘못하실 때면, 독일어가 부인 앞에서 스스로 복종해서 맞춰나갑니다. 그럴 때는 특별히 아름다운 표현이 되지요. 독일 사람은 그런 것을 자신들의 언어로부터 감히 기대할 엄두도 못 내거든요. 그 정도로 개인적 감정이 드러나도록 쓸 엄두를 내지 못한다는 말입니다. 하지만 부인이 체코어로 쓴 것을 읽고 싶습니다. 부인께서는 체코어에 속한 사람이기 때문입니다. 오직 그곳에만 완전한 밀레나가 존재하기 때문이지요(번역문이 그 사실을 증명해주고 있습니다). 여기에는 빈에서 편지를 쓰는 사람, 아니면 빈에서의 생활을 준비하는 사람이 있을 뿐이지요. 그러니까 체코어로 써주시기를 부탁드립니다. 부인께서 언급했던 신문 수필들도 부탁드립니다. 초라해도 괜찮습니다. 부인께서도 제 소설의 초라함을 뚫고 읽어내지 않으셨습니까. 어디까지 읽어내셨는지 모르겠습니다. 아마 저도 그렇게 할 수 있겠지요. 그렇게 할 수 없다면 최상의 선입견 속에 머물러 있게 될 겁니다.

제 약혼에 대해 물으셨지요. 저는 두 번(아니, 어찌 보면 세 번이지요. 같은 여자와 두 번 했으니까요) 약혼했었습니다. 그러니까 세 번이나 결혼으로부터 겨우 며칠밖에 떨어져 있지 않았던 셈*이지요. 첫 번째 것은 이미 완전히 과거의 일이 되어버렸습니다(그녀는 벌써 결혼했고, 아들까지 하나 있다고 들었습니다). 두 번째 것은 아직 살아 있지요. 하지만 결혼으로 이어질 가망은 전혀 없습니다. 그러니까 사실 살아 있다고 할 수도 없겠군요. 아니면 그것은 사람들을 희생시키면서 자체적 삶을 영위해나가고 있다고 말해야 할까요? 전체적으로 볼 때 여기에서나 다른 데에서나 제가 깨달은 것은, 어쩌면 남자들이 더 고통받는다는 사실입니다. 아니면 좀 달리 해석해서, 남자들이 이 면에서는 여자들에 비해 저항력이 떨어진다고 해야 할까요? 하지만 여자들은 항상 아무 잘못도 없이 고통을 받는다는 사실이지요. 그들이 "어찌할 수 없다"는 의미에서가 아니고, 가장 본질적인 의미에서 그렇다는 겁니다. 하지만 아마 그것은 결국 다시 "어찌할 수 없다"는 것으로 귀결되겠지요. 그런데 이런 일들에 대해 곰곰이 생각하는 일은 쓸데없는 일입니다. 그것은 마치 지옥에 있는 가마솥 중 단 한 개를 깨부수려고 애를 쓰는 것과 같은 일입니다. 첫째, 그것은 성사되지 않을 것이고, 둘째, 그것이 성사된다고 하더라도, 그 가마솥에서 흘러나오는 펄펄 끓는 액체에 데기나 할 뿐, 지옥 자체는 그 모든 장엄함을 지닌 채 그대로 존속될 것이기 때문입니다. 이 일은 다른 방법으로 해결해야 합니다.

하지만 어쨌든 우선 정원에 나가서 누우십시오. 그리고 병으로부터, 특히 그것이 진짜 심각한 병이 아니라면, 달콤함을 가능한 한 많이 우려내십시오. 거기에는 많은 달콤함이 들어 있으니까요.

프란츠 K

친애하는 밀레나 부인,

우선 제 의도와 상관없이 제 편지 속에서 그 징조를 알아차리실 것 같아 말씀드립니다. 저는 한 14일 전부터 점점 더 심해지는 불면증을 앓고 있습니다. 원칙적으로 저는 그것을 별로 심각하게 받아들이지는 않습니다. 그런 시간들은 왔다가 다시 가버리는 것이고, 항상 몇 가지 원인들을 가지고 있기 마련이니까요(배데커에 의하면 그건 우스꽝스럽게도 메란의 공기 때문일 수도 있다는군요). 필요 이상으로 많이요. 때로는 이 원인들이 거의 눈에 보이지 않을 때도 말입니다. 어쨌든 그것들은 사람을 나무토막처럼 무디게 만들기도 하면서, 동시에 숲 속의 짐승처럼 불안하게 만들기도 하지요.

하지만 그것에 대한 한 가지 보상은 받았습니다. 부인께서는 평안하게 주무셨으니까요. 아직 '이상하게도'라는 말이 쓰여 있긴 했지만, 그리고 어제까지만 해도 '어찌할 줄 몰라' 하시긴 했지만, 그래도 어쨌든 평안히 주무셨으니까요. 그러니 이제는 밤에 잠이 저를 비껴가버리면, 그의 가는 길을 알고 있으니 조용히 받아들이겠습니다. 하지만 만약 그렇지 않다고 해도, 그 사실에 대해 반기를 드는 것은 바보스러운 짓일 겁니다. 잠이라는 것은 세상에서 가장 죄 없는 존재이고, 잠 못 이루는 사람이야말로 가장 죄 많은 존재이기 때문입니다. 그런데 이 잠 못 이루는 사람에게, 부인께서는 지난번 편지에 감사한다고 쓰셨더군요. 이 일에 대해서 아무것도 모르는 낯선 사람이 그걸 읽게 된다면, 그 사람은 아마 생각하겠지요. "굉장한 사람인 걸! 이걸 보니 그는 산을 몇 개 옮겨놓은 것 같군." 그런데 이 사람은 아무 일도 하지 않았습니다. 손가락 하나(편지를 쓰는 손가락 말고는) 까딱하지 않았습니다. (물론 자주이긴 하지만) 항상 '홍차와 사과'만 눈앞에 보고 있지도 않고, 우유와 좋은 음식들로 배를 채우고 있습니다. 그 밖에는 모든 것이 그들의 궤도를 가게 내버려두고, 산들도 그냥 그 자리에 놔두었습니다. 도스토옙스키의 첫 번째 성공작 이야기를 아십니까? 아주 많은 것을 함축하고 있는 이야기입니다. 제가 그것을 여기 인용하는 것은 그의 위대한 명성 때문에 단지 편의상 인용하는 것뿐입니다. 옆집에서, 아니면 더 가까이에서 일어나는 이야기도 똑같은 의미를 지녔을 것입니다. 그런데 이제는 그 이야기를 세세한 부분까지 정확히 기억해내지는 못하겠습니다. 특히 이름들은 말입니다. 도스토옙스키가 그의 첫 장편소설인 『가난한 사람들』을 썼을 때였습니다. 그는 당시 문인 친구인 그리고리에프*와 함께 살고 있었지요. 그리고리에프는 몇 달 동안 책상 위에 놓인 그 많은 종이들을 보기는 했지만, 소설이 완성되었을 때에야 비로소 원고를 받아 보게 되었답니다. 그는 그것을 읽고 완전히 매료되었습니다. 그리고 그것을 도스토옙스키에게 한마디 말도 없이, 그 당시 유명한 비평가였던 네크라소프에게로 가져갔습니다. 그날 밤 세 시에 도스토옙스키의 집에 초인종이 울렸습니다. 그리고리에프와 네크라소프였지요. 그들은 방 안으로 뛰어들어오더니, 도스토옙스키를 끌어안고 입을 맞췄습니다. 그때까지 그를 알지 못했던 네크라소프는 그가 러시아의 희망이라고 했습니다. 그들은 한두 시간 동안 주로 그 소설에 관한 이야기를 한 후 아침이 다 되어서야 헤어졌습니다. 도스토옙스키는 창가에 기대서 그들의 뒷모습을 지켜보며 마음을 가라앉히지 못하다가 결국은 울기 시작했습니다. 도스토옙스키는 그 밤이 자기 생애에서 가장 행복했던 밤이었다고 늘 말했었지요. 나중에 그가 어디에선가—어디에서 읽었는지는 기억이 나지 않습니다—묘사한 그때의 기본 감정은 이런 것이었습니다. "아, 저 멋진 사람들! 얼마나 선하고 고귀한 사람들인가! 그리고 나는 얼마나 야비한 인간인가! 그들이 내 속을 들여다볼 수만 있다면! 내가 그걸 말로만 이야기하면 그들은 믿지 않을 거야." 그러고 나서 도스토옙스키가 그들처럼 선하고 고귀한 사람이 되고자 노력하기로 결심했다는 이야기는 장식에 불과하지요. 그것은 혈기 왕성한 젊은이가 끝맺음으로 덧붙여야만 직성이 풀리는 그런 결론일 뿐이고, 더 이상 제 이야기에 속하지 않습니다. 그러니까 이야기는 여기서 끝이 난 것이지요. 친애하는 밀레나 부인, 이 이야기의 이성으로는 접근이 안 되는 그런 불가사의한 면을 알아차리시겠습니까? 제가 보기에는 그건 이런 것입니다. 일반적으로만 이야기하자면 그리고리에프와 네크라소프는 도스토옙스키보다 더 고귀한 인품을 가진 사람들이 분명히 아니었을 겁니다. 하지만 일반적인 통찰력은 일단 접어둡시다. 도스토옙스키도 그날 밤 그런 것은 염두에 두지 않았을 테고, 개개의 경우에는 그런 것은 아무 소용이 없으니까요. 그저 도스토옙스키의 얘기만을 들어보면, 부인께서도 그리고리에프와 네크라소프가 정말로 훌륭한 사람들이었고, 도스토옙스키는 불결하고 끝없이 야비한 사람이었으며, 물론 절대로 그리고리에프나 네크라소프의 근처에도 따라갈 수 없다는 사실을 확신하실 겁니다. 그들의 그 엄청난, 과분한 친절에 보답한다는 일은 더더구나 전혀 불가능한 일일 테지요. 마치 우리 자신이 창문가에 서서 그들이 멀어져가는 걸 보며 그들의 근접할 수 없음을 암시하는 모습을 바라보는 것 같은 느낌을 받습니다—이 이야기가 시사하는 의미가 도스토옙스키라는 위대한 명성 때문에 흐려지는 것이 유감입니다.

제 불면증이 저를 어디까지 몰고 온 겁니까? 어쨌거나 모든 것을 아주 좋은 의미로 말씀드렸을 것이란 사실은 분명합니다.

프란츠 K

[메란, 1920년 5월]

친애하는 밀레나 부인, 몇 마디만 쓰겠습니다. 아마 내일 또 쓰게 될 겁니다. 오늘은 그저 저 때문에, 그저 저를 위해 무언가를 해놓고 싶어서 쓰는 겁니다. 부인의 편지가 남긴 인상을 저로부터 조금 덜어내기 위해서입니다. 그러지 않으면 그 인상이 낮이나 밤이나 저를 짓누를 테니까요. 밀레나 부인, 부인은 정말 이상한 분입니다. 거기 빈에 사시고, 또 이런저런 일들로 고통까지 받으시면서도, 그 와중에도 다른 사람들이, 예를 들어 저 같은 사람이 별로 잘 지내지 못하고 있다는 사실, 제가 하룻밤쯤 다른 날보다 조금 덜 잘 잤다는 사실에 대해 의아해할 시간이 있다니요. 부인에 비하면 여기 있는 제 세 명의 여자 친구(세 자매들이지요. 제일 큰 아이가 다섯 살이랍니다)가 훨씬 합리적인 생각을 갖고 있었습니다. 이 아이들은 저를 보기만 하면, 우리가 강가에 있든지 아니든지 간에 물에 빠뜨리려고 했습니다. 제가 그들에게 뭔가 나쁜 짓을 해서 그런 것도 전혀 아닙니다. 어른들이 아이들에게 그런 위협을 한다면, 그건 물론 농담이고, 사랑스러워서 그러는 걸 겁니다. 그리고 대략, "이제 장난으로 아주아주 불가능한 걸 한번 말해봐야겠어"라는 뜻이지요. 하지만 아이들은 진지합니다. 그들은 불가능이라는 걸 모르지요. 나를 물에 빠뜨리려는 시도가 열 번 좌절되었더라도, 그 사실이 다음번에도 또 실패하게 되리라는 것을 그들에게 납득시키지 못할 것입니다. 아니, 그 애들은 이전에 열 번이나 성공하지 못했다는 사실조차도 알지 못할 겁니다. 아이들은 무서운 데가 있어요. 그들의 말과 의도들을 어른들의 지식으로 채우게 되면 말입니다. 뽀뽀해주고, 꼭 껴안아주라고만 생겨난 것처럼 보이는 그런 조그마한 네 살짜리가, 거기다가 힘은 새끼 곰처럼 세고, 아직도 젖먹이 시절의 볼록한 배가 조금 남아 있는 그런 아이가 저를 향해 돌진해오고, 그녀의 두 자매가 오른쪽 왼쪽에서 그녀를 후원해주고 있는데, 내 뒤에는 정말로 이제 난간밖에 남지 않았는데도, 사람 좋은 아이들의 아버지와 부드럽고 아름다운 통통한 어머니는(그녀의 네 번째 아기를 태운 유모차 옆에서) 그 광경을 보면서 멀리서 미소 짓고 있을 뿐, 전혀 도와주려는 기색이 없을 때, 그때는 정말 거의 끝장인 것 같아 보이지요. 그 상황에서 어떻게 살아 나왔는지 묘사하기가 거의 불가능하답니다. 분별력 있는, 아니면 예지력 있는 아이들이 특별한 이유도 없이 저를 물속에 빠뜨리려 했단 말입니다. 아마도 저를 무용지물로 여겼기 때문인가 봅니다. 부인의 편지들과 제 회신들의 내용에 대해서는 전혀 모르고 있었는데도 말입니다.

제가 지난번 편지에 썼던 '좋은 의미로'라는 말에 놀라실 것 없습니다. 그때는 여기에 온 후 종종 있는 일이지만, 극심한 불면증에 시달리고 있을 때였습니다. 저는 부인과 연관 지어 여러 차례 생각해왔던 이야기를 써내려갔습니다. 하지만 그 이야기를 끝내고 나니 오른쪽 왼쪽 관자놀이가 계속 땅기는 바람에, 제가 그 이야기를 왜 했는지를 잘 모르겠더라고요. 거기다가 제가 바깥 발코니의 눕는 의자에서 부인에게 해야겠다고 생각했던 말들이 형체 없이 잔뜩 제 머릿속을 맴돌고 있었지요. 그래서 할 수 없이 저의 기본 감정에 대해 주장하는 수밖에 없었습니다. 지금도 사실 그 이상은 별로 더 드릴 말씀이 없습니다.

부인께서는 출판된 저의 모든 작품을 가지고 계십니다. 최근에 나온 책 『시골 의사』를 제외하고는 말입니다. 『시골 의사』는 단편집인데, 그건 볼프 씨가 보내드릴 겁니다. 제가 일주일 전에 그렇게 해달라고 그에게 썼으니까요. 지금 인쇄 중인 것은 없습니다. 무언가를 더 쓸 수 있을지조차 모르겠습니다. 부인께서 제 책들과 번역에 관해서 하시는 일은 모든 것이 옳은 일일 것입니다. 그것들을 부인의 손에 맡겨드리는 일이 제가 부인에 대해 가지고 있는 신뢰감을 더 잘 표현할 수 있도록, 제 작품들이 제게 보다 더 소중하지 않은 것이 유감이군요. 반면에 부인의 청에 따라 「화부」에 대해 몇 가지 소견을 말씀드리는 것으로 정말 작은 희생을 할 수 있어서 기쁩니다. 그것은 지각이 생긴 후의 통찰력으로 자신의 삶을 다시 한 번 되돌아보아야 하는 저 지옥의 형벌을 미리 맛보는 것 같을 것입니다. 그럴 때에 가장 끔찍한 것은, 명백한 잘못들을 되돌아보는 일보다, 한때는 자신이 잘했다고 생각했던 그런 행동들을 되돌아보는 일일 것입니다.

그러나 그 모든 것에도 불구하고 글을 쓴다는 것은 좋은 일입니다. 지금 저는 두 시간 전에 밖에 있는 눕는 의자에서 부인의 편지를 읽을 때보다 마음이 편안합니다. 제가 거기 누워 있을 때, 제게서 한 발짝 떨어진 곳에 딱정벌레 한 마리가 뒤집힌 채 발버둥치고 있었지만 몸을 바로 세울 수가 없었지요. 저는 그 녀석을 도와주고 싶었습니다. 녀석을 도와주는 일은 정말 쉬운 일이었습니다. 한 발짝 걸어가서 살짝 밀어주는 것만으로 확실한 도움을 줄 수 있었을 테니까요. 하지만 부인의 편지를 읽느라 그 녀석에 대해 잊어버렸습니다. 일어설 수도 없었습니다. 도마뱀 한 마리가 비로소 다시 제 주위의 삶에 대해 주의를 환기시켜주었지요. 도마뱀은 우연히 딱정벌레 위로 기어갔습니다. 그 녀석은 이미 완전히 조용해져 있었습니다. '그러니까 그건 사고가 아니라 죽음의 투쟁이었구나. 동물이 자연사하는 보기 드문 광경이었어' 하고 저는 혼자 생각했지요. 그런데 도마뱀이 그 위로

스르르 지나가면서 그 딱정벌레를 바로 세워주었습니다. 녀석은 아직 잠시 동안 죽은 듯이 가만히 있더니만, 곧 다시 당연한 듯이 집 벽을 타고 올라가는 거예요. 어쩌면 저도 그 일로 인해 다시 조금 용기를 얻어서, 일어나 우유를 마시고는 부인께 편지를 쓴 것 같습니다.

프란츠 K

그러니까 그 소견들이란:

I 단 둘째 줄에 <u>arm</u>이란 표현은 여기에서 불쌍하다는 부수적 뜻도 가지고 있습니다. 하지만 감정을 특별히 강조하는 건 아닙니다. 칼도 그의 부모에 대해서 이해는 못하지만 안됐다는 감정을 가지고 있다는 것을 말합니다. 아마 uboží[2]라는 표현이 적당한 것 같습니다.

I 9 '자유로운 공기'는 좀 너무 거창하다는 느낌이 들기는 하지만, 여기서는 아마 다른 방법이 없을 것 같습니다.

I 17 z dobré nálady a poněvadž byl silný chlapec[3]는 완전히 지워버리십시오.

아니, 편지를 먼저 부치는 게 낫겠습니다. 소견은 내일 보내드리겠습니다. 말씀드릴 게 얼마 되지도 않을 겁니다. 몇 페이지에 걸쳐 전혀 없는 곳도 있습니다. 번역의 자명한 것 같은 진실이, 저 자신의 자명함을 털어버리고 나면, 거듭거듭 놀랍군요. 잘못 이해하신 건 거의 없습니다. 그거야 뭐 아직 별로 대단한 일이 아닐지도 모릅니다. 하지만 부인께서는 항상 힘차고 단호하게 이해하지요. 단지 체코 사람들이 원문에 충실하신 것을 탓하지 않을지 모르겠습니다. 그것이 제게는 번역에서 가장 마음에 드는 건데 말입니다(그것도 소설 때문이 아

---

2) 불쌍한(복수 1격). 밀레나는 물질적인 가난함만을 의미하는 형용사인 'chudý'라는 말을 사용했다.

3) 기분이 좋아서, 그리고 그는 건강한 소년이었기 때문에(「화부」, 세 번째 단락의 시작 부분)

니고 저 자신 때문에요). 제 체코어 감각―저도 그런 게 있답니다―은 완전히 만족합니다. 그게 매우 편파적인 것이긴 하지만 말입니다. 어쨌든 만일 누군가가 부인께 그 점을 지적하게 된다면, 그 때문에 화가 나는 것을 저의 감사함으로 상쇄시키려 해보십시오.

[메란, 1920년 5월]

친애하는 밀레나 부인(그래요, 이 서두가 귀찮아지는군요. 하지만 이것은 이 불안한 세상 속에서 병든 사람들이 붙잡고 의지할 수 있게 설치된 저 손잡이들 가운데 하나일 뿐입니다. 그 손잡이들이 귀찮아졌다고 해도 병이 나았다는 증거는 아직 아니지요), 저는 아직 한 번도 독일 민족 속에서 살아본 적은 없습니다. 독일어는 제게 모국어*이고, 그래서 저에게 자연스럽게 느껴질 뿐이지요. 하지만 체코어는 훨씬 더 가깝게 느껴집니다. 그래서 부인의 편지가 여러 가지 불분명한 점을 없애주었습니다. 이제 부인을 더 또렷하게 볼 수 있습니다. 몸과 손의 동작들을 말입니다. 그렇게 민첩하고 그렇게 단호할 수가 없군요. 거의 직접 만나 뵙는 것과 다를 바 없는 느낌입니다. 하지만 제가 눈을 들어 부인의 얼굴을 볼라치면, 편지 내용 속에서―굉장한 이야기입니다! ―불이 활활 타오르기 시작하고, 저는 불밖에는 아무것도 볼 수가 없게 됩니다. 그 때문에 부인께서 세우신 부인의 삶의 법칙을 거의 믿게 될 지경입니다. 부인의 삶을 지배하고 있다는 그 법칙 때문에 부인께서 동정받기 싫어하신다는 것은 물론 자명한 일이지요. 왜냐하면 법칙을 세운다는 사실 자체가 순전히 자부심과 교만을 의미하는 것이니까요 (já jsem ten který platí).[4] 물론 부인께서 그 법칙에 대한 증거로서 제시한 것들에 대해서는 논쟁을 할 수가 없습니다. 그저 묵묵히 부인의

---

4)   (값을 치러야 하는 쪽은 항상 저입니다.)

손에 입 맞출 수밖에 없군요. 제게 물으신다면, 저는 물론 부인께서 세우신 법칙을 믿습니다. 단지 그것이 그렇게 전적으로 잔인하고 두 드러지게, 그리고 영원히 부인의 삶을 지배할 것이라는 사실은 믿지 않습니다. 그것이 하나의 깨달음인 건 분명하지만, 한낱 도정道程에 서 얻은 깨달음에 불과하고, 도정은 끝이 없는 것이니까요.

하지만 그것과 관계없이, 지상의 것에만 국한된 한낱 인간의 이성으 로는, 부인께서 그 과도하게 달구어진 화로 속에서 살고 있는 것을 보는 일이 너무 끔찍합니다. 일단 저에 관해서만 말씀드리겠습니다. 가령 그 모든 것을 하나의 과제로 간주한다면, 저에 대해서 세 가지 방법으로 행동할 수 있으셨겠지요. 예를 들면 자신에 관해 제게 아무 말도 하지 않을 수 있었겠지요. 그랬다면 저는 부인을 알게 되는 행 복을 맛보지 못했을 테지요. 그리고 그 행복보다 더 귀중한 것도요. 그 문제를 통해 제 자신을 시험해보는 것 말입니다. 그러니까 그것을 저에게 숨기시는 건 안 됩니다. 그러면 저에게 어떤 것은 말하지 않 거나, 미화해서 말할 수도 있으셨을 겁니다. 그리고 지금도 그렇게 하실 수 있을 겁니다. 하지만 지금의 상황에서는 제가 거기에 대해 서 언급은 하지 않는다고 해도 그 사실을 감지할 수 있게 될 거고, 그 것은 저에게 갑절의 아픔을 줄 것입니다. 그러니까 부인께서는 이 방 법도 택해서는 안 됩니다. 그렇다면 세 번째 가능성만이 남게 되는군 요. 자기 자신을 조금만이라도 구원할 방법을 찾는 것입니다. 작은 가능성 하나가 부인의 편지에서 보이더군요. 부인께서 안정과 견고 함에 대해 쓰시는 것을 자주 봅니다. 물론 아직은 다른 것에 대해서 도 자주 쓰고 계시지만요. 그리고 마지막에는 "reelní hrůza"[5]라고까 지 하셨더군요.

부인의 건강에 대해서(제 건강은 좋습니다. 단지 산의 공기 때문에 잠을

---

5)   "정말로 끔찍했다"

잘 자지 못할 뿐이지요) 말씀하신 것은 만족할 만하지 않습니다. 의사의 진단도 그리 희망적이라고는 볼 수 없겠는데요. 아니 그것 자체는 희망적이랄 것도, 비관적이랄 것도 없지요. 오직 부인의 행동만이 그것에 대해 어떤 해석을 내려야 할지 결정지을 수 있습니다. 그렇습니다. 의사들은 바보스럽지요. 아니 그들이 다른 사람들보다 더 바보스럽거나 한 건 아닙니다. 그들이 요구하는 것들이 우스꽝스러울 뿐이지요. 어쨌든 우리가 그들과 관계를 맺는 그 순간부터 그들이 점점 더 바보스러워진다는 사실은 각오해야 합니다. 그리고 지금 의사가 요구하는 것은 그리 바보스럽지도 않고 불가능한 일도 아니네요. 불가능한 것은 부인께서 정말로 병들게 된다는 사실입니다. 그것은 불가능한 채로 남아 있어야 합니다. 의사와 상담하고 난 후에 부인의 삶이 어떤 면에서 달라졌습니까? 그게 가장 중요한 문제입니다.

그리고 몇 가지 부수적인 질문을 허락해주시기 바랍니다. 왜 그리고 언제부터 돈이 없으십니까? 친척들과는 연락을 하고 지내십니까?(그런 것 같은데요. 왜냐하면 언젠가 저에게 부인께서 정기적으로 소포를 받고 있다는 분의 주소를 알려주셨으니까요. 그건 이제 중단되었습니까?) 부인께서 쓰셨듯이, 왜 예전에는 빈의 많은 사람들과 왕래를 하시다가, 지금은 아무하고도 안 하시나요?

부인의 신문 수필들*을 보내지 않으시겠다고요? 제가 이 수필들을 제가 부인에 대해 가지고 있는 상像의 올바른 부분에 그려넣을 수 있으리라는 사실을 믿지 못하시는군요. 좋습니다. 그렇다면 저는 이 점에 대해서는 부인에게 화를 내고 있겠습니다. 그런데 그건 그리 불행스러운 일은 아닙니다. 왜냐하면 마음 한구석에 부인에 대해 화가 난 마음이 조금 준비되어 있다는 것은 평형을 위해서라도 아주 좋은 일이니까요.

프란츠 K

친애하는 밀레나 부인, 하루가 너무나 짧군요. 부인과 함께 지내고,
나머지 시간에는 몇 가지 소소한 일들을 처리하는 가운데 하루가 다
가버렸습니다. 실제의 밀레나에게 편지를 쓸 작은 짬도 거의 남겨두
지 않은 채 말입니다. 그보다 더 실제적인 밀레나가 온종일 이곳에,
방에, 발코니에, 그리고 구름 속에 있었기 때문입니다.

부인의 이번 편지에 담겨 있는 그 신선함, 그 유쾌함, 그 개의치 않음
은 어디에서 나온 겁니까? 무언가가 변한 건가요? 아니면 제가 착각
을 하고 있는 건가요? 그리고 그 산문들도 제가 착각을 하게 하는 데
한몫을 하고 있는 건지요? 아니면 부인께서 자신을 그토록 잘 제어
할 수 있어서 다른 상황들도 완벽하게 통제하시는 건가요? 어떻게
된 겁니까?

부인의 편지는 재판관 같은 투로 시작하고 있습니다. 농담으로 하는
말이 아닙니다. 제게 "či ne tak docela pravdu"[6]라고 비난하신 건 옳
은 말씀이십니다. "dobře míněno"[7]에 대해서도 근본적으로는 부인
의 말씀이 옳았던 것처럼 말입니다. 그거야 자명한 일이지요. 제가
편지에 썼던 것처럼 그렇게 극심하게 그리고 지속적으로 걱정을 했
다면, 저는 어떤 장애가 있었더라도 눕는 의자에 있지 못하고 바로
다음 날 부인의 방 안에 서 있었겠지요. 그것만이 유일하게 진실성을
인증해줄 수 있지요. 다른 모든 것은 공허한 말에 불과합니다. 물론
이 말도 포함해서 말입니다. 그리고 기본 감정에 대해 말하는 것도
마찬가지예요. 그 기본 감정이란 것은 벙어리인 데다가 수수방관만
하고 있으니까요.

어떻게 해서 부인께서는 부인께서 묘사하는(사랑하는 마음으로, 그

---

6) "아니면 정말 그렇게 절실한 건 아니었다"
7) "좋은 의미로"

래서 매혹적으로 묘사하는) 그 우스꽝스러운 사람들과, 이 질문을 하고 있는 이 사람과, 또 그 밖에 많은 사람들이 아직도 지켜워지지 않는 겁니까? 부인께선 판단하실 권리가 있지 않습니까? 결국에는 여자가 판단하게 되어 있으니까요(파리스에 관한 전설이 이 사실을 조금 흐리게 하고 있긴 하지만, 결국 파리스도 역시 어떤 여신의 최종 판단이 가장 강한 것인지를 판단했을 뿐이지요). 물론 우스꽝스러움이 중요한 건 아니지요. 그것들은 일순간의 우스꽝스러움에 불과하고, 전체적으로 보면 진지하고 훌륭한 것이 되는 그런 것들일 수도 있지요. 그런 희망이 부인을 이런 사람들 곁에 남아 있게 하는 겁니까? 누가 감히 재판관님의 그 비밀스러운 생각들을 알고 있다고 말할 수 있겠습니까? 하지만 저는 부인께서 그 우스꽝스러움들을 그 자체로서 용서하고 이해하고 사랑하며, 그 사랑을 통하여 그것들을 고귀하게 만드시는 것 같은 인상을 받습니다. 이 우스꽝스러움들은 마치 개들이 지그재그로 뛰어다니는 것 같은 것이지요. 주인은 똑바로 가고 있는데 말입니다. 한가운데로 걸어간다는 것이 아니라, 길이 나 있는 바로 그곳으로 가고 있다는 말입니다. 하지만 그럼에도 불구하고 부인의 사랑에는 의미가 있을 겁니다. 저는 그것을 확신합니다(하지만 의문을 제기하고, 그것을 기이하게 여기는 것만은 그만둘 수가 없습니다). 그 가운데 한 가지 가능성을 뒷받침해줄 수 있는 것으로, 저의 회사의 한 관리가 한 말이 생각납니다. 몇 년 전에 저는 몰다우 강 위에서 자주 보트(mañas)⁸를 탔었지요. 강 위쪽으로 노를 저어가서는, 몸을 쭉 뻗은 채로 누워 물결을 타고 내려오곤 했어요. 다리들 밑을 통과해서 말이지요. 저의 깡마른 몸 때문에 다리 위에서 내려다볼 때에는 그게 아주 우스꽝스럽게 보였던 모양입니다. 저의 그런 모습을 다리 위에서 한 번 본 적이 있는 그 관리는 그 모습이 정말 우스꽝스럽다고 충분

8)   (작은 거룻배)

히 강조하고 난 다음, 자신이 받았던 인상을 이렇게 요약했습니다. 최후의 심판 직전의 모습 같았다고 말입니다. 관 뚜껑은 이미 벗겨졌으나 망자는 아직 그 속에 꼼짝 않고 누워 있는 그 순간의 모습 같았다나요.

———

간단한 소풍을 갔었습니다(제가 이야기한 그 거창한 것 말고 말입니다. 그 계획은 성사되지 못했지요). 그러고 나서는 거의 사흘 동안 (그리 싫지는 않았던) 피로감 때문에 거의 아무것도 할 수가 없었습니다. 글을 쓰는 일조차도 할 수 없었지요. 그저 읽기만 했습니다. 편지와 수필들*을 여러 번 읽었어요. 그런 산문들은 물론 그것들 자체로 존재하는 것이 아니라, 어떤 사람에게로 가는 길을 알려주는 일종의 이정표 같은 것이라는 생각을 하면서 말입니다. 그런데 점점 더 깊은 행복감에 빠져 그 길을 계속해서 가다 보면 어떤 순간에 명료하게 깨닫게 되는 겁니다. 실은 전혀 가까이 가는 게 아니라, 아직도 자기 자신의 미로 속에서 헤매고 있을 뿐이라는 사실을 말입니다. 단지 더 흥분되고, 더 혼란된 마음으로 그러고 있었다는 게 여느 때와의 차이지요. 어쨌거나 이것을 쓴 사람은 평범한 작가가 아닙니다. 그것을 읽고 나서 저는 부인의 글에 대해, 부인 자신에 대해서 만큼이나 큰 신뢰감을 가지게 되었습니다. 저는 체코어로 씌어진 것 가운데(제가 가지고 있는 지식이 얼마 되진 않지만) 단 하나의 언어 음악을 알고 있을 뿐입니다. 그것은 보제나 넴초바*의 것이지요. 여기에는 다른 음악이 있습니다. 하지만 단호함, 열정, 사랑스러움, 특히 형안의 영리함에 있어서는 그것과 유사합니다. 그런 능력이 지난 몇 년 동안에 비로소 개발된 것이란 말입니까? 이전에도 글을 썼었나요? 물론 부인께서는 제가 부인에 대해서 우스꽝스러울 정도로 좋은 선입견을 가지고 있다고 주장할는지도 모르겠습니다. 그리고 그건 맞는 말이기도 하고요. 제가 선입견을 가진 건 사실입니다. 하지만 제가 그런 선입견을 가지게 된 건 신문에 게재된 글들을(그런데 그 글들은 고르지 않더군요. 군데군데 신문사에서 흉하게 고친 흔적이 있었습니다) 보고 뭔가를 새롭게 발견해서가 아니라, 이미 알았던 것을 다시 한 번 확인할 수 있었기 때문입니다. 하지만 제 평가가 별로 신뢰할 만하지 못하다는 것은 제가 두 부분에서 주는 인상 때문에, 일부분이 잘려나간 유행에 관한 글*도 부인께서 쓰신 것으로 믿고 있다는 사실만 보아도 금방 아실 수 있을 겁니다. 이 신문 쪽지들을 좀 더 오래 가지고 있을 수 있었더라면 정말 좋았을 텐데요. 제 누이 동생에게만이라도 좀 보여주고 싶어서요. 하지만 부인께서 그것들이 즉시 필요하시다니 동봉합니다. 가장자리에 계산하신 흔적도 보이는군요.

부인의 남편 분을 저는 아마 좀 다르게 평가했던 것 같습니다. 그분은 카페에 모이는 무리* 중에서 가장 믿음직스럽고, 이해심 많고, 침착하고, 거의 지나치다 싶게 아버지 같은 성품을 지닌 사람으로 보였습니다. 물론 불투명하게 보이기도 했지만, 그렇다고 해서 앞에 말씀드린 다른 인상들을 흩뜨리거나 하지는 않았습니다. 저는 그분에 대해 항상 존경심을 품고 있었지만, 그분을 더 잘 알게 되기에는 기회도 없었고 능력도 없었습니다. 하지만 저의 친구들, 특히 막스 브로트*는 그분을 높이 평가하고 있었어요. 그래서 저는 그분을 생각할 때마다 그 사실을 항상 염두에 두게 되었지요. 한동안 특별히 제 마음에 들었던 것은 그분이 어느 카페에 있건 간에 저녁이면 여러 차례 자기에게 전화가 걸려오도록 만드는 버릇이었어요. 마치 누군가가 자지 않고 전화기 옆에 앉아 안락의자 등받이에 머리를 기대고 졸고 있다가, 가끔씩 깜짝 놀라 일어나서 전화를 하는 것 같았어요. 그런 상태는 제가 너무나도 잘 아는 상태입니다. 어쩌면 단지 그 때문에 이 이야기를 쓰고 있는지도 모릅니다.

그런데 저는 스타샤˚의 말도 맞고, 동시에 그의 말도 맞는 것 같습니다. 제게는 제 능력이 미치지 못하는 건 모두 일리가 있어 보입니다. 단지 아무도 보지 않을 때에는 저는 스타샤의 말이 좀 더 일리가 있다고 몰래 생각합니다.

프란츠K

어떻게 생각하세요? 제가 일요일까지 편지 한 통을 더 받을 수 있을까요? 가능하기는 하겠지요. 하지만 이렇게 편지를 받고 싶어 하는 것은 어리석은 일입니다. 단 한 통의 편지로도, 아니, 아는 것만으로도 이미 충분하지 않은가요? 물론 충분하지요. 그런데 그럼에도 불구하고, 저는 뒤로 한껏 기대어서 편지들을 들이켜고는, 계속 들이켜기를 멈추지 않겠다는 생각밖에 할 줄 모른답니다. 그 이유를 좀 설명해주세요. 밀레나, 선생님!

[메란, 1920년 5월 30일]

밀레나, 사람을 볼 줄 아십니까? 저는 벌써 몇 번이나 부인께서 사람을 보는 안목이 없다고 생각한 적이 있었습니다. 예를 들어 베르펠˚에 대한 얘기를 하실 때면 그렇습니다. 물론 거기에는 애정도 섞여 있지요. 어쩌면 애정밖에 다른 감정은 없었는지도 모릅니다. 하지만 그렇다 해도 부인은 그를 잘 모르고 있어요. 베르펠의 진정한 가치에 대한 다른 모든 얘기는 일단 접어두고, 그가 너무 뚱뚱하다는 비난만을 가지고 논하자면(게다가 이 비난은 부당하다고 여겨집니다. 베르펠은 제가 보기에는 해가 갈수록 더 준수해지고 사랑스러워집니다. 물론 그를 잠깐

씩밖에는 보지 못하지만 말입니다), 뚱뚱한 사람들만이 신뢰할 만하다
는 사실을 모르신단 말입니까? 그렇게 벽이 두꺼운 그릇들 안에서만
모든 것이 완전히 끓어 익을 수 있습니다. 이러한 공간의 자본가들만
이 인간에게 가능한 데까지 근심과 광기로부터 보호받을 수 있으며,
평온한 마음으로 그들의 과업에 몰두할 수 있단 말입니다. 그리고 그
들만이, 언젠가 누군가가 말한 것처럼, 진정한 지구인으로서 지구 어
디에서나 쓸모가 있지요. 왜냐하면 북쪽에서는 그들은 온기를 주고,
남쪽에서는 그늘을 만들어주거든요(물론 그걸 거꾸로도 볼 수 있겠지
요. 하지만 그렇게 되면 맞지 않는 말이 되고 맙니다). [...]⁹

그리고 그 유댄툼¹⁰에 대한 이야기 말입니다. 부인께서는 제가 유대
인이냐고 물으십니다. 어쩌면 그건 그저 농담을 하신 건지도 모르지
요. 어쩌면 부인께서는 단지 제가 그 소심한 유대인 가운데 한 사람
인가 하고 물으신 것뿐일지도 모릅니다. 어쨌거나 부인께서는 프라
하 사람이니까 이 면에 있어서, 예를 들어 하이네의 부인 마틸드처럼
그렇게 천진난만할 수는 없으실 겁니다(어쩌면 이 이야기를 모르실 수
도 있겠군요. 이 이야기보다 더 중요한 이야기를 해야 될 것 같은 생각이 들
기도 하고, 제가 이 이야기를 해드림으로써—이 이야기 자체 때문이라기보
다는, 제가 이것을 이야기해드린다는 사실 때문에—저 자신에게 틀림없이
어떤 방법으로든지 해를 입힐 것 같기는 하지만, 그래도 한 번쯤은 제게서 재
미있는 이야기를 듣는 일도 있으셔야 되겠다고 생각해서 이야기해드리려고
합니다. 유대인이 아닌 뵈멘 출신의 독일인 시인이었던 마이스너가 그의 회
고록에˙ 이런 이야기를 썼습니다. 마틸드는 항상 독일인들에 대해 혹평을 해
서 그를 화나게 했었지요. 독일인들은 심술궂다느니, 잘난 체하기 좋아하고

---

9)   약 *40개의 단어를* 알아볼 수 없게 지워버렸음.
10)   유대인 전체를 일컫는 말이기도 하고, 때로는 그들의 종교를, 때로는 그와 관련된 제반 문제를
      총칭하여 일컫는 이 단어를 달리 번역할 말이 없기 때문에 그대로 옮겨 쓰기로 했다(옮긴이).

독선적이며, 말 가지고 따지기를 잘하며, 뻔뻔스럽고, 한마디로 견디기 힘든 민족이라고 말했다는 겁니다. 그래서 견디다 못한 마이스너가 한번은 "부인께서는 독일 사람들을 전혀 모르시지 않습니까? 앙리[11]는 독일의 저널리스트들하고만 왕래하는데, 여기 파리에 있는 독일 저널리스트들은 모두가 유대인들이란 말입니다." 하고 말했지요. 그러니까 마틸드가 말하기를, "아, 너무 과장하시는군요. 물론 그들 중에 유대인이 몇 사람 끼어 있을지도 몰라요. 예를 들어 자이퍼트 같은 사람 말이에요."라고 했고, 그 말을 들은 마이스너는 곧바로 "아니요, 유독 그 사람만은 유대인이 아니지요." 하고 말했어요. 마틸드는 "뭐라고요? 그러면 예를 들어 예이텔레스 씨—그는 키가 크고 건장하며, 금발인 친구였지요—도 유대인이란 말씀이세요?" 하고 물었습니다. "물론입니다." 마이스너가 대답했지요. "하지만 밤베르거 씨는?" "그도 마찬가지죠." "하지만 아른슈타인은 설마?" "그도 역시 그래요." 그렇게 계속 모든 아는 사람들을 다 훑어 내려갔어요. 마침내 마틸드는 화가 나서 말했지요. "저를 놀리려고 그러시는 거죠? 마지막에는 코온도 역시 유대인 이름이라고 주장하시겠군요. 하지만 코온은 앙리의 사촌이잖아요. 그런데 앙리는 루터교도란 말씀이에요."[12] 거기에 대해서는 마이스너도 더 이상 대꾸할 말이 없었답니다). 어쨌거나 부인께서는 유댄툼에 대해 두려워하지 않으시는 것 같군요. 그것은 최근에, 아니면 그 이전에 이미 우리의 도시들에서 만날 수 있었던 유댄툼에 비춰본다면 아주 영웅적인 태도입니다. 그리고—이건 절대 농담이 아닙니다!—한 순수한 처녀가 그녀의 친척들에게 "날 좀 내버려두세요" 하고 말하고 그리로 나아간다면, 그것은 오를레앙의 처녀[13]가 그녀의 마을을 떠나는 것보다 더 대단한 일입니다.

---

11) 하인리히 하이네의 하인리히의 프랑스어식 이름(옮긴이).
12) 하이네는 원래 유대인이었으나 27세에 루터교로 개종했다(옮긴이).
13) 잔 다르크를 의미함(옮긴이).

부인께서 그러시다면 유대인들의 유별난 소심함에 대해 비난할 자격이 있습니다. 원래 그런 일반적인 비난은 인간에 대한 실제적인 식견보다는 이론적인 식견에 근거한 것이긴 하지만 말입니다. 제가 이론적이라고 말씀드리는 이유는 첫째, 그 비난은 부인께서 이전에 하셨던 묘사에 의하면 부인의 남편에게는 전혀 해당되지 않는 것이고, 둘째, 제 경험에 의하면 그 비난은 대부분의 유대인에게는 적용될 수 없으며, 셋째, 그것은 극히 소수의 사람들에게만 적용될 수 있는 말인데, 그 소수의 사람들에게는 이 비난이 매우 적중하는 말이기 때문입니다. 예를 들어 저 같은 사람 말입니다. 그런데 정말로 이상한 일은 그 비난이 일반적인 경우에는 들어맞지 않는다는 사실입니다. 유대인들의 불안한 위치, 그 자체로서도 불안하고, 사람들과의 관계 속에서도 불안한 그들의 위치가, 오직 그들이 손 안에 쥐고 있거나, 아니면 이로 물고 있는 것만이 그들의 소유라 믿을 수 있다고 여기는 사실이나, 나아가 구체적인 소유물만이 그들에게 살아 있을 권리를 부여한다는 것, 그리고 그들이 한번 잃어버린 것들은 절대로 다시 손에 넣을 수 없게 되고, 그것들은 기뻐하며 영원히 그들을 떠나 흘러가버린다고 믿는다는 사실을 무엇보다도 잘 이해할 수 있게 해주니 말입니다. 위험이 전혀 예상치 못했던 곳으로부터도 유대인들을 위협하고 있습니다. 아니면 좀 더 정확히 표현하기 위해 위험이란 말은 쓰지 말고 "위협들이 위협한다"고 말합시다. 부인과 가까운 예를 하나 들어보겠습니다. 아마 그 일에 대해 말하지 않기로 약속한 것 같기는 하지만—제가 아직 부인을 거의 몰랐을 때의 일입니다—이야기해도 괜찮을 것 같습니다. 왜냐하면 그것은 부인에게 새삼스러운 일도 아닐뿐더러 부인에 대한 친지들의 사랑을 보여줄 뿐이니까요. 그리고 이름 등 자세한 것들은 말하지 않을 겁니다. 기억도 나지 않으니까요. 제 막내 여동생*은 기독교도인 체코인과 결혼할 예정입니다. 그가 언젠가 부인의 친척 되시는 한 여자 분에게 자기가 유대인 처녀와 결혼하려 한다고 이야기했더니, 그녀가 "제발 그것만은 하지 마세요. 유대인과 결합하는 것만은 말아요! 내 말 좀 들어보세요. 우리 밀레나만 해도 말이에요. 어쩌구 저쩌구……" 하고 말했다는군요.

제가 이 모든 얘기를 하는 이유가 뭐였죠? 길을 좀 잃어버린 것 같군요. 하지만 상관없습니다. 부인께서도 아마 저와 동행하셨을 테고, 이제 우리 둘이 다 길을 잃어버렸으니까요. 원문에 충실하다는 바로 그 점이 부인의 번역의 좋은 점이라는 말씀입니다(제가 '충실하다'는 말을 썼다고 따지시려면 따지세요. 부인께서는 뭐든지 다 잘하시지만, 따지는 건 아마 그중 가장 잘하실 겁니다. 계속 부인에게 야단을 맞고 싶어서, 부인의 학생이 되어 계속해서 잘못을 저질렀으면 좋겠습니다. 저는 교실 의자에 앉아서 거의 올려다볼 엄두도 못 내고 있고, 부인께서는 내게로 몸을 굽히고 서 계시고, 야단을 치고 있는 부인의 검지가 내 머리 위에서 계속 왔다 갔다 하겠지요. 맞습니까?) 그러니까 제가 좋아하는 점이 번역이 원문에 '충실'해서, 마치 제가 부인의 손을 잡고 그 이야기 지하의 어두컴컴한, 낮고 흉물스러운 통로들로 거의 끝도 없이(그렇기 때문에 문장들도 끝이 없는 겁니다. 그걸 못 느끼셨습니까?), 거의 끝도 없이(겨우 두 달밖에 안 걸리셨다고요?) 안내하고 있는 것 같은 느낌을 받았다는 겁니다. 그러다가 그 통로가 끝나서, 해가 밝게 비치는 바깥세상으로 나왔을 때, 사라져버릴 수 있는 분별력이 제게 있었으면 좋겠습니다.

이건 오늘은 그만 쓰라는 경고 같군요. 오늘은 이만 이 행운을 가져다주는 손을 놓아드리라는 경고 말입니다. 내일 다시 쓰겠습니다. 그리고 제가 왜 ―제 이성이 건재하는 한― 빈으로 가지 않을 건지˙ 설명해드리겠습니다. 그리고 부인께서 "그의 말이 옳아" 하고 말씀하시기 전에는 절대 안심하지 않겠습니다.

당신의 F

제발 주소를 좀 더 똑똑히 써주세요. 부인의 편지가 일단 봉투에 들어간 후에는, 그건 이미 거의 저의 소유물이라고 할 수 있습니다. 그러니 부인께서는 남의 물건을 좀 더 조심스럽게, 좀 더 책임감을 가지고 다뤄달라는 겁니다. Tak.[14] 그러잖아도 왜 그런 느낌이 드는지는 잘 모르겠지만, 저도 제 편지가 하나 분실된 것 같은 느낌이 듭니다. 유대인 특유의 불안이 다시 나타나는군요! 오히려 편지들이 잘 도착하는 것을 두려워해야 할 텐데 말입니다!

같은 테마에 대해서 어리석은 얘기를 한 가지 더 해야겠습니다. 어리석다는 것은 제가 옳다고 생각하는 것을, 제게 불리하다는 사실에 개의치 않고 말씀드린다는 사실이 그렇다는 것이지요. 게다가 밀레나는 소심함에 대해 얘기하면서 제 가슴을 한 대 후려치거나, 아니면 "jstežid?"[15] 하고 묻지요. 그것은 체코어로 말하면 그 움직임이나 소리가 후려치는 것과 똑같은 효과를 나타낸단 말입니다. 'jste'에서 [⋯][16] 근육의 힘을 모으기 위해 주먹이 뒤로 당겨지는 것이 보이지 않으세요? 그리고 나서 'žid'에서 앞으로 날아가서 유쾌하게 적중하는 일격이 보이지 않으시나요? 체코어는 독일어에 익숙한 귀에 종종 그런 부수적인 효과를 나타낸답니다. 예를 들어, 부인께서 언젠가, 제가 이곳에 더 머물게 될지는 어떤 편지 하나가 결정할 거라고 하자, 왜 그런 건지 물어보셨죠? 그러고는 바로 잇달아서 '네하푸 nechápu'[17]* 하고 직접 대답하셨지요. 체코어에서는 생소하게 들리는 단어지요. 그것도 부인의 말로서는 더욱 그러합니다. 그것은 너무 엄격하고 냉정하며, 차가운 눈을 하고 있고, 인색하게 들리며, 무엇보다도 호두까기의 동작을 연상시킵니다. 그 단어를 말하는 동안 아

---

14) 아시겠죠.
15) 당신도 유대인이세요?
16) *1개의 단어를 알아볼 수 없게 지워버렸음.*
17) 이해가 안 가요.

래위 턱이 세 번이나 세차게 부딪히지요. 아니, 더 정확하게 말하자면, 첫 음절은 호두를 물려는 시도를 하지만 잘 안 됩니다. 그래서 두 번째 음절이 입을 아주 크게 벌리게 하지요. 그러면 호두가 알맞게 물립니다. 그리고 세 번째 음절이 마침내 호두를 깹니다. 이들이 내는 우두둑 소리가 들리십니까? 특히 마지막에 입술이 최종적으로 닫혀버림으로써 상대방으로 하여금 그것과 반대되는 어떤 다른 설명도 더 이상 하지 못하게 만들지요. 물론 그건 때로는 아주 좋은 일일 수도 있어요. 예를 들어 그 상대방이 지금의 저처럼 그렇게 수다스러울 때에는 말입니다. 그러면 그 수다쟁이는 변명하며 다시금 이렇게 말하지요. "어쩌다 기분이 좀 좋아질 때에만 수다를 떠는 것뿐인데요, 뭘"이라고요.

하지만 오늘은 부인으로부터 편지가 오지 않았습니다. 그리고 제가 원래 끝으로 하려고 했던 그 말도 아직 하지 못했습니다. 다음에 하지요. 내일 부인에게서 소식이 왔으면 정말정말 좋겠습니다. 문이 쾅 하고 닫히기 전에—어떤 문이든지 쾅하고 닫히는 건 끔찍합니다—부인에게서 들은 그 마지막 몇 마디는 너무 무서웠습니다.

당신의 F

* 어쩌면 그 세 음절이 프라하 시계[18]의 사도들의 세 동작을 의미할지도 모르겠군요. 도착하고, 자신들을 보여주고, 화난 듯이 들어가버리는 동작 말입니다.

---

18) 프라하 시청사 건물에 달린 유명한 시계(옮긴이).

어제 약속드린 그 설명을 해드리겠습니다.

저는 빈에 가지 않을 겁니다(밀레나, 저를 좀 도와주십시오. 제가 말씀드리는 것보다 더 많은 것을 이해해주십시오). 저는(이건 말을 더듬는 게 아닙니다) 빈에 가지 않을 겁니다. 왜냐하면 저는 그 일을 정신적으로 감당하지 못할 것이기 때문입니다. 저는 정신이 병들어 있습니다. 폐결핵은 정신병의 둑이 넘쳐서 그렇게 된 것뿐이지요. 제가 그렇게 병이 든 것은 4, 5년 전에 약혼을 두 번이나 했던 때부터지요(부인께서 지난번 편지에서 그렇게 쾌활하게 이야기할 수 있다는 사실이 저는 처음에는 이해가 안 됐어요. 나중에서야 그 이유가 생각났습니다. 제가 자꾸 잊어버리는 사실이지만, 그건 부인께서 그토록 젊으시기 때문에 가능한 일이었습니다. 부인은 스물다섯 살도 채 안 되지 않았나요? 어쩌면 겨우 스물셋 정도일지도 모르겠군요. 저는 지금 서른일곱 살입니다. 서른여덟이 다 되어가지요. 부인보다 거의 한 세대 정도의 나이를 더 먹은 셈이지요. 그리고 머리카락은 옛날의 그 불면의 밤들과 두통으로 거의 하얗게 세어버렸고요). 그 긴 이야기를 세세한 데까지 낱낱이 늘어놓지는 않겠습니다. 그 일을 생각하면 아직도 두려운 마음이 앞섭니다. 마치 어린아이처럼. 그러면서도 어린아이 같은 망각의 능력은 없는 채로 말입니다. 그 세 번의 약혼 역사에서 공통된 점은, 모든 것이 다 저의 잘못이었다는 사실이지요. 전혀 의심할 여지없이 전적으로 저의 잘못이었어요. 두 사람 모두 제가 불행하게 만들었어요. 그것도 단지—지금은 처음 아가씨에 대한 얘기만 하겠습니다. 두 번째 아가씨에 대해서는 아무 말도 하지 못하겠어요. 그 사람은 매우 상처 받기 쉬운 사람이거든요. 어떤 말이든 아무리 호의적으로 한 말이라고 하더라도 그녀에게는 크나큰 상처를 주게 되어 있지요. 저는 그녀를 이해할 수 있습니다—단지 제가 그녀로 인해(그녀는 아마 제가 원하기만 했더라면 자신을 희생했을지도 모르는데) 지속적으로 행복해 하거나 안정될 수 없었고, 결단을 내릴 수도 없었으며, 결혼할 용기도 가질 수 없었기 때문입니다. 제가 그녀에게 그렇게 될 수 있을 거라고 자진해서 거듭거듭 장담했음에도 불구하고, 또 제가 그녀를 때로는 절망적일 만큼 사랑했음에도 불구하고, 그리고 결혼이라는 것 그 자체보다 더 추구할 만한 가치가 있는 것은 없다고 생각하고 있었음에도 불구하고 말입니다. 저는 거의 5년 동안이나 그녀를(아니, 어떻게 생각하면 저 자신을) 들들 볶아댔지요.* 그런데 다행스럽게도, 그녀는 상하기 쉬운 성격이 아니었습니다. 프로이센과 유대인 성품의 결합, 아주 강하고 승리자적인 결합이었죠. 저는 그렇게 강하지 못했습니다. 물론 그녀는 고통을 받기만 하는 쪽이었던 반면에, 저는 고통을 주는 것과 받는 것을 동시에 감당해야 했지만요.

———

끝났습니다. 더 이상 쓸 수가 없군요. 더 이상 설명을 드릴 수도 없고요. 이제 겨우 시작했을 뿐인데, 제 정신이 앓고 있는 병에 대해 말씀드리고, 제가 갈 수 없는 다른 이유들도 말씀드려야 하는데 말입니다. 전보가 하나 왔습니다. "칼스바트에서 만나기로 한 것 유의하시고 서면으로 답장 주시기 바람."* 고백하건대, 제가 그것을 펼쳤을 때, 그것은 아주 무서운 얼굴을 하고 있었습니다. 그 뒤에는 이 세상에서 가장 헌신적이고, 조용하고, 겸손한 존재가 숨어 있었는데도 말입니다. 그리고 이 모든 것이 원래 제가 원했던 것임에도 불구하고 말입니다. 지금은 이 일에 대해 설명을 드릴 수가 없군요. 제 병의 증세에 대해 아직 말씀드리지 못했으니까요. 지금으로서 확실한 것은 제가 월요일에 이곳에서 출발한다는 사실입니다. 때때로 저는 그 전보를 보고 있으면서도 그것을 거의 읽지 못할 때가 있습니다. 마치 거기에 어떤 비밀 문자가 쓰여 있어서, 아까 말한 그 글자들을 지워버리고, 빈에 들러서 가! 하고 말하는 것 같아요. 명백한 명령같이 보입니다. 하지만 명령이 지닌 모든 무서움은 완전히 배제된 명령이지요. 저는 그렇게 하지 않을 겁니다. 외적으로만 봐도 그건 미친 짓입니다. 뮌헨을 통해서 가는 지름길을 놔두고 그 길의 두 배가량이나 되는 린츠를 경유하는 길을 택한다는 것은, 그리고 거기서 한술 더 떠 빈에 들러서 간다는 것은 말입니다. 시험을 하나 해봅니다. 발코니에 참새가 한 마리 있는데, 그 새는 제가 식탁에서 빵을 집어 발코니로 던져주기를 기다리고 있지요. 하지만 저는 그렇게 하는 대신, 빵을 방 한가운데에 있는 제 옆 방바닥에다 던집니다. 참새는 밖에 서서 여기 어스름 속에 있는 그의 생명의 양식을 쳐다보고 있습니다. 그 유혹은 대단합니다. 참새는 몸을 부르르 떱니다. 마음은 완전히 여기 와 있지요. 하지만 여기에는 어두움이 있고, 빵 옆에는 정체 모를 세력인 제가 버티고 있습니다. 그럼에도 불구하고 새는 문지방을 뛰어넘어옵니다. 그리고 몇 발짝 다가오기는 했지만, 더 이상은 용기가 나지 않나 봅니다. 갑자기 두려움이 엄습했는지 새는 날아가버립니다. 하지만 이 보잘것없는 새 안에 얼마나 큰 힘이 들어 있는지요! 조금 후에 새는 다시 여기에 와서 상황을 살펴봅니다. 저는 그의 선택을 좀 더 쉽게 해주려고 빵을 조금 더 뿌려줍니다. 그리고 만약 제가 의도적, 비의도적으로—정체 모를 세력들은 그렇게 작용하기 마련이지요—몸을 조금 움직여서 새를 쫓아버리지 않았더라면, 새는 아마 그 빵을 가져갔을 겁니다.

실은 이렇습니다. 제 휴가는 6월 말이면 끝나고—그리고 여기는 벌써 매우 더워지기 시작했기 때문에(물론 그 자체가 저에게 문제가 되는

건 아니지만)—얼마 동안 다른 한적한 곳에 가서 지내려고 했지요. 그
녀도 역시 집을 떠나고 싶어 했기에 그곳에서 서로 만나기로 했던 겁
니다. 저는 거기서 며칠간 지내다가, 어쩌면 저의 부모님이 계시는
콘스탄틴스바트로 가서 거기서 며칠 지내고 프라하로 돌아가려고
하지요. 이 여행 일정을 생각하며 그것을 저의 머리의 상태에 견주어
보면, 저는 마치 나폴레옹이 러시아 원정을 계획하면서 그 종말이 어
떻게 될 것인지를 정확히 알고 있었을 경우에 느꼈을 것 같은 심정이
됩니다.

부인으로부터 처음 편지가 왔을 때, 그때는 예정된 결혼식(예를 들어
그 결혼식 계획들은 전적으로 <u>저의</u> 작품이었습니다)이 얼마 남지 않았을
때였지요. 저는 기뻐서 그녀에게 부인의 편지를 보여주었습니다. 나
중에—아니, 더 이상 얘기하지 않겠습니다. 그리고 이 편지도 또다시
찢어버리지 않겠습니다. 우리는 둘 다 비슷한 습성을 가지고 있는 것
같군요. 저는 단지 가까운 곳에 난로가 없다는 점만 다릅니다. 그래
서 여러 가지 징조로 미루어보건대, 제가 언젠가 이렇게 시작했다가
끝마치지 못했던 편지의 뒷면에 그 아가씨*에게 편지를 써서 부친 것
같은 끔찍한 느낌이 듭니다.

하지만 그 모든 것은 중요한 일이 아닙니다. 저는 이 전보가 오지 않
았다고 하더라도 빈으로 갈 수 없었을 겁니다. 그와 정반대로 이 전
보는 오히려 빈으로 가라는 쪽으로 무게를 더 실어줍니다. 저는 정말
이지 절대로 안 갈 겁니다. 하지만 만약에 제가 너무나 끔찍하고 놀
랍게도 빈에 나타나게 된다면—그런 일은 없을 겁니다—그때 제가
필요한 것은 아침도 저녁 식사도 아니고 제가 잠시 누워서 쉴 수 있
는 들것일 겁니다.

안녕히 계세요. 이번 주는 아주 어려운 한 주가 될 것입니다.

당신의 F

제게 칼스바트 우체국으로 편지를 써주시면…… 아닙니다, 그냥 나중에 프라하로 보내십시오.

부인께서 강의를 하는 학교*는 도대체 어떤 학교이기에 그렇게 엄청나단 말입니까? 학생이 이백 명이나 되는 강의도 있고, 오십 명이 듣는 강의도 있다고요? 맨 마지막 줄 창문 쪽 자리를 하나 차지하고 한 시간만 강의를 들었으면 좋겠습니다. 그러면 부인과 만나는 것(물론 그런 일은 어찌해도 일어나지 않을 거지만)도 포기할 수 있고, 여행도 포기할 수 있을 텐데요—이제 그만 써야겠습니다. 이 끝도 없는 하얀 종이는 저의 눈을 태워버리려는 것 같습니다. 그래서 자꾸 쓰게 되지요.

———

위의 것은 오후에 쓴 것입니다. 지금은 거의 11시가 되어갑니다. 현재 유일하게 가능한 방식으로 일을 처리하기로 했습니다. 프라하로 전보를 쳤습니다. 칼스바트로 갈 수 없다고 말입니다. 저는 그 이유가 정신의 혼란 때문이었다고 말할 겁니다. 그건 한편으로는 정확한 진실이지만, 또 다른 한편으로는 그리 일관성이 없는 이야기지요. 왜냐하면 전에는 바로 이 정신의 혼란 때문에 제가 칼스바트로 가려 한다고 했거든요. 이렇게 저는 살아 있는 사람을 가지고 놉니다. 하지만 지금은 어쩔 수가 없어요. 왜냐하면 칼스바트에서 저는 말을 할 수도 없고, 침묵을 할 수도 없을 테니까요. 아니, 더 정확히 말하자면, 제가 침묵을 한다고 해도 그 침묵을 통해 말을 하게 될 겁니다. 왜냐하면 지금은 제 존재 자체가 단 한마디의 말일 뿐이기 때문입니다. 하지만 저는 절대로 빈을 통과해서 가지는 않을 겁니다. 월요일에 뮌헨을 경유해서 갑니다. 어딜 갈지는 아직 모르겠습니다. 칼스바트나 마리엔바트로 가겠지요. 어쨌든 혼자서 갑니다. 부인께 편지를 쓰게

될지도 모르겠군요. 하지만 부인으로부터의 편지는 프라하에서 3주 후에나 받을 수 있게 되겠군요.[19]

[메란, 1920년 6월 1일]
화요일

계산을 해봅니다. 토요일에 이 편지를 쓰셨지요. 일요일이 끼어 있음에도 불구하고 화요일 점심 때 이미 도착해서, 편지를 가져온 소녀에게서 빼앗다시피 받아 들었지요. 이렇게 좋은 우편 길을 포기하고 월요일에 이곳을 떠나야 하다니 섭섭합니다.

친절하게도 저에 대해 걱정을 해주시는군요. 편지를 기다리신다고요. 네, 지난주에 며칠 편지를 쓰지 않은 날이 있었지요. 하지만 토요일 이후에는 매일 썼습니다. 그러니까 그사이에 세 통의 편지를 받아보셨을 테지요. 이 편지들을 받으시고는 아마도 편지가 오지 않았던 날들을 그리워하셨을 겁니다. 부인께서 걱정하시던 모든 것이 적중했다는 사실을 확인하셨을 겁니다. 그러니까 제가 전반적으로 부인께 매우 화가 나 있다는 사실, 특히 부인의 편지 내용 중에 많은 부분이 전혀 저의 마음에 들지 않았다는 사실, 신문의 문예란에 쓴 글들이 저를 화나게 했다는 사실 등등 말입니다. 아니에요, 밀레나. 그런 모든 일에 대해서는 걱정하실 게 없습니다. 오히려 그 반대의 경우에 대해 두려워하셔야 합니다!

부인의 편지를 받는 것이 참으로 좋습니다. 그리고 불면에 시달리는

---

19) "프라하 …… 되겠군요." 이 부분은 지면이 모자라는 관계로 편지의 마지막장의 왼쪽 가장자리에 쓰여 있다. 그 뒤에는 꽤 긴 부분이 "부인의 모든 동작을 따라 하기 위해서요."라는 글자를 제외하고는 모두 지워져 있다. 그것은 아마도 그 이전에 이미 써놓았던, 카프카가 밀레나의 학생이 되어 강의를 들었으면 좋겠다던 내용을 더 자세하게 설명한 이야기였을 거라고 추정된다. 이 부분은 위에 언급한 "맨 마지막 줄"이라고 쓴 부분에서 이어진다.

머리로 부인께 답장을 써야만 하는 것도요. 저는 쓸 말이 없습니다. 그저 여기서 부인의 편지글의 행간을 왔다 갔다 할 뿐입니다. 부인의 시선을 받으며, 부인의 숨결을 느끼면서, 햇빛 화창한 행복한 날 산보를 하듯이 말입니다. 그리고 이 햇빛 화창한 행복한 날은 머리가 지끈거리고 지쳐 있는 데다 월요일에 이곳을 떠나 뮌헨을 경유해서 가야 하는 상황임에도 불구하고 변함없이 그렇게 남아 있습니다.

당신의 F

저 때문에 집으로 달려가셨다고요? 그것도 숨이 턱에 닿아서? 도대체 부인은 병환 중이지 않습니까? 그리고 제가 부인 때문에 애태우고 있다는 사실을 잊으셨습니까? 참, 정말 그렇지요. 저는 이제 부인에 대해 걱정하지 않습니다─아니 제가 지난번처럼 또 과장하고 있군요. 하지만 지금은 걱정의 양상이 달라졌습니다. 마치 제가 부인을 여기에서 직접 돌보고 있는 것 같은 그런 걱정입니다. 제가 마시고 있는 우유를 부인에게도 마시게 하고, 제가 호흡하고 있는 정원에서 날아 들어온 이 공기로 부인도 함께 건강해지는, 아니, 그건 너무 부족합니다, 저보다는 부인께서 훨씬 더 건강해지는 그런 느낌이지요. 여러 가지 여건 때문에 아마 월요일에 떠나지 못할 것 같습니다. 조금 더 있다가 가게 될 것 같아요. 그렇게 되면 아마 프라하로 직접 가게 될 것 같네요. 최근에 보첸에서 뮌헨을 거쳐 프라하로 바로 가는 급행열차가 새로 생겼거든요. 남은 시간 동안에 저에게 편지를 쓰고 싶으면, 그렇게 하셔도 됩니다. 제가 그 편지를 이곳에서 받아 보지 못한다 하더라도, 프라하로 뒤따라 보내질 테니까요.
제게서 호의를 거두지 마십시오!

F.

저는 정말이지 어리석음으로 똘똘 뭉친 것 같군요. 지금 티베트에 관한 책을 한 권 읽고 있는데, 티베트 국경의 산악 지대에 위치한 주거지를 묘사한 부분을 읽으면서, 갑자기 마음이 무거워졌습니다. 그 마을이 그렇게 외따로 떨어져 있다는 사실이, 빈으로부터 그렇게 멀리 떨어져 있다는 사실이 절망적으로 보였지요. 제가 어리석다고 말하는 것은 티베트가 빈에서 멀리 떨어져 있다고 느꼈다는 사실입니다. 그게 정말 그렇게 멀까요?

[메란, 1920년 6월 2일]
수요일

편지 두 통이 한꺼번에 왔습니다. 점심때쯤이요. 이 편지들은 읽으라고 있는 게 아닌 것 같습니다. 그냥 펼쳐놓고 얼굴을 그 속에 파묻고 정신을 잃으라고 쓰인 것 같습니다. 하지만 나중에 가서야 정신을 반쯤 잃은 것이 다행이라는 사실을 알게 되지요. 왜냐하면 그 때문에 나머지 반쯤의 정신을 좀 더 오랫동안 바짝 차리게 되니까요. 그래서 저의 38년이란 유대인으로서의 나이가 부인의 기독교도로서의 24세 나이를 염두에 두고 이렇게 말합니다.
도대체 뭘 어쩌겠다고? 우주의 법칙들은 다 어디로 간 거지? 그리고 하늘의 모든 경찰들은? 너는 서른여덟이나 되었고, 아마 나이로 인해서는 도저히 그렇게 될 수 없을 만큼 지칠 대로 지쳐 있지 않나! 아니, 더 정확히 말하자면, 너는 지쳐 있는 게 아니라 불안한 거지, 그래서 발목 잡는 함정들로 득시글거리는 이 지구상에서 한 발짝이라도 떼놓기가 무서운 거야. 그래서 너는 항상 두 발을 동시에 공중에 쳐들고 있는 꼴이지. 너는 지쳐 있는 게 아니라, 이 엄청난 불안에 뒤따라올 그 엄청난 피곤을 두려워하고 있을 뿐이지(너는 유대인이니까 두려움이 무엇인지 알고 있지). 그리고 그 피곤은 멍하게 고정된 시선 같은 모양으로 나타나겠지. 잘해봐야 카를 광장 뒤에 있는 정신병원의 정원 같은 곳에서 말이야.

그래, 그게 바로 네가 현재 처해 있는 상황이야. 너도 몇몇 전투에 참가했었지. 그러면서 친구들과 적들을 불행하게 만들었어(아니, 네 주위에는 친구들밖에 없었어. 착하고 좋은 사람들이었지. 적이라고는 없었어). 그러면서 너는 이미 불구자가 되어버렸지. 아이들이 가지고 노는 장난감 총만 보아도 두려워 떨기 시작하는 그런 사람들 중 한 사람이 되어버렸단 말이야. 그런데 지금은 갑자기 세상을 구원할 위대한 전쟁에 소집되기라도 한 것처럼 느낀단 말이지? 그건 정말 무척 이상한 일이라고 생각되지 않나?

그리고 또 생각해봐. 네 평생 아마 가장 좋았던 시기는, 아직 거기에 대해 아무한테도 자세히 말한 적은 없지만, 약 2년 전에 시골에서 지냈던 그 8개월* 동안이 아니었던가? 그때는 네가 모든 것과 결별했다고 여기고, 네 안에 있는 의심할 여지가 없는 자명한 것들에만 국한하며, 모처럼 편지 왕래도 없이, 5년 동안 이어진 베를린과의 편지 왕래도 없이 자유로웠던 때였지. 너의 병을 방패막이로 삼고 말이야. 그러면서 너는 자신이 그렇게 많이 변화할 필요도 없다고 여겼지. 그저 종래의 너의 본질의 그 좁은 테두리의 윤곽을 좀 더 또렷하게 덧칠해 그리기만 하면 된다고 믿었었지(흰 머리카락 밑의 너의 얼굴은 네가 여섯 살이 되던 해 이후로 거의 변한 것이 없지 않은가?).

그게 마지막이 아니었다는 사실은 유감스럽게도 최근 일 년 반 동안 경험하지 않았던가. 너는 이 방면으로는 더 깊게 떨어질 수 없을 만큼 곤두박질쳤지(제가 결혼하기 위해 진지하게 투쟁했던 지난 가을은 거기서 제외시켰습니다). 그리고 다른 한 사람을, 순진하고 착하고 헌신 그 자체인 한 처녀*를 너와 함께 끌어내렸지. 그 이상 더는 추락할 수 없을 정도로 말이야. 어디를 둘러보나 사면초가였지. 더 깊은 나락으로 떨어질 수조차 없을 정도로 완전히 추락했던 거야.

그래, 그런데 지금 밀레나가 너를 부르고 있단 말이지. 너의 이성과 가슴을 같은 강도로 파고드는 목소리로 말이야. 물론 밀레나는 너를 잘 모르고 있어. 네가 쓴 몇 편의 소설과 편지들이 그녀를 눈멀게 한 거야. 그녀는 바다와 같아. 엄청난 양의 물을 담고 있는 바다처럼 강하지. 하지만 뭔가 잘못 알고 있는 가운데, 그 온 힘을 다해 부딪쳐오고 있는 거야. 생명 없는, 그리고 무엇보다도, 멀리 있는 달이 그걸 원하기만 하면 말이야. 그녀는 너를 알지 못해. 그리고 그녀가 네가 오기를 바라는 건 뭔가 진실을 감지하고 있기 때문인지도 몰라. 네가 실제로 그곳에 나타나면, 그녀가 환상에서 깨어나게 될 거라는 걸 너도 확실히 알고 있을 거야. 연약한 영혼이여, 결국은 그 사실 때문에, 바로 그것이 두려워서 가지 않으려고 하는 거 아닌가?

하지만 설사 네가 가지 않아야 할 백 가지 다른 내적인 이유들을 가지고 있다고 쳐도(이 이유들은 정말로 존재하지), 그리고 그 외에도 또 한 가지 외적인 이유를 가지고 있다고 쳐도, 즉 네가 밀레나의 남편과 이야기하거나, 단지 그를 보기만 할 용기도 없다는, 그리고 그녀의 남편이 함께 자리하지 않는 한 밀레나와 이야기하거나 그녀를 보기만 할 용기도 역시 없다는 이유가 있다고 해도, 그 모든 걸 다 인정한다고 해도, 그것에 반反하는 두 가지 생각이 있지.

첫째, 네가 정말 간다고 하면, 밀레나는 아마 네가 가는 것을 더 이상 원하지 않을지도 몰라. 변덕이 나서가 아니라 그냥 자연적인 피곤함 때문에, 그녀는 기꺼이 그리고 후련해하면서 네가 원하는 대로 여행하도록 내버려둘지도 몰라.

둘째, 정말 빈으로 가보지 그래! 밀레나는 문이 열리는 그 순간의 장면만 떠올리고 있을 거야. 물론 그 문은 열리겠지. 하지만 그다음에는? 그다음에는 거기 아주 길고 비쩍 마른 한 인간이 서 있겠지. 그리고 상냥하게 웃음 짓고 있을 거야(그는 내내 그렇게 하고 있을걸. 그는 그 것을 나이 많은 한 숙모님에게서 배웠지. 그녀도 항상 웃음 짓고 있었거든. 하지만 두 사람 다 의도적으로 그러는 게 아니라 당혹스러워서 그렇게 하는 거지). 그러고는 가리키는 곳으로 가서 앉겠지. 그걸로 그 모든 의식 이 끝나게 될 거야. 왜냐하면 그는 거의 말을 하지 않을 테니까. 그러기에도 그에게는 생명력이 부족하거든(최근에 이곳에 와서, 저와 같은 식탁에서 식사하게 된 한 분이 어제는 말없이 채식 식사만 하고 있는 저를 보며, "저는 정신적인 노동을 위해서는 육류를 꼭 섭취해줘야 한다고 생각합니다" 하고 말하더군요). 그는 아마 행복해하지도 않을 거야, 그러기에도 그에게는 생명력이 부족하거든.

이제 아시겠습니까, 밀레나? 저는 솔직하게 얘기하고 있습니다. 하지만 부인은 영리하셔서, 제가 진실을(가감 없이, 무조건적으로, 정확하게) 말하고 있긴 하지만, 지나칠 만큼 솔직하게 이야기하고 있다는 사실을 계속 눈치채고 계십니다. 제가 이러한 예고 없이 직접 가서 부인의 환상을 단숨에 깨뜨려버릴 수도 있었을 겁니다. 그렇게 하지 않은 것 또한 저의 진실, 즉 저의 무기력함에 대한 또 하나의 증거가 될 뿐입니다.

저는 이곳에 14일간 더 머물게 될 겁니다. 가장 큰 이유는 요양의 성과가 이것밖에 안 된다는 것을 보여주기가 부끄럽고 두렵기 때문입니다. 저의 집에서는, 그리고 특히 저를 화나게 하는 것은, 회사*에서도 제가 이 휴가 여행에서 거의 완전히 나아서 돌아올 것을 기대하고 있지요. 그동안 몸무게가 얼마나 더 불었니? 라든가 하는 질문들은 정말 저를 괴롭게 합니다. 오히려 체중이 더 줄고 있으니 말입니다. 식사비는 아끼지 마라(제가 너무 인색하기 때문에 하시는 말씀이지요)! 그래서 저는 식사비를 다 지불하기는 합니다. 하지만 먹을 수가 없는 걸요. 그런 종류의 우스꽝스러운 일들의 연속이지요.

아직도 드릴 말씀이 많기는 하지만, 그러다보면 편지를 부칠 시간을 놓쳐버리게 될 것 같네요. 아, 이 말씀을 드리려고 했었지요. 만약에 14일이 거의 다 지날 때쯤에도 지난 금요일에 그러셨던 것처럼 그렇게 확고하게 제가 그리로 가기를 원하신다면 가겠습니다.

당신의 F.

[메란, 1920년 6월 3일]
목요일

보세요, 밀레나. 저는 밤을 거의 꼬박 뜬눈으로 지새우고 오전인 지금 옷을 벗은 채로 반은 양지에, 반은 음지에 놓인 눕는 의자 위에 누워 있습니다. 잠을 자기에는 너무나 가벼운 몸으로 부인의 주위를 계속 날아다니고 있었는데 어떻게 잘 수가 있었겠습니까? 부인께서 오늘의 편지에 쓰신 것과 정말 똑같이 '저의 품에 던져진 이것'에 대해 경악하고 있는데 어찌 잘 수가 있었겠느냔 말입니다. 그 경악스러움은 사람들이 선지자들이 경험했다고 이야기하는 것과 같은 것이었습니다. 그들은 약하디 약한 어린아이에 불과했는데(이미였는지, 아니면 아직이었는지 모르지만 그건 중요한 일이 아니지요), 그 목소리가 그들을 부르는 것을 들었던 겁니다. 그래서 그들은 경악했지요. 그리고 가지 않으려고 발을 땅에다 박고 버텨보려고 했습니다. 뇌를 찢어버릴 것 같은 두려움이 앞섰기 때문이지요. 그들은 이미 전에도 그런 목소리를 들은 적이 있었거든요. 그들은 왜 바로 이 목소리에 그토록 두렵게 만드는 무언가가 섞여 있는 건지 이해하지 못했지요— 그게 그들의 귀가 약했기 때문인지, 아니면 그 목소리의 힘 때문인지 말입니다. 그리고 그 목소리가 벌써 이기고 말았다는 것도, 그 목소리에 대해 직감으로 느끼게 되는, 전령으로 보내진 바로 이 두려움을 통해 벌써 진을 장악해버렸다는 사실도 알지 못했지요. 그들은 아직 어렸으니까요. 하지만 그렇다고 해서 이것이 그들이 예언자로 정해졌음을 의미하는 것은 아직 아니었습니다. 그 목소리를 듣는 사람은 많았으니까요. 그런데 그들이 그러한 자격이 있는지는 객관적으로도 아직 매우 불확실한 일이었지요. 그래서 안전을 기하기 위해 처음부터 아예 단호하게 부정하고 볼 일이었기 때문입니다—그러니까 부인의 편지 두 통이 도착했을 때, 제가 그런 상태로 누워 있었단 말입니다.

부인과 저 사이에는 한 가지 이상한 공통점이 있는 것 같군요, 밀레나. 그토록 소심하고 겁이 많은 점 말입니다. 거의 매 편지마다 그 기분이 다릅니다. 거의 매 편지가 바로 전 편지에 대해, 그리고 그 답장에 대해서는 더욱더 경악하고 있지요. 부인은 원래 천성이 그랬던 것 같지는 않습니다. 그건 쉽게 알아볼 수 있지요. 그리고 저도, 저 역시도 어쩌면 천성적으로 그렇지는 않은 것 같습니다. 하지만 이제는 그런 면들이 거의 천성이 되어버린 것 같습니다. 단지 절망할 때에만, 그리고 기껏해야 화가 나 있을 때에만 그런 면들이 사라지지요. 또 한 가지 잊지 말아야 할 것은, 두려움이 엄습할 때도 그렇다는 거지요.

가끔 저는 이런 인상을 받습니다. 우리 두 사람이 서로 마주 보고 있는 두 개의 문을 가진 방을 공유하고 있다는 느낌 말입니다. 각자 자기의 문에 달린 문고리를 잡고 있지요. 그리고 상대방이 속눈썹만 살짝 움직여도 다른 한 사람은 이미 자기의 문 뒤에 숨어버리고 말지요. 그리고 그 상대방이 한마디 말이라도 할라치면, 다른 한 사람은 이미 문을 닫아걸어 보이지 않게 되지요. 물론 그는 그 문을 다시 열기는 열 겁니다. 왜냐하면 그 방은 어쩌면 영 떠날 수 없게 되어 있는 방이기 때문이지요. 그 다른 한쪽이라도 그와 그렇게 똑같지 않았으면 얼마나 좋을까요. 그쪽만이라도 좀 느긋해서, 차라리 상대방을 쳐다보지도 않는 척하면서 그 방을 서서히 정돈해나가고 있었으면 얼마나 좋을까요. 마치 다른 방들과 전혀 다를 바가 없는 방인 것처럼 말입니다. 그런데 그쪽도 자기 쪽 문고리를 잡은 채 상대방과 똑같은 행동을 하고 있단 말입니다. 심지어 때로는 둘 다 동시에 문 뒤로 사라져서, 그 아름다운 방이 텅 비어버리게 될 때도 있지요.

그 때문에 아주 고통스러운 오해가 생겨나지요. 밀레나, 당신은 몇몇 편지들에 대해, 그 편지를 아무리 이리저리 돌려보아도 아무것도 떨어지는 게 없다고 불평을 하고 있지만, 제 기억이 틀리지 않는다면, 바로 그 편지들에서 저는 당신과 그토록 가깝게 느꼈던 것 같은데요. 나의 끓는 피가 억제되고, 당신의 끓는 피를 잠재우면서, 그렇게 숲속 깊이 들어가 평화로이 쉬면서, 그저 나무들 위로 하늘이 보인다든지 하는 이야기밖에 도무지 아무 이야기도 할 필요를 느끼지 않는 그런 상태처럼 말입니다. 그리고 한 시간쯤 지난 후에 다시 똑같은 말을 반복하지요. 물론 그 말 중에 "ani jediné slovo které by nebylo velmi dobře uváženo."[20] 물론 그런 상태는 오래가지도 못합니다. 기껏해야 한순간일 뿐이지요. 그러고는 곧 불면의 밤의 트럼펫들이 빽빽거립니다.

그리고 밀레나, 제가 어떤 모습으로 당신에게 가게 될지 한번 생각해보십시오. 제가 어떤 38년간의 여정을 뒤로하고 있는지도요(그것도 제가 유대인인 연고로 그 배만큼의 세월이라고 해도 되겠지요). 그렇기 때문에 겉으로는 마치 우연처럼 보이는 어느 길모퉁이에서, 제가 만날 수 있으리라고는 아직 한 번도 기대해본 적조차 없는, 그리고 지금 이렇게 뒤늦은 세월에 만나리라고는 더욱더 기대하지 않은 당신을

---

20) "심사숙고하지 않은 말은 한마디도 없습니다"

발견했을 때, 저는 밀레나, 소리칠 수 없었습니다. 제 속에 아무것도 소리치지 않습니다. 저는 만 가지 바보스러운 말을 하지도 않습니다. 그런 것들은 제 속에 없어요(물론 제 속에 넘치도록 들어 있는 또 다른 바보스러움은 제외하고 말입니다). 그리고 제가 무릎을 꿇고 있다는 사실도, 저는 제 눈앞 아주 가까이에 당신의 발이 보이고, 제가 그것을 쓰다듬고 있는 것을 보고서야 겨우 알아차릴 뿐입니다.

그리고 밀레나, 제게서 솔직함을 요구하지 마십시오. 제 자신이 누구보다도 더 절실하게 저로부터 솔직함을 요구하고 있으니까요. 하지만 제 눈에도 보이지 않는 것들이 많습니다. 네, 저는 아마도 아무것도 제대로 보지 못하고 있는지도 모르지요. 하지만 이 추격전에서 저를 응원하는 것은 저에게 도움이 되지 못합니다. 오히려 그와 정반대의 결과를 가져오게 되지요. 그렇게 되면 저는 한 발짝도 더 뗄 수가 없게 됩니다. 갑자기 모든 것이 다 거짓이 되어버리고, 쫓기는 자들이 사냥꾼의 목을 조르는 격이 되지요. 밀레나, 저는 이토록 위험한 길에 서 있습니다. 부인은 나무 옆에 든든히 서 계시지요. 젊고 아름다운 모습으로. 부인의 강렬한 눈빛은 세상의 고통을 잠재웁니다. 우리는 마치 škatule škatule hejbejte se[21] 놀이[22]를 하고 있는 것 같습니다. 저는 그늘 속에 숨어서 이 나무에서 저 나무로 살금살금 다가갑니다. 그런데 제가 그 중간에 있을 때 부인께서 저에게 응원을 보내고, 위험에 대해 주의를 주며, 저에게 용기를 불어넣어주려고 합니다. 그리고 불안정한 저의 발걸음 때문에 놀라고, 저에게(저에게 말입니다!) 이것이 얼마나 진지한 놀이인가를 상기시켜줍니다. 그러면 저는 더 무능해져서 넘어지고 맙니다. 이미 바닥에 넘어져 있지요. 저는 제 내부로부터 나오는 그 무시무시한 목소리들과 부인의 목소

---

21) 나무야, 나무야, 바꿔라
22) 우리나라의 '무궁화 꽃이 피었습니다'라는 놀이와 비슷한 놀이로 추정 (옮긴이).

리를 동시에 들을 수는 없습니다. 하지만 그 목소리들을 듣고 그것의 비밀을 부인에게 털어놓을 수는 있지요. 이 세상의 그 누구보다도 부인에게 말입니다.

당신의 F

[메란, 1920년 6월 3일]

이 무서운, 하지만 그 깊은 속까지 무섭지는 않은 이 편지를 읽고 난 지금, 이 편지가 도착했을 때에 느꼈던 그 기쁨에 대해 감사하다고 말하기가 그리 쉽지는 않군요. 오늘은 휴일이라 일반우편이었다면 배달되지 않았을 겁니다. 그리고 금요일인 내일 부인에게서 무언가가 올 것인지도 역시 불분명했지요. 그 때문에 우울하게 가라앉아 있었습니다. 하지만 부인에 대한 생각이 슬픈 건 아니었지요. 부인의 마지막 편지에서 부인은 정말 강해 보였으니까요. 부인을 바라보는 기분은 마치 제가 여기 눕는 의자에 누워서 산악인들을 바라보는 그런 기분이었습니다. 눈 속에서 산을 오르고 있는 그들을 여기에서 알아볼 수 있다면 말입니다. 그런데 점심시간 직전에 편지가 도착했지요. 저는 그 편지를 가지고 가서, 주머니에서 꺼내 식탁 위에 올려놓았다 다시 주머니에 집어넣었다 했습니다. 늘 편지를 가지고 놀기 좋아하는 내 두 손이 하는 그대로 말입니다. 그리고 그 모양을 지켜보며 아이들 같은 그 모습에 웃음 짓고 있었지요. 제 맞은편에 앉아 있는 장군과 엔지니어(아주 훌륭하고 친절한 사람들이지요)를 의식하지 못할 때도 있었습니다. 그들이 하는 말도 거의 알아듣지 못했지요. 오늘 다시 시작한 식사도(어제는 아무것도 먹지 않았지요) 그리 싫지 않았어요. 식사 후에 벌어진 어려운 계산 문제에 대한 토론에서는 짧은 문제들이 그 문제들에 대한 긴 풀이보다 제게는 훨씬 더 명료해 보였

60

지요. 그 토론이 벌어지는 동안, 열려 있는 창문 너머로 전나무와 해
와 산들과 마을이 펼쳐져 있었고, 그 모든 것 위에 빈에 대한 예감이
서려 있었습니다.

그러고는 그 편지를 꼼꼼히 읽었지요. 일요일에 쓰신 편지 말입니다.
월요일에 쓰신 편지를 읽는 건 부인의 다음 편지가 도착할 때까지 보
류해 놓기로 했습니다. 그 속에는 제가 자세히 읽을 자신이 없는 몇
가지가 들어 있기 때문이지요. 저는 아마도 아직 건강이 회복되지 않
은 모양입니다. 그리고 그 편지는 이미 시효가 지난 것이기도 하고
요. 제 계산에 따르자면, 벌써 다섯 통의 편지가 그곳을 향해 길을 떠
났지요. 그리고 그 가운데 적어도 세 통은 이미 부인의 수중에 있을
것 같습니다. 그중에 한 통쯤이 또다시 증발해버렸다고 쳐도, 그리고
등기로 보낸 편지들은 시간이 더 오래 걸린다고 쳐도 말입니다. 이제
제가 할 수 있는 일은 즉시 이곳으로 답장을 보내주시기를 부탁드리
는 일밖에 없습니다. 한마디만 쓰셔도 괜찮습니다. 하지만 그 한마디
는 월요일의 편지 속에 들어 있는 모든 비난들의 날카로움을 제거할
수 있는, 그래서 그 편지를 읽을 수 있게 만드는 그런 한마디여야 합
니다. 덧붙여 말씀드리자면, 그 월요일은 제가 이곳에서 저의 이성을
붙들고 강력하게 흔들어댄 바로 그날이었습니다(그래도 그렇게 절망
적인 것 같지는 않았습니다).

이제 다른 편지 이야기를 하겠습니다—그런데 시간이 너무 늦어버
렸군요. 제가 그 엔지니어에게, 너무 커서 이곳으로 가져올 수 없다
는 그의 아이들 사진을 보러 가겠다고 여러 차례 막연하게 약속해오
다가 오늘은 꼭 가겠다고 했거든요. 그는 나이가 저보다 조금 위인
바이에른 출신의 제조업자인데, 매우 학구적이면서도 아주 유쾌하
고 이해심이 많은 사람이지요. 다섯 아이들이 있었는데, 지금은 둘
만이 살아 있답니다(그런데 그의 아내 때문에 더 이상 아이를 가질 수 없

다고 하는군요). 아들은 벌써 열세 살이고, 딸은 열한 살이랍니다. 이미 하나의 작은 세계이지요! 그리고 그는 그 세계를 평형으로 유지하고 있답니다. 아니요, 밀레나. 평형에 대해서 너무 반감을 가지지 마세요.

당신의 F

내일 다시 쓰겠습니다. 그리고 내일이 혹 모레가 된다고 해도, 그렇다고 또다시 저를 '증오'하지는 말아주시기 바랍니다. 제발 그것만은 하지 말아주세요.

———

일요일 편지를 다시 한 번 읽어보았습니다. 그런데 역시 제가 처음 읽었을 때 생각했던 것보다 훨씬 더 무섭군요. 밀레나의 얼굴을 두 손으로 감싸고 당신의 눈을 한번 똑바로 응시해야 할 것 같습니다. 당신이 상대방의 눈 안에서 자기 자신을 인식하고, 그 후로부터 다시는 그 편지에 쓰신 것 같은 일들은 생각조차 할 수 없도록 하기 위해서 말입니다.

[메란, 1920년 6월 4일]
금요일

우선 밀레나, 일요일에 편지를 쓰셨던 그 집은 어떤 집인가요? 넓고 텅 비어 있다고요? 그리고 혼자 지내신다고요? 밤낮으로?
그건 물론 침울한 일일 수밖에 없겠군요. 쾌청한 일요일 오후에 그런 곳에 혼자 앉아서, 얼굴이라고는 그저 '끄적거려놓은 편지지'일 뿐인 '낯선 남자'를 마주하고 있는 일 말입니다. 거기에 비하면 제 처지는 얼마나 나은지요! 제 방은 작기는 하지만, 아마도 일요일에 당신에게서 달아난 밀레나의 참모습이 여기 있거든요. 그리고 그녀와 함께 있는 것은 정말 행복합니다.

당신은 자신이 쓸모없게 여겨진다고 불평하고 있지만, 다른 때에는 그렇지 않았지요. 그리고 그런 감정은 곧 지나갈 겁니다. 그 한마디의 말이 (어떤 상황에서 그런 말을 하게 됐는지요?) 당신을 경악하게 만들었지만, 그 말은 그렇게 명료하게, 그런 의미로 이미 셀 수도 없이 여러 번 말해지거나 생각되어졌던 것 아닌가요? 자신의 악귀들로부터 고통받는 사람은 분별력을 잃고 가장 가까운 사람에게 화풀이를 하기 마련이지요. 부인은 그런 순간에 그를 완전히 해방시키고 싶어 하시고, 그게 여의치 않게 되면, 자신이 쓸모없다고 느끼는 겁니다. 그 누가 그렇게 신성모독적인 욕심을 낼 수 있단 말입니까? 그런 일에 성공한 사람은 아직 아무도 없습니다. 예를 들어 예수님도 성공하지 못했지요. 예수님은 그저 "나를 따르라"고 말씀하실 따름이었지요. 그리고 그 위대한 (유감스럽게도 제가 아주 엉터리로 인용하는) "내 말대로 행하면, 그것이 인간의 말이 아니라 하나님의 말씀이라는 것을 알게 될 것이다"라는 말씀을 하셨지요. 그리고 예수님은 귀신들을 그를 따르는 사람들에게서만 쫓아내실 수 있었지요. 그것도 지속적으로 그렇게 하시지는 못했어요. 왜냐하면 그들이 예수님으로부터 떨어져나가면 예수님 역시 영향력을 잃고 '쓸모없게' 되셨으니까요. 물론—이 면에서만은 부인과 동의할 수밖에 없네요—그분 역시 시험에 빠졌던 적이 있으셨지요.

———

금요일

오늘 저녁 무렵에 저는 사실 처음으로 혼자서 꽤 먼 곳까지 산책을 나 갔었습니다. 다른 때에는 다른 사람들과 함께 가거나, 아니면 대부분 이곳에서 누워 지냈지요. 세상에! 밀레나, 경치가 얼마나 아름답던 지요! 모든 사고가 멈춰버리는 것 같았어요. 당신이 여기 있었더라면 얼마나 좋았을까 생각했습니다. 그렇다고 해서 제가 당신을 그리워 한다고 말한다면 그건 거짓말일 겁니다. 이건 가장 완벽하면서도 가 장 고통스러운 마술입니다. 당신은 여기에 있습니다. 내가 여기에 있 는 것과 똑같이, 아니 그보다 훨씬 더 강하게 말입니다. 내가 있는 곳 에는 당신 역시 있습니다. 저보다 더 강하게 말입니다. 이건 농담이 아닙니다. 가끔은 당신이, 여기에 있는 당신이 이곳에서 저를 찾다가 못 찾아서, "도대체 이 사람은 어디에 있는 거야? 자기가 메란에 있다 고 편지에 썼었잖아?" 하며 의아스러워하는 것처럼 느껴집니다.

F

제가 쓴 답장 두 통은 받아 보셨나요?

[메란, 1920년 6월 5일]
토요일

제 머리를 계속 떠나지 않는 의문은, 제가 처한 처지 때문에 답장 내 용이 그럴 수밖에 없었다는 것, 아니 사실 그건 아직도 너무나 부드 럽고 기만적이며, 너무 미화되어 있다는 사실을 당신이 이해했는가 하는 것이었습니다. 밤낮을 쉬지 않고 그것을 자문해보며, 당신에게 서 올 답장이 두려워 떨고 있습니다. 소용없는 일인 줄 알면서도 계속 그렇게 자문할 수밖에 없습니다. 마치 일주일 동안 밤을 새워가며 돌에다 못을 하나 박아넣어야 하는 사람처럼 말입니다. 저는 못을 박아넣어야 하는 사람이며 동시에 못인 것처럼 느껴집니다. 밀레나!

———

소문에 의하면—믿지는 못하겠습니다—파업 때문에 오늘 저녁에 티롤과 이곳 사이를 왕래하는 열차의 운행이 중단된다는군요.

[메란, 1920년 6월 5일]
토요일

당신의 편지가 왔습니다. 당신의 편지가 주는 행복이 왔습니다. 하지만 그 속에 쓰인 모든 다른 내용에 앞서 가장 주된 부분이 한 군데 있었지요. 내가 프라하로 돌아간 후에는 당신이 어쩌면 편지를 더 이상 쓰지 못할지도 모르겠다는 이야기 말입니다.

먼저 이 부분을 강조하는 이유는 온 세상이 이 사실을 따로 떼어 놓고 보게 하기 위해서입니다. 밀레나 당신도 말입니다. 사람을 그렇게 위협해도 되는 겁니까? 이 사람이 그렇게밖에 할 수 없는 이유를 적어도 어렴풋하게나마 알고 있으면서 말입니다. 그러면서도 이 사람에게 호의를 가지고 있다고 주장하시는군요.

하지만 어쩌면 저에게 더 이상 편지를 쓰지 않는 것이 옳은 일일지도 모르겠습니다. 당신의 편지 가운데 몇몇 부분이 그렇게 할 수밖에 없음을 암시하고 있군요. 저는 그 부분들에 대해서 반박할 말이 없습니다. 그것은 저도 잘 알고 있고, 또 매우 진지하게 인정하고 있듯이, 제가 당신보다 훨씬 높은 곳에 있기 때문이라는 바로 그 부분들입니다.

하지만 바로 그 이유 때문에 그곳의 공기가 제 폐에게는 너무나 희박해서 좀 쉬어야겠습니다.

당신의 F

내일 다시 쓰겠습니다.

[메란, 1920년 6월 6일]
일요일

밀레나, 당신 편지 중 두 장에 걸쳐 쓰인 이 웅변은 당신의 가슴속 깊은 곳에서, 상처 받은 가슴에서 (to-mně rozbolelo[23]라고 거기에 써 있군요. 그리고 제가 그렇게 했다고요? 제가 당신에게?) 나오면서도 얼마나 순수하고 당당하게 들리는지, 제가 마치 가슴이 아니라 철을 맞힌 것 같은 느낌이 듭니다. 이 편지가 요구하는 것은 물론 가장 자명한 것이지만 저를 오해하신 부분도 있군요(제가 '우스꽝스럽다'고 묘사한 그 사람들은 당신이 그렇게 묘사한 바로 그 사람들이니까요. 그리고 제가 언제 당신들 두 사람 사이에서 어느 한편의 역성을 들었단 말입니까? 그런 말이 어디에 쓰여 있습니까? 제가 어떻게 그렇게 가증스러운 생각을 할 수 있단 말입니까? 그리고—결혼, 일, 용기, 헌신, 순수함, 자유로움, 독립성, 진실성 등—실생활의 어느 면에서 보더라도 당신들 두 사람의 발뒤꿈치도 못 따라가기 때문에, 거기에 대해 언급하는 것조차 역겹게 느껴지는 제가 어떻게 누군가를 비판할 수가 있단 말입니까? 그리고 어디에 제가 적극적으로 돕겠다는 말을 감히 썼단 말입니까? 감히 그런 생각을 했다고 쳐도, 제가 어떻게 도움을 드릴 수가 있느냔 말입니다. 이런 질문들은 그만합시다. 지하에서 잘 자고 있는 것들을 구태여 지상에 불러올릴 필요가 없지요. 그것들은 슬프고 음

---

23)   그 말이—제 마음을 아프게 했어요.

66

울하며 듣는 사람들까지 그렇게 만들지요. 두 장의 글보다 두 시간 동안의 실제의 만남이 훨씬 더 많은 것을 알게 해준다고 쉽게 말씀하지 마십시오. 글은 더 빈약하기는 해도 그 대신에 더 명료합니다). 그러니까 저를 오해하셨다는 겁니다. 하지만 그럼에도 불구하고 그건 저에 대한 이야기이며, 그래서 제가 잘못이 없다고는 말할 수 없습니다. 이상한 것은 위의 모든 물음에 대해 부정으로 대답할 수밖에 없다는 바로 그 사실 때문에, 제게 잘못이 없다고 말할 수 없다는 것입니다.

그러고는 다정한 말로 가득 찬 당신의 전보가 도착했지요. 이 전보는 아주 오래 묵은 원수인 밤을 맞이해야 하는 지금 큰 위안이 되었습니다(만약 그래도 잠을 잘 수 없다면 그건 정말이지 당신 탓이 아니라 밤의 탓이겠지요. 이승의 이 짧은 밤들은 앞으로 다가올 영원한 밤에 대해 거의 두려운 마음이 들게 할 정도입니다). 이 편지 안에도 위안을 주는 많은 아름다운 말들이 들어 있지만, 전체로 보면 그 두 장에 걸쳐 쓰인 비난이 편지 전체를 지배하고 있는 데 반해, 전보는 독립성을 지니고 있어 그것에 대해 아무것도 모르고 있지요. 하지만 밀레나, 그 전보에 대해 한 가지는 말할 수 있어요. 다른 이유들은 다 제쳐놓고라도, 만일 내가 빈에 갔는데 당신이 아까 언급한(내가 말한 것처럼 나를 지나쳐 가는 것이 아니라 나에게 적중하는, 정통으로는 아니지만 그래도 강한 충격으로 나에게 적중하는) 그 비난의 말들을 제게 직접 대고 토로한다면—그 비난이 입 밖으로 나오지 않는다 해도 어떤 형태로든지 분명히 생각 속에 있거나, 눈치가 보이거나, 스쳐지나가거나, 아니면 적어도 추측되어질 수밖에 없을 겁니다—그러면 저는 그 자리에서 단번에 기절해 넘어질 것이고, 당신이 아무리 간호를 잘한다 해도 저를 다시 일으켜 세우지 못할 겁니다. 그리고 만일 그런 일이 일어나지 않는다면, 아마도 그보다 훨씬 더한 일이 일어날 겁니다. 아시겠어요? 밀레나!

당신의 F

목요일

지금은 다른 모든 이야기는 제쳐두고 이 이야기만 하려고 합니다. [아직 당신의 편지를 자세히 다 읽지도 못했습니다. 그저 그 주위를 맴돌기만 했지요. 하루살이가 빛 주위를 맴도는 것처럼 말입니다. 그리고 몇 번이나 머리를 데었지요. 그런데 지금까지 알아낸 것은, 이 두 편지의 내용이 서로 완전히 다르다는 것입니다. 한 편지는 완전히 다 빨아들이고 싶은 내용이고, 다른 한 편지는 경악할 만한 내용이더군요. 하지만 후자가 더 나중에 쓰인 편지 같아 보입니다.]

어떤 사람이 한 지인을 만나자마자 정색을 하고 2 곱하기 2가 얼마냐고 그에게 묻는다면, 그건 정신병원에서나 있을 법한 질문일 겁니다. 하지만 초등학교 1학년 교실에서는 그 질문이 아주 적절한 질문이 되겠지요. 밀레나, 제가 당신에게 드린 질문은 위의 두 가지 면, 즉 정신병자 같은 면과 초등학생 같은 면을 다 가지고 있습니다. 다행스럽게도 그 질문에 초등학생 같은 면도 조금은 섞여 있었단 말입니다. 다시 말하자면, 저에게는 누군가가 저에게 끌리게 된다는 것이 늘 불가사의한 일로 여겨졌습니다. 그래서 저는 (예를 들어 바이스 씨와의 관계처럼)* 많은 사람과의 관계를 망쳐왔습니다. 그것은 제가 (저 자신에 관한 한) 기적을 믿기보다는, 항상 다른 사람들이 착각했을 거라고 믿는 논리적인 정신적 성향을 가지고 있기 때문입니다. 그러지 않아도 탁한 삶의 물을 그런 일로 더 흐려놓을 게 뭐냐고 저는 생각해왔지요. 저는 제 앞에 놓인, 저에게 가능한 길의 한 조각을 보고 있습니다. 그리고 지금 제가 있는 곳에서 아마도 저의 한계를 훨씬 넘어서 얼마나 한참을 더 가야 (다른 사람은 차치하고라도 저 자신에게) 힐끗이라도 한 번 보아줄 만한 사람이 될 수 있는지 알고 있습니다(잘 생각해보면 이건 겸손함이 아니라 교만이라는 사실을 아실 겁니다). 그냥 한

번 힐끗이라도 말입니다. 그런 상황에서 당신의 편지들을 받은 겁니다. 밀레나, 어떻게 하면 우리 두 사람의 차이를 표현할 수 있을까요? 한 사람이 임종의 자리에서 오물과 악취에 파묻혀 누워 있습니다. 그런데 모든 천사 가운데 가장 복된 천사인 죽음의 천사가 다가와서 그를 쳐다봅니다. 이 남자가 감히 죽을 수 있을까요? 그는 돌아누워서 자기의 이불 속으로 더욱더 파묻혀 숨어버립니다. 그에게는 죽는다는 것이 불가능한 겁니다. 간단히 말해서 밀레나, 저는 당신이 저에게 쓴 그 모든 것을 믿지 않습니다. 그리고 그 어떤 방법으로도 그 사실을 저에게 증명할 수 없을 겁니다(도스토옙스키*도 역시 그날 밤 그 사실을 아무에게도 증명할 수 없었을 겁니다. 그리고 나의 생은 하룻밤의 길이밖에 안 됩니다). 아마도 저 자신만이 그 사실을 증명할 수 있을지도 모르겠습니다. 제가 그렇게 할 수 있으리라는 걸 상상할 수는 있습니다(당신이 언젠가 눕는 의자에 누워 있는 한 남자를 상상했던 것처럼 말입니다). 하지만 저는 그걸 저 자신이 증명한다고 해도 믿지는 못할 것입니다. 그래서 어처구니없는 임시방편으로—당신은 물론 그 사실을 바로 눈치채셨지요—그 질문을 했던 겁니다. 마치 선생님이 때때로 피곤함과 갈망 때문에, 학생이 바른 대답을 하면 그 학생이 이 문제를 정말로 이해하고 있다고 일부러 착각하고 싶어 하는 것처럼 말입니다. 사실 이 학생은 어떤 우연한 연유로 답을 알고 있을 뿐, 이 문제를 철저하게 이해하고 있을 가능성은 전혀 없는데도 말입니다. 그 학생이 그것을 철저히 이해하도록 가르칠 수 있는 사람은 오직 선생님 자신밖에 없기 때문이지요. 하지만 징징거리거나, 한탄하거나, 쓰다듬거나, 애원하거나, 꿈을 꾸거나 하는 방법을 통해서가 아니라(최근의 대여섯 통의 편지들을 가지고 계십니까? 그 편지들을 한번 보십시오. 그것들도 그 전체 그림에 속하니까요), 오직—이 문제는 그냥 유보해둡시다.

당신이 편지에서 그 아가씨°도 언급하고 있는 것을 얼핏 보았습니다. 이 방면으로 의혹의 여지가 없게 하기 위해 말씀드립니다. 이 아가씨가 지금은 물론 마음이 아프겠지만, 당신은 이 아가씨에게 큰 은인이 된 겁니다. 이 방법이 아니고는 그녀가 저에게서 놓여날 길이 전혀 없었으니까요. 그녀 역시 제 옆자리가 주는(신비스러운, 하지만 그녀에게는 전혀 이상하게 느껴지지 않는) 따스함이 어디서 오는지에 대해 고통스럽게나마 어렴풋이 감지는 하고 있었지만 정확하게 알지는 못했지요. 우리가 브르쇼비츠에 있는 한 작은 원룸 아파트의 소파에 나란히 앉아 있었던 장면을 떠올립니다(아마도 11월이었던 걸로 기억됩니다. 그 집은 일주일 후면 우리 것이 될 거였지요). 그녀는 오랜 고생 끝에 이 집이나마 얻게 된 사실에 대해 행복해하고 있었어요. 그리고 그녀의 옆에는 장래 그녀의 남편이 앉아 있었습니다(제가 거듭 강조하지만 결혼하려는 생각을 한 것도 저였고, 결혼을 재촉한 것도 저였습니다. 그녀는 단지 놀라고 마지못해서 승낙을 한 거였어요. 하지만 나중에는 물론 그 생각에 완전히 적응하게 되었지요). 이 장면을 열에 들뜬 심장의 박동 소리보다 더 많은 세부 사항과 함께 떠올릴 때마다 저는 인간의 모든 현혹(이 경우에 그것은 몇 달 동안이나 나의 현혹이기도 했습니다. 물론 저에게는 그것이 현혹이기만 한 것은 아니고, 다른 일들에 대한 고려도 한몫을 했습니다. 어쩌면 이 결혼은 그렇게 했어도 최상의 의미에서 이성적인 결합이 되었을 것입니다)에 대해 그 밑바닥까지 철저히 이해할 수 있을 것 같은 생각이 듭니다. 그리고 저는 우유 잔을 입으로 가져오기가 두려워집니다. 왜냐하면 그 잔이 우연하게가 아니라 고의로 저의 얼굴 앞에서 산산조각이 나, 그 파편들을 저의 얼굴에 박아넣을지도 모르기 때문입니다.

<u>질문이 하나 있습니다. 그가 당신을 비난하는 이유는 무엇입니까?</u>
저 역시도 더러 사람들을 불행하게 만든 적이 있었지요. 하지만 그들은 결국에 가서는 저를 비난하지 않는 것 같습니다. 그저 침묵할 뿐이지요. 그리고 속으로도 저를 원망하지 않는 것 같습니다. 저는 이런 예외적인 위치를 사람들과의 관계에서 가지고 있습니다.

———

하지만 그런 모든 것은 중요하지 않습니다. 오늘 아침 자리에서 일어날 때 제게 갑자기 떠오른 묘안에 비하면 말입니다. 그 묘안이 어찌나 저를 홀려놓았던지, 저도 모르는 사이에 세수를 하고 옷을 입었지요. 그리고 그 상태로 면도까지 할 뻔했어요. 누가(육류를 섭취하는 것이 꼭 필요하다고 제게 말했던 그 변호사가) 와서 저를 깨우지 않았더라면 말입니다.

그 묘안이란 간단히 말해서 이겁니다. 당신이 얼마 동안 남편을 떠나 있는 겁니다. 이건 새로운 일은 아니지요. 벌써 한 번 그런 일이 있었지 않습니까? 그 이유를 들자면, 당신의 병과 그의 신경과민(그렇게 하면 그도 좀 편해질 것입니다), 그리고 또 빈의 상황 때문이지요. 당신이 어디로 가고 싶어 하는지는 모르겠지만, 뵈멘에 있는 한적한 곳이 당신에게 가장 적합하다고 생각됩니다. 이 일을 진행하는 데 있어서 제가 직접 관여하거나 나타나거나 하지는 않는 편이 좋겠습니다. 이 일을 위해 필요한 경비는 우선 제가 (상환 조건에 대해서는 서로 상의하여 정합시다) 보내드리겠습니다(제가 이 일을 통해 얻게 될 부수적인 유익 가운데 한 가지만 말씀드리자면, 저는 아주 황홀해하며 일하는 관리가 될 것입니다—제가 하는 일은 그러잖아도 우습고 한심할 정도로 쉬운 일이지요. 당신은 아마 상상도 못할 겁니다. 제가 무슨 대가로 월급을 받는지도 모를 지경이니까요). 제가 보내드리는 것이 어쩌다 조금 모자랄 때에는, 그 얼마 되지 않을 나머지 액수는 당신이 쉽게 마련할 수 있을 겁니다.

우선은 이 생각이 얼마나 좋은 묘안인지에 대해서는 더 이상 말하지 않겠습니다. 하지만 당신이 이 묘안에 대해 어떻게 판단하시는지에 따라서, 제 다른 묘안들에 대한 당신의 판단을 믿을 수 있을지 없을지를 제게 보여주실 기회를 가지게 되신 겁니다(이번 묘안의 가치는 제가 잘 알고 있으니까요).

당신의 카프카

당신의 편지를 다시 읽어보니 제 식사에 대해 언급하셨군요. 네, 그렇게 되면 아마 분명히 그것도 나아질 것입니다. 그 일로 인해 제가 그렇게 중요한 사람이 되면 말입니다. 저는 당신의 편지 두 통을 저 참새가 제 방 안에 있는 빵 부스러기를 주워 먹는 모양새로 읽습니다. 떨면서, 귀에 온 신경을 집중시키고, 훔끔거리면서, 모든 깃털을 세우고 말입니다.

[메란, 1920년 6월 11일]
금요일

언제가 되면 마침내 이 뒤바뀐 세상을 좀 바로 돌려놓을 수가 있을까요? 낮에는 다 타버린 것 같은 머리로 돌아다니고—여기에는 산마다 도처에 아주 아름다운 폐허들이 있습니다. 그래서 나도 그렇게 아름다워져야 한다고 믿게 되나봅니다—정작 잠자리에 들어가면 잠은 안 오고 최상의 묘안들만 떠오르니 말입니다. 예를 들어 오늘은 제가 어제 드린 제안에 대한 보충으로, 당신이 여름 동안에 시골에 산다는 스타샤˚라는 친구의 집에 머무르면 좋겠다는 생각이 떠올랐습니다. 어제는 제가 어떨 때는 돈이 조금 모자랄지도 모르겠다고 썼지만, 그건 바보 같은 소리였습니다. 돈은 항상 충분할 겁니다.

화요일 아침 편지와 저녁 편지가 저의 제안이 옳았다는 사실을 증명해주고 있군요. 하지만 그건 뭐 별로 대단한 우연의 일치도 아니지요. 왜냐하면 제 제안의 가치는 모든 면에서, 정말 모든 면에서 증명되어야 하니까요. 이 제안에 조금이라도 흑심이 들어 있다면—어디엔들 흑심이 들어 있지 않겠습니까? 필요에 따라서는 몸집을 아주 작게 만들 수도 있는 이 거대한 괴물 말입니다—그걸 최대한 자제하도록 노력하겠습니다. 그런 면에서는 당신의 남편조차도 저를 믿을 수 있을 겁니다. 제가 다시 과장하기 시작하는군요. 어쨌든 저를 믿어도 좋습니다. 저는 당신을 보러 가지 않을 겁니다. 지금이나 그때나 말입니다. 당신은 당신이 사랑하는 시골에서 살게 될 겁니다(그면에서는 우리 둘이 비슷하군요. 중앙 산맥의 첩첩산중 말고, 별로 왕래가 없는, 숲과 호수가 한데 어우러져 있는 한적한 시골이 저는 제일 좋습니다).

밀레나, 당신은 당신의 편지들이 제게 갖는 위력에 대해 잘 모릅니다. 월요일에 보낸 편지들을(jen strach o Vás)[24] 저는 아직까지도 다 읽지 못하고 있습니다(오늘 아침에 다시 한 번 시도해보았지요. 얼마만큼은 읽을 수 있었지만—제가 드린 제안으로 인해 조금은 이미 과거의 것이 되어버리기도 한 탓이었겠지요—끝까지 다 읽을 용기는 아직도 내지 못했습니다). 반면에 화요일에 쓴 편지는 (그리고 그 이상한 카드도—카페에서 쓰신 건가요? —베르펠에 대한 당신의 불평에 대해서도 답을 해야겠지요. 당신의 질문에 대해서 아무것도 답을 하지 못하고 있군요. 당신은 답을 훨씬 잘하고 계셔서 얼마나 좋은지 모릅니다.) 월요일 편지 때문에 거의 잠을 자지 못했음에도 불구하고, 오늘 저를 안심시키고 희망을 가지게 만듭니

---

24) (당신 자신을 위한 염려만이)

다. 물론 화요일 편지도 그 나름의 가시를 지니고 있어서 제 몸을 관통하는 것 같은 아픔을 주기는 하지만, 그대가 그 손잡이를 쥐고 있음에 견딜 수 있습니다. 그대로부터 온 것이라면―이건 물론 한순간의, 행복과 고통에 전율하는 한순간의 진실에 불과하지만―무엇인들 견디지 못하겠습니까?

F

편지를 봉투에서 다시 꺼냈습니다. 여기에 자리가 있군요. 언젠가 다시 한 번 내게―항상 그렇게 해달라고 하는 건 절대 아니오―그대라고 말해주오.[25]

그다지 꺼려지는 일이 아니라면 기회가 닿는 대로 저를 봐서 베르펠에게 친절한 말을 한 번 해주기 바랍니다―그런데 이제 보니 유감스럽게도 제가 한 질문들에 답변하지 않은 것도 많군요. 예를 들어 당신의 글에 관한 질문 말입니다. [...][26]
얼마 전에 또다시 당신을 꿈에 보았지요. 아주 장황한 꿈이었는데도 생각나는 게 별로 없군요. 빈에 갔었는데 거기에 대해서는 아무 기억이 없고, 그 후 다시 프라하로 돌아왔는데 당신의 주소를 잊어버린 겁니다. 골목의 이름뿐만 아니라, 도시 이름도 전혀 생각이 나지 않는 거였어요. 그저 슈라이버라는 이름만 어찌어찌 어렴풋이 생각이 났지요. 하지만 그 이름을 어디다가 집어넣어야 하는 건지도 모르겠더라고요. 그러니까 당신을 아주 완전히 잃어버린 꼴이 되었지요. 저는 절망한 나머지 여러 가지 아주 기발한 방법을 생각해냈는데, 왜

---

25) "편지를 …… 말해주오." 편지의 마지막과 추신 사이의 빈 공간에 원래 텍스트와 직각 방향으로 써넣었음.
26) 약 9개의 단어를 알아볼 수 없게 지워버렸음.

그런지는 모르지만 실행에 옮겨보지는 못했어요. 그중에 딱 한 가지 생각나는 것은, 제가 봉투에다 M. 예젠스카라고 쓰고는 그 밑에다가 "이 편지를 꼭 전해주시기 바랍니다. 그렇지 않으면 재무 행정 기관에서 아주 엄청난 손해를 보게 되어 있으니까요"라고 썼어요. 이렇게 위협을 하면 국가의 가능한 모든 수단이 당신을 다시 찾기 위해 총동원될 거라고 믿었지요. 교활하다고요? 그렇다고 해서 저에 대해 나쁜 인상을 갖지는 말기 바랍니다. 그저 꿈에서만 그렇게 엄청난 일을 할 뿐이니까요.

[메란, 1920년 6월 12일]
토요일

나를 약간 오해하고 있구려, 밀레나. 나도 그대와 거의 같은 생각이란 말이오. 세세한 것까지 일일이 나열할 필요도 느끼지 않을 만큼 말이오.

내가 빈으로 갈 것인지는 오늘은 아직 말할 수 없소. 하지만 가지 않게 될 것으로 생각하오. 이전에는 가지 않아야 할 이유가 많이 있었지만, 지금은 단지 내가 정신적으로 그걸 견뎌내지 못할 거라는 단 한 가지 이유에서요. 그리고 어쩌면 아주 미약한 다른 한 가지 이유로 내가 가지 않는 것이 우리 모두를 위해 더 낫다는 사실을 들 수 있겠소. 하지만 그대가 현재 처해 있는 상황에서 (nechat člověka čekat)[27] 지금 프라하로 온다면 그것 역시, 아니 그건 훨씬 더 견디기 어려울 것이라는 걸 덧붙여 말해두고 싶소.

그대가 그 여섯 달 동안 겪은 일들에 대해* 이야기하려는 것을 꼭 들어야 하겠지만, 지금 당장 해야 하는 것은 아니오. 그게 아주 끔찍한

---

27) (한 사람을 기다리게 하고)

일이었다는 것[…]²⁸은 확신하고 있소. 그대가 아주 끔찍한 일들을 겪고, 또 행하기까지 했으리라는 것도 확신하고, 내가 곁에서 그 일들을 같이 겪어야 했다면 아마도 견뎌내지 못했으리라는 것도(약7년 전의 나는 거의 모든 일을 견딜 수 있었지만 말이오), 그리고 앞으로도 함께 겪는 것은 견뎌내지 못할 거라는 것도 확신하고 있소—그래요. 하지만 그게 다 어쨌단 말입니까? 내게 있어서 본질적인 것은 오직 그대 자신일 뿐, 그대가 겪은 일들이나 행한 일들이 아니지 않소? 그대는 내가 알고 있소. 그 이야기를 듣지 않고도 말이오. 나 자신보다도 훨씬 더 잘 알고 있소. 그렇다고 해서 내가 내 손의 상태를 알지 못한다고 말하려는 건 아니지만 말이오.

그대의 편지가 나의 제안과 상충하는 것은 아니오. 오히려 그 반대지요. 왜냐하면 그대는 "nejraději bych utekla třetí cestou která nevede ani k tobě ani s ním, někam do samoty"²⁹라고 쓰고 있으니 말이오. 그게 바로 내가 제안하는 거요. 이 편지는 어쩌면 내가 그 제안을 쓴 바로 그날 쓴 것 같구려.

물론 병세가 그 정도라면, 잠시라도 그대의 남편을 혼자 놔둘 수 없지요. 하지만 그대도 쓴 것처럼 끝이 안 보이는 병은 아니지 않소? 단지 몇 달만 참으면 된다고 썼었는데, 이미 한 달여가 지났으니, 한 달만 더 있으면 잠시 자리를 비워도 되지 않겠소? 그러면 8월이 되겠구려. 길게 잡아도 9월까지는 가능하지 않겠소?

고백하지만 그대의 이번 편지는 내가 바로 읽어낼 수 없는 그런 유類의 편지였소. 그런데도 이번에는 네 번이나 연거푸 황급히 읽어냈지만, 그래도 적어도 거기에 대한 나의 의견만은 바로 말할 수가 없구

---

28) 약 15개의 단어를 알아볼 수 없게 지워버렸음.

29) 제가 가장 원하는 것은 제삼의 길로 도망치는 거예요. 그대에게로도 말고 그와 함께도 아닌, 홀로 있을 수 있는 어디론가로 말이에요.

려. 그래도 어쨌든 위에 말한 것들은 다 유효하오.

그대의

[메란, 1920년 6월 12일]
토요일에 다시

편지가 이렇게 뒤죽박죽 오고 가는 것은 그만두어야 하오, 밀레나.
이 편지들이 우리 둘 다를 미치게 만드는구려. 무슨 말을 썼는지, 무
슨 말에 대한 답인지도 모르겠고, 그러면서도 어찌 됐건 간에 계속
떨고 있으니 말이오. 그대의 체코어는 아주 잘 알아듣고 있소. 웃는
소리까지 들리는 듯하오. 하지만 편지를 읽을 때마다 그 말과 웃음
뒤에 또 무언가가 있는지 파고들게 되고, 그렇게 되면 오직 거기에
써 있는 말들만 들리게 되오. 그리고 내 존재 자체가 두려움 아니오?
내가 수요일에서 목요일 사이에 쓴 편지들을 읽고도 나를 보기를 원
하는지 알아낼 수가 없소. 그대에 대한 내 마음은 잘 알고 있소(그대
는 내 사람이오. 내가 그대를 앞으로 영원히 볼 수 없게 된다고 하더라도 말
이오). […][30] 그대에 대한 내 마음은—그것이 꿰뚫어볼 수 없는 내 두
려움의 영역에 속하지 않는 한—잘 알고 있단 말이오. 하지만 나에
대한 그대의 마음은 전혀 모르겠소. 그건 온전히 두려움의 영역에 속
해 있소. 다시 한 번 말하지만 그대 역시 나를 잘 알지 못하오, 밀레나.
내게는 지금 일어나고 있는 일이 아주 엄청난 일이라오. 내 온 세계
가 무너져내리고, 내 세계가 다시 건설되고 있소. 그 사이에서 네가
(여기서 너라는 건 나를 두고 하는 말이오) 잘 버텨내기 바란다. 무너지
는 걸 한탄하는 게 아니오. 이미 무너지고 있었다오. 새로이 건설되
는 것이 걱정스러운 거요. 내 힘이 약한 것이 걱정스러운 거요. 새로

---

30) 약 11개의 단어를 알아볼 수 없게 지워버렸음.

태어나는 것이 걱정스럽고, 태양의 빛이 걱정스러운 거요.

우린 어떻게 살아가야 하오? 내가 쓴 답장들에 대해서 "예"라고 대답한다면 더 이상 빈에 머물러 있지 말아야 하오. 그건 불가능한 일이오. 그대의 편지와 함께 오늘 막스 브로트에게서 편지가 하나 도착했소. 그 편지에는 이런 이야기도 쓰여 있었소. "아주 이상한 일이 벌어졌다네. 그 일에 대해 대강이라도 '보고하려' 하네. 『트리부나』지의 젊은 편집자 라이너*(사람들의 말로는 아주 고상하고, 정말이지 너무나도 젊은 사람이라네—아마 스무 살쯤 됐나?)가 음독자살을 했다네. 이 일은 자네가 아직 프라하에 있을 때 일어났던 것 같네. 지금에 와서야 그 이유가 알려졌는데, 빌리 하스*가 라이너의 아내(처녀 때의 성은 암브로조바이고, 밀레나 예젠스카의 친구라네)와 정신적인 면에 국한된 것이라고는 하지만 연인 관계에 있었다네. 뭔가 발각되거나 하는 일이 있었던 건 아닌데, 그 여자는 결혼하기 전부터 몇 년 동안이나 사귀어왔던 남편을 행동으로나 특히 말로 너무나 괴롭혀왔기 때문에 그가 편집실에서 자살을 했다는 얘기네. 그날 아침에 그녀는 하스 씨와 함께 그가 왜 야근이 끝나도 집에 오지 않았는지 물어보려고 편집실로 찾아왔더라지. 그때 그는 이미 병원에 누워 있었고, 그들이 미처 병원에 도착하기도 전에 숨지고 말았다네. 하스는 마지막 시험을 앞두고 있었는데, 공부를 중단하고 아버지와 의까지 상한 채로 베를린으로 가 영화 신문 발행인으로 일하고 있다는구면. 지금 형편이 별로 좋지 않다는 이야기를 들었네. 그 여자 역시 베를린에 살고 있고, 사람들은 그들이 곧 결혼할 걸로 알고 있지. 내가 왜 이런 끔찍한 이야기를 자네에게 하고 있는지 나도 모르겠네. 어쩌면 우리가 동일한 악령의 지배하에서 신음하고 있기 때문이 아닌가 싶네. 그러니까 이 이야기도 결국은 우리에게 속하는 것이지. 우리가 그 이야기에 속하는 것처럼 말이네."

이상이 그 편지 내용이었소. 반복해 말하지만 그대는 빈에 그대로 있으면 안 되오. 이 이야기는 얼마나 끔찍한지요. 언젠가 두더지를 한 마리 잡아 흡 재배원에 데리고 간 적이 있었소. 내가 그놈을 놓아주자마자 그는 미친 듯이 땅속으로 파고들어 마치 물속으로 사라지듯이 그렇게 사라져버렸소. 이 이야기 앞에서 우리도 그렇게 해야 할 것 같은 생각이 드는구려.

사실 우리의 이야기는 다르지요, 밀레나. 그대는 내게 유부녀가 아니고, 아가씨요. 내가 본 어떤 아가씨도 그대만큼 아가씨 같은 사람은 없었소. 나는 그대에게 감히 손을 내밀지도 못할 거요, 아가씨. 이 불결하고 움찔거리는, 날 세운 발톱 같으면서도 산만하며 불안한, 뜨거우면서도 차디찬 내 손을 말이오.

F

프라하의 심부름꾼 얘기 말인데, 그건 좋은 생각이 못 되오. 그대는 텅 빈 건물을 발견할 뿐일 거요. 그건 내 사무실 주소니까 말이오. 그 사이 나는 구시가 광장 6번지*의 3층에서 책상 앞에 앉아 얼굴을 두 손에 파묻고 있겠지요.

그대도 내 말을 잘 이해하지 못하는구려, 밀레나. '유대인 이야기'는 그저 어리석은 농담일 뿐이었소.

[메란, 1920년 6월 13일]
일요일

오늘은 어쩌면 많은 것을 설명해줄 수 있는 사실에 대해 쓰려 하오, 밀레나(얼마나 풍부하고 무거운 이름인지요. 너무나 꽉 차서 거의 들 수 없을 지경이지요. 그래서 처음에는 별로 마음에 들지 않았소. 그리스나 로마의

이름이 길을 잃고 뵈멘까지 흘러들어온 후 체코어에 강간당하고, 악센트에
도 사기를 당한 것처럼 보이오. 그러면서도 색채와 형태가 아주 멋지지요. 두
팔로 안아 세상 밖으로, 아니 어쩌면 불길 밖으로 건져내온 한 여인 같은 이
름이오. 그리고 그녀는 기꺼이 신뢰하며 팔에 안겨 있는 듯한 이름이지요. 단
지 i 위에 있는 악센트가 좀 어색할 뿐이오. 이름이 다시 튕겨져 달아날 것 같
지 않소? 아니면 혹시 그건 그대가 그 모든 짐을 안고 행하는 행운의 도약일
뿐인 거요?).

그대는 두 종류의 편지를 쓰고 있소. 어떤 것은 펜으로 쓰고, 또 어떤
것은 연필로 썼다는 얘기를 하려는 게 아니오. 물론 연필로 쓴 편지
들이 그 자체로 많은 것을 암시하고 있고, 또 귀를 쫑긋하게 만들기
는 하지만, 이러한 차이가 결정적인 것은 아니오. 예를 들어, 최근에
그 집이 찍혀 있는 엽서와 함께 보낸 편지는 연필로 쓰여 있었지만
나를 행복하게 해주었소. 나를 행복하게 해주는 편지들은 (밀레나, 내
나이와, 내가 얼마나 기진맥진해 있는지를, 그리고 무엇보다도 나의 두려움
을 이해해주오. 그리고 그대의 젊음, 그대의 신선함, 그대의 용기를 생각해보
오. 그리고 나의 두려움은 점점 더 커지고 있소. 왜냐하면 그건 세상 앞에서
움츠러드는 것을 의미하고, 결과적으로 세상의 압력이 더 커짐을 의미하며,
결국에는 두려움의 확대를 의미하오. 그런데 그대의 용기는 앞으로의 전진
을 의미하며, 압력의 축소를 의미하고, 용기의 증대를 의미하오) 평화로운
편지들이오. 이 편지들의 발아래 행복에 겨워하며 한없이 앉아 있고
싶소. 그것들은 이 불타는 듯 내 머리 위에 내리는 단비 같은 거요.
하지만 다른 한 종류의 편지들이 오면, 밀레나, 그 편지들이 본질적
으로는 다른 편지들보다 훨씬 더 행복하게 해주는 편지들이라고 해
도(난 내 허약함 때문에 며칠이 걸려서야 그 행복에 도달할 수 있다오), 외
침과 함께 시작하고(나는 이렇게 멀리 있는데도 말이오) 그 도를 알 수
없는 공포를 안겨주며 끝을 맺는 이 편지들이 도착하면, 나는 정말로

폭풍을 알려주는 경종이 울릴 때처럼 떨기 시작하고, 그 편지들을 읽을 자신이 없어지오. 물론 결국에는 목말라 죽어가던 짐승이 물을 마시듯 읽고 말지만, 그 밀려오는 두려움 때문에 어디 기어들어가 몸을 숨길 수 있는 가구가 없을까 하고 찾게 된다오. 그리고 완전히 정신이 나간 채로 구석에 숨어 떨면서, 그대가 이 편지 속에서 돌풍처럼 들이닥친 그 모습대로 다시 창문을 통해 날아가주기를 기도하지요. 폭풍을 내 방 안에 두고 있을 수는 없지 않소. 그런 편지들에서 그대는 메두사의 끔찍한 머리를 가지고 있다오. 그대의 머리 주위로 공포를 주는 뱀들이 꿈틀대고 있소. 그리고 내 머리 주위에는 두려움의 뱀들이 그들보다 더 요란스럽게 꿈틀거리고 있다오.

———

수요일에 쓴 편지와 목요일에 쓴 편지가 도착했소. 애고, 귀여운 아기씨(메두사라면서 이렇게 말하는 내가 사실은 더 아기인지도 모르지요), 그대는 내 바보 같은 농담들(žid와 nechápu[31]와 '증오'에 관한 이야기들 말이오)을 모두 너무 진지하게 받아들이고 있구려. 그건 내가 그대를 좀 웃게 하려고 한 이야기들일 뿐이오. 두려움 때문에 우리는 서로 오해하고 있구려. 하지만 나더러 체코어로 쓰라고만은 하지 말아주오. 거기에는 그대에 대해 비난할 의도는 추호도 없었소. 오히려 그대가 알고 있는 유대인들에 대해 (나를 포함해서 말이오) 그대가 너무나 좋게 생각하고 있다는 사실에 대해 비난한다면 모를까! —그렇지 않은 유대인들도 있소! —어떨 때는 단지 그들이 유대인이라는 이유 때문에 (나를 포함해서 말이오) 모두 저기 서 있는 장롱의 서랍 안에다 처넣고 기다리다가, 서랍을 살짝 열어 모두들 질식사했는지 살펴보

31)   [메란, 1920년 5월 30일] 편지 참조.

고, 아직 살아 있으면 다시 서랍을 밀어 넣고 하는 일을 끝장이 날 때까지 계속하고 싶을 때가 있소—하지만 내가 그대의 '연설'에 대해 쓴 말은 진심(ernst)이었소. ('ernst'라는 단어³²가 자꾸 편지에 등장하게 되는구려. 내가 어쩌면 그에게—거기에 대해 생각이 정리가 안 되오—끔찍한 잘못을 저지르고 있는지도 모르겠소. 하지만 거의 그만큼 강하게 느끼게 되는 건, 내가 이제 그와 연결되어 있다는 사실이오. 점점 더 강하게, 생과 사를 넘어서라고 거의 말할 뻔했소. 그와 얘기할 수 있다면 참 좋겠소! 하지만 나는 그가 두렵소. 그는 나에 비해 훨씬 우월한 위치에 있소. 밀레나, 알고 있소? 그대가 그에게로 갔을 때에 그대는 그대의 차원에서 아주 많이 내려간 것이었소. 하지만 그대가 나에게로 온다면 그건 깊은 나락으로 떨어지는 것과 같소. 그걸 알고 있소? 그 편지에서 말한 '높이'는 나의 높이가 아니라 그대의 높이였소)—'연설'에 대해서 이야기하고 있었지요? 그건 그대도 진지하게 말한 것 같은데, 내 생각이 틀리지 않을 것 같소.

———

또다시 아프다는 소리를 듣게 되는구려. 밀레나, 아파서 누워 있는 것 아니오? 어쩌면 좀 누워서 쉬는 게 필요할지도 모르겠소. 지금 내가 이 글을 쓰고 있는 시간에 그대는 누워 있을지도 모르겠구려. 한 달 전에는 내가 좀 더 나은 인간이었지 않소? (물론 내 머릿속에서뿐이었지만) 그대를 위해 걱정하고, 그대가 아프다는 사실도 알고 있었지요. 그런데 지금은 아무것도 모르오. 지금은 내가 아픈 것, 나의 건강만을 생각하고 있지요. 물론 그 모든 게, 앞의 것이나 뒤의 것이나 다 그대이지만 말이오.

F

32)   밀레나의 남편 이름이 Ernst Pollak이었다(옮긴이).

오늘은 이 불면의 공기로부터 벗어나고 싶어서, 내가 좋아하는 그 엔지니어와 함께 잠시 바람을 쐬고 왔소. 거기서 그대에게 엽서를 한 장 썼는데, 서명을 하고 부칠 수가 없었소. 이제는 그대에게 상관없는 사람인 양 쓰지를 못하겠소.

금요일 편지는 수요일에야 도착했소. 속달이나 등기로 부친 편지들이 일반 편지들보다 오래 걸리는 것 같소.

[메란, 1920년 6월 14일]

월요일

오늘 아침 잠이 깨기 직전에, 그건 잠들고 난 바로 직후이기도 했지만, 아주 이상한 꿈을 꾸었소. 끔찍한 꿈이라고 말하고 싶지만(꿈에서 받은 인상은 금방 사라지는 게 그나마 다행이오), 그냥 이상한 꿈이라고만 해둡시다. 그나마 그 덕분에 잠을 조금 잘 수 있었다오. 그런 꿈을 꿀 때에는 그 꿈이 다 끝나야만 깨어나게 되어 있지요. 그 전에 빠져나오는 건 불가능해요. 혀를 붙들고 놓아주지 않으니까요.

빈에서 일어난 일이었소. 내가 몽상 중에 빈에 가게 되면 이렇겠구나 하고 상상하는 것과 비슷한 풍경이었지요(내가 하는 이러한 몽상에서는 빈은 아주 작고 조용한 광장 하나가 그 전부요. 한쪽에는 그대의 집이 있고, 맞은편에는 내가 묵게 될 호텔이 있지요. 그 왼쪽에는 내가 도착하게 될 서역西驛이 있고, 오른쪽에는 내가 떠날 때 이용할 프란츠 요제프 역이 있지요. 아 참, 그리고 내가 묵을 호텔의 1층에는 친절하게도 채식 식당이 하나 있어서, 나는 거기서 식사할 거요. 먹기 위해서가 아니라, 말하자면 무게를 불려 프라하로 돌아가기 위해서지요. 내가 왜 이런 이야기를 하는지 모르겠소. 이건 꿈 이야기에 속하는 이야기가 아닌데 말이오. 아마 아직도 그 꿈 이야기를 하기가 두려운가보오). 그러니까 빈은 실상은 이와 똑같은 모습은 아니었소. 실제로 대도시의 모습을 하고 있었지요. 저녁 즈음이었고, 축축하고 어두운 가운데 교통 왕래가 아주 많았지요. 내가 묵고 있는 집과 그대의 집 사이에는 아주 기다란 네모 모양의 공원이 있었지요. 나는 급작스럽게 빈으로 간 것이었소. 그대에게 보낸 편지들보다도 내가 먼저 도착했소(그 사실이 후에 나를 특히 속상하게 했소). 어찌 됐든 그대는 내가 온다는 사실을 알고 있었고, 우리는 서로 만나기로 되어 있었소. 다행스럽게도(하지만 동시에 귀찮아하는 감정도 가지고 있었던 것 같소) 나는 혼자가 아니었소. 작은 무리의 사람들이 나와 함께 있었는데, 그 가운데 소녀 하나도 끼어 있었던 것 같소. 그 사람들이 어떤 사람들이었는지는 잘 모르겠소. 그들은 말하자면 나를 지원하는 역할을 하고 있었던 거요. 좀 조용히만 해주면 좋겠는데 그들은 계속 서로 이야기를 하고 있었소. 아마도 내 일에 관해서 얘기하고 있는 것 같았소. 내게는 신경을 자극하는 그들의 웅성거림만이 들릴 뿐, 한마디도 알아들을 수는 없었소. 알아듣고 싶지도 않았소. 나는 내가 묵고 있는 집의 오른편에서 보도의 가장자리에 선 채로 그대의 집을 유심히 살펴보고 있었소. 그 집은 나지막한 빌라였고, 1층 정면에는 아름답고 소박하게 반원형으로 지어진 돌로 된 테라스가 있었지요.

그런데 갑자기 아침 식사 시간으로 옮겨 가서, 테라스에는 식탁이 마련되어 있었고, 나는 멀리서 그대의 남편이 나와서 오른쪽에 있는 등의자에 앉는 것을 보았지요. 그는 아직 잠이 덜 깬 상태로, 양팔을 쫙 벌리고 기지개를 폈어요. 그리고 그대가 나왔소. 그리고 식탁 앞에 앉았고, 난 그대의 모습을 정면으로 볼 수 있었지요. 물론 자세히는 볼 수 없었소. 거리가 너무 멀리 떨어져 있었기 때문이오. 그대 남편의 윤곽은 훨씬 또렷하게 잘 보였는데, 왜 그런지는 모르지만 그대는 푸르스름한, 윤곽이 흐릿한 유령 같은 존재로 보였소. 그대도 역시 양팔을 쫙 펴고 있었는데, 기지개를 펴는 것이 아니라 뭔가 장엄한 자세를 취하고 있는 거였소.

그리고 바로 직후, 다시 아까처럼 이른 저녁 시간이었는데, 그대는 그 골목에서 나와 함께 서 있었소. 그대는 보도 위에 서 있었고 나는 한쪽 발을 차도에 내려놓고 서 있었는데, 내가 그대의 손을 붙잡고 있었지요. 그러고는 이상할 만큼 빠르고 단문으로 된 대화가 시작됐지요. 탁탁 받아치는 듯한 대화가 꿈이 끝날 때까지 끊임없이 계속 이어졌소.

무슨 이야기가 오고 갔는지는 자세히 기억이 나질 않소. 또렷이 기억나는 건 처음에 주고받은 두 마디와 마지막에 주고받은 두 마디뿐이오. 그 사이에 오간 말들은 잘 기억은 안 나지만 모두가 온통 고통이었소.

나는 그대가 한 어떤 말 때문에 자극을 받아서 인사말 대신에 성급하게 "내 모습이 상상했던 것과는 다르지요?" 하고 말했고, 그대는 "솔직하게 말하자면 당신이 더 멋지게 생겼을 거라고 생각했어요"라고 대답했지요(원래는 그대가 더 독특한 빈의 표현을 썼었는데, 그 말은 잊어버렸소).

그게 처음에 주고받은 두 마디였소(이것과 연관해서 생각나는 게 있는데, 나는 내가 알고 있는 한 그 유례를 찾아볼 수 없을 정도로 완벽하게, 정말 완벽하게 비음악적이라는 사실이오. 그걸 알고 있소?). 이미 그 말 한마디로 사실은 모든 것이 결정났지요. 더 바라고 말고 할 게 뭐가 있었겠소? 하지만 그때부터 다시 만날 약속을 위한 흥정이 시작됐소. 그대는 아주 막연한 대답만 계속하고 있었고, 나는 약속을 받아내려고 집요하게 계속 질문을 해댔지요.

그때 나와 동행했던 그 사람들이 끼어들었소. 그들은 내가 빈 근처에 있는 어떤 농업학교를 방문할 겸해서 빈으로 온 거라는 인상을 심어주려고 했소. 일이 이렇게 되었으니 내가 그 학교를 방문할 시간이 난 것 같다며 그들은 서둘렀소. 아마도 그들은 내가 불쌍해서 그 자리를 면하게 해주려 했던 것 같소. 나는 그들의 의도를 간파했지만 그래도 기차역까지 그들을 따라갔지요. 아마도 내가 정말 떠나려고 하는 기색을 보이면 당신이 뭔가 다르게 행동할 거라고 은근히 기대했기 때문이었을 거요. 우리는 모두 함께 근처에 있는 기차역에 도착했소. 그런데 거기 가서 보니, 내가 그 학교가 있다는 지역의 이름을 기억해내지 못하는 거였소. 우리는 기차 시간이 쓰여 있는 곳 앞에 서 있었고, 그들은 손가락으로 일일이 그 역들의 이름을 짚어가며 혹시 이 역이냐, 아니면 저 역이냐 하고 계속 내게 물어댔소. 하지만 그 역은 그중에 없었소.

그러는 동안에 나는 그대를 조금 관찰할 수가 있었소. 사실 그대가 어떻게 생겼는가는 내게 전혀 중요하지 않았소. 오직 그대의 말이 중요했소. 꿈에서 본 그대는 본래 생김새와 많이 다르게 생겼습디다. 다른 건 몰라도 얼굴색이 훨씬 어두웠고, 마른 형의 얼굴을 가지고 있었지요. 하기야 동그란 뺨을 가진 사람이 그렇게 잔인하게 굴지는 못했을 거요. (하지만 그게 잔인한 거였을까요?) 그대는 이상하게도 내 것과 같은 천으로 된 옷을 입고 있었고, 그 옷은 매우 남성적이었기 때문에 전혀 마음에 들지 않았지요. 그러고 나서 그대가 어떤 편지에 쓴 시구(dvoje šaty mám a přece slušně vypadám)[33]가 생각이 났고, 그대의 말이 내게 가진 위력이 얼마나 컸던지, 그때부터 그 옷이 다시 아주 좋아지기 시작했지요.

그러고는 이제 끝이 다가오고 있었소. 나의 동행인들은 아직도 기차 시간표를 더듬으며 내가 가야 할 역 이름을 찾고 있었고, 우리 두 사람은 약간 떨어진 곳에 서서 흥정을 계속했지요. 그 흥정의 결말은

---

33) (나는 옷이 단 두 벌밖에 없지요. 그래도 아주 괜찮게 보인답니다.)

대강 이랬소. 다음 날은 일요일이다. 일요일임에도 불구하고 당신이 나를 위해 시간을 내줄 수 있다고 생각한다는 걸 당신은 도저히 이해할 수가 없다. 결국 당신은 마지못해 사십 분 정도는 어떻게 해볼 수 있겠다고 말했소(이 대화의 가장 끔찍한 부분은 물론 주고받은 말들이 아니라, 그 저변에 깔려 있는 마음 상태였소. 이 모든 것의 부질없음과, 당신이 계속 침묵 속에서 나에게 암시하는 주장이었소. "나는 오고 싶지 않아요. 그러니 내가 억지로 온다고 해도 그게 당신에게 무슨 소용이겠어요?"). 그런데 이 사십 분이라는 시간을 언제 낼 수 있는지 당신은 말해주려 하지 않았소. 당신은 모른다고 했소. 아무리 머리를 쥐어짜며 생각을 해봐도 그게 언제가 될지 모르겠다고 했지요. 결국 나는 "그럼 종일 기다려야 하오?" 하고 물었고, 당신은 "네"라고 대답하고는 이미 거기에서 당신을 기다리고 있던 한 무리에게로 가버렸지요. 그 대답의 의미는, 그대가 절대로 오지 않을 것이며, 그대가 내게 해줄 수 있는 유일한 일은 기다려도 좋다고 허락해주는 일뿐이라는 거였소. 나는 "기다리지 않을 거요"라고 나지막한 목소리로 말했는데, 당신이 듣지 못한 것 같기도 하고, 그게 내가 내밀 수 있는 마지막 카드이기도 했기 때문에, 나는 절망 속에서 당신을 향해 다시 한 번 소리쳤지요. 하지만 당신에게 그건 아무 상관이 없었소. 당신은 더 이상 아무런 반응도 하지 않았지요. 나는 비틀거리며 다시 시내로 돌아갔소.

그런데 두 시간 후에 편지들과 꽃들이 도착했소. 당신의 따뜻한 마음씨와 위로가 말이오.

그대의 F

밀레나, 주소가 또 불분명해졌소. 우체국에서 위에 덧칠해 쓰고 보충도 해서 보냈더구려. 처음 부탁을 하고 나서 보낸 편지의 주소는 아주 훌륭했소. 여러 가지 글자 모양이 뒤섞이긴 했지만, 아주 아름다

운 글씨체의 표본이었지요. 물론 그것도 그리 알아보기 쉬운 글씨체
는 아니었지만 말이오. 우체국 사람들이 나의 눈을 가지고 있었다면
그대의 주소만 알아보고 다른 건 알아보지도 못했을 거요. 하지만 우
체국이니까……

[메란, 1920년 6월 15일]
화요일

오늘 아침에 또다시 그대 꿈을 꾸었소. 우리는 나란히 앉았는데, 그
대가 나를 거부하고 있었소. 거칠게 그러는 건 아니고, 아주 상냥하
게. 나는 너무나 상심해 있었지요. 당신의 거부 때문이 아니라 나 때
문에 말이오. 내가 그대를 그저 말없는 임의의 여자처럼 대하면서,
그대 안에서 바로 나를 향해 말하고 있는 그 목소리를 듣지 못하고
있었기 때문이었소. 아니, 어쩌면 내가 그 목소리를 듣지 못한 게 아
니라, 그 목소리에 대답을 할 수 없었던 거였는지도 모르오. 그리고
나는 지난번 꿈에서보다 더욱더 침울해진 상태로 떠나왔소.
그러고 보니 생각나는 게 있는데, 어떤 책에서 이런 말을 읽은 적이
있소. "내 사랑하는 사람은 땅 위를 지나가는 불기둥*이라오. 지금은
나를 에워싸고 있지요. 하지만 그녀는 에워싸고 있는 대상이 아니라,
볼 수 있는 능력을 지닌 사람을 인도하지요."

그대의

(이제 나는 이름마저 잃어버렸소. 자꾸자꾸 짧아지다가 이제 그는 그저 '그
대의'라고만 불리는구려.)

당신과 함께 잠시 산책을 한 후(당신과 잠시 산책을 했다고 말하기는 얼마나 쉬운지요! 말하는 건 이렇게 쉬운데…… 부끄러워서 쓰기를 중단해야 할 것 같소):

이 이야기 중에 나에게 가장 끔찍하게 생각되는 일은, 유대인들이 필연적으로 맹수들처럼 서로를 죽여야 한다는 사실과, 그러나 그들이 짐승이 아니고 너무나도 예민하게 깨어 있는 사람들이기 때문에, 자기가 한 일에 놀라 당신들을 공격하게 된다는 사실에 대한 확신이오. 그대는 이런 일이 구체적으로 어떤 것인지, 또 그 위력이 얼마나 큰지 상상도 못 할 거요. 이 이야기의 다른 모든 부분에 있어서는 나보다 훨씬 더 잘 알고 있을지 모르지만 말이오. 나는 어떻게 이교도들이 최근의 그런 현상들이 일어나기 이전부터 이미 인간을 제물로 바친다는 생각을 할 수 있었는지 도무지 이해가 가지 않소(이전에는 그것이 기껏해야 그저 일반적인 두려움과 질투에 지나지 않았지만, 여기서는 모든 것이 확연하게 보이오. '힐즈너'가 한 단계 한 단계 일을 저지르는 모습이 그대로 눈앞에 펼쳐지는 것 같지 않소? 그러는 와중에도 처녀가 그를 껴안기까지 했다는 사실이 뭐 그리 대수겠소). 물론 나는 유대인들이 자기 자신은 해하지 않으면서 살인을 저지를 수 있다고 생각하는 이교도들 또한 이해할 수가 없소. 왜냐하면 그건 불가능한 일이기 때문이오. 하기야 그것이 이교도들에게 무슨 상관이겠소만.

내가 또 과장을 하고 있구려. 이건 모두 과장이오. 내가 이것이 과장이라고 하는 이유는 구원을 갈구하는 자들은 항상 여인들에게 달려들기 마련이기 때문이고, 그 여자가 기독교도인가 유대인인가 하는 것은 문제가 되지 않기 때문이지요. 그리고 그 처녀가 순결했다는 얘기는 일반적으로 말하는 육체적인 순결을 의미하는 것이 아니라, 그녀가 그렇게 제물로 바쳐졌다는 사실이 순결하다는 것을 의미하는 것이지요. 그것도 역시 육체적인 것이긴 하오만.

이 기사에 대해 할 얘기가 많을 것 같지만 그냥 침묵하는 편이 낫겠소. 첫째, 나는 하스만 조금 알 뿐이오(그럼에도 불구하고 이상하게도 내가 약혼했을 때 그가 가장 충심으로 축하해주었지요). 다른 사람들은 전혀 모르는 사람들이오. 그리고 내가 당신에게 속하는 이 일에 대해 이런저런 고찰을 하며 끼어들게 되면 당신이 어쩌면 화를 낼지도 모르겠소. 그리고 또 한 가지 이유는, 이 일에 있어서 이제 아무도 더 이상 도움을 줄 수 없는 것 아니겠소. 여기서 왈가왈부한다는 것은 생각의 유희에 불가할 것이오.

(내가 칼스바트에서 만나기로 되어 있었으나, 그녀에게 전보를 보낸 직후 두 번 애매모호한 쪽지를 보내고 나서 가능한 데까지 진실을 말해버린 그 아가씨와 관련해서[*]―그녀가 좋아하지 않을 것 같아서 그녀를 칭찬하는 말을 그대에게 하지 않으려고 아직도 애쓰고 있소―그대가 나를 부당하게 심판할까 봐 항상 두렵소. 내가 그걸 더욱더 두려워하는 이유는 내가 물론, 그것도 아주 혹독하게 심판 받아야 마땅한 사람이긴 하지만, 그대가 이야기하는 그런 이유 때문은 절대 아니기 때문이오. 그럼 어쩌면 더 큰 심판을 받아야 할 거라고 말할지도 모르겠지만, 그렇다면 내게 해당되지 않는 죄로 인해 경미한 심판을 받기보다는, 그것이 더 혹독하다고 해도 내가 저지른 잘못에 합당한 심판을 받는 것이 낫겠소. 이렇게 모호하게 이야기하는 걸 용서해주오. 이건 내가 혼자서 감당해야 할 문제니까 말이오. 하지만 그 과정에서 멀리서라도 그대의 존재를 느끼고 싶소.)

막스[*]의 문제에 대해서는 지금은 그를 개인적으로 잘 아는 사람만이 그를 온전히 평가할 수 있다는 당신의 생각에 나도 동감하오. 그렇게 되면 그를 사랑하고, 그에 대해 경탄하고, 그를 자랑스러워하게 되지요. 물론 그를 동정하게 되기도 하지만 말이오. 그에 대해 이러한 마음을 가지지 않는 사람은 (그에 대해 호의를 가지고 있다는 전제하에 말이지만) 그를 안다고 할 수 없소.

F.

[메란, 1920년 6월 21일]
월요일

그대 말이 맞소. 지금—편지들을 아쉽게도 저녁 늦게야 받게 되었소. 그리고 내일은 아침 일찍 엔지니어와 보첸으로 나들이를 갈 작정이오—아기씨라는 말 때문에 그대가 비난하는 것을 읽으면서 정말로 이렇게 생각했소. 아냐, 이 편지들을 오늘 읽으면 안 돼. 내일 아침 일찍 나들이를 가려면 조금은 잠을 자둬야 될 것 아닌가—그리고 시간이 조금 지난 후에야 겨우 다시 읽기 시작했고, 편지의 참뜻을 이해하고 잔뜩 긴장했던 마음이 풀어져, 당신이 여기 있었다면(단지 육체적인 가까움만을 의미하는 것은 아니오) 안도의 한숨을 내쉬며 당신의 품 안에 얼굴을 묻었을 거요. 이건 아무래도 병인 것 같소. 안 그러오? 나는 당신이 어떤 사람인지 알고 있고, '아기씨'라는 말이 그렇게 끔찍한 호칭이 아니라는 사실도 알고 있지 않소. 그리고 농담도 이해할 수 있고 말이오. 하지만 어떤 순간에는 모든 것이 위협으로만 들릴 때가 있소. 그대가 만약 내게 "어제 그대의 편지에 쓰여 있는 '그리고'라는 단어를 다 세어봤더니 몇 개나 되더군요. 어떻게 감히 제게 '그리고'라는 말을 쓸 수가 있나요. 그것도 몇 개나 말이에요"라고 진지한 어투로 썼다면, 아마 나도 내가 그 일로 그대를 모욕했다고 굳게 믿게 될 거고, 아주 슬퍼지게 될 거요. 그리고 어쩌면 그 말이 정말로 모욕적인 말로 들렸을 수도 있지 않소? 그건 내가 알 길이 없는 일이라오.

그리고 농담과 진담을 가려내는 일이 사실 쉬운 일이기는 하지만, 그 대상이 자신의 목숨이 달려 있을 만큼 소중한 사람이라면, 그게 그리 쉬운 일만은 아니라는 사실도 잊지 말아야 하오. 위험성이 너무나 크니까 현미경같이 예민한 눈을 가지게 되고, 그런 눈을 일단 가지게 되면 더 이상 사방 천지를 분간할 수 없게 되기 마련이지요. 이 방면에 있어서 나는 아마도 내가 가장 강했던 시기에도 그리 강하지 못했던 것 같소. 예를 들어 내가 초등학교 1학년일 때의 일이었소. 키가 작고 깡마른 데다, 코는 뾰족하고, 뺨은 움푹 들어가고, 누런 피부색을 가졌으나, 아주 단단하고, 정력적이며, 우월감에 찬 우리 집의 찬모가 나를 아침마다 학교에 데려다줬소. 우리는 소광장과 대광장 사이에 있는 집에 살았지요. 그래서 먼저 대광장을 가로지른 후 타인가를 따라 가다가 아치형으로 생긴 문을 통과한 다음, 플라이쉬마르크트가세[고기시장길]를 거쳐 플라이쉬마르크트[고기시장]로 내려가게 되어 있었지요. 그런데 거의 일 년 동안이나 매일 아침 같은 일이 반복되었소. 집을 나서자마자 찬모는 내가 집에서 얼마나 말썽을 부렸는지 선생님께 다 일러줄 거라고 말했지요. 나는 아마도 그렇게 심한 말썽쟁이는 아니었겠지만, 고집 세고 쓸모없고 우울하고 나쁜 아이였으니까, 그걸 다 합치면 아마도 언제든지 선생님께 일러바칠 만한 그럴싸한 이야깃거리를 만들어낼 수 있었을 거요. 그걸 알고 있었기 때문에 나는 찬모의 그런 위협을 가볍게 받아넘길 수가 없었소. 하지만 등굣길의 초반에는 학교 가는 길이 엄청나게 머니까 그사이에 많은 일이 일어날 수 있을 거라고 생각했소(하지만 사실은 그 길이 그렇게 엄청나게 먼 길이 아니었기 때문에 그런 어린애 같은 경솔함이 차츰 이미 말했던 그 두려움으로, 그리고 죽은 자의 눈을 가진 것 같은 진지함으로 변해갔지요). 그리고 나는 적어도 구시가 광장을 가로지르는 동안에는, 권위를 가지고 있다고는 하지만, 집안에서만 통용되는 권위를 가지고 있는 이 찬모가, 세상에서 그 권위를 인정해주는 선생님에게 감히 말이나 붙여볼 수 있을까 하고 생각하며 그녀의 위협을 의심했지요. 아마 그런 비슷한 말을 하기도 한 것 같소. 그럴 때면 그 찬모는 항상 그 잔인한 얇은 입술로 단호하게 말했지요. 내가 믿든지 말든지 그건 자유지만 자기는 꼭 말할 거라고 말이오. 그러다가 고기시장길 입구쯤에 다다르면—그곳은 나에게 작은 역사적 의미를 가지고 있는 곳이기도 하오(그대는 어느 동네에서 유년 시절을 보냈소?)—그 위협에 대한 두려움이 나를 사로잡기 시작하지요. 학교는 이미 그 자체로도 충분히 끔찍한 곳이었는데, 찬모가 지금 나를 더 힘들게 하려고 하는 거였소. 나는 애원하기 시작했고, 그녀는 고개를 가로저으며 거절했지요. 내가 간절하게 애원하면 할수록 그 대상의 가치는 점점 더 높아지고, 위험은 점점 더 커지는 것 같았지요. 나는 그 자리에 멈춰 서서 용서를 빌었고, 그녀는 나를 억지로 끌고 갔소. 나는 부모님께 일러바치겠다고 그녀를 위협했지만, 그러는 나를 그녀는 비웃을 따름이었지요. 그곳에서만큼은 그녀가 모든 것을 손에 쥐고 있었으니까요. 나는 상점의 현관이나, 건물의 모퉁이를 붙잡고 버텼어요. 그녀가 나를 용서해주지 않으면 절대로 더 가지 않으려 했지요. 그녀의 치마꼬리를 잡고 늘어지기도 했소(그녀도 그런 모든 게 쉽지는 않았을 거요). 하지만 그녀는 나를 계속 끌고 가며, 이 일까지도 선생님께 다 일러바칠 테니 두고 보라고 했지요. 그러는 동안 시간이 너무 지나 야곱교회의 종소리가 여덟 시를 알렸지요. 학교 종소리도 들려왔소. 다른 아이들은 뛰기 시작했소. 나는 지각하는 걸 항상 제일 두려워했기 때문에 이제는 우리도 뛰어야만 했지요. 뛰면서도 '찬모가 일러바치겠지? 아니야, 그러지 않을 거야' 하는 생각이 계속 내 머릿속을 맴돌고 있었어요—그녀는 일러바치지 않았소. 한 번도. 하지만 그 가능성은 항상 가지고 있었지요. 그리고 그 가능성은 점점 더 커지는 것 같았소(어제는 이르지 않았지만, 오늘은 꼭 이르고 말 테야). 그리고 이 가능성을 그녀는 끝까지 이용했지요. 그리고 때로는—생각해보오, 밀레나—나 때문에 화가 나서 골목길에서 발을 쾅하고 구르기까지 했는데, 가끔은 그 근처에 숯 파는 아주머니가 서서 우리를 보고 있었다는 거 아니오. 밀레나, 참 바보 같은 일이지요? 그리고 나는 이 모든 찬모들과 위협들과, 삼십팔 년이란 세월이 들썩거려놓아 나의 폐 안에 깃들어 있는 이 엄청난 먼지와 함께 온전히 당신께 속하오.

하지만 내가 말하려고 했던 건 전혀 이런 게 아니었소. 말한다고 해도 다른 방법으로 말하고 싶었는데, 시간이 이미 늦어버렸구려. 이제는 자야 하니 그만 써야겠소. 하지만 그대에게 못다 한 말들 때문에 잠이 올 것 같지 않소. 내가 예전에 어떻게 살았는지 알고 싶으면, 내가 반년 전쯤에 우리 아버지께 써놓고 아직 전해드리지 못한 어마어마한 분량의 편지*를 프라하로 돌아가서 보내주겠소.

그대의 편지에 대한 답장은 내일 하리다. 혹시 너무 늦게 돌아오게 되면, 모레나 되어야 할 수 있을지도 모르겠소. 여기서 며칠 더 머무르게 되었소. 원래 프란첸스바트에 계신 우리 부모님을 만나러 가려 했던 것을 포기했기 때문이오. 사실 이렇게 하는 일 없이 발코니에 누워서 빈둥거리는 걸 포기라고까지 말하는 건 좀 뭣하지만 말이오.

F

그대의 편지에 대해 다시 한 번 고마움을 전하오.

[메란, 1920년 6월 23일]
수요일

진실을 말하기가 무척 어렵구려. 진실은 오직 하나일 뿐이지만, 그

94

진실은 살아 숨 쉬는 생명체이고, 그래서 그 얼굴이 시시각각으로 변하기 때문이오(krásná vůbec nikdy, vážně ne, snad někdy hezká).[34] 월요일과 화요일 사이의 밤에 답장을 썼더라면 아주 끔찍한 편지가 됐을 거요. 나는 마치 고문대 위에 누인 것 같은 심정으로 침대에 누워 밤새도록 그대에게 답장을 썼지요. 한탄을 하기도 하고, 내가 얼마나 끔찍한 사람인가를 알려 그대를 보내려고 애쓰기도 했고, 나 자신을 저주하기도 했소(그건 내가 그 편지를 저녁 늦게야 받았기 때문에, 밤이 다 된 시간에 읽은 그 편지의 진지한 말들이 나를 너무나 흥분되고 들뜨게 했기 때문이기도 하오). 그러고 나서 아침 일찍 보첸에 갔었소. 전차로 해발 1200미터 고지에 위치해 있고 백운석 산맥의 시작 부분이 가까이 마주 보이는 클로벤슈타인까지 가서, 아직 정신이 멍한 상태이긴 했지만, 신선하고 거의 차가울 정도의 공기를 마셨지요. 그리고 돌아오는 길에 지금 베껴 쓰고 있는 이 글을 그대에게 썼소. 그런데 지금은 이 글마저도—적어도 오늘은—너무나 날카로워 보이는구려. 그날그날에 따라 이렇게 마음이 달라지오.

이제야 마침내 혼자가 되었소. 엔지니어는 보첸에 남고, 나만 돌아가고 있는 중이오. 엔지니어와 그곳의 경치가 나와 그대 사이에 끼어들었다는 것이 생각처럼 그리 힘들지는 않았소. 나 자신이 거기에 있었는지도 모르겠으니 말이오. 어제는 그대에게 편지를 쓰느라, 그리고 그보다 더 많은 시간을 그대에 대해 생각하느라 밤 열두 시 반까지 시간을 보내버렸소. 그리고 여섯 시까지 자리에 누워 있기는 했었지만 잠은 거의 자지 못했소. 그러고 나서 마치 낯선 누군가가 나를 잡아채 일으키기라도 한 것처럼 벌떡 일어났소. 그건 다행이었소. 그러지 않았으면 메란에서 온종일을 우울한 기분으로 졸거나 그대에게 편지 쓰는 일로 보냈을 거요. 이 소풍이 나의 의식 속으로 거의 들어

---

34) (사실 절대 아름답다고 할 수는 없는 얼굴이에요. 하지만 때로 귀엽게 보이기는 하지요)

오지 않은 것도, 또 내 기억 속에 그저 흐릿한 꿈으로만 남아 있을 거란 사실도 별로 중요하지 않소. 내가 밤을 그렇게 보내게 된 건, 그대의 편지로 인해(그대는 사람을 꿰뚫는 형안이 있소. 하지만 그건 별로 대단한 일이 아닐 테지요. 왜냐하면 이들은 골목길에 돌아다니면서 시선을 끌고 있으니까요. 하지만 그대는 그 형안을 견뎌낼 만한 용기도 가지고 있을 뿐 아니라, 특별한 점은 그것을 지나 더 앞을 내다볼 힘도 가지고 있다는 거요. 더 앞을 내다보는 능력, 이것이 실은 가장 중요한 건데 그대는 그걸 지니고 있다는 말이오) 한 눈으로는 자는 척 하면서, 다른 한 눈으로는 다시 튀어나올 기회만 엿보고 있던 옛날의 그 악귀들이 모조리 되살아났기 때문이오. 그건 정말 끔찍하고 진땀이 나는 일이긴 하지만(맹세코 내가 가장 두려워하는 것이 그들이오. 이 알 수 없는 세력들 말이오), 그건 그런 대로 건강하고 좋은 점도 있소. 그저 그들의 사열을 바라보며 아, 그들이 돌아왔구나 하고 생각할 뿐이지요. 하지만 그럼에도 불구하고 당신은 내가 "당신은 빈에서 떠나야 하오"라고 쓴 말을 좀 잘못 이해하고 있는 것 같소. 그 말을 쉽게 생각하고 쓴 건 아니었소(그대가 말한 그 이야기의 인상이 너무나 강력했기 때문에 그렇게 쓴 거요. 그런 연관성에 대해서는 그때까지 한 번도 생각해보지 않았소. 그때 나는 거의 제정신이 아닐 정도로 흥분했었기 때문에, 그대가 빈을 즉시 떠나는 것이 내게는 너무나도 당연해 보였소. 만약 내 잘못으로 그대의 남편이 조금이라도 상처를 받는다면, 그건 내 자신에게는 더 혹독한 상처가 될 것이며, 내가 그대의 남편이 받는 상처의 열 배, 아니 백 배의 상처를 받고 만신창이가 될 것을 두려워하는 아주 이기적인 생각에서 나온 말이었소. 그건 그대에게도 마찬가지 아니오?). 그리고 구체적인 부담 같은 건 두려워하지 않소(내가 버는 것이 많지는 않지만, 우리 둘을 먹여 살리기에는 충분하다고 생각되오. 물론 병이 악화되거나 하지 않는다면 말이오). 그리고 내가 솔직하지 않은 것은 없소. 내가 생각하고 표현하는 능력이 자라는 한 말이오(물론 이전에도 항상 그랬소. 하지만 그대만이 그 실제를 파악하고 돕는 시선을 가지고 있소). 내가 두려워하는 것은, 나로 하여금 두 눈을 동그랗게 뜨고 정신 없이 두려움에 빠져들게 하는 것은(내가 두려움에 빠져드는 만큼 그렇게 잠에 빠져들 수 있었다면 나는 아마 살아 있지 못할 거요), 오직 나의 내부에서 나에게 대항해 꾸며진 음모라오(내가 아버지께 쓴 편지를 읽으면 좀 더 잘 이해할 수 있을 거요. 물론 다 이해할 수는 없겠지요. 그 편지는 너무나 아버지에게 맞춰 쓰였기 때문이오). 이 음모라는 것은, 거대한 장기판에서 농부의 농부가 될 꿈조차 꾸어보지 못할 만큼 미미한 존재인 내가 지금 모든 게임 규칙을 무시하고, 여왕의 자리를 차지하려고 해서 그 게임 전체를 혼란에 빠뜨리는 격이오—농부의 농부, 그러니까 존재하지도 않고 장기판에 참여하지도 못하는 인물인 내가 말이오. 그리고 그것도 모자라서 왕의 자리까지 넘보거나, 아니면 장기판 전체를 내 것으로 만들려는 격이지요. 그런 걸 내가 진정으로 원한다면 그건 다른 방법으로, 훨씬 비인간적인 방법으로나 가능한 일인데도 말이오. 그렇기 때문에 내가 그대에게 한 그 제안은 그대에게보다는 나에게 훨씬 더 큰 의미를 가지고 있는 거였소. 그건 지금 이 순간 의심할 여지가 없는, 전혀 병적인 요소가 없고, 절대적으로 기쁨만을 주는 그런 제안이오.

———

어제는 그랬소. 그런데 예를 들어 오늘 같은 날은 꼭 빈으로 가겠노라고 말하고 싶은 기분이오. 하지만 오늘은 오늘이고 내일은 내일일 것이기에 아직 확실한 말은 하지 않겠소. 절대로 예기치 않은 방문을 해서 그대를 놀라게 하지는 않을 거요. 그리로 가게 되면 목요일 전에 갈 것이오. 내가 빈으로 가게 되면 기송우편氣送郵便으로 기별을 하겠소—그대 이외에는 아무도 만나지 못할 거라는 걸 나는 알고 있소. 화요일 전에는 가지 않을 거요. 아마도 남역으로 가게 될 것 같소. 어느 역에서 떠나게 될지는 아직 모르겠소. 그러니까 아마도 남역 근처에 방을 잡게 될 것 같소. 그대가 남역 근처에서 강의한다는 곳이 어딘지 모르는 게 아쉽소. 알았더라면 다섯 시에 거기서 기다릴 수 있었을 텐데 말이오(이 문장을 어느 동화 속에서 읽은 게 분명하오. '그들이 아직 죽지 않았다면 오늘도 살고 있을 겁니다.'라고 쓰인 곳 근처 어딘가에서 말이오). 오늘 빈의 지도를 보았소. 그대는 방 하나만 있으면 되는데 사람들이 왜 그렇게 큰 도시를 지었는지 잠시 동안은 이해가 되지 않았소.

F

아마도 우체국 유치 편지들도 폴락이란 이름으로 보낸 것 같소.*

[메란, 1920년 6월 24일]
목요일

잠을 푹 자고 난 다음 날보다 잠을 설치고 난 다음 날에 훨씬 더 똑똑한 생각을 하게 되는 것 같소. 어제는 내가 그런대로 잠을 잘 잔 날이었고, 바로 빈으로의 여행이 확실한 것처럼 바보 같은 소리들을 늘어놓았으니 말이오. 이번 여행이 그것에 대해 그렇게 농담을 할 만큼 사소한 여행이 아니지 않소. 어쨌든 간에 기별 없이 가서 그대를 놀라게 하는 일은 절대로 없을 거요. 그건 생각만 해도 가슴이 떨리오. 그대의 집으로는 당연히 가지 않을 거요. 목요일까지 기송우편을 못 받게 되면, 내가 그냥 프라하로 돌아간 걸로 아오. 참, 사람들이 그러는데, 내가 도착하는 역은 서역—어제는 내가 남역에 도착하게 될 거

라고 쓴 것 같소—이 될 거라고 하오. 하지만 그건 그리 중요한 문제
가 아니오. 그리고 내가 일반적인 최고 한도를 지나쳐서까지 모든 일
에 서투르거나, 이동 불가능하거나, 정신이 없거나 한 건 아니오(물
론 내가 잠을 좀 잘 수 있었다는 것을 전제로 하면 말이오). 거기에 대해서
는 걱정하지 않아도 되오. 내가 빈으로 가는 기차에 일단 탔으면 아
마도 틀림없이 빈에서 내리기는 할 거요. 물론 그 기차에 올라타는
것, 그것이 좀 어렵기는 하지만 말이오. 그럼 다시 볼 때까지 잘 있어
요(빈에서 만나지 못하더라도 편지를 통해서 볼 수 있으니까 말이오).

F

로푸하[35]는 잘 썼소—잘 쓰기는 했지만 매우 잘 쓰지는 않았소—매
우 잘 쓰지는 않았다는 말은 이렇소. 이 이야기는 마치 돈벌레 같아
서 일단 한번 농담으로 고정이 되고 나면 더 이상 움직일 수 없게 되
고, 역으로 소급해서까지 굳어져버려, 전반 부분의 모든 자유로움과
활기를 잃어버리는 것 같다는 거요. 하지만 그런 점을 제외하고는,
이 작품은 밀레나 J.의 편지 같은 느낌이 드는구려. 이것이 편지라면
내가 답을 해야겠지요.
그리고 밀레나는 독일적인 것과도 유대적인 것과도 아무 상관이 없
소. 체코어를 가장 잘 아는 사람들은 (물론 체코계 유대인을 제외하고 말
이지만) 『나셰 르제치』[36]의 어르신들이고, 두 번째로 잘 아는 사람들
은 그 잡지를 읽는 사람들이며, 세 번째로 잘 아는 사람들은 정기구
독자들일 텐데, 나도 정기구독자란 말이오. 그 정기구독자 중 한 사
람으로서 장담하건대, 밀레나라는 이름에서 진짜 체코어적인 것은

---

35) '두꺼비'라는 뜻의 체코어. 권말의 주를 참조할 것(옮긴이).
36) 『Naše řeč』. '우리 말'이라는 뜻을 가진 체코의 언어학 잡지 이름(옮긴이).

축소형인 밀렌카[37]뿐이오. 그것이 당신 마음에 들건 들지 않던 간에 언어학자들이 그렇게 말하고 있단 말이오.

[메란, 1920년 6월 25일]
그렇소, 우리가 서로를 오해하기 시작하고 있구려, 밀레나. 그대는 내가 그대를 도우려 했다고 생각하지만, 나는 나 자신을 도우려 했던 것뿐이었소. 거기에 대해 더 이상 말하지 맙시다. 그리고 내가 아는 한 그대에게 수면제를 부탁한 적도 없소.

———

오토 그로스•는 잘 알지 못하오. 하지만 여기에 적어도 "우스꽝스러운 것"으로부터 손을 뻗어 구원을 청하는 어떤 본질적인 것이 있다는 사실은 눈치채고 있었소. 그의 친구들과 친척들의 (그의 아내와 처남과 여행 가방들 사이에 눕혀져 있던 신기할 정도로 조용했던 젖먹이—아마도 혼자 있을 때 떨어지지 말라고 그렇게 해놓은 것 같았소—까지 말이오. 그 아기는 블랙커피도 마시고, 과일도 먹고, 어른들이 주는 건 아무거나 다 받아먹었소) 어쩔 줄 몰라 하던 분위기는 어떤 면에서 못 박힌 그리스도 밑에 서 있는 그리스도의 제자들의 분위기와 흡사한 점이 있었소. 나는 그때 부다페스트까지 약혼녀를 바래다주고, 기진맥진해서 곧 있을 각혈을 향해 프라하로 돌아오는 길이었소. 그로스와 그의 아내와 처남은 나와 같은 야간열차를 타고 왔지요. 쿠는 언제나 그렇듯이 수줍어하는 것 같으면서도 거침없는 태도로 노래까지 하며 거의 밤새 시끄럽게 굴었지요. 그로스의 아내는 지저분한 구석 자리에 기대고 앉아—우리는 통로에 있는 자리밖에 얻을 수가 없었소—자고 있었지요(그로스는 아내를 보호하려고 무진 애를 썼지만 별로 효과는 없었소). 그로스는 거의 밤새도록 내게 어떤 이야기를 들려줬어요(아마도 자신에게 약을 주사하느라고 잠깐씩 쉰 시간을 빼고는 말이오). 어쨌든 내게는 그렇게 보였소. 그의 말은 한마디도 알아들을 수가 없었지만 말이오. 그는 그의 이론을 성경의 한 부분을 인용해서 증명하려 했는데, 나는 그 성경 구절을 몰랐지만 비겁함과 피곤함 때문에 모른다고 말하지 않았소. 그는 그 성경 구절을 끊임없이 분석하고, 끊임없이 새로운 자료를 끌어다 대며 끊임없이 나의 동의를 구했지요. 나는 기계적으로 고개만 끄덕이고 있었고, 그의 모습은 눈앞에서 점점 희미해져가고 있었소. 아마 그때 내가 정신이 또렷했다고 해도 그가 말하는 걸 이해하지 못했을 거라고 생각하오. 나의 사고는 차갑고 느리니까요. 그렇게 그 밤은 지나갔소. 그의 그런 행동이 다른 일로 중지될 때도 있었소. 그는 가끔씩 일어서서 몇 분 동안 두 팔을 들어 무언가를 붙잡고 서 있었소. 그러면 완전히 긴장이 풀어져서 기차의 흔들림에 몸을 온통 맡긴 채 잠이 들기도 했지요. 그러고 나서 프라하에서는 그를 얼핏 봤을 뿐이오.

———

비음악성이 불행한 일이라고 그렇게 단정지을 일은 아니오. 우선 나에게는 그건 불행이 아니라, 조상이 물려준 유산이오(나의 할아버지는 슈트라코니츠 근처의 한 마을에서 백정 일*을 하셨지요. 나는 그분께서 잡으신 소의 양만큼 고기를 안 먹어야 하오). 그건 내게 어떤 지지대 같은 역할을 해주고 있지요. 그래요. 친척 관계는 내게 중요하오. 다른 한편으로 보자면 그건 역시 인간적인 불행이오. 울지 못한다든지 잠을 못 잔다든지 하는 것과 비슷하거나 같은 경우겠지요. 그리고 음악성이 있는 사람들을 이해한다는 것 자체가 이미 거의 비음악성을 의미하는 것 아니겠소?

F

내가 빈으로 가게 되면 우체국으로 전보를 치거나, 편지를 쓰거나 하겠소. 화요일이나 수요일에.
나는 분명히 편지마다 우표를 붙였소. 봉투에 우표가 뜯겨나간 자국이 보이지는 않습디까?

[메란, 1920년 6월 25일]
금요일 저녁

오늘 아침에 아주 바보 같은 이야기들을 썼소. 그런데 지금 사랑으로 넘쳐나는 그대의 편지 두 통을 받게 되었구려. 그 편지들에 대한 답장은 구두로 하리다. 내적으로나 외적으로 뭔가 예상치 못했던 일이 생기지 않으면 화요일에 빈에 가 있을 거요. 내가 그대를 어디서 기다리고 있을 건지 오늘 미리 말해두는 것이 현명한 일인 줄은 알고 있지만(화요일은 내가 알기로 공휴일이고, 그래서 내가 빈에 도착해서 그대에게 전보를 치거나 기송우편을 보내려고 하는 그 우체국도 어쩌면 문을 열지 않을지도 모르니까 말이오), 내가 만일 오늘 지금 한 장소를 지칭하고 나서, 그 장소가 사흘 낮밤을 비어 있다는 것과 내가 화요일 정한 시간에 나타나기를 기다리고 있다는 것을 상상하게 되면, 그 전에 숨이 막혀 죽을 것 같소. 밀레나, 도대체 나 같은 인간을 참아줄 만큼의 인내심이 이 세상에 존재한다고 생각하오? 화요일에 말해주시오.

F

[1920년 6월 29일 빈이라는 소인이 찍힌 우편엽서]
[수신인] M. 예젠스카
빈 VIII
우체국 유치
벤노가세—요제프슈태터슈트라세 우체국

[발신인] 카프카 박사
리바 호텔

화요일 10시

이 편지가 열두 시 이전에 도착하는 일은 거의, 아니 확실히 불가능할 거요. 지금이 이미 열 시니까 말이오. 그러니까 내일 만납시다. 어쩌면 잘된 일인지도 모르오. 왜냐하면 내가 빈에 와서 남역 근처에 있는 카페에 앉아 있기는 하오만(세상에 이런 코코아도 있소? 그리고 케이크들은 또 왜 이 모양인지! 이런 걸 먹고 살았단 말이오?) 완전히 여기에 와 있다고 할 수가 없소. 이틀 밤을 잠을 자지 못했소. 그런데 남역 근방에 있고 바로 옆에 차고가 붙어 있는 이 <u>리바 호텔</u>에서 오늘 밤 잠을 잘 수 있을지가 의문이오. 별다른 묘안이 떠오르지 않는구려. 수요일 오전 열 시부터 호텔 앞에서 당신을 기다리고 있겠소. 밀레나, 제발 옆에서나 뒤에서 살금살금 다가와 나를 놀라게 하지 마오. 나도 그러지 않겠소. 오늘은 아마도 관광 명소들이나 둘러보게 될 것 같소. 레르헨펠더슈트라세,* 우체국, 남역에서 레르헨펠더슈트라세로 가는 길, 숯장수 아주머니 등등을 찾아볼 거요. 될 수 있는 대로 눈에 띄지 않게 말이오.

당신의

일요일

오늘은 밀레나, 밀레나, 밀레나—이 말밖에 다른 말은 쓸 수가 없구려. 그래도. 그러니까 밀레나, 오늘은 황급하고 피곤하고 정신이 멍한 가운데(마지막 것은 내일이 되어도 마찬가지겠지만 말이오) 몇 줄만 써야겠소. 어떻게 피곤하지 않을 수가 있겠소. 아픈 사람에게 3개월간 휴가를 주마고 해놓고는 나흘밖에 안 주다니* 말이오. 그리고 화요일과 일요일 잠깐하고 말이오. 게다가 저녁과 아침 시간은 다 잘라 먹지 않았소. 그러니 내가 완전히 건강해지지 못한 건 당연한 일 아니오? 그렇지 않소? 밀레나(지금 그대의 왼쪽 귀에다 속삭이고 있는 중이오. 그대가 그 초라한 침대에 누워 좋은 원천에서 나온 깊은 잠에 빠져 있으면서 자기도 모르게 천천히 왼쪽으로 돌아누워 내 입술 쪽으로 향하게 되는 동안 말이오)!

———

여행 말이오? 처음에는 아주 간단했소. 승강장에서는 신문을 살 수가 없었소. 밖으로 달려 나갈 좋은 핑계가 되어주었지요. 그대는 이미 그곳에 없었소. 그래도 괜찮았소. 그리고 다시 기차를 탔지요. 기차는 떠났고, 나는 신문을 읽기 시작했소. 모든 것이 그때까지는 다 좋았소. 그런데 조금 있다가 읽는 걸 중단했지요. **갑자기 당신이 더 이상 거기 없다는 사실이 생각난 거요**. 아니, 당신은 거기 있었소. 그건 내 존재 전체로 느낄 수 있었소. 하지만 이런 형태의 거기 있음은 지난 나흘 동안의 그것과는 너무도 다른 것이었소. 그래서 그 사실에 익숙해지는 것을 배워야 했소. 나는 다시 읽기 시작했소. 그런데 바르의 일기*가 도나우 강변의 그라인 근처에 있는 바트 크로이첸의 정경을 묘사하는 것으로 시작하는 게 아니겠소. 그래서 읽는 것을 다시 중단했지요. 그런데 밖을 내다보니 기차가 한 대 지나가는데, 그 기차에 그라인이라고 써 있는 거요. 나는 다시 객차 안으로 눈을 돌렸지요. 내 맞은편에 앉아 있는 한 신사가 지난 일요일자의 『나로드니 리스티』를 읽고 있었소. 거기 루제나 예젠스카가 쓴 수필*이 있는 것을 보고 그걸 빌렸지요. 그리고 읽으려고 했으나 허사였소. 그걸 다시 내려놓고 앉아 있는데, 기차역에서 헤어질 때의 그대 얼굴이 너무나 또렷하게 내 앞에 있었소. 승강장에서의 그대의 모습은 지금까지 내가 한 번도 본 적이 없는 광경이었소. 구름에 덮여서 흐려지는 게 아니라, 그 자체가 흐려지는 햇빛 같은 모습이었소.

이제 더 무슨 말을 할 수 있겠소? 목구멍이 말을 듣지 않는구려, 손이 말을 들어주지 않는구려.

그대의

내일은 계속되는 여행에 대해 멋진 이야기를 들려주겠소.

[프라하, 1920년 7월 4일]

일요일, 조금 시간이 지난 후

심부름꾼 한 사람이 동봉한 편지를 가지고 왔소(보는 즉시 찢어버리시오. 막스의 편지도 함께). 바로 답장을 달라고 해서 아홉 시에 그리로 찾아가겠다고 썼소. 내가 말해야 하는 것은 너무나도 명백한데, 그걸 어떻게 말해야 하는지는 모르겠소. 맙소사! 내가 만약 결혼을 했다면, 그래서 집으로 돌아와 심부름꾼이 아니라, 빈으로 통하는 지하통로가 없는 그 침대로 기어들어가는 일이 전혀 불가능한 상태로 그 침대를 마주하게 된다면 얼마나 끔찍한 일일까요! 내가 자신에게 이 사실을 주입시키는 건 내 앞에 있는 이 어려운 일이 얼마나 쉬운 일인지를 내 자신에게 명백하게 보여주기 위함이오.

그대의

내가 당신에게 이 편지를 보내는 이유*는, 그렇게 하면 내가 그 집 앞에서 왔다 갔다 하는 동안에 그대를 내 옆 아주 가까이에 있게 할 수 있을까 해서요.

[프라하, 1920년 7월 4일부터 5일까지]
일요일 11시 반

3) 이 편지들만이라도
   번호를 매겨야겠소.
   한 통이라도 당신을
   놓쳐서는 안 되오.
   내가 그 작은 공원에서
   그대를 놓쳐서는
   안 되었던 것처럼.

아무런 성과가 없었소. 모든 것이 이토록 명백한데, 그리고 내가 그렇게 말했는데도 말이오. 자세한 건 얘기하지 않겠소. 단지 그녀가 그대나 나에 대해 추호도 나쁜 말은 하지 않았다는 것만 말하오. 나는 모든 게 너무나 명백했기 때문에 동정심조차 느끼지 못했소. 내가 진실로 말할 수 있었던 건 그녀와 나 사이에 변한 것은 아무것도 없다는 것, 그리고 앞으로도 없을 거라는 것이었고, 단지—더 이상 쓰지 않는 게 좋겠소. 이건 끔찍한 일이오. 형리들이 하는 짓이나 똑같소. 그건 내 직업이 아니란 말이오. 단지 한 가지만 부탁하오, 밀레나. 그녀가 심각하게 아프게 되면(그녀는 건강이 매우 안 좋아 보이오. 거기다가 말도 못하게 절망하고 있소. 내일 오후에 다시 그녀에게 가봐야 하오), 그러니까 그녀가 아프게 되거나 다른 무슨 일이 그녀에게 생긴다면, 나는 그녀를 도와줄 아무런 힘이 없소. 나는 그녀에게 계속해서 진실만을 말할 수밖에 없을 테니까 말이오. 그리고 이 진실이라는 것은 그냥 단순한 진실이 아니라 그 이상이오. 그건 내가 그녀 옆에서 거닐고 있는 그 순간에도 당신 속에 용해되어 있음이오—그러니까 무슨 일이 생기면, 밀레나, 그대가 와주어야 하오.

F

바보 같은 말이었소. 같은 이유로 그대도 올 수 없는 것을……

내일 내가 아버지께 쓴 편지*를 집으로 보내리다. 잘 보관해주오. 어쩌면 그 편지를 아버지께 드리고 싶을 때가 올지도 모르겠으니 말이오. 가능한 한 아무에게도 이 편지를 보여주지 말아요. 그리고 편지를 읽을 때 변론을 위한 책략들을 잘 이해해주기 바라오. 그건 변론 편지요. 그리고 읽는 동안 그대의 위대한 '그럼에도 불구하고'의 신념을 절대로 잊지 말아주오.

———

월요일 아침

가련한 악사*를 오늘 보내겠소. 그가 내게 중요한 의미를 가지고 있어서가 아니오. 몇 년 전에는 그랬지요. 내가 그를 보내는 이유는 그가 그토록 빈 사람의 특징을 지녔기 때문이고, 또 그토록 비음악적이고, 울음을 자아낼 정도로 가련하기 때문이며, 폴크스가르텐에서 우리를 내려다보고 있었기 때문이오(우리를 말이오! 그대가 내 옆에서 걷고 있었단 말이오. 밀레나, 생각 좀 해보오. 그대가 내 곁에서 걸어가고 있었단 말이오). 그리고 또 그가 그토록 관료적이었기 때문이며, 사업 수완이 좋은 아가씨를 사랑했기 때문이오.

[프라하, 1920년 7월 5일]
월요일 오전

4)

오늘 아침 일찍 금요일에 쓴 편지를 받았소. 그리고 조금 후에 금요일 밤에 쓴 편지도 받았소. 앞의 것은 매우 슬펐소. 역에서의 슬픈 얼굴이었소. 그 편지가 슬픈 것은 편지의 내용 때문이 아니라, 거기 쓰인 이야기들이 이미 시효가 지나 그 모든 것이 벌써 까마득한 옛이야기가 되어버렸기 때문이오. 함께 걸었던 숲길과 교외의 길들, 함께 차를 타고 돌아다녔던 일들이 말이오. 물론 그런 일들이 과거의 일이 될 수는 절대로 없소. 차를 타고 곧게 뻗은 길을 함께 달렸던 일, 돌이 깔려 있는 길을 거슬러 올라갔다가 황혼 녘에 가로수 길로 다시 돌아오던 일, 그런 일들은 지나가버리지 않소. 하지만 그런 일들이 지나가버리지 않는다고 말하는 것 역시 바보스러운 농담에 불과하오. 여기는 서류들이 즐비해 있고, 내가 지금 읽은 편지들도 놓여 있소. 사장님을 비롯해 (쫓겨나지 않았소) 여기저기에 인사도 드려야 하고 말이오. 그런데 그 모든 와중에 내 귓속에서 작은 종 하나가 속삭이는구려. "그녀가 이제 네 곁에 없어" 하고 말이오. 하지만 하늘 어딘가에 그보다 훨씬 더 거대한 종이 있어서 "그녀는 너를 떠나지 않을 것이다" 하며 울려퍼지오. 하지만 이 작은 종이 귓속에 있다는 게 문제요. 그렇지만 또 밤에 쓴 편지도 있지 않소. 내 가슴이 어떻게 이 공기를 마실 수 있을 만큼 충분이 넓어졌다가 오므라들었다 하는지 이해할 수가 없소. 그리고 내가 어떻게 그대에게서 이렇게 멀리 떨어져 있을 수 있는지도 이해 못하겠소.

그럼에도 불구하고 불평하지 않으려 하오. 이 모든 건 불평이 아니오. 나는 그대의 약속을 지니고 있지 않소.

———

이제 여행 이야기를 하겠소. 이 이야기를 듣고도 그대가 천사가 아니라고 말할 수 있는지 한번 보오. 나는 예전부터 내 여권의 오스트리아 입국 비자 유효기간이 이미 두 달 전에 끝났다는 것을 알고 있었소. 하지만 메란에서는 사람들이 그냥 통과만 하는 거니까 비자가 전혀 필요 없다고 했고, 그리고 실제로 내가 오스트리아로 들어갈 때에는 사람들이 아무런 문제도 삼지 않았소. 그래서 나는 빈에서도 내 여권에 이런 흠이 있다는 것을 완전히 잊고 있었지요. 하지만 그뮌트의 여권 심사대에서는 관리—아주 딱딱한 젊은 남자였소—가 이 흠을 바로 짚어냈소. 여권은 한쪽으로 치워졌고, 다른 사람들은 모두 세관 검사대로 가는데 나는 갈 수 없었지요. 그건 이미 충분히 난처한 일이었지요. [계속해서 방해를 받게 되는구려. 오늘은 출근 첫날이니 아직은 업무 이야기를 듣지 않아도 되는 것 아니오? 그런데도 계속 사람들이 와서 나를 그대에게서 떼어놓으려 하는구려. 정확히 말하면 그대를 내게서 말이오. 하지만 마음대로 안 될 거요. 그렇지 않소? 밀레나? 어느 누구에게도, 절대로.] 그런데 그대가 거기서 벌써 손을 쓰기 시작했소. 국경 경찰 한 사람—친절하고 개방적이며, 오스트리아 사람 특유의 성품을 가진 데다 동정심도 있고 마음씨도 착한 사람이었소—이 왔소.

그는 나를 계단들과 복도들을 지나 국경 감시대로 데리고 갔소. 거기에는 이미 내 것과 비슷한 홈이 있는 여권을 가진 루마니아의 유대인 여인 한 사람이 서 있었소. 이상하게도 그녀 역시 그대가 보내준 친절한 사신이었소. 그대 유대인의 천사여! 하지만 아직은 반대파의 세력이 훨씬 더 막강했소. 키가 큰 감시관과 작은 체구의 그의 보좌관은 두 사람 다 얼굴이 노랗고 말라 있었으며, 찌푸린 표정을 하고 있었소. 적어도 그때까지는 말이오. 그들은 내 여권을 받아 들었지요. 감시관은 바로 "빈으로 돌아가 경찰국에 가서 비자를 받아 오시오!" 하고 결론을 내렸소. 나는 그저 몇 번이나 "그건 정말 끔찍한 일인데요"라고 말할밖에 달리 할 말이 생각나지 않았소. 그럴 때마다 감시관 역시 몇 번이나 조롱 섞인 어조로 심술궂게 "그건 당신에게 그렇게 생각될 뿐이오"라고 말했지요. "전보를 통해 비자를 발급받을 수는 없을까요?" "그건 안 되오." "비용은 제가 다 부담하겠습니다." "안 되오." "여기 더 상급 기관은 없나요?" "없소." 내가 힘들어하는 것을 보고 있던 그 부인은 자신은 대단한 평정을 유지하고 있으면서, 감시관에게 적어도 나만이라도 그냥 통과하게 해주라고 부탁을 했지요. 그건 너무나 미약한 수단이오, 밀레나! 그런 방법을 써가지고는 내가 그곳을 통과하게 만들 수 없소. 나는 여권 검사대로 가는 그 긴 길을 다시 돌아가서 내 짐을 가져와야 했소. 오늘 다시 기차를 타는 일은 완전히 물 건너간 상태였소. 결국 우리는 국경 감시대 사무실에 함께 앉아 있었소. 경찰도 우리를 위로해줄 말을 찾지 못했소. 단지 우리 차표의 유효기간을 연장할 수 있다는 등의 말만 해줄 뿐이었소. 감시관은 이미 최종 결정을 내리고 나서 자기 개인 사무실로 돌아가버렸고, 작은 체구의 보좌관만 아직 그곳에 남아 있었지요. 나는 속으로 계산했소. 빈으로 가는 다음 기차는 여기서 열 시에 떠나 밤 두 시 반에 빈에 도착한다. 리바 호텔의 벌레들에 물린 자국들이 아직도 선명한데 프란츠 요제프 역 근방에서 얻게 될 방은 또 어떤 방일까? 방을 구하지 못할지도 모른다. 그러면 할 수 없이 레르헨펠더슈트라세로 가서 (그렇소, 밤 두 시 반에 말이오) 재워달라고 해야겠다. (맞아요, 새벽 다섯 시에) 하지만 그거야 어찌 되건 간에, 나는 월요일 오전에 비자를 받으러 가야 한다. (그런데 비자를 그 자리에서 발급해주기나 하는 건가? 화요일에 받으러 오라고 하는 건 아닐까?) 그러고 나서 그대에게로 가서, 문을 열어주는 그대를 놀라게 하겠지? 아이고, 맙소사. 거기에서 생각은 잠시 멈추었다가 다시 계속되오. 하지만 그렇게 밤을 보내고, 또 긴 여행을 한 뒤의 나의 상태는 어떨까? 그리고 어차피 저녁에는 다시 떠나가야 하지 않나? 열여섯 시간이나 걸리는 기차 여행 후에 프라하에는 어떤 모습으로 도착하게 될까? 그리고 지금 전보를 쳐서 휴가를 또다시 연장해달라고 부탁해야 하는 나를 보고 사장님은 뭐라고 하실까? 그대가 설마 그런 모든 걸 원하는 건 아니지요? 그럼 원하는 게 도대체 뭐란 말이오? 이렇게 할 수밖에 다른 도리가 없는데 말이오. 그때 갑자기 그뮌트에서 자고 내일 아침 일찍 빈으로 가면 일이 조금은 쉬워지겠다는 생각이 떠올랐소. 그래서 피곤에 지친 얼굴로, 내일 아침에 빈으로 가는 열차에 대해 그 조용한 보좌관에게 물어보았소. 이곳에서 다섯 시 반에 타면 오전 열한 시에 빈에 도착한다고 했소. 나는 그럼 그걸로 가겠다고 했고, 루마니아 여인도 그러기로 했소. 그런데 갑자기 이 시점에서 대화의 반전이 일어났소. 어떻게 해서 그렇게 된 건지는 나도 잘 모르겠지만, 어쨌든 이 작은 체구의 보좌관에게 우리를 도와주려는 생각이 퍼뜩 떠오른 거였소. 우리가 그뮌트에서 밤을 보내게 되면 그가 아침에 사무실에 혼자 있는 틈을 타서 우리를 몰래 완행열차에 태워 프라하로 보내주겠다는 거였소. 그렇게 되면 우리는 오후 4시에 프라하에 도착하게 된다는 거요. 그는 감시관에게는 우리가 아침 기차로 빈으로 가기로 결정했다고 말하라고 했소. 너무나 잘된 일이었지요. 물론 아쉬운 점이 있다면, 프라하로 전보를 치기는 해야 한다는 일이었소. 하지만 그게 어디요. 감시관이 다시 왔을 때 우리는 빈으로 가는 아침 기차를 타겠다고 말하며 작은 코미디 하나를 연출했소. 그러고 난 후 보좌관은 우리를 보내주었고, 다음 일을 의논하기 위해 저녁에 사무실로 몰래 찾아오라고 귀띔해주었지요. 맹목적인 믿음을 가진 나는 그게 그대에게서 오는 행운이라고 생각했소. 하지만 사실은 그건 적의 마지막 공격이었던 거요. 그 부인과 나는 천천히 역을 나왔지요 (우리를 싣고 가던 급행열차는 아직도 그곳에 서 있었소. 짐 검사는 오래 걸리는 일이니까요). 시내까지는 얼마나 걸립니까? 한 시간가량이오. 큰일이구먼. 하지만 역 근처에도 호텔이 두 개나 있는 것이 보였고, 우리는 그중에 한 곳으로 가기로 정했소. 기차의 선로 하나가 호텔들 가까이 지나가기 때문에 그 선로를 건너가야 했소. 그런데 마침 화물열차 한 대가 들어오고 있는 거였소. 나는 서둘러서 기차가 들어서기 전에 건너가려고 했지만, 그 부인이 나를 붙잡았소. 그런데 그 화물열차가 바로 우리 앞에서 멈춰 서는 것 아니겠소. 우리는 기다릴 수밖에 없었지요. 불운의 연속이로구먼, 하고 우리는 생각했지요. 하지만 바로 이 기다림이 전환점이 되어 나를 일요일에 프라하로 돌아올 수 있게 해줬던 거요. 마치 그대가 서역 근처에 있는 모든 호텔들을 샅샅이 훑어 내게 방을 구해주었던 것처럼, 지금은 하늘에 있는 모든 문들을 다 두드려가며 나를 위해 힘써준 것 같았소. 왜냐하면 바로 그때 그대가 보내준 경관이 그 먼 길을 헐레벌떡 달려와서 우리를 향해 소리치는 거였소. "빨리 오시오! 감시관이 당신네들을 통과시켜주겠답니다!" 이게 가능한 일이오? 그런 순간에는 목구멍이 막혀버리지요. 우리는 극구 사양하는 경관을 거듭거듭 설득하여 겨우 약간의 돈을 건네주었소. 그리고 이제는 마구 달려야 했소. 짐을 감시 사무실에서 가져와 여권 심사대로, 그리고 세관 검사대로 달렸지요. 하지만 이제부터는 그대가 모든 곳에 손을 써놓았더군요. 내가 짐을 들고 쩔쩔매자, 우연히 짐꾼 한 사람이 내 옆에 서 있었고, 여권 심사대에서 사람들에게 길이 막혀 꼼짝 못하게 되자, 경관이 길을 터주었소. 세관 검사대에서는 나도 모르게 금단추들이 들어 있는 작은 지갑을 떨어뜨렸나본데, 한 관리가 그것을 주워 내게 내밀더군요. 그런 우여곡절 끝에 우리는 기차를 다시 탔고, 기차는 우리가 타자마자 떠났소. 그제야 나는 얼굴과 가슴에 흥건히 배어 있는 땀을 닦아낼 수 있었지요. 항상 그렇게 내 곁에 있어주오!

F

5)번인 것 같소.

물론이오, 자야 할 시간이라는 건 알고 있소. 벌써 밤 한 시요. 저녁에 편지를 쓰려고 했지만, 막스가 왔다 가는 바람에 그리되었소. 그래도 그 친구가 와서 무척 반가웠다오. 벌써부터 그의 집에 가려고 했지만, 그 아가씨,* 그리고 그녀와 관계된 걱정들 때문에 지금까지 가지 못하고 있었소. 여덟 시 반까지 그 아가씨와 함께 있었소. 그리고 아홉 시에 막스가 와서 열두 시 반까지 함께 이리저리 거닐었소. 그런데 말이오. 내가 그에게 쓴 편지들에 너무나 분명하게 쓴 것 같은데도, 막스는 내가 말하는 사람이 바로 그대, 그대, 그대—글이 또다시 제자리걸음을 하고 있소—그대라는 사실을 알아차리지 못하고 있었다오. 이제야 그게 당신이라는 걸 알았다는구려(물론 내가 편지에 딱 부러지게 말한 건 아니었소. 그의 안사람이 그 편지들을 읽을 수도 있었기 때문이오). 그리고 지금은 내가 거짓말한 것을 고백해야겠소. 두 번째 거짓말이오. 한 번은 그대가 [밀레] ('막스'라고 쓰려고 했는데 '밀레나'가 써져서 그 이름을 줄 그어 지워야 했소. 이 일로 나를 저주하지 말아주오. 내 마음도 정말로 울고 싶을 정도로 아프니까 말이오) 막스가 편지에 썼던 라이너 이야기[*]가 우리 일에 대한 경고의 뜻으로 쓴 것이 아니냐고 놀라서 물은 적이 있소. 나는 물론 그것이 경고였다고 딱히 생각한 건 아니었지만, 그래도 가사에 붙여진 멜로디 정도로는 생각하고 있었지요. 하지만 그대가 그렇게 놀라는 걸 보니 그런 말을 할 수 없어서 전혀 관계없는 이야기일 거라고 [잠시 일어나야 했소. 그 무서운 쥐 족속 중 한 마리가 어딘가에서 갉아대고 있소] 의도적으로 거짓말을 했지요. 그런데 이제 보니 정말로 아무런 관계도 없는 이야기였다는 사실이 드러났소. 하지만 나는 그 사실을 모르고 있었고, 그러니 거짓말을 한 셈이 되었소.

편지 첫 장의 오른쪽 여백: 그리고 모든 것에도 불구하고, 때때로 나는 만약에 사람이 너무나 행복해서 죽을 수도 있다면 내가 그렇게 될 거라고 생각하오. 그리고 죽게 되어 있는 사람이 너무나 행복해서 다시 살게 된다면 내가 그렇게 살게 될 거라고 믿고 있소.

그 아가씨, 오늘은 좀 나아졌소. 하지만 그건 내가 그녀에게 그대에게 편지를 써도 좋다고 허락하는 비싼 대가를 치른 결과였소. 지금 많이 후회되오. 당신에 대한 걱정의 증거로 오늘 그대에게 우체국으로 전보를 보냈소("아가씨가 편지를 쓸 거요. 친절하지만—여기에 원래 '매우'라고 쓰려 했다가 그만두었소—단호하게 답해주시오. 그리고 나를 버리지 말아주오"). 전체적으로 오늘은 조금 평온한 분위기였소. 나는 꾹 참고 메란에서 있었던 일을 차분하게 이야기해주었소. 그러는 동안 위협적인 분위기가 조금씩 완화되었소. 하지만 다시 핵심적인 문제가 거론될 때에는—카를 광장에서 그녀는 오랫동안 내 옆에서 온몸을 떨며 서 있었지요—그대 옆에서는 다른 모든 것들은, 그들이 그 자체로는 전혀 변함이 없다고 해도, 사라져버리고 아무것도 아닌 게 되어버린다고 그녀에게 말할 수밖에 없었지요. 그녀는 항상 나를 어쩔 줄 모르게 만드는 그녀의 마지막 질문을 했소. "나는 떠날 수 없어요. 하지만 나를 버린다고 하시면 가겠어요. 저를 버리시겠어요?" (내가 그대에게 이런 이야기를 하는 배경에는 교만 외에도 아주 혐오스러운 무언가가 숨어 있는 것 같소. 하지만 당신에 대한 걱정 때문에 이 모든 이야기를 하는 거요. 당신에 대한 걱정 때문이라면 무언들 못하겠소. 참 이상한 새로운 걱정이 생긴 것 같소.) 내가 "그래요" 하고 대답했더니, 그녀는 "그래도 당신을 떠날 수 없어요" 하더군요. 그리고 원래 착하디착한 그녀가 자신의 한계를 넘어서까지 다변이 되어 얘기하기 시작했소. 이 모든 것을 이해할 수 없다고. 그대가 그대의 남편을 사랑하면서도 비밀스럽게 나와 교제하고 있다는 사실 등등을 말이오. 고백하자면, 가끔씩 그대에 대해서 나쁜 말들을 하기도 했소. 그 말들 때문에 그녀를 때려주고 싶기까지 할 정도로 말이오. 그래야 했겠지만, 그녀가 적어도 그렇게라도 해서 분을 풀게 해주어야 하지 않겠소? 그녀가 그대에게 편지를 쓰겠다고 하기에, 그녀가 걱정되어서이기도 했지만, 당신을 향한 한없는 신뢰가 있었기에 그러라고 했소. 이 일이 나로 하여금 또 며칠 밤을 꼬박 새게 만들 거라는 사실을 알고 있었음에도 말이오. 그런데 내 허락이 그녀를 안심시켰다는 바로 그 사실이 지금 나를 불안하게 하고 있소. 친절하면서도 단호하게 답해주오. 하지만 친절보다는 단호한 쪽이 더 강하게 해주오. 내가 무슨 말을 하고 있는 건지! 그대가 가장 적절한 말로 잘 답할 거라는 사실을 다 알면서도 말이오. 그리고 그녀가 너무나 다급한 나머지 뭔가 계략을 써서 그대가 내게 반감을 가지게 만들지도 모르겠다고 생각하는 나의 두려움이 당신에 대한 크나큰 모욕 아니겠소? 모욕이지요. 하지만 내 가슴속에서 심장 대신에 이 두려움이 뛰고 있는데 나더러 어떡하 란 말이오? 허락하지 말걸 그랬나보오. 내일 그녀를 다시 만나기로 되어 있소. 내일은 공휴일이오(후스 기념일이지요).* 내일 오후에 바 람 쐬러 나가자고 그녀가 너무나 간절하게 조르기에 그러자고 했소. 그러면 이번 주 내내 안 와도 좋다고 했소. 어쩌면 편지 쓰는 일을 말 릴 수 있을지도 모르겠소. 그때까지 안 썼다면 말이오. 하지만 그녀 가 원하는 건 정말 당신의 설명뿐일지도 모른다는 생각도 드오. 어쩌 면 친절하면서도 단호한 그대의 답장이 그녀의 마음을 가라앉힐지 도 모르겠다는 생각, 어쩌면—이렇게 내 생각은 지금 갈피를 못 잡고 헤매고 있소—그녀가 그대의 편지 앞에 무릎을 꿇을지도 모른다는 생각 말이오.

프란츠

편지의 마지막 장의 왼쪽 여백("그녀가 걱정되어서이기도 했지만"이라 고 쓴 부분부터 쓰기 시작함): 내가 그대에게 편지를 써도 좋다고 그녀 에게 허락한 이유가 또 한 가지 있소. 그녀는 그대가 내게 쓴 편지들 을 보여달라고 했지요. 하지만 그 편지들을 보여줄 수는 없지 않겠소.

[프라하, 1920년 7월 6일]
화요일 아침

6)
내게 충격적인 소식이 하나 있소. 파리에서 전보가 한 장 왔소. 사실 내가 무척 좋아하는 나이 드신 외삼촌* 한 분이 내일 저녁에 이곳으로 오신다는 소식이오. 그분은 마드리드에 사시는데, 여러 해 동안 이곳에 오지 않으셨지요. 그것이 왜 충격인가 하면, 내 시간을 뺏길 것이기 때문이오. 나는 모든 시간을, 모든 시간의 천 배 이상을, 그리고 할 수만 있다면 세상에 있는 모든 시간을 그대를 위해 사용해야 하는데 말이오. 그대 생각을 하고, 그대 안에서 숨 쉬는 데 말이오. 여기 이 집도 소란해질 거요. 저녁 시간도 조용히 보낼 수 없게 되겠지요. 어디 다른 곳으로 갈 수 있으면 좋겠소. 내 원대로 한다면 많은 것이 지금과 달랐으면 좋겠소. 사무실에서 일하는 것도 안 했으면 좋겠소. 하지만 다시 생각해보면 내가 지금 이 순간, 그대에게 속해 있는 지금 이 순간 이상의 무언가를 원한다면 얼굴에 주먹세례를 받아도 싸다고 생각하오.

―――

내가 라우린*에게 가도 괜찮은 거요? 예를 들어 그는 픽*을 알고 있소. 내가 그에게로 가면 내가 빈에 갔었다는 사실이 어쩌다 알려지지 않겠소? 답장 바라오.

―――

막스는 그대가 이야기해준, 요양원에 있는 프르지브람*의 정황에 대해 무척 격분하고 있소. 그리고 이미 그를 위해 시작했던 일을 경솔하게 중단했던 것을 후회하고 있소. 그는 현재 관공서에 대해 꽤 큰 영향력을 갖고 있기 때문에, 필요한 일이 있다면 어렵지 않게 그 일을 해결할 수 있을 것으로 생각되오. 그래서 프르지브람에게 어떤 부당한 일이 벌어지고 있는지 짤막하게 써서 보내주기를 당부해달라고 하오. 가능하다면 조만간에 이 짤막한 요약을 내게 보내주기 바라오(그 러시아 사람의 이름은 스프라하였소).

———

어떻게 된 일인지, 우리 두 사람에게만, 이 세상의 소용돌이 속에서 단지 우리 두 사람에게만 관련된 일이 아닌 건 아무것도 쓸 수가 없게 되었소. 다른 모든 것들은 너무나 생소하게 느껴지오. 부당한 일! 부당한 일! 하고 외쳐보지만, 입술은 그저 우물거리기만 할 뿐 얼굴은 그대 품 안에 묻혀 있소.

———

빈에서 있었던 일 중 한 가지가 씁쓸함으로 남아 있는데, 그 이야기를 해도 되겠소? 둘째 날 숲으로 산책 갔을 때 그대가 대략 이렇게 말한 것으로 기억하오. "앞방하고의 전쟁은 그리 오래가지 않을 거예요." 그리고 메란으로 보낸 마지막에서 두 번째 편지에서는 병病에 대해 쓰고 있소. 이 두 가지 사실 사이에서 나보고 어떻게 하란 말이오? 내가 질투 때문에 이런 말을 하는 건 아니오, 밀레나. 나는 질투하지 않소. 세상이 너무나 작든가, 아니면 우리가 너무나 거대해서 우리 두 사람이 세상을 완전히 채우고 있는데, 내가 누구를 질투해야 한단 말이오?

[프라하, 1920년 7월 6일]

화요일 저녁

7)

이것 좀 보오, 밀레나. 결국 내가 이 편지를 직접 그대에게 보내게 되었구려. 이 속에 무슨 말이 쓰여 있는지 전혀 모르는 채로 말이오. 그건 이렇게 된 거요. 내가 그녀에게 오늘 오후 세 시 반에 그녀의 집 앞으로 가겠다고 했었소. 증기선을 타고 나들이를 갈 작정이었소. 그런데 어제 너무 늦게 잠자리에 든 관계로 거의 잠을 자지 못했소. 그래서 아침 일찍 그녀에게 기송우편으로 편지를 보냈지요. 오후에 잠을 좀 자야 하니까 여섯 시에 가겠다고 말이오. 그리고 내가 당신에게 편지로, 또 전보로 당부를 했음에도 불구하고 여전히 불안해서 이렇게 덧붙였지요. "빈으로 보내는 편지는 나와 상의한 후에 보내주오" 하고 말이오. 그런데 그녀는 이미 새벽에 반쯤 정신이 나간 채로 편지를 써서는—그녀도 무슨 말을 썼는지 모른다고 하오—바로 부쳤다는 거였소. 가여운 그녀는 내가 보낸 기송우편 편지를 받자마자 두려움에 차서 중앙우체국으로 달려갔답니다. 그리고 가까스로 그 편지를 찾아내고는 너무나 기쁜 나머지 우체국 관리에게 있는 돈을 다 털어주었다는구려. 나중에야 그 돈의 액수가 너무나 컸다는 것을 알고 놀랐다고 하오. 그러고는 저녁에 내게 편지를 갖다줍디다. 그런데 지금 내가 어떻게 해야 하겠소. 가까운 시일 내에 이 모든 일이 완전히, 그리고 좋은 방향으로 해결될 희망이 오직 이 편지와, 이 편지에 대해 답할 그대의 편지의 영향력에 달려 있는데 말이오. 물론 이건 정말 말도 안 되는 희망이라는 걸 나도 인정하오. 하지만 나의 유일한 희망인 걸 어쩌겠소. 지금 내가 편지를 부치기 전에 열어서 읽는다면, 첫째로 그녀를 모욕하는 일이 될 것이고, 둘째로 그렇게 되면 내가 이 편지를 절대로 부치지 못하게 되리란 건 너무나 뻔한 일이오. 그래서 그냥 봉해진 채로 그대 손에 맡기오. 전적으로. 이미 나 자신을 그대 손에 맡긴 것처럼 말이오.

지금 프라하의 날씨는 조금 침울하오. 아직 편지가 오지 않아 가슴이 조금 무겁소. 편지가 벌써 이곳에 도착할 가능성이 전혀 없다는 건 물론 알고 있소. 하지만 그걸 내 가슴에게 설명해보오.

F

그녀의 주소: 율리 보리체크
            프라하 II
            나 스메치카흐 6

[프라하, 1920년 7월 6일]
화요일 조금 더 늦은 시간

8)

편지를 부치자마자 어떻게 그대에게서 그런 걸 요구할 수가 있었나 하는 생각이 들었소. 여기서 꼭 필요하고 올바른 일을 해야 하는 건 순전히 나의 몫인 것은 물론이고, 전혀 모르는 사람에게 그런 답신을 쓰고, 그걸 그의 손에 맡긴다는 일이 그대에게는 아마 불가능한 일일지도 모르는데 말이오. 그렇다면 밀레나, 내가 보낸 편지들과 전보들에 대해 용서해주오. 그저 내가 그대로부터 떨어지는 바람에 이성이 흐려진 탓이라고 생각해주오. 그녀에게 답장을 쓰지 않아도 괜찮소. 무슨 다른 해결책을 생각해봐야겠지요. 이 일 때문에 걱정하지 말기 바라오. 지금은 산책 다녀온 것 때문에 너무나 피곤하오. 오늘은 비셰흐라데르 언덕에 갔다 왔소. 아마도 그것 때문인가보오. 게다가 내일은 외삼촌이 오시는 날이오. 혼자 있는 시간을 거의 내지 못할 거요.

지금은 좀 더 밝은 얘기를 해야겠소. 빈에서 만났던 시간 중에 그대가 가장 아름답게, 정말 황홀하도록 아름답게 차려입었을 때가 언제인지 아오? 그 점에 관해서는 이견이 있을 수 없소. 그건 일요일이었소.

[프라하, 1920년 7월 7일]
수요일 저녁

9)

내가 새 집을 갖게 된 걸* 축하하기 위해 급히 몇 자 적소. 열 시에는 부모님께서 프란첸스바트에서 돌아오실 거고, 열두 시에는 파리에서 오시는 외삼촌께서 도착하시기로 되어 있어, 이분들을 마중 나가야 하기 때문이오. 새 집이란 건 무슨 소리냐 하면, 외삼촌께서 편히 계시도록 나는 마리엔바트에 가고 없어 비어 있는 여동생의 집으로 잠시 옮겨 왔기 때문이오. 아무도 없는 커다란 집이란 건 참 매력적이지만, 거리는 우리 집보다 더 소란스럽소. 어쨌든 그리 나쁘지 않은 거래인 것 같소. 그리고 밀레나, 내가 그대에게 편지를 써야 하는 이유는, 내가 한껏 엄살을 부린 내 최근의 편지들 때문에 (최악의 편지는 오늘 오전에 썼다가 너무나 부끄러워 찢어버렸소. 생각 좀 해보오. 아직 그대에게서 아무런 소식도 받지 못하고 있소. 하지만 우체국에 대해서 불평을 하는 건 바보 같은 짓이오. 내가 우체국과 무슨 상관이 있단 말이오) 내가 그대에 대해 불안해하거나, 그대를 잃을까봐 두려워한다고 생각할지도 모르기 때문이오. 아니오. 불안하지 않소. 내가 그대에 대해 확신을 가지지 못했다면, 그대가 나에게 지금과 같은 그런 의미를 가질 수 있었겠소? 그런 인상을 준 것이 뭐라도 있었다면, 그건 그대와 너무나 잠시 동안 함께 있다가 갑자기 헤어지고 난 후의(하필이면 왜 일요일에, 하필이면 왜 일곱 시에, 아니 도대체가 왜 헤어져야 했던 거요?) 후

유증 때문일 거요. 그런 정도의 충격이라면 정신이 어느 정도 혼미해지는 건 당연한 일 아니오? 용서해주오! 그리고 지금은 저녁 시간이니 좋은 밤을 보내기 위해 나의 존재와 나의 소유와, 그대 안에서 쉴 수 있어 행복한 이 모든 것을 한목에 다 받아들이시오.

F

[프라하, 1920년 7월 8일]
목요일 아침

10)

거리는 소란하고, 대각선으로 맞은편에서는 공사가 진행 중이오. 맞은편에는 러시아 교회*가 아니라 사람들로 가득 찬 집들이 있지요. 하지만—방을 혼자 쓰는 것은 어쩌면 살아갈 수 있는 조건이 되고, 집을 혼자 쓰는 것은—정확히 말하자면 잠시 동안은—행복할 수 있는 조건이 되는 것 같소(그 조건들 중의 하나란 말이오. 왜냐하면 내가 살아 있지 않았다면, 내가 쉴 수 있는 마음의 고향이 없었다면, 이해할 수 없는 은총으로 생기발랄하게 빛나는 그대의 그 밝은 푸른색의 두 눈동자가 없었다면 집이 있다 한들 무슨 소용이 있었겠소). 하지만 이런 조건에서는 집도 행복의 한 조건이 된다고 생각하오. 욕실도, 주방도, 거실도, 세 개의 방도 모든 것이 다 조용하오. 가족과 함께 사는 집에서의 그 소음과 그 무례함, 이미 오래전부터 자제력을 상실한 무절제한 몸뚱이들의 동종 번식, 생각들과 희망들, 모든 구석과, 모든 가구들 사이에서 허락 받지 못한 관계들과, 부적절하고 우연한 것들과 사생아들이 생겨나고—일요일에 그대와 함께 갔던 조용하고 인적 없는 교외의 풍경이 아니라—끝나지 않을 것 같은 토요일 저녁의 어수선하고 사람들로 꽉 찬, 숨이 막힐 것 같은 변두리의 분위기가 계속 이어지는 것과는 달리 말이오.

————

누이가 내게 아침 식사를 갖다 주느라고 그 먼 길을 걸어왔소(괜한 일을 했소. 내가 집으로 가려고 했었는데 말이오). 초인종을 한참이나 누른 후에야 편지와 탈속의 세계에서 나를 끌어낼 수 있었지요.

F

이 집은 내 집이 아니라오. 그리고 여름 동안에도 매부가 자주 이곳에 와 있게 될 거요.

[프라하, 1920년 7월 8일]
목요일 오전

11)
마침내 그대에게서 편지가 왔소. 우선 가장 핵심적인 문제에 대해 급히 몇 자 적으려 하오. 어쩌면 급하게 쓰느라 옳지 않은 말을 써서 나중에 후회하게 될지도 모르겠지만 말이오. 우리 세 사람이 현재 처해 있는 이 상황은 아직까지 비슷한 경우가 없었던 상황이오. 그러니까 이 상황을 다른 경우들의 경험에 비추어(시체들—세 사람이 겪는 고통, 둘이 겪는 고통—어떤 방법으로 사라져버리는 것 등등) 오판하지 말아야 하오. 나는 그의 친구가 아니오. 나는 친구를 배신한 게 아니오. 하지만 그렇다고 그저 단순한 지인도 아니고, 깊은 관계가 있는 사람이오. 어떤 면에서는 친구보다도 더 깊은 관계일지도 모르겠소. 그대 또한 그를 배신하지 않았소. 왜냐하면 그대가 무슨 말을 해도, 그대는 그를 사랑하고 있소. 우리가 서로 결합하게 된다면(어깨들아, 고맙다!) 그건 다른 차원에서요. 그의 영역 안에서가 아니란 말이오. 그 결과는 이 일이 우리 둘만의 비밀로 지켜져야 하는 일이 절대 아니라는 거요. 그리고 고통, 두려움, 아픔, 근심뿐인 것도 아니지요—그대의 편지가 어느 정도 평정을 유지하고 있던 나를 매우 놀라게 했소. 우리가 함께 있었던 시간으로부터 얻은 그 평정이 지금 다시 메란 시절의 소용돌이로 되돌아가려 하고 있는 것 같소. 하지만 지금은 메란의 상태가 되돌아오지 못하게 막아주는 아주 강력한 방어벽이 존재하오—이건 솔직하고, 그 솔직함 속에 명백한 우리 세 사람 간의 관계요. 그대가 아직 얼마 동안은 터놓고 얘기하지 못한다고 해도 말이오. 모든 가능성들을 끝까지 생각해보는 것은 나도 절대 반대요—그대가 있기 때문에 그걸 반대할 수 있소. 내가 혼자였더라면 그 어느 것도 내가 끝까지 생각해보는 것을 말릴 수 없었을 거요—현재를 이미 미래의 전쟁터로 만든다면, 그 엉망으로 파헤쳐진 바닥 위에 어떻게 미래의 집을 짓겠소?

지금은 더 이상 아무것도 모르겠소. 벌써 삼 일째 사무실에 출근하고 있는데, 아직 한 줄도 쓴 것이 없소. 어쩌면 지금은 뭔가를 쓸 수 있을지도 모르겠소. 내가 이 편지를 쓰고 있는 동안 막스가 여기 왔었소. 물론 그는 아무 말도 하지 않을 거요. 내 누이들과 부모님, 그 아가씨*와 막스를 제외한 모든 사람들에게는 내가 린츠를 거쳐 온 걸로 해두었소.

F

내가 돈을 좀 보내도 되겠소? 라우린을 통하든가 해서 말이오. 그대가 빈에서 내게 꿔주었던 거라고 하면, 그가 그대에게 줘야 할 원고료와 함께 보낼 수 있지 않겠소?

그대가 두려움에 대해 쓰겠다고 예고한 것 때문에도 조금 놀랐소.

금요일

편지를 쓴다는 건 모두 참 부질없는 짓이라 생각되오. 사실이 그렇기도 하오. 가장 좋은 것은 내가 빈으로 가서 그대를 데리고 오는 거요. 어쩌면 내가 정말 그렇게 할지도 모르겠소. 그대가 원하지 않는다고 해도 말이오. 실제로 가능성은 단 두 가지뿐이오. 이거든 저거든 다 좋은 생각이지만 말이오. 그대가 프라하로 오거나 리베시츠로 오는 거요. 유대인의 오래된 습성 탓에 안심이 안 돼 어제 일로프스키*에게 갔었소. 그가 리베시츠로 떠나기 직전에 그를 만날 수 있었지요. 그는 스타샤에게 보내는 그대의 편지를 갖고 있었소. 그는 경쾌하고, 솔직하며, 현명하기까지 한 정말 멋진 사람이오. 다짜고짜 팔짱을 끼고 허물없이 이야기를 하더군요. 모든 걸 해줄 용의가 있고, 모든 것, 아니 그 이상을 이해하는 마음인 것 같았소. 그는 아내와 함께 브륀 근처에 있는 플로리안*에게 가려고 하고 있고, 거기서 빈으로 가 그대를 만날 거라고 했소. 오늘 오후에 프라하로 돌아와 스타샤의 답장을 전해줄 거요. 오후 3시에 만나기로 했으니, 그와 얘기한 후 바로 전보를 쳐주겠소. 열한 통의 편지에 걸쳐 내가 한 모든 말을 용서해주오. 그것들을 치워버리시오. 지금부터가 현실이오. 그리고 이건 훨씬 위대하고 나은 것이오. 현재 두려워해야 할 건 오직 한 가지뿐이라고 생각되오. 그건 남편을 향한 그대의 사랑이오. 그대가 말하는 새로운 과제에 대해 말하자면, 그건 아마 어려운 일이 될 것이오. 하지만 그대가 내 곁에 있음으로 해서 내가 얻게 되는 그 힘을 과소평가하지 마오. 비록 지금 잠을 잘 못 자고 있긴 하지만, 그대가 보낸 두 통의 편지를 받은 어제 저녁에 생각했던 것보다는 훨씬 마음이 편하오. (우연히 막스도 와 있었소. 그건 별로 좋은 일은 아니었던 것 같소. 왜냐하면 이 일은 너무나도 나 자신만의 일이었기 때문이오. 아, 질투하지 않는다는 사내의 질투가 또 시작되는구려. 가엾은 밀레나.) 그대가 오늘 보내준 전보도 내 마음을 조금 안정되게 해주었소. 그대의 남편에 대해서는 지금은, 적어도 지금은, 참을 수 없을 만큼 과도하게 걱정되지는 않는구려. 그는 막중한 과업을 넘겨받아서 본질적으로 일부분은, 아니 어쩌면 전체적으로 다 명예롭게 잘 수행해왔소. 하지만 계속 수행해 나갈 능력은 없어 보이오. 그건 그 일을 감당할 힘이 없어서가 아니라(그의 힘과 비교하면 내 힘은 참으로 보잘것없소), 지금까지 일어났던 일로 인해 그가 너무나 부담을 받고 있고 너무나 억눌려 있어, 그 일에 꼭 필요한 집중을 할 수 없게 되었기 때문이오. 어쩌면 이 일이 한편으로는 그의 짐을 덜어주는 일이 될지도 모르겠소. 왜 내가 그에게 편지를 쓰면 안 된다는 거요?

F

[프라하, 1920년 7월 9일]
금요일

스타샤의 편지에 대해서만 간단히 몇 자 적겠소. 평소에는 내가 무척 좋아하지만 지금은 조금 방해가 되고 있는 외삼촌께서 나를 기다리고 계시오. 스타샤의 편지는 매우 친절하고 다정하게 씌어 있소. 그런데 결점이 하나 있는 것 같소. 대수롭지 않은, 어쩌면 단지 형식적인 면에서의 결점 같지만 말이오(그렇다고 해서 이 편지들이 이 결점이 없었다면 더욱더 다정했을 거라는 말은 아니오. 오히려 그 반대가 되었을지도 모르겠소). 어쨌든 간에 뭔가가 빠져 있거나, 없어야 할 것이 들어 있는 것 같기는 하오. 어쩌면 그건 침착한 사고력이 아닌가 생각되오. 그건 그녀의 남편에게서 유래한 것으로 보이오. 그가 어제 나와 바로 그런 투로 이야기를 했기 때문이오. 하지만 오늘은 내가 어제 너무 미심쩍어했던 것(z Kafky to vytáhl)[38]에 대해 사과도 하고, 어느 정도 내 마음을 털어놓으려고 했을 때에, 그는 예의를 다하기는 했지만, 스타샤의 편지와, 스타샤가 나를 월요일에 만나주겠다고 했다는 말을 전해주면서 거의 떼어버리는 수준으로 나를 보내버렸소. 그런데 내가 지금 참으로 좋은 이 사람들에 대해 무슨 말을 하고 있는지 모르겠소. 질투 때문인가보오. 맞소, 질투 때문이오. 하지만 밀레나, 질투로 인해 그대를 괴롭히는 일은 없을 거라고 약속하오. 오직 나만, 나 자신만 괴롭히겠소. 그런데 편지에 보니 어떤 오해가 있었던 것 같소. 그대가 스타샤에게서 원한 건 딱히 충고를 해준다거나, 그녀가 그대의 남편과 이야기해주는 것을 원한 건 아니잖소. 그대가 우선 원했던 건, 다른 어떤 것으로도 대치할 수 없는 그것, 그녀가 함께 있어주는 것을 원했던 것 아니었소? 내게는 그렇게 보였소. 그리고 돈 문제는 그렇게 중요한 일이 아니오. 그 사람에게도 어제 이미 그렇게 말했소. 어쨌든 월요일에 스타샤와 만날 거요(그리고 일로프스키의 오늘 행동은 충분히 이해가 가는 이유가 있었소. 그의 사무가 충분히 바빴었소. 피터만*과 페렌츠 푸투리스타*가 그와 같은 테이블에 앉아서 새로 여는 카바레에 대한 회의가 시작되기만을 조바심을 내며 기다리고 있었소).

정말이지 외삼촌께서 기다리고 계시지만 않았다면 이 편지를 찢어버리고 새로 썼을 거요. 특히 스타샤의 편지에 적어도 내 눈에는 모든 것을 성스럽게 보이게 하는 글귀가 쓰여 있기 때문이오. s Kafkou žit.[39]

오늘이 가기 전에 그대에게서 소식이 왔으면 좋겠소. 그런데 나는 마치 하도 부자라서 자기가 가지고 있는 게 얼마만큼인지도 모르는 사람 같소. 방금, 오후에 사무실에 가서 내게 편지 온 것 없느냐고 물었

---

38) (그는 그걸 카프카에게서 알아낸 것 같아)
39) 카프카와 함께 사는 것.

더니, 그대에게서 온 편지 한 통을 갖다 주지 않겠소. 내가 메란으로 떠나고 난 직후에 도착한 편지였소. (프르지브람에게서 온 카드도 한 장 있었소.) 그걸 읽는 기분이 묘했소.

그대의

[프라하, 1920년 7월 10일]
토요일

14)

정말 속상하오. 그제는 그대가 불행해하는 편지 두 통이 왔었고, 어제는 전보만 왔었소(그걸로 조금은 안심이 됐지만, 전보들이 늘 그런 것처럼 뭔가 좀 짜깁기한 것 같은 느낌이 들었소). 그리고 오늘은 아무것도 안 왔단 말이오. 게다가 그 편지들은 내게 위안을 주는 데가 하나도 없었소. 어느 모로 보나 말이오. 그리고 거기에 곧 다시 쓰겠다고 했지만, 그대는 안 썼소. 그리고 그제 저녁에는 그대에게 아주 화급한 답을 요구하는 화급한 전보를 보냈소. 그 답장도 벌써 도착했어야 하는 거 아니오? 여기 그 내용을 다시 써보겠소. "그것만이 옳은 방법이었으니 마음을 놓아요. 그대가 있어야 할 곳은 이곳이오. 일로프스키 씨가 아마도 일주일 후에 부인과 함께 빈으로 갈 거요. 돈은 어떤 방법으로 보내주는 게 좋겠소?" 그러니까 이 전보에 대해서 답이 아직 안 왔단 말이오. "빈으로 가라"고 내면의 목소리가 말하고 있소. "하지만 밀레나가 그걸 원치 않는다지 않나. 아주 단호하게 거절하지 않느냐 말이야. 네가 오게 되면 그건 이미 확고한 결정이 되는 거라, 네가 오는 건 싫다고 해. 그녀는 지금 걱정과 회의에 둘러싸여 있고, 그래서 스타샤가 오기를 바라고 있어" 하고 나는 대답하오. 그럼에도 불구하고 나는 가야 할 것이오. 그런데 몸이 온전치 못하오. 마음은 최근 몇 년 동안 이 정도로 편해질 수 있으리라고는 전혀 상상도 못했을 만큼 비교적 안정되어 있소만, 기침이 아주 심해졌소. 낮에는 물론이고, 밤에도 거의 15분 동안이나 쉬지 않고 해대오. 아마 프라하에 적응하느라 처음 얼마 동안 나타나는 현상에 불과할 거요. 그리고 그대를 알게 되고 그대의 눈동자를 들여다보기 전에 가졌던 메란에서의 어지러웠던 시간들의 여파일 거요.

빈이 얼마나 어두워졌는지 모르오! 나흘 동안에는 그렇게 밝았었는데 말이오. 그곳에서 내게 어떤 일이 준비되어지고 있는지 모르겠소. 내가 여기 앉아서 편지쓰기를 멈추고 얼굴을 손에 묻는 동안 말이오.

F

그러고 나서 의자에 앉은 채 열린 창문 너머로 비가 오고 있는 밖을 내다보았소. 여러 가지 생각이 떠올랐소. 어쩌면 그대가 아플지도 모르겠다. 너무나 지쳐 몸져누워 있을지도 모르겠다. 그러면 콜러 부인°이 심부름을 해줄 수 있겠다는 생각이오. 그리고 또 한 가지 생각은—이상하게도 가장 자연스럽고 자명한 가능성으로서—문이 열리고, 거기에 그대가 서 있을 거라는 생각이오.

[프라하, 1920년 7월 12일]
월요일

15)
적어도 이틀 동안은 아주 끔찍한 시간들을 보냈소. 하지만 이제 보니 그대는 전혀 아무 잘못도 없었구려. 어떤 사악한 마귀가 목요일부터 그대의 편지들을 못 오게 막고 있었소. 금요일에는 그대의 전보만 받았을 뿐이고, 토요일도 일요일도 아무것도 못 받았소. 그리고 오늘 편지 네 통을 받았다오─목요일, 금요일, 토요일에 쓴 편지들이오. 지금은 편지를 쓰기에는 너무나 지쳐 있소. 이 네 통의 편지들로부터, 이 태산과 같은 절망과, 고통과, 사랑과, 마주하는 사랑으로부터 나에게 남겨지는 것이 무엇인가를 바로 찾아내기에는 너무나 지쳐 있단 말이오. 피곤하고, 이틀 낮밤을 온갖 끔찍한 상상들을 하며 자신을 다 소모해버렸을 때는 그렇게 이기적이 되나보오. 하지만 그럼에도 불구하고─이것 또한 그대의 생명을 불어넣는 힘 덕분이오, 밀레나 어머니─, 그럼에도 불구하고, 사실 어쩌면 시골에서 지낸 일년*을 제외하고 지난 칠 년 동안 내내 혼란스러웠던 것에 비하면 훨씬 덜 혼란스러웠소.

편지 두 번째 장의 왼쪽 여백: '차원'이라는 말을 잘못 이해했소. 내가 말한 뜻은 그게 아니었소. 다음에 자세히.

하지만 내가 목요일 저녁에 화급하게 보낸 전보에 대해서 왜 아무런 답장이 없는지는 아직도 이해 못하겠소. 그래서 콜러 부인에게도 전보를 쳤었는데, 역시 아무런 답이 없었소. 내가 그대의 남편에게 편지를 쓸까봐 두려워하지 않아도 되오. 그러고 싶은 마음도 별로 없소. 그저 빈으로 가고 싶은 마음뿐이오. 하지만 그것도 하지 않을 거요. 내가 오는 걸 그대가 반가워하지 않는다든가, 여권 문제, 사무실, 기침, 피곤함, 내 누이의 결혼식(목요일) 등 그 모든 장애물이 없었다 해도 말이오. 어쨌든 토요일이나 일요일 같은 오후 시간을 보내는 것보다는 차라리 빈으로 가는 것이 나았을 거요. 토요일에는 외삼촌과 함께 조금 돌아다니다가, 막스와 조금 돌아다니다가 하면서 두 시간마다 편지가 오지 않았는지 물어보러 사무실로 달려갔었소. 저녁에는 조금 나았소. 라우린에게 갔더니, 그는 그대에게 무슨 나쁜 일이 생겼다는 소식은 들은 게 없다고 합디다. 그는 그대의 편지에 대해 이야기해서 나를 기쁘게 해주었소. 그리고 그가 『노이에 프라이에 프레세』(신자유신문)에서 일하는 키슈*에게 전화해서 물어보니, 그도 아무것도 모른다고 했소. 하지만 그대의 안부를 알아보고 오늘 저녁에 전화해주겠다고 했소. 그대의 남편 말고 다른 사람에게 말이오. 그래서 나는 라우린의 집에 앉아서 그가 그대의 이름을 자주 언급하는 것을 들으며, 그에게 고마워했소. 물론 그와 함께 담화를 나누는 것은 쉬운 일도, 즐거운 일도 아니오. 그는 좀 어린애 같은 데가 있지 않소. 그리 영리하지 못한 어린애 말이오. 그가 자기 자랑을 하다가 거짓말을 하다가 하면서 코미디를 연출하고 있는 것을 가만히 앉아서 듣고 있자면, 내 자신이 지나치게 교활하거나 메스꺼운 코미디언처럼 느껴지지요. 특히 그가 어린애 같은 점만 있는 것이 아니라 관대함, 타인에 대한 관심, 남을 돕고자 하는 마음 같은 면에서는 아주 훌륭하고 진지한 어른이기 때문에 더 그렇지요. 함께 있는 내내 이런 갈등에서 헤어나지를 못하겠습디다. "한 번만, 꼭 한 번만 더 그대의 이름을 말하는 걸 듣자" 하고 계속해서 내 자신을 설득하지 않았다면, 벌써 오래전에 가버렸을 거요. 그의 결혼식(화요일) 이야기도 같은 톤으로 이야기합디다.

편지 세 번째 장의 오른쪽 여백: 사진들 정말 고맙소. 하지만 야르밀라*는 그대와 닮지 않은 것 같소. 기껏해야 어떤 광채가, 그대의 얼굴과 그녀의 얼굴 위로 지나가는 어떤 빛 같은 것이 닮았다고나 할까.

일요일은 더 심했소. 원래는 묘지에 가려고 했었소. 그렇게 하는 게 옳았을 거요. 하지만 오전 내내 침대에 누워 있기만 했었지요. 그리고 오후에는 아직 한 번도 방문한 적이 없는 내 누이의 시부모님을 방문해야 했소. 그러고 나니 여섯 시였소. 다시 사무실에 가서 전보가 왔는지 물어보았으나, 아무것도 없었소. 이제 무얼 해야 하나? 공연 프로그램을 찾아보았소. 왜냐하면 스타샤가 월요일에 바그너 오페라에 갈 거라고, 일로프스키가 급한 가운데 얼핏 말했었기 때문이오. 프로그램에는 공연이 여섯 시에 시작한다고 써 있었소. 그런데 우리가 만나기로 한 시간도 여섯 시였소. 큰일이오. 그리고 이제는? 옵스트가세에 가서 그 집을 보았소. 그곳은 조용하고, 들락거리는 사람이 아무도 없었소. 조금 기다려봤소. 집 앞쪽에서, 그리고 건너편에 서서. 아무런 움직임도 없었소. 그런 집들은 그것을 뚫어져라 바라보고 있는 인간들보다 훨씬 더 현명하오. 이제는 또 뭘 하나? 예전에 도브레 딜로dobré dílo[40]의 쇼윈도°가 있었던 루체르나-두르히하우스[41]로 갔소. 그 쇼윈도는 이제 거기 없었소. 그러면 스타샤의 집으로 가야겠다고 생각했소. 그건 아주 쉬운 일이었소. 왜냐하면 그녀는 지금 집에 없을 게 틀림없었기 때문이오. 아주 조용하고 아름다운 집이었고, 그 뒤로 작은 정원이 달려 있었소. 현관문 앞에는 맹꽁이자물쇠가 하나 달려 있었소. 그러니까 초인종을 마음 놓고 눌러봐도 되었소. 밑에서 관리인 여자와 잠깐 이야기했소. 단지 '리베시츠'와 '일로프스키'라는 단어들을 말하고 싶어서였소. 유감스럽게도 '밀레나'라는 말을 할 기회는 없었소. 그리고 이제는? 나는 가장 바보스러운 짓을 했소. 내가 벌써 몇 년 동안이나 가지 않았던 카페 아르코에 갔었소. 그대를 알고 있는 누군가를 만날 수 있을까 하는 기대에서였소. 다행스럽게도 그곳에는 아무도 없었소. 그래서 금방 다시 나올 수 있었소. 그런 일요일은 더 이상 없었으면 좋겠소, 밀레나!

F

---

40) 명작선名作選. 권말 주 참조.
41) 통로 위에 지어진 집이라는 뜻(옮긴이).

편지 마지막 장의 왼쪽 여백: 어제는 편지를 쓸 수가 없었소. 빈의 모든 것이 내게 너무나 어두워 보였기 때문이오.

[프라하, 1920년 7월 13일]
화요일 조금 후에

17)

토요일 저녁에 쓴 편지는 얼마나 피곤한 인상을 주던지요! 그 편지에 대해 할 말이 많긴 하지만, 피곤한 사람에게 오늘은 아무 말도 하지 않겠소. 나도 역시 피곤하다오. 사실 빈에 도착한 시간 이후로 처음으로 잠을 못 자 머리가 엉망이라오. 아무 말도 하지 않고 그대를 그저 안락의자에 앉히고, (그대는 내게 잘해준 일이 별로 없다고 말하지만, 나를 거기에 앉혀놓고 그 앞에 앉아 함께 있어준 것보다 더 큰 사랑과 환대가 어디 있겠소?) 그러니까 이제는 내가 그대를 안락의자에 앉힐 거요. 그리고 이 행복을 어떻게 말로, 눈으로, 손으로, 그리고 내 가엾은 가슴으로 감싸 안을지 몰라 하고 있소. 그대가 존재하고, 그리고 내게 속한다는 이 행복을 말이오. 사실은 그건 그대를 사랑하는 것이 아니라, 그보다 더한 것, 그대로 인해 내게 선사된 내 존재를 사랑하고 있는 것이오.

라우린에 대해서는 오늘은 아무 이야기도 하지 않겠소. 그 아가씨에 대해서도.* 그 모든 것들은 어떻게든 제 갈 길을 가게 될 거요. 그 모든 것이 얼마나 멀게 느껴지는지요.

F

그대가 가련한 악사[42]에 대해* 이야기하는 건 모두 맞소. 그 작품이

_____

42) 프란츠 그릴파르처의 단편소설 「가련한 악사」를 의미함(옮긴이).

내게 아무것도 의미하지 않는다고 말한 건, 단지 그대가 그 작품에 대해 어떻게 생각할지 몰라 걱정이 돼서 한 얘기였소. 그리고 또 내가 그 이야기에 대해 창피해하기 때문이기도 했소. 마치 내가 직접 그 이야기를 쓴 것처럼 말이오. 그리고 사실 그 이야기의 시작이 잘못되기도 했소. 그 외에도 맞지 않는 것, 우스꽝스러운 것, 아마추어적인 것, 못 참아줄 정도로 너무 장식적인 것(특히 낭독을 할 때 그 점이 더욱 잘 드러나오. 그런 구절들을 지적해 보여줄 수도 있소) 등등 잘못된 점들이 많소. 그리고 특히 그런 음악 연주라니, 너무나 초라하고 우스꽝스러운 발상 아니오? 그런 건 그 처녀의 신경을 자극해서, 그녀가 온 세상이 동의하고, 특히 내가 동의하는 바대로 화가 머리끝까지 치밀어, 상점에 가지고 있는 모든 물건을 이 이야기를 향해 던지기 시작해서, 결국 이 이야기가 자신을 구성하고 있는 요소들에 의해 파멸해도 싸지 않겠소? 물론 한 이야기가, 그것도 이러한 방법으로 사라지는 것보다 이야기를 위해 더 나은 운명은 없겠지만 말이오. 그리고 이상한 심리학자인 그 이야기의 저자 역시 거기에 대해 아무런 이의가 없을 거요. 왜냐하면 아마도 바로 그가 원래의 가련한 악사여서 이 이야기를 가능한 한 비음악적인 방법으로 우리에게 연주해 들려주고 있으니까 말이오. 그대가 이 이야기를 읽고 눈물을 흘리는 건 그에게는 너무나도 과분하도록 황홀한 고마움의 표시라오.

[프라하, 1920년 7월 13일]
화요일

그대가 보낸 전보 두 통이 도착했소. 이제야 알겠소. 야르밀라의 편지가 있는 동안에는 크라머의 편지*가 왔는지 물어보지 않았단 말이구려. 괜찮소. 무엇보다도 내가 사전에 그대의 동의를 얻지 않고, 내 마음대로 무언가를 저지르지 않을까 하는 걱정은 안 해도 되오. 하지만 요점은 내가 거의 뜬눈으로 밤을 지새우고 난 후, 마침내 한없이 중요하게 생각되는 이 편지 앞에 앉아 있다는 사실이오. 내가 프라하에서 그대에게 보낸 편지들은 쓰지 않아도 좋았을 것들이었소. 특히 최근에 쓴 편지들은 말이오. 오직 이 편지 하나만 있으면 됐을 거요. 아니 그게 아니라, 그 편지들이 있어도 별 상관없소. 하지만 이번 편지가 그중 가장 중요하오. 아쉽게도 어제 저녁에 스타샤와 헤어지고 난 후 그대에게 말했던 것과, 지난밤과 오늘 아침에 그대에게 이야기했던 말들의 백분의 일도 쓸 수 없을 것 같소. 어쨌든 그 모든 것의 요점은 이거요. 그대를 둘러싸고 있는 모든 다른 사람들, 라우린부터 시작해서 스타샤를 거쳐 내가 알고 있는 다른 모든 사람들이 그들의 고귀한 현명함으로, 금수 같은 (하지만 금수들은 그렇지 않지요) 무딤으로, 마귀 같은 다정함으로, 살인적인 사랑으로 그대에 대해 무어라고 하든 간에—나는 밀레나, 나는 그대가 어떻게 하든지 그대가 하는 일이 옳다는 사실을 너무나도 잘 알고 있소. 그대가 빈에 머물러 있기로 정하든지, 아니면 이리로 오든지, 아니면 프라하와 빈의 중간에 떠 있든지, 아니면 한 번은 이랬다가, 한 번은 저랬다가 하든지 간에 말이오. <u>내가 그걸 모른다면 내가 그대와 도대체 무슨 상관이 있는 사람이겠소?</u> 깊은 바닷속에는 계속 엄청난 수압의 영향을 받지 않는 장소는 아무 곳도 없듯이, 그대와 함께하는 삶도 역시 그렇소. 다른 모든 삶은 수치이며, 생각만 해도 역겨워지오. 지금까지는 내가 삶도, 사람들도 견뎌내지 못한다고 생각하고 많이 부끄러워했었소. 하지만 내가 참을 수 없어 했던 건 삶 자체가 아니었다는 사실을 지금 그대가 내게 확인시켜주고 있소.

스타샤는 끔찍한 사람이오. 이렇게 말하는 걸 용서하오. 어제 그녀에 대한 편지를 썼는데 차마 부치지 못했소.* 그녀는 그대의 말처럼 다정하고, 친절하고, 아름답고, 부드럽고, 날씬하기는 하지만 끔찍한 사람이오. 그대의 친구였다니 이전에는 그녀 안에도 하늘의 빛 같은 무언가가 있었을 거요. 하지만 지금은 그것이 무서우리만치 완전하게 꺼져버렸소. 그녀 앞에 서 있으면 마치 타락한 천사 앞에 서 있는 듯 섬쩍지근함이 느껴지오. 그녀가 왜 그렇게 되었는지는 모르겠소. 아마도 그녀의 남편이 그녀를 그렇게 만든 것 같소. 그녀는 지쳐 있고 죽은 사람 같은데, 자신은 그걸 모르고 있소. 지옥이 어떤 곳인가를 상상하려면, 그녀와 그녀의 남편을 생각하고 두려움에 이를 덜덜 떨며, "그러면 우리는 숲으로 가게 돼요" 했던 그녀의 말을 반복해보오. 용서하오, 밀레나. 사랑하고 사랑하는 밀레나, 용서하오. 하지만 이건 사실이오.

물론 내가 그녀와 함께 있었던 시간은 그녀의 집에 잠깐 함께 앉아 있다가, 도이체스 테아터(독일극장)로 함께 걸어가는 동안의 45분뿐이었소. 나는 지나치게 친절하고 말이 많고 마음을 터놓은 상태였지요. 마침내 그대에 대해서만 이야기할 수 있는 절호의 기회였지 않소. 한참 동안은 그대가 그녀의 실제 모습을 가리고 있었소. 그녀는 어찌나 돌같이 단단한 이마를 가지고 있던지! 그리고 거기에 어찌나 선명한 금색 글자로 "나는 죽은 사람이오. 그리고 나는 나처럼 죽은 사람이 아닌 사람은 경멸하오"라고 씌어 있었는지요! 그녀는 물론 친절하기는 했소. 우리는 그녀가 빈으로 가는 것에 대해서 많은 의견을 나누었소. 하지만 그녀가 가는 게 그대에게 좋은 일이 될 거라고는 생각할 수 없소. 그녀에게는 몰라도.

그리고 저녁에는 라우린에게 갔었는데, 그는 편집부*에 없었소. 내가 조금 늦게 갔기 때문이오. 나는 이전부터 알고 지냈던 한 남자와,* 몇 달 전에 라이너가 마지막으로 누워 있었던 그 소파에 잠시 동안 앉아 있었소. 이 남자는 라이너의 생의 마지막 저녁 내내 그와 함께 있었다고 하며 많은 이야기를 해주었소.

그렇게 해서 어제는 너무나 힘든 날이었기 때문에 밤에 잠을 잘 수가 없었소. 게다가 마리엔바트에 가 있던 내 누이가 스페인에서 온 외삼촌을 만나기 위해 남편과 아이들과 함께 이틀을 여기 머물 예정으로 와 있소. 그래서 이 좋은 집이 더 이상 나 혼자만의 것이 아니었소. 하지만 이 사람들이 내게 얼마나 잘해주는지 아오? (마치 내가 이 이야기를 그대에게 해줌으로써 그들의 친절함이 보상을 받기라도 하는 것처럼 생각하고 있는 것 같구려.) 그들은 나를 침실에 그냥 있게 해주고, 남는 침대 하나를 들고 나가서 치우지 않은 다른 방들에 나누어 자고, 욕실도 내가 쓰도록 내주고 자기들은 부엌에서 씻는 등등 온갖 배려를 아끼지 않고 있다오. 그래요. 나는 잘 있소.

그대의

어쩐지 편지 내용이 전혀 마음에 들지 않는구려. 이건 내 머릿속에서 당신과 나눈 아주 밀도 있고 긴밀한 대화의 찌꺼기들에 불과하오.

편지 두 번째 장의 왼쪽 여백: 시카고에 대한 계획*에는 대찬성이오. 잘 걷지 못하는 심부름꾼을 고용할 계획이 있다는 조건하에 말이오.

[프라하, 1920년 7월 14일]
수요일

그대는 "Ano máš pravdu, mám ho ráda. Ale F., i tebe mám ráda"[43] 라고 썼소—이 문장을 글자 하나하나 아주 자세히 들여다보고 있소.

---

43) "그래요, 당신 말이 맞아요. 나는 그를 좋아하고 있어요. 하지만 F., 나는 당신도 역시 좋아해요."

밀레나에게 쓴 편지 137

특히 i 라는 글자에 자꾸 머물게 되오. 그대 말이 모두 맞소. 그대 말이 맞지 않는다면 그대는 밀레나가 아닐 거요. 그리고 그대가 없었다면 나라는 존재는 아무것도 아닐 거요. 그대가 이 말을 프라하에 와서 말로 하는 것보다는 빈에서 편지로 쓰는 것이 훨씬 잘한 일이오. 이 모든 것을 너무나 잘 이해하오. 어쩌면 그대 자신보다 더 잘 이해할지도 모르겠소. 그럼에도 불구하고 어떤 약한 마음 때문에 이 문장이 자꾸 마음에 걸리오. 그것을 읽고, 읽고, 또 읽어도 그렇소. 그래서 결국 여기에 다시 한 번 쓰기로 한 거요. 그대도 이 문장을 볼 수 있도록, 우리가 함께 이걸 읽을 수 있도록. 관자놀이를 맞대고 말이오(그대의 머리카락이 내 관자놀이에 닿은 채로 말이오).

———

연필로 쓴 그대의 편지 두 통이 도착했을 때 여기까지 쓰고 있었소. 이 편지들이 오리라는 사실을 내가 몰랐을 거라고 생각하오? 하지만 아주 깊은 심연에서만 알고 있었소. 그러나 우리는 그곳에 줄곧 살고 있는 게 아니라, 이 보잘것없는 모습으로 땅 위에 사는 것을 더 선호하지요. 내가 마음대로 뭔가 일을 저지를지도 모른다는 두려움을 그대가 왜 항상 가지고 있는지 모르겠소. 내가 거기에 대해 너무나도 분명하게 말하지 않았소? 내가 콜러 부인에게 전보를 친 건 단지 내가 사흘 동안, 아주 끔찍했던 사흘 동안 아무 소식도 받지 못했고 전보에도 아무런 대답이 없어, 그대가 병이 난 거라고 믿을 수밖에 없었기 때문이라고 하지 않았소.

———

어제는 의사한테 갔었소. 그는 내가 메란에 가기 전과 상태가 거의 똑같다고 했소. 그 삼 개월이 거의 흔적 없이 내 폐를 스쳐가버렸소. 왼쪽 폐 상단에 생긴 병은 그때나 지금이나 똑같이 생생하오. 의사는 이 결과에 대해 너무나 실망스러워하고 있지만, 나는 그만하면 꽤 괜찮다고 생각하오. 왜냐하면 내가 같은 기간 동안에 프라하에 머물렀다면 지금 내 모습이 어땠을지 상상도 할 수 없기 때문이오. 그리고 의사는 내 몸무게도 거의 변함이 없다고 하지만, 내 계산으로는 한 삼 킬로그램쯤 늘어난 것 같소. 가을에는 주사 요법을 시도해보겠다고 했소. 하지만 나는 허락하지 않을 작정이오.

이 결과를, 그대 역시 그대의 건강을 마구 해치고 있다는—물론 어쩔 수 없는 일이기는 하지만 말이오. 이런 말은 덧붙이지 않아도 되겠지요—사실과 합해보면, 때때로 우리가 함께 살기 위해 합치는 게 아니라, 함께 죽기 위해 만족한 마음으로 함께 눕게 되는 것은 아닌가 생각될 때도 있소. 하지만 어떤 일이 일어나든 간에 그대 곁이라면 그게 무슨 상관이 있겠소.

그리고 의사의 생각과는 달리, 내가 어느 정도라도 건강해지기 위해 필요한 건 안정뿐이라는 걸, 그것도 아주 특별한 종류의 안정, 아니 다른 시각으로 보자면, 아주 특별한 종류의 흥분 상태뿐이라는 걸 나는 알고 있소.

————

그대가 스타샤의 편지에 대해서 쓴 말이 나를 매우 기쁘게 하오. 하지만 그건 자명한 일이오. 그녀는 그대의 지금 상태를 일종의 항복으로 보고 있소. 그리고 벌써 그대의 아버지 이야기도 하고 있소. 그녀의 입에서 아버지의 이야기가 나왔다는 사실만으로도 아버지를 미

위하게 될 수도 있을 것 같소. 하지만 사실은 그를 사랑하오—간단히 말해서 그녀는 이 경우에 대해서, 아주 심혈을 기울여야만 생각날 수 있을 법한(그런데 그녀의 아름다운 입술에서는 그런 이야기가 그냥 흘러나오더군요) 가장 바보스러운 말을 한 거요. 그건 물론 당신을 위하는 마음에서 나온 거요. 그 사실을 간과해서는 안 되겠지요. 하지만 그건 그녀의 무덤으로부터 그대에게 팔을 벌리는 것일 뿐이오.

———

오늘은 프랑스의 국경일이오. 아래 거리에서는 군인들이 열병식을 끝내고 행진해 돌아가고 있소. 여기에는 대단한 무언가가 있소. 그대의 편지 속에서 숨 쉬면서 나는 그걸 느끼오. 그건 화려함이나 음악이나 이 거창한 행진이나, 대대 앞에 서서 행진하고 있는, (독일의) 납인형 전시관에서 도망쳐나온 것같이 보이는 붉은 하의에 푸른 상의를 입은 나이 든 프랑스 군인을 말하는 게 아니오. 여기에는 어떤 힘들의 현시顯示 같은 것이 있소. 그 힘들은 저 깊은 심연으로부터 "그럼에도 불구하고, 너희 묵묵히 떠밀려가며 행진하는, 거의 미쳤다고 할 정도로 믿음 좋은 인간들아, 그럼에도 불구하고 우리는 너희들을 저버리지 않을 것이다. 너희들이 아무리 극심한 우매함을 행할지라도 말이다. 그럴 때에는 더더욱 너희들을 저버리지 않을 것이다"라고 외치고 있소. 나는 눈을 감고 그 심연을 들여다보다가, 거의 그대 속으로 가라앉아버리오.

———

사람들이 마침내 나를 기다리며 쌓여가고 있었던 서류 더미를 가지고 왔소. 생각해보오. 내가 사무실에 나오기 시작한 후 사무적인 편지는 정확히 계산해서 여섯 통을 썼을 뿐이오. 그런데도 나를 참아주고 있소. 나를 기다리고 있는 그 많은 일감들을 오늘까지 받지 못한 이유는 나를 위해 이 서류들을 보관하고 있던 부서가 게으름을 피웠던 덕이었소. 그건 내게는 아주 잘된 일이었소. 그런데 이제 이것들이 도착했단 말이오. 그럼에도 불구하고 이런 것쯤이야 내가 잠만 좀 충분히 잤으면 아무것도 아니오. 그런데 오늘은 아직 좀 힘들었소.

F

[프라하, 1920년 7월 15일]
목요일

사무실에 가기 전에 급히 몇 자 적소. 사실은 이 말을 하지 않으려고 사흘 전부터 애써 삼켜왔소. 적어도 지금 그대가 거기서 그 끔찍한 전쟁을 하고 있는 동안만이라도 침묵을 지키려고 했었소. 하지만 더 이상 참을 수가 없구려. 이건 거기에 속하는 일이오. 그건 바로 나의 전쟁이니까 말이오. 그대는 어쩌면 내가 며칠 전부터 잠을 자지 못하고 있다는 사실을 알아차릴지도 모르겠소. 그건 바로 그 '두려움' 때문이오. 그건 정말로 내 의지를 무기력하게 만들고, 나를 마음대로 뒤흔들고 있소. 그렇게 되면 나는 더 이상 천지 사방을 구별 못하게 되지요. 이번에는 스타샤와 만났을 때부터 시작되었소. 실제로 그녀의 집 문 위에는 "여기에 들어오는 자들은 모든 희망을 버릴지어다"라고 써 있잖소. 그 외에도 그대의 최근 편지들에는 나를 행복하게 하기는 했지만 오직 절망적으로만 행복하게 했던 몇몇 말들이 들어 있었소. 왜냐하면 그대가 그것에 대해 말하는 것들은 이성과 가슴과 육체를 곧바로 설득하기는 하지만, 여기에는 그보다 더 깊은 신념이 있어서—그것이 어디에서 오는 건지는 나도 모르오—그 신념을 어떻게 할 수 있는 건 세상에 존재하지 않는 것 같소. 그리고 나를 약하게 만드는 데 큰 역할을 한 요인이 또 하나 있소. 그대와 가까이 있을 때 느꼈던, 나를 안심시키면서도 흥분하게 만드는 그 놀라운 영향력이 날이 가면서 점점 사라지고 있소. 그대가 벌써 여기에 와 있다면 얼마나 좋겠소! 하지만 내 곁에는 아무도, 아무도 없소. 오직 이 두려움만 있을 뿐이오. 우리 둘은 서로 뒤엉킨 채 밤마다 뒹굴고 있소. 이 두려움은 아주 엄숙한 것이오. *[(이상하게도 항상 미래에만 초점이 맞춰져 있었던—아니오. 이건 맞지 않는 소리요.)*[44] 그건 어떤 의미에서는 '밀레나도 역시 사람일 뿐'이라는 엄청난 사실을 인정해야 하지 않느냐고 끊임없이 나를 설득하는 양상으로도 나타나오. 그대가 그것에 대해 말하고 있는 건 다 아름답고 좋은 말이오. 그 말을 듣고 나면 다른 말들은 더 이상 듣고 싶지 않게 될 정도로 말이오. 하지만 이것이 지고至高의 대상과 아무런 상관이 없다는 말은 그래도 상당히 문제가 있는 것 같소. 이 두려움은 나 개인만의 두려움이 아니잖소—물론 그것이 나 개인과도 상관이 있고 끔찍한 것이기도 하지만 말이오—하지만 이건 태초부터 있어왔던 모든 신앙이 가지고 있는 두려움이기도 하오.
이 말을 그대에게 했다는 사실만으로도 머리가 시원해지는 것 같소.

그대의

[프라하, 1920년 7월 15일]

목요일 좀 더 늦게

밤에 '바이서 한'에서 쓴 편지*와 월요일 편지가 도착했소. 전자가 더 나중에 쓴 편지 같지만, 아주 확실하지는 않소. 그 편지들을 한 번만

---

44) *[(이상하게도 …… 맞지 않는 소리요)* 지워버렸으나, 무슨 내용인지 알아볼 수 있게 지웠음.

얼른 훑어보았을 뿐이지만 바로 답장을 해야겠소. 나에 대해 나쁘게 생각하지 말아달라고 부탁하기 위해서요. 스타샤가 쓴 것은 공허하고 역겨운 헛소리요. 그대는 어떻게 내가 그녀의 말이 옳다고 생각할 거라고 믿을 수가 있소? 도대체 빈과 프라하가 얼마나 멀리 떨어져 있기에 그대가 그런 생각을 할 수 있는가 말이오. 숲에서 함께 누워 있었을 때에는 얼마나 가까웠는지, 그런데 그로부터 얼마나 시간이 흘렀단 말이오. 그리고 질투라고 말한 건 사실 아무것도 아니오. 그저 그대를 둘러싼 놀음일 뿐이오. 그대를 모든 면에서 둘러싸고 싶어서 질투라는 면에서도 그렇게 하고 싶었을 뿐이오. 하지만 그건 바보 같은 놀음이었고, 그런 일은 더 이상 없을 거요. 그건 혼자 있음으로해서 오는 건강하지 못한 악몽이었을 뿐이오. 막스에 대해서도 그대는 잘못된 생각을 하고 있구려. 어제 마침내 그대의 안부를 그에게 전해주었소. 그가 계속 그대의 인사를 받고 있다는 사실에 화를 (위를 보시오!) 내면서 말이오. 그런데 그는 보통 모든 것에 대해 답을 가지고 있기 때문에, 그대가 그에게 그렇게 자주 안부를 전해달라고 하는 것은, 내가 그의 심심한 안부를 아직 한 번도 그대에게 전해준 적이 없기 때문일 거라고 했소. 그의 안부를 전해주면 아마도 그대도 그러지 않을 거고 나도 안심할 수 있을 거라고 했소. 그럴 법한 이야기요. 그래서 이 방법으로 한번 시도해보는 거요.

그 밖에는 나 때문에 걱정할 일은 전혀 없소, 밀레나. 그대가 내 걱정까지 해야 한다면 어떻게 되겠소. 며칠 전부터 나를 붙들고 있는, 그래서 오늘 아침에 그대에게 한탄을 늘어놓았던 이 '두려움'만 아니었다면 나는 거의 완벽하게 건강하다고 할 수 있을 거요. 그런데 그때 숲에서 그대 역시 똑같은 생각이라고 말했던 건 어떻게 된 일이었소? 그건 둘째 날에 숲에서 있었던 일이오. 나는 그날들을 정확하게 기억하고 있소. 첫째 날은 서먹한 날이었고, 둘째 날은 너무나 확신에 찬 날, 셋째 날은 후회하던 날, 넷째 날이 좋은 날이었지요.

콜러 부인에게 지금 마침 가지고 있는 50크로네짜리 체코 지폐 두 장과 100오스트리아 크로네를 바로 보내겠소. 다음번에는 등기우편 말고 송금할 수 있는 다른 방법을 찾아낸다면 더 나을 것 같소. 예를 들어 전보를 통해서도 유치우편으로 돈을 보낼 수 있소. 그렇게 할 경우에는 가명으로는 안 되고 실명이라야 할 거요. 그리고 한 달 동안 시골에서 지내는 일 말인데, 어째서 아버지나 라우린의 돈이 내 돈보다 낫다는 말이오? 그리고 그건 어떻게 해도 좋지만, 제발 그대가 내게 요구하는 것이 지나친 거라는 말만은 절대 하지 마오. 그리고 야르밀라는? 오는 거요?

이제는 누이의 결혼식°에 가야 할 시간이오—그런데 내가 왜 인간으로 태어나서 이 불확실하기 짝이 없고, 끔찍한 책임감을 느껴야 하는 상태에서 오는 이 모든 고통을 감내해야 하는지 모르겠소. 예를 들어 내가 그대의 방에 있는 그 행복한 옷장이었다면 얼마나 좋겠소. 그대가 안락의자에 앉아 있을 때나, 책상에 앉아 있을 때나, 자리에 누울 때나, 잠을 (그대의 잠에 축복이 있을지어다!) 잘 때에 그대를 마음 놓고 바라볼 수 있게 말이오. 내가 그것으로 태어나지 않은 이유가 있긴 하오. 그대가 지난 며칠 동안처럼 힘들어하는 모습을 봐야 했다면, 게다가 그대가 빈에서 떠나기라도 한다면 내 마음이 너무나 아파서 무너져내릴지도 모르니까 말이오.

F

그대가 조만간 여권을 발부받게 될 거라는 느낌은 아주 기분이 좋아지게 하는구려.

막스의 주소는 프라하 V, 우퍼가세 8번지요. 하지만 그의 부인을 생각하면 그리로 편지를 쓰는 건 별로 좋을 것 같지 않소. 그의 부인 때문에, 달리 말하자면 그 자신 때문에 그는 다른 주소를 두 개 가지고 있소. 하나는 프라하 대학 도서관의 펠릭스 벨치 박사*의 주소이고, 다른 하나는 바로 내 주소요.

[프라하, 1920년 7월 15일]
목요일

오후에 단춧구멍에 미르테 꽃을 꽂고, 머리가 너무나 아픈데도 (이별, 이별 때문이오!) 불구하고 반쯤은 제정신으로 내 매부의 착한 여동생들 사이에서 결혼식 피로연 식사를 무사히 마쳤소. 지금은 그런데 너무나 지쳐 있소.

잠을 못 자서 정신없는 사람이 저지른 바보짓을 좀 보오. 우체국에 가서 알아보니 콜러 부인에게 보내는 등기우편은 밀봉하면 안 된다고 합디다. 그런데 그 안에 돈이 들어 있으니 그건 안 될 일이었소. 그러면 다른 방법으로 보내든지, 아니면 그냥 일반우편으로 보낼 거였으면 적어도 직접 그대에게 유치우편으로 보내야 했을 거 아니오. 그런데 그 봉투를 들고 우편함 앞에 서 있다가, 그냥 요행을 바라며 일반우편으로 콜러 부인에게 보내버렸다오. 잘 도착했으면 좋겠소.

우리가 함께 있게 된다면 삶은 얼마나 쉬워질까요—내가 거기에 대해 뭐라고 쓰고 있는 건지, 참 바보 같구려!—눈과 눈을 마주 보고, 물어보고, 대답하고. 그런데 지금은 아침에 쓴 내 편지의 답장을 받으려면 적어도 월요일까지는 기다려야 하오. 내 말을 잘 이해해주고, 나에 대한 좋은 마음 변치 마오.

F

금요일

그대에게 잘 보이고 싶어서, 나도 의지력이 있다는 걸 보여주고 싶어서, 그대에게 쓰는 편지를 미루고 서류 하나를 먼저 처리하려고 했소. 그런데 이 방에는 나밖에 없고, 아무도 내게 신경을 쓰지 않고 있소. 마치 사람들이 '내버려둬요. 그의 일이 얼마나 그의 머리를 꽉 채우고 있는지 보이잖아요. 흡사 주먹 하나를 입에 물고 있는 것 같아요' 하고 서로에게 말하고 있는 것 같소. 그래서 서류는 반 페이지 정도만 쓰고, 다시 그대에게로 와서, 그때 숲에서 그대 곁에 누워 있었던 것처럼 편지 위에 얼굴을 대고 엎드려 있소.

오늘은 편지가 오지 않았소. 하지만 두렵지 않소. 제발, 밀레나, 나를 오해하지 말아주오. 절대로 그대의 마음이 변할까봐 두려워하는 게 아니오. 어쩌다 한 번씩 그렇게 보이는 건, 사실 자주 그렇게 보이긴 하지만, 그건 그저 내가 잠깐 약해져서 그런 것뿐이오. 내 가슴이 변덕을 부리는 거요. 그럼에도 불구하고 내 가슴은 자기가 누구를 위하여 뛰는지 너무나 잘 알고 있다오. 거인들도 약해질 때가 있지 않소. 내가 믿기는 헤라클레스도 한 번 기절했던 적이 있었소. 하지만 이를 악물면, 그리고 훤한 대낮에조차도 눈에 보이는 그대의 눈동자를 마주하면 모든 걸 견뎌낼 수 있소. 멀리 떨어져 있는 것, 불안, 걱정, 편지가 없는 것 등등 모두 말이오.

———

나는 얼마나 행복한 사람인지요! 그대가 나를 얼마나 행복하게 해주는지요! 청원자가 한 사람 왔었소. 내게 청원자들도 온다오. 그 남자가 그대에게 편지 쓰는 걸 방해했기 때문에 화가 났소. 하지만 그는 선하고, 친절하고, 살찐, 그러면서도 독일제국의 흠잡을 데 없는 얼굴을 하고 있었고, 너무나 순진해서 농담을 해도 그걸 사무적인 절차로 받아들일 정도였소. 하지만 어쨌든 그는 나를 방해했고, 나는 그를 용서할 수가 없었소. 게다가 그와 함께 다른 부서로 가기 위해 자리에서 일어나기까지 해야 했단 말이오. 그런데 아마도 착한 그대에게 그건 아무래도 도를 지나치는 것으로 보였던가 보오. 내가 막 일어서려는데 사환이 와서 그대의 편지를 건네줍디다. 계단을 내려가면서 편지를 개봉하니 아, 하늘이여, 사진이 한 장 그 속에 들어 있었소. 그건 보고 또 봐도 성이 차지 않는, 일 년분의 편지, 아니 영원분의 편지요. 그리고 사진이 너무나 잘 나왔소. 이보다 더 잘 나올 수는 없소. 가여운 사진. 사진을 바라볼 때마다 눈물이 맺히고 가슴이 뛴다오.

———

지금 또다시 낯선 사람 하나가 내 책상 앞에 앉아 있다오.

———

아까 하던 얘기로 돌아가오. 그대가 내 가슴 안에 있는 한 나는 모든 걸 견딜 수 있소. 내가 일전에 그대에게서 편지가 오지 않는 날들은 끔찍하다고 썼던 것은 맞지 않는 얘기요. 그날들은 그저 끔찍하게 무거웠소. 배가 너무 무거웠소. 배가 너무 깊이 가라앉아 있었단 말이오. 하지만 배는 그래도 그대의 물결 위에 떠 있었소. 단지 한 가지만은 밀레나, 그대의 명백한 도움 없이는 참아낼 수가 없소. '두려움' 말이오. 그걸 참아내기에는 나는 너무나 약하오. 나는 이 무시무시한 것을 전체적으로 바라볼 수조차 없소. 내가 떠내려갈까봐 두려워서요. 그대가 야르밀라에 대해 이야기하는 것도 바로 마음이 약해진 가운데 나오는 소리 중의 하나요. 잠시 동안 그대의 마음이 내게 신의를 지키기를 멈춘 거요. 그래서 그런 생각이 떠오른 거요. 우리가 아직도 그런 의미에서 따로 떨어진 두 사람이란 말이오? 나의 '두려움'이 자위에 대한 두려움과 다를 바 없다는 걸 모른단 말이오?

————

또다시 중지해야 하오. 사무실에서는 더 이상 못 쓸 것 같소.

————

그대가 보내겠다고 한 그 긴 편지는 나를 거의 두렵게 했을 거요. 이 편지가 이렇게 안심시키는 편지가 아니었다면 말이오. 그 안에 무슨 말이 쓰여 있을까요?
돈이 도착하면 바로 알려주오. 만일 그 돈이 중간에 없어졌다면 다시 보내리다. 그것도 없어지면 또다시 보내고, 그렇게 계속하다가 우리가 둘 다 무일푼이 되면, 그때서야 모든 일이 제대로 돌아가는 게 아닐지 모르겠소.

F

꽃은 받지 못했소. 아마도 마지막 순간에 내게 보내기에는 아무래도 꽃이 아깝다고 생각했는가보오.

편지에 무슨 말이 쓰여 있을지 알고 있었소. 그건 거의 모든 편지마다의 배후에 쓰여 있었던 것이오. 그건 그대의 눈동자에도 쓰여 있었고—그 맑은 눈 속에 무얼 숨길 수가 있겠소? —그대 이마의 주름 사이에도 쓰여 있었소. 나도 알고 있었소. 마치 어떤 사람이 하루 종일 어떤 잠-꿈-두려움-침잠 속에 빠져, 창의 덧문까지 닫고 칠흑 같은 어두움 속에서 지내고 난 후 저녁이 되어 창문을 열었을 때, 밖이 캄캄한 걸 보고도—황홀한 깊은 어두움이지요—당연히 전혀 놀라지 않고, 이미 알고 있었던 것처럼 말이오. 그리고 그대가 번민하고 몸부림치면서도 거기서 헤어나오지 못하는 것을,—아예 속 시원하게 터뜨려버립시다! —앞으로도 절대 헤어나오지 못할 거라는 것을 뻔히 보고 있소. 그러면서도 "거기 그냥 있으오"라고 말할 수도 없소. 하지만 그 반대의 말도 역시 하지 않겠소. 나는 그냥 그대를 마주 보고 서서 그 사랑스럽고 가여운 두 눈을 들여다보고 있소(그대가 보내준 사진은 역시 너무 빈약하오. 그걸 쳐다보는 건 고통이오. 그런데도 나는 하루에 백 번도 넘게 그 고통을 자청하고 있소. 하지만 그래도 그건 힘센 남자 열 명이 덤벼도 안 빼앗길 자신이 있을 만큼 내게 소중한 보물이오). 그리고 그대가 말하는 것처럼 강하게 버티고 있소. 나는 어떤 특정한 강함은 지니고 있는 것 같소. 그걸 간단하고도 불명확하게 정의하자면 그건 나의 비음악성일 거요. 하지만 그 강함이래봤자 그리 큰 게 아니어서, 지금 계속해서 편지를 쓸 수 있을 만큼의 힘도 되어주지 못하오. 슬픔과 사랑의 어떤 물결이 나를 편지로부터 떼어 데리고 가는구려.

F

일요일

어제 편지에 대해 계속 쓰겠소.

그대의 편지를 받고, 지금까지는 대개 피해왔던 측면에서 이 모든 것을 보려고 하오. 그 측면에서 보면 모든 것이 좀 이상하게 보이오. 사실은 내가 그대를 사이에 두고 그대의 남편과 싸우고 있는 게 아니오. 싸움은 오직 그대 안에서 벌어지고 있소. 만일 이것이 그대의 남편과 나 사이의 싸움에서 결정되는 거였다면, 모든 것이 이미 오래전에 결판이 났을 거요. 그렇다고 해서 내가 그대의 남편을 과대평가하는 건 절대 아니오. 오히려 그를 과소평가한다고 말하는 쪽이 아마더 맞을 거요. 하지만 내가 알고 있는 사실은, 만약에 그가 나를 사랑한다면 그건 부자가 가난한 자에 대해 가지는 사랑일 거요(그건 그대와 나와의 관계에도 조금은 섞여 있소). 그대가 그와 함께 사는 환경 안에서 나는 사실 고작해야 '큰살림' 안의 생쥐에 불과하오. 기껏해야 일년에 한 번쯤만 버젓이 양탄자 위를 가로질러 지나가도록 허락 받는 생쥐 말이오.

그렇소. 그리고 그건 이상하지도 않고, 그걸 가지고 내가 놀라워하는 것도 아니오. 내가 놀라워하고 아마 도저히 이해할 수 없는 일은, 이 '큰살림' 안에 살고 있고, 온전히 그에 속하며, 그대의 가장 강력한 생기를 그로부터 공급받으며, 그 안에서 위대한 여왕으로 살고 있는 그대가, 그럼에도 불구하고—이건 내가 정확하게 잘 알고 있소—나를 사랑할 수 있을 뿐만 아니라 내 것이 될 수도 있는, 그러니까 그대 자신의 양탄자 위를 가로지를 수 있는 가능성까지도 가지고 있다는 사실이오.(그것도 순전히 그대는 무엇이든지 할 수 있기 때문에 말이오. já se přece nezastavím ani před-ani před-ani před-)[45]

---

45)   (나는 이것까지도—이것까지도—이것까지도—할 수 있다오)

그런데 그건 아직 놀라운 것의 정점이 아니오. 그 정점은 그대가 만약에 나에게로 온다면, 그러니까—음악적으로 판단할 때—온 세상을 다 버리고, 너무나 낮아서 그대가 있는 자리에서 보려면 거의가 아니라, 전혀 아무것도 보이지 않을 만큼 낮은 자리에 있는 나에게로 내려온다면, 그대가 이 목적을 위해—참으로, 참으로 이상하게도—내려오는 것이 아니라, 거의 초인적인 힘으로 그대 자신의 경지를 초월해서 높이높이 날아올라야 한다는 사실이오. 어쩌면 그 과정에서 그대가 찢겨져버리거나, 추락하거나, (물론 그렇게 되면 그대와 함께 나도) 사라져버릴지도 모르는 위험을 무릅쓰고 말이오. 그것도 아무 매력도 없는 곳, 바로 내가 행복도 불행도 없이, 공로도 죄도 없이, 그냥 거기에 앉혀놓았기 때문에 거기 앉아 있는 그곳으로 오기 위해서 말이오. 인류의 등급으로 보자면 나는 그대가 살고 있는 곳의 변두리 어딘가에서 전쟁 전에 구멍가게를 하던 사람과 같은 등급일 거요(거리의 악사 정도도 못 되오). 내가 만약 이 자리를 애써 쟁취했다고 하더라도—하지만 나는 그걸 쟁취하지도 않았소—그건 전혀 공이 되지 못할 거요.

———

그대가 뿌리들에 대해 하는 말은 아주 명확하오. 그건 분명히 그렇소. 투르나우*에서 가장 중요했던 일은 물론 우선 모든 곁뿌리들을 찾아내어 제거하는 거였소. 그러고 나서 가운데 뿌리만 남게 되면 일은 거의 끝난 거나 마찬가지였소. 이제 삽으로 그 가운데 뿌리를 살짝 들어 그 전체를 파내면 되었으니까 말이오. 아직도 우지끈하고 뽑히던 소리가 귀에 생생하오. 물론 그 나무는 다른 토양에 옮겨져도 잘 자라는 나무라는 사실을 알았기 때문에 마음 놓고 뽑을 수 있었던 거요. 그리고 그건 아직 나무라고 하기에는 너무 어린 나무였기도 했소.

———

야르밀라와 그냥 만나서 이런저런 얘기를 하고 싶은 마음은 추호도 없소. 단지 그대에게 특별히 중요한 의미를 가진 어떤 특정한 일을 부탁하거나 하면 물론 즉시 가지요.

———

라우린과는 어제 또 만났었소. 그에 관해서는 나도 역시 그대와 같은 마음이오. 그는 좋은 점도 많이 가지고 있소. 예를 들어, 그가 그대에 대해 이야기할 때에는 조금 조심을 한다든지 하는 점 말이오. 그래요. 그의 본성은 선한 편이지요. 그가 내게 무슨 얘기를 했냐고요? 그러니까 그와 두 번 만났는데, 만날 때마다 거의 같은 이야기를 아주 상세한 부분까지 세세하게 이야기해주었소. 다른 사람과 약혼한 어떤 아가씨가 그에게로 와서(한 아가씨는 오전에 그의 집으로 찾아왔고, 다른 한 아가씨는 밤에 편집실로 찾아왔다고 합디다), 그가 극도로 싫어하는데도 불구하고 여덟아홉 시간을 그와 함께 앉아 있다가, 그를 꼭 차지해야 되겠다며, 만약 그가 거절하면 창문에서 뛰어내리겠다고 선언했다지요. 그래도 그는 거절했고, 그 대신 창문에서 비켜줬답디다. 그랬더니 그 아가씨들은 창문에서 뛰어내리지는 않았지만 끔찍한 일이 벌어졌다지요. 한 아가씨는 미친 듯이 소리를 질러대기 시작했고, 또 한 아가씨는—그건 벌써 잊어버렸소. 그리고 그 아가씨들이 누구냐 하면, 집으로 찾아왔던 아가씨는 결혼식을 치르기 전의 야르밀라였고, 편집실로 찾아온 다른 아가씨는 지난 목요일에 결혼한 그의 부인*이라오(그녀에 대해서는 물론 좀 더 부드럽게 말했지만, 별 차이는 없었소. 그는 사실 어떤 의미에서는 항상 부드럽게 말하니까 말이오). 그렇다고 내가 그 모든 일이 실제로 그가 얘기한 것과 똑같이, 아니면 그보다 훨씬 더 심한 양상으로 벌어졌을지도 모른다는 사실을 부인하는 건 아니오. 그저 그 이야기가 왜 그렇게 지루하게 느껴졌는지 모르겠을 뿐이오.

그런데 그가 자기 신부에 대해 했던 이야기 중에 마음에 드는 부분도 있었소. 그녀의 아버지가 이 년 동안 우울증을 앓으셨는데, 그녀가 그를 돌보았다고 하오. 병실의 창문은 항상 열어두어야 했었는데, 창문 아래에 차가 지나갈 때면 아버지가 그 소음을 참지 못하셨기 때문에 얼른 창문을 닫아야 했다고 하오. 그래서 창문 닫는 일을 딸이 맡고 있었다오. 라우린이 이 이야기를 할 때, 그는 "생각 좀 해봐요. 예술사학자인 그녀가 말이오!" 하고 덧붙였소(그녀는 예술사학자라오). 그는 그녀의 사진도 보여줬소. 아마도 예쁘고 우울한 유대인 얼굴을 가진 것 같소. 납작한 코와 어두운 눈, 부드럽고 긴 손을 가지고 있었고, 값비싼 옷을 입고 있었소.

———

그 아가씨*는 어떻게 지내느냐고요? 그녀의 근황에 대해서는 아는 바가 없소. 그때 그대에게 쓴 편지를 내게 건네준 후로는 그녀를 만난 적이 없소. 그 당시 그녀와 다시 만나기로 약속을 하긴 했었지만, 때마침 그대가 남편과 얘기한 내용을 처음으로 적은 편지들이 도착했기 때문에, 그녀와 만나 이야기할 기운이 없어서 사실대로 이야기하고 만나기로 한 약속을 취소했소. 내 마음이 그랬던 것처럼 아주 친절하게 말이오. 그러고 나서 나중에 그녀에게 쪽지 하나를 보냈는데, 아마도 그녀가 <u>그 쪽지를</u> 오해한 것 같소. 그녀에게서 엄마가 자식에게 훈계하는 듯한 어조의 편지를 받았으니 말이오(그 편지에 그녀는 그대의 남편의 주소를 달라고도 했소). 나는 즉시 기송우편으로 그녀의 편지에 상응하는 답을 보냈고, 그 후로 일주일이 넘게 지났는데도 지금까지 그녀로부터 아무 소식도 듣지 못했소. 그래서 그대가 그녀에게 무어라고 답장을 보냈는지, 그 답장이 그녀에게 어떤 영향을 주었는지 아직 모르고 있소.

그녀에게 무어라고 답했을지는 물론 알고 있지만, 그 답장을 직접 눈으로 보고 싶소.[46]

———

그대가 어쩌면 다음 달에 프라하로 올지도 모르겠다고 썼지만, 나는 그대에게 거의 이렇게 부탁하고 싶은 심정이오. 오지 마오. 내가 언젠가 너무나 견딜 수 없도록 힘들어서 그대에게 와달라고 부탁하면, <u>그때</u> 즉시 달려올 거라는 희망을 지니고 살게 해주오. 하지만 지금은 오지 않는 편이 더 낫겠소. 왔다가 다시 가야 하지 않소.

———

걸인 아주머니* 일 말인데, 내가 그렇게 행동했던 데는 좋은 뜻도 나쁜 뜻도 없었소. 나는 그때 그저 너무나 정신이 산만하거나, 아니면 너무나 한 가지 일에만 집중되어 있어서, 내 행동을 그저 막연한 기억에 의존해 결정하는 수밖에 없었소. 그런데 그런 기억 중 하나가

46) 이 한 문장은 그 장의 왼쪽 여백에 쓰여 있음.

예를 들어 "걸인 아주머니에게 너무 많은 돈을 주지 마라, 나중에 후회하게 된다"고 말하고 있었지요. 아주 어렸을 때의 일이었소. 한번은 6그로셴짜리 은화를 하나 얻었는데, 그걸 대광장과 소광장 사이에 앉아 있는 한 걸인 할머니에게 주고 싶은 마음이 굴뚝같았지요. 하지만 내게는 그 액수가 걸인이 아직 한 번도 받아 본 적이 없을 것 같은 너무나 엄청난 액수로 보였소. 그래서 그렇게 엄청난 일을 하는 것이 걸인 할머니에게 창피하게 느껴졌지요. 그래도 그걸 할머니에게 주긴 주어야겠고 해서, 6그로셴짜리 은화를 잔돈으로 바꾸었소. 그래서 1크로이처를 할머니에게 주고는, 시청 건물이 붙어 있는 건물군 전체와 소광장에 있는 아케이드를 한 바퀴 돌아, 왼쪽에서 전혀 새로운 자선가로 나타나서는 할머니에게 다시 1크로이처를 주고, 또다시 걷기 시작하고 해서 그 짓을 한 열 번쯤 성공적으로 해냈지요 (아니면 그보다 조금 덜 했을지도 모르오. 왜냐하면 할머니가 나중에는 더 못 참고 사라져버렸던 것 같소). 어쨌든 마지막에는 몸도 마음도 어찌나 지쳐버렸는지 집으로 달려가서 막 울어버렸소. 어찌나 울었던지 어머니께서 그 은화를 새로 주셨다오.

그대도 보다시피 나는 걸인들과 별로 운이 없소. 하지만 그래도 내가 현재 가지고 있는, 그리고 앞으로 벌어들일 모든 재산을 빈에서 통용되는 가장 작은 지폐 단위로 바꿔, 거기 오페라극장 옆에 있는 걸인 아주머니에게 천천히 다 내드릴 용의가 있다고 선언하오. 그대가 그 옆에 서 있기만 한다면, 그래서 [⋯]⁴⁷ 그대가 곁에 있음을 느낄 수만 있다면 말이오.

프란츠

---

47) 몇 개의 단어를 알아볼 수 없게 지워버렸음.

그대가 오해하고 있는 게 몇 가지 있소, 밀레나.

첫째로, 내 병이 그렇게 심한 건 아니오. 잠만 조금 자고 나면 메란에 있을 때보다 훨씬 상태가 좋을 정도요. 폐병이라는 건 대개가 모든 병들 중에 가장 사랑스러운 병 아니겠소. 특히나 더운 여름에는 말이오. 초가을에는 어떻게 견뎌낼지는 나중에 생각해도 되오. 지금은 몇 가지 작은 고통들이 있을 뿐이오. 예를 들어 사무실에서 아무 일도 할 수 없다는 거요. 항상 그대에게 편지를 쓰고 있거나, 아니면 안락의자에 길게 누워 창밖을 내다보고 있지요. 거기서도 많은 것이 보이오. 맞은편에 있는 집은 일층짜리 집이기 때문이오. 창밖을 내다보고 있으면 기분이 특별히 우울해진다고 말하려는 건 아니오. 그건 절대 아니오. 그저 그러고 있으면 거기서 일어날 수가 없다는 거지요.

둘째로, 나는 돈이 절대로 모자라지 않소. 너무나 충분히 가지고 있소. 그중의 일부는, 예를 들어 그대의 휴가를 위한 돈은 아직도 여기 이렇게 있음으로 해서 나를 거의 압박하기까지 하오.

셋째로, 그대는 나의 쾌유를 위해 이미 아주 결정적인 기여를 했소. 그리고 그 밖에도 매 순간 다시 새롭게 하고 있소. 그대가 나에 대해 좋게 생각하는 것으로 말이오.

편지 첫 장의 왼쪽 여백: 그리고 그 밖에도 나에 대해서는 아주 안심해도 좋소. 나는 마지막 날에도 첫날처럼 기다리고 있을 거요.

넷째로, 그대가 프라하로의 여행에 대해 조금 미심쩍어하면서 말하는 건 모두가 다 아주 옳은 말이오. "옳소" 하고 전보도 쳤소. 하지만 그것은 그대의 남편과 이야기하는 것을 의미하는 거였소. 그리고 그건 물론 유일하게 옳은 방법이기도 했소. 그런데 예를 들어 오늘 아침에는 갑자기 <u>두려워지기</u> 시작했소. 사랑하기 때문에 <u>두려워지기</u> 시작했소. 숨이 막힐 정도로 <u>두려워지기</u> 시작했소. 그대가 갑자기 어떤 우연한 사소한 일 때문에 잘못 생각해서 프라하로 오는 거면 어쩌나 하고 말이오. 하지만 그런 사소한 일이 정말 그대에게 결정적인 역할을 할 수 있는 거요? 삶을 그런 깊이에까지 참으로 생동감 있게 사는 그대에게 말이오. 그리고 빈에서 함께 지냈던 날들로 인해 잘못 생각해서도 안 되오. 그때에도 어쩌면 그대가 저녁에는 그를 다시 볼 수 있다는 희망을 무의식 속에 가지고 있었기 때문에 많은 것이 좋은 방향으로 흘러갔던 것 아니오? 거기에 대해서는 더 이상 이야기하지 맙시다. 아니 이것까지만 하지요. 두 가지 새로운 사실을 일전의 그대의 편지에서 알게 됐소. 첫째는 하이델베르크에 관한 계획이고, 둘째는 파리와 은행 탈피 계획*이오. 첫 번째 계획은 내가 어떤 의미에서는 그래도 '구원자'와 폭행자의 줄에 들어 있다는 사실을 보여주고 있소. 그러나 어떻게 보면 그 줄에 끼어 있지 않을지도 모르오. 두 번째 계획은 거기에도 미래의 삶이 있다는 것, 계획들, 가능성들, 전망들 그리고 그대를 위한 전망들도 있다는 사실을 보여주고 있소. 다섯째로, 그대가 그렇게 끔찍하게 자신을 혹사하고 있는 일 가운데 일부분은—이거야말로 그대가 나에게 주는 <u>유일한</u> 고통이오—매일 내게 편지를 쓰는 일인 것 같소. 좀 쉬엄쉬엄 써도 되오. 그대가 원한다면 나는 앞으로도 매일 쪽지를 쓰리다. 그렇게 되면 그대가 기대에 차 시작하고 있는 그 일을 할 수 있는 여유도 더 많아질 거요.

———

도나뒤에*를 보내주어서 고맙소. (내가 책들을 보내줄 수 있는 방법이 있겠소?) 지금 현재에는 그 책을 읽을 여유가 없을 것 같소. 그건 두 번째 작은 고통이오. 나는 책을 읽을 수가 없소. 그리고 그게 특별히 아쉽게 느껴지지도 않소. 그건 그냥 내게는 불가능한 일일 뿐이오. 막스가 보내준 방대한 양의 원고*도(유대교, 기독교, 이교異敎—대단한 책이오) 읽어야 하오. 벌써 빨리 읽어달라고 재촉하고 있는데도, 아직 거의 시작도 하지 못했소. 오늘은 또 젊은 작가 한 사람*이 75편이나 되는 시를 가지고 왔소. 그중에 몇 개는 몇 장이나 되는 긴 시들이오. 벌써 한 번 그랬던 것처럼 다시 그가 내게 의가 상하게 만들어야겠소. 클로델의 논문*은 그 당시 바로 읽긴 했지만 그저 한 번 급하게 읽어본 정도요. 하지만 내 탐욕은 클로델을 향한 것도, 랭보를 향한 것도 아니었소. 그걸 한 번 더 차근차근 읽은 후에 거기에 대해 쓰려고 했지만, 아직까지 그럴 기회가 없었소. 하지만 그대가 마침 이 책을—전문을 번역한 거요? —골라 번역했다는 사실이 무척 기뻤소 (pamatikální⁴⁸*가 무슨 소리요? 내 기억이 맞다면 거기에 그런 말이 쓰여 있었던 것 같은데?). 아주 또렷하게 기억에 남는 건 첫 번째 단락에 있던 어떤 경건한 사람의 아베 마리아 체험뿐이오.

내가 어떻게—내가 당해야 마땅한—거절을 당하는지 보라고 그 아가씨의 답장*을 동봉하오. 그 답장을 보면 내가 그녀에게 어떤 편지를 썼는지도 짐작할 수 있을 거요. 그녀에게 답장은 쓰지 않으려고 하오. 어제 오후는 지난 일요일 오후만큼이나 힘든 시간이었소. 시작은 그래도 아주 잘했소. 묘지에 가려고 집에서 나설 때의 기온은 그늘에서 쟀을 때 36도였소. 그리고 전차는 파업을 하고 있었소. 그런데 바로 그 사실이 나는 특히 좋았소. 나는 걸어 다니는 것 자체를 아주 좋아하오. 거의 그때 토요일에 증권거래소 옆에 있는 공원에 갈 때처럼 말이오. 그런데 묘지에 도착해서 보니, 그의 무덤*을 찾을 수가 없었

---

48)　위에 언급한 논문에 있었던 오자誤字. 원래는 *gramatikální*, 그러니까 '문법적으로'가 맞음.

소. 묘지안내소는 닫혀 있었고, 관리인들과 거기서 만났던 부인들에게 물어보았으나 다들 모른다고 했소. 그리고 책에서도 찾아보았는데, 그 책도 도움이 되지 못했소. 몇 시간 동안이나 거기서 헤매고 다니면서 무덤의 비문들을 읽어보느라 정신이 혼미해졌고, 그와 비슷한 상태로 묘지에서 [⋯]⁴⁹ 나왔소.

F

[프라하, 1920년 7월 20일]
화요일

오늘은 큰맘먹고 시작한, 편지 불러주는 일을 하는 중간에 잠깐 쓰고 있소.

오늘 온 두 통의 편지처럼 그렇게 짧고 유쾌한, 아니면 적어도 자명한 편지들은 이미 거의 (거의 거의 거의 거의) 숲이고, 그대 소매 속으로 불어드는 바람이고, 빈을 내려다보는 경치요. 밀레나, 그대와 함께 있는 것이 어찌 이리 좋은지요!

오늘은 그 아가씨가 다른 말은 한마디도 없이 그대의 편지˙를 연필로 몇 군데 줄을 그어 보내왔소. 아마도 그녀는 편지의 내용이 마음에 들지 않은 것 같소. 이 편지는 사실 밑줄을 그어 놓은 편지들이 다 그렇듯이 흠잡을 데가 있긴 하오. 그리고 이 편지를 보니, 내가 얼마나 말도 안 되는 불가능한 일을 그대에게 요구했었는지 깨닫게 되었소. 나를 용서해주길 간절히 부탁하오. 물론 그녀에게도 사과를 해야 할 것 같소. 이 편지가 어떻게 쓰였든지 간에 그녀는 상처를 받을 수밖에 없었기 때문이오. 그대가 예를 들어 아주 조심스럽게 "poněvadž

---

49) *3~4개의 단어를 알아볼 수 없게 지워버렸음.*

o Vás nikdy ani nepsal ani nehovořil"[50]라고 써도 그녀는 상처를 받을 수밖에 없고, 그 반대로 썼어도 역시 상처를 받을 수밖에 없소. 다시 한 번 사죄하오.

그런데 다른 편지, 그러니까 그대가 스타샤에게 쓴 편지는 내게 많은 도움이 되었소.

오후

사무실에서 이 편지를 쓰지 않으려고 이를 악물고 버텨내는 데 성공하긴 했지만 정말 힘든 일이었소. 버텨내느라 거의 온 힘을 다 소모해버렸기 때문에 사무실 일을 할 여력이 남아 있지 않았소.

그대가 스타샤에게 쓴 편지에 대해: 일로프스키가 어제 오전에 나에게로 와서, 그대에게서 편지가 한 통 와 있는 것 같더라고, 아침에 집을 나설 때 탁자 위에 놓여 있는 걸 봤는데 거기에 무슨 말이 쓰였는지는 아직 모르겠다면서, 저녁에 아마 스타샤가 말해줄 거라고 했었소. 그때에는 그의 친절함에 마음이 영 편치 않았었소. 왜냐하면 그대가 내 편지의 영향을 받아 그 편지에 무슨 말을 썼을지 몰랐기 때문이오. 그런데 저녁에 다시 만났을 때, 그 편지의 내용이 아주 좋았고, 그 부부가 우정이 가득 찬 그 편지의 분위기에 대해 (나는 그 편지를 보지 못했소) 아주 만족해하고 있다는 걸 알게 됐소. 특히 그 속에 내가 그대에게 해준 이야기 때문에 그녀의 남편에게 감사한다는 말이 들어가 있다는 말을 하면서 스타샤는 아주 행복해했고, 그의 눈도 다른 때보다 조금 더 반짝였지요. 몇 가지 일을 잊어버리려고 노력하며 마음을 편히 가지면, 그리고 이 예민한 위장이 버텨낼 수 있다면, 그들은 그래도 좋은 사람들이오. 특히 그 둘이 함께 있거나, 아니면 그가 혼자 있을 때는 말이오(스타샤 혼자는 좀 생각해볼 일이오). 그리고 스타샤

---

50) "그가 당신에 대해 편지에서 언급한 적도 없고, 만났을 때 얘기한 적도 없었기 때문에"

는 잠시 동안 너무나 아름답게 보였소. 그녀가 그대의 사진을 이상할 정도로 오랫동안 아주 집중해서 조용히 엄숙하게 들여다보는 동안 말이오. 어제 저녁 얘기를 조금 더 하자면, 나는 아주 피곤했고, 머리가 텅 비고, 지루하고, 무관심하고, 거의 두들겨 맞아야 할 정도의 상태였소. 만날 때부터 내 머릿속은 온통 침대로 가고 싶다는 생각으로 꽉 차 있었소. (여기 동봉하는 쪽지는 스타샤가 스케치한 것에─우리는 그때 그대가 있을 방들의 위치에 대해 이야기하고 있었소─일로프스키가 설명을 곁들인 건데, 그대에게 보내주라고 합디다.) 그들은 아주 호화로운 생활을 하고 있는 것 같소. 매년 6만 체코 크로네가 넘는 돈을 쓰고 있다고 말하면서 그보다 적은 돈으로는 절대 살 수 없을 거라고 합디다. 그대의 번역˚에 대해서는 물론 아주 만족하오. 단지 번역과 원문과의 차이가 프랑크와 프란츠의 차이, 그대의 등산 실력˚과 내 실력의 차이 등등과 비슷할 뿐이오. 그리고 그 남자가 '필연적인 것'을 행할 힘을 동원할 수 있었다면, 일이 그렇게까지 되지는 않았을 거고, 그는 결혼할 수도 있었을 거요. 이 바보 같은, 바보 같은 독신자 친구! 하지만 어쨌든 간에 그대가 원래 해놓은 대로 그냥 두어주오. 한 번쯤은 나 자신에게서 벗어나 숨을 좀 돌릴 수 있는 행복을 맛볼 수 있게 말이오.

어제는 내가 편지를 매일 쓰지 말라고 충고했었소. 그건 오늘도 역시 같은 생각이오. 그렇게 하면 우리 둘 다를 위해서 아주 좋을 것 같소. 그래서 오늘 다시 한 번 충고하오. 어제보다 더 강하게 말이오─하지만 밀레나, 부탁이니 내 말을 듣지 말고 매일 편지를 써주오. 아주 짧은 편지라도 괜찮소. 오늘 받은 편지들보다 더 짧아도 좋소. 두 줄이라도, 아니 한 줄, 아니 한마디라도 좋소. 하지만 이 한마디조차 없다면 나는 아주 끔찍한 고통을 겪게 될 것 같소.

F

용기를 가지기만 하면 그래도 얼마간의 성과를 누릴 수가 있구려.

우선: 그로스는 어쩌면 내가 그를 이해하는 한 그렇게 틀린 생각을 한 건 아닐지도 모르오. 나의 내적인 힘을 배분하는 방식을 보면 사실 벌써 오래전에 죽었어야 할 내가 아직 살아 있다는 사실이 적어도 그의 편을 들어주고 있소.

그리고 또: 후에는 일이 어떻게 될지 잘 모르겠지만, 지금은 그 얘기를 하고 있는 게 아니오. 확실한 건 단지 내가 그대와 떨어져 있으면, 두려움에게 그가 하는 말이 완전히 옳다고 인정하는 수밖에 달리 방도가 없다는 사실이오. 별다른 강제 없이도 아주 기쁜 마음으로, 두려움이 원하는 만큼보다 더 많이 인정하고, 완전히 항복하고야 만다는 사실이오.

내가 빈에서 했던 행동 때문에 그대가 두려움의 이름으로 내게 비난을 하는 건 당연한 일이오. 하지만 이 두려움이라는 존재는 그 면에서 정말 이상하오. 이 두려움의 내적 법칙들이 어떤 것인지는 알지 못하오. 하지만 내 목을 조르는 그 손의 느낌은 알고 있소. 그리고 그건 정말 내가 이제껏 경험한 것들이나 앞으로 경험할 것들 중에 가장 끔찍한 것이오.

그렇게 본다면 아마도 지금 우리 두 사람이 다 결혼한 사람들이라는 결론이 나오는 것 같소. 그대는 빈에 있는 그 사람과, 나는 프라하의 이 두려움과 말이오. 그리고 그대만이 아니라 나도 역시 이 결혼 생활에서 벗어나려고 몸부림치고 있지만 잘 안 되는 것 같소. 왜냐하면 밀레나, [···]⁵¹ 만약 빈에서 우리가 만났을 때, 그대가 나에 대해 완전히 확신할 수 있었다면(그대가 납득할 수 없었던 그 단계까지도 서로가 일

---

51)   *1개의 단어를 알아볼 수 없게 지워버렸음.*

치하는 가운데 말이오), 그랬다면 그대는 모든 것에도 불구하고 지금 빈에 남아 있지 않았을 거요. 아니, "모든 것에도 불구하고"라는 말조차도 필요 없었을 거요. 그대는 그냥 프라하에 와 있었을 거요. 그리고 그대가 최근의 편지에서 스스로를 위로하기 위해 하는 말들은 그저 위로의 말에 불과하오. 그렇게 생각하지 않소?

그대가 바로 프라하로 왔더라면, 아니면 적어도 바로 그렇게 하겠다고 결정을 했더라면, 그건 내게 있어서 그대에 대한 증거가 아니라 (나는 그대에 대한 증거는 필요 없소. 그대는 내게 모든 것을 넘어서 명백하고 확실하니까 말이오), 나에 대한 아주 대단한 증거가 되었을 거요. 나에게는 지금 그게 없소. 그리고 이 사실로 인해서도 때로 두려움이 점점 더 커지오.

그렇소. 어쩌면 위에 말한 것보다 상황이 더 나쁠지도 모르겠소. 그래서 다른 사람도 아닌 내가, '구원자'인 내가 그대를 지금까지 그 어느 누가 했던 것보다도 더 단단히 빈에 묶어두고 있는지도 모르겠소.

———

이건 우리가 숲에 있을 때에도 계속해서 우리를 위협하던 뇌우였소. 하지만 우리는 그래도 잘 지냈잖소. 다른 도리가 없으니 그렇게 그 위협을 의식하면서 계속 사는 수밖에 없겠소.

『트리부나』에 그대가 번역한 것이 하나* 실렸다는 얘기를 라우린이 전화로 말해주었소. 하지만 그대가 그것에 대해 아직 아무 말도 하지 않았기 때문에, 내가 그걸 읽어주기를 원하는지 몰랐었소. 그래서 아직 읽지 않았소. 이제 그걸 구해봐야겠소.

그 아가씨의 편지*에 대해 뭐가 불만인지 이해할 수가 없구려. 그대를 조금 질투나게 만들려고 했던 목적은 달성한 것 아니오? 그런데 어쨌단 말이오? 다음에는 가끔씩 그런 편지를 직접 꾸며내서, 마지막에 거절한다는 말도 없이, 그 문제의 편지보다 더 잘 써서 부쳐야 겠소.

그대의 일은 어떻게 진행되고 있는지 몇 마디만 해주오!『체스타』는?『리파』는?『크멘』은?『폴리티카』는?*

———

뭔가 할 말이 더 있었는데, 그 젊은 작가*가 또 다녀가는 바람에 잊어버렸소—왜 그런지 모르겠지만 누군가가 오면 즉시 내가 처리해야 할 서류들이 생각나고, 그 사람이 있는 동안 내내 다른 생각을 할 수가 없소. 지금은 피곤하고 아무것도 모르겠소. 그저 그대의 무릎을 베고 누워, 내 머리 위에 놓인 그대의 손길을 느끼면서 그렇게 영원토록 있고 싶소.

그대의

아, 이 이야기를 하려고 했었소. 그대의 편지에 (다른 것들도 다 진리이기는 하지만) 위대한 진리가 하나 쓰여 있었소. *že vlastně ty jsi člověk který nemá tušení o tom* ……[52] 그건 한마디 한마디가 다 맞는 말이오. 모든 것이 다 불결함에 불과했소. 비참하기 짝이 없는 역겨움, 지옥 같은 전략이었소. 그리고 그 면에서는 나는 정말 그대 앞에 어린아이와 같이 서 있소. 뭔가 아주 나쁜 짓을 저질러놓고 엄마 앞에 서서 엉엉 울면서, "다시는 안 그럴게요" 하고 맹세하고 있는 아이와 같이 말이오. 하지만 그런 모든 것들로부터 두려움은 그 힘을 모으고

---

52)   사실 그것에 대해 아무것도 모르는 사람은 바로 당신이라는 사실……

있지요. "그럼, 그럼! nemá tušení!⁵³ 아직 아무 일도 없었어! 그러니까-아직은-구원-받을-수-있어!" 하고 두려움은 말하고 있소.

───────

깜짝 놀랐소! 전화! 사장실로! 내가 프라하로 돌아온 이후 처음으로 사무적인 일로 불려 내려간 거요! 이제 마침내 모든 사기 행각이 발각되는구나 하고 생각했소. 18일 동안 아무 일도 안 하고 편지를 쓰거나 편지를 읽거나, 특히 창밖을 내다보는 데 많은 시간을 사용했고, 편지들을 손에 들고 만지작거리거나 도로 놓았다가 다시 집어 들거나 사적인 손님들을 만나는 등의 일에만 시간을 쓰고 다른 일은 전혀 해놓은 게 없으니 말이오. 그런데 내가 내려가니까 그는 아주 친절하게 미소 지으며, 내가 알아듣지 못하는 사무적인 일에 대해 뭐라고 얘기한 후에, 휴가를 떠나게 되었으니 그동안 잘 지내라고 말하는 게 아니오. 이해할 수 없을 정도로 좋은 사람*이오(물론 내가 모든 일을 거의 다 끝냈고, 이제 내일부터 비서에게 편지를 불러주는 일을 시작할 거라고 불명확하게 중얼거리기는 했소만). 그래서 지금 이 사실을 얼른 나의 수호신에게 보고하는 거요.

이상하게도 그의 책상 위에는 내가 빈에서 보낸 편지가 아직도 놓여 있고, 그 위에 빈에서 온 또 다른 편지 하나가 놓여 있는 거였소. 그래서 처음에는 거의 "아, 그대 문제구나" 하고 희미하게 생각하기까지 했었소.

───────

53) 아무것도 모르고 그런 거야!

목요일

아, 이 편지. 이 편지를 읽고 있으면 내가 지옥을 내려다보고 있고, 거기 아래에 있는 사람이 그곳에서의 자기 삶이 어떤지, 거기서 어떻게 지내고 있는지를 위에 있는 나에게 소리쳐 설명해주고 있는 것 같구려. 이 기름통에서 한 번 끓여지다가, 다시 저 기름통에서 끓여지고, 그러고 나서 김을 조금 식히기 위해 구석에 가서 앉는다는 등 말이오. 하지만 나는 그들을 예전에는 몰랐었소(pitomec M^{54}*만 오래전부터 알고 있었을 뿐이오. 라우린도 그를 그렇게 불렀소. 그런데 나는 잘 모르겠습디다). 어쩌면 그녀는 정말 정신이 혼란하거나 미쳤을지도 모르오. 그런 운명을 겪었는데 어떻게 정신이 혼란하지 않을 수가 있겠소. 우리까지도 이렇게 혼란스러운데 말이오. 내가 그녀 앞에 서게 된다면 어쩔 줄 모르게 될 것 같소. 왜냐하면 그녀는 더 이상 그냥 인간이 아니라 뭔가 다른 것에 씌었다고 봐야 하지 않겠소? 그리고 그녀 자신이 그 사실을 알아차리지 못한다거나, 그대가 그녀의 편지를 보고 느끼는 그 역겨움을 그녀도 느끼지 못한다고는 생각할 수 없소. 사람들은 자주 어떤 다른 존재가 주입시키는 말을 하기도 하지요. 하지만 야르밀라처럼 그렇게 계속해서 그런 말을 해야 한다니!
내가 이해하는 게 맞다면—이건 편지가 아니라 만취한 고통이오. 그래서 그녀의 말을 알아들을 수가 없소—하스*는 그녀를 완전히 버리지는 않은 것 같소.

———

밀레나, 부지런한 사람, 그대의 방이 내 기억 속에서 달라지고 있소.

---

54)   바보 마레시

사실은 책상과 그 모든 것들이 그리 일하는 분위기를 풍기지는 않았었소. 그런데 지금 그렇게 일이 많아졌구려. 그대가 아주 확실하게 잘하고 있을 그 일의 분위기를 느낄 수 있소. 그 방에서는 아주 뜨거우면서도 시원하고 유쾌한 기분이 느껴질 것 같소. 오직 그 옷장만이 그 답답함을 벗어버리지 못하는구려. 게다가 가끔은 잠금장치까지 고장이 나서 옷을 내주지 않지요. 문을 안 열어주려고 안간힘을 써서 버티고 있소. 특히 그대가 '일요일'에 입었던 그 옷을 내주기를 거부하고 있소. 그런 건 옷장도 아니오. 언젠가 인테리어를 새로 바꿀 때가 되면 그 옷장은 내다버립시다.

———

내가 최근에 쓴 몇 가지가 내 마음을 많이 아프게 하오. 내게 화내지 말아주오. 그리고 그대가 거기에서 떠나오지 못하는 것이 오직 그대만의 잘못이라고 생각하며 계속 자책하지 말아주오. 그건 그대의 잘못이 아니라 내 잘못이오. 언젠가 한번 거기에 대해 쓰리다.

[프라하, 1920년 7월 23일]
금요일

아니오. 그렇게 심한 건 정말 아니었소. 그리고 그렇게 좀 투정을 부리지 않는다면 영혼이 어떻게 짐을 벗어버릴 수 있단 말이오? 그리고 오늘 다시 생각해도 내가 쓴 거의 모든 말이 다 옳다고 생각하오. 그중 몇 가지는 그대가 오해했소. 예를 들어 유일한 고통에 관한 것 말이오. 그대가 자신을 괴롭히는 것이 나의 유일한 고통이라고 했소. 그대의 편지가 아니고 말이오. 그대의 편지는 매일 아침 하루를 견뎌낼 수 있는 힘을 준다오. 그 힘이 얼마나 큰지, 나는 이 편지들 중 하나라도 포기하고 싶지 않음은 물론이고, 이런 나날들 가운데 하루라도 포기하고 싶지 않소. 그리고 방 앞 탁자 위에 놓여 있는 편지들도 내 말을 반박하는 것이 아니잖소. 그 편지들을 쓰고, 또 거기에 놓아둘 수 있다는 가능성만 해도 어디요. 그리고 나는 전혀 질투하지 않소. 믿어주오. 하지만 내가 질투할 필요가 전혀 없다는 말은 납득하기가 정말 어렵구려. 질투하지 않는 일은 항상 성공하지만, 질투할 필요가 없다는 말을 납득하는 일은 가끔씩만 성공할 뿐이오. 그리고 그 '구원자' 이야기. '구원자'에 있어서 특이한 점은—그들은 그래도 싸오. 나는 옆으로 비켜서서 그 사실에 대해 고소해하고 있소. 각각의 경우에 대해 고소해한다는 것이 아니라, 세상의 이런 법칙에 대해 고소해한다는 말이오—그들이 빼내려고 하는 대상을 동물 같은 진지함으로 오히려 박아넣는다는 점이오.

이제 마침내 막스에게 얘기할 거리가 생겼구려. 조금 짧긴 하지만, 그의 위대한 책에 대한 그대의 평에 대해 말이오. 그는 계속해서 그대에 대해 질문을 하오. 그대가 어떻게 지내는지 그리고 어떻게 할 건지 등등 모든 것에 대해 그는 각별한 관심을 가지고 있소. 하지만 나는 그에게 거의 아무 말도 할 수가 없소. 다행스럽게도 아예 말이 나오지가 않소. 내가 빈에 살고 있는 어떤 밀레나에 대해 이야기하고 그리고 '그녀가' 이런저런 생각을 하고 있다는 둥, 이런저런 말을 하고, 이런저런 행동을 했다는 둥 하는 이야기를 할 수는 없지 않소. 그대는 '밀레나'도 아니고 '그녀'도 아니잖소. 그건 말도 안 되는 소리요. 그래서 아무 말도 할 수가 없소. 그게 너무나 자명한 일이기 때문에 미안한 생각조차 안 드오.

하지만 전혀 모르는 사람들과 그대에 대해 이야기하는 건 물론 할 수 있소. 그리고 그건 아주 특별한 즐거움이기도 하다오. 그러면서 거기다가 약간의 코미디를 연출하는 아주 매혹적인 일까지 감행한다면 그 즐거움은 배가 되지요. 최근에 루돌프 푹스*를 만났소. 그를 좋아하긴 하지만, 다른 때 같았으면 그를 만난 기쁨이 그렇게 크지도 않았을 거고, 내가 그의 손을 그렇게 우악스럽게 힘주어 잡지도 않았을 거요. 그러면서도 성과가 그리 크지 않을 거라는 건 물론 알고 있었소. 하지만 성과가 작으면 또 어때 하고 생각했지요. 대화는 즉시 빈에 대한 이야기와, 거기에서 그가 왕래했던 친구들 이야기로 넘어갔소. 내가 사람들 이름을 듣는 게 매우 흥미롭다고 했더니, 그는 이름들을 열거하기 시작했소. 아니, 그 얘기가 아니라 여자들 얘기 좀 해봐요. "네, 그러니까 거기 당신도 알고 있는 밀레나 폴락이란 여자도 있었지요." "아, 밀레나요." 하고 나는 반복하고 페르디난트슈트라세를 내려다보았지요. 그 거리가 거기에 대해 무어라고 말할까 생각하면서 말이오. 그리고 다른 이름들도 나왔지요. 나는 다시 예의 그기침을 하기 시작했고, 대화는 끊어졌소. 어떻게 하면 다시 그 대화로 돌아가게 할 수 있을까? "전쟁 기간에 빈에 갔었는데, 그때가 몇년도인지 생각나오?" "1917년이었지요." "그때는 에른스트 폴락이 아직 빈에 오기 전이었던가요? 그때 그를 못 본 것 같아서요. 그가 결혼하기 전이었던가요?" "네." 그걸로 끝이었소. 아직 그대에 대해서 뭔가를 좀 더 얘기하도록 이끌어낼 수도 있었겠지만, 그럴 만한 기운이 없었소.

———

약은 요즈음 어떻게 하고 있는 거요? 두통 이야기가 처음으로 다시 등장했구려.
야르밀라는 그대의 초대에 대해 무어라고 하던가요?

파리 계획*에 대해 몇 마디 해줄 수 있겠소?

지금은 어디로 가기로 정한 거요? (우편 소통이 잘 되는 곳이오?) 언제? 얼마 동안? 6개월?

잡지에 그대의 글이 실리게 되면 항상 곧바로 알려주오.

이틀 동안 프라하에 오려고 했었을 때, 그 이틀의 계획을 어떻게 잡았었소? (그저 궁금해서 물어보는 거요.)

그럼에도 불구하고 라는 말을 해주어 고맙소. 그건 내 핏속으로 직통으로 흘러들어가는 마법을 가진 말이오.

[프라하, 1920년 7월 23일]
금요일 오후

집에 오니 이 편지가 와 있었소. 이 소녀와는 오랫동안 알고 지낸 사이요. 아마 먼 친척 사이인지도 모르오. 우리는 적어도 한 사람과 둘 다 친척 관계에 있소. 바로 그녀가 이야기하고 있는 그 사촌 말이오. 프라하에 사는 그는 중병으로 오랫동안 누워 있었고, 그녀와 그녀의 언니가 몇 달 동안 그를 간호했었지요. 그녀의 외모는 거의 기분이 나쁠 정도요. 붉은 뺨에다가 너무 큰 둥근 얼굴, 작고 뚱뚱한 몸집, 짜증나게 속삭이는 듯한 말씨 등등 말이오. 하지만 그 밖에는 그녀에 대해 좋은 평판을 들었지요. 무슨 말이냐 하면, 친척들이 그녀 없는 데서 그녀 흉을 보는 걸 들었단 말이오.

두 달 전 같았으면 이런 편지에 대한 내 대답은 아주 간단했을 거요. 안 돼, 안 돼, 안 돼. 하지만 지금은 그렇게 하면 안 될 것 같소. 내가 그녀에게 어떻게든 도움이 될 수 있지 않을까 해서 그러는 건 물론 아니오. 이미 비스마르크도 인생이란 잘못 짜여진 잔치 음식 같은 거여서, 전채 요리가 나오기를 눈이 빠지게 기다리고 있는데, 내가 모르는 사이에 이미 푸짐한 주 요리가 지나가버린 후라는 것, 그러니까 그 상황에 자신을 맞춰가며 사는 수밖에 없다는 이야기를 하면서 이런 종류의 편지들을 일언지하에 거절했소—아, 이런 잘난 이야기는 정말 바보 같소. 끔찍할 정도로 바보 같소! 그녀를 위해서라기보다는 오히려 나 자신을 위해 그녀에게 답장을 써야겠소. 그녀를 기꺼이 만나주겠다고 말이오. 그대로 인해 뭔가가 내 손에 주어졌소, 밀레나. 그 손을 꼭 쥐고 있으면 안 될 것 같소!

외삼촌*이 내일 떠나오. 다시 신선한 공기도 쐬고, 물속에도 들어가고, 교외로도 나갈 수 있는 시간이 조금 생길 것 같소. 내게 정말 필요한 일이었소.

그녀는 편지를 나만 읽으라고 했지만, 이 편지를 그대에게 보낸다고 해서 그녀의 부탁을 저버리는 건 아니오. 찢어버리오. 그런데 괜찮은 구절이 하나 있소. ženy nepotřebují mnoho.[55]

[프라하, 1920년 7월 24일]
토요일

아마 벌써 한 반 시간은 이 두 통의 편지와 엽서를 읽으면서 보냈을 거요(편지 봉투까지 포함해서 말이오. 도대체 왜 우편물을 받는 부서 전체가 올라와서 그대를 위해 용서를 빌지 않는지 기이하게 여기고 있소). 그리고 내가 내내 웃고 있었다는 사실을 이제서야 깨달았소. 어디 세계사 속에 등장하는 어떤 황제라도 나보다 더 행복할 수 있었겠소? 그가 방으로 들어오니 벌써 세 통의 편지가 놓여 있고, 그는 그 편지들을 열고—굼뜬 손가락들 같으니라고!—뒤로 기대어서, 이 모든 행복이 그에게 일어나고 있다는 사실이 믿기지 않아 하며 읽기만 하면 되는 거요.

---

55) 여자들은 많은 걸 필요로 하지 않아요.

아니, 계속 웃기만 하고 있었던 건 아니오. 짐을 나르는 일에 대해서
는 아무 말도 하지 않겠소. 믿을 수가 없기 때문이오. 그걸 믿을 수 있
다고 해도, 상상이 안 되오. 그리고 상상할 수 있다고 해도, 그대는
'일요일'에 그랬던 것처럼 그렇게 아름답기만 하오—아니오, 그건
더 이상 아름다움이 아니고, 하늘이 뭔가 잘못한 거요. 그리고 그 '신
사'의 심정을 이해할 수 있겠소(아마도 20크로네짜리를 내고 3크로네를
거슬러 받은 거겠지요). 하지만 아무래도 믿을 수가 없소. 그래도 그런
일이 정말로 일어났다고 한다면, 그건 끔찍하기도 하지만 멋진 일이
기도 했다는 걸 인정하오. 그런데 그대가 아무것도 먹지 않고 배고파
한다는 것(여기 있는 나는 전혀 배가 고프지 않은데도 불구하고 넘쳐날 정
도로 너무 많이 먹고 있는데), 그리고 눈 밑이 검어졌다는 것(이건 사진
에 그려넣은 건 분명 아닐 것 같소. 그 점이 사진에 대한 나의 기쁨을 반감시
키는구려. 하지만 아직 남은 기쁨만으로도 충분해서, 그것에 대한 고마움으
로 그대의 손에 키스해주고 싶소. 아주 오래오래. 그대가 이생에서는 더 이상
번역을 하거나, 기차역에서 수하물을 운반하거나 할 시간을 가지지 못할 정
도로 오래 말이오), 그러니까 그런 것들은 용서할 수 없소. 앞으로도 절
대로 용서하지 않을 거요. 그리고 우리가 백 년쯤 후에 우리 오두막
앞에 나란히 앉아 있게 될 때까지도 나는 그것에 대해 그대에게 구시
렁거리며 비난을 하고 있을 거요. 아니, 농담하는 게 아니오. 이게 도
대체 무슨 말도 안 되는 일이란 말이오? 그대는 나를 사랑한다고, 그
러니까 내 편이라고 하면서, 내 반대편에 서서 배를 곯고 있고, 그리
고 여기에는 남아돌아가는 돈이 이렇게 있고, 거기에는 '바이서 한'*
이 있는데 말이오.

그대가 그 아가씨의 편지에 대해 말하는 것은 특별히 오늘만 봐주겠
소. 그대가 나를 (마침내!) 비서라고 불렀기 때문이오(나는 tajemník[56]

---

56) 비서

요, 왜냐하면 내가 여기서 3주 전부터 일하고 있는 내용이 아주 Tajemné[57] 것이기 때문이오). 그리고 그 외에도 그대가 하는 말은 모두 옳소. 하지만 옳기만 하면 다요? 그리고 무엇보다도, 나는 옳지 못하오. 그러니까 별로 중요하지도 않은 그 아가씨의 편지는 그냥 대충 읽어 넘기고, 거기 아주 크고 선명한 글씨로 써 있는 내 부당함만을 읽어넘으로써 내 옳지 못함도 조금은 나누어 가지려는 마음이라도 먹으면 안 되오? —물론 안 되는 건 알고 있소. 하지만 마음이라도 좀 먹어달라는 말이오. 사실 나는 내가 부질없게도 시작해놓은 이 편지 왕래에 대해 더 이상 아무 말도 듣지 않았으면 제일 좋겠소. 그대의 편지는 부드러운 말투로 몇 자 적은 쪽지와 함께 그녀에게 다시 돌려보냈소. 그 후로는 그녀에게서 아무 소식도 못 들었소. 한번 만나자는 말은 도저히 할 수가 없었소. 그냥 이대로 조용히 잘 해결되었으면 좋겠소.

그대는 스타샤에게 쓴 편지에 대해 변명하고 있는데, 내가 그 편지에 대해 그대에게 고맙다고 말했잖소? 내가 틀림없이 그들에 대해 잘못 생각하고 있는 것 같소. 계속해서 말이오. 어쩌면 언젠가는 그들에 대한 생각을 바꿀 수 있게 될지도 모르겠소.

노이 발데크에 갔었다고요? 나도 그곳에 아주 자주 가는데, 우리가 서로 만나지 못했다는 사실이 이상하구려. 아마도 그대가 산을 오를 때나 평지에서나 걸음이 너무 빠르기 때문에 내가 눈 깜짝하는 사이에 스쳐지나간 모양이오. 빈에서 그랬던 것처럼 말이오. 지난 나흘을 도대체 어떻게 지낸 거요? 여신처럼 극장에서 걸어 나오기도 하고, 하찮은 수하물 운반인으로 기차역에 서 있고—그 모든 게 나흘 동안 있었던 일이란 말이오?

---

57) 비밀스러운

이 편지를 오늘 안으로 막스에게 전해주겠소. 슬쩍 보고 짐작할 수 있는 만큼만 짐작했소.

그래요. 란다우어*하고는 정말 운이 닿지 않는구려. 그런데도 독일어로 된 것을 읽을 때는 아직도 마음에 드는 글이란 말이오? 그래서 어떻게 했소? 내 편지들로 인해 고통받고 정신이 혼란해진 내 가엾은 아이 씨(아기씨라고는 절대 하지 않았소!). 그것 보오, 내게 편지를 쓰는 일이 그대를 방해할 거라고 한 말이 맞지 않았소? 하지만 그 말이 맞은들 어쩌겠소? 내가 그대의 편지를 받을 수 있으면 나는 모든 것을 가진 거나 마찬가지고, 받지 못하면 아무것도, 생명조차도 가지지 못한 거나 같은데 말이오.

아, 빈으로 갈 수만 있다면 얼마나 좋겠소!

번역한 것 내게도 보내주오. 그대에게서 나온 거라면 뭐든지 다 갖고 싶어 하는 것 알잖소.

우리 사무실에 아주 열정적인 우표 수집가*가 있어서, 늘 우표를 거의 낚아채가다시피 하지요. 그런데 그가 이 1크로네짜리 우표는 이미 충분하다며, 좀 더 크고 흑갈색으로 된 1크로네짜리 우표가 또 있다고 하오. 나는 편지씩이나 받고 있는데, 그에게 우표 정도는 구해줘야 하는 거 아닌가 하고 생각했소. 그러니까 이 다른 1크로네짜리 우표나, 좀 더 큰 2크로네짜리 우표를 붙여주면 고맙겠소.

그러니까 전보는 대답이 아니었고, 목요일 저녁에 쓴 편지가 대답이 었구려. 그러니 내가 잠을 잘 수 없었던 건 다 이유가 있었던 거요. 그리고 오늘 아침에 느꼈던 그 끔찍한 슬픔도 다 이유가 있었던 거란 말이오. 남편도 각혈에 대해 알고 있소? 지레 겁먹을 건 없소. 어쩌면 아무 일도 아닐지도 모르오. 피가 나오는 건 여러 가지 이유가 있을 수 있소. 하지만 그래도 피가 나왔다는 건 사실이고, 그걸 잊어서는 안 되오. 그대가 사는 걸 보면, 꼭 그러기를 원했던 것같이 살고 있잖소. 그렇게 용감하고 거침없이 살면서 마치 피한테 "그래 좀 나와봐, 제발 좀 나와보라니까." 하는 것같이 살고 있지 않느냔 말이오. 그러니까 진짜 나온 거 아니오. 내가 여기서 얼마나 상심할지는 전혀 생각하지 않는 거지요. 물론 그대는 nemluvně[58]가 아니고, 모든 걸 알아서 잘할 테지요. 그럼 내가 여기 프라하 강변에 이렇게 서서 그대가 내 눈앞에서, 그것도 고의로 빈의 바다에 빠져들어가는 걸 보고만 있으라는 게 바로 그대가 원하는 거요? 그리고 먹을 것도 없다면서요? 그거야말로 급박한 상황 pro sebe[59]가 아닌가요? 아니면 급박한 건 나지 그대가 아니라고 생각하는 거요? 그래요. 그 말도 맞는 말이오. 그리고 이제는 유감스럽게도 돈을 보낼 수 없게 될 것 같소. 왜냐하면 점심시간에 집에 가서 그 아무짝에도 쓸모없는 돈을 부엌 아궁이에 처넣어버리고 말 거니까 말이오.

그렇게 해서 우리는 이제 전혀 상관없는 사람들이 되는 거요, 밀레나. 오직 단 하나의 열망만을 우리 두 사람이 모든 힘을 다해 공통으로 지니고 있는 것 같구려. 그대가 여기에 있었으면, 그리고 그대의

---

58)   어린아이, 갓난아기
59)   그 자체

얼굴이 나와 가능한 한 가까운 어딘가에 있었으면 한다는 것 말이오. 그리고 물론 죽었으면 하는 열망, '편안하게' 죽을 수 있었으면 하는 열망도 우리는 공통으로 가지고 있소. 하지만 그건 사실은 어린아이들이 가지는 소망 같은 거요. 내가 수학 시간에 선생님이 저 위 교단에서 출석부를 들추며 아마도 내 이름을 찾고 있는 것을 보았을 때, 그 강하고 무섭고 현실감 넘치는 모습과 아무것도 모르는 나의 상황을 비교해보며, 두려움에 질려서, 내가 유령처럼 그 자리에서 일어나, 유령처럼 그 책상들 사이를 지나, 내 수학 지식만큼이나 가볍게 날아서 선생님 옆을 지나치고, 문을 어떻게 뚫고 지나간 후에, 밖에 도착해서야 다시 내 본 모습으로 돌아와, 그 시원한 공기 속에서, 내가 알고 있는 세상 전체에서 그보다 더 긴장감이 감도는 분위기는 없었을 것 같은 그 교실에서 벗어난 자유로움을 만끽할 수 있었으면 얼마나 좋을까 하고 거의 몽상적으로 꿈꾸었던 것처럼 말이오. 그래요. 그랬으면 아주 '편했겠지요.' 하지만 그런 일은 일어나지 않았소. 나는 앞으로 불려 나가서 문제를 풀어야 했지요. 그 문제를 풀기 위해서는 대수표가 필요했는데, 나는 그걸 잊어버리고 안 가지고 왔던 거요. 하지만 그게 내 책상 속에 있다고 거짓말을 했소(그러면 선생님이 자기 걸 빌려주실 거라고 생각했거든요). 그런데 그걸 내 자리에 가서 가져오라고 하시는 게 아니겠소. 내 자리로 가서 대수표가 거기 없는 것을 보고, 연극으로가 아니라 진짜로 경악했지요(학교에서는 늘 경악의 연속이니 한 번도 꾸며댈 필요가 없었지요). 선생님께서는 (그제 그분을 길에서 마주쳤다는 거 아니오) "이런 악어 같은 녀석!" 하고 말씀하셨지요. 나는 바로 낙제점을 받았는데, 그건 사실은 아주 잘된 일이었다오. 왜냐하면 사실은 그저 형식적으로만 낙제점을 받은 것뿐이었기 때문이오. 그것도 아주 부당하게 말이오(내가 거짓말을 하긴 했지만 아무도 그걸 증명할 수 없었지 않소. 그러니 부당하지 않느냔 말이오?).

거기다가 내가 얼마나 뻔뻔할 정도로 아무것도 모르고 있는지 보여주지 않아도 됐으니 말이오. 그러니까 전체적으로 보면 그것도 아직 꽤 '편안한' 일이었지요. 그러니까 운만 좋으면 교실 안에서도 얼마든지 '사라질 수' 있었단 말이오. 그런 가능성은 얼마든지 있지요. 그래서 살아가는 가운데에서도 '죽을 수' 있었지요.

내가 이렇게 수다를 떠는 건, 그대와 함께 있으면 모든 것에도 불구하고 그저 좋기 때문이오.
특별히 큰 글씨로 편지 두 번째 장과 세 번째 장을 가로질러 씀. 이 부분에 쓰여 있는 내용은 "그 아무짝에도"부터 "죽을 수 있었지요"까지임.

오직 한 가지 가능성만 없소—모든 수다를 넘어서 이것만은 명백한 사실이오. 그대가 지금 여기로 걸어 들어와서 나와 함께 있는 것, 그리고 어떻게 하면 그대가 다시 건강해질 수 있는지에 대해 철저하게 의논할 수 있는 가능성 말이오. 바로 이 가능성이 가장 시급하게 필요한데 말이오.

———

편지들을 읽기 전까지는 오늘 그대에게 하려고 했던 말이 많았었소. 하지만 피가 나왔다고 하는 마당에 무슨 말을 할 수 있겠소? 의사가 뭐라고 했는지 즉시 써주기 바라오. 그리고 그 사람은 어떤 사람이오? 역에서 있었던 일을 틀리게 묘사하고 있구려. 나는 한순간도 주저하지 않았소. 모든 게 그렇게 자명하게 슬프고 아름다울 수가 없었소. 그리고 우리는 너무나 서로에게 몰두했기 때문에, 사람들이 있다는 사실도 의식 못했었지요. 그런데 거기 있지도 않았던 사람들이 갑자기 출구의 문을 가로막지 말라고 흥분할 때의 상황은 너무나 이해할 수 없게 우스꽝스러웠소.

하지만 호텔 앞에서는 그대가 말한 그대로였지요. 그대는 얼마나 아름다웠던지! 어쩌면 그건 그대가 아니었는지도 모르오. 그대가 그렇게 빨리 일어났었다는 게 너무나 이상한 일 아니오? 하지만 그게 그대가 아니었다면, 그때 어땠는지를 어떻게 그렇게 소상하게 알고 있을 수가 있는 거요?

그대도 우표를 원한다니, 참 잘된 일이오. 그대에게 우표 때문에 부탁을 하고 난 후 이틀 동안 계속 자책을 하고 있었소. 그 말을 쓰는 그 순간부터 벌써 자책하기 시작했소.

[프라하, 1920년 7월 26일]
월요일, 조금 후에

산더미 같은 서류들이 지금 방금 도착했소. 그런데 내가 도대체 무얼 위해 일을 하고 있는 건지 아오? 게다가 잠도 못 자서 멍한 머리로 말이오? 무얼 위해서냐고요? 부엌 아궁이를 위해서요.

———

게다가 지금은 그 시인이 와 있소. 일전에 얘기했던 그 시인 말이오. 그는 목판 조각가이기도 하고 부식동판 제작자*이기도 하지요. 그런데 갈 생각을 안 하고 있소. 어찌나 생기가 넘치는지 모든 걸 나에게 쏟아붓고 있으면서, 내가 얼마나 조바심 나 하는지, 그리고 내 손은 이 편지 위에서 떨고 있고, 내 머리는 진작 가슴 위에 얹혀 있다시피

한 걸 보면서도 갈 생각을 안 하는구려. 착하고 생기발랄하고 행복하면서도 불행한 특출한 젊은이지만, 지금은 무척 귀찮게 여겨지는 이 친구가 말이오. 그대는 지금 각혈을 하고 있는데 말이오.

———

그런데 우리는 계속해서 같은 이야기를 쓰고 있구려. 한 번 내가 그대가 아픈 거 아니냐고 물었더니 그대도 동시에 같은 질문을 하고, 한 번 내가 죽고 싶다고 했더니 그대도 그러고, 한 번 내가 우표를 보내달라고 했더니 그대 역시 같은 청을 하고, 한 번 내가 그대 앞에서 어린 소년처럼 울고 싶다고 했더니 그대도 내 앞에서 작은 소녀처럼 울고 싶다고 쓰는구려. 그리고 한 번, 아니 열 번, 아니 천 번, 그리고 계속해서 그대 곁에 있었으면 좋겠다고 썼더니, 그대도 그런 말을 쓰고 있구려. 아, 이제 그만 써야겠소.

———

그런데 아직도 의사가 뭐라고 했는지에 대해 쓴 편지는 오지 않았소. 굼뜬 사람, 엉터리 같은 사람! 나쁜 그대, 사랑스러운 그대, 그리고—또 뭐지? 아무것도 아니오. 그저 그대의 무릎을 베고 잠잠히 있고 싶소.

[프라하, 1920년 7월 27일]
<u>화요일</u>

의사 얘기는 어디 있는 거요? 편지는 읽지 않고 의사 얘기가 어디 나오나만 샅샅이 찾아보았는데, 도대체 어디 있는 거요?

잠을 잘 수가 없소. 그것 때문에 잠을 잘 수 없다고는 말하지 않겠소. 비음악적인 사람은 현실적인 걱정이 있을 때는 오히려 잠을 잘 자는 편이오. 하지만 그럼에도 불구하고 잠이 오질 않소. 빈에 갔다 온 지가 벌써 너무 오래된 거요? 내가 내 행운에 대해 너무 성급하게 자랑했던 거요? 우유, 버터, 야채 같은 건 아무 도움이 안 되고, 그대로부터 직접 영양을 공급받아야 하는 거요? 어쩌면 이런 이유들이 아닌지도 모르오. 하지만 요즈음은 편치 않은 나날들의 연속이오. 그리고 3일 전부터는 빈 집에 혼자 있을 수 있는 행복도 누리지 못하고 있다오. 다시 집으로 들어와 살고 있기 때문이오. (그 덕에 전보도 바로 받을 수 있었소.) 아마도 나를 그렇게 기분 좋게 하는 건 빈 집이 아니었던 것 같소. 아니면 그게 주된 요인은 아니고, 지낼 곳이 두 군데에 있다는 사실이었던 것 같소. 하나는 낮에 생활하는 집, 좀 떨어져 있는 다른 한 집은 저녁과 밤을 지내는 곳, 이렇게 말이오. 이런 걸 이해할 수 있소? 나는 이해 못하오. 하지만 그게 사실이오.

그 옷장 말이오. 그 옷장 때문에 우리는 아마도 처음이자 마지막으로 싸우게 될 것 같소. 나는 "그 옷장 쫓아냅시다" 하고, 그대는 "그냥 놔 둬요" 할 거요. 나는 "나를 택하든지 그 옷장을 택하든지 하시오" 하고, 그대는 "그래요. 프랑크와 슈랑크(옷장)는 운도 맞는군요. 나는 슈랑크를 택하겠어요" 하겠지요. "좋소." 나는 그렇게 말하고 천천히 계단을 (어떤 계단?) 내려갈 거요. 그리고—아직도 도나우 강을 찾지 못했으면, 나는 오늘까지도 살고 있을 거요.

사실 나는 옷장을 매우 좋아하오. 하지만 그 옷만은 입지 말아주오. 그러지 않으면 옷이 다 닳아버릴 거고, 그러면 나는 어떡하란 말이오?

그 무덤*은 참 이상도 하지요. 원래는(vlastně)[60] 나도 바로 그 자리에서 찾아보았소. 확신은 별로 없이 말이오. 그에 반해 그 근처의 다른

60)   원래는

곳들은 꼭 있을 거라고 생각하며 열심히 찾았지요. 점점 더 큰 원을, 나중에는 아주 엄청난 원을 그려가며 그 주위를 뒤졌지요. 거기다가 전혀 엉뚱한 예배당을 그대가 말한 그 예배당인 줄로 착각했었지요. 여행을 가는구려. 그리고 비자도 아직 못 받았고요. <u>그럼 내가 너무</u> <u>나 힘들어하면 그대가 바로 달려와줄 거라는 그 희망은 물거품이 되</u> <u>고 마는구려.</u> 그러고도 내가 잠을 잘 수 있기를 바라는 거요?
[…][61]

그리고 의사는? 의사는 어디 있는 거요? 그는 아직도 안 나타나는 거요?
국회 우표라고 특별히 발행된 건 없습디다. 나도 그런 게 있는 줄 알고 있었는데. 오늘 누가 '국회 우표'라면서 가지고 온 건 실망스럽게도 그냥 보통 우표에 국회의 소인이 찍힌 거였소. 그래도 이 우표들은 바로 이 소인 때문에 꽤 값이 나가는 거라고 하오. 하지만 그 아이가 그런 걸 알 리가 없겠구려. 이 우표를 편지마다 한 장씩만 동봉하려고 하오. 첫째는 이것이 귀한 우표이기 때문이고, 둘째 이유는 고맙다는 말을 매일 듣고 싶어서요.
그것 보오. 펜이 필요하지 않소. 우리가 왜 그때 빈에서 시간을 좀 더 잘 쓰지 못했는지 모르겠소. 예를 들어 문방구를 파는 가게에 종일 있었으면 좋았을 걸 그랬소. 거기는 참 기분 좋은 곳이었고, 거기서 우리는 서로에게 참 가까이 있었는데 말이오.
설마 옷장에게 내가 한 바보 같은 농담들을 읽어준 건 아니겠지요?
실은 그대의 방에 있는 거의 모든 것을 졸도할 정도로 좋아한다오.
그런데 의사는?
우표를 수집하는 그 청년을 자주 만나오? 뭔가 흑심이 있어서 물어

---

61) *개인의 권리 침해가 우려되어 지웠음.*

보는 건 아니오. 그렇게 보이긴 하겠지만 말이오. 잠을 잘 못 자고 나면, 무턱대고 자꾸 물어보게 되오. 끝없이 물어보고 싶소. 잠을 못 잔다는 것은 물음을 갖고 있다는 걸 의미하지요. 답을 알고 있었다면 잤을 거요.

———

책임 무능력을 선고한다는 건 사실 너무 심한 것 아니오? 여권은 그래도 발급받았지요?

[프라하, 1920년 7월 28일]
수요일

『카사노바의 옥사 탈출』이라는 작품을 아오? 물론 알겠지요. 거기에는 세상에서 가장 끔찍한 감옥 생활이 잠깐 묘사되어 있소. 죄수들은 발밑에 해안호가 넘실대고 있는 어둡고 축축한 지하 감옥에 감금되어 있지요. 죄수는 좁다란 나무 널빤지 위에 쪼그리고 앉아 있는데, 물이 거의 닿을 듯 말 듯한 높이까지 차 있고, 만조 때에는 판자 위까지 차올라올 때도 있소. 하지만 가장 견디기 힘든 건, 밤에 찍찍 소리를 내기도 하고, 잡아당기고, 할퀴고, 갉아대면서(빵을 뺏기지 않으려고 그들과 싸워야 한답니다), 무엇보다도 죄수가 지쳐서 나무 널빤지에서 떨어지기만을 조바심 내며 기다리고 있는 사나운 물쥐들이라고 하오. 그런데 편지에 쓰여 있는 이야기들이 그런 느낌을 주는구려. 끔찍하고 이해할 수 없으며, 특히 내 자신의 과거처럼 그렇게 가까우면서도 먼 느낌이오. 그 위에 쪼그리고 앉아 있다 보면 등의 모양도 보기 그리 좋지 않게 되고, 발은 경련을 일으키기 시작하지요. 두려움에 치를 떨면서도 그 크고 징그러운 물쥐들을 쳐다보고 있는 것밖에 달리 할 수 있는 일이 없다오. 그러다 보면 밤중에는 정신이 몽롱해져서, 결국에는 자기가 아직도 그 위에 앉아 있는 건지, 아니면 벌써 아래에서 찍찍 소리를 내며 날카로운 이빨이 있는 주둥이를 벌리고 있는 건지 모르게 되오. 자, 이제 그런 이야기들은 그만합시다. 이리 오오. 그런 건 잊어버리고 이리 오시오. 이 '동물들'은 그대에게 주리다. 그대가 그놈들을 멀리 집 밖으로 쫓아낸다는 조건하에서만 말이오.

———

편지 첫 장의 왼쪽과 상단 여백: 이 편지들에는 트로츠템trotzdem(그럼에도 불구하고)이라는 말이 정말 필요했소. 그런데 이 말은 단어 자체로도 아름답지 않소? '트로츠trotz'에서는 뭔가에 부딪치지요. 거기에는 아직도 '세상'이 존재하고 있으니까요. 하지만 '템dem'에서는 가라앉아버리오. 그러고 나면 아무것도 남아 있지 않지요.

그런데 의사 얘기는 도대체 쓰지 않을 거요? 의사에게 가보겠다고 확실히 약속했고, 그대는 약속은 꼭 지키는 사람이잖소? 이제 피가 보이지 않는다고 가지 않는 거요? 그대와 비교하자고 내 얘기를 하는 건 아니오. 그대는 나와 비교할 수도 없을 만큼 훨씬 더 건강하니까요. 나는 항상 자기 짐을 들게 하는 그 신사 같은 사람밖에 될 수 없을 거요(그렇다고 그게 지위의 차이를 의미하는 건 아니오. 왜냐하면 먼저 그 신사가 짐꾼을 손짓해 부르면 짐꾼이 오지요. 그러면 신사는 짐을 좀 들어달라고 부탁해야 하오. 그러지 않으면 쓰러질 것 같으니까 말이오. 내가 일전에—일전에! —역에서 집으로 올 때, 내 짐을 들어주었던 짐꾼 양반이 내가 그런 얘기를 하지도 않았는데도 자기 스스로가 나를 위로하기 시작했지요. 나도 분명히 그가 할 수 없는 일을 잘하는 게 있을 거라고, 짐을 들어주는 건 그의 일이고, 이건 그에게 아주 쉬운 일이라는 등등. 물론 그때 내 머릿속에서는 여러 가지 생각이 오가고 있었고, 그런 그의 말은 그 생각들에 대한 (충분한 대답은 못 됐지만) 대답이라고 할 수 있었지요. 하지만 내가 그런 말을 한 건 아니었거든요). 그래요. 그러니까 내가 그런 면에서 그대와 나를 비교하는 건 아니란 말이오. 하지만 나는 그때 어땠는지 생각하지 않을 수가 없고, 그 생각을 하면 너무나 염려되오. 그러니 제발 의사에게 가보시오. 아마 3년 전쯤의 일*이었을 거요. 나는 그때까지 한 번도 결핵을 앓아본 적이 없었소. 뭘 하다가 지치거나 하는 적도 없었고, 걷는 건 특히 얼마든지 걸을 수 있었기 때문에 그 당시에는 걷다가 기력이 한계에 도달해본 적은 한 번도 없었소(생각을 할 때는 물론 그 당시 항상 한계에 부딪혔지만 말이오). 그런데 갑자기 8월쯤에—그러니까 날씨는 덥고 화창했고, 내 머릿속 이외에는 모든 것이 아주 정상이었소—시민수영학교에서 뭔가 붉은빛이 도는 것을 뱉어냈소. 그건 이상하기도 하고 홍미 있는 일이기도 했소. 안 그러오? 나는 그걸 잠시 동안 바라보고는 금방 잊어버리고 말았소. 그러고 나서 그런 일이 자주 있었소. 나는 침을 뱉을 때마다 내 마음대로 붉은 색깔을 만들어낼 수 있었소. 그러니까 그게 더 이상 홍미가 없고 지루해지더군요. 그리고 다시 잊어버렸지요. 내가 그때 바로 의사한테 갔었더라면—아니, 어쩌면 그랬어도 의사한테 안 간 경우와 모든 게 똑같았을지도 모르오. 하지만 그 당시에는 아무도 내게서 피가 나온다는 사실을 몰랐었소. 사실 나도 몰랐다고 할 수 있지요. 그리고 걱정하는 사람도 아무도 없었소. 하지만 지금은 누군가가 걱정을 하고 있단 말이오. 그러니 제발 의사한테 가보오.

편지 마지막 장의 왼쪽과 상단의 여백: ('지루해지더군요'에서부터 쓰기 시작함.) 도대체 일로프스키는 왜 우리 이야기에 끼어드는 거요? 내 앞에 놓여 있는 압지에 그가 파란 색연필로 그린 그대와 관련된 그림이 아직도 있소.

그 그림은 이렇게 생겼소.
아주 어려운 그림수수께끼요.

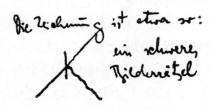

그대의 남편이 내게 이런저런 말을 쓸 거라고 했다니 참 이상하구려. 그리고 때리고 목을 조르겠다고요? 정말 이해할 수가 없구려. 물론 그대의 말을 전적으로 다 믿지만, 그런 일이 너무나 상상이 안 되니까, 그런 말을 들어도 아무 느낌이 없구려. 나와 아주 동떨어진 남의 얘기인 것처럼 말이오. 마치 그대가 여기 나와 함께 있으면서 "지금 이 순간에 나는 빈에 있고, 그가 내게 소리 지르면서 이러저러한 말을 하고 있어요" 하고 말하는 것 같소. 그리고 우리가 함께 창문에 서서 빈 쪽을 쳐다보고 있는 것 같소. 그리고 조금이라도 흥분할 이유 같은 건 물론 전혀 없는 것처럼 느껴지오.

아니, 하나 있소. 그대가 우리의 미래에 대해 이야기할 때 가끔씩 내가 유대인이라는 사실을 잊어버리는 것 같다는 사실 말이오(jasné, nezapletené).[62] 유댄툼은 그대의 발아래 굴복한 상태에서조차도 여전히 위험한 채로 남아 있소.

목요일

스타샤에게서 온 쪽지는 참 따뜻하오. 하지만 이 쪽지를 썼던 그 당시에는 그녀가 지금과 달랐다고는 말할 수 없소. 이 쪽지에는 그녀의 존재는 전혀 없고, 그녀는 오직 그대의 이야기를 대신하고 있을 뿐이오. 그녀와 그대 사이에 믿을 수 없을 정도의, 거의 종교적이라고 할 수 있는 결합이 일어난 거요. 그래서 어떤 사람이 자신은 거의 감동을 받지 않고 들은 것을 그대로만 전하는 것처럼—그는 중재자 이상이 되겠다는 건 감히 엄두를 못 내고 있으니까요—그대의 이야기를 하고 있는 거요—물론 오직 그 사람만이 그 이야기를 알아듣고 이해할 수 있기는 했지만 말이오—이러한 의식이 영향을 끼쳐 그 모든 것에 자부심과 아름다움을 부여하는 거지요. 하지만 지금 그녀가 그때와 달라진 건 없다고 생각하오. 어쩌면 그런 쪽지는 지금도 쓸 수 있을지 모르오. 비슷한 상황이 온다면 말이오.

그 이야기들은 참 이상하오. 내 마음이 무거워지는 건 그 이야기가 유대인에 대한 이야기이고, 이 그릇이 식탁 위에 일단 올려지면 모든 유대인이 이 공동의 지긋지긋한, 독이 들어 있는, 오래전부터 있어왔고, 필경 영원히 없어지지 않을 그 음식에서 각자 자기의 몫을 떠먹어야 하는 그런 이야기이기 때문이 아니오. 내 마음이 무거워지는 건 그 때문이 아니란 말이오. 지금 이 그릇 너머로 내 손을 잡아주고, 그렇게 오래오래 있어주지 않겠소?

---

62) (명료하고 단순하게)

어제 그 무덤을 찾아냈소. 그 무덤은 소심하게 찾는 사람은 정말이지 절대로 찾아내지 못하겠습디다. 그게 그대의 어머니 쪽 친척의 무덤인지 몰랐잖소. 그리고 그 비문은—금칠이 거의 다 벗겨져나가버렸소—몸을 굽히고 주의 깊게 들여다보아야 겨우 읽을 수 있게 되어 있습디다. 거기 오래 머물러 있었소. 그 무덤은 아주 단단한 돌로 아름답게 만들어져 있더군요. 그런데 꽃은 전혀 없었소. 하지만 무덤들에 놓인 그 많은 꽃들은 다 무슨 소용이랍니까? 나는 지금껏 그걸 이해할 수 없었소. 여러 색의 카네이션 몇 송이를 맨 끝 가장자리에 놓아두었소. 묘지에 있을 때에는 시내에 있을 때보다 더 나은 기분이었소. 묘지를 나오고 나서도 그 기분이 이어졌소. 무덤 사이를 걷는 기분으로 오랫동안 시내를 돌아다녔소. 예니체크가 그대의 동생이었던 거요?

————

건강은 괜찮소? 노이 발데크에서 찍은 사진에는 그대가 아픈 게 선명하게 드러나오. 거기엔 너무 과장되게 나왔을지도 모르지만, 과장되었다 해도 아픈 건 사실이잖소. 그대의 실제 모습을 담은 사진은 아직 내게 없소. 사진 한 장에는 약 일이 년쯤 지나면 수녀원기숙사학교를 졸업할 것 같고 품위 있고 가냘픈, 잘 다듬어진 모습의 어린 소녀가(입 양끝은 조금 밑으로 내려와 있지만, 그건 그저 품위와 교회적 경건함이 나타난 것뿐이지요) 있고, 다른 한 장은 과장된 선전용 사진이오. "빈에서는 지금 이렇게들 살고 있다"라고 선전하는 것 같은. 그런데 이 두 번째 사진에서 그대는 비밀에 싸인 내 최초의 친구와 비상하게도 닮아 있소. 언젠가 한번 그의 이야기를 해주리다.

아니오. 빈에는 못 가겠소. 외적으로도 그건 사무실에 병가를 낸다든가 하는 거짓말을 해야만 가능하오. 아니면 연휴에나 가능한 일이겠지요. 하지만 그건 아직 외적인 장애일 뿐이야, 이 가엾은 녀석아(독백임).

스타샤가 벨레슬라빈으로 그대를 그렇게 자주 찾아갔단 말이오?

편지는 매일 썼소. 아마 곧 다 도착할 거요.

전보를 보내줘서 정말, 정말 고맙소. 모든 비난을 다 취소하오. 그것들은 사실 비난이 아니라 손등으로 그대를 쓰다듬은 거였소. 손등이 벌써 오랫동안 질투해오고 있었기 때문이오. 방금 시인이자 목판 조각가*(사실 원래는 음악가요)가 또 다녀갔소. 그는 아주 자주 오지요. 오늘은 목판 조각 두 점을 가져다주었소(트로츠키와 고지告知요. 보다시피 그의 세계는 작지 않다오). 그를 위해 나를 그 물건들과 좀더 가까워지게 하려고 얼른 그것들을 그대와 연결시켰소. 그걸 빈에 있는 내 친구에게 보낼 거라고 했지요. 그랬더니 한 점씩 주려고 했던 걸 각각 두 점씩 주지 않겠소. 그걸 의도했던 건 아니었는데 말이오. (그대의 몫은 여기에 잘 보관해두겠소. 아니면 바로 보내주길 원하오?) 그러고 있는데 전보가 도착했소. 내가 그걸 기쁨과 고마움으로 가득 차, 읽고 또 읽고 하기를 거듭하고 있는 동안에도 그는 전혀 동요 없이 계속 이야기를 늘어놓고 있었소(그렇다고 해서 그가 나를 방해하려고 그러는 건 절대 아니라오. 내가 할 일이 있다고 말하기만 하면, 그를 깨울 수 있을 만큼 큰 소리로 말하기만 하면, 그는 하던 말을 중간에서 끊고 일어서서 가버리지요. 전혀 기분 나빠하지도 않고 말이오). 전체적인 소식도 아주 중요하지만, 세세한 부분들은 훨씬 더 중요할 것 같소. 하지만 무엇보다도 중요한 건, 그대가 어떻게 안정을 취할 수 있느냐는 거요. 그

건 불가능한 일이잖소. 적어도 내게는 의사가 그보다 더 무의미한 처
방을 내릴 수는 없을 거요. 아, 정말 큰일이오. 하지만 어쨌든 고맙소.
고맙소.

[프라하, 1920년 7월 29일]
목요일, 두 번째 편지

아무런 의심도 남아 있지 않도록 말하는 거요, 밀레나.
어쩌면 지금이 최상의 상태가 아닐지도 모르오. 어쩌면 좀 더 많은 행
복을, 좀 더 많은 확신을, 좀 더 많은 충만감을 감당할 수 있을지도 모
르오. 물론 그것이, 그것도 프라하에서 가능한지는 전혀 확실치 않지
만 말이오. 어쨌든 지금 나는 평균적으로 보자면 행복하고 기쁘고 자
유롭소. 분에 넘치도록, 거의 두려워질 정도로 행복하오. 지금의 이
상태가 큰 굴곡 없이 한동안 지속될 수만 있다면, 그리고 매일 그대에
게서 편지를 받을 수 있다면, 그리고 그 안에 그대가 너무나 고통받고
있다는 소식만 없다면, 아마 그 사실만으로도 어느 정도까지는 건강
해질 수 있을 것 같소. 그러니 제발 밀레나, 이제 더 이상 자책하지 마
오. 그리고 물리物理에 대해서는 어떤 것도 이해해본 적이 없었소(기
껏해야 불기둥 이야기만 겨우 이해했을 뿐이오. 그것도 물리에 속하는 것 맞
지요?). 그리고 그 vaha světa[63]도 이해 못하겠소. 물론 그 저울도 나를
이해 못할 게 틀림없소(그렇게 거대한 저울이 옷 벗고 잰 몸무게가 55킬로
그램밖에 안 되는 나를 가지고 도대체 무얼 하겠소. 아마도 내가 존재한다는
사실조차도 모를 거요. 그러니 그런 나 때문에 움직이고 자시고 할 것도 없을
거요). 그리고 나는 여기에 있어도 그때 빈에 있을 때와 똑같은 나고,
그대의 손은 내 손 안에 있소. 그대가 허락하는 동안은 말이오.

---

63) [바로 잡음: *váha*] 세상의 저울

Franz folgch F folgch Dein folgch
nichts mehr, Hülle, tiefer Wald

프란츠 아니오, F 아니오, 그대의 아니오, 아무것도 아니오. 고요함,
그리고 깊은 숲이오.

———

베르펠의 시詩는 모든 사람을 마주 바라보고 있는 초상화 같소. 지금
나도 바라보고 있소. 그리고 무엇보다도 감히 그런 걸 쓴 그 못된 장
본인도 바라보고 있지요.

———

휴가여행에 대한 그대의 말은 다 알아듣지 못하겠소. 어디로 가려고
하는 거요?

[프라하, 1920년 7월 30일]
금요일

그대는 항상 내가 그대를 사랑하는지 알고 싶어 하오. 하지만 그건
어려운 질문이오. 그 질문에 대한 답을 편지에 (지난 일요일 것 같은 편
지에도) 쓸 수는 없소. 우리가 다음에 한번 만나게 되면, 그때 꼭 말해

주리다(목소리가 말을 들어준다면 말이오).

그런데 빈으로 오라는 말은 하지 말아주오. 나는 가지 않을 거요. 하지만 그대가 그 이야기를 할 때마다 마치 불을 내 맨살에 대는 것 같은 아픔을 준다오. 그건 거의 작은 화형대나 마찬가지요. 그런데 그건 태워 없애버리는 게 아니라 계속 똑같은, 아니 점점 더 세어지는 불길로 내게 고통을 주오. 그걸 원하는 건 아니잖소.

그대가 받았다는 그 꽃들은 내 마음을 참 아프게 하는구려. 마음이 아파서 그게 무슨 꽃인지도 알아낼 수가 없소. 그 꽃들이 지금 그대의 방에 꽂혀 있단 말이지요. 내가 정말로 그 옷장이었다면 백주에 갑자기 방 밖으로 나가버렸을 거요. 그리고 적어도 그 꽃들이 시들 때까지는 앞방에 있었을 거요. 정말 기분 나쁘오. 그리고 모든 것이 이렇게 멀리 있다니! 그대의 문손잡이가 이 잉크병만큼이나 내 눈앞 가까이에 있는 것 같은데 말이오.

편지 첫 장의 오른쪽 여백 ('*잉크병*'이라고 쓴 곳까지 써 있음): [그 사람은 참 특이한 사람이오. 그는 오스트리아 우표에만 관심이 있다고 하오. 만약에 그 1크로네짜리 우표를 구할 수 없으면, 좀 더 작은 단위의 우표를 붙여보오. 예를 들면 25헬러짜리 우표나 뭐 그런 것 말이오] <u>아니오, 다 그냥 놔두오. 부탁이오. 그냥 두오.</u>[64]

물론 그대가 어제, 아니 그제 보내준 전보도 받았소. 하지만 그때에도 그 꽃들은 아직 시들지 않았잖소. 그리고 어째서 그 꽃들 때문에 그렇게 마음이 기쁜 거요? 그 꽃들이 그대가 '가장 좋아하는' 꽃이라면, 세상에 있는 모든 그 꽃에 대해 기뻐해야 하는 거 아니오? 그

---

64) [그 사람은 참 특이한 …… 그런 것 말이오.] 이 부분은 파란 색연필로 지웠음. '아니오, 다 그냥 …… 두오' 하는 부분은 파란 색연필과 빨간 색연필로 밑줄을 그어 강조했음.

런데 왜 유독 그 꽃들에 대해서 그렇게 기뻐하는 거요? 어쩌면 이것역시 너무 어려운 질문이라 만나서나 대답할 수 있는 건지도 모르겠소. 그런데 도대체 그대는 어디 있는 거요? 빈에 있다고요? 거기가어디요?

도대체 그 꽃들에 대한 생각을 떨쳐버릴 수가 없구려. 캐르트 슈트라세라니, 그건 유령 이야기거나, 어떤 밤 같은 낮에 꾼 꿈 이야기 같구려. [...]⁶⁵ 하지만 그 꽃들은 실재하는 것들이고, 꽃병을 가득 채우고있소. (나루치náruč⁶⁶라고 했소? 게다가 품에 끌어안기까지 했단 말이오?)거기다가 그 꽃들을 혼내주지도 못하잖소. 그것들이 그대가 '가장 좋아하는 꽃들'이라니까 말이오. 어디 두고 봐라. 밀레나가 언젠가 방에서 나가기만 하면, 너희들을 뽑아 아래의 뜰로 던져버릴 테니까.

왜 기분이 우울하오? <u>무슨 일이 있었던 거요?</u> 그런데 말해주지도 않는단 말이오? 아니오, 그건 있을 수 없는 일이오.

편지 두 번째 장의 왼쪽 여백: 그런데 왜 슬픈 거요?

막스에 대해 묻고 있는데, 그 친구가 벌써 한참 전에 답장을 하잖았소. 무슨 말을 썼는지는 모르지만, 일요일에 나와 함께 편지를 부쳤소. <u>일요일에 내가 보낸 편지는 받아 본 거요?</u>

어제는 아주 극도로 흥분되는 날이었소. 고통스럽게 흥분되는 건 아니었고, 그냥 흥분되는 날이었다는 말이오. 다음에 한번 얘기해주리다. 무엇보다도 그대가 보내준 전보가 주머니에 있었고, 그걸 지니고 걷는 걸음걸이는 아주 특별했소. 인간에게는 사람들이 아직 모르고 있는 특별한 선함이 있소. 예를 들어 체코 다리 쪽으로 가다가 전

---

65) *6개의 단어를 알아볼 수 없게 지워버렸음.*

66) ([한] 아름)

보를 꺼내 읽지요(읽을 때마다 새로운 느낌이었소. 마치 빨아들이듯이 다 읽고 나면 종이는 텅 비게 되지요. 하지만 그걸 주머니에 다시 넣자마자 거기에서 재빨리 다시 새롭게 쓰이는 거였소). 그리고 사방을 둘러보면서 틀림없이 사람들이 화를 내고 있는 모습을 보게 될 거라는 생각을 하지요. 딱히 질투 같은 건 아닐지라도, "뭐라고? 다른 사람도 아니고 너 같은 녀석이 이런 전보를 받았단 말이야? 즉시 위에다 고해바쳐야겠어. 적어도 꽃이라도 (한 아름) 즉시 빈으로 보내든가 하라고 해야겠어. 어쨌든 절대 이런 전보를 받은 걸 그냥 그렇게 용납하지는 않을 작정이야" 뭐 이렇게 말하는 듯한 눈초리라도 마주칠 것 같다는 생각 말이오. 하지만 아무리 둘러보아도 모든 것이 조용하기만 하고, 낚시꾼들은 계속 낚시만 하고, 구경꾼들은 계속 구경만 하고 있고, 아이들은 축구를 하고 있고, 다리 옆에 서 있는 남자는 잔돈을 구걸하고 있었지요. 자세히 보면 어떤 내면의 동요 같은 것이 보이기는 했소. 사람들이 그들의 생각을 내보이지 않고, 하던 일에 열중하려고 억지로 애쓰고 있는 모습이 보였소. 하지만 그들이 그렇게 애쓰고 있다는 사실 자체가 너무도 사랑스러운 것 아니오? 이 모든 것으로부터 나오는 목소리, "그래, 맞아. 그 전보는 네 거야. 인정해줄게. 네가 그걸 받을 만한 자격이 있는지 조사해보지 않고, 그냥 눈감아줄 테니까, 그냥 가지고 있어도 돼" 하고 말하는 듯한 그 목소리가 사랑스럽지 않느냔 말이오. 그리고 내가 조금 있다가 그걸 또다시 꺼내면, 내가 적어도 가만히라도 있어 나 자신을 숨기지 않는다는 사실이 그들을 자극할 거라고 생각하기 쉽겠지만, 그게 아니오. 그들은 자극받지 않고 그냥 그대로 있더란 말이오.

———

저녁에는 또다시 팔레스티나로 가는 유대인 한 사람을 만났소. 편지로 그대가 이해할 수 있도록 그를 묘사한다는 건 불가능하다고 생각되오. 그가 나에게 얼마나 중요한 인물인지를 말이오. 그는 거의 왜소하다고 할 만큼 체구가 작고, 약하고, 수염이 난, 애꾸눈의 남자요. 하지만 그를 만났던 일을 생각하느라 거의 온밤을 뜬눈으로 새웠소. 다음에 다시 그에 대해 쓰리다.

————

그러니까 아직도 여권이 없고, 앞으로도 발급받지 못할 거란 말이오?

[프라하, 1920년 7월 31일]
토요일

지금 나는 아주 산만하고 슬픈 기분이오. 그대의 전보를 잃어버렸소. 아니, 실은 잃어버렸을 리는 없지만, 내가 그걸 찾아야 한다는 사실만으로도 이미 충분히 큰일이오. 사실 이건 다 그대 때문이오. 그 전보가 그렇게 아름다운 내용을 담고 있지만 않았어도 내가 그걸 계속 손에 들고 있지는 않았을 거 아니오.

그대가 의사의 말에 대해 쓴 편지 내용이 나를 위로해줄 뿐이오. 그러니까 피가 나왔다고 해도 별일은 아니었단 말이지요? 그것 보오. 나도 그렇게 짐작한다고 했잖소. 나도 거의 의사가 다 된 것 같지 않소? 그런데 폐의 고장에 대해서는 뭐라고 합디까? 분명히 배를 곯고 짐을 나르라고는 처방하지 않았을 테지요. 그리고 나에 대해 앞으로도 좋은 마음을 가지고 있는 것에 대해서는 동의합디까? 아니면 나에 대해 아무 말도 하지 않던가요? 하지만 의사가 나에 대한 아무런

194

흔적도 발견하지 못했다면 내가 어떻게 만족할 수가 있겠소? 아니면 의사가 그대의 폐에서 발견한 게 내 폐의 고장이었던 건 아니오?

그리 심한 건 아니라는 말은 정말 믿어도 되오? 그리고 그대를 4주 동안 시골로 보내는 것 외에는 다른 할 말이 없었단 말이오? 정말이지 매우 약소하구려.

아니오. 그대가 빈에 있는 것보다 여행 가는 걸 내가 더 싫어할 이유가 없소. 마음 놓고 가오. 부탁이오. 가오. 어디에선가 그대는 여행을 가면 뭔가 더 좋아질 것 같은 희망을 가지고 있다고 썼었소. 그것만으로도 내가 그대가 여행을 가기를 바라는 충분한 이유가 되오.

편지 첫 장의 왼쪽 여백: 내가 맞게 본 거요? 편지 봉투에 T자가 대문자로 써 있는 거요? 소인이 바로 그 위에 찍혀 있어서 잘 알아볼 수가 없소.

빈으로 가는 일에 대해 다시 한 번 얘기해야겠소. 그대가 그것에 대해 진지하게 말하는 거라면, 그건 정말 큰일이오. 그렇다면 여기 바닥이 정말로 흔들리기 시작하고, 나는 그러다가 내가 튕겨져 나갈까 봐 두려워하게 되오. 아직 그렇게 되지는 않았소만. 외적인 장해요소들에—내적인 장해들에 대해서는 말하지 않겠소. 왜냐하면 그것들이 훨씬 더 강하기는 하지만 그것들은 나를 붙잡아두지 못할 거라고 생각하오. 내가 강해서가 아니라 그것들이 나를 붙잡아두도록 하기에는 내가 너무 약하기 때문이오—대해 편지에 이미 썼었소. 내가 그 여행을 하기 위해서는 필히 거짓말을 해야 하는데, 나는 거짓말을 두려워하오. 명예를 지키는 남자로서가 아니라 학생 같은 마음으로 두려워하는 거요. 그리고 그 밖에도 나는 내가 언젠가 나 때문에, 혹은 그대 때문에 필연코 피치 못하게 빈으로 가야 할 일이 생길 것 같은 느낌 혹은 예감 같은 것이 있소. 그런데 두 번씩이나 거짓말을 하는 건 내가 아무리 경솔한 학생이라고 해도 할 수 없을 것 같소. 정말 급할 때에는 한 번은 거짓말을 할 수도 있을 거라는 이 가능성은 그러니까 나의 보루요. 그 가능성 때문에 내가 살 수 있소. 필요할 때에는 즉시 달려오겠다는 그대의 약속을 믿기에 살 수 있는 것처럼 말이오. 그래서 지금은 가지 않을 거요. 확실한 이 이틀 대신에—제발 밀레나, 그날들이 어떨 것이라고 상세하게 그려 보이지 말아주오. 그건 나를 고문하는 거나 마찬가지요. 위급한 상황은 아직 아닐지 모르지만 한없이 곤궁한 상태인 지금 말이오—그 이틀을 언제고 누릴 수 있다는 가능성을 항상 갖고 있을 수 있기 때문이오.

그리고 그 꽃들은요? 물론 이제 다 시들었겠지요? 그대도 지금의 나처럼 꽃들로 인해 '사레들렸던' 경험이 있소? 그건 정말 아주 몹쓸 기분이라오.

그대와 막스 사이의 전쟁에는 끼어들지 않겠소. 나는 옆으로 비켜서서 각자에게 응분의 정당성을 인정하고 나 자신은 안전한 곳에 서 있겠소. 그대가 말하는 것에 있어서 그대 말이 의심할 여지없이 옳긴 하오만, 입장을 바꿔놓고 생각해봅시다. 그대는 그대의 고향을 가지고 있고, 또 그 고향을 포기할 수도 있소. 그건 아마도 우리가 고향에 대해 할 수 있는 최상의 선택인지도 모르오. 무엇보다도 그 고향의 요소들 중에 포기할 수 없는 부분에 대해서는 포기하지 않아도 되기 때문이지요. 하지만 그는 고향이 없소. 그렇기 때문에 그는 포기할 대상이 없는 거요. 그래서 그는 고향을 찾거나 건설하는 일에 계속 집착할 수밖에 없소. 그가 못에 걸어두었던 모자를 집어 들거나, 수영학교에서 일광욕을 하거나, 아니면 그대가 번역해야 하는 그 책을 쓸 때에나 말이오(이때가 아마 그가 긴장을 가장 덜 느낄 때일 거요—그런데 착하고 가여운 그대, 죄의식 때문에 얼마나 많은 일을 짊어지는 거요. 그대가 일하느라 고개를 숙이고 있는 모습이 보이오. 그대의 뒷목이 드러나 있고, 나는 그대의 뒤쪽에 서 있소. 그대는 그걸 모르고 있지요. 내 입술이 목에 닿는 걸 느낄 때 제발 놀라지 마오. 입 맞추려고 그런 게 아니었소. 그건 그저 어찌할 수 없는 사랑이었소). ―아, 그러니까 막스 말이오. 그는 계속해서 그걸 생각할 수밖에 없소. 그대에게 편지를 쓸 때에도 말이오. 그리고 이상한 건, 그대가 전체적인 면에서는 그에게 옳게 대항할 줄 알면서, 개별적인 것에서는 그에게 지고 만다는 사실이오. 그가 아마도 부모님 집에서 사는 것과 다보스에 대해서 쓴 것 같소. 둘 다 옳지 않은 말이오. 물론 부모님과 함께 사는 것이 아주 나쁘기는 하오. 함께 사는 것뿐만 아니라 이 호의와 사랑의 둘레에 둘러싸여 사는 것, 그 속에 침잠하는 것도 역시 나쁘오. 그대는 내가 아버지께 쓴 편지*를 아직 읽어보지 않았지요. 끈끈이 막대에 붙은 파리의 몸부림 같은. 하지만 그것도 역시 나름대로 좋은 면이 있을 거라고 확신하오. 어떤 이는 마라톤 벌판에서 싸우고, 어떤 이는 식탁에서 싸우는 거지요. 전쟁의 신이나 승리의 여신은 어디에나 있소. 하지만 그 기계적인 분가가 무슨 소용이 있겠소? 게다가 내가 집에서 식사를 해야 한다면 말이오. 현재로서는 집에서 식사하는 게 내게 가장 좋은 방법일 수밖에 없는데 말이오. 다보스에 대해서는 다음에 자세히 쓰리다. 다보스에 대해 내가 좋다고 생각하는 건 떠날 때 받게 되는 입맞춤뿐이오.

편지 마지막 장의 왼쪽 여백: 그래요. '불행'*을 보내주오. 그러잖아도 부탁할 참이었소. 트리부나에 가서 그걸 찾아달라고 하는 일은 별로 기분 좋은 일이 아닐 것 같소.

토요일, 조금 후

오늘 편지, 그 신실하고, 쾌활하고, 나를 행복하게 해주는 사랑스러운 편지를 아무리 이리저리 돌려 보아도, 이건 역시 '구원자'-편지구려. 밀레나가 구원자의 반열에! (나도 그 속에 있었다면, 그녀는 이미 나에게로 왔을까? 아니, 오히려 절대로 안 왔을 테지.) 밀레나가 구원자의 반열에 끼어 있다니! 사람은 오직 그의 존재 자체로만 다른 사람을 구원할 수 있고, 그 이외에는 다른 어떤 것으로도 할 수 없다는 사실을 그녀 자신이 계속 직접 경험하고 있으면서. 그런데 그녀는 이미 그녀의 존재 자체로 나를 구했으면서도, 거기에 덧붙여서 그에 비해 너무나도 보잘것없는 또 다른 방법으로 구하려고 노력하고 있단 말이지. 누군가가 어떤 이를 익사하기 직전에 구해낸다면 그건 물론 아주 대단한 업적이지. 그런데 그가 그 후에 그 건져낸 사람에게 수영 강습 회원권을 선물한다면 그게 무슨 짓이란 말인가? 왜 그 구원자는 자기 일을 그렇게 쉽게 하려고 하는 거지? 왜 그 사람을 앞으로도 계속해서 자기의 존재로, 자기의 항상 준비되어 있는 거기-있음으로 구원하려고 하지 않느냔 말이다. 왜 그는 자신의 임무를 수영 교사나 다보스의 호텔 주인에게 떠넘기려 하고 있는 거지? 게다가 나는 지금 그래도 55.40이나 나간단 말이오! 그리고 우리가 서로 손을 잡고 있는데 나더러 어떻게 날아가란 말이오? 그리고 우리 둘이 다 날아가버리면, 그러면 어떻게 되는 거요? 그리고 그 모든 것은 차치하고라도—사실 이것이 앞에 쓴 모든 것의 저변에 깔려 있는 근본 생각이었소만—나는 다시는 그대로부터 그렇게 멀리 떠나가지 않을 거요. 메란의 납감옥에서 나온 지도 얼마 되지 않았잖소.

———

토요일 저녁

위에까지 썼었고, 오늘 다른 얘기들도 하려고 했었소. 하지만 그건 지금 다 중요하지 않아졌소. 집에 오니 어둠 속 책상 위에 기대하지 않았던 편지가 놓여 있었소. 얼른 훑어보고 있는데, 밖에서는 계속 저녁 먹자고 불러댔소. 가서, 유감스럽게도 내가 그걸 삼키는 것 이외의 방법으로는 접시로부터 사라져주려고 하지 않는 무언가를 먹었소. 그러고 나서 편지를 자세히, 차근차근, 빨리, 거칠게, 행복해하며, 한 번은 놀라워하며―전혀 믿을 수가 없지만 거기 그렇게 써 있소. 그래도 믿을 수가 없소. 하지만 그 위에 쓰러지고 마는 걸 보니 그래도 믿기는 하는가보오―그리고 결국에는 절망하며, 절망하며, 가슴이 뛰도록 절망하며 읽었소. "나는 갈 수 없소." 첫 줄을 읽을 때에도 그걸 알고 있었고, 마지막 줄을 읽을 때에도 알고 있었소. 하지만 그사이에 나는 여러 번 빈에 갔었소. 마치 잠 못 이루고 뜬눈으로 지샌 밤에 열 번쯤 반분半分가량의 꿈을 꾸듯이 말이오. 그리고 우체국으로 가 그대에게 전보를 쳤소. 그러고 나서 조금 진정이 되어 지금 여기 이렇게 앉아 있소. 내가 갈 수 없는 이유를 그대에게 증명해야 하는 이 비참한 과제를 안고 여기 이렇게 앉아 있소. 그래요. 그대는 내가 약하지 않다고 말하오. 그러니 어쩌면 성공할 수 있을지도 모르겠소. 무엇보다도 다음 몇 주 동안을 견뎌내는 일에 성공할 수 있을지도 모르겠소. 그 매시간이 벌써부터 "그러니까 정말로 빈에 안 갔었단 말이지? 이런 편지를 받고도 빈에 안 갔었단 말이지? 빈에 안 갔었다고? 빈에 안 갔었다고?" 하는 질문을 해대며 나를 조롱하듯 쳐다보는 듯한 그 시간들을 말이오. 나는 음악을 잘 이해하지 못하지만, 이 음악은 유감스럽게도 모든 음악적인 사람들보다 훨씬 더 잘 이해하오.

나는 갈 수가 없었소. 사무실에 거짓말을 할 수 없기 때문이오. 아니

밀레나에게 쓴 편지 199

사무실에서 거짓말을 할 수도 있긴 하지만, 그건 딱 두 가지 이유에서만 가능한 일이오. 하나는 두려움 때문이고(그러니까 그건 사무실 내적인 일이고, 거기에만 해당되는 일이오. 그럴 때에는 나는 준비하지 않았어도 아주 유창하게, 영감을 받은 듯이 거짓말을 잘하오), 또 하나는 정말 긴급한 상황일 때요(그러니까 '엘제가 아플' 때* 말이오. 엘제, 엘제 말이오. 밀레나 그대 말고 말이오. 그대는 아프지 말아야 하오. 그건 그야말로 최악의 긴급한 상황일 테지만, 거기에 대해서는 말할 필요도 없소). 그러니까 정말 긴급한 상황일 때에는 즉시 거짓말을 할 수 있을 것 같소. 그럴 때에는 전보도 보낼 필요 없소. 그런 긴급한 상황일 때에는 사무실 일도 중요하지 않소. 그렇게 되면 허락을 받든지 못 받든지 간에 즉시 달려가겠소. 하지만 내가 거짓말을 해야 하는 이유 중에 나의 행복이, 행복에 대한 피할 수 없는 욕구가 그 주된 이유가 되는 경우에는 나는 거짓말을 할 수 없소. 그건 내가 20킬로그램 무게의 역기를 들 수 없는 것과 똑같은 이치요. 내가 만약 엘제-전보를 가지고 사장님한테 간다면, 전보는 분명히 저절로 내 손에서 떨어지고 말 거고, 그렇게 되면 나는 분명히 그 거짓말을 짓밟게 되고, 그러고 난 후에는 분명히 사장님에게 단 한마디도 못하고 도망쳐나오게 될 거요. 사무실은 아무렇게나 만들어진 바보 같은 기구가 아니란 걸 생각 좀 해주오, 밀레나(사실 충분히 그렇긴 하지만, 그건 또 다른 이야기요. 그리고 그 경우에는 바보 같다고 하기보다는 환상적이라고 하는 편이 더 맞는 말일 거요). 그건 지금까지의 나의 삶이었소. 물론 그 모든 걸 뿌리치고 나올 수도 있겠지요. 어쩌면 그리 나쁜 생각이 아닐지도 모르오. 하지만 지금까지는 그게 어쨌든 나의 삶이었고, 내가 그 일을 엉터리로 하든지, 그 누구보다도 적게 일하든지(그렇게 하고 있소), 일을 망치든지(하고 있소), 그러면서도 잘난 척을 하든지(하고 있소), 사무실에서 상상할 수 있는 가장 극진한 대우를 마치 내가 마땅히 받아야 하는 것처럼 당연하게 받아들이든지 하는 건 다 할 수 있소. 하지만 거짓말을 하는 것은, 고작 고용된 관리인 주제에, 갑자기 자유로운 인간이 되어, 내 심장의 자명한 박동 '이외에는 그 아무것도' 나를 그리로 몰지 않는 그곳으로 가기 위해 그렇게 거짓말을 하는 건 하지 못하겠다는 말이오. 하지만 그대의 편지를 받기 전에도 이미 이 말은 하려 했었소. 꼭 필요하게 될 때 가능한 한 곧바로 달려갈 수 있도록 바로 이번 주 내로 여권을 갱신하고, 다른 필요한 것들도 다 준비해놓을 작정이라고 말이오.

———

다시 읽어보니 내가 하려고 했던 말을 제대로 전하지 못한 것 같소. 내가 생각한 걸 올바로 전하지도 못하는 걸 보니 나는 전혀 '강'하지 않은 것 같소. [덧붙여서 말해야 할 것은, 나는 사무실에서 다른 사람들보다 훨씬 거짓말을 못하게 되어 있소. (대개의 관리들이 그러는 것처럼) 자기는 항상 억울한 일만 당하고, 힘에 부치도록 일하고(내가 만약 이렇게 생각했었다면, 그건 벌써 거의 빈으로의 급행열차였을 거요), 사무실이라는 것이 도대체 아주 바보스럽게 운영되고 있는 기계 같은 거라고(자기 같으면 훨씬 더 잘 운영할 수 있었을 거라고), 그리고 운영하는 사람들이 그렇게 바보 같기 때문에 자기가 부적절한 곳에 사용되고 있다고—그의 능력대로 평가하면 그는 아주 상위에서 일해야 할 사람인데, 여기서는 이렇게 형편없는 하위에서 일하고 있다는 등 그런 생각을 하는 사람들 말이오. 하지만 나에게는 사무실이—초등학교나 고등학교, 대학교 그리고 가족 등 모든 것이 다 그래왔지만—살아 있는 사람같이 느껴지오. 내가 어디에 있든지 그의 천진난만한 눈으로 나를 쳐다보고 있는 사람, 내가 알지 못하는 어떤 형태로 나와 결합되어진 사람으로 느껴진단 말이오. 이 사람이 지금 자동차를 타고 광장 위를 지나가고 있는 소리가 들리는 그 사람들보다도 더 생경하게 느껴지기는 해도 말이오. 그러니까 이 사람은 나에게 어처구니없을 정도로 낯설단 말이오. 하지만 바로 그러한 사실이 나에게서 배려를 요구하고 있소. 나는 나의 생경함을 거의 감추지도 않고 있지만, 이렇게 순진한 사람이 언제가 되어야 그걸 알아차릴지 모르겠소—그래서 나는 거짓말을 할 수 없소.] 아니오. 나는 강하지 않소. 그리고 글도 쓸 줄 모르오. 나는 아무것도 할 수 없소. 그런데 밀레나, 이제는 그대마저 내게서 등을 돌리는구려. 오랫동안 그러지는 않을 거라는 건 알고 있소. 하지만 그대여, 심장이 뛰지 않으면 사람은 오래 견딜 수 없소. 그런데 그대가 등을 돌리고 있는데 심장이 어떻게 뛸 수가 있단 말이오?

이 편지를 받자마자 전보를 쳐줄 수 있다면! 이건 부탁이 아니라 탄식이오. 그대가 전보를 치고 싶어질 때에만 그렇게 하오. 꼭 그럴 때에만 말이오. 보다시피 여기에 밑줄도 긋지 않았소.
내가 거짓말을 할 수 있는 세 번째 경우를 빼먹었소. 그건 그대가 내곁에 있는 경우요. 하지만 그건 세상에서 가장 천진난만한 거짓말이될 것이오. 왜냐하면 그렇게 되면 사장실에는 그대 외에는 아무도 없을 것이기 때문이오.

[프라하, 1920년 8월 1일]
일요일

내가 토요일 저녁에 쓴 편지에 대해 그대가 무슨 말을 할 건지 나는 아직 모르오. 아직 한참을 기다려야 알게 될 테지요. 어쨌든 지금은 이렇게 사무실에 앉아 있소. 일요일 당직 근무요(이것도 참 이상한 제도요. 여기 이렇게 앉아만 있으면 그걸로 끝이오. 그러니까 다른 사람들은 일요일 당직 근무를 할 때 다른 때보다 일을 덜하지만, 나는 다른 때와 똑같이 일하고 있는 셈이오). 날씨는 흐리고, 곧 비가 올 것 같은 표정을 하고 있다가, 또 구름 사이로 새어나오는 빛이 편지 쓰는 것을 방해하기도 하오. 그래요. 마음이 슬프고 무겁소. 그대는 내가 살고 싶은 의욕을 가지고 있다고 말하지만, 오늘은 그런 의욕이 거의 없소. 무엇이 내게 그런 의욕을 주겠소? 지난밤이오? 오늘 같은 날이오? 사실 저 깊은 곳에서는 그럼에도 불구하고 (그래, 이따금씩 자꾸 그렇게 튀어나와라, 너 사랑스러운 단어야) 의욕을 가지고 있소. 하지만 표면에는 거의 없소. 내가 너무나 내 마음에 안 드오. 지금 나는 여기 사장실 문 앞에 앉아 있고, 사장님은 안 계시오. 하지만 그가 갑자기 나와서 "당신은 내 마음에도 안 드오. 그러니까 지금 해고하겠소"라고 말한다고 해도 하나도 놀라지 않을 것 같소. "고맙습니다. 그렇잖아도 빈에 꼭 갈 일이 있었는데 잘됐습니다" 하고 나는 말할 거고, 그러면 그는 "그래요? 지금은 다시 내 맘에 드니까, 해고한 걸 취소하겠소" 하겠지요. 그러면 나는 "아, 그러면 다시 갈 수 없게 되었네요" 할 거고, 그러면 그는 "아니오, 가시오. 왜냐하면 지금은 당신이 다시 마음에 안 드오. 그러니까 해고요" 하겠지요. 그렇게 끝도 없는 이야기가 되어버리겠구려.

오늘은 그대 꿈을 꾸었소. 아마도 내가 프라하로 돌아오고 나서 처음인 것 같소. 끔찍한 밤을 보내고 가까스로 잠이 든 후 거의 새벽이 다 되어 꾼 짧고 무거운 꿈이었소. 내용은 거의 생각나지 않소. 그대가 프라하에 와 있었고, 우리는 페르디난트슈트라세를 걸어가고 있었소. 빌리멕 맞은편쯤이었던 것 같소. 강변 쪽으로 가고 있었는데, 그대의 지인들이 길 건너편에서 지나가고 있었소. 우리는 그들을 보려고 몸을 돌렸고, 그대는 그들에 대해 이야기했소. 어쩌면 크라자* 얘기도 나왔던 것 같소. [그는 프라하에 없소. 그건 내가 알고 있소. 그의 주소는 알아보리다.] 그대는 다른 때와 다름없이 이야기하고 있었지만, 뭔가 꼭 꼬집어 말할 수 없는 거부의 암시가 그 속에 들어 있었소. 나는 거기에 대해서는 아무 말도 하지 않았지만, 나를 저주했소. 그건 내게 씌워져 있는 저주를 그저 입으로 말한 것뿐이었소. 그러고 나서 우리는 카페에 들어갔소. 아마도 카페 우니온이었던 것 같소(그건 우리가 가던 길에 있었고, 라이너가 그의 마지막 밤을 보냈던 카페이기도 했지요). 남자 하나와 아가씨 하나가 우리 테이블에 앉아 있었소. 하지만 그들이 누구였는지는 전혀 생각이 나지 않소. 그리고 도스토옙스키를 많이 닮은 한 남자가 있었는데, 나이는 젊었고, 수염과 머리가 아주 짙은 검은색이었고, 모든 것이, 예를 들어 속눈썹과 눈 위의 눈썹이 보기 드물게 무성했소. 그리고 그대와 내가 거기에 있었소. 딱히 드러나게 눈에 띄는 것은 없었지만, 그대가 나를 거부한다는 건 느낄 수가 있었소. 그대의 얼굴은—그 모습이 어찌나 괴로울 정도로 이상하던지 눈을 뗄 수가 없었소—너무나 뚜렷하게, 서투르고 거친 솜씨로 분 화장을 하고 있었는데, 게다가 아마 날씨도 무척 더워서 그대의 뺨에 온통 화장 얼룩이 져 있었지요. 지금도 그 모습이 눈에 선하오. 나는 그대가 왜 화장을 했는지 물어보려고 여러 번 몸을 앞으로 기울였소. 그런데 그대는 내가 뭔가를 물어보려고 하는 걸 눈치 챌 때마다—아까도 말했지만 드러내놓고 거부하는 건 아니었소—"무슨 말을 하려고요?" 하고 마주 물어왔소. 하지만 나는 물어볼 수가 없었소. 용기가 안 났던 거요. 그러면서도 그대가 이렇게 화장을 하고 나온 건 나를 시험해보기 위해서라는 걸 은연중에 감지하고 있었소. 그건 아주 결정적인 시험이었고, 나는 물어봐야만 하는 거였소. 그리고 나도 물어보려고 했소. 하지만 감히 그럴 용기가 나지 않았소. 그렇게 그 슬픈 꿈은 나를 깔아뭉개며 굴러 지나갔소. 거기다가 도스토옙스키를 닮은 그 사람까지도 나를 괴롭혔소. 그가 나를 대하는 태도는 그대의 태도와 비슷했지만, 그래도 조금은 달랐소. 내가 그에게 뭔가를 물어볼 때에는 그는 매우 친절하게 관심을 가지고 내 쪽으로 몸을 기울이며 싹싹하게 대답했소. 하지만 내가 더 이상 아무것도 물어보거나 말할 것이 없을 때에는—그런 일은 매 순간 일어났소—단번에 먼저 자세로 돌아가 읽던 책 속에 파묻히고 마는 거였소. 그리고 세상에 대해, 특히 나에 대해 아무런 관심도 없이 그의 수염과 머리카락 속으로 사라져버리는 거였소. 그게 왜 그렇게 참을 수 없었는지는 모르겠지만 나는 자꾸만—달리 어떻게 할 도리가 없었소—그에게 질문을 해서 그를 내 쪽으로 끌어와야 했소. 그리고 또 자꾸만 내 잘못으로 그를 다시 잃어버렸소.

작은 위안거리가 하나 있기는 하오. 오늘은 내게 이걸 금지하면 안 되오. 『트리부나』*가 내 앞에 놓여 있소. 그걸 그대의 금지를 어기고 살 필요조차 없었소. 매부에게서 빌렸기 때문이오. 아니오. 매부가 그걸 나에게 빌려줬소. 제발 이 행복만은 그냥 놔둬주오. 우선은 그 속에 들어 있는 내용에 관심이 있는 게 아니라, 그대의 목소리를 듣고 싶었소. 세상의 잡음 속에 섞여 있는 내게 속한 그 목소리를! 이 행복을 그냥 누리게 해주오. 그리고 모든 게 다 정말 좋소! 어떻게 이런 일이 일어나는지 잘 모르겠소. 나는 그걸 눈으로만 읽고 있는데, 어떻게 내 피가 그걸 바로 알아채고 그걸 벌써 이렇게 뜨겁게 몰고 돌아다니는지? 그리고 재미있소. 나는 물론 두 번째 그룹에 속하오. 발에 달린 이 무게는 거의 나의 전유물이라 할 수 있소. 그리고 완전히 내 개인적인 일이 이렇게 지상紙上에 공표되는 것에 전혀 동의할 수 없소. 누군가가 한번 내가 백조처럼 헤엄친다고 말한 적이 있소. 하지만 그건 전혀 칭찬으로 한 말이 아니었소. 그리고 또 흥분되기도 하오. 마치 내가 거인이라도 되어 두 팔을 벌리고 관객들이 그대에게 다가가지 못하도록 막고 있는 것같이 느껴지오—이 거인의 일은 쉽지 않소. 그는 관객을 막고 있는 동시에, 그대가 하는 말을 하나도 놓치지 않고, 그대의 모습을 한시라도 놓치지 않고 보려고 하니 말이오—아마도 완고하고, 바보 같기 짝이 없는, 게다가 여성적인 관객들이어서, "유행은 어디로 간 거야? 유행은 도대체 어디로 간 거냐고? 우리가 여태까지 본 건 단지 밀레나'뿐'이잖아"라고 외치고 있을지도 모를 이 관객들 말이오. '뿐'이라니. 바로 이 '뿐' 때문에 내가 살 수 있는데 말이오. 그리고 세상의 다른 나머지들은 뮌히하우젠이 지브롤터의 포가砲架를 가지고 그랬던 것처럼 집어서 망망대해에다 던져 넣어버렸소. 그 나머지 전체를요? 그런데 거짓말은요? 사무실에서 거짓말하는 건 못한다고요? 그래요. 지금 나는 여기에 앉아 있고, 날씨는 여전히 음울하오. 내일은 편지가 오지 않는 날이고, 내가 꾼 꿈이 그대로부터 받은 마지막 소식이오.

[프라하, 1920년 8월 1일]
일요일 저녁

빨리 알려야겠소. 가능성이 하나 있소. 우리는 매주 이 가능성을 활용할 수 있소. 이 묘안이 좀 더 일찍 떠오르지 않았다니! 물론 나는 우선 여권이 있어야 하오. 그건 그대가 생각하는 것처럼 그렇게 간단한 일이 아니오. 그리고 오틀라* 없이는 거의 불가능하오.

토요일 오후에 급행열차를 타고 밤 두 시경에 (내일 정확한 기차 시간을 알아보겠소) 빈에 도착하는 거요. 그대는 금요일에 일요일 프라하로 돌아오는 급행열차 표를 사놓고, 표가 확보되었다고 내게 전보를 쳐주어야 하오. 이 전보가 도착하지 않으면 나는 프라하를 떠날 수 없소. 그대가 나를 역에서 기다리고 있으면, 우리는 네 시간 넘게 함께 지낼 수가 있소. 일요일 아침 일곱 시에 나는 다시 돌아오는 거요.

206

이게 바로 그 가능성이라는 거요. 피곤한 밤 시간에 네 시간밖에 (어디에 있을 거냐고요? 프란츠 요제프 역 근처의 한 호텔?) 함께할 수 없다는 사실이 좀 우울하긴 하지만, 어쨌든 하나의 가능성이긴 하오. 하지만 그대가 그뮌트로 기차를 마주 타고 와서—그런데 이게 가능하기는 한 거요?—우리가 밤을 그뮌트에서 보낼 수 있게 된다면 이 가능성은 훨씬 더 굉장한 것이 될 수 있을 거요. 그뮌트는 오스트리아 영토이지 않소? 그러니까 그대는 여권이 필요 없을 거요. 나는 아마도 밤 열 시경에 거기 도착할 거요. 어쩌면 그보다 더 일찍 도착할지도 모르겠소. 그리고 일요일 오전 열한 시경에 다시 급행열차를 타고 (일요일에는 기차 좌석을 얻기가 아마도 더 쉬울 것 같소) 돌아오면 되오. 그보다 늦은 시간에 떠나는 적당한 완행열차가 있으면 어쩌면 더 늦게 떠날 수도 있소. 그대가 어떻게 그리로 오고, 또 어떤 열차를 타고 돌아갈 수 있는지는 잘 모르겠소.

이 생각이 어떻소? 오늘 종일 그대와 얘기해놓고도 지금 새삼 그대에게 물어봐야 한다는 게 이상하게 느껴지오.

크라자의 주소: 마리엔바트 슈테른 호텔

[프라하, 1920년 8월 2일]
<u>월요일</u>

그런데 기차 시간표를 보니 내가 생각했던 것보다 훨씬 더 잘돼 있구려. 이 기차 시간표가 아직도 유효했으면 좋겠소. 그러니까 이렇소. 둘 중에서 보자면 훨씬 못한 첫 번째 가능성은, 내가 토요일 오후 네 시 십이 분 기차를 타고 여기에서 떠나 밤 열한 시 십 분에 빈에 도착하는 거요. 우리는 일곱 시간을 함께 있을 수 있소. 내가 일요일 아침

일곱 시 기차를 타고 돌아올 거니까 말이오. 이 일곱 시간을 가질 수 있기 위해서는 물론 내가 그 전날 밤에 조금이라도 잠을 잤어야 (쉬운 일은 아니오) 하겠지요. 그렇지 않으면 그대는 단지 한 불쌍한 아픈 짐승을 앞에 놓고 있어야 하니 말이오.

두 번째 가능성은, 기차 시간표를 보니 너무나도 잘된 것 같은데, 나는 역시 네 시 십이 분에 여기에서 떠나 저녁 일곱 시 이십팔 분에 벌써 (벌써! 벌써!) 그뮌트에 도착하오. 일요일 오전에 떠나는 급행열차를 타고 돌아온다고 해도, 그건 열 시 사십육 분에나 있으니 우리는 열다섯 시간이 넘게 함께 있을 수 있게 되는 거요. 그중에 몇 시간은 잠을 자도 되지 않겠소? 하지만 그보다 더 나은 방법도 있다오. 내가 꼭 이 기차를 타야 하는 게 아니고, 오후 네 시 삼십팔 분에 프라하로 오는 완행열차가 하나 있소. 그러니까 그 기차를 타고 오면 되오. 그렇게 되면 우리는 스물한 시간이나 같이 있게 되는 거요. 이런 시간을 적어도 이론적으로는 (생각 좀 해보오!) 매주 가질 수 있소.

좀 석연치 않은 점이 한 가지 있기는 하오. 하지만 그리 걱정할 건 아니라고 생각되오. 어쨌든 그대가 좀 알아봐야 할 것 같소. 그건 그뮌트 시는 오스트리아 영토지만 그뮌트 역사驛舍는 체코의 영토라는 점이오. 여권과 관계된 우둔함 때문에 빈에 사는 사람이 체코 영토인 역사를 지나가기 위해 여권을 소지해야 하는 사태까지는 가지 않겠지요? 그렇다면 그뮌트에 사는 사람이 빈으로 가려고 해도 체코의 비자가 찍힌 여권을 소지해야 한단 말인데, 그럴 리는 없다고 보오. 그렇다면 그건 마치 우리를 훼방하기 위해 발명해놓은 것 같지 않겠소? […].[67] 내가 그뮌트 역사를 벗어나려면 세관 검사 받느라고 어쩌면 한 시간이나 기다려야 할지도 모른다는 사실이 이미 충분히 억울한데 말이오. 그 스물한 시간이 그만큼 줄어들게 되니까요.

---

67)   약 10개의 단어를 알아볼 수 없게 지워버렸음.

이 굉장한 사실에 이어서는 물론 아무 말도 쓰지 말아야 하오. 그래도 그대가 오늘도 나를 편지 없이 보내지 않게 해주어서 고맙다는 말은 써야겠소. 그런데 내일은? 전화는 하지 않을 거요. 첫째로, 너무 흥분되기 때문이고 둘째로, 그건 불가능한 일이기 (벌써 한 번 알아본 적이 있소) 때문이고 셋째로, 우리가 [⋯]⁶⁸ 곧 만나게 될 것이기 때문이오. 오늘은 유감스럽게도 오틀라가 시간이 없어서 여권을 만들러 경찰국에 가지 못했소. 내일 갈 거요. 그래요. 우표는 아주 훌륭한 것들로 붙여 보내주어 고맙소. (그런데 속상하게도 속달우편 우표를 어디다 두었는지 못 찾겠는 거요. 그 남자는 내가 그 얘기를 하니까 거의 울기 시작했소.) 그런데 그대는 내가 보내준 우표에 대한 인사를 좀 가볍게 해치운 것 같소. 하지만 그래도 나는 기쁘오. 그래서 지금, 생각 좀 해 보오, 군대가 그려진 우표를 보내려고 하오—동화 이야기를 하고 싶은 마음은 오늘은 없소. 내 머릿속은 기차역 같으오. 기차들이 떠나고, 들어오고, 세관 검사가 있고, 국경감시관장은 내 비자가 똑바로 되어 있는지 자세히 검사해보려고 하고 있소. 하지만 이번에는 다 잘 되어 있지요. 자요, 여기 있어요. "네, 좋습니다. 나가는 문은 여깁니다." "국경감시관장님, 죄송하지만 문 좀 열어주실 수 있겠습니까? 저는 열 수가 없어서요. 내가 이렇게 힘이 없는 건 아마 [⋯]⁶⁹ 밀레나가 밖에서 기다리고 있기 때문 아닐까요?" "그러지요, 그걸 모르고 있었네요." 다음 순간 문이 힘차게 열리지요.

---

(68) *1~2개의 단어를 알아볼 수 없게 지워버렸음.*
(69) *2개의 단어를 알아볼 수 없게 지워버렸음.*

월요일 저녁

벌써 시간이 많이 늦었소. 오늘은 모든 것에도 불구하고 조금 우울한 하루였소. 내일은 아마도 그대에게서 편지가 오지 않을 것 같소. 토요일에 쓴 편지는 이미 받았고, 일요일에 쓴 편지는 모레나 되어야 받을 것 같소. 그러니까 내일은 편지의 직접적인 영향을 받지 않는 날이 될 거요. 그대의 편지들이 나를 얼마나 눈멀게 하는지 참 이상한 일이오, 밀레나. 일주일 전부터, 아니 그보다 더 오래전부터 그대에게 무슨 일이 일어났다는 것을 느끼고 있소. 그게 갑작스러운 일인지, 아니면 점차적으로 일어난 일인지, 어떤 근본적인 것인지, 아니면 일시적인 것인지, 분명하게 의식되는 것인지, 아니면 그저 희미하게 반쯤만 의식되는 것인지는 잘 모르지만, 무슨 일이 일어났다는 사실만은 분명히 알고 있소. 내가 그걸 알아차린 건 편지에 쓰여 있는 개별적인 일들 때문이 아니오. 물론 그런 개별적인 일들도 있기는 하지만 말이오. 예를 들어 편지들이 추억들로 (그것도 아주 특별한 추억들로) 가득 차 있다든가, 그대가 여느 때처럼 모든 질문에 답을 하기는 하지만, 그래도 또 모든 질문에 다 대답하는 건 아니라든가, 그대가 까닭 없이 슬퍼한다든가, 나보고 다보스로 가라고 한다든가,* 그렇게 갑자기 만나기를 원한다든가 하는 것 말이오. (그대는 내가 이리로 오지 말라고 했을 때 즉시 내 말을 받아들였소. 그대는 빈은 만나는 장소로 적합하지 않다고도 말했었소. 그리고 그대가 여행을 다녀오기 전에는 만나지 말자고도 했었소. 그런데 지금 두세 통의 편지에서 이렇게 급히 서두르고 있소. 나는 이 사실을 매우 기뻐해야 마땅하오. 하지만 그럴 수가 없소. 그대의 편지들에 어떤 비밀스러운 두려움이 들어 있기 때문이오. 그것이 내 편에 서 있는 건지, 내 반대편에 서 있는 건지는 모르지만, 이렇게 갑자기, 이렇게 조급하게 만남을 원하는 데에는 두려움이 그 배후에 있는 걸 거요. 어쨌든 내가 하나의 가능성을 발견하게 되어 무척 기쁘오. 그것이 가능성임에는 틀림없소. 그대가 만약에 밤에 빈을 떠나 있는 것이 불가능하다면, 함께하는 시간을 몇 시간 줄이면 그것 역시 가능하오. 그대는 (그때 내가 그랬던 것처럼) 일요일 아침 일곱 시경에 급행열차를 타면 열 시에 그뮌트에 도착하오. 나는 거기서 기다리고 있겠소. 그리고 내가 오후 네 시 반에 기차를 타면 되니까, 우리는 그래도 여섯 시간이나 함께 있게 되는 거요. 그러면 그대는 저녁 급행열차를 타고 빈으로 돌아가게 되고, 열한 시 십오 분에 거기 도착하게 되오. 작은 일요일 소풍이 되는 거지요.)

그래서 내가 불안하다는 말이오. 아니, 사실은 불안하지 않소. 그대의 힘이 그 정도로 크기 때문이오. 사실은 불안한 것보다 더 불안해져야 하는데도 불구하고 말이오. 그대가 편지를 쓰면서 뭔가를 숨기고 있든가, 아니면 숨겨야만 하든가, 아니면 자기도 모르는 가운데 숨기고 있다는 사실 때문에 더 불안해져야 함에도 불구하고 나는 침착하오. 그대의 모습이 어떤가와 상관없이 그대에 대한 나의 신뢰감이 그토록 크기 때문이오. 그대가 뭔가를 숨기고 있다면, 그 숨기는 것 역시 옳은 일일 거라고 나는 믿소.

내가 그 모든 것에 대해 이렇게 침착할 수 있는 데에는 또 하나의 정말로 아주 특별한 이유가 있소. 그대에게는 희한한 특성이 하나 있소—그리고 그건 그대의 본질에 아주 깊이 뿌리박혀 있고, 그것이 어디에서나 영향력을 발휘하지 못한다면, 그건 다른 사람들의 잘못이라고 생각하오. 이 특성은 아직까지 그 어느 누구에게서도 발견하지 못한 특성이고, 내가 그걸 여기에서 이렇게 발견했음에도 불구하고, 사실 아직도 상상이 안 되는 그런 특성이오. 그건 바로 그대가 누구를 아프게 할 수 없다는 점이오. 동정심이라든가 하는 이유 때문에 아프게 하지 못하는 게 아니라, 그냥 단순히 그걸 그대가 할 수 없기 때문이오—아니오, 이건 환상적이오. 거의 오후 내내 그것에 대해 생각했지만, 지금은 그걸 여기에 쓸 용기가 나지 않소. 어쩌면 이 모든 것이 그대를 포옹하는 것에 대한 다소 거창한 변명에 불과한지도 모르겠소.

이제는 자러 가야겠소. <u>그대는 지금 뭘 하고 있는지요? 월요일 저녁 열한 시경에?</u>

화요일

그렇게도 사람을 모르겠소, 밀레나? 내가 옛날부터 얘기하지 않았소? 좋소, 엘제가 아프단 말이지요.* 그건 있을 수 있는 일이고, 그 때문에 내가 어쩌면 빈으로 가야 할지도 모르겠소. 하지만 연로하신 클라라 아주머니께서 위독하시다고요? 다른 건 다 차치하고라도, 그대는 내가 정말 사장님에게 가서 클라라 아주머니 이야기를 웃지 않고 할 수 있을 거라고 생각하오? (물론—그런 면에서는 사람을 안다고 할 수도 있겠구려—유대인들 누구에게나 클라라 아주머니가 한 분 정도 계신 건 사실이오. 하지만 나의 클라라 아주머니께서는 이미 오래전에 돌아가셨소.*) 그러니까 그건 전혀 불가능하단 말이오. 우리가 그녀를 더 이상 필요로 하지 않아 다행이오. 그분이 돌아가실지도 모르지만 그녀는 혼자가 아니잖소. 오스카가 그녀 곁에 있으니 말이오. 그런데 오스카는 또 누구요? 클라라 아주머니는 클라라 아주머닌데, 오스카는 대체 누구냔 말이오. 하지만 어쨌거나 그가 그녀 곁에 있으니 다행이오. 상속 사기꾼인 그마저 몸져눕지나 말았으면 좋겠소.

———

그래도 편지가 왔구려! 그것도 이런 편지가! 그대가 저녁에 쓴 편지들에는 내가 서두에 쓴 것이 해당되지 않소. 하지만 이 (내가 말했듯이 침착한) 불안함은 한번 나타난 이상 이런 편지들을 대해도 사라지지 않는다오. 우리가 곧 만날 수 있다는 게 얼마나 다행인지 모르오. 어쩌면 내일이나 모레 (오틀라는 오늘 벌써 여권을 만들러 나갔소) 내가 이번 토요일에 벌써 그뮌트로 갈 수 있는지 전보를 칠지도 모르오. (빈으로 가기에는 어쨌든 이번 주는 너무 늦은 것 같소. 일요일 급행열차 표를 미리 사놓아야 하기 때문이오.) 그대도 올 수 있는지 전보로 답을 해주오. 그러니까 전보를 될 수 있는 한 빨리 받아 볼 수 있게 저녁에도 항상 우체국에 가보오. 이렇게 합시다. 내가 '불가능'이라고 전보를 치면, 그건 이번 주에는 갈 수 없다는 뜻이오. 그러면 나는 그대가 전보로 답장을 보내는 걸 기다리지 않을 거고, 다른 것들은 편지로 상의합시다. (그다음 4주 동안에 만날 수 있을지 없을지는 물론 그대가 어디에 있는 시골로 가느냐에 달렸소. 아마도 내게서 더 멀리 떨어진 곳으로 가게 되겠지요? 그렇게 되면 우리는 한 달 동안 못 만나게 되겠구려.) 내가 '토요일에 그뮌트에 갈 수 있소' 하고 전보를 치게 되면, '불가능' 혹은 '토요일에 그뮌트에 감' 혹은 '일요일에 그뮌트에 감'이라는 대답을 기다리고 있겠소. <u>끝의 두 경우에는 약속이 된 걸로 알고 있겠으니 더 이상 전보를 칠 필요가 없겠소.</u> (아니오, 그대의 전보가 잘 도착했다는 걸 확실히 알 수 있도록, 받았다고 전보 치겠소.) <u>그러면 우리는 둘 다 그뮌트로 갈 거고</u>, 우리는 이번 토요일 아니면 일요일에 벌써 만나게 되는 거지요. 모든 게 정말 아주 간단하게 보이는구려.

———

거의 두 시간이나 잃어버렸소. 편지를 잠시 제쳐놓을 수밖에 없었소. 오토 픽˙이 여기에 왔었소. 피곤하오. 우리는 언제 만날 수 있는 거요? 어째서 한 시간 반 동안에 그대의 이름을 세 번밖에 들을 수 없는 거요? 내가 양보해서, 빈에 갔었노라고, 그런데 아무와도 얘기하지 않았다고 고백까지 했는데도 말이오. 우리가 함께 있었던 건 '얘기한 것'이라고는 할 수 없지 않소? 어디 있는 거요? 그 오두막이 있는 마을로 가고 있는 거요? 나도 가고 있소. 이건 오래 걸리는 여행이오. 하지만 그렇다고 제발 너무 애타지는 마오. 어쨌든 우리는 지금 가고 있지 않소. 출발하는 것 이상 더 할 수 있는 일은 없소.

[프라하, 1920년 8월 4일]
수요일

그대가 내가 그리로 가는 일에 대해 쓴 이야기는 (čekáš až to Tobě bude nutné)[70] 그냥 넘어가는 게 낫겠소. 첫째, 이미 지나간 얘기가 되어버렸고 둘째, 그건 너무 아프오. 물론 어느 정도는 맞는 말이기도 하오. 그렇지 않으면 토요일 저녁에 쓴 편지와 일요일 아침에 쓴 편지가 왜 그렇게 절망적이었겠소? 그리고 셋째, 우리는 어쩌면 토요일에 벌써 만나게 될 거 아니오. (내가 보낸 세 통의 전보 중에 첫 번째 전보를 월요일 아침에는 아직 못 받았던 것 같소. 세 번째 전보는 제때에 받을 수 있기 바라오.)

아버지의 편지*에 대한 절망감에 대해서는, 이미 그렇게 오랫동안 지속되어온 너무나도 괴로운 관계가 다시 한 번 확인될 때마다 매번 새롭게 절망하는 정도로밖에 이해 못하겠소. 그 편지에 뭔가 새로운 사실이 쓰여 있는 건 아니잖소. 아버지의 편지를 아직 한 번도 읽어본 적이 없는 나까지도 아무 새로운 걸 발견하지 못하겠소. 그는 정이 깊으면서도 폭군적이며, 자기 마음을 따르려면 폭군적이어야 한

---

70)   (그대는 그대에게 그 여행이 필요할 때까지 기다리려는 거군요.)

다고 믿고 있소. 그의 서명은 정말로 별 뜻이 없는 것 같소. 그건 그저 폭군의 한 단면일 뿐이지요. 위에는 그래도 "líto"[71]라고, 그리고 "strašně smutně"[72]라고 써 있지 않소. 이 말들이 모든 걸 상쇄해주고 있소.

편지 첫 장의 왼쪽 여백('폭군의 한 단면'이라고 쓴 곳까지 써 있음): 그 우표 수집가는 너무나 황홀해하고 있소. 어찌나 좋아하는지 모르오!

물론 그대의 편지와 그의 편지 간의 불균형이 어쩌면 그대를 놀라게 했을 수도 있겠소. 그대의 편지가 어땠는지는 나는 알 수 없지만 말이오. 그렇다면 다른 한편으로 그의 '너무나도 자명한' 너그러움과 그대의 '이해할 수 없는' 반항 사이의 불균형을 생각해보오.
어떻게 답장을 해야 할지 몰라 망설이고 있다고요? 아니 망설였었다는 편이 맞겠구려. 이제는 뭐라고 써야 할지 알겠다고 쓰고 있으니까 말이오. 참 이상한 일이오. 만약에 그대가 이미 답장을 썼다면, 그리고 "내가 뭐라고 썼을 것 같아요?" 하고 물어온다면, 나는 아무 망설임도 없이 그대가 이러이러하게 썼을 거라고 말할 수 있었을 것 같은데 말이오.
물론이오. 그대의 아버지 입장에서 보면 그대의 남편과 나 사이에 아무런 차이가 없다는 건 의심할 여지가 없소. 유럽인들의 눈으로 보면 우리는 똑같이 흑인의 얼굴을 하고 있소. 하지만 그대가 지금은 아직 거기에 대해 확실한 말을 할 수 없다는 건 알겠지만, 그게 왜 답장 편지에 들어가야 하는 거요? 그리고 왜 거짓말을 해야 한다는 거요?
내가 생각하기에 그대가 대답할 말은, 다른 것은 거의 보지 않고 그

---

71) "고통"
72) "너무나도 슬프다"

대의 삶만을 긴장되고 뛰는 가슴으로 바라보고 있는 한 사람이, 그대의 아버지가 그대에 대해 이런 비슷한 이야기를 할 때 대답할 수 밖에 없는 이 말밖에 없는 것 같소. "어떤 '제안들'이든 어떤 '확고하고 단단한 관계들'이든 다 무의미합니다. 밀레나는 그녀의 삶을 살고 있고, 그 밖의 다른 어떤 삶도 살 수 없을 겁니다. 밀레나의 삶이 슬프기는 합니다만, 그래도 요양원에서 그랬던 것만큼 '건강하고 안정되어' 있는 삶을 지금도 살고 있습니다. 밀레나가 아버님께 부탁드리는 건 단지 아버님께서 마침내 이 사실을 좀 이해해주시라는 겁니다. 그 외에 다른 것은 아무것도 부탁하지 않습니다. 특히 어떤 '시설'에 넣는 일 같은 것 말입니다. 그녀가 아버님께 부탁드리는 것은 단지 아버님의 마음을 그녀에게 그렇게 꽁꽁 닫아걸지 마시고, 아버님의 마음의 소리를 따라 한 인간이 동등한 다른 한 인간과 대화하는 것처럼 그렇게 그녀와 이야기해주십사 하는 겁니다. 아버님께서 그렇게만 해주신다면, 아버님은 밀레나의 삶이 가지고 있는 '슬픔' 중에 많은 부분을 덜어주시는 게 될 거고, 그리고 그녀는 아버님께 더 이상 '고통'을 주지 않아도 될 겁니다."

———

아버님께 보내는 답장이 그대의 생일과 맞아떨어진다는 말*이 무슨 말이오? 그대의 생일이 다가온다는 것에 대해 정말로 두려워지려 하오. 우리가 토요일에 만나든 못 만나든 간에, 8월 10일 저녁에 꼭 전보를 쳐주오.

———

그대가 토요일이나, 아니면 일요일에라도 그뮌트로 올 수 있다면 정말 좋겠소! 우리는 정말 꼭 만나야 하오.

그렇게 되면 이 편지가 우리가 얼굴과 얼굴을 맞대고 만나기 전에 그대가 받는 마지막 편지가 되겠구려. 그리고 한 달 전부터 아무 할 일이 없었던 내 눈이 (참, 편지들을 읽고 창밖을 내다보는 일은 했었지요) 그대를 보게 되는구려.

———

논문*은 독일어 원문보다 훨씬 좋소. 물론 구멍은 아직도 있소. 아니, 그걸 읽고 있으면 마치 늪 위를 걷고 있는 것 같은 기분이오. 발을 떼어놓는 게 여간 힘든 게 아니오. 일전에 『트리부나』 독자 한 사람이 내가 정신병원에서 많은 연구를 한 것 같다고 말합디다. "내 안의 정신병원에서만 했지요" 하고 내가 대답했더니, 그는 '내 안의 정신병원'에 대해서도 뭔가 칭찬하는 말을 해주려고 애씁디다. (번역문 중에 두세 군데 사소한 오역이 있소.)

번역문은 잠시만 더 가지고 있겠소.

[프라하, 1920년 8월 4일에서 5일까지]
수요일 저녁

조금 전 저녁 열 시경에 사무실에 갔다 왔소. 전보가 와 있더구려. 너무나 일찍 와 있어서, 이게 내가 어제 친 전보에 대한 답장이라는 사실을 거의 믿기가 어려웠을 정도요. 하지만 8월 4일 오전 열한 시에 발신이라고 여기 엄연히 써 있구려. 거기다가 이 전보는 일곱 시에 벌써 도착했었다고 하니, 여덟 시간밖에 안 걸린 거요. 이게 바로 전보가 주는 위안 중 하나요. 우리가 거리상으로 충분히 가까이에 살고 있다는 사실 말이오. 거의 24시간 안에 그대의 대답을 들을 수 있으니까 말이오. 그리고 그 대답은 항상 '오지 마세요'가 아닐 수도 있지 않소.

아주 미소한 가능성이 아직 남아 있기는 하오. 어쩌면 그대는 그대가 빈을 떠나 밤을 보내지 않으면서도 그륀트로 오는 방법이 있다고 쓴 내 편지를 아직 못 받았을지도 모르겠소. 하지만 그런 건 내가 말하지 않아도 알고 있었을 거요. 어쨌든 나는 아직도 이 희미한 가능성에 의지해서 30일 동안만 (그대의 휴가여행) 유효한 입국 비자를 발급받고, 만약을 위해 급행열차표도 예약해놓아야 할지 생각하고 있소. 아마 그렇게 하지 않을 것 같소. 전보 내용이 그렇게 단호한 걸 보면, 어쨌든 여행을 방해하는 극복할 수 없는 요인이 있는 게 분명하오. 괜찮아요, 밀레나. 내 스스로는 그대를 '벌써' 4주 만에 다시 만나는 걸 이렇게 구체적으로까지 꿈꿀 생각은 감히 하지 못했을 거요. (물론 그건 단지 우리가 만나는 게 얼마나 간단한 일인지를 예상하지 못했기 때문이기는 하지만 말이오.) 우리가 만날 수 있었더라면, 그건 순전히 그대 덕분이었을 거고, 그러니까 그대는 이 면에서 보더라도, 그대가 만들어놓은 이 가능성을 다시 지워버릴 권리가 있소. (거기에다 그대가 오지 않을 때에는 꼭 그래야만 하는 이유가 있어서일 거요. 그건 내가 알고 있소.) 그런 건 새삼스럽게 언급할 필요조차 없이 당연한 일이오. 내가 아쉬워하는 건 단지 이 어두운 집에서 나와 그대에게로 가는 이 좁은 길을 그렇게 좋아하면서 파놓았고, 점차 내 자신의 존재마저 송두리째 어쩌면 (내 바보스러움은 바로 확실히! 확실히! 확실히! 라고 말하오) 그대에게로 인도해줄 이 길에 쏟아부어버렸는데, 이 길이 갑자기 그대에게로 인도하는 대신에, 도저히 뚫을 수 없는 *[…]*[73] 오지 마

---

73) 약 5개의 단어를 알아볼 수 없게 지워버렸음.

218

세요-바위에 막혀버렸다는 사실이오. 그래서 그렇게 빨리 뚫어놓은 이 길을 [···]⁷⁴ 지금 다시 내 존재 전체를 이끌고 천천히 돌아나오며 메워버려야 한다는 사실이오. 이 사실이 나를 조금 아프게 하오. 하지만 이렇게 장황하게 그것에 대해 쓸 수 있는 기운이 있는 걸 보면, 그렇게 심한 건 아닌 것 같소. 결국에는 또다시 새로운 통로들을 파기 시작하겠지요. 두더지같이.

그보다 더 걱정스러운 건 내가 어제 암시했던 것 같은 이유들로 인해 우리가 만나는 것이 아주 중요한 일이었다면 어쩌나 하는 거요. 이 면에서 보면 그건 그 어떤 걸로도 대신할 수 없는 일이었으니까 말이오. 바로 그 때문에 이런 전보가 오게 된 것이 슬프오. 하지만 어쩌면 모레 받게 되는 그대의 편지에 그에 대한 위안이 들어 있을지도 모르지요.

———

딱 한 가지 부탁이 있소. 오늘 받은 그대의 편지에 아주 심한 말 두 가지가 들어 있소. 첫 번째 것은(a ty nepřijedeš poněvadž čekáš až to Tobě jednou bude nutné, to, abys přijel)⁷⁵ 조금 일리가 있다고 할 수도 있소만, 두 번째 것은(Měj se pěkně Franku—그러고 나서는 이런 말이 써 있었소. 그 말이 어떻게 들리는지 그대도 들어보라고 여기에 적소. telegrafovat ti ten falešný telegram nemá tedy smyslu, neposílám ho.⁷⁶ 그런데 왜 그걸 보냈소?), 특히 이 Měj se pěkně Franku는 정말로 부당

74) 1개의 단어를 알아볼 수 없게 지워버렸음.
75) (그리고 그대가 오지 않는 건, 그대가 언젠가 그대가 필요해서 와야 할 때까지 기다리려고 그러는 거지요.)
76) 잘 사세요, 프랑크 [······] 그러니까 결국은 그대에게 그 가짜 전보를 보내는 것도 아무 의미가 없어요. 그래서 보내지 않을 거예요.

한 말이오. 이 두 문장들이 그것들이오. 밀레나, 이 말들을 어떤 방법으로든 취소해줄 수 없겠소? 분명하게 말이오. 처음 것은 그대가 원한다면 부분적으로만 취소해줘도 되겠지만, 두 번째 것은 완전히 취소해줄 수 없겠소?

편지 두 번째 장의 왼쪽 여백: 나는 그대가 휴가 여행을 가는 것을 반대할 이유가 전혀 없소. 내가 어떻게 그럴 수 있겠소? 그리고 왜 그렇게 생각하게 됐소?

———

아버님의 편지를 오늘 아침 편지에 동봉하는 걸 잊어버렸소. 미안하오. 그리고 이 편지가 3년 만에 처음으로 온 편지였다는 사실을 간과했구려. 이제야 이 편지가 왜 그대에게 그렇게 강한 인상을 주었는지 이해하겠소. 그렇게 보면 그대가 아버님께 쓴 편지 역시 아주 중요한 의미를 가지고 있었을 것 같소. 뭔가 근본적으로 새로운 것이 그 속에 들어 있었을 것 같소.
그리고 이건 별로 중요하지 않은 이야기지만, 나는 그대의 아버님과 그대의 남편이 아직 한 번도 서로 이야기한 적이 없다고 한 걸로 그대의 말을 줄곧 잘못 알아듣고 있었소. 그런데 스타샤가 그러는데 그들이 서로 자주 만나 얘기를 나눴다고 합디다. 그들이 만나서 무슨 이야기를 했을지요?

———

아, 참, 내가 인용한 문장들보다 어쩌면 훨씬 더 나를 괴롭히는 또 하나의 문장이 그대의 편지에 들어 있소. 위장을 버려놓는 그 사탕들에 대한 문장 말이오.

목요일

그러니까 오늘이 바로—게다가 예상하지도 않았는데—그렇게 오랫동안 두려워해왔던 편지 없는 날이구려. 그러니까 그대의 월요일 편지가 다음 날 편지를 쓸 수 없을 정도로 심각한 편지였단 말이구려. 그래도 그대의 전보가 있으니까 의지가 되오.

[프라하, 1920년 8월 6일]
금요일

내가 그대를 알고 난 이후 최악의 상태로 아프단 말이오? 그대가 그렇게 아픈 것과 이 도저히 극복할 수 없는 거리를 합치니, 이건 마치 내가 그대의 방 안에 있는데, 그대는 나를 거의 알아보지 못하고, 나는 어쩔 줄 모르고 침대와 창문 사이를 왔다 갔다 하며, 아무도, 어떤 의사도, 어떤 치료방법도 믿지 못하고, 어찌해야 할지도 모른 채, 지금까지 시련이라고 여겨왔던 것들은 아무것도 아니었다는 듯이, 처음으로 정말 암담한 모습을 보여주고 있는 이 뿌연 하늘만 하릴없이 바라보고 있는 것 같은 느낌이 드는구려. 침대에 누워 있는 거요? 음식은 누가 갖다 주오? 어떤 음식이오? 그리고 그 두통이라니! 할 수 있으면 언제 한번 그 두통에 대해 자세히 얘기해주오. 예전에 내 친구 중에 동유럽 출신의 유대인 배우°가 하나 있었는데, 그는 세 달에 한 번씩 며칠 동안 끔찍한 두통을 겪어야 했소. 다른 때에는 아주 건강했소. 하지만 이런 날들이 오면 그는 골목을 지나가다가도 벽에 기대어 서 있어야 했고, 나는 그저 반 시간 동안 왔다 갔다 하며 그를 기다려주는 것밖에는 그를 위해 해줄 수 있는 게 아무것도 없었소. 아픈 사람은 건강한 사람에게서 버림받은 것처럼 느끼지요. 하지만 건강한 사람 역시 아픈 사람에게서 버림받은 것처럼 느끼는 건 마찬가지라오. 두통이 정기적으로 나타나오? 의사는 뭐랍디까? 언제부터 그랬소? 아마도 약까지 먹고 있겠구려. 정말로 속상하오. 거기다가 아기씨라고 부를 수조차도 없다니.

편지 첫 장의 왼쪽 여백: 군대가 그려진 우표 여섯 장을 동봉하오. 고맙다는 인사는 한 번으로 족하오. 하지만 편지 속에다가 하오. 거기가 더 따뜻하니까 말이오.

그대의 여행˚이 또다시 연기되었다니 유감이오. 그러니까 일주일 후 목요일에나 떠나게 되었다고요? 그대가 거기서 호수와 숲과 산들에 둘러싸여 원기를 회복해가는 모습을 상상하는 행복을 누릴 수 없게 되었구려. 그런데 도대체 이 욕심쟁이, 욕심쟁이는 아직 얼마나 더 많은 행복을 원한단 말인지요. 그대가 그렇게 오랫동안 빈에 남아서 괴로움을 겪어야 하다니 속상하오.
다보스˚에 대해서는 다음에 얘기합시다. 그곳에 가고 싶은 마음은 없소. 너무 멀고, 너무 비싸고, 전혀 필요 없는 일이기 때문이오. 프라하를 떠나게 되면―아마도 곧 떠나야 하리라고 생각하오만―나는 어느 한적한 시골로 갈 거요. 그런데 나를 받아줄 사람이 어디에 있는가가 문제요. 거기에 대해서는 아직 더 생각해봐야겠소. 하지만 시월 전에는 가지 않을 거요.

어제 저녁에는 슈타인˚이라는 사람을 만났는데, 어쩌면 그대도 그를 카페 같은 곳에서 한 번 만난 적이 있을지도 모르겠소. 사람들은 항

222

상 그가 알폰스 왕과 닮았다고 했지요. 그는 지금 어떤 변호사 사무실에서 사무원으로 일하고 있는데, 나를 보자마자 무척 반가워하면서 나와 사무적인 일로 이야기할 것이 있다고 하더구려. 나를 만나지 않았다면 다음 날 전화를 걸어야 했을 거라는 거요. "그래요? 무슨 일인데요?" 이혼 문제인데, 나도 조금 관련된 일이라고, 그러니까 내가 중재를 좀 해주었으면 한다는 거였소. "어떻게 말입니까?" 나는 정말로 뛰는 가슴을 눌러 진정시켜야 했소. 그런데 알고 보니 그건 내가 말했던 그 젊은 시인의 부모님* 이혼 문제였고, 나는 전혀 모르는 그 시인의 어머니가 슈타인 박사에게 부탁하기를, 나더러 그 시인을 잘 타일러서 어머니에게 좀 더 잘해드리고 그렇게 심한 말을 하지 않도록 말해달라는 거였소.

그런데 이 부부의 관계는 좀 기묘하오. 생각해보오. 부인은 이미 한번 결혼한 적이 있었소. 이 이전의 결혼 기간에 그녀는 지금의 남편과의 사이에서 아이를 하나 가지게 되었는데, 그게 바로 그 시인이오. 그러니까 이 친구는 생부의 성이 아닌 그녀의 전 남편의 성을 가지고 있소. 그 후 그들은 결혼을 했는데, 몇 년 후 그들은 남편, 그러니까 시인의 아버지가 원해서 다시 이혼하게 되었소. 이혼은 이미 성립된 상태요. 하지만 지금은 집을 구하기가 너무 어려운 시기라 부인이 자기 혼자 살 집을 구하지 못했고, 그들은 단지 이 한 가지 이유로 아직도 부부로 함께 살고 있소. 하지만 (집을 구하지 못해) 이렇게 부부로서 함께 사는 것이 남편의 마음을 그녀에게로 다시 돌려놓거나, 이혼을 취소하게 하거나 하지는 못한다는 거요. 우리는 모두 우스꽝스러울 정도로 불쌍한 인간들인 것 같지 않소? 그 남편 되는 사람은 내가 아는 사람이오. 착하고 현명하고 매우 성실하며 상냥한 사람이오. 소원 목록*은 물론 보내주오. 그 목록이 길수록 더 환영이오. 그대가 원하는 책 한 권, 물건 하나하나마다 내가 슬쩍 숨어 들어가서 빈으로 함께 여행할 거요. (거기에 대해서는 사장이 아무 말도 하지 않을 거요.) 그러니까 내게 가능한 한 많은 여행 기회를 주오. 그리고 『트리부나』에 이미 실렸던 수필들을 좀 빌려주면 좋겠소.

그리고 그대가 휴가 여행을 가게 되는 게 나는 거의 기쁘기까지 하오. 우편 왕래가 더 어려워지는 건 좀 그렇지만 말이오. 그곳의 경치가 어떤지, 어떻게 지내고 있는지, 그대의 집과 그대가 다니는 길들과 창밖으로 내다보이는 경치는 어떤지, 또 음식은 어떤지 짤막하게 써줄 거지요? 나도 조금은 함께 누릴 수 있게 말이오.

[프라하, 1920년 8월 7일]
토요일

착하고 참을성 있다고요? 내가 그렇소? 그건 정말 모르겠소. 하지만 이런 전보가 나를 기분 좋게 해주고, 그 영향이 몸 전체에 미친다는 건 알고 있소. 이건 전보에 지나지 않고 내게 내미는 그대의 손도 아닌데 말이오.

하지만 이건 슬프고, 힘없고, 병석에 누워서 하는 말처럼 들리기도 하오. 슬픈 게 틀림없는 것 같소. 오늘은 편지도 오지 않았소. 또 하나의 편지 없는 날이오. 그대가 많이 아픈 게 틀림없소. 그대가 전보를 직접 부치지도 못하고, 내가 내 방에서보다 더 많은 시간을 보내고 있는 그 꼭대기의 방에서 하루 종일 침대에 누워 있는 게 아니라고 누가 내게 보장해줄 수 있겠소?

지난밤에는 그대 때문에 살인까지 했소. 아주 무서운 꿈이었소. 끔찍하고 끔찍한 밤이었소. 그런데 자세한 것은 거의 생각이 나지 않소.

———

편지가 결국 왔구려. 이 편지는 물론 명백하오. 물론 다른 편지들도 명백했었소. 하지만 내가 그 명백함까지 뚫고 들어갈 용기를 내지 못했던 거요. 그리고 그대가 어찌 거짓말을 할 수 있겠소. 그건 거짓말을 할 수 있는 이마가 아니오.

막스의 잘못이라고 말하지는 않겠소. 물론 그의 편지에 무슨 말이 써 있었는지는 모르지만, 그의 말은 옳지 않소. 어떤 것도, 아무리 소중한 친구라고 해도 우리 사이에 끼어들어서는 안 되오. 그래서 간밤에 살인까지 한 거였소. 나의 친척인 누군가가, 지금은 잘 기억이 나지 않지만, 어떤 일에 대해 이 사람도 저 사람도 그걸 도저히 해낼 수 없을 거라는 내용의 이야기를 하는 중에, 한 친척이 비꼬는 말투로 "그럼 밀레나라면 해낼 수 있을지도 모르겠군" 하고 말했지요. 그 말 때문에 내가 그를 죽였소. 그리고 격앙되어 집으로 왔는데, 어머니께서 계속 내 뒤를 따라다녔소. 여기서도 역시 비슷한 이야기를 하고 있었소. 결국 나는 화가 머리끝까지 치밀어 "누구라도 밀레나에 대해 나쁜 말을 하면, 그게 설령 아버지라도 (내 아버지) 그 역시 죽여버리겠어요. 아니면 내가 죽어버리든지요" 하고 소리쳤소. 그러고는 깨어났소. 하지만 그건 잠다운 잠도 아니었으니 깨어났다고 할 수도 없소. 다시 이전의 편지들에 대한 얘기로 돌아가겠소. 그 편지들은 사실 근본에 있어서는 그 아가씨에게 보낸 편지*와 비슷했소. 그리고 저녁에 쓴 편지들은 아침에 쓴 편지들에 대한 후회와 고통으로만 가득 차 있었소. 그리고—한 번은 그대가 저녁에 쓴 편지에, 모든 것이 다 가능하지만, 내가 그대를 잃게 되는 것만은 불가능하다고 썼었소—실은 아주 작은 압박만 더 가해졌어도 그 불가능한 것이 이루어졌을지도 모르오. 어쩌면 그런 압박까지도 이미 가해졌고, 그 불가능한 것이 이미 이루어졌을지도 모르겠소.

어쨌든 이 편지는 위안이 되오. 나는 이전 편지들 아래 산 채로 매장

되어 있었으니까요. 그러면서도 그냥 그렇게 조용히 누워 있어야 하는 줄 알았소. 어쩌면 정말로 죽은 건지도 몰랐으니까 말이오.

————

그러니까 이 모든 게 사실 나를 그렇게 놀라게 하지는 않았단 말이지요. 이렇게 될 줄 알고 있었고, 그래서 올 것이 오게 되면 그걸 잘 견뎌낼 수 있도록 가능한 데까지 마음의 준비를 하고 있었소. 그런데 실제로 그것이 오고 난 지금은 물론 아직도 마음의 준비가 충분하지 않았다는 사실을 깨닫게 되오. 그래도 어쨌든 나는 아직 쓰러지지 않았소. 하지만 그대가 그대의 다른 일반적인 상황들과 그대의 건강에 대해 쓰고 있는 것들은 정말로 너무나 끔찍하오. 그것들은 나보다 훨씬 강하오. 그대가 여행에서 돌아오고 나면 그것에 대해 의논해봅시다. 어쩌면 거기서 정말로 기적이 일어날지도 모르잖소. 적어도 그대가 기대하는 건강상의 기적이라도 말이오. 그런데 나는 이 면에 있어서는 그대를 너무나 신뢰하기 때문에 기적 같은 걸 바라거나 할 필요도 없다고 생각하오. 그저 박해받고 있으면서도 억눌림을 당하지 않는 천성을 가진 놀라운 그대를 안심하고 숲과 호수와 건강한 음식에 맡길 뿐이오. 다만, 다른 모든 것들이 그대를 괴롭히지 않는다면 얼마나 좋겠소.

그대의 편지에 대해 곰곰이 생각해보면—편지를 아직 한 번만 읽었을 뿐이오—그러니까 그대가 그대의 현재와 미래에 대해 이야기하는 것과 그대의 아버지에 대해 얘기하는 것, 나에 대해 이야기하는 것을 생각해보면, 사실 내가 이미 너무나 분명하게 말했던 그 결론에 도달할 수밖에 없는 것 같소. 그대에게 정말로 불행을 안겨준 사람은 나라는, 다른 누구도 아닌 바로 나뿐이라는 결론 말이오—정확히 한정지어 말하자면 그대의 외적인 불행 말이오. 왜냐하면 내가 아니었더라면 그대는 어쩌면 이미 3개월 전에 빈을 떠났을지도 모르지 않소. 3개월 전에 떠나지 못했다면, 지금쯤은 분명히 떠났을 거요. 그대가 빈을 떠나고 싶어 하지 않는다는 건 나도 알고 있소. 내가 없었더라도 떠나고 싶어 하지 않았을 거요. 하지만 바로 그 때문에—이건 극도의 조감도로 보았을 때의 얘기긴 하지만—내가 그대에게 가지는 정서적 의미가 다른 무엇보다도 그대가 빈에 남아 버틸 수 있는 힘을 주고 있는 거라고 말할 수 있을지도 모른다는 거요.

하지만 그렇게까지 멀리 돌아 어렵게 말하지 않더라도, 너무나 자명한 이 말만으로도 이미 충분할지 모르겠소. 그대는 남편을 이미 한 번 떠난 적이 있었고, 그 압박이 훨씬 더 커진 지금의 상황에서는 그를 더 쉽게 떠날 수 있었을 터이지만, 그건 물론 떠나는 것 자체를 위해서 그를 떠날 때에만 가능한 일이고, 다른 사람에게 가려고 떠나는 건 할 수 없다는 얘기지요.

하지만 이런 모든 생각들은 우리가 서로에게 솔직해진다는 것 외에는 아무 도움도 안 되오.

———

밀레나, 두 가지 부탁이 있소. 하나는 작은 부탁이고 하나는 큰 부탁이오. 작은 부탁은: 우표를 낭비하는 짓은 그만두라는 거요. 그대가 우표들을 계속 보낸다고 해도 나는 그것들을 더 이상 그에게 주지 않을 거요. 내가 이 부탁의 말 밑에 빨간 줄과 파란 줄을 그었잖소. 그건, 나중을 위해서도 알아두라고 하는 말이지만, 내가 할 수 있는 한 가장 심각한 엄격함을 의미하는 거요.

큰 부탁은: 막스와 편지를 주고받는 일을 그만둬달라는 거요. 그에게

는 이런 부탁을 하기가 좀 뭣하오. 요양원 같은 곳에서는 아픈 사람을 방문한 후에 복도에 나가 마음씨 착한 의사에게 '우리 환자'의 상태가 사실은 어떤지 환자 몰래 물어본다든가 하는 일이 아주 잘하는 일일지도 모르오. 하지만 아마 요양원 같은 곳에서조차도 환자는 문쪽을 향해 기분 나쁜 표정을 짓고 있을 거요.

물건들은 물론 기꺼이 구해 보내주겠소. 단지 운동복은 빈에서 사는 게 더 낫지 않을까 하오. 운동복을 보내려면 아마도 수출 허가를 받아야 할 것 같아서 말이오(얼마 전에 책을 몇 권 보내는데도 어떤 우체국에서는 수출 허가 없이 받아주려고 하지 않습디다. 그래 다른 우체국에 갔더니 아무 문제없이 받아주기는 했지만 말이오). 어쩌면 상점에서 물어보면 답을 알 것 같기도 하오—돈은 항상 조금씩 편지에 동봉해 보내리다. 그대가 "이제 충분해요" 하고 말하면 바로 중단하겠소.

『트리부나』를 읽어도 좋다고 허락해주어 고맙소. 얼마 전 일요일에는 바츨라프 광장에서 한 아가씨가 『트리부나』를 사는 걸 봤소. 아마도 순전히 유행에 관한 수필을 읽으려고 사는 것이 분명했소. 그녀의 옷차림은 그다지 세련되어 보이지 않았소. 아직은 말이오. 그녀를 눈여겨봐두지 않은 게 유감이오. 그랬더라면 그녀가 어떻게 발전해나가는지 지켜볼 수 있었을 텐데 말이오. 아니오. 그대가 쓰는 유행에 대한 수필을 하찮게 보는 그대의 생각은 옳지 않소. 이제는 그 수필들을 드러내놓고 읽을 수 있게 해주어서 정말 고맙소(사실은 불량스럽게도 그 수필들을 자주 몰래 읽고 있었다오).

[프라하, 1920년 8월 8일]
일요일

전보 말이오. 그대 말이 맞소. 우리가 한번 만나는 게 제일 좋을 것 같소. 그러지 않으면 우리 사이가 평정을 회복하기까지 얼마나 많은 시간이 걸리게 될지 모르겠소. 이 모든 것들이 어디서 우리 사이로 끼어들어온 거요? 한 치 앞을 내다볼 수가 없게 되었으니 말이오. 그리고 그대는 그 모든 다른 일들의 와중에서 이 때문에 얼마나 고통을 받았겠소. 내가 벌써 오래전에 그걸 종식시킬 수도 있었을 텐데 말이오. 모든 것이 충분히 명백하긴 했지만, 내 비겁함이 더 강했던 거요. 그리고 내가 거짓말까지 한 셈이 되지 않았소? 내게 온 게 아니라는 사실이 분명하게 보이는 편지들에 대해 마치 내게 온 편지들인 것처럼 답장을 했으니 말이오? 이런 의미에서 '거짓으로 쓰인' 답장들* 중 하나가 그대가 그뮌트로 오게끔 강압을 넣은 것이 아니라면 좋겠소. 이 편지를 읽고 내가 무척 슬퍼하고 있다고 생각할지도 모르지만 꼭 그렇지만은 않소. 지금 이 순간에는 달리 쓸 말이 생각나지 않을 뿐이오. 모든 것이 참 조용해졌소. 그래서 이 조용함 속에 아무 말도 할 엄두를 못 내는 것뿐이오. 어쨌든 일요일이 되면 만날 수 있으니까요. 대여섯 시간은 이야기를 하기에는 너무나 짧은 시간이지만, 침묵하고 서로 손을 잡고 눈을 들여다보기에는 충분한 시간이오.

[프라하, 1920년 8월 8일에서 9일까지]
일요일 저녁

그대의 주장 중에 예전부터 내 마음에 들지 않았던 것이 하나 있소. 지난번 편지에는 그것이 특히 더 명백했소. 그건 의심할 여지없는 착오이니 그대도 잘 생각해보면 수긍이 갈 거요. 그대가 (사실이 정말 그런 것처럼) 그대의 남편을 너무나 사랑하기 때문에 그를 떠날 수가 없다고 말하면(그건 나를 위해서도 안 되는 말이오. 무슨 말이냐 하면, 그대가 그럼에도 불구하고 그를 떠난다면, 그건 내게 아주 끔찍한 일이 될 거요), 나는 그 말을 믿고 그대의 말이 옳다고 할 거요. 또 그대는 그를 떠날 수 있겠지만, 그가 그대를 내적으로 필요로 하고 있고 그대 없이는 살 수 없기 때문에, 그래서 그를 떠날 수가 없다고 말하면, 나는 그 말도 믿고 역시 그대 말이 옳다고 할 거요. 하지만 그가 외적으로 그대 없는 삶을 꾸려나갈 수가 없어서 (그걸 주된 이유로 하여) 그대가 그를 떠날 수 없다고 말한다면, 그건 앞에 말한 이유들을 숨기기 위해 (그 이유들을 강조하기 위해서가 아니라 말이오—왜냐하면 그 이유들은 강조할 필요가 없는 이유들이기 때문이오.) 둘러대는 것이거나, 아니면 (그대가 지난번 편지에 쓴 것처럼) [...]⁷⁷ 그대의 두뇌가 치는 장난짓거리 중의 하나에 불과하오. 그리고 그걸로 인해 육체는, 육체뿐 아니라 다른 것까지도 고통으로 몸부림치고 있지요.

편지 첫 장의 상부와 오른쪽 여백: 우표들을 보내주어 고맙소. 그렇게 하면 그래도 참아줄 만하오. 그런데 그 남자는 일은 전혀 안 하고 황홀경에 빠져 우표들만 들여다보고 앉아 있다오. 그 한 층 아래에서는 내가 황홀경에 빠져 편지들만 들여다보고 있는 것처럼 말이오. 예를 들어 10헬러짜리 우표는 빳빳한 종이에 인쇄된 것도 있고 얇은 종이에 인쇄된 것도 있는데, 얇은 종이에 인쇄된 것이 더 귀하다고 하오. 그런데 착한 그대가 오늘 그 얇은 우표들을 보냈다는 거 아니오.

———

월요일

지금 위에 쓴 생각들에 대해 뭔가를 더 쓰려던 참이었는데, 네 통의 편지가 도착했소. 그런데 한꺼번에 도착한 게 아니라, 그대가 기절한

---

77) 1개의 단어를 알아볼 수 없게 지워버렸음.

얘기를 쓴 걸 후회한다고 쓴 편지가 먼저 도착했고, 조금 있다가 그대가 기절했다 깨어나자마자 쓴 편지가 아주 다정한 얘기가 쓰여 있는 다른 편지 하나와 함께 도착했고, 그리고 또 조금 있다가 에밀리에 이야기를 쓴 편지가 도착했소. 그 편지들이 어떤 순서로 쓰였는지는 정확히 알아낼 수가 없소. 그대가 이제 날짜를 쓰지 않기 때문이오.

그럼 이제 'strach-touha'[78] 문제에 대해 답을 하겠소. 한 번에 성공하기는 거의 불가능할 것 같소. 하지만 여러 번에 걸쳐서 다시 그 테마로 돌아가다보면 어쩌면 성공할지도 모르겠소. 내가 아버지에게 쓴 (사실은 별로 잘 쓰지도 못했고 아무 소용도 없는) 편지*를 그대가 읽었더라면 이걸 이해하는 데 많은 도움이 되었을 거요. 어쩌면 그 편지를 그륀트로 가져갈지도 모르겠소.

그대가 지난번 편지에 썼던 것처럼, 'strach'와 'touha'를 그렇게 제한해서 정의한다면, 그 물음에 대한 답은 쉽게는 아니지만 아주 단순하게 대답할 수 있소. <u>그렇다면 나는 'strach'만 가지고 있소.</u> 그리고 그 이유는 이렇소.

첫 번째 밤을 보낸 일을 기억하오. 우리는 그 당시 첼트너가세에 살고 있었소. 맞은편에는 기성복점이 하나 있었는데, 그 문에는 항상 점원 아가씨 하나가 서 있었소. 위층에 있는 방에서는 20세를 갓 넘긴 청년이었던 내가 1차 국가시험을 보기 위해 나에게 아무런 의미도 없는 것들을 외우느라 극도로 신경이 곤두서서 쉴 새 없이 방 안을 왔다 갔다 하고 있었소. 때는 여름이었고 무척 더웠소. 아마 이맘때쯤이었던 것 같소. 그 일은 참을 수 없을 정도로 지겨웠소. 창문에 다다르면 나는 항상 그 역겨운 로마법의 역사를 이 사이에 물고 잠시 서 있었소. 결국 우리는 손짓으로 만날 약속을 했소. 저녁 여덟 시에 자기를 데리러 오라는 거였소. 그런데 저녁에 내려가니까, 벌써 다른

78) '두려움-동경'

한 친구가 와 있었소. 하지만 그건 별 상관이 없었소. 나는 세상 전체에 대해 두려움을 가지고 있었기 때문에 그 남자 역시 두려웠소. 그가 거기 없었다고 해도 나는 역시 그를 두려워했을 거요. 그런데 그 아가씨는 그의 팔짱을 끼긴 했지만, 나에게 따라오라는 신호를 보냈소. 그렇게 우리는 쉬첸 섬으로 가서 맥주를 마셨소. 나는 옆의 테이블에 앉아서 말이오. 그러고 나서 나는 그들의 뒤를 따라가고, 그들은 천천히 그 아가씨의 집으로 갔지요. 플라이쉬마르크트(고기시장) 근처였던 것 같소. 거기에서 그 남자는 작별인사를 하고 갔고, 그녀는 집 안으로 달려 들어갔소. 조금 기다리니 그녀가 다시 나에게로 왔소. 그리고 우리는 클라인자이테에 있는 한 호텔로 갔지요. 그 모든 것이 호텔로 가기 전부터 이미 매혹적이기도 하고, 흥분되기도 하고, 또 혐오감을 주기도 했지요. 호텔에 들어가서도 마찬가지였소. 그리고 아침이 다 되어—날씨는 여전히 덥고 쾌청했소—함께 카를 다리를 건너서 집으로 갈 때 나는 물론 행복했소. 하지만 이 행복감은 단지 계속 징징대던 육체가 마침내 조용해진 것에 대한 행복감이었소. 하지만 무엇보다도 모든 것이 그보다 더 혐오스럽고, 더 불결하지 않았다는 사실에 대한 행복감이 가장 컸소. 그러고 나서 또 한번 그 아가씨를 만났소. 아마도 그로부터 이틀 후였던 걸로 기억되오. 모든 것이 처음과 똑같았소. 하지만 그 후 바로 여름휴가 여행을 떠났고, 그곳에서 한 아가씨와 조금 사귀고 나니, 프라하에 돌아와서 그 점원 아가씨를 더 이상 쳐다볼 수가 없었소. 그 후로 그녀와는 말도 하지 않았소. 그녀는 (내 쪽에서 보기에는) 악한 원수 같았소. 실은 착하고 싹싹한 아가씨였는데도 말이오. 그녀는 도대체 이해가 안 간다는 눈빛으로 나를 계속 쳐다봤소. 내가 그녀를 그렇게 적대시하게 된 것이 단지 그녀가 호텔에서 순진무구한 가운데 (언급할 가치도 없는) 사소한 혐오스러운 행동을 하나 하고, (언급할 가치도 없는) 사소한 불결한 말을 하나 했다는 것, 그 한 가지 이유에서라고는 말하지 않겠소(그것 때문만은 아니었을 거요). 하지만 그 기억은 지워지지 않았소. 나는 바로 그 순간에 내가 그걸 절대로 잊어버릴 수 없을 거라는 걸 알았소. 그리고 동시에 나는 바로 이 혐오스럽고 불결한 것이 물론 외적으로는 필연적이 아닐지 모르지만, 내적으로는 매우 필연적으로 그 모든 것과 결합되어 있고—그 작은 징표가 그녀의 사소한 행위와 그녀의 사소한 말을 통해 나타났던—바로 이 혐오스럽고 불결한 그 점이 나를 그토록 광포한 힘으로 이 호텔로 끌어들였다는 사실과, 그것이 아니었다면 나는 내 마지막 힘을 다해서라도 저항했을 거라는 사실을 알았소. 아니, 알았다고 생각했었소.

그리고 그때에 있었던 것 같은 현상은 항상 반복되었지요. 때로는 몇 년 동안이나 조용하던 나의 육체가 가끔씩 다시 어떤 작은, 어떤 특정한 혐오스러움, 조금 역겹고 부끄럽고 불결한 어떤 것(이 방면에서 내게 가장 신성하게 보이는 모습에조차 이러한 속성들이 얼마간은 들어 있었소. 어떤 미미한 악취, 얼마간의 유황, 얼마간의 지옥이 말이오)에 대한 동경으로 참을 수 없을 지경에까지 요동치곤 했소. 이런 본능은 그 영원한 유대인과 닮은 점이 있소. 무의미하게 자라나서 무의미하고 불결한 세상을 무의미하게 떠돌아다니고 있는 그 유대인 말이오.

그러다가 육체뿐 아니라 모든 것이 요동치기는 하지만, 그럼에도 불구하고 아무런 강압감도 느끼지 않을 때도 있었소. 그건 아주 건강하고 안정된, 오직 희망으로만 들떠 있는 (이보다 더 나은 들뜸을 알고 있소?) 삶이었소. 이러한 상태가 어느 정도라도 지속되던 시기에는 나는 항상 혼자였소. 그런데 지금 나는 내 생애에 처음으로 혼자가 아님에도 불구하고 그런 시기를 보내고 있소. 그렇기 때문에 그대와 육체적으로 가까이 있는 것뿐만 아니라, 그대의 존재 자체가 나를 안정시키는 들뜸을 선사하고 있소. 그렇기 때문에 지금 나는 불결함에 대한 동경이 없소. (메란에 있는 상반기 동안에는 내 의지는 전혀 그걸 원치 않았음에도 불구하고, 어떻게 하면 방을 청소해주는 아가씨를 손에 넣을 수 있을까 하는 궁리만 밤낮으로 했소—그보다 더 나쁜 생각도 했었소. 메란의 기간이 다 끝나갈 무렵에는 어떤 아가씨 하나가 아주 자발적으로 내 손 안으로 굴러 들어왔소. 그녀의 말을 내 언어로 번역한 뒤에야 그녀가 뭘 원하는지 겨우 알아차릴 수 있었소.) 그리고 그런 불결함이 느껴지지도 않소. 외부에서 자극하는 그런 것은 전혀 없고, 오직 내부에서 생명을 공급해주는 모든 것, 간단히 말하자면 낙원에서 원죄를 짓기 이전에 마셨을 것 같은 그런 공기의 일부분이 느껴질 뿐이오. 그런 공기의 일부분만 느껴지기 때문에 'touha'는 없고, 완전히 그 공기가 아니기 때문에 '두려움'이 있는 거요—이제 알겠지요? 그 때문에 그뮌트에서 보내게 될 밤에 대해 '두려움'이 있기는 했지만, 그건 항상 있는 '두려움'일 뿐이오(아! 항상 있는 두려움만으로도 충분하오). 특별히 그뮌트의 밤에 대해 가지는 두려움이 아니고, 내가 프라하에 있을 때에도 가지고 있는 그런 두려움 말이오.

이제 에밀리에 이야기를 해보시오. 그 편지까지는 아직 프라하에서 받아 볼 수 있을 거요.

———

오늘은 아무것도 동봉하지 않고, 내일부터 하겠소. 이 편지는 <u>중요한</u> 편지이기 때문에, 그대가 아무런 위험 없이 받아 볼 수 있기를 바라서요.

———

기절했다는 건 다른 여러 징조들 중의 하나일 뿐이오. 제발 그뮌트로 꼭 오오. 일요일 새벽에 비가 오면 올 수 없다고 그랬소? [...]⁷⁹ 나는 어쨌든 일요일 오전에 그뮌트 역 앞에 서 있겠소. 여권은 필요 없는 거겠지요? 벌써 알아보았소? 내가 가져다줄 수 있는 필요한 물건이 있소? 스타샤 얘기를 하는 건, 내가 그녀에게 가보면 좋겠다는 말이오? 하지만 그녀는 프라하에 있는 적이 거의 없지 않소? (물론 그녀가 프라하에 있을 때에는 그녀에게로 가는 일이 더욱더 어려워지기는 하지만 말이오.) 다음번에 무슨 말이 있을 때까지는, 아니면 그뮌트에서 만날 때까지는 가지 않고 기다리겠소. 참, 스타샤는 마치 당연한 일인 것처럼, 그대의 아버지와 그대의 남편이 서로 만나 이야기했었다고, 그것도 자주 그랬었다고 얘기했던 걸로 기억되오.

———

라우린에 대한 얘기* 말인데(그렇게 기억력이 좋다니! —이건 비꼬는 게 아니고 질투요. 아니 질투가 아니라, 바보 같은 농담이오), 그건 그대가 오해한 거요. 그가 얘기한 사람들은 모두가 '바보들'이거나, 아니면 '사기꾼들'이거나 아니면 '창문으로 뛰어내리는 여자들'이거나 했는데, 그대만은 그냥 밀레나였고, 그것도 아주 존경할 만한 밀레나였다는 것이 그냥 특이하게 여겨졌다는 것뿐이었소. 그런 사실이 나는 기뻤고, 그래서 그 일에 대해 쓴 거였소. 그 사실이 그대의 체면을 살려준 게 아니라 그의 체면을 살려주었기 때문이오. 정확히 말하자면 몇몇의 예외가 더 있긴 했소. 그 당시에는 예비 장인이었던 분과 그의 처제, 처남, 그의 약혼녀와 이전에 약혼했던 사람 등, 이 사람들은 모

---

79)   4개의 단어를 알아볼 수 없게 지워버렸음.

두가 정말로 '훌륭한' 사람들이라고 말합디다. *[…]*[80]

편지 마지막 장의 왼쪽과 위쪽 여백: 그대는 아홉 시가 조금 넘은 시각에 도착하게 되는구려. 그대는 오스트리아인이니까 세관 검사에서 너무 오래 지체하지 않게 하오. 내가 그대를 맞을 때 하려고 하는 말을 몇 시간 동안이나 입 속으로만 외우고 서 있을 수는 없지 않소.

오늘 편지는 너무나 슬프고, 무엇보다도 고통을 속으로만 싸안고 있어서 나는 완전히 따돌림을 받는 기분이 드는구려. 내 방을 나가야할 일이 생길 때면 층계를 뛰어 올라갔다가 뛰어 내려온다오. 오로지 얼른 다시 방으로 돌아와 책상 위에 놓인, "나도 토요일에 그뮌트로 가겠어요"라고 쓰인 전보를 발견하고 싶은 생각에서요. 하지만 아직 아무것도 오지 않았소.

[프라하, 1920년 8월 9일]
[토요일] 월요일 오후
(아마도 내가 토요일 생각만 하고 있는가보오)
오늘 아침 편지에 쓴 것만 얘기하고 만다면 나는 거짓말쟁이가 되고 말 거요. 그것도 내가 그 누구 앞에서보다도 더 자유롭게 말할 수 있는 그대 앞에서, 모든 것을 알고, 또 이해하려는 마음을 가지고 그 누구보다도 더 확실하게 내 편이 되어주는 그대 앞에서 말이오. 그 모든 것에도 불구하고, 그 모든 것에도 불구하고 말이오(이 위대한 '그 모든 것에도 불구하고'를 역시 위대한 '그럼에도 불구하고'와 구별해서 알아들어주오).

---

80) 세 줄 정도를 알아볼 수 없게 지워버렸음.

그대의 편지들 중에 가장 아름다운 편지들은 (그건 아주 대단한 걸 의미하오. 왜냐하면 그 편지들은 모두가 다 그 한 줄 한 줄이 내 인생에서 내게 일어난 일들 중에 가장 아름다운 것들이기 때문이오) 그대가 나의 '두려움'에 대해 정당하다고 말하면서도, 동시에 그 '두려움'을 가질 필요가 없다고 나를 설득하기 위해 노력하는 편지들이었소. 왜냐하면 내가 때로는 내 '두려움'의 매수된 변호사처럼 보일지는 몰라도, 나 역시 내면 깊숙한 곳에서는 그 두려움이 정당하다고 인정하고 있는 것 같기 때문이오. 그렇소. 내 존재 전체가 두려움으로 이루어져 있소. 그리고 그 두려움은 아마도 나의 가장 훌륭한 부분일지도 모르오. 그리고 그것이 나의 가장 훌륭한 부분인 만큼, 그대가 사랑하는 것도 아마 나의 그 점뿐일지도 모르오. 그렇지 않으면 내게서 무슨 그렇게 대단한, 사랑할 만한 점을 발견할 수 있겠소? 하지만 이것은 사랑할 만하오.

그리고 그대가 만약 내가 그런 두려움을 가슴속에 가지고 있으면서도 어떻게 그 토요일이 "좋았다"고 말할 수 있었는지* 물어본다면 그건 그리 어렵지 않게 설명할 수 있소. 내가 그대를 사랑하기 때문에 (그러니까 내가 그대를 사랑한단 말이오. 그대, 이해가 더딘 사람이여! <u>바다가 그 밑바닥에 놓여 있는 아주 작은 돌멩이를 사랑하듯이 바로 그렇게 나의 사랑이 그대를 뒤덮고 있단 말이오</u>—그리고 하늘이 허락하신다면 그대에게 내가 다시금 그 작은 돌멩이였으면 좋겠소) 세상 전체를 다 사랑하고, 거기에 그대의 왼쪽 어깨도 속하오. 아니, 오른쪽 어깨가 먼저였소. 그래서 나는 거기에 키스하고 싶을 때 (그리고 그대가 고맙게도 그쪽 블라우스를 조금 내려주면) 키스할 수 있소. 그리고 그대의 왼쪽 어깨도 거기에 속하고, 숲 속에서 내 얼굴 위에 있던 그대의 얼굴과 숲 속에서 내 얼굴 밑에 있던 그대의 얼굴과, 그대의 거의 맨살을 드러낸 가슴 위에서 쉬는 것도 거기에 속하오. 그렇기 때문에, 그대가 우리는 이미 하나가 되었었다고 하는 건 맞는 말이오. 그리고 나는 그것에 대해서는 아무런 두려움도 없소. 그건 나의 유일한 행복이고 나의 유일한 자랑이오. 그리고 이건 숲에서 있었던 일에만 국한시켜 얘기하는 게 아니오.

하지만 바로 이 낮의 세계와, 그대가 한 번 경멸하는 투로 남자들의 일이라고 말했던 그 '침대에서의 반 시간' 사이에는 내가 절대로 건널 수 없는 심연이 가로놓여 있소. 아마도 내가 건너기를 원치 않기 때문일 거요. 저쪽 건너편에는 밤의 일이 있소. 어떤 면으로 보나 절대적으로 밤의 일이오. 그리고 여기에는 세상 전체가 있소. 나는 그 세상 전체를 가지고 있는데, 그것을 다시 한 번 가지기 위해서 지금 밤 쪽으로 건너뛰란 말이오? 소유하는 것을 다시 한 번 가진다는 게 가능한 일이오? 그건 그걸 잃어버리는 것과 똑같은 일 아니오? 여기에는 내가 소유하고 있는 온 세상이 있는데, 뭔가 수상쩍은 마술을 얻기 위해, 어떤 수리수리 마하수리, 어떤 현자의 돌 같은 것, 어떤 연금술, 어떤 마법의 반지 같은 것을 얻기 위해 저쪽으로 건너뛰란 말이오? 싫소, 나는 그게 끔찍하게 무섭소.

매일매일의 날이 내 눈앞에 선사하는 것을 하룻밤에 마술을 통해 소유하려 하다니, 성급하게, 헐떡거리며, 어찌할 바를 모르며, 홀린 듯한 기분으로, 마법을 통해 소유하려 하다니요! ('어쩌면' 다른 방법으로는 아이들을 가질 수 없을지도 모르오. '어쩌면' 아이들도 역시 마법일지도 모르오. 이 문제는 아직 좀 놔둬봅시다) 그렇기 때문에 내가 고맙게 생각하는 거요(그대에게, 그리고 모두에게 말이오). 그렇기 때문에 내가 그대 곁에 있으면 극도로 안정되면서도 또한 극도로 들뜬 기분이 될 수도 있고, 극도로 부자연스러우면서도 극도로 자유로울 수 있는 것이 그렇게 samozřejmé[81]한 일이 될 수 있는 거요. 그래서 이것을 깨달은

---

81)   당연한

후에 다른 모든 삶을 포기했던 거고 말이오. 내 눈을 들여다보오!

———

콜러 부인을 통해서야 비로소 책들이 침대 옆 탁자에서 책상 위로 이사 갔다는 소식을 듣게 되는구려. 그 전에 책들을 이렇게 이사시켜도 되겠느냐고 나한테 꼭 물어봐야 했었는데 말이오. 물론 나는 "안돼!"라고 했을 거요.

———

그리고 지금은 나에게 고맙다고 해야 하오. 여기 이 마지막 줄에다 뭔가 (무지무지한 질투에서 나온) 미친 소리를 쓰고 싶은 충동을 잘 참아냈으니 말이오.

———

이제는 정말 펜을 놓아야겠소. 이제 에밀리에 얘기를 해주오.

[프라하, 1920년 8월 10일]
화요일

그대의 생일을 위한 준비가 그리 잘되었다고 볼 수는 없겠소. 다른 때보다도 훨씬 더 못 잤고, 머리에는 미열이 있고, 눈은 타는 듯이 따갑고, 관자놀이는 지끈지끈하고, 기침까지 하오. 긴 소망을 늘어놓다가는 다 말하기도 전에 기침이 터져나올 것 같소. 다행스럽게도 소망은 말하지 않아도 되겠소. 그냥 그대가 이 세상에 있어주어서 고맙다는 말만 하고 싶소. 그대 같은 보물을 발견할 수 있을 거라고는 생각지도 못했던 이 세상에 말이오(보다시피 세상에 대한 식견이 별로 없기는 나도 마찬가지요. 하지만 나는 그 사실을 인정한다는 것이 그대와 다르오). 그대에게 고맙다는 표시로 (이게 고맙다는 표시냐고요?) 키스해주겠소. 지난번 역에서 했던 것과 똑같이. 그게 그대는 마음에 들지 않는다고 했지만 말이오. (오늘은 이상하게 반항하고 싶은 기분이오.)

요즈음 내 몸이 항상 이렇게 안 좋았던 건 아니오. 때로는 아주 좋을 때도 있었소. 그중에 가장 영예로웠던 날은 일주일쯤 전이었소. 나는 수영학교에서 무기력증에 빠져 끊임없이 수영장 주위를 걷고 있었소. 거의 저녁이 다 된 시간이어서 사람들이 그렇게 많진 않았지만 그래도 아직 꽤 있었소. 그때 나를 모르는 부副수영교사가 내 쪽으로 다가왔소. 누군가를 찾는 것처럼 두리번거리다가 나를 발견하고는 나를 선택하기로 한 것 같았소. 그리고 Chtěl byste si zajezdit?[82]

편지 첫 번째 장의 왼쪽과 위쪽 여백: 그 남자는 지금 아주 행복해하고 있다오. 실은 그가 벌써 오래전에 이 1크로네짜리 우표의 견본을 하나 내게 주었었소. 아니, 사실은 빌려준 거지요. 그가 가지고 있는 게 그거 한 장뿐이었거든요. 그런데 난 그걸 그대에게 보내고 싶은 마음이 전혀 없었소. 유감스럽게도 그가 내게 준 견본이 또 하나 있다오. 역시 1크로네짜리 우표였는데 폭은 좀 더 좁고 적갈색이었소. 그걸 내가 잃어버리고 말았다오.

하고 묻는 거였소. 어쩐 일이냐 하면, 소피아 섬에서 내려온 한 신사가 자기를 유대인 섬으로 건네다주기를 원했던 거였소. 그 신사는 어

---

82) 보트를 타고 싶으세요?

떤 큰 건축회사의 사장인 것 같았소. 지금 유대인 섬에는 대규모의 건축물들이 지어지고 있다오. 물론 이 모든 일을 그렇게 대단하게 생각할 건 없다는 사실은 알고 있소. 수영교사가 나를 가난한 소년으로 보고, 무료로 배를 한 번 타는 기쁨을 선사하려고 했던 것뿐이오. 하지만 그렇다 쳐도 그 대단한 사장님을 모시게 하려면 그래도 힘으로 봐서나 기술적인 면으로 봐서나 충분히 믿음직스러운 소년을 골라야만 했고, 또 그가 시킨 일을 끝낸 후에, 그 배를 허락 받지 않은 유람에 사용하지 않고 바로 돌아올 거라는 확신을 주는 소년이라야만 했소. 그러니까 그가 그런 모든 걸 내게서 알아볼 수 있다고 믿었다는 거요. 위대한 트른카(수영학교의 주인이오. 나중에 그에 대해 얘기해줄 게 있소)가 다가오더니 이 소년이 수영은 할 줄 아느냐고 물었소. 아마 나를 보기만 해도 다 알아내는 수영교사는 그를 안심시켰소. 나는 거의 한마디도 하지 않았소. 그러고 나서 그 손님이 오시고, 우리는 배를 타고 떠났지요. 나는 얌전한 소년이었으니까 거의 아무 말도 하지 않았소. 그는 아름다운 저녁이라고 말했소. 나는 ano[83] 하고 대답했고, 그는 그런데 벌써 쌀쌀해졌다고 말했지요. 나는 또 ano 하고 대답했소. 마지막에는 내가 배를 아주 빨리 몬다고 말했소. 그 말에는 너무나 감격해서 아무 말도 할 수가 없었소. 물론 나는 아주 멋지게 유대인 섬에 배를 댔지요. 그는 내려서 고맙다고 인사했소. 하지만 실망스럽게도 그는 팁을 주는 걸 깜빡했지 뭐요. (아마 아가씨가 아니라 그랬나보오.*) 나는 곧바로 직선거리로 돌아왔소. 위대한 트른카는 내가 그렇게 빨리 돌아온 사실에 대해 놀라워했소. 그날 저녁처럼 그렇게 자랑스러움으로 우쭐해본 건 아주 오랜만의 일이었소. 내가 다른 때보다 아주 미미하게나마 그래도 조금은 더 그대에게 합당한 사람이 된 것 같았소. 그 후로 나는 매일 저녁 수영학교에 가서 또 손님이

---

83) 네.

오시지 않나 기다린다오. 하지만 그 후로 아무도 오지 않았소.

지난밤에는 잠시 선잠이 든 사이, 그대의 생일을 그대에게 중요한 곳들을 찾아보는 일로 축하해야겠다는 생각이 들었소. 그리고 다음 순간, 의도하지도 않았는데 서부역 앞에 서 있었소. 그건 아주 작은 건물이었고, 그 내부도 아주 협소한 것 같았소. 왜냐하면 방금 급행열차가 하나 도착했는데, 그중 한 양ℝ이 자리가 모자라서 역사 밖으로 삐져나와 있었소. 나는 역사 앞에 아주 잘 차려입었으나 몸은 매우 여윈 아가씨 세 명이 (한 사람은 머리를 땋아 내렸소) 짐꾼으로 서 있는 사실에 대해 아주 만족해했소. 그대가 했던 일이 뭐 그렇게 대단하게 별난 일도 아니었구나 하는 생각이 들어서였소. 그럼에도 불구하고 그대가 지금은 거기에 없다는 사실이 기뻤소. 물론 그대가 거기에 없다는 사실이 또 한편으로는 섭섭하기도 했지만 말이오. 하지만 그에 대한 위안으로 어떤 승객이 잃어버리고 간 작은 서류가방 하나를 주웠소. 그리고 그 작은 가방에서 커다란 옷가지들을 꺼내어 나를 둘러싸고 있는 승객들을 놀라게 하고 있었소. 그런데 일요일판 『트리부나』*가 내게 쓴 '공개편지'에서 요구하는 그런 외투는 유감스럽게도 그 안에 없었소. 아마 옳은 건 아니라도 할 수 없이 내 것을 보내야겠나보오.

특히 '타입'의 2회분*은 아주 훌륭하오. 날카롭고 심술궂으며, 유대인 배척주의적이면서도 매혹적이오. 나는 기사를 쓴다는 일이 얼마나 교묘한 일인지 아직 전혀 모르고 있었소. 그대는 그렇게 차분하고 친밀하게 또 열렬하게 독자와 얘기하고 있으면서, 세상의 모든 다른 일들은 잊은 듯이 보이오. 그대의 온 관심이 오직 독자에게만 쏠려있는 듯이 말이오. 하지만 끝에 가서는 갑자기 이렇게 말하지요. "내가 쓴 것 괜찮았어요? 그래요? 괜찮았다고요? 그것 참 기쁘군요. 하지만 저는 멀리 있고, 감사의 키스도 사절하겠어요." 그러고는 정말 끝이고, 그대는 떠나고 없다오.

그런데 그대가 내게 견진성사 선물로—유대인들도 견진성사 비슷한 의식을 행한다오*—주어졌다는 사실을 알고 있소? 나는 83년에 태어났으니까, 그대가 태어났을 때에는 열세 살이었다오. 열세 번째 생일은 아주 특별한 잔치라오. 나는 아주 힘들게 외운 경전의 한 부분을 회당의 제단 옆에 올라가 낭송해야 했소. 그리고 집에서는 작은 연설을 (그것 역시 외워서) 해야 했지요. 선물도 많이 받았소. 하지만 나는 완전히 만족하지는 못했던 것 같소. 어떤 선물 하나가 아직 빠져 있었소. 나는 그걸 하늘에 요구했는데, 하늘은 8월 10일이 될 때까지 망설였던 거였소.

———

그래요. 물론 아주 기꺼이 지난 편지 열 통을 다시 한 번 읽어보리다. 그 내용들을 아주 정확히 알고 있지만 말이오. 하지만 내 것들도 다시 한 번 읽어보오. 여학생 기숙사를 꽉 채울 만한 질문들을 발견하게 될 테니 말이오.

———

아버지에 대해서는 그뮌트에서 만나서 얘기합시다—'그레테' 앞에서는, 아가씨들 앞에서는 거의 항상 그렇지만, 어찌해야 좋을지 모르겠소. 그때 이미 그대에 대한 생각을 하고 있었던 게 아닌지? 기억이 나지 않소. 그대의 손을 잡고, 그대의 눈을 들여다보는 것은 좋아하오. 그게 다요. 그레테는 사라져라!

'타당치 못하다는 것'에 대해서는—<u>nechápu</u> jak takový člověk

……[84] —나 자신도 똑같은 의문을 가지고 있다오. 이 의문은 우리 둘이 힘을 합쳐도 풀지 못할 것 같소. 그리고 그런 건 신성모독적인 일이오. 어쨌든 나는 그뮌트에서 단 1분이라도 그 일로 낭비하지 않을 작정이오. 이제 보니 그대는 내가 해야 했었을 거짓말보다 더 많은 거짓말을 해야 하는구려. 그 사실이 내 마음을 무겁게 하오. <u>뭔가 심각한 장애 요인이 발생하면 그냥 빈에 있구려</u>—나한테 기별을 못했을 경우에라도 말이오. 나는 그냥 그뮌트로 소풍을 나가서 그대에게 세 시간의 거리만큼 더 가까이 있다 온 걸로 치면 되오. 입국 비자는 이미 받았소. 내게 전보를 치는 건 적어도 오늘은 불가능할 것 같구려. 그곳의 동맹파업 때문에* 말이오.

[프라하, 1920년 8월 11일]
수요일

용서해달라는 그대의 청은 이해하지 못하겠소. 그게 이미 지나간 거라면 내가 그대를 용서하는 건 아주 자명한 일 아니오? 그것이 아직 지나간 일이 아닐 동안에는 가차 없이 굴었지만 그때에는 그대는 전혀 상관하지 않았소. 지나간 일이라면 내가 무엇인들 그대에게 용서하지 않을 수가 있겠소. 그대가 그런 생각을 할 수 있다니, 그대의 머릿속이 얼마나 뒤엉켰으면 그러겠소. [⋯][85]
아버지와 비교하는 건, 적어도 지금 이 순간에는 별로 마음에 들지 않소. 그럼 나도 그대를 잃어야 한단 말이오? (그런데 나는 그대의 아버지처럼 거기에 필요한 힘을 가지지 못했단 말이오.) 그런데도 그 비교를 고집한다면 차라리 그 운동복*을 도로 보내오.

---

84) 어떻게 그런 사람이 …… <u>이해하지 못하겠어요.</u>
85) 약 6개의 단어를 알아볼 수 없게 지워버렸음.

그런데 그 운동복을 사고, 또 보내고 하는 일은 세 시간에 걸쳐서 나를 아주 신선하게 해주었소. 나는 그때 그런 게 매우 필요했다오. 그런 시간을 갖게 해줘서 고맙소. 그 일에 대해 이야기하기에는 오늘은 너무나 피곤하오. 벌써 이틀째 잠을 거의 못 잤소. 그뮌트에서 좀 칭찬받을 수 있게 잘할 수 있으면 얼마나 좋겠소?

암스테르담에서 온 여인에 대해 부러움을 느꼈다는 게 참말이오? 그녀가 확신을 가지고 그 일을 하는 거라면 그녀가 하는 일이 좋기는 하오. 하지만 그대는 여기서 논리적 오류를 범하고 있소. 그렇게 살고 있는 사람에게는 그의 삶은 의무요. 그렇게 살 수 없는 사람에게는 자유겠지만 말이오. 그건 어디서나 항상 그렇지요. 그런 '부러움'은 결국 알고 보면 죽음에 대한 갈망일 뿐이오.

그런데 "tíha, nevolnost, hnus"[86] 같은 건 어디서 온 거요? 그 감정들이 '부러움'과 어떻게 결합될 수 있단 말이오? 물론 전혀 결합될 수 없소. 살아 있는 것은 동경에 의해 오직 죽음 안에서만 결합될 수 있다오.

'빈에 남아 있는 일'에 대해서는 그대가 언급하는 것들보다 훨씬 더 교활한 얘기들을 했었소. 하지만 아마도 그대 말이 맞는 것 같소. 단지 눈에 띄는 것은 내 느낌으로는 그대의 아버지가 이전에 비해 더 막강한 영향력을 얻어가고 있다는 사실이오. (그러니까 그 운동복은 그냥 입어도 되겠소.)

막스와의 일은 그대가 원하는 대로 하오. 하지만 이제 그대가 막스에게 부탁한 일이 뭔지 알았으니, 내 마지막이 다가오면 나를 그에게로 떠메다놓게 하고는, "마침 힘이 펄펄 나는 것 같으니" 며칠 함께 여행이나 가자면서 상세하게 의논하고 나서, 집으로 기어와 마지막으로 편안히 누울 작정이오.

---

86) "짐(부담, 울적함), 불안, 편치 않음"

물론 내가 이렇게 얘기하는 건 아직 거기까지 가지 않았을 때 얘기고, 열이 한 번 37도 5부까지 가기라도 할라치면 (비 올 때에는 38도 정도!) 전보를 배달하려는 사람들이 그대의 긴 층계를 연달아 오르내리다가 서로 부딪히고 넘어지고 난리가 날 거요. 그럴 때 그 사람들이 동맹파업을 했으면 좋겠소. 하필 그대의 생일인 오늘 같은 날 말고 말이오.

내가 그 사람에게 우표들을 전해주지 않겠노라고 위협했던 말을 우체국 측에서 너무나 곧이곧대로 알아들었소. 속달 편지의 우표는 받을 때 이미 떼어져 있었소. 그런데 그대는 이 사람을 좀 더 잘 알아야 하오. 그는 각 종류대로 하나의 우표만 모으는 게 아니라오. 각 종류마다 큰 장으로 하나 가득 모으고, 또 이런 큰 장들을 모아 책을 만들지요. 그리고 한 장이 한 종류로 꽉 차면 또 다른 장을 채우기 시작하고…… 등등. 오후 내내 그러면서 앉아 있다오. 그리고 뚱뚱하고 유쾌하고 행복한 사람이지요. 그리고 각 종류마다 나름대로 기뻐할 이유가 항상 있다오. 예를 들어, 오늘 온 50헬러짜리 우표들 말이오. 이제 우편요금이 인상되기 때문에 (가여운 밀레나!) 50헬러짜리 우표가 드물어진다고 좋아합니다.

그대가 크로이첸*에 대해 이야기하는 건 마음에 드오. (아플뢰어는 별로요. 그건 진짜 결핵 요양원이오. 거기 가면 주사도 놓고 그런다오. 끔찍하오! 우리 기관의 한 관리에게는 그곳이 결핵으로 죽기 전 마지막 역이 되었다오.) 나는 그런 지형을 좋아하오. 그리고 그곳에는 역사적인 기념비들도 있소. 하지만 그곳이 초가을에도 아직 열려 있는지, 외국인도 받아주는지, 외국인에게는 비용을 더 비싸게 받지는 않는지? 그리고 내가 왜 나를 살찌우기 위해 기근이 든 이곳으로 가는지 나 외에 이해할 사람이 있을지 모르겠소. 어쨌든 한번 편지를 써보리다.

어제는 일전에 이야기했던 그 슈타인과 다시 얘기를 나눴소. 그는 대

246

개의 사람들에게 부당한 대우를 받는 그런 사람들 중의 하나요. 사람들이 왜 그를 비웃는지 그 이유를 모르겠소. 그는 모든 사람을 알고 그들의 개인적인 일들까지 모두 잘 알고 있소. 그러면서도 그는 겸손하고, 그의 판단은 아주 신중하고 뉘앙스를 잘 살리며 예의바르지요. 판단이 좀 너무 노골적이고, 너무 천진한 자만심으로 가득 찬 점은 오히려 그의 가치를 더 높여주는 일 아니겠소. 사람들이 안 그런 척하면서도 음탕하고 범죄적인 자만심으로 가득 찬 사람들을 알고 있다는 전제하에 말이오. 나는 느닷없이 하스의 이야기부터 꺼냈지요. 그리고 야르밀라 얘기로 슬쩍 넘어갔다가, 조금 후에는 그대의 남편 이야기를 했고 결국에는—그런데 내가 그대에 대한 얘기를 듣기 좋아한다고 말했던 건 정확한 얘기가 아니었소. 그건 전혀 아니오. 그냥 그대의 이름을 말하는 걸 자꾸 듣고 싶을 뿐이오. 하루 종일 말이오. 내가 물어보았더라면 그는 그대에 대해서도 많은 이야기를 했을 거요. 내가 물어보지 않으니까 그는 그냥 참 정말 안됐다는 표정으로, 그대가 코카인으로 인해 거의 살아 있다 할 수조차도 없을 정도로 만신창이가 되어 있다는 말*만 하고 맙디다(그 순간 그대가 살아 있다는 사실이 얼마나 감사하던지). 물론 그는 늘 그러듯이 아주 신중하고 겸손하게, 자기가 그걸 자기 눈으로 직접 본 건 아니고 누군가에게서 들었을 뿐이라고 덧붙입디다. 그대의 남편에 대해서는 아주 대단한 마술사에 대해 이야기하듯 했소. 야르밀라와 하스와 라이너와는 라이너가 자살*하기 이틀 전에 함께 있었다고도 이야기합디다. 라이너는 하스를 아주 친절하게 대했고, 그에게서 돈도 빌렸다고 했소. 그대가 이곳 프라하에 있을 때 알고 지냈던 사람이라는데 나에게는 전혀 생소한 이름을 하나 대기도 했소. 크라이들로바*라고 했던 것 같소. 그는 아마도 오랫동안 그렇게 계속해서 얘기했을 거요. 하지만 나는 그쯤에서 그와 헤어졌소. 속이 좀 메스꺼워졌기 때문이오. 무엇보다도 그렇게 묵묵히 그의 옆에서 걸으며 듣고 싶지도 않고, 전혀 관심도 없는 이야기들을 듣고 있는 나 자신에 대해 말이오.

———

거듭해서 말하지만, 그대에게 어떤 작은 고통이라도 가져올 수 있을지 모를 어떤 장애 요인이라도 생기면 그냥 빈에 남아 있으오. 피치 못할 경우라면 내게 기별을 하지 못했어도 괜찮소—하지만 그대가 온다면 국경을 바로 돌파하고 오오. 지금은 전혀 상상이 안 가지만, 어떤 미친 경우로 인해 내가 못 가게 됐는데 빈으로 미처 통지를(그럴 때에는 콜러 부인에게 전보를 치겠소) 못했을 경우에는 그뮌트의 역 호텔에서 전보가 그대를 기다리고 있을 거요.

———

책 여섯 권이 다 잘 도착했소?

———

슈타인이 이야기하는 걸 듣고 있을 때와 흡사한 기분을 '카바르나'•를 읽을 때 느꼈소. 단지 그대가 그 사람보다 훨씬 더 재미있게 이야기한다는 게 다르오. 이 세상에 누가 그대처럼 그렇게 재미있게 이야기할 수가 있겠소? 그런데 왜 그대는 『트리부나』를 사는 모든 이들에게 그런 얘기를 해주는 거요? 그걸 읽고 있을 때에는 마치 내가 카페의 앞에서 왔다 갔다 하고 있는 것 같은 기분이었소. 밤낮으로, 몇 년 동안이나 말이오. 그리고 손님이 오거나 가거나 할 때마다 열린

248

문을 통해서 그대가 아직도 그 안에 있는지 확인하고는 또다시 왔다 갔다 하면서 기다리고 있는 듯한 기분이었소. 슬프다거나 힘들다거나 하는 생각은 전혀 들지 않았소. 그대가 앉아 있는 카페 앞에서 기다리는데, 슬프거나 힘들 일이 뭐가 있겠소!

[프라하, 1920년 8월 12일]
목요일

라우린에게는 오늘 가려고 하오. 전화를 하는 건 너무나 불안하고 어려운 일 같소. 픽에게는 나도 편지를 쓰는 길밖에 없는데, 그의 정확한 주소조차 가지고 있지 않소. 그가 최근에 쓴 편지를 찾아내는 것도 거의 불가능할 것 같소. 그는 시골에 가 있소. 최근에 잠시 프라하에 왔다가 다시 되돌아갔다오.

뮌히하우젠이 일을 잘 처리했다니 무척 기쁘오. 그런데 사실 그는 벌써 그보다 훨씬 더 어려운 일들도 다 잘 해냈었소. 그리고 그 장미들도 지난번의 그 꽃들처럼 (náručí!)[87] 극진한 보살핌을 받게 되는 거요? 그 꽃들은 도대체 어떤 꽃들이었소? 그리고 누가 보낸 거였소? 그뮌트에 관한 건 그대가 물어보기도 전에 이미 다 대답했소. 가능한 한 무리하지 마오. 그렇게 하는 게 나를 가장 도와주는 거요. 그대가 그렇게 거짓말을 해야 한다는 사실을 미처 생각하지 못했소. 그런데 그대의 남편이 어떻게 내가 그대에게 편지도 쓰지 않고, 그대를 만나고 싶어 하지도 않을 거라고 믿을 수가 있단 말이오? 내가 그대를 한번 본 이상 말이오.
그대는 때로 나를 시험해보고 싶은 생각이 든다고 쓰고 있는데, 그건

---

87) ([한] 아름이라니!)

그냥 농담으로 한 말이지요? 제발 그러지 마오. 그대를 알아보는 데 만도 그렇게 많은 힘이 들 텐데, 못 알아보는 건 또 얼마나 더 많은 힘이 드는 일이겠소!

그 광고들이 맛이 있다니 정말 기쁜 일이오. 많이 드오, 많이 드시오! 어쩌면, 내가 오늘부터 저금하기 시작하고 그대가 한 이십 년 기다려준다면, 그리고 모피가 그때는 좀 싸지면 (그때 어쩌면 유럽이 밀림으로 변해 모피를 제공해주는 동물들이 온 골목을 뛰어다니게 돼서 말이오)—그러면 어쩌면 모피 코트를 살 만한 돈이 모아질지도 모르겠소.

그대는 내가 도대체 언제가 되면 마침내 잠을 한번 잘 수 있을지 알고 있소? 토요일 밤, 아니면 일요일 밤?

그대가 알아야 할 게 있는데, 바로 이 잘못 인쇄된 우표들이 그가 원래 원하는 거라오(그 사람한테는 모든 게 '원래' 원하는 것들이오). 계속 To je krása, to je krása![88] 하고 있다오. 그가 거기에서 뭘 보는지가 궁금하오!

이제는 밥을 먹고 외환센터에 갈 거요. 모처럼 사무실 일을 하는 아침이오.

[프라하, 1920년 8월 13일]

금요일

내가 지금 왜 편지를 쓰고 있는지 잘 모르겠소. 아마도 마음이 초조해서 그런 것 같소. 오늘 아침, 어제 저녁에 받은 속달 편지에 대해 바보 같은 회신 전보를 쳤던 것도 초조함 때문이었던 것처럼 말이오.

오늘 오후에 셴커*사에 가서 물어보고 바로 대답해주겠소.

---

88) 아, 너무나 멋져, 너무나 멋져요!

———

그런데 이 문제에 대해 편지를 주고받으면서 늘 도달하게 되는 결론은, 그대는 거의 신성하다고까지 할 수 있는 불가분의 혼인 관계에 의해 (내가 얼마나 신경이 예민해졌는지 모르겠소. 내 배는 아마 요 며칠 새에 키를 잃어버린 것 같소) 그대의 남편과 결합되어 있는 것 같고, 나도 그와 똑같은 혼인 관계에 의해 누군가와 단단히 묶여 있는 느낌이오—그게 누구인지는 나도 잘 모르겠소. 하지만 이 무시무시한 부인의 시선이 자주 나를 응시하고 있소. 그건 느낄 수 있소. 그리고 이상한 건, 이 각각의 혼인 관계가 불가분의 관계임에도 불구하고, 그러니까 사실은 거기에 대해 왈가왈부할 여지가 없음에도 불구하고, 상호 간에 한쪽의 혼인 관계의 불가분성이 다른 한쪽의 불가분성을 구성하거나, 아니면 적어도 그걸 더욱더 강하게 하는 것 같은 느낌이드오. 하지만 결국 남게 되는 건 그대가 말했던 그 결론밖에 없는 것 같소. nebude toho nikdy.[89] 그러니까 이제 다시는 미래에 대해 이야기하지 말고 오직 현재에 대해서만 이야기합시다.

———

이 진리는 절대적이고, 확고부동한 것이며, 세상을 떠받치고 있는 기둥 같은 것이오. 그래도 고백하건대, 내 느낌 속에서는 [느낌 속에서만 말이오. 진리는 불변하오. 절대적으로 불변하오. 내가 앞으로 쓸 말을 쓰려고 할 때마다 나를 빙 둘러싸고 있는 칼들이 천천히 내 몸을 향해 다가오기 시작한다는 사실을 알고 있소? 이건 아주 완벽한 고문이라오. 이 칼들이 나를 긁기 시작하면—벤다는 얘기가 아니오—그러니까 그것들이 나를 조금 긁기라

---

89) 그런 일은 절대로 있을 수(일어날 수) 없을 거예요.

도 할라치면, 그게 벌써 얼마나 끔찍한지, 나는 즉시 일성一聲으로 모든 것을 배반하고 만다오. 그대와 나와 모든 것을 말이오] 그러니까 단지 이런 전제하에서 고백하는 건데, 이런 일들에 대해 이런 편지를 쓰는 건 내 느낌에는 (목숨을 보전하기 위해 다시 한 번 반복해서 말하오. 내 느낌에만 그렇다는 거요) 마치 나는 저 중앙아프리카 어딘가에 살고 있고, 내 전 생애를 거기서만 살아왔는데, 유럽에 살고 있는, 유럽 한가운데에 살고 있는 그대에게 앞으로 펼쳐질 정치적 상황에 대해 나의 확고한 의견들을 피력하는 것 같은 기분이 드오. 하지만 이건 그저 비유에 불과하오. 어리석고, 졸렬하고, 맞지도 않고, 감상적이며, 유치한, 의도적으로 눈먼 비유에 불과하단 말이오. 그 이상 아무것도 아니오. 칼들! 알아들었소?

———

그대 남편의 편지를 인용한 건 잘한 일이오. 물론 모든 걸 다 정확하게 이해하는 건 아니지만(그래도 그 편지를 내게 보내지는 마오), 내가 볼 수 있는 건, 여기에서는 '미혼'인 한 남자가 '청혼하는' 편지를 쓰고 있다는 거요. 그가 가끔씩 '바람'을 피운다는 게 뭐 대수겠소. 그건 바람도 아니잖소. 왜냐하면 그대들은 같은 길을 걸어가고 있고, 이 길 위에서 그가 조금 왼쪽으로 가는 것뿐 아니겠소. 그런데 그런 '바람'이 뭐 대수란 말이오. 그는 그러면서 그대에게 극심한 고통을 주는 반면, 또 동시에 최상의 행복도 퍼부어주기를 그치지 않고 있지 않소. 나의 영원한 매임에 비하면 그깟 '바람'이 뭐 그리 대수냔 말이오.

———

252

그대의 남편에 관해 내가 그대를 잘못 이해한 건 아니오. 그대는 그대들의 불가분의 결속 관계의 모든 비밀을, 그 풍부하고 소진될 수 없는 비밀을 거듭거듭 그의 장화에 대한 걱정에다 쏟아붓고 있소. 그 점에 있어서 무언가가 나를 괴롭게 하는데, 그게 정확히 뭔지는 잘 모르겠소. 그건 아주 간단한 일 아니오? 그대가 그를 떠나게 된다면 그는 다른 여자와 함께 살거나 하숙집에 들어가게 될 텐데, 그렇게 되면 그의 장화는 지금보다 더 잘 닦여 있을 것 아니오? 그런 생각은 바보 같기도 하고 그렇지 않기도 하오. 그 말들 중에 무엇이 나를 이렇게 괴롭히는지 모르겠소. 어쩌면 그대는 알지도 모르겠소.

———

어제 라우린을 찾아갔었는데 편집실에 나와 있지 않아, 오늘 전화로 얘기했소. 마침 그대의 수필 하나를 교정보고 있는 중이라고 합디다. 어제 그대의 남편에게 자기가 잘 알고 있는 마사리크의 비서*에게 직접 얘기해보라고 편지를 썼다고 하오. 픽에게는 어제 하인도르프-페르디난츠탈로 편지를 보냈소. 돈에 대한 이야기를 좀 더 일찍 썼더라면 생일을 망치지 않아도 됐을 것 아니오. 가져가겠소. 그런데 어쩌면 우리는 서로 만나지도 못하는 것 아니오? 지금같이 혼란한 상황에서는 그럴 수도 있지 않겠소?
그리고 그 말도 맞소. 그대는 저녁과 아침을 함께 맞이하는 사람들과 그렇게 하지 않는 사람들에 대해 썼는데, 나는 후자의 상황이 더 좋게 느껴지오. 그들은 뭔가 나쁜 일을 저질렀소. 틀림없이, 아니면 아마도 말이오. 그리고 이 장면의 불결함은 그대가 정확히 지적했듯이, 본질적으로 그들 사이의 생경함에서 오는 것이오. 그리고 그것은 속세적인 불결함이오. 마치 아직 한 번도 사람이 산 적 없는 집이 갑자기 확 열어젖혀졌을 때 발견되는 그런 불결함 같은 거지요. 그건 물론 난처한 일이긴 하지만 그래도 아직 결정적인 일은 일어나지 않았소. 예컨대 하늘과 땅에서 결정적인 역할을 하는 일은 일어나지 않았다는 거지요. 그건 정말로 그대가 말한 것처럼 "공을 가지고 노는 것"에 불과했던 거요. 그건 마치 이브가 사과를 (때로는 내가 원죄를 그 누구보다도 더 잘 이해하고 있다고 생각하오) 따기는 했지만, 단지 그게 마음에 들어 아담에게 보여주려고 한 것뿐이었다는 얘기와 같소. 그걸 베어 먹은 것이 결정적인 것이었지, 그것을 가지고 노는 것은 허락되지 않은 일이기는 했지만 그렇다고 금지된 일도 아니었소.

[프라하, 1920년 8월 17일부터 18일까지]
화요일

그러니까 이 편지에 대한 답은 열흘에서 열나흘이나 지나야* 받을 수 있단 얘기지요? 그건 지금까지와 비교해보면 거의 버림받은 거나 마찬가지 상태요. 그렇지 않소? 그런데 하필이면 지금 같은 때에 그대에게 뭔가 말로도, 글로도 표현이 안 되는 것들을 얘기해야 할 것 같은 생각이 드오. 내가 그뮌트에서 잘못한 것을 무마하려고 하거나, 이미 익사한 무언가를 구해내기 위해서가 아니오. 단지 내 상태가 어떤지에 대해 그대가 깊이 이해했으면 해서요. 그대가 내게 정이 떨어져 떠나버리지 않게 말이오. 사람들 사이에서는 결국 모든 것에도 불구하고 그런 일이 일어날 수 있는 거니까요. 가끔은 내가 엄청난 납덩어리들을 달고 있어, 그것들이 일순간에 나를 바닷속 깊은 심연으로 끌어내릴 것 같은, 그리고 나를 붙잡아주거나, 아니면 '구해내려고'까지 했던 사람들이 모두 포기해버릴 것 같은 기분이 드오. 힘이 달려서라든가, 희망이 없어서도 아니고, 단지 그냥 화가 나서 그럴 것 같은 느낌이 드오. 이건 물론 그대에게 하는 말은 아니고, 한 지치고 텅 빈 머리가 (불행하거나 혹은 흥분한 머리가 아니고 말이오. 그런 건 거의 고마워해야 할 상태인 것 같소) 겨우 어렴풋하게나마 알아볼 수 있는 그대의 희미한 그림자에게 하는 말이오.

———

어제 야르밀라에게 갔었소. 그대에게 그렇게 중요한 일이라기에, 하루라도 미루고 싶지 않았소. 그리고 솔직히, 어쩔 수 없이 야르밀라와 얘기해야 한다는 데 대한 생각이 나를 안절부절못하게 했기 때문에, 차라리 바로 해치우고 싶었소. 면도를 하지 못했음에도 불구하고 말이오. (소름이 끼친 것뿐이라고 주장할 수 있는 단계가 지난 상태였소.) 하지만 내가 받은 임무를 수행하는 데에는 별로 지장이 없을 거라고 생각했소. 여섯 시 반경에 거기 도착했소. 초인종은 울려지지를 않았고, 문을 두드려봐도 아무 소용이 없었소. 나로드니 리스티들이 편지함에 꽂혀 있었고, 집에는 아무도 없는 것 같았소. 거기서 잠시 서성거리고 있자니 안뜰 쪽으로부터 두 여인이 다가왔소. 한 사람은 야르밀라였고, 다른 한 사람은 아마 그녀의 어머니였던 것 같소. 야르밀라는 곧바로 알아볼 수 있었소. 사진과 거의 닮지 않았고, 그대와는 전혀 비슷하게 생기지 않았지만 말이오. *[…]*[90]

우리는 바로 집에서 나와, 예전에는 사관학교였던 건물*의 뒷길을 한 10분간 왔다 갔다 하며 거닐었지요. 나를 가장 놀라게 했던 건, 그대가 말한 것과 달리 그녀가 말을 아주 잘하더라는 사실이오. 물론 그 10분 동안만 그랬을 뿐이었지만 말이오. 그녀는 거의 쉬지 않고 애

---

90) 개인의 권리 침해가 우려되어 지웠음.

기했소. 그건 그대가 한 번 내게 보내주었던 그녀의 편지의 수다스러움을 자꾸 생각나게 했소. 그 수다스러움은 말하는 사람과 무관한 어떤 독립성을 가지고 있는 듯했소. 이번에 그런 점이 더욱 눈에 띄었던 것은 이번에는 그때 편지에서 그랬던 것처럼 그렇게 구체적인 세부 상황에 대해 설명할 필요가 없었기 때문이오. 그녀가 그렇게 상기되었던 것이 조금은 이해가 되오. 그녀가 말했듯이 며칠 동안이나 그 일 때문에 매우 흥분되어 있었고, 베르펠 때문에 하스에게 전보를 치고, (답은 아직 못 받았답디다) 그대에게도 전보도 치고 속달 편지도 보냈으며, 그대가 요구하자마자 그 편지들*을 곧바로 불태워버렸고, 어떻게 하면 그대를 속히 안심시킬 수 있을지 몰라서 안절부절못했으며, 그래서 오후에는 역시 그 사실을 알고 있는 누군가와 그 일에 대해 얘기라도 하고 싶어서 우리 집으로 찾아올 생각까지 했었다는 사실을 생각하면 말이오. (그녀는 내가 어디에 사는지 알고 있다고 생각했다 하오. 그건 이렇게 된 거였소. 한번은 어느 가을날인가 아니면 봄이었던가 잘 생각나지는 않소만, 오틀라와 루젠카와 함께—내가 쇤보른 궁에서 지낼 때에 내게 살날이 얼마 남지 않았다고 예언했던* 그 아가씨 말이오—보트를 타러 갔었지요. 루돌피눔 앞에서 우리는 어떤 여자와 함께 있는 하스를 만났었는데, 그때는 그녀를 쳐다보지도 않았었소. 그런데 그녀가 야르밀라였던 거요. 하스는 그녀에게 내 이름을 알려줬고, 야르밀라는 내 누이동생과 몇 년 전에 시민수영학교에서 가끔씩 얘기를 나누었던 것을 생각해냈지요. 그 당시 시민수영학교는 매우 기독교적이었기 때문에, 그녀는 오틀라를 특이한 유대인 처녀로 기억에 담고 있었던 거지요. 우리는 그 당시 시민수영학교 맞은편*에 살고 있었기 때문에 오틀라가 그녀에게 우리 집을 가리켜 보여주었던 거요. 그게 그러니까 그렇게 된 거였소.) 그래서 그녀는 내가 찾아간 걸 그렇게 반가워했던 거고, 그래서 그렇게 쉴 새 없이 얘기했던 거요. 그녀는 이런 일이 생겨서 너무나 마음이 아팠다고 했고, 이제는 이 일이 확실히, 아주 확실히 끝난 것으로 믿는다고, 그리고 확실히, 아주 확실히 더 이상 어떤 일도 파생되지 않을 거라고 거의 정열적으로 맹세했소. 하지만 내 공명심은 그걸로 만족할 수 없었다오. 나는 그 편지들을 내 손으로 직접 불태우고, 그 재를 내 손으로 직접 벨베데레 위에 뿌리려고 했었기 때문이오—하지만 그건 내가 이 일이 얼마나 중요한지를 잘 이해했기 때문이라기보다는, 그냥 내게 주어진 임무에 완전히 목숨을 걸었기 때문이었소.

자기 자신에 관해서는 그녀는 거의 아무 말도 하지 않았소. 그저 내내 집 안에 틀어박혀 지내고—그녀의 얼굴색이 그걸 입증했소—아무와도 이야기하지 않는다고, 가끔 뭔가를 찾아보려고 서점에 가거나 편지를 부치러 가는 것 이외에는 거의 나가지 않는다고 했소. 그 외에는 그대에 대한 이야기만 했소. (아니, 그대에 대한 얘기를 했던 건 나였나? 그건 이제 와서 구분하기가 좀 어렵소.) 그대가 한번은 베를린에서 온 야르밀라의 편지를 받고, 야르밀라가 그대를 방문하게 될지도 모른다며 뛸 듯이 기뻐했었노라고 이야기하자, 그녀는 이제는 사람이 기뻐할 수 있다는 걸 더 이상 이해하지 못하겠다며, 게다가 누군가가 자기로 인해 기뻐할 수 있다는 건 더더구나 이해가 안 된다고 했소. 그녀의 그 말은 아주 담백하고도 솔직하게 들렸소. 나는 옛날의 아름다운 기억들은 그렇게 쉽게 지워지지 않는 거라고, 거기서 뭔가가 다시 새롭게 살아날 가능성은 항상 있는 거라고 말했소. 그녀는 "그래요, 우리가 만날 수만 있다면, 어쩌면 그런 일이 일어날 수 있을지도 모르지요" 하고 말하며, 최근에 그대가 오는 줄 알고 무척 기뻐했었다고, 그대가 바로 여기—원래 말을 할 때 손도 많이 움직이던 그녀는 몇 번이나 자기 앞의 땅을 가리키며—바로 여기 서 있었다면 얼마나 좋겠냐고, 그대가 얼마나 절실하게 필요한지 모르겠다고 했소. 한 가지 면에서 그녀는 스타샤와 닮은 점이 있소. 두 사람 다 그대에

대해 이야기할 때에는 마치 지하 세계에 있는 사람들이 살아 있는 그
대에 대해 힘없이 얘기하는 것처럼 느껴진다는 거요. 하지만 야르밀
라의 지하 세계는 물론 아주 다르오. 스타샤의 경우에는 그걸 보고
있는 사람이 더 고통을 받지만, 야르밀라의 경우에는 그녀 자신이 더
고통을 받고 있지요. 그녀는 보호가 필요한 것 같아 보이오.
[…]91

그녀의 집 앞에서 우리는 간단히 작별인사를 나눈 뒤 헤어졌소.
그 전에 그녀는 나를 조금 화나게 했었소. 그녀는 나에게 보여주고
싶었던 특별히 예쁘게 나온 그대의 사진이 있다며 아주 장황하게 설
명을 했소. 그러더니 마지막에 한다는 말이 그녀가 베를린으로 떠나
기 전에 모든 서류들과 편지들을 불태울 때에도 그 사진을 손에 들고
있었고, 마침 오늘 오후에도 또다시 손에 들고 있었음에도 불구하고,
지금은 아무리 찾아도 어디다 두었는지 모르겠다는 거였소.
그러고는 나는 그대에게 임무를 잘 마쳤노라고 과장해서 전보를 쳤
던 거요. 하지만 내가 달리 더 할 수 있는 일이 있었겠소? 그리고 그대
는 […]92 나에 대해 만족하오?

———

그대가 이 편지를 14일 후에나 받게 될 것이니, 이런 부탁을 하는 건
무의미한 일일 거요. 하지만 이런 부탁 자체가 무의미하므로 이건 거
기에 덧붙인 작은 부록에 불과할지도 모르겠소. 의지할 것 없는 (떠
내려가게 되면 어찌할 도리 없이 떠내려갈 수밖에 없는) 이 세상에서 어떻

91) 개인의 권리 침해가 우려되어 지웠음.
92) *2개의 단어를 알아볼 수 없게 지워버렸음.*

258

게라도 가능하다면, 내게서 멀어지지 말아주오. 내가 그대를 한 번, 아니면 천 번이라도, 아니 바로 지금, 아니 어쩌면 항상 바로 지금 실망시킬지라도 말이오. 그런데 이건 부탁도 아니고, 그대를 향한 것도 전혀 아니오. 어디를 향하고 있는지도 잘 모르겠소. 이건 그저 억눌린 가슴에서 나오는 억눌린 한숨일 뿐이오.

———

수요일

그대가 월요일 아침에 쓴 편지. 그 월요일 아침, 아니 더 정확히 말하자면 여행의 이로운 효과*가 (모든 걸 차치하고라도, 여행이라는 건 이미 그 자체로 기분 전환이 되는 것 같소. 누군가가 내 목 부분을 잡고 한번 철저하게 털어주는 기분이랄까) 이미 조금 사라지고 난 월요일 정오부터 나는 그대에게 끊임없이 한 가지 노래만을 불러주고 있다오. 계속 다른 형태를 가지고 있지만 그건 항상 같은 노래라오. 꿈 없는 잠처럼 풍부하고, 지루하고 지치게 만드는 거라서, 나 자신도 가끔 노래 부르는 가운데 잠이 들기도 하오. 그걸 듣지 않아도 되니 기뻐하오. 그대가 그렇게 오랜 시간 동안 내 편지들을 받지 않아도 된다는 사실에 대해 기뻐하오.

———

아, 도대체 사람 말을 어떻게 알아듣는 거요! 그대가 그 장화들을 정말로 예쁘게 닦는다는 사실에 대해 내가 뭐라고 한 게 아니잖소. 예쁘게 잘 닦으오. 그러고 나서는 그걸 구석에다 잘 놓고 그만 잊어버리오. 단지 그대가 그것들을 생각 속에서 하루 종일 닦고 있다는 사실이 나를 가끔 속상하게 한다는 말이었소(그런다고 그 장화들이 더 깨끗해지는 것도 아닌데 말이오).

[프라하, 1920년 8월 19일부터 23일까지]
목요일

내가 계속 듣고 싶은 말은 다른 말인데, 그대는 이 jsi můj[93]라는 말이 듣고 싶소? 하필 왜 그 말이오? 그건 사랑을 뜻하는 말도 아니잖소. 그보다는 오히려 가까움과 밤을 뜻하는 말이지요.

그래요. 그건 대단한 거짓말이었소. 그리고 나도 공범으로 같이 거짓말을 했소. 더 나쁜 건 내가 구석에서, 나 혼자, 아무것도 모르고 거짓말을 했다는 사실이오.

유감스럽게도 그대는 항상 내가 가면 벌써 저절로 다 해결이 되어 있는 임무들을 내게 부여하고 있소. 나를 그렇게도 믿지 못하겠소? 그러면서도 그냥 내게 자신감을 조금 심어주고 싶어서 그러는 거요? 하지만 그렇다면 이건 너무나 속이 빤히 들여다보이오. 픽이 내게 편지하기를, 밀레나 폴락 부인(이 무거운 세 발자국이 도대체 누구요?)이 질문한 것에 대해 지난주에 이미 답장을 보냈다고 합디다. 그런데 아직 출판사를 구하지는 못한 것 같소. 8월 말에 프라하로 와서 그때 출판사를 구할 거라고 합디다. 얼마 전에는 에른스트 바이스*가 매우 아프고 돈도 떨어졌다는, 그래서 프란첸스바트에서는 그를 위한 모금운동이 펼쳐졌었다는 소문을 들었소. 거기에 대해 아는 바가 있소?

야르밀라의 전보가 (그것도 우리가 서로 만나기도 전에 이미 발송된 전보가) 나와, 더욱이 질투와 무슨 상관관계가 있다는 건지 통 못 알아듣겠소. 내가 찾아간 게 그녀를 기쁘게 한 것 같기는 하오—그대 때문

---

93) 그대는 내 것이오.

에 말이오. 하지만 내가 작별인사를 할 때에는 (나 때문에, 아니면 그녀 때문이라고 말하는 것이 낫겠구려) 그보다 훨씬 더 기뻐했던 것 같소.

편지 첫 번째 장의 왼쪽 여백: 라우린이 편지했소? 그리고 변호사는 뭐랍디까?

감기에 [···][94] 대해서는 몇 마디 더 써주었더라면 좋았을걸 그랬소. 감기는 그뮌트에서 걸린 거요? 아니면 카페에서 집으로 가는 동안 걸린 거요? 그런데 여기는 아직도 화창한 여름 날씨요. 일요일에도 뷔멘 남부에만 비가 왔었소. 나는 아주 자랑스러웠소. 온 세상이 비에 흠뻑 젖은 내 옷을 보고 내가 그뮌트 쪽에서 온다는 것을 알아볼 수 있었을 테니 말이오.

금요일

가까이에서 읽으면 그대가 지금 겪고 있는 고난을 전혀 이해할 수가 없소. 그래서 조금 거리를 떨어뜨려놓고 읽어야 하오. 하지만 그렇게 해도 거의 이해할 수가 없소.

발톱에 대한 건 그대가 잘못 이해한 거요. 하지만 그건 원래 이해할 수 없는 거였소. 그대가 그뮌트에 대해서 말하는 건 맞는 말이오. 아주 광범위한 의미에서 보아도 그렇소. 예를 들어 내가 프라하에서 바람을 피우지 않았느냐고 그대가 물었던 생각이 나오. 그건 반은 농담이고, 반은 진담이고, 반은 무관심함이었소—또다시 이 세 개의 반이 나왔구려. 그건 말도 안 되는 소리였기 때문이오. 그대는 내 편지들을 받고도 그렇게 물었소. 그게 가능하기나 한 질문이오? 그런데 그것도 모자라서 내가 그걸 더욱더 불가능하게 만들었지요. 나는 "그

---

94) 괄호 속에 든 약 5개의 단어를 알아볼 수 없게 지워버렸음.

래요, 그대에게 충실했소" 하고 대답했소. 우리가 어떻게 그런 대화를 할 수가 있단 말이오? 우리는 그날 자주, 그리고 오랫동안 마치 서로 낯선 사람들처럼 이야기하고 듣고 했지요.

빈에 사는 내 친구의 이름은 예이텔레스가 아니오. 그리고 그는 내 친구도 아니고, 나는 그를 전혀 모르오. 그 사람은 막스가 아는 사람이고, 그가 모든 걸 중재했던 거였소. 하지만 그 광고°는 신문에 곧 나게 될 거요. 그건 여기 광고회사를 통해서 아주 간단하게 처리할 수 있는 문제니까 말이오.

야르밀라가 어제 저녁 즈음에 우리 집으로 찾아왔소. (내가 지금 사는 곳을 그녀가 어디서 알아냈는지 모르겠소.) 나는 집에 없었는데, 그녀는 그대에게 쓴 편지 하나와 연필로 쓴 쪽지 하나를 남기고 갔소. 거기에는 그대에게 편지를 보내달라고 쓰여 있었소. 그대의 시골 주소를 가지고 있기는 하지만 그게 확실한 건지 잘 모르겠다면서요.

블라스타°에게는 아직 전화 못했소. 아직 그럴 엄두가 잘 안 나오. 아홉 시가 넘어서 하려면 사무실에서 전화할 수밖에 없는데, 그러려면 관리들이 빙 둘러앉아 있는 자리에서 해야 하오(우리는 전화박스가 따로 없소). 그리고 나는 도대체가 전화하는 걸 잘 못하오(그걸 알고는 전화교환수 아가씨가 대개 전화를 연결해주지 않지요). 그리고 그녀의 성도 잊어버렸소. 그런데 만약 그대의 아버지가 전화를 받으면 어떻게 하느냐 말이오. 차라리 그녀에게 편지를 쓰려고 하오. 그러려면 아마 체코어로 써야 하겠지요?

변호사 얘기는 안 하오?

수요일에 처음으로 광고가 나갈 거요. 사람들이 그 광고를 보고 편지를 하면 그 편지들이 빈에서 그대가 있는 곳으로 전송되는 거요?

그래도 그렇게 오래 걸리지는 않았구려. 잘츠부르크에서 보낸 편지 두 통은 잘 받았소. 길겐에서도 잘됐으면 좋겠소. 가을이 정말 좋은 계절인 건 부정할 수 없는 사실이오. 내 건강은 보기에 따라서 나쁘다고 할 수도 있고 좋다고 할 수도 있소. 가을에 들어서도 얼마 동안 건강이 지탱해주었으면 좋겠소. 그뮌트에 대해서는 아직 편지를 통해서나 만나서 해야 할 얘기가 많소—건강이 좋지 않은 건 일부 그 때문이기도 하오. 아니오, 그렇지 않소. 오히려 그 반대가 맞을 거요. 거기에 대해 나중에 좀 더 자세히 쓰겠소. [...]⁹⁵ —야르밀라의 편지를 동봉하오. 그녀가 나를 찾아온 후 기송우편으로 답장을 보냈소. 긴급한 내용이 들어 있지 않다면 그 편지를 물론 기꺼이 전해주겠노라고 말이오. 그대의 주소를 일주일이 지나서야 받을 수 있을 거라고 생각했었기 때문이오. 그녀는 더 이상 답을 하지 않았소.
가능하다면 그대가 살고 있는 집의 전경을 좀 보여주오!

[프라하, 1920년 8월 26일]
목요일

연필로 쓴 편지만 먼저 읽었소. 월요일에 쓴 편지는 줄친 부분만 얼핏 보고는 아직은 읽지 않는 게 낫다고 생각했소. 왜 이렇게 두려워하는 건지! 그리고 단어 하나하나에 존재 전체를 던져넣어, 만약 이 단어가 공격을 받는다면 존재 전체가 방어를 하든지, 아니면 전체가 무너지든지 하지 못한다는 건 얼마나 치졸한 일인지요! 하지만 여기에도 죽음만 있는 것이 아니라 병도 있는 걸 어쩌겠소.
그 편지를 다 읽기도 전에—그대도 마지막에 그와 비슷한 이야기

---

95) 약 15개의 단어를 알아볼 수 없게 지워버렸음.

를 쓰고 있소—떠오른 생각은 그대가 그곳에 가을 날씨가 허락하는
한 조금 더 오래 머물러 있으면 어떨까 하는 거였소. 그럴 수 있을 것
같소?

잘츠부르크에서 보낸 편지들은 금방 도착했소. 길겐에서 보낸 것들
은 시간이 좀 걸리는 것 같소. 하지만 그게 아니라도 이따금씩 그대
의 소식을 듣는다오. 폴가르의 단편*이 신문에 실려 있었소. 호수에
대한 이야기요. 그 이야기는 말할 수 없이 슬픈데도 불구하고 나는
왜 이렇게 즐거운지 좀 당황스럽소. 그건 별거 아니라고 말할지도 모
르오. 그런데 잘츠부르크와 축제 공연들과 불안정한 날씨에 대한 기
사들도 실려 있단 말이오—그것도 그렇게 좋은 일은 아니오. 그대는
너무 늦게 떠났소. 그리고 나는 때때로 막스에게 볼프강과 길겐에 대
해 얘기해달라고 하지요. 그는 어릴 때 그곳에서 아주 행복한 시절
을 보냈다오. 옛날에는 더 좋았던 것 같소. 하지만 이 모든 것이 다 별
것 아니었을 거요. 『트리부나』가 없었다면 말이오. 매일같이 그대와
관련된 무언가를 발견할 수 있다는 가능성과, 그리고 가끔 실제로 발
견하기도 하는 기쁨이 없었다면 말이오. 내가 『트리부나』 얘기를 하
면 마음이 편치 않소? 하지만 나는 그걸 읽는 게 정말 좋다오. 그리고
그대의 최우수 독자인 내가 아니면 누가 그것에 대해 이야기해야 한
단 말이오? 이미 예전부터, 그대가 글을 쓸 때 때로는 나를 생각하고
쓴다는 말을 하기 전부터 나는 그것들을 나와 관계 지어 생각해왔소.
말하자면 끌어안았다고 해야 하나? 그런데 그대가 구체적으로 그 말
을 하고 난 이후부터는 거의 두려워하는 지경에 이르렀소. 예를 들어
눈밭을 뛰어다니는 토끼* 이야기를 읽으면, 마치 나 자신이 그곳에
서 뛰어다니고 있는 모습을 보는 것 같단 말이오.

란다우어의 논문*을 읽으며 소피아 섬에서 즐거운 한 시간을 보냈
소. 그대가 번역에 속한 자잘한 일들 때문에 짜증을 냈던 건 이해하

오—하지만 그건 애정이 담긴 짜증이기도 했던 것 아니오? 그래도 이건 잘된 글이오. 그리고 어쩌면 한 발짝도 깊이 들어가지는 못했을 지 모르지만, 적어도 그걸 하기 위해 눈을 지그시 감은 것 아니겠소? 그런데 그대가 끌리는 분야가 참 특이하오. 그 세 논문들(클로델, 란다우어, 도피지)은 모두 동질적인 것들 아니오? 어떻게 해서 란다우어를 번역하게 됐소? (같은 호의 『크멘』에 내가 읽은 것 중 처음으로 마음에 들었던 체코어 원작 작품도 있었는데, 그 작가의 정확한 이름은 잘 생각이 나지 않소. 블라디슬라프 반추라*였던가, 그 비슷했던 것 같소.)

편지 첫 번째 장의 왼쪽 여백: 하루에 100크로네라니, 참 저렴하구려. 거기에 좀 더 오래 머물 수 없겠소? 길겐이나 볼프강이나 잘츠부르크나 아니면 다른 데라도?

같은 장의 오른쪽과 아래쪽 여백: 막스가 토피치와의 사이에서 중개해주는 것*은 불가능하다고 생각하오. 픽이 이 일에서 막스 뒤에 숨으려고 하는 건 너무 현명치 못한 처사요. 내게는 그런 말은 쓰지 않고, 그가 프라하에 오면 직접 무언가 방법을 찾아보겠다고 약속했었소.

———

지금 그 나머지 한 편지를 결국 읽었소. 사실은 Nechci abys na to odpovídal[96]이라고 쓴 부분부터 읽었소. 그 이전에 무슨 말이 써 있는 지는 모르겠소. 하지만 오늘은 내 마음 가장 깊은 곳에 품고 있는 그대의 모습을 다시 한 번 의심할 여지없이 입증해주고 있는 그대의 편

---

96)   그대가 여기에 대해 답하지 않았으면 좋겠어요.

지 앞에서, 그걸 읽지 않고도 그대의 말이 모두 맞는다고 인정할 준비가 되어 있소. 그것이 저 가장 먼 곳에 있는 기관에다 나를 고소하는 내용이라 할지라도 말이오. 나는 불결한 사람이오, 밀레나. 한없이 불결한 사람이란 말이오. 그렇기 때문에 내가 순결에 대해 그렇게 법석을 떠는 거라오. 지옥 가장 깊은 곳에 있는 자들보다 더 순결한 노래를 부르는 사람은 없소. 우리가 천사의 노래라고 생각하는 것은 그들의 노래라오.

———

편지 두 번째 장의 왼쪽과 위쪽 여백: 그러면 그렇지. 내가 뭔가를 그냥 지나쳤다는 걸 알고 있었소. 그게 잊어버릴 수는 없는 일인데도, 생각이 나지 않았다는 사실을 알고 있었단 말이오. 열이 난다고요? 진짜 열이오? 정확히 잰 열이란 말이오.

편지 세 번째 장의 오른쪽 여백: 아마 이젠 수영하기엔 너무 늦었지요? 그대가 살고 있는 집의 전경을 보여주오.

편지 마지막 장의 왼쪽과 위쪽 여백: 야르밀라가 답장을 보내왔소. 딱 세 줄이었소. 그녀의 편지는 긴급하지도, 중요하지도 않다고, 그리고 감사하다고 써 있었소. 블라스타 건에 대해서는 그대에게서 기별이 올 때까지 기다리고 있겠소.

나는 며칠 전부터 내 '전시 근무'를, 아니 더 정확히 말하자면 '기동 연습'*을 다시 시작했소. 몇 년 전에 일시적으로는 나에게 가장 적합한 것으로 판명된 방식으로 말이오. 오후에 가능한 한 오래 침대에서 잠을 자고는 두 시간 동안 돌아다니다가 가능한 한 오래 깨어 있는 거요. 하지만 이 '가능한 한'에 함정이 숨어 있소. '그리 오래 가능하지 않기' 때문이오. 오후에도 그렇고, 밤에도 마찬가지요. 그런데도 나는 아침에 사무실에 출근할 때에는 거의 다 시들어 있다오. 그런데 정작 중요한 노획물은 깊은 밤중 두 시, 세 시, 네 시나 되어야 얻을 수 있다오. 하지만 이제는 늦어도 밤 열두 시에는 자리에 들지 않으면, 나도 망하고, 밤 시간이나 낮 시간이나 다 망치게 되오. 그럼에도 불구하고 그런 모든 건 문제가 되지 않소. 그냥 복무를 하는 것 자체가 좋소. 아무런 성과가 없다고 해도 말이오. 아무 성과가 없을 건 뻔한 일이오. 그렇게 한 반년 동안을 지내고 나서야 '혀가 풀리게' 될 건데, 그리고 나면 이제는 끝났다는 사실을 인식하게 될 거요. 복무를 해도 좋다는 허락을 받은 기간이 끝났다는 사실 말이오. 하지만 이미 말했듯이 그 자체가 좋소. 얼마 있지 않아 기침이 폭군처럼 끼어든다고 해도 말이오.

물론 편지들이 그 정도로 혹독했던 건 아니었소. 하지만 이 연필로 쓴 편지를 받을 만큼 죄를 지은 건 아닌 것 같소. 도대체 하늘에나 땅에나 그런 편지를 받을 만큼 죄를 지은 사람이 어디에 있단 말이오?

[프라하, 1920년 8월 26일부터 27일까지]
목요일 저녁

오늘은 다른 일은 거의 아무것도 하지 못했소. 그냥 앉아서 여기서 조금, 저기서 조금 읽은 것 외에 말이오. 하지만 대부분은 아무 일도 하지 못한 채 멍하니 앉아 있거나, 양쪽 관자놀이에서 일하고 있는 아주 미세한 고통에 귀 기울이고 있었소. 하루 종일 고통과 사랑과 걱정과 모호한 것에 대한—그 모호함은 주로 그것이 내 능력을 한없이 넘어선다는 점에서 오는 거였소—모호한 두려움에 빠진 채 그대의 편지들에만 몰두하고 있었소. 그나마 그대의 편지들을 다시 한 번 읽어볼 엄두도 내지 못하고 있는데 말이오. 그중에 반 장은 아직 한 번도 읽어볼 엄두를 못 내었소. 도대체 나는 왜 이 아주 특별하고 애를 태우는 살인적 긴장 속에서 사는 게 옳은 것이라는 사실을 납득하지 못하고, (그대도 가끔씩 이런 비슷한 얘기를 했었소. 그때에는 나는 그건 말도 안 되는 소리라는 듯 웃어넘기려 했었지요) 마음대로 그 긴장을 늦추고, 무분별한 동물처럼 그 밖으로 나와서는(게다가 동물처럼 이 무분별함을 사랑하기까지 했소), 그걸 통해서 교란당해 광포해진 모든 전기를 내 자신의 몸에 끌어다 대어 거의 타 죽을 지경에까지 가는지 모르겠소.

내가 이걸 통해 무슨 말을 하려고 그러는 건지는 나도 확실히 모르겠소. 그저 이걸로 어떻게든 그대의 편지들에서 나오는 그 비탄의 소리들을 받아내고 싶은 거요. 글로 표현된 것들 말고, 그대가 말하지 않고 참고 있는 그 비탄의 소리들을 말이오. 나는 그렇게 할 수 있소. 왜냐하면 그것들은 사실은 내 안에서 나오는 것이기 때문이오. 우리가 여기 이 어두움 속에서도 이렇게 하나일 수 있다는 사실이 너무나 경이로워 한순간씩 걸러서야 겨우 그 사실을 믿을 수 있다오.

———

금요일

지난밤은 잠을 자는 대신에 (물론 완전 자의에 의한 건 아니었지만) 편지들과 함께 보냈소. 그럼에도 불구하고 아직은 최악의 상황은 아니오. 오늘은 편지가 오지 않기는 했소. 하지만 그것도 그 자체로는 괜찮소. 이제는 편지를 매일 쓰지 않는 게 훨씬 더 좋겠소. 그대는 그걸 나보다 먼저 몰래 깨달은 것 같소. 매일 편지를 받는 건 사람을 강하게 하는 게 아니라 더 약하게 하오. 이전에는 편지가 오자마자 바로 들이켜고 나면(메란에 있을 때 말고 프라하에 있을 때 얘기요), 열 배나 더 강해지고 동시에 열 배나 더 목마름을 느꼈었소. 하지만 지금은 너무나 심각해서 편지를 읽을 때는 입술을 깨물어야 하고, 관자놀이에 느껴지는 작은 고통 외에는 아무것도 확실한 게 없소. 하지만 그것도 괜찮소. 단지 한 가지, 아프지만 말아주오, 밀레나, 아프지만 말아주오. 편지를 쓰지 않는 건 좋소. (어제 받은 것 같은 편지 두 통을 소화해내려면 며칠이 걸려야 되는지 아오? 이건 사실 바보 같은 질문이오. 마치 그게 며칠 동안에 해낼 수 있는 일인 것처럼 말이오.) 하지만 편지를 쓰지 않는 이유가 아파서 그런 거라면 안 되오. 이건 순전히 나를 위해 하는 부탁이오. 나보고 어떡하란 말이오? 아마도 나는 지금 하고 있는 일을 계속하고 있겠지요. 하지만 어떤 상태에서 그 일을 하겠느냔 말이오. 아니오, 생각하기도 싫소. 그러면서도 그대를 생각하면 가장 또렷이 떠오르는 그림이 그대가 침대에 누워 있는 모습이오. 그대가 그뮌트에서 저녁에 풀밭 위에 누워 있었던 것처럼 말이오. (나는 내 친구에 대해 얘기하고, 그대는 거의 듣지도 않고 있었을 때 말이오.) 그런데 그건 괴로운 상상이 아니라, 사실 지금 내가 생각해낼 수 있는 가장 좋은 상상이오. 그대는 침대에 누워 있고, 나는 그대를 간호하면서 가끔씩 와서 그대의 이마에 손을 얹어보고, 그대를 내려다볼 때에는 그대의 눈 속에 빠져들고, 그리고 내가 방 안에서 왔다 갔다 할 때에는 그대의 시선이 내게 머물러 있는 것을 느끼고, 그러면서 내가 그대를 위해 산다는 것과 내가 그래도 된다는 사실을 끊임없이 더 이상 제어할 수 없는 자부심을 가지고 느끼는 것, 그래서 그대가 한번 내게로 와 멈춰 서서 내게 손을 내밀었다는 사실에 대해 감사하기 시작하는 것 등등 말이오. 그리고 이건 그저 금방 지나가버릴, 그대를 이전보다 더 건강하게 만들고, 그대가 다시 멋지게 일어서게 만드는 그런 병에 지나지 않을 거요. 반면에 나는 곧, 언젠가, 바라건대 소음도 고통도 없이 땅속으로 기어들어가게 될 거지만 말이오—그러니까 이런 상상이 나를 괴롭히는 게 아니라 그대가 그 먼 곳에서 아프다는 사실이……

———

광고*를 동봉하오. 좀 더 세련되고 이해하기 쉽게 만들어졌으면 좋았을 걸 그랬소. 특히 "빈 상업-언어학교"라는 문구는 외따로 떨어져 무의미해 보이오. 물론 선생 옆에 찍은 콤마는 내가 그런 거 아니오. 어떻게 고쳤으면 좋을지 얘기해주오. 다음에는 고쳐서 내보내게 하리다. 이건 26일에 나온 거고, 우선은 1일과 5일과 12일에 또 나가게 될 거요.

———

막스는 정말 다리를 놓아줄 수 없소. 『튀코 브라헤』*가 토피치 사에서 출간된 건 사실이지만, 그 후 유대인들의 정치적 팸플릿 하나가 또 거기서 나오기로 되어 있었는데, 처음에는 내주겠다고 해놓고는 나중에 종이가 부족하다느니, 인쇄비가 많이 든다느니 하면서 다시 거절했소. 그래서 그는 지금 사실 토피치와 사이가 틀어져 있는 상태란 말이오.

[프라하, 1920년 8월 말]
<u>내가 말했던 건 아직도 유효하오.</u> 하지만 그게 아래에 쓰는 내용과

관련되는 것은 그대의 고통을 통해서까지도 내게 좋은 것이 돌아온다는 점에서만 그러하오. 그대의 고통마저도 나를 위해주는구려. 내가 [...]⁹⁷ 돈으로 그대에게 가까이 다가갈 수 있게 해주는 걸 통해서가 아니라, 내가 멀리에서나마, 마땅한 거리를 취한 먼 곳에서나마 그대 일에 참여할 수 있게 해주는 걸 통해서 말이오. ─물론 그대가 허락해준다면 말이오. 그대가 내 도움을 거절할 것이 걱정돼서 하는 말이 아니오. (그럴 이유가 전혀 없으니까요.) 단지 그대가 지금 이 상황에서까지도 요양원에 가지 않으려고 할까봐 걱정돼서 하는 말이오. 하지만 예를 들어 크로이첸에서는 그렇게 마음에 들었다고 했잖소. 1000크로네는 아버지에게서 받지 않소? 아니면 1200이었던가요? 그리고 매달 적어도 1000크로네 정도는 내가 보내줄 수 있소. 그걸 다 합치면 오스트리아 돈으로 8000크로네 정도가 되오. 요양원에서는 하루에 250크로네 이상은 안 들 거요. 그러면 가을과 겨울을 거기서 보낼 수 있지 않겠소? 크로이첸이 싫으면 어디 다른 곳에서라도 말이오. 고백하오만, 다시 그대의 강한 기운이 미치는 가까운 곳에서 숨 쉴 수 있다는 행복에 겨워 그대 생각은 거의 안 하게 되오. 하지만 그렇다고 해도 그게 내가 얘기한 것의 가치를 떨어뜨리는 건 아니오. 그 사실을 증명하기 위해 다음에 그대에게 편지할 때에는 집으로 카드만 말고 인쇄물도 하나 보내주리다.

[프라하, 1920년 8월 28일]
토요일

아, 정말 좋소, 정말 좋소, 밀레나, 정말 좋아요. (화요일) 편지에 쓰여 있는 어떤 특정한 것이 그렇게 좋다는 게 아니라, 그 편지가 안정되

---

97) 1개의 단어를 알아볼 수 없게 지워버렸음.

고, 신뢰에 차고, 명료한 분위기에서 쓰였다는 사실이 좋다는 말이오. 오늘 오전에는 편지가 안 왔소. 그 사실 자체는 물론 아주 쉽게 참을 수 있었을 거요. 편지를 받을 때의 기분이 지금은 아주 달라졌소. 편지를 쓸 때의 기분은 물론 거의 변한 게 없지만 말이오. 편지를 써야 한다는 불가피성과 편지를 쓸 때의 행복은 그대로요. 그러니까 그 사실 자체는 받아들일 수 있었을 거요. 내가 왜 편지가 필요하겠소. 예를 들어 어제 하루 종일과 저녁 시간과 밤 시간의 반 정도를 그대와 대화하며 보냈는데 말이오. 나는 아이처럼 정직하고 진지했고, 그대는 엄마처럼 그렇게 진지하고 잘 받아들이는 그런 대화였소. (현실에서는 그런 아이나 그런 엄마는 아직 한 번도 본 적이 없소.) 그러니까 그건 다 괜찮았을 거요. 단지 편지를 쓰지 않는 이유를 알았으면 좋겠소. 그렇지 않으면 계속해서 그대가 아파서 그 작은 방의 침대에 누워 있는 모습만 상상하게 되오. 밖에는 가을비가 내리고 있고, 그대는 혼자서 쓸쓸히 열과 (한 번 그렇게 썼었소) 감기와 (한 번 그렇게 썼었소) 식은땀과 피곤과 (이 모든 것에 대해 썼었단 말이오) 싸우면서 말이오— 그러니까 이 모든 게 다 아니라면, 그러면 됐소. 그러면 지금은 나도 다른 소원이 없겠소.

그대 편지의 첫 단락에 대해서는 답하지 않으려 하오. 아직 이전 편지의 그 겁나는 첫 단락에 무슨 얘기가 써 있는지도 모르고 있소. 그건 모두 아주 깊이 꼬이고 꼬인 얘기들이라서 엄마와 아이 사이의 대화를 통해서만 풀 수 있소. 어쩌면 그런 얘기는 거기에서는 나올 수가 없기 때문에 풀 수 있는지도 모르오. 그러니까 그 이야기는 하지 않겠소. 생각만 해도 관자놀이가 아파오기 때문이오. 사랑의 화살을 나는 가슴이 아니라 관자놀이에 맞은 게 아닌지 모르겠소. 그륀트에 대해서도 더 이상 쓰지 않겠소. 적어도 의도적으로는 말이오. 거기에 대해서 말을 하자면 할 말은 아주 많겠지만, 결국에는 빈에서의 첫날도 내가 저녁에 작별을 해야 했었더라면 별로 나을 것이 없었을 거라는 결론에 도달하고 말 거요. 거기다가 빈이 그뮌트에 비해서 더 유리했던 건, 내가 빈에 갈 때에는 두려움과 기진맥진함으로 거의 반 혼수상태가 되어 도착한 것에 반해, 그뮌트에 갈 때에는˚나도 모르게 너무나 당당한 마음으로, 마치 이제는 내게 어떤 일도 일어날 수 없다는 듯이, 집주인처럼 그곳에 갔었기 때문이오. 나는 그 정도로 어리석었소. 참 이상도 하오. 나를 계속해서 엄습하는 이 모든 불안에도 불구하고 이 소유한 자의 무덤이 나에게 가능하다는 사실이 말이오. 그게 아마 나의 본질적인 결점인지도 모르오. 이 일에서도 그렇고, 다른 일에서도 말이오.

지금은 벌써 두 시 십오 분이오. 그대의 편지를 두 시가 다 되어서야 받았소. 이제 그만 밥 먹으러 가야겠지요?

이것이 나에게 무슨 의미가 있어서가 아니라 그저 솔직하기 위해 쓰는 거요. 리즐 베어˚가 아마 길겐에 별장을 하나 갖고 있을 거라는 말을 어제 들었소. 혹 그대의 고통 중 하나가 이 사실과 관련이 있는 거요?

마지막 문장의 번역˚은 참 잘 됐소. 이 이야기에서는 문장 하나하나, 단어 하나하나, 그리고—이렇게 말을 해도 된다면—음악 하나하나가 다 '두려움'과 관련이 있다오. 곪았던 상처가 그때 처음 터졌던 거요. 아주 길었던 하룻밤에 말이오. 그리고 내 느낌으로는 번역이 이 연관성을 아주 정확히 잘 표현해주고 있소. 바로 그대의 마술사 같은 그 손으로 말이오.

편지를 받는 게 왜 그리 고통스러운지 아오? 물론 그대도 알고 있지요. 오늘은 그대의 편지와 내 편지 사이에 이 크나큰 불안정성 속에서도 그나마 가능한 데까지 명료하고 아름다운, 안도의 숨이 내쉬어지는 합일이 이루어지고 있소. 그런데 이제 나는 내가 이전에 쓴 편지들에 대한 답장을 받을 걸 두려워해야 한단 말이오.

그런데 내가 그대의 주소를 월요일에야 겨우 받았는데, 어떻게 화요일에 내게서 편지가 오기를 기다릴 수 있소?

그대도 차장들을 좋아하지요? 아, 그때의 그 재미있고, 빈의 진짜 토박이처럼 깡마른 체구의 차장이 생각나오! 하지만 여기에도 그렇게 좋은 사람들이 있다오. 아이들은 차장이 되고 싶어 하지요. 그렇게 권력 있고 존경받는 인물이 되고 싶어서요. 그리고 전차를 타고 돌아다닐 수도 있고, 승강구에 서 있어도 되고, 그리고 아이들을 향해 그렇게 깊이 몸을 숙여도 되고 말이오. 그리고 차표 구멍 뚫는 기계도 있고, 또 전차표도 그렇게 많이 가지고 있지요. 그런데 이런 모든 가능성이 좋아 보이기보다는 오히려 두렵게만 느껴지는 나조차도 차장이 되고 싶다오. 나도 그처럼 쾌활하고 어디서나 다 참견하는 사람이 되고 싶어서 말이오. 한번은 천천히 가고 있는 전차 뒤를 따라 걷고 있었는데 차장이

(그 시인*이 사무실로 나를 데리러 왔소. 내가 차장들 이야기를 다 마칠 때까지 기다리라지요.)

전차 뒤쪽에 있는 승강장에 서서 몸을 앞으로 쭉 뺀 채로 내게 뭐라고 소리를 지르는 거였소. 나는 요제프 광장의 소음 때문에 그의 말을 못 알아들었소. 그는 흥분해서 양팔로 손짓하며 내게 뭔가를 알려주려고 애썼지만, 나는 그것도 알아듣지 못했소. 그러는 동안 전차는 점점 내게서 멀어져갔고, 그는 더욱더 애타며 애를 쓰고 있었지요—마침내 내가 알아차린 건, 내 옷깃에 달린 금핀이 떨어지려 하고

있었기 때문에, 그가 그걸 내게 알려주려고 했었다는 거였소. 오늘 아침에 다시 그 생각이 났소. 지난밤에 잠을 못 자 마치 불구가 된 유령처럼 멍하니 전차에 올라타서 5크로네를 내니까 차장이 거스름돈을 내주며 내 기분을 밝게 해주기 위해 (아니, 꼭 내 기분을 밝게 해주려는 건 아니었던 것 같소. 나를 전혀 쳐다보지도 않았으니까요. 그냥 거기 분위기를 명랑하게 만들려고) 내게 건네주는 지폐에 대해 뭐라고 친절한 말을 했소. 나는 그 말을 알아듣지 못했지만, 내 옆에 서 있던 한 신사가 그 때문에 나에게 웃어주었고, 나도 어쩔 수 없이 그에게 웃음으로 답해줄 수밖에 없었소. 그래서 결국 그 때문에 모든 것이 다 조금 나아졌다오. 이 일이 장크트 길겐의 비 오는 하늘도 밝게 해주었으면 얼마나 좋겠소!

[프라하, 1920년 29일부터 30일까지]
일요일

어제는 참 이상하게도 착각을 했었소. 어제 낮에는 (화요일에 쓴) 그대의 편지 때문에 그렇게 뛸 듯이 기뻤었는데, 저녁에 그 편지를 다시 읽어보니 최근의 다른 편지들과 본질적으로 다를 게 거의 없었소. 그 편지 역시 거기 말로 쓰여 있는 것보다 훨씬 더 많이 불행해하고 있었소. 내가 그걸 착각했었다는 사실이 내가 얼마나 내 생각만 하고 있는지, 그리고 내 안에만 갇혀 있는지, 그대에게서 내가 견딜 수 있는 것만 꼭 붙잡고, 그걸 아무도 빼앗아가지 못하도록 저기 사막 어딘가로 도망가고 싶어 하는지를 증명해주고 있소. 타이피스트에게 편지를 불러주다가 내 방으로 뛰어 돌아왔는데, 거기 놀랍게도 그대의 편지가 놓여 있었고, 그걸 행복해하며 삼키듯이 빨리 읽었고, 거기에 딱히 굵은 글자로 나를 공격하는 내용이 들어 있지 않았다고 해서, 그리고 관자놀이에서는 우연히 맥박이 차분히 뛰고 있었고, 내가 마침 경솔하게도 그대가 안정되고 평화롭게 숲과 호수와 산들에 둘러싸여 편안히 있는 걸 상상했었기 때문에—이 모든 이유들과, 그대의 편지나 그대가 실제 처해 있는 상황과는 모두 전혀 무관한 또 다른 몇몇 이유로 인해 그대의 편지가 쾌활하게 느껴졌었고, 그래서 그렇게 정신 나간 소리를 쓰게 된 거였소.

———

월요일

사랑하는 밀레나, 이렇게 자제력이 없이, 단지 악의 때문에 사람을 삼켜버리지 않는 바다 한가운데서 이리 굴리고 저리 굴림을 당하는 기분이라니요! 지난번에는 편지를 매일 쓰지 말라고 부탁했었지요. 그건 솔직한 심경이었소. 나는 편지가 두려웠소. 어쩌다 한 번 편지가 오지 않으면 나는 더 안정되었었소. 책상 위에 편지가 하나 놓인 것을 보면 내 모든 힘들을 다 동원해야 했는데, 그래도 턱도 없이 모자랐었소—그런데 오늘은 이 카드들이 (둘 다 내 소유로 만들었소.) 안 왔더라면 불행했을 거요. 고맙소.

[…]⁹⁸ 사무실 일.

———

내가 지금까지 러시아에 대해 읽은 일반적인 이야기들 중에 여기 동봉하는 이 논문˚이 내게, 아니 더 정확히 말하자면 나의 몸에, 나의 신경에, 나의 피에 제일 깊은 인상을 주었소. 다만 나는 그걸 거기 써 있

---

98) 약 50개의 단어를 알아볼 수 없게 지워버렸음.

276

는 액면 그대로 받아들인 건 아니고, 나의 오케스트라를 위해 다시 편곡했소. (논문의 마지막은 찢어버렸소. 거기에는 공산주의자들에 대한 비난이 들어 있었는데, 그건 이것과 관계없는 일이기 때문이오. 사실 이 모든 것 역시 그저 한 단편에 지나지 않소.)

———

짧은 단어들이 층층으로 들어가 있는 이 주소는 무슨 연도連禱나 기도문 같은 느낌을 주지 않소?

[프라하, 1920년 8월 31일]
화요일

금요일에 쓴 편지를 받았소. 목요일에 편지를 쓰지 않았다면 괜찮소만, 편지가 유실되는 일은 없었으면 좋겠소.

———

그대가 나에 대해 쓴 말은 무섭게도 정확한 판단이오. 나는 아무것도 첨가하지 않고, 손대지 않은 채 그대로 인정하겠소. 단지 거기에도 써 있는 단 한 가지만 조금 더 솔직하게 말해주고 싶소. 나의 불행은 내가 모든 사람들을—그리고 나에게 너무나 잘해주는 사람들은 물론 특히 더—좋은 사람으로 여기는데, 내 이성이나 내 마음은 이들을 좋은 사람으로 여기는데, (지금 어떤 사람이 들어왔었는데, 깜짝 놀라는 눈치였소. 내가 허공에다 대고 이 의견을 표현하는 표정을 짓고 있었기 때문이오.) 어찌 된 일인지 나의 육체는 그들이 필요한 상황이 되면 정말 좋은 사람들이 될 거라는 사실을 믿지 못한다는 사실이오. 나의 육체는 겁을 먹고, 이러한 의미에서 정말 세계를 구원할 만한 결과가 오는지 기다려보기보다는 차라리 천천히 벽을 타고 기어 올라가버린다는 사실이오.

———

다시 편지들을 찢어버리기 시작했소. 어제 저녁에도 하나를 찢어버렸소. 그대가 나 때문에 [⋯]⁹⁹ 많이 불행하다고요? (아마 다른 것들도 함께 작용하는 걸 거요. 모든 건 서로 상호작용을 하는 법이니까.) 가면서 점점 더 솔직하게 말해주오. 한 번에 다 말할 수는 물론 없을 거요.

———

어제는 의사에게 갔었소. 내 기대와는 달리 의사도 저울도 내가 더 나아졌다고 하지 않더구려. 그래도 더 나빠지지는 않았다고 하오. 하지만 휴양을 가야 되겠다고 합디다. 스위스 남부로 가라고 했다가 내가 그리로 갈 수 없는 이유를 설명하니까 금방 수긍하고는 내가 전혀 도와주지 않았음에도 불구하고 곧바로 저지低地 오스트리아에 있는 두 요양원이 가장 좋을 것 같다고 합디다. (프랑크푸르터 박사가 운영하는) 그림멘슈타인 요양원˚과 비너 발트 요양원˚이오. 그런데 그는 그 두 요양원과 가까운 우체국이 각각 어디에 있는지는 모르고 있습디다. 시간이 나는 대로 그것 좀 알아봐줄 수 있겠소? 약국에서나 의사한테 물어보거나, 아니면 주소록이나 전화번호부 같은 데서 말이오. 급할 건 없소. 그리고 내가 꼭 간다는 얘기도 아니오. 이 요양원들은

---

99) *2개의 단어를 알아볼 수 없게 지워버렸음.*

결핵환자들만 치료하는 곳이오. 집 전체가 밤이나 낮이나 기침하고 열나고, 환자들은 고기를 먹어야 하고, 주사를 안 맞겠다고 하면 옛날에 사형 집행인이었던 사람들이 팔을 잡아 비틀고, 유대인에게나 기독교인에게나 엄격하기로 소문난, 수염을 쓰다듬는 유대인 의사들이 지켜보는 그런 곳들이라오.

———

최근에 온 편지들 중 하나에 (나는 이 최근 편지들을 꺼내 볼 엄두를 못 내고 있소. 어쩌면 내가 얼른 읽느라고 잘못 이해했는지도 모르겠소. 그럴 가능성이 제일 높을 거요) 그대의 일이 거기에서 완전한 종말을 향해 가고 있다고 썼었소. 그중 얼마만큼이 순간적인 고통이었고, 얼마만큼이 지속적인 진실이었소?

———

그대의 편지를 다시 한 번 읽어보았소. 그리고 '무섭게도'라는 말은 취소하오. 그 안에 그래도 몇 가지 빠진 게 있고, 몇 가지는 잘못 들어가 있소. 그러니까 그냥 '정확한 판단'일 뿐이오. 물론 인간에게는 유령들과 '술래잡기'를 한다는 게 무척 어려운 일이지요.

———

블라이*를 만났었다고요. 그는 어떻게 지내고 있소? 그 모든 것이 바보 같은 일이었다는 건 기꺼이 믿겠소. 갈등을 느낀다는 것 역시 잘 알겠소. 거기에는 뭔가 아름다운 것도 있지요. 단지 그게 5만 마일쯤 멀리 떨어져 있고, 오기를 거부한다는 게 탈이지요. 그리고 잘츠부르크의 모든 종들이 울리기 시작하면, 조심하느라고 몇 천 마일쯤 더 멀리 물러나겠지요.

[프라하, 1920년 9월 1일]
수요일

오늘 편지가 안 왔소. 참 바보 같지요. 편지가 안 오면 안 왔다고 뭐라고 하고, 편지가 오면 오는 대로 불평하고 말이오. 하지만 여기에서는 그래도 되오. 그대는 그게 불평이 아니라는 걸 알고 있으니까. 이거나 저거나 말이오.

———

오늘은 야르밀라가 사무실로 나를 찾아왔소. 그러니까 두 번째로 그녀를 만난 거였소. 그녀가 왜 왔었는지는 잘 모르겠소. 그녀는 내 책상 옆에 앉아 있었고, 우리는 이것저것에 대해 좀 이야기하다가, 함께 창가에 서 있다가, 다시 책상 옆으로 왔고, 그녀는 다시 앉았다가, 그러고는 갔소. 그녀와 있는 동안 마음이 편했소. 조용하고 평화로웠고, 지난번처럼 그렇게 죽은 사람 같은 인상을 풍기지도 않았소. 얼굴은 조금 홍조를 띠고 있었는데, 사실 예쁘다고는 할 수 없는 인상이었소. 앉아 있을 때는 특히 더 그랬소. 그리고 모자를 서투르게 얼굴 깊숙이 눌러썼을 때는 흉하기까지 했소. 하지만 그녀가 왜 왔었는지는 잘 모르겠소. 아마도 너무나 외로웠던 것 같소. 그리고 원래 꼭 해야 할 일이 없으니까, 나에게 온 것도 아마 아무 일도 하지 않는 것 중의 일부분이었던 것 같소. 우리가 같이 있었던 일도 아무것도

280

아닌 것의 양상을 갖고 있었소. 아무것도 아닌 것에서 오는 편안함도 말이오. 하지만 끝에 가서는 좀 어려워집디다. 왜냐하면 끝이라는 건 어쨌든 이미 뭔가 실제적인 거고 아무것도 아닌 것과 경계가 지어져 있는 것 아니겠소. 하지만 그래도 가능한 한 실제적인 것에서 멀리 떨어뜨려 놓을 수가 있었소. 그냥 언제가 될지는 모르지만, 언젠가 내가 산보를 하다가 그녀가 살고 있는 동네를 지나게 되면 그녀가 집에 있는지 알아봐서 잠시 산책이라도 같이하거나 하자고 했지요. 그래도 이렇게 애매한 약속조차도 내게는 너무나 크게 느껴져서 피할 수만 있었다면 피하고 싶었소. 하지만 그녀는 벌써 두 번이나 나를 찾아왔고, 그녀는 내가 조금이라도 상처를 주는 일을 아무런 내적 저항 없이 할 수 있는 대상은 아니잖소? <u>내가 어쩌면 좋겠소?</u> 아주 특별히 좋은 생각이 있으면 혹 내게 전보로 좀 알려줄 수 있겠소? 편지로 답장을 하면 열흘이나 걸려야 겨우 받아 볼 수 있으니까 말이오.

그녀는—그 특이한 낮고 약한 목소리로—그대에게서 편지를 하나 받았다는 이야기도 합디다. <u>이 편지가 혹시 그녀가 찾아오게 된 계기가 된 거요?</u> 아니면 그녀 천성이 원래 그래서 항상 그렇게 이리저리 더듬으며 세상을 떠다니고 있는 거요? 아니면 그대만 따라다니고 있는 거요?

거기에 대해 꼭 답을 해주오. 요즈음은 자주 내 질문에 답하는 걸 잊어버립디다. 하긴 어제 받은 편지에는 hlava nesnesitelně bolí[100]라고 써 있었긴 하오. 오늘 아침에는 날씨가 화창해서 그대가 호수에서 수영하는 모습을 떠올리며 기뻐했었소. 그런데 지금 오후에는 날씨가 다시 흐려졌소.

---

100) 머리가 참을 수 없을 정도로 아파요.

[프라하, 1920년 9월 2일]
목요일

오늘은 일요일에 쓴 편지, 월요일에 쓴 편지와 카드 한 장이 왔소. 제발 잘 좀 판단해보오, 밀레나. 나는 여기 이렇게 멀리 그대와 단절된 채 앉아 있소. 그래도 비교적 안정된 상황에서 말이오. 그러니 내 머리에 두려움, 불안 등등 오만 가지 생각이 다 들지 않겠소? 그래서 그게 별로 의미 없는 일인 줄 알면서도 그런 말들을 쓰는 거요. 그리고 그대에게 편지를 쓸 때면 모든 걸 잊어버리오. 그대조차도 말이오. 그리고 이런 편지 두 통을 또다시 받고 나면, 그제야 모든 게 다시 의식 속으로 들어온다오.

블라스타*에게는 내일 전화하리다. 공중전화로 해야겠소. 여기에서는 할 수가 없으니 말이오. 아버님으로부터는 아직 아무 대답이 없소? 그대가 겨울에 대해 걱정하는 것들 중 한 가지는 이해가 잘 안 되오. 그대의 남편이 그렇게 아프다면, 그것도 병을 두 가지씩이나 가지고 있고 그게 심각한 상태라면, 사무실에 출근할 수가 없을 것 아니오? 그래도 정식으로 채용된 공무원인 그가 해고되는 일은 물론 없을 것 아니겠소? 그리고 아픈 것 때문에 생활도 달리 조정해야 하지 않겠소? 그렇게 되면 모든 게 더 간단해질 것 아니오? 그래서 적어도 외적으로는 좀 더 쉬워지지 않겠소? 아무리 다른 모든 건 슬픈 상황이라고 해도 말이오.

하지만 이 지구상에서 가장 무의미한 일들 중 하나가 잘잘못의 문제를 진지하게 다루는 일이오. 적어도 내게는 그렇게 보이오. 비난을 한다는 사실이 무의미하게 보인다는 게 아니오. 사람이 곤경에 처하게 되면 사방에다 대고 비난을 퍼붓게 되는 건 당연한 일이오. (물론 그런 경우 그건 아직 최악의 곤경은 아니지만 말이오. 최악의 곤경에 처하게 되면 사람들은 오히려 비난을 하지 않기 때문이오.) 그리고 모든 것이 혼

282

란스럽고 격동하는 때에 그런 비난들을 가슴 깊이 받아들이게 되는 것 또한 이해가 되오. 하지만 마치 그것이 어떤 일반적인 계산 문제이고 너무나 명료해서, 일상의 행동에 영향을 미치는 결론을 끌어낼 수 있다는 듯이 그런 일에 대해 협상을 할 수 있을 거라고 생각한다는 건 도저히 이해가 안 되오. 물론 그대가 잘못했소. 하지만 그대의 남편도 잘못했소. 그리고 또 그대가 잘못했고, 또 그대의 남편이 잘못했소. 사람들이 함께 살다보면 그렇게 될 수밖에 없는 것처럼 말이오. 그렇게 잘못이 끝없이 계속 쌓이다보면 저 태초의 원죄까지 거슬러 올라가게 되지요. 하지만 이 영원한 죄를 샅샅이 뒤지고 찾는 일이 내가 오늘 하루를 사는 데에, 그리고 이슐의 의사를 찾아가는 데에 무슨 도움이 되겠소?

그리고 밖에서는 계속 비가 내리고 그치려 하지를 않는구려. 나야 아무렇지도 않지요. 나는 마른 곳에 앉아 있으니까요. 단지 지금 막 내 방 창문 앞에 매달린 발판 위에 서서 방금 잠시 그친 비에 대해 화가 나고, 내가 빵에다가 버터를 너무 많이 바르는 것에 화가 나서 애꿏은 창문에다 물감을 뿌려대는 페인트공 앞에서 풍성한 나의 아침 새참을 먹기가 부끄러울 뿐이오. 그런데 사실 그것도 내가 그렇게 생각하는 것뿐일 거요. 그는 아마도 내가 그에 대해 관심을 두는 것의 백분의 일도 내게 관심이 없을 거요. 아이고, 지금은 정말 비가 퍼붓고 천둥까지 치는 속에서 그가 일하고 있소.

바이스 씨에 대해서 나중에 또 소식을 들었는데, 아마도 아픈 건 아니고 그냥 돈이 없을 뿐이라고 합디다. 적어도 여름에는 그랬었고, 그래서 프란첸스바트에서 그를 위한 모금 운동이 있었다고 하오. 약 3주 전에 그에게 답장을 보냈소. 등기로요—물론 슈바르츠발트로 말이오—아직 그런 소문을 듣기 전이었소. 답장은 아직 오지 않았소. 지금 그는 슈타른베르크 호숫가에 그의 애인과 함께* 있소. 그녀가 바움*에게 (그녀의 본질이 원래 그런 것처럼) 어둡고 진지하지만, 그렇다고 불행하다고는 볼 수 없는 (물론 그것 역시 그녀의 본질에 속하지요) 내용의 카드들을 보내왔다고 합니다. 그녀가 (아주 성공적으로 공연을 마친 후) 프라하를 떠나기 전, 그러니까 약 한 달 전에 잠시 그녀와 얘기했었소. 얼굴이 안돼 보입디다. 원래가 약하고 부드러우면서도 강인한 그녀는 연속된 공연으로 매우 지쳐 보였소. 바이스에 대해 그녀는 이렇게 말했소. "그이는 지금 슈바르츠발트에 있어요. 거기서 별로 잘 지내지 못하는 것 같아요. 하지만 이제 우리는 슈타른베르크 호숫가에서 함께 지낼 거예요. 그러면 그도 좀 나아지겠지요."

그래요, 란다우어가 『크멘』지에 게재되고 있소.* 두 번째 것은 아직 자세하게 읽지 못했소. 오늘 마지막 세 번째 부분이 실릴 거요.

야르밀라 건은 오늘은 어제만큼 그렇게 심각하게 느껴지지 않소. 그녀가 두 번이나 나를 찾아왔다는 사실에 좀 놀랐을 뿐이오. 아마 그녀에게 편지도 쓰지 않고, 찾아가지도 않게 될 것 같소. 이상하게도 그녀를 보면 그녀가 하는 행동들이 약하고 가련한 그녀 자신에게서 나오는 행동이 아니라, 어떤 명령을, 그것도 인간의 것이 아닌 명령을 수행하고 있는 거라고 굳게 믿게 되오.

[프라하, 1920년 9월 3일]
금요일

밀레나, 급히 몇 자 적소. 오늘은 편지가 안 왔소. 이 말을 쓸 때마다 항상 뭔가 특별히 나쁜 일이 생겨서 그런 건 아니길 바란다는 말을 덧붙이게 되오. 어제 저녁, 아니 엄밀히 말하자면 밤에 거의 한 시간 동안이나 그대의 최근 편지들에 대해 골똘하게 생각했소.

전화 묘기는 성공했소. 오늘 여섯 시에 국회의사당 앞에서 블라스타를 만나기로 했소. 전화 통화는 그리 쉽지 않았소. 내게는 모든 전화 통화가 다 쉽지 않소. 처음에는 그녀가 내 말을 못 알아들어 조금 옥신각신했었소. 낯선 사람인 내가 왜 그녀와 이야기를 하거나 어디에서 좀 만나자고 하는지 모르겠다는 거였소. 그녀는 그대 이름을 말하는 걸 듣지 못했던 거였고, 나는 또 그런 줄도 모르고 그녀가 그렇게 냉정하게 얘기하는 걸 이상하게 생각했었지요. 하지만 무슨 일인지를 알고 나자 그녀는 매우 기뻐하며, 우리가 만나는 걸 무척 중요하게 여겼소. 그래서 처음에는 토요일에 만나자고 했다가, 다시 변경해서 오늘 만나기로 한 거요.

어제는 막스에게 갔다가 그대의 남편이 인가 건으로 보낸 편지를 보았소. 차분한 필체에 차분한 말씨였소. 그 부분은 아마 막스가 도와줄 수 있을 거요.

방금 픽에게서 온 엽서를 한 장 받았소─그는 벌써 프라하에 와 있는데, 아직 내게 찾아오지는 않았소─여기에 "에른스트 바이스가 건강한 몸으로 프라하에 와 있다는 건 아마 이미 알고 계실 겁니다"라고 썼소. 나는 몰랐었소.

야르밀라에게서 세 줄의 글이 담긴 쪽지를 받았소. 여기에 한 시간이나 있다가 가서 미안하다고 쓰여 있소. 하지만 사실은 반 시간도 채 안 되는 시간이었을 거요. 물론 그녀에게 답장을 하려고 하오. 아주 잘됐소. 어제의 대화에서 미진했던 부분에 종지부를 찍을 수 있게 되었으니 말이오.

내가 블라스타와 무슨 이야기를 할지는 물론 아직 모르겠소. 하지만 일을 완전히 망치는 바보짓 같은 걸 할 여지는 별로 없을 것 같소.

『트리부나』는 나쁜 신문이오.* 아직도 「예더만」[101]에 대한 기사가 안 나왔소.

---

101) 「Jedermann」(누구나). 미주 참조(옮긴이).

금요일 저녁

우선 가장 중요한 것부터 얘기하겠소.

전체적으로는 아마 다 잘된 것 같소. 우리는 전차를 타고 클라인자이테에 있는 그녀의 장래 시숙의 집으로 갔소. 거기엔 아무도 없었고, 우리는 반 시간가량 단둘이 앉아 그대에 대한 얘기를 했다오. 그러고 나서 그녀의 약혼자인 리하 씨가 와서 곧바로 (하지만 점잖게) 이야기에 합세했소. 마치 그대의 일에 대해 아는 것이 당연한 일이라도 되는 것처럼 말이오. 그렇게 해서 이야기가 조금 일찍 끝나게 되었소. 가장 중요한 이야기는 이미 다한 상태였기는 하지만 아직 거의 아무것도 물어보지 못했는데 말이오. 하지만 이야기를 해주는 게 사실 더 중요한 일이었긴 하오.

그녀는 아주 마음에 드는 사람이었소. 솔직하고 명료한 사람이오. 어쩌면 조금 산만하고 마음이 좀 다른 데 가 있는 것 같기는 했소. 하지만 첫째, 이 점에 있어서는 내 요구가 너무 컸고, 둘째, 그 산만함도 뭔가 좋은 점이 있었소. 나는 사실 속으로 이 일이 그녀에게 어느 면에서나 개인적으로, 또 그대의 아버지의 편에서 보더라도 너무 충격을 주지 않을까 염려했었기 때문이오. 하지만 그렇지는 않았소. 어쩌면 그러한 산만함은 그녀가 약혼 중이기 때문이었는지도 모르오. 그녀가 골목에 나와서 그녀의 약혼자와 얘기할 때 보니 어찌나 생기가 있던지 거의 싸우는 줄 알 정도였으니까 말이오.

처음에 그녀는 그대에게 마침 편지를 하려고 했었는데, (내가 그대에 대해 이야기하는 사람들마다 모두 그렇게 말을 시작하지요) 그대의 주소를 몰랐다고, 그러다 우연히 (아버지께 보낸) 그대의 편지 겉봉에서 주소를 보기는 했지만, 그 주소가 아직도 맞는지 몰라서 편지를 못했다고 합디다. 어쨌든 여기에서 그녀는 그것도 산만해서 그랬던 건지,

아니면 마음이 조금 찔려서 그랬는지 조금 당황하는 눈치였소. 그러고 나서 그녀는 그대가 하는 것과 비슷하게 그대의 아버지에 대해 얘기했소. 그분이 그대에 대해서 이전보다 훨씬 마음이 누그러져 있다고, 물론 비교적 그렇다는 말이라고. 그는 항상 그대의 말을 너무나 호락호락하게 들어주는 게 아닌가 하고 한편 두려워하고 있다고. 집세 이외의 돈을 (집세 자체는 얼마가 됐든 꼬박꼬박 보내줄 거라고) 보내줄 마음은 전혀 없다고, 그러다가 밑 빠진 독에 물 붓기가 되는 게 아니냐고, 그리고 그렇게 하면 아무에게도 도움이 안 된다고 했답디다. 블라스타가 그대의 편지를 받고 나서, 그대가 한 석 달 정도 요양원에서 요양을 할 수 있게 아버지가 좀 도와주시면 좋겠다고 했더니, 그가 어쩌면 그게 참 좋은 생각일지도 모른다고 대답했답디다. (그녀는 이 모든 걸 그의 말 그대로 전해주려고 노력했소. 그의 이 면에서의 답답하고 우유부단하고 고집스러운 성격을 잘 보여주기 위해서 말이오.) 그런데 그러고 나서는 다시 그 이야기를 꺼내지 않고 휴가를 떠나셨다고 하더구려.

그가 궁극적으로 요구하는 게 뭔지에 대해 정확한 건 알아내지 못했소. 내가 한번 언뜻 그것에 대해 물어보니까 그녀는 편지에 써 있었던 그 세 줄의 이야기만 반복합디다. 그리고 내가 그 말 사이에 끼어들어 다시 한 번 묻자, 그녀는 그렇다고 해서 그가 그대보고 자신과 함께 살라고 하는 건 아니라고 덧붙입디다. 적어도 지금 당장 그러라고 하는 건 절대로 아니라고 말이오. 내가 그게 바로 그의 편지에 쓰여 있던 내용이 아니냐고 말하자, 그녀는 그렇다고 하며 "네, 그가 예젠스키라고 서명한 그 편지* 말이지요"라고 말하는데, 전체적인 맥락을 보아 그것이 정말로—그대가 그렇게 말할 때 나는 믿으려 하지 않았었지요—아주 특별한 '일격一擊'이었다는 걸 알 수 있었소.

내가 그대의 상황을 설명하는 것을 듣고 나서, 그녀가 아버지를 어떤 방향으로 설득하면 좋겠느냐고 물었을 때, 내가 한 말은 그대에게 고백하기가 사실 두렵소.

아니, 그보다 앞서 말해두어야 할 것은 내가 한 얘기들이 세부적인 면에서는 확실히 잘못되었겠지만, 전체적인 경향 면에서는 블라스타도 잘 알아들을 수 있게 확실히 잘되었다는 사실이오. 무엇보다 나는 그 누구도 비난하지 않았소. 털끝만큼도. 내가 이 사실을 강조하는 것은 내 생각이 특별히 점잖다든가 하는 이야기를 하고자 하는 게 아니오. 내가 감히 누구를 비난할 수 있겠소. 그리고 나보다 훨씬 나은 사람이라도 여기에서 비난할 만한 것을 찾을 수 없을 거라고 확신하오. 내가 얘기하려는 건 그게 아니라오. 내가 그것을 강조하는 이유는 그것이 논리적으로 참 잘한 일이라고 생각하기 때문이오. 왜냐하면 이야기를 할 때, 특히 어떤 특정한 목적을 가지고 이야기를 할 때에는 자신의 의도는 그렇지 않음에도 불구하고 누군가를 비난하는 일이 쉽게 일어날 수 있기 때문이오. 나는 그렇게 하지 않았던 것 같소. 혹 그런 가능성이 조금 비쳤다 하더라도 금방 다시 바로잡았다고 생각되오. 그리고 그녀 역시 그 누구도 비난하지 않았소. 하지만 거기엔 역시 그녀의 산만함이 한몫했을지도 모르오.

그리고 그대가 지금 왜 궁핍한 생활을 할 수밖에 없는지도 아마 잘 설명을 한 것 같소. 곁에서 봐서는 그걸 납득하는 게 그리 쉬운 일은 아닐 거요. 블라스타나 그 누가 계산해봐도 그렇소. 남편이 받는 그 많은 봉급에다가, 아버지에게서 받는 10000크로네에, 그대도 일을 하지요, 그대가 그렇게 사치스러운 생활을 하는 것도 아니고, 단 두 사람이 생활하는데 왜 그렇게 궁핍하게 살아야 하는지 이해 못하는 게 당연하지요. 블라스타도 한 번—어쩌면 그건 아버지의 말을 인용한 거였는지도 모르겠소—"돈을 보내주는 건 정말 아무 의미가 없어요. 밀레나하고 돈은 ……"하고 말했지요. 하지만 바로 여기서 내가 말하자면 논리적으로 그녀의 손목을 잡았지요. 그러니까 이 면에서는 내가 얘기를 잘한 것 같소.

그리고 그대의 내적인 상황에 대해서도 그들은 뭔가 잘못 알고 있는 것 같습니다. 그렇다면 그들을 잘 이해하지 못하겠소. 아버지와 블라스타는 그대가 아무 문제 없이 남편을 떠나 프라하로 돌아올 준비가되어 있는 줄로 알고 있소. 그대가 이미 오래전부터 그러려고 했었는데, 그러지 못했던 건 단지 그대의 남편이 아프기 때문에 붙잡혀 있는 거라고 믿고 있단 말이오. 나는 여기서 내가 끼어들어서 그들에게 '진상을 알려주거나' 하지 않는 것이 낫겠다고 생각했소. 하지만 그대의 아버지가 그렇게 생각하신다면, 뭘 더 바라시는 거지요? 그렇다면 그가 원하는 걸 거의 다 얻은 게 아니오? 그리고 마지막에 그녀가 어떻게 했으면 좋겠느냐고 묻습니다. 나는 '요양원에 보내주자는 제안'은 참 좋은 것 같다고 얘기했소. 하지만 그 생각에 대해 (아마도 내가 메란에서 했던 제안과 비슷했기 때문에 질투가 나서) 약간 흠을 잡기는 했소. 그대가 남편이 아픈 동안에는 그를 떠나기를 원치 않는 것 같기 때문이오. 나는 "그 밖에 그녀를 돕는 방법은, 만약 뭔가 좀더 포괄적인 일을 하지 않고, 세부적인 면에서 도와주고 싶다면, 집세를 더 준다든가 해서 돈을 좀 더 많이 보내주는 수밖에 없다고 생각한다"고 말했소. "하지만 돈을 제대로 잘 쓸지 안심이 안 되어 돈은 보내지 않겠다고 하면, 그래도 또 방법이 있는데, 예를 들어(하지만 이 방법은 순전히 나 혼자서 생각해본 거고, 밀레나는 어쩌면 이 제안에 대해 무척 화를 낼지도 모르고, 이 생각이 나한테서 나온 걸 알게 되면, 나와 의를 끊으려고 할지도 모르지만, 그래도 나는 이 생각이 그나마 어느 정도 좋은 방법이라고 여기고 있고, 블라스타 양께서 내게 물으시니까 그래도 말해야 되겠지요? 그렇지 않습니까?) 요제프슈테터슈트라세에 있는 '바이서 한'[102]

---

102) '흰 닭'이라는 뜻(옮긴이).

레스토랑에서 괜찮은 점심 식사와 저녁 식사를 할 수 있는 회원권 같은 것도 괜찮을 것 같다"고 말했소.

그리고 블라스타는 아주 좋은 생각을 해냈소. 그녀는 내가 얘기해준 사실들에 대해 우선은 아버지께 아무 얘기도 하지 않고, (적어도 나는 그렇게 알아들었소.) 내일 그대에게 편지를 쓴 다음, 그렇게 해서 그대와 주고받은 편지들을 바탕으로 아버지와 얘기하겠다고 말이오. 나는 그녀에게 그대의 빈Wien 주소를 알려줬소. (그녀는 그 주소를 갑자기—그때까지는 그걸 모른다고 했었음에도—금방 다시 알아보았소.) 장크트 길겐의 주소는 정확히 잘 모르겠고(어제 그대 남편의 편지 겉봉에서 포스트 호텔이라고 쓴 것을 언뜻 보기는 했지만), 그리고 그대가 얼마나 더 거기에 머물러 있을지도 몰라서 말이오. 우리가 쓰는 우체국 주소는 물론 가르쳐주고 싶지 않았소.

전체적으로는 그래도 꽤 전망이 밝고, 여기 사람들이 정말로 (어찌할 바를 모르고 조금은 지치기도 한 채로) 그대 걱정을 많이 하고 있다는 인상을 받았소. 어쨌든 돈도 한 역할을 하는 것 같소. 아직도 그녀가 (물론 산만함 때문이겠지만) 걱정스러워하며 허공에다 대고, 이걸 어찌 계산해야 하나 하는 표정으로 바이서 한에서 식사를 할 수 있는 회원권이 대략 어림잡아서 얼마나 될지 계산해보려 애쓰고 있던 얼굴을 눈앞에 보는 듯하오. 하지만 이건 거의 내가 심술을 부리는 거고, 아주 부당한 생각이오. 내가 그녀의 입장에서 나를 관찰했었다면, 분명히 이와 비교도 할 수 없을 만큼 추악한 점들을 발견했을 거요. 그녀는 앞에서도 말했듯이 아주 훌륭하고 친절하고 기꺼이 도와주려고 하고 이기적이지 않은 아가씨였소. (단지—또 심술이 나왔소—그녀는 『트리부나』를 읽고 있는 아가씨니만큼 화장을 하지 말았어야 했소. 그리고 교수의 조수로서 금으로 때운 이가 그렇게 많지 않았어야 했소.)

그게 대략 다였던 것 같소. 어쩌면 그대가 자세히 물어보면 뭔가 좀 더 생각나는 게 있을지도 모르겠소.

오후에는 (이름을 항상 제대로 기억하지 못하는 어머니의 말에 의하면) 라이만 양*이라는 사람이 찾아왔었다고 하오. 어떤 문제로 내 의견을 물어보려고 왔었다는데, 얘기를 들어보니 아마 야르밀라였던 것 같소. 내 잠의 파수꾼인 우리 어머니는 다섯 발자국 떨어진 곳에서 침대에 누워 자고 있는 나를 두고 집에 없다고 아무렇지도 않게 거짓말을 했다는구려.

잘 자오. 목욕탕 문 옆 구석에 있는 생쥐까지도 이미 자정이 다 되었다고 나를 일깨워주는구려. 저 생쥐가 같은 방법으로 밤에도 시간마다 나를 일깨워주려고 하지 않았으면 좋겠소. 생쥐가 얼마나 생기가 있는지! 몇 주 동안이나 잠잠했었는데 말이오.

———

토요일

아무것도 숨기는 일이 없어야겠기에 말하오. 블라스타에게 그대의 최근 편지 두 통 중에서 몇몇 군데를 읽어주었소. 그리고 매달 보내는 돈을 그대에게 직접 부쳐주시라고 말씀드리라고 했소.

그리고 생쥐 얘기를 하자면, 밤에는 아무 소리도 들리지 않았소. 그런데 아침에 의자에서 속옷을 들추자, 뭔가 작고 검은, 긴 꼬리가 달리고 찍찍 소리를 내는 것이 떨어져서 바로 침대 밑으로 숨어버렸소. 그건 아마도 틀림없이 생쥐였던 것 같소, 그렇지 않소? 그냥 내 상상 속에서만 꼬리가 길고 찍찍 소리를 냈을지도 모르겠지만 말이오. 그런데 침대 밑에는 아무것도 없었소. (두려워서 못 찾아냈는지도 모르겠소만.)

수요일에 쓴 편지가 재미있었다고요? 나는 모르겠소. 나는 이제 재미 있는 편지들을 믿지 않기로 했소. 나는 거의 "편지들을 도대체 믿지 않기로 했소. 가장 아름다운 편지 속에도 뭔가가 숨어 있소"라고 말하고 싶을 지경이오.

야르밀라에게 잘해주라고요? 그거야 당연한 일이지요. 하지만 어떻게 하란 말이오? 어제 라이만 양이 와서 나와 의논할 일이 있다고 했으니, 오늘 그녀에게 가보기라도 하란 말이오? 시간과 잠을 뺏기는 건 둘째치고라도 나는 그녀가 무섭소. 그녀는 죽음의 천사* 중 하나요. 하지만 안수만 하는 높은 천사들 중 하나가 아니라, 모르핀도 필요로 하는 낮은 천사란 말이오.

[프라하, 1920년 9월 5일]
일요일

밀레나, 여기서 그대가 썼다고 주장하는 그것이 그렇게 중요한 거요? 신뢰가 더 중요한 것 아니오? 그대도 한 번 그렇게 썼었소. 메란으로 보낸 마지막 편지들 중 하나에 그렇게 썼었는데, 나는 더 이상 대답을 할 수가 없었소.

생각해보오. 로빈슨은 모집에 응하고, 그 위험한 항해를 하고, 배가 난파당하는 등등 여러 가지 일을 겪어야 했소. 그런데 나는 그대만 잃어버리면 바로 로빈슨이 되는 거요. 하지만 나는 로빈슨보다 더한 로빈슨이 되오. 그는 섬도 있었고 프라이데이와 또 여러 가지가 있었고, 마지막에는 그를 데리러 와서 거의 모든 것을 꿈에 그리던 모습대로 다시 되돌려놓은 배도 있었잖소? 하지만 나는 아무것도 없소. 이름조차도 없소. 이름마저도 나는 그대에게 주었지 않소.

그렇기 때문에 나는 어떻게 보면 그대에게 예속되어 있지 않다고 볼 수도 있소. 나의 예속성은 모든 한계를 초월하기 때문이오. 이것이냐

저것이냐는 너무 거창한 얘기요. 그대가 내 것이면 그건 좋은 거고, 내가 그대를 잃게 되면 그건 그냥 나쁜 게 아니라 아무것도 아닌 게 되는 거요. 그렇게 되면 질투도, 고통도, 두려움도, 아무것도 남아 있지 않게 된단 말이오. 그렇게 절대적으로 한 사람을 믿는다는 건 신성모독적인 행위임에 틀림없소. 그래서 여기에 그 기초에 대한 두려움이 엄습하는 것 아니겠소. 하지만 이건 그대를 잃어버리는 것에 대한 두려움이 아니라, 이렇게 감히 한 사람을 전적으로 믿어도 되는가 하는 것에 대한 두려움이오. 그래서 거기에 대한 저항으로 (하지만 그건 아마 원래부터도 그랬던 것 같소) 인간인 그대의 사랑스러운 얼굴에 그렇게 많은 신적인 것이 섞여 있는 거요.

자, 이제 삼손이 델릴라에게 비밀을 털어놓았소. 이제 그녀는 마치 그걸 준비라도 하려는 듯 항상 어루만져왔던 그의 머리칼을 자를 수 있게 되었소. 하지만 그러라지요. 그녀 역시 그와 비슷한 비밀을 가지고 있지 않다면, 모든 게 어찌 된다 해도 무슨 상관이 있겠소.

———

나는 사흘 전부터 아무 특별한 이유 없이 거의 잠을 못 자고 있소. 그대는 그런대로 건강한 거지요?

———

이게 답이라면, 답이 참 빨리도 왔구려. 방금 전보가 도착했소. 너무나 뜻밖이었고, 거기다가 그렇게 열린 채로 와서 놀랄 시간조차 없었소. 오늘은 정말이지 그게 꼭 필요했었소. 그걸 어떻게 알았소? 항상 꼭 필요한 것이 그대에게서 오는 그 자명함이라니!

편지가 오지 않았소.

———

막스의 논문에 관한 것은 그것이 '단지' 그대의 생각인지, 아니면 라우린의 생각인지에 달렸소. 후자의 경우에는 어쨌든 가능하긴 할 거요. 하지만 사설로는 아니고 수필 정도로는 될 거요. 그런데 거기에는 여러 가지 정당 정치적인 고려들도 한몫을 한다오. 하지만 그걸 다 이야기하는 건 너무나 지루한 일일 것 같소.

주소는 어제 전보로 보냈소. 한스 야노비츠,* 베를린 W 15 리첸부르거(아니면 뤼첸부르거)슈트라세 32번지, 카를 마이어 씨 방.

그대의 전보는 정말 좋았소. 야르밀라에게 가지 않으려고 했는데, 그대의 전보에 힘을 얻어 갔었소. 전날 집에 왔던 사람은 야르밀라가 맞았소. 그녀가 왜 왔었는지는 사실 그녀에게서도 알아낼 수가 없었소. 그녀가 그대에게 편지를 하나 보내려고 했는데, 그대가 그 편지를 그곳에서 남편 몰래 가지고 있을 수 있는지 (왜 가지고 있어야 한다는 건지?) 나에게 물어보려고 했다고 하오. 그런데 지금은 다시 생각해보니까 편지를 보내지 않는 편이 낫겠다고, 하지만 그 편지를 다음에 또 다시 보내고 싶어 할지도 모르겠다고, 그렇게 되면 나에게 그 편지를 보내든지 아니면 가지고 오든지 하겠다고―그러니까 모든 것이 그렇게 불분명했소. 한데 중요한 것은 내가 (물론 나는 그러지 않으려고 무척 애를 썼지만) 끝없이 지루하고 관 뚜껑처럼 무거웠기 때문에, 내가 간다고 하자 야르밀라는 해방된 듯한 표정이었다는 사실이오.

———

지금 편지들이 도착했소. (수요일에 쓴 것과 금요일에 쓴 거요.) (『보헤 Woche』지로부터 수신자가 프랑크 K.라고 쓰여 있는 편지도 하나 왔소. 내 이름이 프랑크인지 그 사람들은 어떻게 알았을까요?) 주소들을 보내줘 서 *고맙소. 편지해보겠소. 그대와 좀 더 가까이 있게 되는 건 좋지만, 그것만 빼고는 요양원에 누워서 주는 밥 받아먹으며 계속해서 나를 비난하고 있을 겨울 하늘만 올려다보는 일보다는 다른 할 일들이 너 무나 많은데 말이오.

———

오늘부터는 사무실을 혼자 쓰지 못하게 됐소. 그렇게 오랫동안 혼자 사무실을 쓰다가 다른 사람과 함께 있게 되니 좀 피곤하오—아, 지금 은 그 시인이 두 시간쯤 여기 와 있다가 방금 울면서 나가버렸소. 그 리고 아마 울었다는 사실에 대해 부끄러워할 거요. 우는 것이 사실 최선의 방책인 줄 모르고 말이오.
그러오. 물론이오. '숙제'로 여겨진다면 편지를 쓰지 마오. 그대가 '쓰고자 할' 때조차도, '써야만 할 때'조차도 쓰지 마오. 그러면 도대 체 뭐가 남느냐고요? 그 모든 것보다도 더 절실한 것이 남지요.

———

얄미운 조카딸을 위해 작은 선물을 동봉하오.

———

그래요. 스타샤에게 편지하리다.

화요일

그건 철두철미하게 오해한 거요—아니오, 이건 단순한 오해보다 훨씬 더 나쁘오. 물론 표면에 있는 건 옳게 이해했다고 해도 말이오. 하지만 여기서 이해하고 말고 할 게 어디 있소? 이건 자꾸 되풀이되는 오해요. 메란에 있었을 때에도 한두 번 그런 일이 있었소. 내가 그대에게 충고를 [⋯]103 구했던 게 아니잖소. 마치 여기 내 맞은편 책상에 앉아 있는 저 남자에게 충고를 구하듯이 말이오. 나는 그냥 혼잣말을 한 거였소. 내 자신에게 충고를 구했던 거요. 편안한 잠 속에서 말이오. 그런데 그대가 나를 깨우는구려.

그 외에는 거기에 대해 할 말이 없소. 야르밀라 건은 벌써 완전히 끝난 일이오. 어제 편지에 써 보낸 것처럼 말이오. 아마 곧 받게 될 거요. 그대가 이번에 내게 보낸 편지는 물론 야르밀라가 보낸 거요. [⋯]104 그대가 원하는 걸 그녀에게 어떻게 부탁해야 할지 모르겠소. 그녀를 보게 될 일은 거의 없을 것 같고, 그녀에게 편지를 쓸 일도 없을 것 같은데, 단지 이 말을 하기 위해 편지를 쓰란 말이오?

———

어제 받은 전보도 내가 스타샤에게 편지를 쓰지 않아도 된다는 말로 알아들었소. 내가 옳게 알아들은 것이길 바라오.

---

103) *2개의 단어를 알아볼 수 없게 지워버렸음.*
104) *개인의 권리 침해가 우려되어 지웠음.*

어제 막스와 다시 한 번 『트리부나』에 대해 얘기했소. 그는 (정당 정치적인 이유로) 『트리부나』에 자기와 관련된 뭔가를 싣고 싶지 않다고 하오. 하지만 그대가 왜 유대적인 것을 원하는지 말해보오. 그러면 내가 여러 가지 다른 걸 알려주거나 보내주거나 하겠소.

———

내가 볼셰비즘에 대한 논문*에 관해 말한 걸 그대가 옳게 이해했는지 모르겠소. 논문의 저자가 거기서 결점으로 꼽는 것이 내게는 지상에서 가능한 최고의 칭찬으로 보이오.

———

지난번 편지를 못 받았을 경우에 대비해서 야노비츠의 주소를 다시 한 번 적소. 베를린 W 15 리첸부르거슈트라세 32번지, 카를 마이어씨 방—아, 참 전보로도 보냈었지요. 내가 이렇게 정신이 없소.

———

어제 저녁에는 프르지브람*과 함께 있었소. 옛날이야기를 했지요. 그는 그대에 대해 아주 좋게 말합디다. 어떤 '하녀'의 이야기를 하듯 하지 않고 말이오. 그런데 우리는, 그러니까 막스와 나는 그에게 무척 못되게 굴었소. 저녁을 함께 지내자고 그를 초대해놓고, 아무렇지도 않게 두 시간쯤 이 얘기 저 얘기 하다가, 갑자기 (게다가 내가 먼저)

동생 이야기로 그를 기습했소. 그런데 그는 아주 근사하게 방어해 냅니다. 그의 말에 뭐라 대응할 말을 찾기가 어려웠소. 거기에 함께 있었던 '환자'•에 대한 얘기를 해도 별로 먹혀들지 않았지요. 하지만 이 시도가 아직 끝난 건 아니오.

———

누군가가 나에게 어제 저녁에 (내가 여덟 시쯤 골목에서 100명이 훨씬 넘는 러시아에서 온 유대인 이주자들•이—그들은 여기에서 미국 비자가 나오기를 기다리고 있소—생활하고 있는 유대인 시청 청사의 대연회장을 들여다볼 때—대연회장은 민족 집회를 할 때처럼 사람들로 꽉 차 있었는데, 밤 열두 시 반에 다시 보니 그들은 모두 거기서 나란히 누워 잠을 자고 있었소. 의자에서 자고 있는 사람들도 있었고, 여기저기에서 누군가가 기침하는 소리도 들리고, 어떤 사람은 돌아눕기도 하고, 어떤 사람은 그 긴 줄들 사이로 조심스럽게 지나다니고 있었고, 전등은 밤새 켜져 있었소) 뭐든지 내가 되고 싶은 사람이 되게 해주겠다고 했더라면, 나는 동방에서 온 한 작은 유대인 소년이 되고 싶다고 했을 거요. 연회장의 구석에서 걱정이라고는 눈곱만큼도 없이 놀고 있는 저 아이처럼 말이오. 아버지는 연회장의 가운데에서 다른 어른들과 토론하고 있고, 옷을 두껍게 껴입은 어머니는 누더기 여행 보따리 속을 이리저리 뒤지고 있고, 누나는 친구들과 재잘거리며 그녀의 아름다운 머리 속을 긁고 있고—그리고 몇 주가 지나면 그들은 아메리카에 가 있을 거 아니오. 물론 그렇게 간단한 일은 아니오. 몇몇 소요 사건이 이미 일어났었소. 골목에는 사람들이 붙어 서서 창문을 통해 욕을 해대지요. 게다가 유대인들끼리도 싸움이 붙어, 벌써 두 사람이 칼을 들고 서로에게 달려든 적도 있었다오. 하지만 아직 모든 걸 쉽게 생각하고 판단하는 어린 소년일 때는 세상에 무서울 게 없는 법이지요. 그런 소년들이 여럿 거기서 뛰어다니고 있었소. 매트리스 위로 올라가거나, 의자 밑으로 기어 돌아다니며, 누군가가 그들을 위해—한 민족이니까요—뭔가를—뭐든 다 먹을 수 있지요—발라주고 있는 빵을 기다리고 있었소.

[프라하, 1920년 9월 10일]
금요일

방금 그대의 전보가 도착했소. 그대의 말이 전적으로 옳소. 내가 일을 절망적일 정도로 우둔하고 거칠게 처리했소. 하지만 어쩔 수가 없었소. 우리는 오해들 속에 갇혀 살고 있기 때문이오. 우리의 답장들로 우리의 물음들의 가치를 떨어뜨리고 있소. 이제 우리는 서로에게 편지 쓰는 걸 중단하고 미래는 미래에 맡기는 게 낫겠소.
블라스타에게 편지를 쓰는 건 안 되고 전화로만 얘기하라고 하니 내 일이 되어야 이 말을 할 수 있겠구려.

[프라하, 1920년 9월 14일]
화요일

오늘은 편지 두 통과 그림엽서 한 장이 왔소. 망설이며 그것들을 열었소. 그대는 이해할 수 없을 정도로 좋은 사람이든가, 아니면 이해할 수 없을 정도로 자신을 잘 제어할 수 있는 사람인 것 같구려. 모든 것이 전자가 맞다고 하고, 몇몇 군데는 후자도 맞다고 하는 것 같소.
다시 말하지만 그대의 말이 백번 맞소. 그리고 만약 그대가—이건 불가능한 일이지만—내가 블라스타와의 대화를 통해 그대에게 했던

밀레나에게 쓴 편지   299

것처럼, 나에게 똑같이 사려 깊지 못하고 한 가지 것에만 집착하며 아이처럼 어리석고 자기만족적이며 무신경하기까지 한 짓을 했더라면, 나는 아마 전보를 치는 그 순간만이 아니라 영영 정신이 나가버렸을 거요.

그 전보를 딱 두 번 읽었소. 그걸 받았을 때 한 번 얼핏 읽었고, 그리고 며칠이 지난 후 그걸 찢어버릴 때 또 한 번 읽었소.

그걸 처음 읽었을 때 기분이 어땠는지는 설명하기가 쉽지 않소. 아주 여러 가지 느낌이 교차했었소. 가장 뚜렷하게 느꼈던 건, 그대가 나를 때리고 있다는 거였소. '당장'이라는 단어에서 때리는 게 시작되었던 것 같소.

아니, 오늘은 아직 거기에 대해 자세하게 쓰지 못하겠소. 뭐 특별히 피곤하다거나 해서가 아니라 내가 너무 '무겁기' 때문이오. 내가 일전에 한번 편지에 썼던 그 아무것도 아닌 것의 느낌이 나를 엄습했었소.

내가 만약 그런 행동을 한 게 잘못한 거라고 생각했었다면 그 모든 걸 이해할 수 없었을 거요. 그랬다면 나는 맞아도 싸지요. 아니오, 우리는 둘 다 잘못이 있기도 하고, 아무도 잘못이 없기도 하오.

어쩌면 그대가 이 모든 정당한 거부감을 극복하고 나면, 빈에서 그대를 기다리고 있는 블라스타의 편지를 읽고 마음이 누그러질 수 있을지도 모르겠소. 전보를 받은 바로 그날 오후에 아버지의 집으로 그녀를 만나러 갔었소. 현관에는 1 schody[105]라고 쓰여 있었는데, 나는 항상 그게 1층인 줄 알았었소. 그런데 알고 보니 제일 꼭대기 층이더구려. 예쁘고 쾌활한 어린 하녀가 문을 열어줍디다. 블라스타는 집에 없소. 그럴 줄은 알았지만, 그래도 뭔가를 해야겠기에 갔었던 거요. 그리고 그녀가 아침에 몇 시쯤 출근하는지도 알고 싶었소. (현관 문에 달린 문패를 보니 그대의 아버지가 『Sportovní revue』지의 발행인인

---

105) 첫 번째 계단.

것 같더구려.) 그러고는 아침에 집 앞에서 그녀를 기다렸소. 그녀는 지난번 만났을 때보다 더 마음에 들었소. 현명하고 객관적이며 솔직한 것이 말이오. 그녀와 나눈 말은 내가 그대에게 전보에 써 보낸 것이 거의 다요.

편지 두 번째 장의 왼쪽 여백: 그대의 아버지에 대해 그대가 걱정하는 것들 중 일부는 근거 없는 걱정이라는 사실을 증명할 수 있소. 다음에 자세히 쓰리다.

야르밀라가 그끄저께 사무실로 나를 찾아왔었소. 그대에게서 오랫동안 아무 소식도 못 받았다고 했고, 홍수에 대해서도 아무것도 모르고 있었소. 그대의 소식을 물으러 왔다고 했소. 이번에는 꽤 괜찮았소. 아주 잠깐 있다가 갔소. 그녀의 편지에 대한 그대의 부탁을 전하는 걸 깜박 잊었었소. 그래서 나중에 그녀에게 몇 자 적어 보냈소.

편지들은 아직 자세히 읽어보지 못했소. 읽고 나서 다시 쓰리다.

———

지금 막 전보도 도착했소. 정말이오? 정말이오? 그리고 이제는 더 이상 때리지 않는 거요?

아니오, 거기에 대해 기뻐한다는 건 믿지 못하겠소. 그건 불가능하오. 이건 저번의 전보처럼 순간의 느낌을 쓴 전보일 뿐일 거요. 진실은 거기에도, 여기에도 없소. 때때로 아침에 잠이 깨면 진실은 침대 바로 옆에 있는 것 같은 느낌이 드오. 말하자면 시든 꽃 몇 송이가 들어 있는 무덤 같은 거요. 열린 채로 주인이 들어오기만 기다리는……

그 편지들을 읽을 용기가 안 나오. 중간중간에 쉬어가며 겨우 읽고 있소. 편지를 읽을 때 느껴지는 고통을 참을 수가 없어서요. 밀레나—지금 또 그대의 머리를 갈라 옆으로 넘기며 묻고 있소—내가 그렇게 나쁜 짐승이란 말이오? 나 자신에 대해서나 그대에 대해서나 똑같이 나쁜? 더 옳게 말하자면 내 배후에서 나를 몰아대고 있는 그것이 나쁜 것 아니오? 하지만 그것이 나쁜 것이라고도 감히 말하지 못하겠소. 단지 그대에게 편지를 쓸 때만 그렇게 보이고, 그래서 그렇게 말하는 거요.

그 밖에는 내가 얘기한 것이 정말 사실이오. 그대에게 편지를 쓸 때에는 그 전이나, 그 후나 거의 잠을 자지 못하오. 편지를 쓰지 않으면 적어도 아주 얕은 잠이나마 몇 시간 동안은 잘 수 있소. 편지를 쓰지 않으면 그저 피곤하고 슬프고 무거울 뿐이오. 편지를 쓰면 불안과 두려움이 나를 갈기갈기 찢는 것 같소. 마치 우리가 서로에게 동정심을 가져달라고 애원하는 듯하오. 나는 그대에게 이제 숨어버리게 해달라고 애원하고, 그대는 나에게…… 하지만 이런 것이 가능하다는 사실이야말로 끔찍하기 짝이 없는 부조리요.

하지만 그게 어떻게 가능하냐고 묻고 있소? 내가 원하는 게 뭔지? 내가 어떻게 하겠다는 건지 묻는 거요?

그건 대략 이렇소. 원래 숲의 동물인 나는 그 당시 숲에도 아직 채 들어가지 못하고, 어딘가 더러운 구덩이에 처박혀 있었소. (더러운 건 물론 단지 내가 거기에 있었기 때문에 그런 거였소.) 그때 밖의 들판에 서 있는 그대를 보았고, 그대는 내가 지금껏 본 중에 가장 경이로운 존재였소. 나는 그 순간 모든 걸 잊었소, 나 자신조차도 까맣게 잊고, 일어나서 그대에게 다가갔던 거요. 이 새로우면서도 고향 같은 자유함 속에서 두려워하면서도 점점 더 가까이 다가가서 그대에게까지 갔던 거요. 그대는 너무나 잘 대해줬소. 나는 그대 옆에 웅크리고 앉았소.

마치 내가 그래도 되는 것처럼 말이오. 나는 얼굴을 그대의 손 안에 묻고 있으면서, 너무나 행복하고 자랑스럽고 자유롭고 강하고 고향에 온 것 같았소. 거듭거듭 느끼는 건 바로 이 고향에 온 듯한 느낌이었소. 하지만 근본적으로 나는 결국 동물이었을 뿐이고, 숲에만 속해 있었던 거요. 내가 여기 이 들판에서 살고 있었던 건 오직 그대의 은총 덕분이었던 거요. 그러면서 나도 모르는 사이에 (왜냐하면 나는 모든 걸 잊고 있었으니까요) 내 운명을 그대의 눈에서 읽고 있었던 거요. 그건 오래갈 수가 없었소. 그대는 아무리 세상에서 가장 자애로운 손길로 나를 쓰다듬고 있었어도, 내게서 이상한 점들을 발견할 수밖에 없었던 거요. 그것들은 숲을 암시하고 있었소. 이 나의 근원이며 내 참된 고향인 숲 말이오. 그리고 그 필연적인, 필연적으로 반복되는 '두려움'에 대한 얘기가 오갔소. 그 얘기들은 나를 (그리고 그대를, 하지만 그대는 아무 잘못도 없는 채로) 신경 밑바닥까지 괴롭혔소. 나의 본성은 점점 더 자라나기 시작했소. 내가 얼마나 불결한 재앙이고, 어디서나 그대를 방해하는 장애물이었던지 모르오. 막스와의 오해도 거기에서 기인한 거였소. 그뮌트에서 그 사실은 더욱 또렷해졌지요. 그리고 야르밀라 건에 대한 이해와 오해, 그리고 마지막에는 블라스타와의 어리석고 거칠고 무신경한 이야기, 그 밖에도 그사이에 자잘한 사건들이 많았지요. 그런 일들을 겪으면서 내가 누구인지가 생각이 났소. 그대의 눈에서 더 이상 달콤한 착각을 읽을 수가 없었소. 나는 그 악몽, (자기가 있어서는 안 될 자리에서 마치 자기 집 안방인 양 행동하고 있는) 그 악몽을 현실에서 겪고 있었소. 나는 어두움 속으로 다시 돌아가야 했소. 햇빛을 견딜 수가 없었기 때문이오. 나는 정말 길을 잘못 들은 짐승처럼 절망했소. 그리고 내 있는 힘을 다해서 뛰기 시작했소. 그러면서도 계속해서 내 머리를 떠나지 않는 생각은 "그녀를 함께 데리고 갈 수만 있었으면!" 하는 생각이었소. 동시에 그 반대되는 "그녀가 있는 곳에 어두움이 있을 수 있을까?" 하는 생각도 했지요.

내가 어떻게 살고 있느냐고 물었소? 보다시피 이렇게 살고 있소.

[프라하 1920년 9월 14일]

아까 쓴 편지를 이미 부치고 난 후 그대의 편지가 왔소. 이 모든 것, 내게 구역질이 나게 하는—그 자체가 역겨워서 그런 게 아니라 내 위장이 너무 약하기 때문에—'두려움' 등등 이 모든 것에서 고개를 돌리면, 이건 어쩌면 그대가 말하는 것보다 훨씬 더 단순한 것인지도 모르오. 이를테면 자기 혼자만의 불완전성은 견뎌낼 수밖에 없소. 순간순간마다 말이오. 하지만 둘이 합했을 때의 불완전성*은 견디지 말아야 하오. 사람이 눈을 가지고 있는 이유는 그걸 파내기 위한 것 아니오? 그리고 심장도 같은 목적을 위해 가지고 있는 것 아니오? 그렇지만 알고 보면 그리 심각한 것도 아니오. 이건 과장이고 거짓말이오. 모든 것이 다 과장이오. 오로지 그리움만이 진실이오. 그리움은 과장할 수가 없소. 하지만 그리움의 진실조차도 그다지 그 자체의 진실이 아니라, 나머지 다른 모든 것들의 거짓말의 표현일 뿐이오. 비비 꼬인 것처럼 들리지만, 이건 사실이오.

그리고 내가 그대가 나에게 가장 사랑스러운 존재라고 말한다면, 그건 어쩌면 사실 사랑이 아닐지도 모르오. 사랑이란 그대가 나에게 칼이 되어, 내가 그것으로 내 속을 후비는 것이오.

그리고 그대도 이렇게 말하고 있지 않소. "nemáte síly milovat".[106] 이것이 '짐승'과 '인간'의 차이점을 충분히 말해주고 있는 것 아니오?

---

106) "그들은 사랑할 힘이 없어요."

304

아직도 그대에게 편지를 써서 그대가 나에게 해줄 수 있는 말 중 아마도 가장 아름다운 말—"나는 알고 있어요. 그대가 나를 ……"—이 쓰여 있는 이 편지에 대해 고마움을 전하는 것을 금지하는 법은 존재하지 않소.

하지만 그 외에는 그대도 이미 오래전부터 나와 공감하고 있었을 거요. 우리가 이제 서로 편지를 주고받지 않아야 한다는 사실에 대해서 말이오. 어쩌다 내가 이 말을 하게 된 건 우연에 지나지 않소. 그대도 충분히 그 말을 할 수 있었을 거요. 그리고 우리의 뜻이 서로 일치하는 이상, 왜 편지를 쓰지 않는 게 좋은지 설명할 필요는 없는 것 같소. 단지 나쁜 건, 그렇게 되면 내가 그대에게 (이제부터는 편지가 왔나 물어보러 우체국에 가지 마오) 편지를 보낼 가능성이 전혀, 아니 거의 없어진다는 사실이오. 아니면 내가 그대에게 아무 말도 쓰지 않은 그림엽서를 한 장 보내면, 우체국에 편지가 와 있다는 신호로 알기로 정하는 방법이 있겠구려. 그대는 필요하면 언제라도 내게 편지를 써도 좋소. 그거야 너무나도 자명한 일이지요.

블라스타의 편지에 대한 이야기는 없구려. 그녀가 아버지를 대신해서 그대에게 몇 달 동안 어디든지 그대가 원하는 (단 체코슬로바키아 내에 있는) 요양원에 가 지내면 어떻겠느냐고 제안을 했다는 말을 들었소. 그대가 강의를 얻지 못했다고 하니, (그건 이상할 것도 없소. 올해에는 체코어를 배우려고 하는 사람이 그다지 많지 않을 거요) 그 제안을 받아들이면 어떻겠나 싶소. 이건 충고를 하는 게 아니오. 단지 그런 상상을 하며 기뻐할 뿐이오.

나는 블라스타에게 갔던 일을 아주 엉망으로 했소. 그건 의심할 여지가 전혀 없소. 하지만 그대가 처음에 놀라 생각했던 것처럼 그렇게 최악은 아니었던 것 같소. 우선 내가 무언가를, 그것도 그대의 이름으로 부탁하려는 사람으로서 찾아갔던 건 아니었소. 그저 그대를 잘 알고, 빈의 상황들을 좀 보고 온 사람으로서, 그리고 거기에다가 지금 그대에게서 슬픈 편지 두 통까지 받은 사람으로서 그녀에게 찾아갔던 걸로 되어 있소. 블라스타를 찾아갔던 건 물론 그대를 위한 것이지만, 그건 동시에 아버지를 위한 일이기도 하다고 했소. 그렇게 딱 부러지게 말했던 건 아니지만, 쭉 또렷하게 부각되었던 내 이야기의 요지는 이랬소. 지금 아버지는 밀레나가 자기 발로, 자기가 잘못했다는 것을 인정하고 겸손하게 되돌아오게 되는 그러한 승리를 맛보실 수는 없을 거다. 그건 생각할 여지도 없다. 하지만 내가 확언하건대, 그녀가 석 달쯤 후에 병이 너무 깊어서 돌아올 수밖에 없는 상황이 될 확률은 상당히 높다. 하지만 그건 승리라고 할 수도 없고, 추구할 만한 것도 전혀 못 되지 않느냐?

하나는 그거였고, 다른 한 가지는 돈에 대한 거였소. 그때 내 느낌이 어땠는지 정확하게 말해주자면 이렇소. 그 당시 나는, 내게서 더 이상 생각할 기력조차 앗아갔던 그 두 통의 편지를 받고, 내가 여기서 블라스타와 얘기할 때, 그대의 자존심을 생각해서 내 이야기를 조금이라도 미화시키면 시킬수록 거기 빈에서의 그대의 상황을 그만큼 나빠지게 만들 거라는 생각을 하게 됐소. (아주 정확하게 그랬던 건 아니오. 여기에서는 벌써 항상 입심 좋은 유대인 변호사가 이야기하고 있는 거요. 하지만 어쨌든 그런 생각이 조금은 있었소.) 그러니까 대략 말하자면 이렇게 말했소. "남편은 봉급을 혼자서 거의 다 써버립니다. 그건 비난할 일은 아닙니다. 밀레나는 거기에 대해 아무 이의가 없습니다. 밀레나는 그를 너무나 사랑하기 때문에 그가 그러기를 원했던 겁니다. 그를 그렇게 만든 건 일부는 그녀의 책임이기도 하지요. 어쨌든 그래서 그녀는 남편의 점심 식사뿐만 아니라 다른 모든 것, 그녀

의 남편이 필요로 하는 것까지도 일부는 도맡아야 했지요. 빈의 물가
가 엄청나게 높기 때문에 남편의 봉급은 남편 한 사람이 쓰기에도 모
자랐기 때문이지요. 그런데도 그녀는 그 모든 걸 실제로 다 감당할
수 있었을 거고 그러면서 행복해했겠지만, 그녀가 그렇게 할 수 있게
된 건 겨우 작년에 와서였지요. 그녀는 원래 부족한 것 없이 자란 데
다가 경험도 없고, 자신의 힘과 능력에 대해서도 아직 잘 모르고 있
었으니까요. 그녀는 그리 길다고는 할 수 없는 2년 동안의 세월을 흘
려보낸 후에야, 새로운 상황에 적응도 하고, 과외 교습도 하고, 학교
에 나가 강의도 하고, 번역도 하고, 직접 글을 쓰기도 하면서, 경제적
인 것도 완전히 혼자서 책임질 수 있게 되었지요. 하지만 그건 이미
이야기했듯이 작년에 와서야 겨우 그렇게 된 거고, 그전의 2년 동안
에는 빚을 질 수밖에 없었어요. 그런데 그 빚을 이런 일들을 해서 완
전히 갚기란 물론 불가능한 일이지요. 거기에 대한 이자도 내야 하고
말입니다. 그래서 그 빚이 그녀를 억누르고 괴롭히고 있고, 자리를
잡는 것을 불가능하게 만듭니다. 가지고 있는 걸 전부 내다 팔게 만
들고, 과로하게 만들며, (나뭇짐을 져 나르고, 짐을 운반해주고, 피아노를
쳐야 하는 것까지도 다 말했소) 몸져눕게 만듭니다. 그러니까 일이 이렇
게 된 겁니다."

작별인사는 하지 않겠소. 이건 작별이 아니오. 호시탐탐 틈을 엿보고
있는 중력이 나를 완전히 밑으로 끌어당겨버리는 일이 일어난다면
모를까. 하지만 어떻게 그런 일이 일어날 수 있겠소. 그대가 살아 있
는데 말이오.

[프라하, 1920년 9월 18일]

밀레나, 그대는 이게 무슨 일인지, 아니면 부분적으로나마 무슨 일

때문이었는지 잘 이해하지 못할 거요. 사실 나 자신조차도 그걸 이해하지 못하는데 왜 안 그렇겠소. 그게 터져나오면 나는 떨고, 정신이 나가버릴 정도로 괴로워하지만, 그게 무언지는, 그리고 그게 결국에 원하는 게 무언지는 나도 모르오. 단지 그게 당장 원하는 게 무언지만 알고 있을 뿐이오. 그건 잠잠함, 어두움, 그리고 숨어버리는 것이고, 나는 거기에 순종해야 하오. 달리 도리가 없소.

그건 돌발적인 것이고, 지나가는 것이오. 일부는 이미 지나갔소. 하지만 그걸 야기하는 세력들은 항상 내 안에서 떨고 있소. 그 이전에도 그 이후에도 말이오. 그렇소, 나의 삶, 나의 존재가 지하에서 오는 이 위협으로 구성되어 있소. 그것이 없어진다면, 나 역시도 없어지게 될 거요. 그건 내가 삶에 참여하는 방식이오. 그게 그치게 되면 나도 삶을 놓아버리게 될 거요. 마치 사람이 눈을 감는 것처럼 그렇게 쉽고 자명하게 말이오. <u>그건 우리가 서로를 알게 된 때부터 항상 쭉 있어왔던 것 아니오? 그리고 만약에 그게 없었더라면 그대가 나를 흘깃이라도 한번 쳐다보기나 했겠소?</u>

나는 그것에 대해, 이제 그 모든 건 지나갔고, 우리가 다시 함께하게 된 것에 대해 오직 평온하고 행복하고 감사할 뿐이라고 말할 수는 물론 없소. 그것이 거의 진실이라고 해도 그렇게 말하면 안 되는 거요. (감사함은 [···][107] 전적으로 진실이고, 행복은 어떤 의미에서만 진실이고, 평온함은 절대 진실이 될 수 없소.) 왜냐하면 나는 항상 사람을 놀라게 할 것이기 때문이오. 무엇보다 나 자신을 가장 많이요.

그대는 내가 약혼했던 일들과 그 비슷한 일들을 언급하고 있소. 물론 그건 아주 간단했소. 고통은 간단하지 않았지만 그것이 주는 영향력은 그랬소. 그건 마치 내가 방종한 삶을 살아오고 있다가, 갑자기 그 모든 방종함에 대한 벌로 잡혔는데, 이제 머리를 나사 조이개 사이에

---

107) *11개의 단어를 알아볼 수 없게 지워버렸음.*

끼우고 오른쪽 관자놀이에 나사 하나, 왼쪽 관자놀이에 나사 하나를 대고, 그 나사들을 천천히 돌려 박는 동안에, "네, 계속해서 방종한 삶을 살겠습니다" 아니면 "아니오, 이제 그러지 않겠습니다" 중의 하나를 말해야 하는 경우와 같았소. 물론 나는 "아니오"라고 외쳤소. 폐가 터져버리도록 말이오.

그대가 내가 지금 한 일을 옛날에 있었던 일들과 한 줄에 세운다면, 그것도 맞는 말이오. 나는 항상 같은 사람일 수밖에 없고 항상 같은 일을 겪을 수밖에 없으니까요. 다른 건 단지, 내가 이미 경험이 있기 때문에, 고백을 강요하기 위해 나사를 갖다댈 때까지 기다리지 않고, 그걸 옆에 가져오기만 해도 이미 소리 지르기 시작한다는 거요. 아니, 저 멀리에서 뭔가 움직이는 것만 봐도 벌써 소리를 지르고 있다는 거요. 내 양심은 그렇게 극도로 예민해져 있소. 아니, 극도로 예민해졌다는 건 사실이 아니오. 예민해지려면 아직도 멀었소. 그리고 다른 게 또 한 가지 있소. 그대에게는 그것과 그대에 대한 진실을 다른 누구에게보다도 더 잘 말할 수 있소. 그래요. 그것의 진실을 그대에게서 바로 읽을 수 있을 정도요.

하지만 밀레나, 내가 그대에게 제발 나를 떠나지 말아달라고 애원했던 것에 대해 씁쓸한 투로 말한다면 그건 옳지 않은 거요. 그 면에 있어서는 나는 그때나 지금이나 똑같소. 나는 그대의 눈빛에 의해 살고 있었소. (그건 아직 그대를 특별히 신성화하는 거라고 말할 수 없소. 그런 눈으로 바라보면 누구나 신성을 가질 수 있소.) 나는 내 밑에 제대로 된 지반을 가지고 있지 않았소. 나는 그걸 정확히 알고 있지는 못했었지만, 막연히 무척 두려워했었소. 나는 내가 내 지반을 떠나 얼마나 높이 떠다니고 있는지 전혀 알지 못했었소. 그건 좋지 않은 일이었소. 나를 위해서나 그대를 위해서나 말이오. 진실 한마디, 피할 수 없는 진실 한마디가 나를 한 단계 아래로 끌어내리기에 충분했소. 그리고 또 한마디가 또 한 단계를, 그리고 마지막에는 도무지 정지가 안 되고 계속 추락하고 있소. 그러면서도 아직도 너무 천천히 떨어지는 느낌이오. 그런 '진실의 단어'들의 예를 드는 일은 하지 않으려 하오. 그건 혼돈만 줄 뿐, 절대 정확한 의미를 전달하지 못할 테니 말이오.

———

밀레나, 제발 그대에게 편지를 보낼 수 있는 다른 가능성을 생각해내보오. 거짓 엽서를 보낸다는 건 너무나 바보 같은 짓이오. 그리고 어떤 책을 보내야 할지 잘 모를 때도 있을 거 아니오. 그리고 그대가 한번이라도 헛되이 우체국에 간다는 상상은 참을 수가 없소. 그러니 제발 다른 방법을 생각해보오.

[프라하, 1920년 9월 20일]
월요일 저녁

그러니까 수요일에는 드디어 우체국으로 가서 편지가 오지 않았다는 사실을 발견하게 되겠구려—아니, 토요일에 보낸 편지를 받게 될지도 모르겠소. 사무실에서는 편지를 쓸 수가 없었소. 일을 하려고 했기 때문이오. 하지만 우리 생각을 하느라 결국은 일도 하지 못했소. 오후에는 침대에서 일어날 수가 없었소. 너무 피곤해서가 아니라, 너무 '무거웠기' 때문이었소. 자꾸만 이 단어를 쓰게 되는구려. 하지만 이게 내 상황을 표현해줄 수 있는 유일한 단어요. 이해할 수 있겠소? 이건 조타기를 잃어버린 배의 '무거움' 같은 거요. 그 배가 파도들에게 "나에게는 내가 너무 무겁지만, 너희에게는 너무 가볍구나" 하고 말하는 것 같소. 하지만 이런 표현도 완전히 들어맞지는 않소. 비교로는 이 상황을 정확히 표현할 수가 없소.

하지만 편지를 쓰지 못한 근본적인 이유는 그대에게 너무나도 많은, 그것도 아주 중요한 이야기를 해야 할 것 같은 모호한 느낌을 가졌기 때문이었소. 그 이야기들을 하려면 모든 힘을 다 동원해야 하는데, 아무리 여유 시간이 많아도 그걸로 충분치 않다고 느꼈기 때문이었소. 그리고 사실이 그렇소.

그리고 나는 지금 현재에 대해서도 아무 말도 할 수 없는데, 미래에 대해서는 오죽하겠소. 나는 정말로 이제야 겨우 병상에서('병상'이라고 말하는 건 밖에서 보았을 때 그렇다는 말이오) 일어난 것 같은 상태이고, 아직도 그 자리를 떠나지 못하고 있으며, 다시 돌아가고 싶은 심정으로 가득 차 있소. 이 병상이란 곳, 그곳이 무얼 의미하는지 알고 있음에도 불구하고 말이오.

그대가 그 사람들에 대해 쓴 것, nemáte síly milovat[108]란 말은 사실이오. 그대가 그걸 쓰는 순간에는 그게 옳다고 생각하지 않았다 해도 말이오. 어쩌면 그들의 사랑의 능력은 오직 사랑받을 수 있는 능력에만 국한되어 있는지도 모르오. 그리고 이 사람들에게는 거기에서도 또다시 차등이 있소. 그들 중 한 사람이 그의 연인에게 "그대가 날 사랑한다는 사실을 믿소" 하고 말한다면 그건 그가 "나는 그대에게서 사랑받고 있소"라고 말하는 것과는 전혀 다른 것이고, 의미가 훨씬 적은 것이지요. 하지만 이런 사람들은 사랑하는 사람들이 아니라 문법학자들이오.

"둘이 합했을 때의 불완전성"*에 대해 그대가 쓴 건 내 말을 잘못 이해한 거요. 내가 그걸 통해 하려고 했던 말은 단지 이거요. 나는 나의 불결함 속에 살고 있고, 그건 나의 일이오. 하지만 그대까지 그 속으로 함께 끌어들이는 것, 그건 완전히 다른 일이오. 그대에 대해 못할

---

108) "그들은 사랑할 힘이 없어요."

짓을 하는 것이기 때문만은 아니오. 그건 덜 중요한 일이오. 나는 내가 누군가에게 잘못을 했는데, 그게 단지 그 사람에게만 문제가 될 경우에는 잠을 못 잘 정도로 괴로워할 것 같진 않소. 그러니까 그건 아니오. 끔찍한 건 바로 내가 그대와 함께 있으면 나의 불결함이 훨씬 더 분명하게 의식되고—무엇보다도—그것 때문에 나의 구원이 그만큼 더 어려워진다는, 아니 그만큼 더 불가능해진다는 사실이오. (어쨌든 불가능한 것은 기정사실이나, 여기에서는 그 불가능성이 한층 더해진다는 말이오.) 이 사실이 이마에 진땀이 맺히게 하오. 밀레나, 그대가 뭔가를 잘못했다는 얘기는 한 적이 없소.

하지만 지난번 편지에서 이전의 일들과 비교를 했던 건 잘못이었소. 나중에 무척 후회했소. 그건 우리 둘이 함께 지워버립시다.

———

아픈 건 정말 아니란 말이오?

[프라하, 1920년 9월]

그래요, 밀레나, 그대는 여기 프라하에 소유물이 하나 있소. 그리고 그걸 그대에게서 빼앗아갈 사람은 아무도 없소. 혹 밤이라면 모를까. 밤은 그를 빼앗아가려 하오. 하지만 밤은 모든 걸 빼앗아가려 하지요. 하지만 그 소유물이라니! 내가 그걸 깎아내리려고 그러는 건 아니오. 무언가임에는 틀림이 없지요. 그건 그대의 창에 비치는 보름달을 다 가려버릴 만큼 크기까지 하지요. 그런데 그렇게 많은 어두움이 두렵지도 않단 말이오? 어두움이 주는 따뜻함도 없는 그런 어두움이 말이오.

내가 '뭘 하고 지내는지'에 대해 조금 볼 수 있게 그림을 하나 동봉하오.* 네 개의 기둥이 서 있소. 가운데 있는 두 기둥에 끼워넣은 막대기에는 '범죄자'의 손이 묶여져 있고, 바깥쪽에 있는 두 기둥에 끼워넣은 막대기에는 그의 발이 묶여져 있소. 남자를 그렇게 묶은 후에 그 막대기들을 천천히 바깥쪽으로 계속 밀어서 남자가 양쪽으로 찢어지게 하는 거요. 그 옆 기둥에는 이 기구를 발명한 사람이 다리를 꼬고 팔짱을 낀 채 기대서서 으스대고 있소. 마치 이 모든 걸 자기가 고안해냈다는 듯이 말이오. 사실은 내장을 뺀 돼지를 이런 식으로 가게 앞에 널어 말리는 백정에게서 배워왔으면서 말이오.

———

그대에게 두렵지 않느냐고 물어보는 이유는, 그대가 이야기하고 있는 그 사람은 존재하지 않기 때문이오. 이전에도 존재하지 않았소. 빈에 있었던 그 사람도, 그륀트에 있었던 그 사람도 존재하지 않았단 말이오. 그래도 그 저주받을 후자가 참모습에 좀 더 가깝다고 할 수 있소. 이걸 알아두는 게 중요한 이유는, 만일 우리가 만나게 된다면 또다시 빈에 있었던 그 사람이나, 아니면 그륀트에 있었던 그 사람이 등장하게 될 것이기 때문이오. 마치 아무 일도 없었다는 듯이 순진무구하게 말이오. 그러는 동안 저 아래에서는 아무도 모르고 있고, 나 자신조차도 모르고 있는, 앞에 말한 사람들보다도 더 존재성이 희박하면서도, 그 세력을 나타낼 때에는 그 누구보다도 더 실제적인 나의 참모습이 (도대체 왜 그가 마침내 직접 올라와서 제 모습을 드러내지 않는지 모르겠소.) 슬금슬금 올라오려고 위협하며 다시 모든 걸 파괴시켜버릴 거니까 말이오.

[프라하, 1920년 9월]

그렇소. 미치 쿠가 여기에 왔었소. 아주 유쾌한 만남이었소. 하지만 이제는 가능한 한 다른 사람들에 대한 이야기는 쓰지 않으려 하오. 그들이 우리들의 편지에 끼어들어온 게 모든 걸 망쳐놓았소. 하지만 내가 그들에 대해 더 이상 쓰지 않으려고 하는 이유는 그것 때문이 아니오. (사실 그들이 잘못한 건 하나도 없소. 그들은 진실과, 그 진실을 뒤따라오려고 하는 그것에 길을 열어줬을 뿐이오.) 나는 그걸로 그들을 벌주려고 하는 게 아니오—그게 그들에게 벌이라고 느껴진다면 말이오. 그냥 그들이 더 이상 여기에 맞지 않는다고 생각되기 때문이오. 여기는 어둡소. 여기는 원주민들만이, 그리고 그들조차도 겨우 눈앞을 알아볼 수 있는 어두운 집이오.

———

이것이 지나가버릴 거란 사실을 알고 있었느냐고요? 이것이 지나가
버리지 않을 거란 사실을 알고 있었소.

어렸을 때 내가 뭔가 아주 나쁜 짓—공적인 시각으로 보았을 때는 나
쁜 짓이 아니거나 그렇게 심각하게 나쁜 짓은 아닌데, 내 개인적인
시각으로 보았을 때는 아주 나쁜 짓(그게 공적인 시각에서 나쁜 짓으로
여겨지지 않았던 건 내가 잘해서 그런 게 아니라, 세상이 눈이 멀었거나 잠을
자고 있었기 때문에 그런 거라고 생각했소)—을 했을 때에는, 모든 게 변
함없이 원래의 궤도대로 가고 있고, 어른들이 (물론 표정이 조금 어두
워지긴 했지만) 그래도 그 밖에는 전혀 변한 게 없이 내 주위를 돌아다
니고, 그렇게 침착하고 자명하게 닫혀 있을 수 있다는 것에 대해 아
주 어렸을 때부터 항상 경이로워하며 올려다보았던 어른들의 입이
계속 그렇게 닫혀 있다는 사실이 너무나 놀라웠소. 그런 현상을 한
동안 지켜보고 난 후, 그 모든 사실로 인해 내리게 된 결론은, 아마도
내가 어떤 의미로 보나 아무 나쁜 짓도 하지 않았고, 내가 그렇게 생
각했던 건 아직 어리기 때문에 잘못 생각했던 거였다고, 그러니까 이
제 나는 내가 놀라서 중지했던 바로 거기에서 다시 시작하면 되겠다
는 생각이었소.

나중에는 주위 세계에 대한 나의 이런 생각이 점차 바뀌어갔소. 첫째
로 나는 다른 사람들이 모든 걸 아주 잘 알아차리고 있고, 또 거기에
대한 그들의 생각도 충분히 분명하게 표현하고 있는데, 단지 내가 지
금까지 그걸 알아볼 수 있을 만큼 충분히 날카로운 눈을 가지지 못했
을 뿐이었다고 믿기 시작했고, 나는 아주 빨리 그런 눈을 가지게 되
었지요. 둘째로 내가 생각하게 된 건, 다른 사람들이 실제로 그렇게
아무렇지도 않은 듯이 의연하게 행동한다 하더라도, 그 사실이 아직

도 놀랍기는 하지만, 그게 내가 잘하고 있다는 증거가 되지는 못한다는 거였지요. 그래, 그들은 아무것도 알아채지 못했단 말이지, 그들의 세계 안으로는 내 본성의 어떤 것도 흘러들어가지 않고, 그들에게 나는 나무랄 데가 없는 사람이란 말이지. 그렇다면 내 본성의 길, 나의 길은 그들의 세계 밖으로 지나가고 있어. 그게 강물이라고 치면, 적어도 그중 굵은 줄기 하나는 그들의 세계 밖으로 지나가고 있단 말이야.

———

아니오, 밀레나, 제발 부탁이니 내가 편지를 보낼 수 있는 다른 방법을 하나 생각해보오. 그대가 우체국에 헛걸음하는 건 안 될 일이오. 그대의 작은 우편배달부도—그가 어디 있소?—그러면 안 되오. 우체국 여직원이 오지 않은 편지에 대해 대답해야 하는 것도 상상하기 싫소. 그대가 다른 방법을 찾아내지 못한다면 할 수 없이 그 방법을 쓰는 수밖에 없겠지만, 그래도 적어도 방법을 찾아내려고 애라도 좀 써보오.

———

어제는 그대 꿈을 꿨소. 세세하게 무슨 일이 일어났었는지는 거의 생각이 나질 않소. 아직도 기억나는 건 단지 우리가 계속해서 서로의 존재 안으로 흘러들어가는 거였소. 내가 그대가 되고, 그대가 내가 되고 하면서 말이오. 마지막에는 어쩌다가 그대에게 불이 붙었는데, 나는 천 같은 걸로 불을 끌 수 있다는 생각이 나서 헌 양복저고리를 들고 그대를 내리쳤소. 그런데 변신이 다시 시작되어, 그대는 아예 없어지고, 불타고 있는 것도 나고, 저고리로 내리치는 것도 역시 나인 지경에까지 이르렀소. 그런데 그렇게 내리치는 건 아무 효과가 없었고, 그런 것들은 불에 대해 아무런 저항도 되지 못할 거라는 이전부터의 내 생각이 옳았다는 사실만 증명되었소. 하지만 그사이에 소방차가 왔고, 그대는 어찌어찌 구출되었소. 그런데 그대는 이전과 달라져 있었소. 유령 같기도 하고, [...]¹⁰⁹ 분필로 어둠 속에 그려놓은 것 같은 형상으로 죽은 듯이, 아니면 아마도 구출되었다는 안도감에 단지 기절해서 나의 품 안으로 쓰러졌소. 하지만 여기에서도 계속 그 불안정한 변신이 이루어졌소. 어쩌면 그건 나였고, 내가 누군가의 품 안으로 쓰러진 건지도 모르오.

———

방금 파울 아들러*가 다녀갔소. 그를 아오? 사람들이 좀 찾아오지 않아주면 좋겠소. 사람들은 모두 항상 그렇게 활기차고, 정말로 불멸성을 지니고 있는 듯이 보이오. 참된 불멸성의 방향으로는 아닐지 모르나, 그들의 현재 순간의 삶의 깊이 면에서 그렇다는 거요. 나는 그들이 정말 두렵소. 두려워서 그가 원하는 게 무언지 벌써 그의 눈에서 읽어 다 들어주고, 그가 자기에게도 한 번 찾아오라는 요구 없이 가준다면, 고마워서 그의 발에 키스라도 할 작정이었소. 혼자서는 그래도 그냥저냥 살아가오. 하지만 누군가가 찾아오면 그는 나를 거의 죽이는 것 같소. 그러고 나서 그의 힘으로 다시 살려놓고 싶어서 말이오. 하지만 그렇게 많은 힘은 그에게 없소. 월요일에 자기에게 오라고 하고 갔는데, 그 생각을 하면 벌써부터 머리가 지끈거리오.

---

109) *1개의 단어를 알아볼 수 없게 지워버렸음.*

밀레나, 그대는 왜 우리가 함께 지낼 미래에 대해 이야기하오? 그런 미래는 절대 오지 않을 거라는 걸 알고 있으면서 말이오. 아니면 그래서 그 이야기를 하는 거요? 우리가 빈에서 한번 어느 저녁에 거기에 대해 지나가는 말로 이야기했을 때 이미 나는 마치 우리가 누군가를, 우리가 잘 알고 있고 무척이나 보고 싶어 하는, 그래서 모든 미사여구를 동원해서 불러보는 누군가를 찾고 있는 것 같은 느낌을 가졌었소. 하지만 아무 대답도 돌아오지 않았소. 그가 어떻게 대답을 할 수 있겠소? 존재하지 않는데, 아무리 멀리 찾아보아도 없는데 말이오.

확실한 게 별로 없는 세상이긴 하지만, 이것 하나만은 확실하오. 우리가 절대 함께 살지 못할 거라는 것, 같은 집에서, 몸과 몸을 맞대고, 같은 식탁에 앉기도 하면서 그렇게 말이오. 그런 일은 절대로 없을 거요. 같은 도시에 사는 일조차 일어나지 않을 거요. 나는 지금 거의 그건 내가 내일 아침에 일어나지도, (나 혼자서 어떻게 일어나란 말이오! 일어나려고 하면 마치 무거운 십자가 같은 나 자신에 짓눌려 엎드려 있는 나를 보는 것 같소. 몸을 조금이라도 구부려, 내 위에 있는 시체를 조금 들어 올리기까지 나는 무진 애를 써야 한다오) 사무실에 나가지도 않을 거라는 사실이 확실한 것만큼이나 확실한 것 같다고 말할 뻔했소. 그것도 맞는 말이오. 나는 정말 일어나지 않을 거요. 하지만 일어나는 일은 인간의 힘의 한계를 아주 조금 넘어서는 일일 뿐이지요. 그건 어찌어찌 할 수 있겠소. 인간의 한계를 고만큼 넘어서는 일은 아직 간신히 할 수 있소.

하지만 일어나는 일에 대해 내가 쓴 말을 너무 곧이곧대로 알아듣지는 마오. 그렇게 심각한 건 아니오. 내가 내일 일어난다는 사실은 어쨌든 우리가 함께 살게 된다는 그 머나먼 가능성보다는 훨씬 더 확실하오. 그리고 밀레나, 그대 생각도 분명 다르지 않을 거요. 그대가 자신에 대해, 그리고 나에 대해, 그리고 판단이 안 설 만큼 높디높은 파도가 치고 있는, '빈'과 '프라하' 사이에 놓여 있는 그 '바다'에 대해 잘 생각해본다면 말이오.

그리고 그 불결함에 대해서 말인데, 그걸, 나의 유일한 소유물인 (모든 인간의 유일한 소유물인지도 모르겠소. 하지만 이 점은 정확히는 잘 모르겠소) 그걸 자꾸만 다시 펼쳐놓지 말라는 건 무슨 이유에서요? 겸손해지기 위해서인가요? 그렇다면 그건 유일하게 정당한 이유라고 할 수 있겠구려.

그대는 죽음에 대해 생각하면 두려워진다고 했소? 나는 단지 고통에 대해서만 끔찍한 두려움을 갖고 있을 뿐이오. 그건 나쁜 징조요. 죽음은 원하나 고통은 원하지 않는다는 것, 그건 나쁜 징조요. 하지만 그것만 아니라면 죽는 것도 괜찮을 것 같소. 성경에 나오는 비둘기로서 내보내졌는데, 초록을 발견하지 못했고, 그래서 이제 다시 어두운 방주로 들어가는 것뿐이오.

———

두 요양원*에 대한 팸플릿은 잘 받았소. 놀랄 만한 일이 거기에 적혀 있을 가능성은 애초부터 없었소. 기껏해야 입원비가 너무 비싸다든가, 빈에서 너무 멀리 떨어져 있다든가 하는 것 외에는 말이오. 그 면에 있어서는 두 요양원이 거의 같은 조건이오. 둘 다 말도 안 되게 비싸오. 매일 400크로네가 넘게, 거의 500크로네 가까이 든다고 하오. 그것도 변동이 있을지도 모른다고 써 있소. 빈에서 약 세 시간 동안 기차를 타고, 반 시간 동안 차를 타야 닿는 곳이라고 하니 멀기도 무척 머오. 거의 그뮌트만큼. 물론 그건 완행열차를 타는 시간이라지만 말이오. 그림멘슈타인이 그래도 조금은 싼 것 같으니, 어쩔 수 없으면, 정말 어찌할 수 없는 경우가 되면 그리로 가야겠소.

———

밀레나, 내가 얼마나 계속 내 생각만, 아니 더 정확히 말하자면, 우리 두 사람이 함께 딛고 있는, 내 느낌과 의지에 의하면 우리에게 결정적인 그 좁은 바닥에 대해서만 생각하고, 우리를 둘러싸고 있는 다른 모든 것에 대해서는 다 소홀히 하고 있는지 보이오? 『크멘』*과 『트리부나』*에 대해 고맙다고 말하는 것*도 잊고 있었소. 이번에도 그렇게 잘 했는데 말이오. 내가 여기 책상 서랍에 가지고 있는 걸 그대에게 보내겠소. 어쩌면 그대는 거기에 대해 내가 몇 마디 써주기를 원할지도 모르겠소. 그러려면 그걸 다시 한 번 읽어야 하는데, 그건 쉬운 일이 아니오. 그대가 다른 사람들이 쓴 글을 번역한 걸 읽는 건 얼마나 즐거운지 모르오. 그 톨스토이-대화는 러시아어에서 번역한 거요? [...] [110]

———

동봉하는 건 그대가 한 번쯤은 내게서 뭔가 웃을 거리를 받는 일도 있어야겠기에 보내는 거요. "Je, ona neví, co je biják? Kinďásek." [111]

———

110) 약 40개의 단어를 알아볼 수 없게 지워버렸음.
111) "아, 그녀는 영화관이 뭔지 모른다고요? 활동사진관이지요."

지금은 두 시간 동안이나 소파에 누워 오직 그대 생각만 하고 있었다오. 밀레나, 그대는 우리가 나란히 서서 저 바닥에 있는 '나'라는 존재를 바라보고 있는 거라는 사실을 잊고 있소. 하지만 그 나를 바라보고 있는 나는 물론 실체가 없는 존재요.

그리고 가을이라는 계절도 나를 가지고 놀고 있소. 어떤 때는 수상하게 더웠다가, 또 수상하게 추웠다가 하오. 하지만 열을 재볼 생각은 안 하오. 아마 그렇게 심각한 건 아닐 거요. 실은 빈을 경유해서 요양원으로 가면 어떨까 하는 생각을 하는 적도 있다오. 폐가 실제로 여름보다 더 나빠졌기 때문이오—사실 그건 아주 자연스러운 일이지요. 그리고 길에서 말하는 것이 어려워졌고, 그 안 좋은 여파가 오래가오. 내가 어차피 이 방에서 나가야 한다면, 될 수 있는 대로 빨리 그림멘슈타인의 눕는 의자에 몸을 던지고 싶소. 어쩌면 여행 자체가, 그리고 내게 본질적 생명의 공기처럼 느껴졌던 빈의 공기가 내게 도움이 될지도 모르겠소.

'비너 발트'가 좀 더 가까울지는 모르나, 거리 차이가 그렇게 크지는 않을 것 같소. 요양원은 레오버스도르프에 있는 게 아니라 더 멀리 떨어져 있고, 역에서 요양원까지 가려면 차로 30분은 더 가야 하오. 그러니까 내가 이 요양원에서 바덴으로 쉽게 갈 수 있다면—규정에 어긋나는 일일 건 분명하오—그렇다면 그림멘슈타인에서 비너 노이슈타트로 가는 것도 별문제 없을 것 같소. 그리고 그건 그대에게나 나에게나 그렇게 큰 차이는 아닐 거요.

———

112) 원서에는 이 편지와, 바로 다음에 실려 있는 편지의 순서가 바뀌어 수록되어 있으나, 『유령서』에 대한 언급으로 보아 이렇게 하는 것이 맞을 것 같아 순서를 바꾸어놓았음(옮긴이).

밀레나, 그대가 아직도 나에 대해 두려움이나 역겨움이나 그런 비슷한 감정을 가지지 않는 건 어찌 된 일이오? 그대의 진지함과 그대의 힘의 깊이는 어디까지 닿는 거요?

『bubácká kniha』[113]라는 중국 책*을 하나 읽고 있소. 그 때문에 생각이 났소. 거기는 온통 죽음 얘기뿐이오. 임종이 가까워온 한 사람이 임박한 죽음이 주는 초연함 속에서, "나는 내 삶을 끝내고 싶은 충동에 대해 저항하는 데 내 온 삶을 다 바쳤다" 하고 말했소. 그랬더니 한 제자가 계속 죽음 얘기만 하고 있는 선생을 놀리면서 "선생님은 계속 죽음에 대한 얘기만 하시면서도 죽지는 않으시지요." "아, 물론 죽을 거라네. 나는 나의 마지막 아리아를 부르고 있는 것뿐이야. 어떤 사람의 아리아는 길고, 어떤 사람의 아리아는 짧지. 하지만 그 차이는 언제나 단 몇 마디에 지나지 않는다네."

그건 맞는 말이오. 그러니까 치명적인 상처를 입고도 무대 위에 누워 아리아를 노래하는 주인공에 대해서 우리가 미소 짓는 것은 옳지 않은 일이오. 우리는 몇 년 동안이나 누워서 노래하고 있으니까 말이오. 『거울인간』*도 읽었소. 얼마나 생명력이 넘치던지! 단지 한 군데에 조금 병이 들었지만, 그 대신 다른 곳들은 전부 그만큼 더 풍성해서 그 병조차도 풍성하오. 나는 그걸 한나절 동안 삼키듯 단숨에 읽어버렸소.

———

그대를 지금 '그곳에서' 괴롭히고 있는 건 뭐요? 이전에도 나는 항상 그런 것에 대해 너무나 무력하다고 느껴왔지만, 지금은 더더욱 그렇소. 그리고 그대는 너무나 자주 아픈 것 같소.

113) 『유령서幽靈書』

독감에 걸렸었단 말이오? 적어도 내가 그 시간 동안에 여기서 특별히 즐겁게 지냈다는 자책은 하지 않아도 돼서 다행이오. (가끔은 사람들이 '즐거움'이라는 개념을 어떻게 발견했는지 이해가 안 될 때가 있소. 아마도 슬픔에 대한 반대 개념으로 그걸 그냥 고안해 낸 건지도 모르겠소.)

나는 그대가 내게 더 이상 편지를 쓰지 않을 거라는 걸 확신하고 있었지만, 거기에 대해 놀라지도 않았고 슬퍼하지도 않았소. 슬퍼하지 않았던 건 그렇게 하는 게 모든 슬픔을 넘어서 어쩔 수 없이 필요한 일이라고 여겼기 때문이고, 아마도 이 세상에 있는 모든 무게를 다 동원한다 해도 내 불쌍한 이 작은 무게를 들어 올리기에는 역부족이었기 때문이었소. 그리고 놀라지 않았던 이유는 사실 이전의 그 어떤 시점에서라도 그대가 "지금까지는 그대에게 친절하게 대했었지만, 이제는 그만두고 떠나야겠어요"라고 말했더라면 나는 절대 놀라지 않았을 것이기 때문이오. 세상에는 놀라운 일들만 존재하지만, 그건 가장 덜 놀라운 일들 중 하나였을 거요. 예를 들어 사람이 매일 아침마다 자리에서 일어난다는 사실이 얼마나 훨씬 더 놀라운 일이오. 하지만 그건 뭔가 신뢰를 가질 수 있게 하는 놀라움이 아니라, 경우에 따라서는 속을 메스껍게 할 수 있는 기이함이오.

그대가 다정한 말 한마디를 들을 자격이 있느냐고 물었소, 밀레나? 아마도 내가 그런 말을 그대에게 해줄 자격이 없는 것 같소. 그렇지 않으면 해줬을 텐데 말이오.

내가 생각하는 것보다 우리가 더 일찍 만날 수 있다고 했소? (나는 "만난다"고 쓰고, 그대는 "함께 산다"고 쓰고 있구려.) 하지만 나는 우리가 함께 사는 일은 절대 일어나지도 않고, 일어날 수도 없을 거라고 믿고 있소. (그리고 이 사실이 도처에서 증명되는 걸 보고 있소. 도처에서, 이것과 전혀 관련이 없는 일들에서조차도 말이오. 모든 것들이 그 이야기를 하고 있소.) 그리고 "절대 일어나지 않는 것"보다 "더 일찍"은 결국 또다시 "절대 일어나지 않는 것"이 될 수밖에 없소.

———

그림멘슈타인은 다른 면에서는 훨씬 더 낫소. 가격도 매일 거의 50크로네나 차이가 나는 데다가, 다른 요양원에는 대기 안정 요법을 위한 모든 물건들을 가져가야 하오. (발을 싸는 모피, 베개, 이불 등등 말이오. 나한테는 아무것도 없소.) 그림멘슈타인에서는 그 모든 것을 빌려준다고 하오. '비너 발트'에서는 막대한 보증금을 내야 하지만 그림멘슈타인에서는 그러지 않아도 되오. 그리고 그림멘슈타인이 더 높은 곳에 위치해 있기도 하는 등 이점이 많소. 어쨌든 아직은 가지 않을 거요. 일주일 동안 몸이 아주 안 좋기는 했었지만, (열도 조금 있었고 숨이 어찌나 차던지 식탁에서 일어나는 것조차도 두려워할 정도였고, 기침도 많이 했었지요) 그건 단지 내가 멀리 산책을 다녀오면서 도중에 말도 조금 했기 때문에 그랬던 것 같소. 지금은 훨씬 나아졌소. 그래서 요양원에 대한 관심도 다시 시들해졌소.

지금 그 팸플릿들을 보고 있소. 비너 발트에서는 발코니가 딸린 남향 방을 얻으려면 가장 싼 방이 380크로네지만, 그림멘슈타인에서는 제일 비싼 방이 360크로네요. 둘 다 끔찍하게 비싼 건 사실이지만, 그래도 그 차이가 엄청나지요. 하기야 주사를 맞을 수 있는 가능성이 있다는 사실은 그 값을 요구하기 마련이지요. 주사 자체는 또 따로 값을 지불해야 한다고 하오. 시골로 갈 수 있으면 좋겠소. 그보다 더 좋은 건 프라하에 남아 수공업을 배우는 거요. 요양원으로 가는 건 정말 싫소. 거기 가서 뭘 하란 말이오? 기껏해야 주임 의사의 무릎 사이에 꼼짝 못하게 붙들려서 그가 탄산수가 묻은 손가락으로 내 입에

쑤셔넣고 나서 잘 내려가도록 목젖을 따라 눌러주는 그 고깃덩어리
들을 삼키려고 애쓰게 되겠지요.

———

방금 사장님께도 불려 갔다 왔소. 오틀라가 내 뜻과는 반대로 지난주
에 사장님을 찾아갔었고, 그래서 나는 내 뜻과는 반대로 회사 전속 의
사에게 진찰을 받았고, 결국 내 뜻과는 반대로 휴가를 얻게 될 거요.

———

「쿠페츠」* 번역은 잘 되었소. 그대가 여기서 뭔가를 잘못 번역한 것
같다고 생각하게 되는 건 아마도 원래의 독일어 텍스트가 그대 앞에
놓인 것처럼 그렇게 엉망으로 쓰였을 거라고는 상상이 안 되기 때문
일 거요. 하지만 그 텍스트는 그대 앞에 놓인 그대로 엉망으로 쓰였
다오.
내가 오역이 있는지 상세히 읽었다는 사실을 그대에게 보여주기 위
해 언급하는 거지만, bolí uvnitř v čele a v spáncích*라고 하지 말
고 uvnitř na……114*나 그 비슷한 말로 하는 게 좋겠소. 내가 여기
서 생각한 건, 발톱 같은 것이 이마의 외부에서 긁어대는 것처럼 안
쪽에서도 긁어댈 수 있다는 거였소. potírajíce se115*가 서로를 가
로지른다, 서로 교차해서 간다는 말 맞소? 그리고 그 바로 뒤에는

---

114) '이마와 관자놀이 속에'라고 하지 말고 '…… 안쪽에' (단편집 『관찰』에 수록된 「상인」이라는
단편의 첫 번째 단락에 나오는 구절에 관한 이야기임.)
115) 서로 부딪치며 (「상인」의 끝에서 다섯 번째 단락에 나오는 '서로를 가로질러'에 대한 번역임.)

volné místo[116]* 대신에 náměstí[117]*라고 하는 편이 나을 것 같소. pronássledujte jen[118] 여기에서 'nur'가 'jen'[119]인지 잘 모르겠소. 여기서의 'nur'는 프라하 유대인들이 쓰는 nur이고, 권유하는 뜻을 가지고 있소. 말하자면 "너희들이 그래도 괜찮다"라는 뜻이오. 맨 마지막 줄은 말 그대로 번역되지 않았소. 그대는 하녀와 그 남자의 행동을 따로따로 서술하고 있소만, 독일어에서는 그 행동들이 서로 맞물려 행해지고 있소.

Bubácké dopisy[120]—그대 말이 맞소. 하지만 그들은 하얀 이불보를 뒤집어쓴 가짜 유령들이 아니라, 진짜 유령들이오.

[프라하, 1920년 10월 22일]

밀레나, 블라스타에게 가야 할 이 편지를 내가 받았소. 뭔가 착오가 있었던 것 같소. 아마도 내가 그대를 괴롭히는 일에 모든 가능성이 다 동원되도록 하기 위한 목적으로 일어난 작은 불행인 것 같소. 처음에는 이 편지를 얼른 블라스타에게 전해주려고 생각했었지만, 그건 아주 엄청나게 바보스러운 일이 되었을 거요. 그렇게 했다면 그녀가 자신에게 온 편지가 원래는 내게 부치려고 했던 편지라는 사실을 알아차릴 수도 있었을 테니까 말이오. 어쨌든 내가 그걸 그녀에게 갖다주지 않은 건 정말로 현명한 일이었던 것 같소. 아니, 사실은 그렇게 현명한 일이라고도 할 수 없는 것이, 처음엔 단지 그 일이 너무 복

---

116) 공터.
117) 광장(구체적인, 도시 구조적인 의미에서의).
  [117]과 118]은 「상인」의 끝에서 다섯 번째 단락에 나오는 '텅 빈 광장'에 관한 얘기임.]
118) 마음대로 좇아가려무나. (「상인」의 끝에서 세 번째 단락에 나옴.)
119) 카프카가 얘기하는 'nur'라는 뜻으로도 쓰임.
120) 유령 편지들[아마도 바로 전 편지에서 이미 인용한, 중국어에서 번역된 『유령서幽靈書』 『Bubácká kniha』와 관련해서 하는 말 같음.]

잡하게 여겨졌기 때문에 편지를 바로 전해주지 않은 거였소. 하긴 이 모든 일이 그리 심각한 건 아니고, 나의 죄를 결산하는 데 아주 작은 부분을 차지할 뿐이지요.

동봉하는 일로비*의 편지는 금요일인 오늘 받은 거요. 그 자체로는 아주 사소한 일이긴 하지만, 어떤 의미에서는 우리 사이의 일에 조금 영향을 미치는 것 같기도 하오. 그래서 사전에 이 일에 대해 알았더라면 그를 말렸을 거요. (일로비는 지나칠 정도로 겸손하고 조용한 친구요—일전에 체르벤*에서 "i ten malý Illový"[121]라고 언급될 정도였으니까. 우익 정당에 가담하고 있는 유대인들을 열거할 때 말이오. —그는 김나지움에서 몇 번 나와 같은 반이었던 친구인데, 몇 년 동안이나 서로 얘기한 적도 없고, 이 편지는 생전 처음 그에게서 받아 보는 편지요.)

지금으로 봐서는 이곳을 떠나는 일이 거의 확실해졌소. 기침과 호흡 곤란 증상 때문에 할 수 없이 가야 하오. 빈에도 분명히 들르게 될 것 같으니 서로를 보게 되겠구려.

[프라하, 1920년 10월 27일]

그대의 시간표를 보내줘서 정말 기쁘오. 나는 그게 마치 무슨 지도라도 되는 양 연구하고 있소. 어쨌든 확실한 게 하나 생겼소. 하지만 두 주 안에는 절대로 못 갈 것 같소. 아마 그보다도 더 늦을 것 같소. 사무실에 나를 붙잡는 일들이 아직 몇 가지 남아 있소. 그리고 지금까지는 아주 호의적인 답변을 해왔던 요양원에서도 내가 채식에 대해 질문*한 뒤로는 아무 소식이 없소. 그리고 나는 여행을 떠나는 일을 마치 한 민족이 움직이는 것처럼 한다오. 자꾸만 여기저기에서 이 친구 저 친구가 결단력이 부족해서 좀 더 부추겨줘야 하거나 하는 일이 생

---

121) "그 자그마한 일로비까지도"

기고, 그리고 마지막에는 모두들 다 기다리고 있는데 아이 하나가 울어서 떠나지 못하는 사태도 생기고 그런다오. 그리고 사실 여행이 거의 두렵기까지 하오. 예를 들어 내가 만약 어제 그랬던 것처럼 (어제는 몇 년 만에 처음으로 9시 15분에 일찌감치 잠자리에 들었었오) 9시 15분부터 11시가 다 될 때까지 쉬지 않고 기침을 해대다가 겨우 잠이 들었는데, 12시쯤에 왼쪽에서 오른쪽으로 돌아눕다가 또다시 기침을 하기 시작해서 1시까지 계속해댄다면 호텔에서 어느 누가 나를 참아주겠소. 작년에는 침대차로 편안하게 여행을 했었는데, 이 상태로는 감히 침대차를 탈 엄두를 못 내겠소.

내가 읽는 게 맞는 거요? 리티아? 그런 이름은 처음 듣소.

꼭 그렇지만은 않소, 밀레나. 지금 편지를 쓰고 있는 이 사람을 그대는 이미 메란 시절에 알고 있었소. 그러고 나서 우리는 하나가 되었었지요. 그래서 서로 알고 말고 할 것도 없었소. 그리고 지금 우리는 다시 나뉘어 둘이 되어버린 거요.

거기에 대해서 아직 말하고 싶은 게 좀 있소만, 목이 메어 말이 잘 나오지를 않는구려.

———

"Ale snad máš pravdu, snad to jiní přeloží lépe"[122] 여기에 이 문장만 이렇게 다시 써놓는 이유는, 이 말이 그렇게 흐지부지 없어지지 않게 하기 위해서요.

일로비의 편지는 금요일에 받았고, 그리고 일요일에 이미 그것이 기이하게도 '법보다 앞서'* 신문에 실렸었소.[123]

---

122) "하지만 어쩌면 그대가 옳고, 어쩌면 다른 사람들이 이걸 더 잘 번역할 수 있을지도 몰라요."
123) 미주 참조. 여기서 카프카는 일로비가 그에게 허락도 받지 않고 자기의 작품(「법 앞에서Vor

그 광고*가 일요일 신문에 나지 않은 건 내 잘못이 아니오. 적어도 내 책임이 그리 크지는 않다는 말이오. 오늘은 수요일이오. 지난주 화요일에 내가 그 광고를 대리점에 갖다 주었고(편지는 물론 그 전날 받았었소), 대리점에서 그 광고를 내게 약속한 대로 즉시 보냈으면 목요일에는 빈에 도착했을 테고, 일요일에 신문에 났을 거요. 월요일에야 그게 신문에 나지 않은 걸 보고 거의 불행하기까지 했소. 어제 그 사람들이 그 광고가 너무 늦게 도착했다고 신문사에서 보내온 엽서를 보여줍디다. 그런데 그게 일요일 신문에 나야 한다면 이번 일요일에 싣기에는 아마도 또 너무 늦은 것 같으니까, 다음 일요일에나 실리게 되겠구려.

[프라하, 1920년 11월 8일]

그래요, 편지가 조금 늦었소. 아마 그대의 편지 하나가 실종되어서 그렇게 된 것 같소.

그 광고는 어제 신문에 마침내 실렸소. 그대는 아마도 '체코어'라는 말을 맨 윗줄에 단독으로 쓰기를 바랐던 것 같은데, 그건 안 된다고 하오. 그들은 차라리 '활동하고 있는'과 '여선생' 사이에 아무 의미 없는 여백을 넣겠다고 하더구려. 그리고 내가 대리점 사람들에 대해 오해를 했소. 방금 그곳에 다녀왔는데, 그 이야기를 해야겠소. 사람의 마음을 바로 알아보는 일은 참 어려운 일인 것 같소.

---

dem Gesetz」)를 번역해서 실었다는 사실을 문제가 된 작품의 제목을 가지고 언어 유희적으로 표현하고 있다. Vor dem Gesetz는 작품의 제목으로는 '법 앞에서'라고 해석해야 맞지만 여기에서는 '법보다 앞서'라는 뜻으로 쓰였다(옮긴이).

나는 거기서 일하는 여자들에 대해 불만을 품고 있었소.

1) 그들은 내가 거기서 이미 많은 광고를 의뢰했음에도 불구하고, 항상 정당한 가격을 잘 알지 못한다고 주장하면서 아마도 그것보다 훨씬 많은 액수의 돈을 예입금으로 받았고, 아무리 얘기해도 지금은 그걸 정확히 계산할 수 없다고만 말하고 있다고 생각했고,

2) 이번 광고가 늦게 나간 건 순전히 그들의 잘못이며,

3) 그들은 내가 지난번에 낸 돈에 대해 아무 영수증도 주지 않았는데, 그 돈은 바로 이번에 계속 연기되다가 거의 잊힐 뻔하기까지 한 그 광고에 대한 예입금이었다는 것,

4) 그리고 내가 2주 전에 가서 그 광고를 그러면 11월 8일에라도 내달라고, 그리고 굵은 글씨로 내달라고 주문했을 때, 내 말에 전혀 귀를 기울이지 않았다고 생각했었소. 그 사무실이 때마침 무척 많은 사람들로 붐비고 있었기 때문이오.

그래서 오늘 찾아갈 때에는 그 광고가 나오지 않았을 거고, 거기다가 아무 영수증도 받지 못한 예입금에 대해 장황하게 설명을 해야 할 거라고, 그리고 그렇게 한다고 해도 아무도 나를 믿어주지 않을 거고, 나는 결국 다른 대리점에 가서 또다시 광고를 신청해야 할 거고, 거기서는 여기보다 더 많이 나를 속일 거라고 굳게 믿고 갔었소.

그런데 광고가 나왔더구려. 정확하게, 거의 내가 원했던 그대로 말이오. 그리고 내가 또 다른 광고를 신청하려고 하니까, 그 아가씨가 우선은 돈을 더 이상 내지 않아도 된다며, 광고가 나가고 나면 나중에 나와 정산을 하겠다고 했소. 정말 기분 좋은 일 아니오? 이럴 때는 조금 더 살아 있기로 마음을 먹게 되오. 적어도 오늘 오후 동안, 그 일을 다시 잊어버릴 때까지는 말이오.

[프라하, 1920년 11월 중순]

밀레나, 미안하오. 지난번에는 내가 너무 간단하게 썼던 것 같소. 아마도 방을 미리 예약한 것 때문에 마음이 들떠서 그랬던 것 같소. 그런데 이제 보니 그것도 완전히 해결된 게 아니었소. 그림멘슈타인으로 가는 건 확실하오. 하지만 아직 해결해야 할 일이 몇 가지 남아 있소. 평균 정도의 체력을 가지고 있는 사람이라면 (그런 사람이라면 그림멘슈타인으로 갈 일도 없었겠지만 말이오) 그런 일들쯤이야 이미 오래전에 해결했을 터이지만 나는 그렇지 못하오. 그리고 지금 들으니, 요양원 측에서는 필요 없을 거라고 했던 주정부의 체류 허가를 받아야 한다고 합디다. 그걸 받는 건 아마 어렵지 않을 테지만, 어쨌든 신청서를 작성해서 보내야 하는 일은 내 몫으로 남아 있소.

요즈음은 오후 내내 골목을 돌아다니며 유대인들을 향한 증오심*에 온 몸을 담그고 있소. 최근 한번은 유대인을 "Prašivé plemeno"[124]라고 부르는 소리까지 들었다오. 사람들이 그렇게 미움을 받는 곳에서 떠나려고 하는 건 당연한 일 아니겠소? (시오니즘이나 민족정신 같은 걸 들먹일 필요도 없이 말이오.) 그럼에도 불구하고 여기 남아 있으려고 하는 영웅심은 아무리 없애려 해도 목욕탕에서 사라지지 않는 바퀴벌레들의 영웅심과 같은 거요.

방금 창문 밖을 내다보았소. 기마경찰들, 총검 돌격을 할 준비가 되어 있는 헌병대원들, 소리를 지르며 뿔뿔이 흩어지는 군중들, 그리고 여기 위쪽 창가에는 항상 보호 속에 살아가야 하는 역겨운 치욕이 있소.

---

124) "옴 걸린 인종"

밀레나에게 쓴 편지 331

위의 것을 써놓은 지가 꽤 한참 됐는데, 아직 부치지를 못했소. 너무나 내 속에 침잠해 있었기 때문이오. 그리고 그대가 편지를 쓰지 않는 것에 대해 아직 한 가지 이유만 알고 있을 뿐이오.

주정부에 보내는 신청서는 이미 보냈소. 허가증이 도착하면, 그 나머지 일들은 (방을 예약하고 여권을 내는 일) 금방 해결될 거고, 그러면 나는 떠날 거요. 누이°가 빈에 나와 함께 가고 싶어 하오. 어쩌면 같이 갈지도 모르오. 누이는 하루나 이틀쯤 빈에 머무르려고 하오. 지금 배 속에서 4개월째 자라고 있는 아기가 세상에 나오기 전에 얼른 짧은 여행이라도 해두려고 말이오.

에렌슈타인에 관해서 말인데, 그가 그대에게 쓴 내용을 보면, 그는 내가 생각했던 것보다 더 깊은 통찰력이 있는 것 같소. 내가 그에 대해 가졌던 인상도 거기에 맞춰 수정하고 싶은데, 그를 만날 일이 더 이상 없을 것 같으니 안 되겠구려. 그와 함께 있을 때 (물론 15분 정도의 짧은 시간에 불과했지만) 마음이 아주 편안했소. 전혀 낯선 느낌이 들지 않았소. 물론 그렇다고 마음의 고향에 와 있는 듯한 느낌을 가졌던 건 아니오. 그 편안함과 낯설지 않은 느낌은 학생 때 내 짝에 대해 가졌던 느낌과 같은 거였소. 나는 그를 좋아했고, 그는 나에게 없어서는 안 될 존재였소. 학교에서 겪어야 하는 모든 끔찍한 일들에 대해 우리는 동맹자였으며, 나는 그의 앞에서 다른 누구 앞에서보다 더 솔직해질 수 있었소. 하지만 그런 건 알고 보면 얼마나 보잘것없는 결합이었던지요. 에렌슈타인 앞에서도 마찬가지였소. 어떤 힘이 전해져오는 것 같은 느낌은 없었소. 그는 매우 호의를 가지고 있었고, 좋은 말도 하고, 애를 아주 많이 쓰긴 했지만, 거리 모퉁이마다 그런 위로자가 서 있다고 해도, 그들이 세계 종말의 날을 더 빨리 다가오게 하지는 못할 거요. 오히려 현재의 나날들을 더욱더 참을 수 없게 만들기나 하겠지요. 「타냐」°라는 작품 속에 나오는 신부와 타냐

사이의 대화를 아오? 그건—의도한 건 물론 그게 아니지만—그런 무기력한 도움의 전형이라오. 타냐는 오히려 이 악몽 같은 위로에 눌려 죽는 것처럼 보일 정도니까 말이오.

물론 에렌슈타인* 자신은 분명 아주 강한 사람일 거요. 그가 저녁에 읽어준 것들도 정말로 참 좋았소. (물론 크라우스에 대한 책에서 읽어준 몇몇 부분들은 제외하고 말이오.) 그리고 이미 언급했듯이 깊은 통찰력도 가지고 있소. 그런데 에렌슈타인은 거의 뚱뚱하다 할 정도로 어쨌든 당당한 풍채를 지니고 있었소. (그리고 아주 잘생겼소. 그대가 그걸 못 알아보다니!) 그리고 마른 사람들에 대해서는 그들이 말랐다는 사실 밖에는 거의 아는 게 없습디다. 물론 대부분의 사람들에 대해서는 이것만 알면 충분하지만 말이오. 예를 들어 나 같은 사람 말이오.

———

잡지들은 좀 늦게 도착했소. 언젠가 그 이유를 알려주리다. 어쨌든 잡지들이 배달되고 있소.

———

아니오, 밀레나. 우리가 빈에서 만났을 때에는 있을 거라고 믿었던, 우리가 함께 할 수 있는 가능성은 없소. 절대로. 그때에도 그 가능성은 없었던 거였소. 나는 '내 담장 너머를' 엿보았던 거요. 그리고 오직 내 이 두 손으로 담장을 붙잡고 버티고 있었던 거요. 그리고 이제는 손이 다 까진 채로 다시 밑으로 떨어졌소. 물론 함께할 수 있는 다른 가능성들도 있을 거요. 세상은 가능성들로 꽉 차 있으니까 말이오. 하지만 내게는 그것들이 아직은 보이지 않소.

나도 그렇소. 나도 자주 이걸 그대에게 말해줘야겠다고 생각하고는 결국은 말하지 못하지요. 어쩌면 퍼킨스 상사°가 내 손을 잡고 있는지도 모르겠소. 그리고 그가 한 번씩 잠깐 동안 손을 놓아줄 때에만 그대에게 얼른 몰래 한마디씩 할 수 있는지도 모르오.

그대가 바로 이 부분을 번역했다는 사실이 우리의 취향이 비슷하다는 걸 보여주고 있소. 그래요. 고문은 내게 아주 중요한 일이오. 나는 고문당하는 일과 고문하는 일에만 온통 몰두하고 있소. 왜냐고요? 퍼킨스와 비슷한 이유에서요. 그리고 그와 비슷하게 생각 없이, 기계적으로, 관습에 따라서 하고 있지요. 말하자면 저주받은 입에서 그 저주받은 말을 이끌어내기 위해서지요. 그런 일 속에 내재해 있는 어리석음을 (어리석다는 걸 안다는 건 아무런 도움이 되지 못하오) 나는 한 번 이렇게 표현한 적이 있다오. "짐승은 주인에게서 채찍을 빼앗아 스스로 자신을 채찍질한다. 주인이 되기 위해서다. 하지만 그는 그것이 주인의 채찍의 끈에 만들어넣은 새로운 매듭으로 인해 생겨난 환상에 지나지 않는다는 사실을 알지 못한다."°

물론이오. 고문은 참 한심스러운 방법이기도 하오. 알렉산더 대왕도 고르디우스가 묶은 매듭이 풀리지 않았을 때 고문을 하거나 하지는 않았소.

―――――

그런데 이것도 유대인의 한 전통과 관계가 있는 것 같소. 지금 유대인을 비판하는 글을 아주 많이 싣고 있는 『벤코프』°가 얼마 전에 한 사설에서 유대인이 모든 것을 망치고 붕괴시킨다는 사실을 증명하면서, 중세 시대에 존재했던 편타고행鞭打苦行[125]까지도! [...][126] 유대인들이 망쳐놓았다고 썼더구려. 유감스럽게도 거기에 대해 더 자세한 건 말하지 않고, 영국에서 나온 책 한 권을 인용했을 뿐이오. 나는 너무 '무거워서' 대학 도서관에 갈 수는 없소만, 유대인들이 도대체 (중세 시대에) 그들과는 아주 거리가 먼 이 운동과 무슨 관계가 있었다는 건지 알고 싶소. 어쩌면 그대가 거기에 대해 알고 있는 박학한 사람을 알고 있을지도 모르겠소.

———

책들은 보냈소. 그런 일이 전혀 귀찮지 않고, 오히려 그건 내가 오래간만에 한, 그래도 조금 의미가 있는 유일한 일이었다는 걸 분명히 말해두고 싶소. 알레시*는 절판되었습디다. 크리스마스 즈음에야 다시 나올 거라고 하더구려. 그것 대신에 체호프를 샀소. 그런데 『바비치카』*는 거의 읽을 수 없을 정도로 인쇄가 엉망이더구려. 그대가 그걸 보았더라면 어쩌면 사지 않았을지도 모르겠소. 하지만 나는 부탁을 받은 입장이니 그냥 샀소.
운을 맞춘 정서법 책은 급한 대로 우선 쓰라고 보내는 거요. 쓸 만한 정서법 책에 대해 일단 정보를 모으고 있는 중이오.
광고가 늦게 나간 이유를 설명한 편지는 받은 거지요?

———

요양원에 난 화재에 관해 뭔가 더 자세한 소식을 읽은 게 있소? 어쨌

---

125) 종교상의 고행으로서 자신을 채찍질하던 13~14세기의 수도 방법(옮긴이).
126) 약 4개의 단어를 알아볼 수 없게 지워버렸음.

든 이제 그림멘슈타인은 더욱더 환자들로 넘쳐나고 거만해질 것 같소. 그런데 어떻게 H.가 그리로 나를 찾아올 수 있다는 거요? 그가 지금 메란에 있다고 썼었잖소.

———

내가 그대의 남편을 만나지 않았으면 좋겠다는 그대의 바람은 나의 바람보다 더 클 수는 없을 거요. 하지만 그가 나를 만나겠다고 찾아오지 않는 이상—그가 그런 일을 할 리는 아마 없을 것 같소—우리가 서로 만날 가능성은 거의 없소.

———

여행은 좀 더 연기될 것 같소. 사무실에 아직 할 일이 있기 때문이오. 보다시피 나는 "할 일이 있다"고 쓰는 것에 대해 부끄러워하지도 않는다오. 물론 그걸 다른 모든 일들처럼 일이라고 할 수도 있겠소. 하지만 나에게는 그건 가수면 상태요. 수면 상태가 그러한 것처럼 죽음에 아주 가까운…… '벤코프' 말이 정말 지당하오. 이민을 가야 하오, 밀레나, 이민!

[프라하, 1920년 11월]

밀레나, 그대는 이걸 이해하지 못하겠다고 말하고 있소. 그러면 그걸 병이라고 치부하고 이해하려고 노력해보오. 이건 정신분석학이 발견했다고 믿고 있는 많은 병리 현상 중의 하나요. 나는 그걸 병이라고 하지 않소. 그리고 정신분석학이 사용하고 있는 치료법 부분에 아주 심각한 오류가 있다고 생각하오. 그들이 병이라고 규정짓는 이 모든 현상들이 아무리 슬프게 보일지라도 그건 신앙의 문제들이오. 곤궁에 처한 인간들이 어떤 모성적 기반에 닻을 내린 거지요. 그래서 정신분석학도 종교의 발생 근원을—그들의 견해에 따르자면—개개인의 '병'의 원인이 되는 것에서 찾는 것 아니겠소. 물론 오늘날의 우리들에게는 대부분 종교 공동체가 없지요. 종파들은 수도 없이 많고, 한 개인이 한 종파를 형성하고 있는 경우도 있소. 하지만 그건 어쩌면 현시대의 편견에 사로잡힌 사람들의 눈에만 그렇게 보이는 건지도 모르오.

하지만 실재하는 기반에 닻을 내린 믿음들은 인간의 개별적이고 대체 가능한 소유물이 아니고, 그의 본질 속에 이미 형성되어 있으면서, 추후로도 그의 본질을 (그리고 그의 육체까지도) 계속 이 방향으로 형성해나가는 그런 믿음이오. 이런 걸 고치려 한다고요?

내 경우에는 세 개의 원을 생각해볼 수 있소. 가장 안쪽에 있는 A라는 존재와, 그다음의 B라는 존재, 그리고 C라는 존재가 있소. 핵심인 A는 B에게 이 사람이 왜 자신을 괴롭히고 자신을 불신해야 하는지, 왜 포기해야만 하는지, (그건 포기가 아니오. 그건 아주 어려웠을 거요. 그건 단지 '포기해야만 함'이오) 그리고 왜 살면 안 되는지를 설명해주었소. (예를 들어 디오게네스도 이런 의미에서는 아주 아픈 사람 아니었소? 우리들 중에 알렉산더 대왕의 찬란한 눈길이 마침내 지금 그를 향하고 있다면 행복해하지 않을 사람이 누가 있겠소? 그런데 디오게네스는 그에게 필사적으로 애원했소. 태양을, 그 끔찍한, 그리스의, 변함없이 불타고 있는, 사람을 미치게 만드는 그 태양을 막아서지 말아달라고 말이오. 그 통은 유령들로 꽉 차 있었소.) 행동하는 인간인 C에게는 아무 설명도 주어지지 않소. 그에게는 단지 B가 명령만 내릴 뿐이오. C는 그의 지극히 엄격한 압박 밑에서 두려움에 식은땀을 흘리며 행동하고 있소. (그렇게 이마에, 뺨에,

관자놀이에, 머리 밑바닥에, 간단히 말해서 두개골 전체에서 한꺼번에 솟아 나오는 그런 식은땀이 어디 또 있겠소. C에게는 그런 식은땀이 흐르오.) C는 그러니까 알고 이해해서 행동하는 게 아니라, 두려움에 사로잡혀 행동하는 거요. 그는 A가 B에게 모든 걸 설명해줬고, B는 모든 걸 정확히 이해해서 전달해주는 거라고 믿고 신뢰하고 있는 것뿐이오.

[프라하, 1920년 11월]

내가 솔직하지 않은 게 아니오, 밀레나. (그런데 내 글씨가 전에는 더 개방적이고 명료했다는 기분이 들긴 하오. 그렇소?) 나는 '감옥의 규칙'이 허용하는 범위 안에서 솔직하오. 그리고 그건 아주 많은 거요. 그리고 '감옥의 규칙'도 점점 더 자유로워지고 있소. 하지만 '그것과 함께' 그대에게로 가는 일은 할 수 없소. '그것과 함께' 그대에게로 가는 건 불가능한 일이오. 나는 내가 알고 있는 모든 사람들과 본질적으로는 아니지만 정도 면에서 나를 아주 또렷이 구별 짓는 특이한 점을 하나 가지고 있소. 우리는 둘 다 서방 유대인의 특색을 지닌 여러 표본들을 충분히 알고 있지 않소. 그런데 나는—내가 알고 있는 한—그들 중에서도 서방 유대인의 특징을 가장 많이 가지고 있는 사람이오. 그건 과장해서 표현하자면, 내게는 편안한 시간이 단 1초도 주어지지 않았다는 것, 내게는 거저 주어지는 게 하나도 없다는 걸 의미하오. 모든 걸 얻어내야만 하오. 현재와 미래뿐만 아니라 과거까지도, 아마도 모든 인간이 저절로 타고나는 그것까지도 나는 얻어내야 한단 말이오. 그건 아마도 세상에서 가장 힘든 일일 거요. 만약에 지구가 오른쪽으로 돈다면—정말 그러는지는 모르겠소—나는 과거를 다시 가져오기 위해 왼쪽으로 돌아야만 하오. 하지만 나는 이 모든 의무들을 수행하기 위해 필요한 힘을 전혀 가지고 있지 않소. 나는

세상을 내 어깨에 짊어질 수 없소. 내 어깨는 내 겨울 외투의 무게를
지탱하는 것도 힘겨워하오. 그런데 이 무력함은 꼭 한탄해야만 할 일
은 아니오. 이런 사명들을 감당하기에 충분한 힘이 어디 있겠소! 여
기서 자력으로 어떻게 해보려고 하는 시도는 미친 짓이고, 결국 미치
게 되고야 말 거요. 그렇기 때문에 그대가 말하듯이 '그것과 함께' 그
대에게로 가는 것이 불가능한 일이란 말이오. 내 스스로의 힘으로는
내가 가려고 하는 길을 갈 수가 없소. 나는 그 길을 가려고 할 수도 없
소. 내가 할 수 있는 것은 오직 잠잠히 있는 것뿐이오. 나는 다른 건 원
할 수가 없소. 그리고 다른 걸 원하지도 않소.

———

이걸 다른 말로 설명하자면, 어떤 사람이 산보를 나가려고 할 때마다
씻고 머리 빗고 하는 등등의 일만 하면 되는 게 아니라—그것만 해도
충분히 힘이 드는데도—산보를 나가려고 할 때마다 그에 꼭 필요한
모든 것이 항상 없기 때문에, 옷도 지어 입어야 하고, 장화도 기워 신
어야 하고, 모자도 제조해야 하고, 나무를 깎아 지팡이도 만들어야
하는 등등의 일들을 해야만 하는 것과 같소. 그는 물론 그 모든 걸 잘
만들 수 없소. 그래서 그것들은 어느 정도 거리를 가는 동안에는 그
런대로 견뎌주다가, 예를 들어 그라벤쯤 가서* 갑자기 모든 것이 다
떨어져나가고, 그는 천 조각들과 파편들만을 걸친 채 거의 발가벗은
모습으로 거기 서 있게 되는 거요. 거기서 구시가 광장까지 달려 돌
아와야 하는 그 고통이란! 게다가 급기야는 아이젠가세*에서 유대인
들을 몰아대는 한 무리의 군중과 맞닥뜨리기까지 하고 말이오.
내 말을 잘못 알아듣지 말아주오, 밀레나. 나는 이 사람이 망했다고
하는 건 아니오. 그는 절대로 망하지 않았소. 하지만 그가 그라벤에

나가면 그는 망하게 되고, 거기서 자신과 세상을 욕되게 하는 거요.

———

그대의 마지막 편지는 월요일에 받았고, 월요일에 바로 답장을 보냈소.

———

그대의 남편이 여기에 와서, 파리로 이사 가려 한다고 말했다는구려. 이전의 계획 안에서 뭔가가 새로 수정된 거요?

[프라하, 1920년 11월]

오늘은 편지 두 통이 왔소. 물론 그대 말이 맞소, 밀레나. 나는 내 편지들이 부끄러워서 그대의 답장들을 열 엄두가 안 날 지경이니까 말이오. 하지만 내 편지들은 진실이오. 아니면 적어도 진실로 가는 길목에 있소. 내 편지들이 거짓이었다면 내가 그대의 답장들 앞에서 그야말로 어떻게 되었을 것 같소? 대답은 간단하오. 나는 미쳐버렸을 거요. 그러니까 진실을 말한다는 건 그리 큰 공적이 되지 못하오. 그것도 그나마 너무 보잘것없지 않소. 나는 계속해서 전할 수 없는 걸 전하려고, 설명할 수 없는 걸 설명하려고, 내 뼛속에 들어 있는, 그래서 이 뼛속에서만 체험되어질 수 있는 것에 대해 이야기하려고 애만 쓰고 있을 뿐이오. 그건 어쩌면 근본에 있어서는 내가 그렇게 자주 이야기했던 그 두려움과 다름없는 것인지도 모르겠소. 하지만 그건 모든 것, 가장 위대한 것이든 가장 사소한 것이든 상관없이 그 모든 것

앞에서 느끼게 되는 두려움이오. 단어 하나를 말하려고 할 때에도 갖게 되는 두려움, 경련적인 두려움 말이오. 물론 이 두려움은 어쩌면 두려움이기만 한 게 아니라, 두려움을 야기하는 모든 것보다 더 큰 어떤 것에 대한 동경이기도 한 것 같소.

"O mne rozbil"[127] 이건 얼토당토 않은 말이오. 잘못은 오직 내게 있소. 잘못은 내 쪽에 진실이 너무 적었다는 사실에 있소. 아직도 진실이 너무나도 적었다는 사실, 아직도 대개가 다 거짓이라는 사실, 내 자신에 대한 두려움과 사람에 대한 두려움에서 나온 거짓이라는 사실에 있소. 이 항아리는 우물로 가기 훨씬 전부터 이미 깨져 있었소. 이제는 입을 닫아야겠소. 조금이라도 진실 안에 머물러 있기 위해서요. 거짓은 끔찍한 거요. 이보다 더한 정신적 고통은 없소. 그래서 부탁하오. 잠잠히 있게 해주오. 지금 편지에서나, 빈에서 만났을 때에도 말이오.

O mne rozbil이라고 그대는 쓰고 있소. 하지만 내게 보이는 건 그대가 자신을 괴롭히고, 그대가 썼듯이 거리에 나가서나 겨우 안정을 찾는 모습뿐이오. 반면에 나는 여기 따뜻한 방에서 침실 가운에 슬리퍼 차림으로 앉아 있지요. 편안히. 그나마 나의 '시침時針'이 허용하는 한에서만 말이지만. ('시간을 가리키는 일'은 물론 해야 하니까 말이오.)

———

내가 언제 떠날 수 있는지는 체류 허가가 나와봐야 말할 수 있겠소. 지금은 3일 이상 체류할 경우에는 주정부의 별도의 허가가 필요하오. 일주일 전에 그 신청서를 냈소.

---

127) "나 때문에 부서졌다."

———

왜 잡지들이 더 이상 필요 없다고 하는 거요? 소책자들은 보냈소. 그리고 차페크*의 책도 하나 보냈소. […]128

그 아가씨는 어떻게 해서 아는 아가씨요? 내가 그 병에 대해 알게 된건, 친척 두 사람이 그 병을 앓게 되면서부터인데, 그 두 사람 다 지금은 고비를 넘기고 조금 안정되었소. 병이 완쾌된 건 아니지만 말이오. 그 아가씨가 가난한 아가씨라면 사태는 물론 훨씬 심각해지는구려. (그림멘슈타인에는 그런 병자들만을 위한 병동이 따로 있다고 하오.)

———

O mne rozbil. 이 생각이 머리에서 떠나지 않소. 이 말은 이를테면 그 반대의 가능성을 생각해보는 것만큼이나 맞지 않는 말이오.
이건 나의 결함도 아니고 사람들의 결함도 아니오. 나는 그저 가장 잠잠한 잠잠함에 속할 뿐이오. 내게는 그 길만이 옳은 길이오.

———

이 이야기는 그대를 위해 오려놓은 거요. 레비네*는 뮌헨에서 총살 당했지요, 아마?

[프라하, 1920년 11월]

오늘은 목요일이오. 화요일까지는 그림멘슈타인으로 가려고 정직

---

128) 약 15개의 단어를 알아볼 수 없게 지워버렸음.

하게 마음먹고 있었소. 때로 그 일을 생각할 때 내면에서 들려오는 위협을 느끼기는 했었소. 그리고 여행이 자꾸 지연되는 것도 부분적으로는 그 이유 때문이라는 것도 알아차렸었소. 하지만 그 모든 걸 쉽게 극복할 수 있으리라 믿었소. 화요일 점심시간에 어떤 사람한테서 체류 허가가 나올 때까지 프라하에서 기다릴 필요 없이 빈에 가서도 쉽게 받을 수 있을 거라고 하는 소리를 들었소. 그러니까 그걸로 길은 활짝 열린 거였소. 그 후 오후 한나절을 내내 소파에 누워 고민한 후, 저녁에 그대에게 편지를 썼소. 하지만 보내지는 않았소. 그때까지도 나는 그걸 극복할 수 있으리라 믿었소. 하지만 그날 밤 내내 나는 한숨도 못 자고, 그야말로 고통에 몸부림쳤지요. 내 속에 있는 두 사람, 떠나고자 하는 사람과 떠나는 걸 두려워하는 사람은 둘 다 나의 일부분일 뿐이고, 아마 둘 다 비참한 인간들인 것 같은데, 그 둘이 내 안에서 서로 싸우고 있었소. 나는 나의 가장 끔찍했던 시절에 그랬던 것처럼 새벽에 일어났소.

나는 그리로 갈 만한 힘이 없소. 내가 그대 앞에 서 있게 될 걸 상상만 해도 벌써부터 견딜 수가 없소. 뇌 속의 그 압박을 견딜 수가 없소.

그대의 편지는 이미 나에 대한 끊임없는, 한없는 실망으로 점철되어 있는데 거기다 이것까지 더해야 하오. 그대는 희망이 없다고 쓰고 있소만, 나로부터 완전히 벗어날 수 있는 희망은 있소.

내 속이 어떤지 그대에게나 그 누구에게라도 알아들을 수 있도록 설명할 수가 없소. 그게 왜 그런지 내가 어떻게 설명을 할 수가 있단 말이오. 나 자신에게조차도 설명할 수가 없는데 말이오. 하지만 그것도 중요한 일이 아니오. 중요한 건 아주 명백하오. 내 주위에서는 인간적으로 사는 것이 불가능하오. 그대도 그걸 보고 있으면서도 아직 믿으려 하지 않는단 말이오?

토요일 저녁

노란 편지는 아직 받지 못했소. 그걸 받으면 열어보지 않고 다시 반송하리다.

우리가 서로에게 편지를 쓰는 걸 지금 중지하는 게 좋은 일이 아니라면, 나는 아주 끔찍하게 잘못 생각하고 있는 걸 거요. 하지만 나는 잘못 생각하고 있지 않소, 밀레나.

그대에 대해서는 말하지 않겠소. 그게 나의 일이 아니기 때문이 아니오. 그건 나의 일이오. 하지만 거기에 대해 말하는 건 하지 않겠소.

그러니까 오직 나에 대해서만 말하겠소. 그대가 나에게 어떤 존재인지, 밀레나, 그대가 우리가 살고 있는 이 모든 세상을 뛰어넘어 나에게 어떤 존재인지는 내가 그대에게 매일 써 보냈던 그 종이쪽지들에 담겨 있지 않소. 이 편지들은 그 자체로는 아무런 도움이 되지 못하고 고통만 안겨줄 뿐이지요. 그리고 고통을 안겨주지 않는다면 그건 한층 더 나쁜 일이오. 그것들은 아무런 도움도 되지 못하고, 고작해야 그뮌트에서의 하루나 오해들이나 치욕, 거의 씻을 수 없는 치욕이나 만들어낼 뿐이오. 나는 그대를 길에서 처음 보았을 때처럼 그렇게 또렷하게 보고 싶어 하지만, 편지들은 그 시끄러운 레르헨펠더슈트라세 전체보다도 더 주위를 산만하게 하오.

하지만 그것조차도 결정적인 건 아니오. 결정적인 건 편지가 오감에 따라 점점 더 커지는, 편지들을 뛰어넘을 수 없다는 무력감이오. 그대에 대해서나 나에 대해서 똑같이 느끼는 무력감 말이오. ―1000통의 편지를 그대가 보내오고, 내가 1000번 간절히 원한다고 해도 그건 변할 수가 없소. 그리고 결정적인 것은 (어쩌면 이 무력감의 결과로 그런 건지도 모르오. 하지만 여기에서는 모든 이유들이 암흑 속에 묻혀 있소) 내게 잠잠하라고 요구하는 [...]¹²⁹ 거부할 수 없는 강한 목소리, 마치 그대가 말하는 것 같은 그 목소리요. 그런데 아직 그대에 관한 모든 건 말하지도 않은 상태요. 그건 물론 대부분 그대의 편지들에 적혀 있소. (어쩌면 그 노란 편지에도, 아니 더 정확히 말하자면 그건 그 편지를 도로 돌려보내달라고 요구하는─물론 그대의 생각이 옳소─그 전보에 적혀 있소.) 내가 읽기가 두려워서 마치 악마가 신성한 장소를 피하듯이 피해 다니는 그런 대목들에 적혀 있단 말이오.

───────

이상한 일이오. 나도 그대에게 전보를 치려고 했었소. 오랫동안 그 생각을 이리저리 굴려보았소. 오후에 침대에 누워서도, 저녁에 벨베데레°에서도 말이오. 그 내용은 다른 게 아니고 "지난번 편지의 밑줄 친 부분에 대해 동의한다고 분명하게 답해주기 바라오"라는 내용이었소. 하지만 결국에는 거기에 이유 없는 못난 불신감이 들어 있는 것 같아 보여서 전보를 치지 않았소.

───────

이렇게 별다른 일을 한 것도 없이 지금 밤 한 시 반까지 이 편지를 마주하고 앉아 있었소. 편지를 바라보고, 편지를 통해 그대를 바라보았소. 때때로 나는─꿈에서 말고─이런 상상을 한다오. 그대의 얼굴이 머리칼로 가려 있소. 나는 머리카락을 가르고 좌우로 젖히는 일에 성공하오. 그대의 얼굴이 나타나오. 나는 그대의 이마와 관자놀이를 천천히 쓰다듬고, 이제 그대의 얼굴을 내 두 손 사이에 감싸고 있소.

───────
129) 약 6개의 단어를 알아볼 수 없게 지워버렸음.

———

월요일

이 편지를 찢어버리고 보내지 않으려고 했었소. 전보에도 답하지 않으려 했었소. 전보들은 너무나 의미가 애매하오. 그런데 지금 엽서와 편지가 도착했소. 그것도 이런 엽서, 이런 편지가 말이오. 하지만이 편지들에 대해서도, 밀레나, 그리고 말하고 싶어 하는 혀를 깨물어 끊어버리는 한이 있어도⋯⋯ 그대가 편지들을 필요로 한다는 사실을 어떻게 믿을 수가 있겠소. 그것도 지금 말이오. 그대가 자주 거의 무의식적으로 말하는 것처럼 그대에게는 지금 안정이 가장 필요한데 말이오. 그리고 이런 편지들은 고통만 안겨줄 뿐이잖소. 치유될 수 없는 고통으로부터 나와서 치유될 수 없는 고통만을 안겨줄 뿐이오. 그게—그것도 한술 더 떠서—이 겨울에 무슨 소용이 닿는단 말이오? 잠잠해지는 것, 그것만이 살 수 있는 유일한 방법이오. 여기서나거기서나 말이오. 슬픔이 있겠지요. 좋소. 그게 어떻단 말이오? 슬픔은 잠을 더 천진하고 깊게 만들지요. 하지만 고통은 잠을—그리고 낮까지도—쟁기로 갈아엎는 것 같소. 그건 견딜 수가 없소.

———

편지 세 번째 장의 오른쪽 여백: 내가 요양원에 가게 되면 물론 그대에게 편지로 알려주리다.

[프라하, 1922년 3월 말]
부인께 편지를 쓰지 않은 지 벌써 꽤 오래되었군요, 밀레나 부인. 그

리고 오늘 편지를 쓰는 것도 어떤 우연한 일이 계기가 되어 쓰게 되었습니다. 사실 제가 편지를 쓰지 않은 것에 대해 용서를 구하지는 않아도 될 것 같습니다. 부인께서도 제가 얼마나 편지를 싫어하는지 알고 계시니까요. 제 삶의 모든 불행은—불평을 하려는 게 아니라, 그냥 일반적인 교훈으로 확인하는 의미에서 말하는 거지만—어찌 보면 편지로부터, 아니면 편지를 쓸 수 있는 가능성으로부터 왔습니다. 사람들은 저를 거의 한 번도 속인 적이 없지만, 편지들은 항상 저를 속여왔지요. 그것도 다른 사람들이 쓴 편지들이 아니라, 제 자신이 쓴 편지들이 말입니다. 제 경우에는 그건 더 이상 말하고 싶지 않은 특별한 불행이었기는 하지만, 그건 동시에 일반적인 불행이기도 했지요. 편지를 쉽게 쓸 수 있다는 가능성이—단지 이론적으로 보았을 때—영혼들의 끔찍한 혼란을 초래했던 것 같습니다. 그건 유령들과의 교신이니까 말입니다. 그것도 편지를 받는 사람의 유령하고만이 아니라, 자기 자신의 유령과의 교신이기도 하지요. 그 유령은 자신이 쓰고 있는 편지에서 생겨 자라나거나, 편지들이 여러 장 쓰이는 동안에, 한 편지가 다른 한 편지를 확증해주고 그걸 증인으로 삼기도 하는 과정에서 자라나기도 하지요. 도대체 사람들이 어떻게 편지로 서로 의사소통을 할 수 있다는 생각에 도달했는지 모르겠습니다! 사람은 멀리 떨어져 있는 사람에 대해 생각할 수 있고, 가까이 있는 사람은 만질 수가 있지요. 다른 모든 건 인간의 힘을 초월하는 겁니다. 하지만 편지를 쓴다는 건 호시탐탐 기회를 엿보고 있는 유령들 앞에 자신을 노출시키는 일입니다. 글로 쓴 키스들은 그 목적지에 도달하지 못하고 유령들이 도중에 다 마셔버립니다. 거기서 그렇게 풍성한 자양분을 얻기 때문에 그들이 그렇게 엄청나게 번성하는 거지요. 인류는 그것을 감지하고 거기에 대항해 싸웁니다. 그들은 사람들 사이에서 유령적인 것을 가능한 한 배제하고, 자연스러운 왕래와 영혼의 평화를 가능하게 하기 위해, 기차와 자동차와 비행기를 발명해냈지요. 하지만 그런 것들도 이제는 아무런 도움이 되지 못합니다. 그것들은 이미 추락하면서 만들어내는 발명품에 불과하지요. 저쪽 상대편은 훨씬 침착하고 강합니다. 그들은 편지에 이어서 전보를 발명하고, 전화와 무선 전신을 발명해냈지요. 유령들이 굶어죽지는 않을 겁니다. 우리들이 먼저 파멸하고 말 겁니다.

부인께서 거기에 대해 아직 글을 쓰지 않았다는 게 이상합니다. 그걸 신문에 넴으로써 어떤 일을 막는다거나, 어떤 목적을 달성하기 위해서가 아니라—그러기에는 때가 이미 늦었지요—'그들에게' 그들의 정체가 탄로났다는 사실을 알리기라도 하기 위해서 말입니다.

그리고 우리는 '그들을' 예외의 경우를 통해서도 알아볼 수 있습니다. 때로 그들은 편지 하나를 방해 없이 통과시키기도 합니다. 그리고 그 편지는 다정한 손처럼 제대로 도착하여 쉽고 편안하게 자기 손 안에 쏘옥 들어오지요. 하지만 아마 그것 역시 그냥 겉으로 보기에만 그럴 뿐이고, 그런 경우들은 어쩌면 우리가 다른 편지들보다 더더욱 경계해야 할 가장 위험한 편지들인지도 모릅니다. 하지만 그것이 속임수라면 그건 어쨌든 완벽한 속임수이기도 합니다.

그런 비슷한 일이 오늘 저에게 일어났습니다. 사실은 그 때문에 부인께 편지 쓸 생각을 하게 되었습니다. 오늘 부인께서도 알고 있는 어떤 친구한테서 편지 한 통을 받았습니다. 우리는 벌써 오랫동안 편지를 주고받지 않고 있었습니다. 그건 아주 현명한 일이었습니다. 앞에 얘기한 것과도 관련이 있는 얘기지만, 편지들은 아주 대단한 각성제입니다. 그들이 어떤 상태로 도착하는지 아십니까? 말라비틀어지고, 텅 비고, 신경을 자극하는 상태로 옵니다. 받는 순간에는 기뻐하며 읽지만, 그 후에는 오랫동안의 고통이 뒤따르지요. 무아지경에 빠져 그걸 읽는 동안, 내게 남아 있던 얼마 안 되는 잠이 살짝 일어나서 열려 있는 창문을 통해 날아가버리고는 오랫동안 돌아오지 않지요. 그 때문에 우리는 서로에게 편지를 쓰지 않았습니다. 하지만 자주 그에 대해 생각합니다. 너무나 피상적이긴 하지만 말입니다. 내 생각 전체가 다 너무나 피상적이니까요. 그런데 어제 저녁에는 그에 대해 많은 생각을 했습니다. 몇 시간 동안이나 말입니다. 나는 내게 그렇게 적대적이기 때문에 그만큼 더 소중한 밤 시간을 침대에 누워 그에게 쓰는 가상의 편지에서 그 당시 아주 중요하게 생각되는 이야기를 계속 같은 말을 써가며 거듭거듭 반복하는 데 썼습니다. 그런데 아침에 정말로 그에게서 편지가 한 통 온 겁니다. 게다가 거기에는 그 친구가 한 달 전부터, 아니 더 정확히 말하자면 한 달 전에 나에게로 와야 할 것 같은 기분이 들었었다는 말이 써 있었지요. 그 말은 제가 체험했던 일들과 이상하게도 일치하는 말이었습니다.

편지와 관련된 이 일이 제가 편지를 하나 쓰게 된 동기가 되었습니다. 그리고 제가 기왕에 편지를 하나 썼으면, 어떻게 부인에게 편지를 쓰지 않을 수가 있었겠습니까, 밀레나 부인. 제가 편지 쓰기를 가장 좋아하는 분이 부인이신데 말입니다. (편지 쓰기를 좋아한다고 말할 수 있는 한 말입니다. 이건 단지 내 책상 주위에서 호시탐탐 기회를 엿보고 있는 유령들 들으라고 하는 소리입니다.)

———

부인께서 쓴 글을 한동안 신문에서 찾아볼 수가 없었습니다. 유행에 관한 수필들을 제외하고는 말입니다. 최근에 읽은 그 글들은 몇몇 예외적인 것들을 빼면 유쾌하고 안정된 인상을 주었습니다. 가장 최근에 쓴 봄에 대한 수필°은 더욱 그러했습니다. 사실 그 전 3주 동안은 『트리부나』를 읽지 못했습니다. (하지만 그 신문들을 구해서 읽을 겁니다.) 슈핀델뮐레*에 갔다 왔거든요.

친애하는 밀레나 부인,
한번은 누군가를 매우 부러워했었다는 고백을 해야겠습니다. 그가
사랑받고 있으며, 안전한 가운데 분별력과 힘으로 보호받고 있었고,
평화롭게 꽃들 가운데 누워 있었기 때문입니다. 저는 항상 부러워할
준비가 되어 있지요.
항상은 아니지만 몇 번 읽은 『트리부나』를 통해, 부인께서 여름을 잘
보내셨다는 결론을 내려도 되겠다고 생각했습니다. 한번은 『트리부
나』를 플라나 역에서 얻었지요. 피서 온 한 부인이 다른 사람들과 이
야기하고 있었는데, 뒷짐진 손에 그 신문을 마치 내게 내미는 듯 들
고 있었어요. 그래서 누이가 나를 위해 그 신문을 얻어줬습니다. 제
가 착각하는 게 아니라면, 부인께서 거기에 독일에서 휴양하러 오는
사람들을 풍자하는 아주 재미있는 수필 하나를 썼었던 것 같습니다.
한번은 기차로 닿기 어려운 곳에서 여름을 보내는 행복에 대해 썼었
지요. 그것도 역시 좋았습니다. 아니면 그 두 가지가 같은 수필에 써
있었던 얘기였던가요? 그렇지는 않은 것 같습니다. 부인께서 유대
인-패션-학교를 떠나 나로드니 리스티에 등장하실 때면 늘 그렇듯
이, 쇼윈도들에 대한 수필은 아주 멋진 당당함을 보여주었습니다. 그
리고 요리사들에 대한 수필*도 번역한 적이 있었지요. 그건 왜죠? 그
아주머니*는 참 이상합니다. 한번은 편지에 올바른 값의 우표를 붙
이라고 썼다가, 또 한번은 창문 밖으로 물건을 내던지지 말라고 쓰기
도 하고, 모두 논란의 여지가 없는 일이기는 하지만, 동시에 해결될
기미가 보이지 않는 싸움들일 뿐이지요. 하지만 아주 자세히 보면 가

350

끔찍은 그래도 사랑스럽고, 감동적이고, 좋은 글을 쓰기도 합니다. 단지 독일 사람들을 너무 그렇게 죽도록 미워하지는 말았으면* 좋겠습니다. 독일 사람들은 훌륭한 사람들이고, 그렇게 남아 있을 겁니다. 아이헨도르프의 「오 넓은 계곡이여, 오 언덕이여!」라는 시를 아십니까? 또는 유스티누스 케르너*의 톱에 대한 시를 아십니까? 그 시들을 아직 읽어본 적이 없다면 언제 한번 베껴서 보내드리겠습니다. 플라나에 대해 몇 가지 이야기할 것이 있긴 하지만, 이제는 이미 다 지나간 일입니다. 오틀라가 제게 참 잘해주었습니다. 저 말고도 어린아이 하나가 더 있는데도 말입니다. 저의 폐는 적어도 시골에 있을 때에는 그런대로 괜찮았습니다. 여기에 와서는, 온 지 벌써 14일이나 되었지만, 아직 의사에게 가보지 않았습니다. 하지만 그렇게 심각하게 나쁘지는 않을 것 같습니다. 왜냐하면 시골에 있을 때에는—그 찬란한 허영심이라니! —한 시간 동안, 아니 그보다 더 넓게 장작을 패고도 전혀 지치지 않았고, 잠시 동안이나마 행복하기까지 했으니까요. 다른 것들, 잠자는 것과 그와 연결된 깨어 있는 것은 때로는 더 나빴습니다. 부인의 폐는 어떠신지요? 그 당당하고, 강하고, 고통당하면서도 의연함을 잃지 않는 존재 말입니다.

―――

방금 부인의 친구 마레시* 씨에게서 여기 동봉하는 매력적인 편지를 받았습니다. 몇 달 전에 그를 길에서 만났을 때—우리는 서로 길에서 만나 알게 된 사이고 따로 만나는 일은 없었습니다—갑자기 흥분하면서 자기가 쓴 책들을 보내주어도 되겠느냐고 물었지요. 저는 감동해서 그러라고 했어요. 다음 날 "dlouholetému příteli"[130]라는 근사

---

130) "그의 오랜 친구에게"

한 헌정문이 적힌 그의 시집*이 도착했지요. 그런데 며칠 있다가 또 한 권의 책이 지로용지와 함께 배달된 겁니다. 저는 가장 간단한 방법을 택했지요. 고맙다는 인사도 하지 않고, 책값을 지불하지도 않았습니다. (두 번째 온 책 「Policejní štára」[131]*는 그런데 아주 괜찮은 책입니다. 보내드릴까요?) 그런데 지금 차마 거부할 수 없게 만드는 이 초대장이 온 겁니다. 그에게 돈을 보내줄 겁니다. 지로용지에 작은 인사말을 함께 적어서요. 그 말이 그의 마음을 움직여서, 그가 책값의 두 배를 제게 다시 돌려보내기를 기대하면서 말입니다.

그런 경우에는 만취 상태가 되어야 된다고요? 왜 그렇습니까? 그냥 머리가 돌아버리면 되는 것 아닙니까?

당신의 K

[프라하, 1923년 1월/2월]

친애하는 밀레나 부인, 나는 배면엄호背面掩護나 그것과 관계된 것들에 대해 많이 이야기하지 않는 게 낫다고 여겨집니다. 전쟁시에 내란에 대해 이야기하는 것이 현명하지 못한 것처럼 말입니다. 그런 것들은 우리가 완전히 이해하지 못하고, 기껏해야 겨우 짐작이나 할 수 있는 것들이니까요. 그것들에 관한 한 우리는 '백성'에 지나지 않습니다. 우리는 일어나는 사건들에 대해 영향력을 행사하지요. 왜냐하면 백성이 없이는 전쟁을 할 수 없으니까요. 그래서 우리도 참정권을 가지고 있다고 생각하게 되지요. 하지만 정작 모든 일은 우리가 감히 엿볼 수도 없는 높은 기관들의 위계질서 안에서 판단되어지고 결정됩니다. 그리고 우리가 어쩌다 정말로 우리의 말을 통해 사건들에 영향을 주게 될 때가 있으면, 오히려 해만 생겨날 뿐이지요. 그런 말

---

131) '순찰', 미주 참조(옮긴이).

들은 전문적인 지식에서 나온 말도 아닐뿐더러 마치 잠결에 중얼거리는 것처럼 자제력 없이 튀어나온 말이기 때문입니다. 그리고 세상은 열심히 귀를 기울이고 있는 스파이들로 꽉 차 있으니까요. 이 면에서 최상의 존재는 침착하고 품위 있는, 어떤 도발에도 흔들리지 않는 존재지요. 여기에서는 모든 것이 다 도발입니다. 부인께서 앉으셨다는 그 긴 운하의 잔디밭까지도 말입니다. (그런데 그건 아주 무책임한 행동입니다. 저는 난로를 땐 방에서 침대에 누워, 전기담요와 또 담요 두 개에 오리털 이불까지 덮고도 감기 걸릴까봐 걱정하는 이 계절에 말입니다.) 결국에는 그것에 대해서 판단할 수 있는 방법은 단 한 가지밖에 없습니다. 외부로 나타나는 모습이 세상에 대해 어떤 인상을 주느냐 하는 것이지요. 그러니까 병이 들어 있는 제가, 어떻게 보면 끔찍하다고 할 수 있는 산보를 강행하는 부인에 비해 유리한 입장에 있다고 볼 수 있습니다. 왜냐하면 제가 병에 대해 부인이 말한 그런 의미로 이야기한다면 사실 아무도 저를 믿지 않을 겁니다. 그리고 그건 실제로도 농담에 지나지 않지요.

『도나뒤에』*는 곧 읽기 시작하겠습니다. 하지만 어쩌면 책을 더 빨리 보내주기를 원하시는지도 모르겠군요. 저는 그런 그리움이 어떤 건지 잘 압니다. 그리고 그런 책을 돌려주지 않는 사람에게는 원망을 품게 되기 마련이지요. 예를 들어 저는 몇몇 사람들에 대해 선입견에 사로잡혀 있었습니다. 증명할 수는 없으면서도, 그들 각자가 제 책 『늦여름』을 가지고 있다고 생각했기 때문이지요. 그리고 오스카 바움의 아들이 프랑크푸르트 근처에 있는 임간林 학교에서 급히 집으로 돌아오게 된 이유도 무엇보다도 그의 책들이 거기에 없었기 때문이라고 합니다. 특히 제가 알기로 그가 이미 75번이나 읽은 그의 가장 좋아하는 책, 키플링의 『키다리와 그의 친구들』이라는 책이 거기 없었기 때문이라는군요. 그러니까 『도나뒤에』도 그 비슷한 의미를 가지고 있는 책이라면 얼른 보내드리겠지만, 그 책을 꼭 읽고 싶습니다.

제가 부인의 수필들을 얻을 수 있다면, 어쩌면 유행에 대한 글들은 읽지 않겠다고 약속드릴 수 있을지도 모르겠습니다. (그런데 이번 일요일에는 왜 실리지 않은 거지요?) 수필이 실리는 날짜를 항상 알려주시면 정말 기쁘겠습니다. 「악마」*는 구해서 읽겠습니다. *[…]*¹³² 외출을 할 수 있게 되면 말입니다. 지금은 아직 몸이 좀 아픕니다.

게오르크 카이저*—저는 그에 대해 아는 바가 거의 없습니다. 알고 싶은 마음도 별로 없고요. 물론 극장에서 상연되는 그의 작품을 아직 본 적이 없어서 그런지도 모르겠습니다. 2년 전에 있었던 그에 대한 재판은 제게 대단한 인상을 남겨주었지요. 타트라에 있을 때 그 기사들을 읽었는데, 특히 그의 굉장한 변론이 인상적이었습니다. 거기서 그는 자기는 다른 사람들의 소유물을 취할 수 있는 의심할 여지없는 권리가 있다고 주장하며, 독일 역사에 있어서 그가 차지하는 위치는 루터의 위치와 견줄 수 있다고 하며, 그가 유죄판결을 받게 될 경우에는 독일의 모든 국기들을 조기로 게양할 것을 요구했었지요. 그는 여기 제 침대 옆에 앉아 주로 그의 장남에 대한 이야기를 했습니다. (그는 아이가 셋이랍니다.) 그 아이는 지금 열 살인데, 학교에 보내지도 않고 직접 가르치지도 않아 아직 글은 읽을 줄도 쓸 줄도 모르지만, 그림은 아주 잘 그린다고 하며, 하루 종일 숲 속이나 호숫가에서 (그들은 베를린 근처의 그륀하이데에 있는 외딴 시골집에 살고 있답니다) 뛰어놀고 있다고 하더군요. 헤어질 때 제가 카이저에게 "어쨌든 그건 아주 대단한 시도인 것 같습니다" 하고 말하자, 그는 "그게 제가 공들이는 유일한 시도이지요. 다른 건 사실 정말 보잘것없는 겁니다"라고 말했지요. 그가 그렇게 제 앞에 서 있는 걸 보는 건 이상하기도 하

---

132) 괄호 속에 든 약 9개의 단어를 알아볼 수 없게 지워버렸음.

고 그리 기분 좋은 일이 아니었던 것 같습니다. 반은 베를린의 상인처럼 산만하면서도 쾌활하고, 반은 광인 같았습니다. 완전히 혼란 상태인 것 같지는 않았지만, 부분적으로는 상태가 심각해 보였습니다. 그가 그렇게 된 것도 다른 게 아니라, 단지 열대의 기후 때문이었다고 하니까요. (그는 젊었을 때에 남미에서 일을 했었는데, 병이 들어 돌아와서는 약 8년 동안이나 아무것도 못하고 집의 소파에서 누워 지내다가, 요양원에 가서야 조금씩 생기가 돌아오기 시작했다는군요.) 그의 얼굴에도 그 반반의 모습이 나타나 있습니다. 평평한 얼굴에 놀라울 정도로 텅 빈 것 같은 하늘색 눈을 가지고 있었는데, 그 눈은 얼굴의 다른 몇 군데와 마찬가지로 경련을 일으키듯 급하게 이리저리 움직였지요. 얼굴의 다른 부분들은 마비된 듯 움직이지 않고 있는데 말입니다. 그런데 막스는 그에게서 전혀 다른 인상을 받았던 것 같습니다. 그는 카이저가 사람을 즐겁게 해주는 타입이라고 생각하고, 그래서 아마 나를 생각해서 카이저에게 나를 방문해주도록 부탁한 것 같습니다. 그런데 그는 지금 이 편지까지 다 채워버리고 말았군요. 다른 할 얘기도 많았었는데 말입니다. 다음에.

[프라하, 1923년 1월/2월]

친애하는 밀레나 부인, 「악마」를 읽었습니다.* 정말 경탄할 만하더군요. 어떤 교훈이라든가 새로운 발견이라든가 하는 의미를 떠나서, 불가사의할 만큼 용감한 한 사람이 여기 우뚝 서 있다는 사실, 그리고 그 불가사의함을 한층 더해주는 것은 마지막 문장이 보여주듯이 용기 이외의 다른 일들에 대해서도 알고 있으면서도, 그럼에도 불구하고 용감한 이 사람이 경탄스럽다는 말입니다. 이런 비교를 하고 싶지는 않지만, 이 생각이 너무나도 마음에 다가오는군요. 여기에서 읽혀지는 것은 그 자체가 하나의 부부관계 같습니다. 아니면 거의 자기 파괴의 목전까지 가 있었던 바로 그 순간에—지금은 더 이상 잘 알아볼 수 없게 되어버린, 부부의 결합을 통해서 세속적으로 오염된, 하지만 그 이전에는 아마도 지상에서는 있을 수 없었던, 너무나 위대해서 인간의 눈으로는 알아볼 수조차 없었던—한 천사의 강한 손에 붙들리게 되는 유댄툼과, 그를 너무나 사랑하기 때문에 그가 파멸하는 걸 막기 위해 그와 결혼하게 된 천사 사이에서 태어난 아이[…][133] 같습니다. 그리고 지금 이 부부의 결합에서 태어난 그 아이가 여기에 서서 사방을 둘러봅니다. 그가 가장 처음 보게 되는 것은 부뚜막의 악마입니다. 아주 끔찍한 형상이지요. 하지만 이 아이가 태어나기 전까지는 전혀 존재하지도 않았던 존재입니다. 부모는 어쨌든 그를 모르고 살아왔습니다. 자신의 종말에—'행복하게'라고 거의 말할 뻔했습니다—도달한 유댄툼은 이 악마를 알지 못했습니다. 그는 악마적인 일들 사이에서 뭔가를 구별해낼 능력이 더 이상 없었을 겁니다. 세상 전체가 그에게는 하나의 악마였고, 그 자신은 악마의 작품으로 여겨졌었으니까요—그리고 그 천사는 어땠느냐고요? 천사가 타락하지 않는 한 악마와 무슨 관계가 있었겠습니까? 하지만 그 아이는 지금 부뚜막의 악마를 아주 또렷하게 보고 있습니다. 그리고 이제 그 아이 안에서 부모의 전쟁이 시작됩니다. 이 악마를 어떻게 이겨내야 하는지에 대한 부모의 신념들 사이에서 전쟁이 일어난단 말입니다. 천사는 유댄툼을 거듭거듭 높은 곳으로 끌고 가서 거기에서 악마에 맞서 싸우라고 합니다. 그러나 유댄툼은 자꾸만 다시 추락하고, 천사는 유댄툼이 완전히 가라앉지 않게 하려면 따라서 함께 추락할 수밖에 없습니다. 하지만 이 둘 중 누구에게도 비난을 할 수가 없습니다. 둘 다 원래 그렇게 타고났으니까요. 한 사람은 유댄툼으로, 한 사람

<hr />

133) 약 3개의 단어를 알아볼 수 없게 지워버렸음.

은 천사의 속성을 가지고 말입니다. 단지 천사는 그의 고귀한 혈통을 잊어버리기 시작하고, 유댄툼은 자기가 현재는 보호받고 있다는 것을 느끼기 때문에 방자해지기 시작합니다. 그들 사이에서 오가는 끝없는 대화는 아래와 같이 요약할 수 있을 것 같습니다. 그런데 유댄툼이 어쩌면 천사의 말을 그의 입을 통해 왜곡시키는 것은 피할 수가 없을 것 같습니다.

유댄툼: Mstí-li se něco na tomto světě, jsou to účty a cifry v duševních zaležitostech.[134]

천사: Dva lidé mohou mít jen jediný rozumný důvod proto aby se vzali, a to je tenže se nemohou nevzít.[135]

유댄툼: 그것 보오. 벌써 계산하고 있지 않소.

천사: 계산이라고요?

아니면

유댄툼: v hloubce člověk klame, ale na povrchu ho poznáš.[136]

천사: Proč si lidé neslibují, že nebudou třeba křičet, když se spálí pečeně atd.[137]

유댄툼: 그러니까 표면에서까지도 거짓말을 하란 말이지요! 하지만

---

134) 유댄툼: 세상에서 꼭 그 값을 치르게 되는 무언가가 있다면, 그건 바로 정신적인 일에서 계산하고 따지는 일일 거요. [바로잡음: zaležitostech]

135) 천사: 두 사람이 결혼하는 데에 타당한 이유가 될 수 있는 건 단 한 가지밖에 없어요. 그건 그들이 서로 결혼하지 않는 게 불가능하다는 이유지요.

136) 유댄툼: 사람은 마음 깊은 곳에 대해서는 속일 수 있을지 모르지만 표면적인 부분에서는 그 사람의 됨됨이가 드러나게 마련이지요.

137) 천사: 사람들은 왜 서로에게 가령 고기가 탄다거나 하는 일이 생길 때에 소리 지르지 않겠다고 약속하지 않는 거지요?

그런 건 요구할 필요도 없어요. 그렇게 할 수 있었다면, 그는 벌써 자발적으로 그렇게 했겠지요.

아니면

유댄툼: 당신 말이 전적으로 옳아요. Proč si neslibují, že si vzájemně ponechají svobodu mlčení, svobodu samoty, svobodu volného prostoru?[138]
천사: 내가 그런 말을 했다고요? 나는 그런 말을 한 적이 없어요. 그건 내가 했던 모든 말을 무효화시키는 말일 텐데요.

아니면

천사: buď přijmout svůj osud …… pokorně …… anebo hledat svůj osud ……[139]
유댄툼: …… na hledání je zapotřebí víry![140]

이제는 마침내, 마침내, 오 드디어 천사가 유댄툼을 밀쳐내고 그로부터 완전히 벗어납니다.
정말 대단하고 마음을 흥분시키는 수필입니다. 특히 번개 같은 부인의 사고가 사람을 명중시키고 때리는 점이 대단합니다. 매를 이미 맞은 사람이 아니면—물론 대다수의 사람들이 거기에 속하지만—몸

---

138) 유댄툼: 그들은 왜 서로 상대방에게 침묵할 수 있는 자유와 홀로 있을 수 있는 자유, 그리고 마음대로 할 수 있는 자유를 주겠다고 약속하지 않는 거지요?
139) 천사: 자신의 운명을 …… 겸손하게 …… 받아들이거나, 아니면 자신의 운명을 찾아나서는 것이다.
140) 유댄툼: …… 찾아나서기 위해서는 믿음이 필요하지요!

을 움츠리고, 이미 매를 맞아 쓰러진 사람은 꿈속에서 다시 한 번 몸을 뻗지요. 그리고 꿈속에서 자신에게 말하지요. 이러한 요구들이 아무리 현세적이라고 해도 아직 충분히 현세적이지 않다고요. 불행한 결혼이란 없습니다. 미숙한 결혼이 있을 뿐입니다. 그리고 그 결혼이 미숙한 건, 미숙한 사람들이 결혼을 했기 때문입니다. 발달 과정에서 멈춰 서버린 사람들, 수확일이 오기 전에 밭에서 뽑아버려야 할 사람들 말입니다. 그런 사람들을 결혼하게 하는 것은 초등학교 1학년 아이에게 대수 문제를 내주는 것과 똑같은 일입니다. 수준이 맞는 고학년 아이들에게 대수를 가르치는 것은 아래 학급에서 구구단을 가르치는 것보다 훨씬 쉬운 일이고, 거기서는 구구단 같은 걸 겁니다. 하지만 여기 아래 학년에서는 그건 불가능한 일이고, 아이의 세계 전체를, 그리고 어쩌면 다른 세계들까지도 혼란에 빠뜨리게 되는 거지요. 하지만 여기서는 유댄툼이 말을 하고 있는 것 같습니다. 차라리 그의 입을 다물게 하는 게 낫겠습니다.

———

이러고 있는 중에 부인의 편지가 왔습니다. 편지를 쓰는 것이 지금은 참 이상합니다. 부인께서는—언제는 안 그런 적이 있었습니까마는—인내심을 가져주셔야겠습니다. 저는 몇 년 동안이나 아무에게도 편지를 쓰지 않았습니다. 저는 이 면에 있어서는 죽은 거나 마찬가지였습니다. 누군가에게 무언가를 말하고 싶은 생각이 전혀 없었습니다. 이 세상 사람이 아닌 것 같았지요. 하지만 그렇다고 해서 어떤 다른 세상의 사람도 아니었습니다. 저는 마치 이 모든 세월 동안에 제게로부터 요구되는 것을 그저 부차적으로 그럭저럭 해오면서, 사실은 누군가가 나를 부르지 않나 하고 귀를 기울이는 일에만 온 신경을 쏟고 있었던 것 같습니다. 그러는 중에 옆방에서 병病이 저를 부르고, 저는 달려가서 점점 더 그에게 귀속될 때까지 말입니다. 하지만 방 안이 어둡기 때문에 저를 부른 게 정말 병이었는지는 알 길이 전혀 없습니다.

어쨌든 저에게는 생각하거나 편지를 쓰는 일이 매우 어려워졌습니다. 때로는 편지를 쓰려고 하는데 손이 종이 위를 그냥 미끄러져 지나가기도 했습니다. 지금도 그렇습니다. 생각하는 건 말할 것도 없고 말입니다. (저는 언제나 그렇게 번개 같은 부인의 생각에 대해 거듭거듭 놀라곤 합니다. 어떻게 그렇게 한 줌의 문장들이 뭉쳐져 번개처럼 내려치는지 말입니다.) 어쨌든 인내심을 가져주셔야겠습니다. 이 봉오리는 천천히 열리고 있습니다. 그걸 봉오리라고 하는 건 단지 사람들이 닫힌 것을 봉오리라고 부르기 때문입니다.

『도나뒤에』는 읽기 시작했습니다. 하지만 아직 아주 조금밖에 읽지 못했습니다. 아직 감정이입이 거의 안 됩니다. 그리고 제가 읽은 얼마 되지 않는 그의 다른 작품들도 제게 그렇게 깊은 인상을 심어주지 못했었습니다. 사람들은 그의 순박함을 칭찬합니다. 하지만 순박함은 독일이나 러시아에나 맞는 특성입니다. 그 할아버지는 사랑스럽기는 하지만, 사람들이 그를 건성으로 지나쳐 읽는 것을 막을 힘은 가지고 있지 못합니다. 제가 지금까지 읽은 부분—저는 아직도 리옹에 머물러 있습니다—중에서 가장 아름다운 것은 필립의 특징이라기보다는 프랑스의 특징인 것 같습니다. 플로베르의 잔영이지요. 예를 들어 어떤 길모퉁이에서 갑자기 느끼게 되는 기쁨 같은 것 말입니다. (그 대목이 생각나십니까?) 번역은 두 사람이 한 것처럼 보일 정도입니다. 아주 잘하다가도, 갑자기 무슨 말인지 못 알아들을 정도로 엉망이 되기도 하니 말입니다. (새로운 번역본이 볼프 출판사에서 곧 나올 겁니다.) 어쨌든 그래도 아주 재미있게 읽고 있습니다. 저는 요즈음 봐줄 만한 독자이긴 하지만 매우 천천히 읽는 독자가 되었습니다. 특히 이 책에 대해서는 아가씨들 앞에서 매우 수줍어하는 저의 약점이 책을 읽는 데 방해가 되는군요. 그래서 이 작가가 묘사하고 있는 아가씨들의 모습들도 잘 믿기지가 않을 정도랍니다. 그가 감히 그 아가씨들에게 그렇게 가까이 다가갈 수 있었을 거라고 믿을 수가 없기 때문입니다. 마치 작가가 여기 묘사되어 있는 것과 전혀 다르고, 전혀 다른 곳에 있는 실제의 도나뒈에로부터 독자의 관심을 딴 쪽으로 유인하기 위한 목적으로, 인형을 하나 만들어 도나뒈에라고 이름 붙인 것처럼 느껴집니다. 그래서 실제로 이 아가씨의 유년 시절이 아무리 사랑스럽게 묘사되어 있다고 해도, 어떤 딱딱한 도식 같은 것이 엿보입니다. 마치 여기서 서술되고 있는 일들은 실제로 일어난 것이 아니고, 나중의 이야기만 실제인데, 이것은 단지 서막으로서 음악적인 형식에 의해 추후에 고안되어져, 실제로 일어난 사건에 끼워맞춰진 것처럼 느껴진다는 말입니다. 이런 기분이 끝까지 계속되는 책들도 있지요.

『Na velké cestě』[141]는 모릅니다. 하지만 체호프*는 아주 좋아하지요. 어떤 때는 아주 정신 못 차릴 정도로 좋아합니다. 「방앗간의 빌」*에 대해서도 아는 바가 없습니다. 스티븐슨도 마찬가지고요. 그저 부인께서 좋아하는 작가라고만 알고 있을 뿐이지요.
『프란치』*는 보내드리겠습니다. 하지만 그 책은 극히 일부를 제외하고는 분명 부인의 마음에 전혀 들지 않을 겁니다. 그건 살아 있는 작가들은 그들의 책들과 살아 있는 관계를 맺고 있다는 내 이론으로 설명될 수 있을 것 같습니다. 그들은 단지 그들이 존재한다는 사실만으로 그 책들을 위해서, 아니면 그 책들에 대항해서 싸웁니다. 책의 진

---

141) 『위대한 길에서』

정한 독립적 삶은 작가가 죽은 후에야, 아니 더 정확히 말하자면 작가가 죽고 나서 한참 후에야 비로소 시작됩니다. 왜냐하면 이 열성적인 사람들은 죽은 후에도 한동안은 그들의 책을 위해 투쟁하지요. 그 시간이 지나고 나면 책은 홀로 남겨지게 되고, 오로지 자신의 심장박동의 세기에 의존할 수밖에 없어지는 거지요. 그래서 예를 들어 마이어베어가 이 심장박동을 지원하기 위해 그가 남긴 오페라 하나하나마다에—아마도 그가 그 작품마다에 가진 신뢰에 따라 차등을 지게 해서—유산을 남겨준 건 참 잘한 일입니다. 하지만 거기에 대해서는 아주 중요한 건 아니지만 할 말이 아직 더 있습니다. 그걸 『프란치』에 적용시켜보면 이렇습니다. 살아 있는 작가의 책은 정말 그의 집 가장 깊숙한 곳에 있는 침실 같은 것이어서, 그가 키스해줄 만하면 키스해주면 되지만, 그렇지 않은 경우에는 정말 끔찍한 일이라는 것을 의미합니다. 내가 이 책이 좋다고 하거나, 부인께서—그러지 않으실지도 모르지만—그 반대의 말을 한다고 해도 그건 이 책에 대한 평가가 될 수 없습니다.

———

오늘은 『도나뒤에』를 꽤 많이 읽었습니다. 하지만 공감이 잘 안 됩니다. (그런데 오늘은 그에 대한 설명도 더 이상 못할 것 같습니다. 바로 옆 부엌에서 누이가 요리사와 이야기를 하고 있기 때문입니다. 제가 기침만 조금 하면 그들은 물론 바로 이야기를 중단할 테지만 방해하고 싶지 않습니다. 왜냐하면 이 아가씨는—그녀가 우리 집에 온 지는 며칠 안 됐습니다—거인처럼 힘이 센 열아홉 살 된 아가씨인데, 자기가 이 세상에서 가장 불행한 존재라고 주장하고 있기 때문입니다. 아무 이유도 없이 말입니다. 그냥 불행하니까 불행하다는 겁니다. 그래서 누이의 위로가 필요합니다. 그리고 누이는 아버지가 늘 말씀하시듯이, 옛날부터 "하녀와 함께 앉아 있는 것을 가장 좋아" 하지요.) 제가 표면적인 면에서 이 책에 대해 어떤 비판을 한다고 해도, 그건 모두 부당한 일이 되고 말 겁니다. 왜냐하면 제가 하는 모든 지적은 핵심에서 나오는 것이기 때문입니다. 이건 책의 핵심을 이야기하는 게 아닙니다. 누군가가 어제 살인을 저질렀다면―도대체 언제가 되어야 이 어제가 그제만이라도 될 수가 있단 말입니까―오늘 그는 살인에 대한 이야기를 들을 수가 없습니다. 그것들은 그에게 괴롭기도 하고, 지루하기도 하고, 신경을 자극하는 느낌을 모두 동시에 가지게 할 겁니다. 그 책이 가진 그 장엄한 비장엄함, 그 거북한 자연스러움, 그 경탄하며 비꼬는 것 등을 참을 수가 없습니다. 라파엘이 도나뒤에를 유혹한다면, 그건 그녀에게는 매우 중대한 일이겠지요. 하지만 학생의 방에 작가가 왜 있어야 합니까? 게다가 네 번째 인물인 독자까지 말입니다. 그러다가 그 작은 방이 의학과나 심리학과 강의실이 되기도 하고 말입니다. 그리고 그것 말고도 그 책에는 절망 이외의 다른 것은 거의 없습니다.

아직도 자주 부인의 수필*에 대해 생각합니다. 저는 이상하게도― 그 가상의 대화를 현실의 것으로 옮겨놓자면(아, 이 끈질긴 유댄툼이라니!)―고독에 대한 절망감에서 생겨나지 않은 결혼이 있을 수 있다고 믿습니다. 높은 차원의 의식적인 결합 말입니다. 그리고 천사도 사실은 그걸 믿고 있다고 생각합니다. 왜냐하면 절망에 기인한 이 결혼이 무엇을 얻을 수 있단 말입니까? 고독에 고독을 합치면 거기에서 생겨나는 것은 절대 마음의 고향이 아니라, 하나의 카토르가[142]일 뿐이지요. 칠흑같이 어두운 깊은 밤에조차도 한쪽의 고독이 다른 한쪽의 고독에 반영되어 비춰질 따름입니다. 그리고 고독과 안정감을 합치게 되면, 그건 고독에게는 훨씬 더 슬픈 결과가 됩니다. (그것이

---

142) 제정 러시아 시절에 만들어진 형벌 제도인 강제노동 집단수용소에서의 징역살이(옮긴이).

부드럽고 소녀 같은, 무의식적인 고독이 아니라면 말입니다.) 결혼이란, 그 조건을 날카롭고 엄격하게 정의하자면 '안정되는 것'입니다.

———

그런데 현재 가장 심각한 일은—저조차도 이렇게 되리라고는 생각 못했었습니다—제가 이 편지들, 이 중요한 편지들조차도 더 이상 쓸 수가 없다는 사실입니다. 편지를 쓸 때 생겨나는 그 끔찍한 마법이 다시 시작되어, 그러잖아도 저절로 파괴되고 있는 저의 밤 시간들을 더욱더 파괴하고 있습니다. 이제 그만 그쳐야겠습니다. 더 이상 쓸 수가 없습니다. 아, 부인의 불면증은 제 불면증과는 성격이 다른 것 입니다. 더 이상 편지를 쓰지 말아주십시오.

[엽서, 도브지호비체
 1923년 5월 9일이라는 우체국 소인이 찍혀 있음.]
 밀레나 폴락 부인
 빈 7지구
 레르헨펠더슈트라세 113/5

엽서 감사합니다. 저는 며칠 동안 여기 시골에 나와 있습니다. 프라하 에 있는 게 어려워졌기 때문이지요. 하지만 이건 아직 여행이라고는 할 수 없습니다. 전혀 부적합한 날개로 허우적대고 있는 것뿐이지요.

K.

[엽서, 도브지호비체
1923년 5월 9일이라는 우체국 소인이 찍혀 있음.]
밀레나 폴락 부인
빈 7지구
레르헨펠더슈트라세 113/5

친애하는 밀레나 부인. 제가 도브지호비체에서 보낸 엽서는 아마 받으셨을 줄로 압니다. 저는 아직도 여기에 있습니다. 하지만 이삼 일 후에 집으로 돌아갈 겁니다. 여기는 모든 게 너무 비쌉니다. (그리고 거스름돈도 제대로 주지 않지요. 한번은 너무 많이 주었다가, 한번은 너무 적게 주었다가 하는데, 급사장이 얼마나 빨리 계산을 하는지 잘 알아볼 수도 없답니다.) 잠도 너무나 안 오고요. 등등. 그것만 빼면 경치는 물론 대단히 아름답습니다. 다음 여행에 관해 말하자면, 아마도 이번 여행을 통해 여행할 기력이 좀 길러진 것 같습니다. 그게 프라하에서 반 시간가량 더 떨어진 곳으로 갈 수 있는 기력에 그친다고 할지라도 말입니다. 단지 제가 두려워하는 건, 첫째로는 비용이고,—여기는 물가가 어찌나 비싼지, 죽기 바로 전 며칠이나 여기에서 지낼 수 있을 것 같습니다. 그때가 되면 빈털터리가 되어도 상관없으니까요—그리고 둘째로는—둘째로는 말입니다—천국과 지옥이 두렵습니다. 그것만 제외하면 온 세계가 다 제게 열려 있지요.
충심의 인사를 보냅니다.

당신의 K

(그런데 우리가 서로 알게 된 후로, 부인께서 정확하게 가장 절박한 시점에 갑자기 몇 줄의 편지로 경고를 하든가 진정시키든가, 어쨌든 어떤 형태로든 영향을 주신 일이 이번이 세 번째입니다.)

우리가 마지막 만난 후 그대가 갑자기—하지만 놀랍지는 않았소—
사라진 이후로 9월 초가 되어서야 처음으로 그대의 소식을 다시 들
었소. 내 마음을 아프게 하는 소식이었소. 그사이 7월에는 내게 아주
대단한 일이 일어났소—이렇게 대단한 일이 일어날 수 있다는 게 놀
랍소! 내 바로 아래 누이의 도움으로 발트해 연안에 있는 뮈리츠에
갔었소.* 그나마 어쨌든 프라하와 닫힌 방에서의 탈출이었소. 처음
얼마 동안은 몸 상태가 아주 좋지 않았소. 그러다가 뮈리츠에서 정말
믿기지 않게도 베를린으로 갈 수 있는 가능성이 생겨나기 시작했소.
내가 10월에 팔레스티나로 가려고 했었던 것 알고 있지요? 함께 거
기에 대해 얘기했었잖소? 물론 그런 일은 절대 일어나지 않았을 거
요. 그건 자기의 침대를 절대로 벗어나지 못할 것을 확실히 알고 있
는 사람이 가지는 것 같은 그런 환상이었지요. 내가 내 침대를 절대
로 벗어나지 못할 바에야, 적어도 팔레스티나까지는 간다고 하지 못
할 건 또 뭐 있겠소. 그런데 뮈리츠에서 베를린에 있는 유대인민족수
용소 사람들의 캠프촌을 만나게 되었소. 대부분이 동유럽에서 온 유
대인들이었소. 나는 그들에게 매우 끌렸지요. 그들은 내가 다니는 길
목에 있었소. 나는 베를린으로 이사하는 가능성에 대해 생각하기 시
작했소. 그때에는 이 가능성이 팔레스티나로 갈 가능성보다 그리 더
높아 보이지 않았었소. 그러다 곧 그 가능성이 높아졌소. 혼자서 베
를린에 산다는 건 내게는 물론 불가능한 일이었소. 어느 면에서 보
나 말이오. 베를린뿐만 아니라 다른 어느 곳에서도 혼자서 사는 건
불가능했소. 그런데 그 점에 있어서도 뮈리츠에서 믿기지 않을 만한
도움*을 찾을 수 있었던 거요. 그리고 나서 8월 중순에 프라하로 돌아
와서는 한 달 좀 넘게 쉘레젠에 있는 내 막내 누이의 집에서 지냈소.
거기에서 우연히 불태워진 편지에 대해 듣게 되었소. 나는 절망했었

소. 내 마음의 짐을 좀 덜어내기 위해 즉시 그대에게 편지를 썼었지만, 부치지는 못했소. 그대의 상황이 어떤지 몰랐었기 때문이오. 결국 베를린으로 가기 전에 그 편지도 불태워버리고 말았소. 그대가 말하는 다른 세 통의 편지에 대해서는 오늘까지도 어떻게 된 건지 모르겠소. 나는 누군가에게 어떤 끔찍하게 치욕적인 일이 저질러졌을까 봐 절망하고 있었지만, 그게 관련된 세 사람 중에 누구였는지는 정확히 몰랐소. 하지만 그런 일이 어떤 다른 양식으로 일어났다고 해도 나는 물론 절망할 수밖에 없었을 거요. 내가 그 편지를 뮈리츠에서 제대로 받아 보았다고 해도 말이오.

그러고 나서 9월 말에 베를린으로 떠났소. 떠나기 직전에 이탈리아에서 보낸 그대의 엽서를 받아 볼 수 있었소. 여행에 대해 말하자면 나는 내 힘의 찾아낼 수 있는 마지막 끝자락까지 모두 동원하여 겨우 해냈소. 아니 더 정확하게 말하자면, 이미 아무 힘도 없이, 완전히 장례 행렬식으로 해냈소.

그리고 지금은 여기에 와 있소. 아직까지는 베를린에서의 생활이 그대가 생각하는 것처럼 그렇게 나쁘지는 않소. 나는 거의 시골이라고 할 수 있는 곳에서 정원이 딸린 작은 빌라°에 살고 있소. 이렇게 좋은 집에서 살아보는 건 생전 처음인 것 같소. 이 집도 아마 곧 잃게 될 거요. 이 집은 내게 너무나 과분한 집이니까 말이오. 그런데 이건 벌써 내가 여기 와서 살게 된 두 번째 집이라오. 먹는 건 지금까지는 프라하에 있을 때와 별반 다르지 않소. 물론 내가 먹는 것만 그렇지만 말이오. 건강 상태도 마찬가지요. 그게 다요. 그 이상은 더 무슨 말을 하기가 두렵소. 이미 말한 것도 너무 많이 말한 것 같소. 공중에 떠도는 유령들이 그것들을 그들의 욕심 많은 목구멍 안으로 게걸스럽게 빨아들이고 있소. 그리고 그대도 편지에서 나보다 더 많은 걸 숨기고 있지 않소. 그래도 전체적인 상황은 참을 수 있을 만큼 괜찮은 상태요? 그걸 알아낼 도리가 없구려. 물론 나 자신의 상태도 사실 알아내기 어렵기는 마찬가지요. 그런 것이 바로 '두려움'이지요.

F

[엽서, 베를린-슈테글리츠
1923년 12월 23일이란 우체국 소인이 찍혀 있음]
밀레나 폴락 부인
빈 7지구
레르헨펠더슈트라세 113/5

친애하는 밀레나, 부인께 쓰기 시작한 편지가 벌써 꽤 오랫동안 여기 놓여 있는데, 계속 쓸 수가 없었습니다. 옛날의 그 병이 여기에서도 저를 찾아내 습격해서 저를 쓰러뜨리고 말았기 때문입니다. 그럴 때면 모든 일이 다 힘들어집니다. 펜 놀림 하나하나가 말입니다. 그럴 때면 제가 쓰는 모든 것이 너무 거창하고 제 힘과 균형이 맞지 않아 보입니다. 그리고 제가 "충심의 인사를 보냅니다" 하고 쓰면, 이 인사가 정말 그 시끄럽고 소란스러운 회색빛의 도시 한가운데에 있는 레르헨펠더슈트라세까지 찾아갈 힘이 있기나 한 걸까요? 저나 저에 속한 모든 것이 숨조차도 쉴 수 없을 그곳까지 말입니다. 그래서 저는 아무것도 쓰지 않고, 좀 더 나은 때, 아니면 지금보다 더 나쁜 때가 오기를 기다리는 겁니다. 그 밖에는 여기서 지상에서 가능한 데까지 극진한 보살핌을 받으며 잘 지내고 있습니다. 세상의 변화에 대해서는 단지 물가가 급등하는 것을 통해서만 아주 절실히 실감하고 있습니다. 프라하의 신문들은 받아 볼 수가 없고, 베를린의 신문들은 너무나 비쌉니다. 부인께서 때때로 나로드니 리스티에서 기사를 오려

보내주시면 어떨는지요? 일전에 한 번 제게 큰 기쁨을 가져다주었던 그런 종류의 기사들 말입니다. 그리고 몇 주 전부터 바뀐 제 주소는: '슈테글리츠, 그루네발트슈트라세 13. 자이퍼트 씨 방'입니다. 이제는 그럼에도 불구하고 '최상의 인사'를 보내야겠습니다. 그것들이 정원 문을 나서기도 전에 떨어져버리면 어떻습니까. 어쩌면 부인의 힘이 그만큼 더 클지도 모르지 않습니까.

당신의 K

[1920년 4월] [첫 번째 편지] (15쪽)

1] 오토부르크 하숙: 카프카는 4월 초에 메란에 도착해 처음에는 '일급 호텔 가운데 하나'에서 묵었었다. 1920년 4월 8일 목요일자 메란의 지역 신문『부르크그래플러』는 방문자 명단에서 '호텔 엠마'에 새로 도착한 손님들 중에 '프라하에서 온 공무원 프란츠 카프카'가 있다고 실었다. 카프카는 그런데 바로 그날 '오토부르크 하숙'으로 이사했다. 좀 더 싼 숙소를 찾고 있던 카프카가 (부활절 기간 월요일인) 4월 5일에 찾아낸 숙소였다. 막스 브로트와 펠릭스 벨치에게 보낸 편지 [메란, 1920년 4월 10일](실제로는 1920년 4월 8일 목요일이 맞음) 참조.『편지』(행복한 불행한 이에게─카프카의 편지 1900~1924, 솔출판사) 560~564쪽

[1920년 4월] [세 번째 편지] (17쪽)

1] 번역: 밀레나는 카프카의 단편소설 「화부Der Heizer」를 번역하고 있었는데, 이 번역물은 1920년 4월 22일에 벌써『크멘Kmen』이라는 잡지에 실렸다. 아니면 그녀가『관찰Betrachtung』이라는 단편집에 실린 작품들 중 몇 작품을 골라서 번역하는 일을 그때 이미 시작해서 그 이야기를 하고 있는지도 모르겠다.

2] *볼프 씨로부터 …… 편지를*: 여기서는 아마도 쿠르트 볼프가 그의 출판사에서 발행한 카프카의 작품들을 체코어로 번역해도 좋다고 허락해준 이야기를 하고 있는 것 같다.

3] 「*살인자*」: 아마도 오해였던 것 같다. 밀레나는 아마도 카프카의 단편 「살인Der Mord」에 대해 이야기하는 것으로 추정된다. 이 작품은 라이프치히에 있는 쿠르트 볼프 출판사에서 1918년에 출간한 『디 노이에 디히퉁Die neue Dichtung』이라는 연감에 실렸던 작품이다.

4] *부인의 남편*: 에른스트 폴락(1886~1947)—1938년 이후부터 그는 Pollak 대신에 체코어식 표기법으로 Polak이라고 썼다—은 1918년 3월에 밀레나와 결혼했다.

[1920년 4월] [네 번째 편지] (18쪽)

1] *피를 토하는 것*: 『그리고 네게 편지를 쓴다—카프카의 투쟁의 기록』(솔출판사, 64~68쪽)와 『카프카의 편지』(솔출판사, 900~902쪽)에 카프카가 1917년 8월에 그의 병이 시작될 때의 상황을 서술한 부분들 참조.

2] *제 경우에 …… 원인이라고 짐작했던 것*: 카프카는 자신이 폐결핵에 걸린 것은 펠리체 바우어와 결혼하려고 여러 번 시도하면서 야기된, 더 이상 견뎌낼 수 없을 정도로 극심한 내적 갈등이 빚어낸 결과로 생겨난 심신 상관적인 현상이라고 해석했다. 『일기』(1917년 9월 15일), 『편지』[취라우, 1917년 9월 중순], 『카프카의 편지』[1917년 9월 30일에서 10월 1일 사이] 참조. 이 책에서 [1920년 5월 31일]에 쓴 것으로 추정되는 밀레나에게 쓴 편지(47쪽)도 참조.

3] *책자*: 프라하에서 발행되는 문학 주간지 『크멘』의 4권 6호(1920년 4월 22일). 거기에 밀레나가 카프카의 소설 「화부」를 번역한 것 [「Topič」]이 실려 있었다. 카프카는 그의 누이 오틀라에게 이 책자 스

무 권을 사달라고 부탁한다. 『그리고 네게 편지를 쓴다―카프카의 투쟁의 기록』148쪽 참조.

4] *당신의 FranzK(프란츠K). [서명을 원본 그대로 복사한 것]*: 카프카는 이름과 성의 첫 글자가 결합된 이 형태로 몇 통의 편지에 서명하고, 밀레나는 이것을 '프랑크'로 읽는다.

[1920년 4월 말] (21쪽)

1] *책자*: 위에 언급한 『크멘』잡지.

2] 『*시골 의사*』: 카프카가 낸 『시골 의사·단편집』(뮌헨, 쿠르트 볼프 출판사, 1919) [1920년에 나왔음].

3] *세 번이나 결혼으로부터 …… 떨어져 있지 않았던 셈*: 카프카는 여기서 '베를린 여자' 펠리체 바우어와 두 번―1914년 5월 말과 1917년 7월 초에―약혼했던 것과, 프라하에 살고 있었던 율리 보리체크와 1919년 가을에 약혼했던 것을 이야기하고 있다.

[1920년 4월/5월] (24쪽)

1] *문인 친구인 그리고리에프[카프카가 잘못 기억하고 있는 그의 원래 이름은 그리고로비치임]*: 카프카가 여기서 이야기해주고 있는 사건은 D. W. 그리고로비치가 쓴 「도스토옙스키에 대한 추억」에 나오는 이야기이다. 이 이야기는 F. M. 도스토옙스키, 『편지. 초상화와 원본 복사본과 풍경화와 함께』, 알렉산더 엘리아스베르크 옮김(뮌헨, R. 피퍼 출판사, 1914)의 부록 233~241쪽에 수록되어 있다. 카프카는 이 책을 소장하고 있었다.

도스토옙스키 자신도 이 사건을 그의 일기에서 서술하고 있다. 도스토옙스키의 이 사건에 대한 서술과 카프카가 편지에 이 이야기를 서술한 것을 비교해보면, 카프카가 이 작가와 그를 경탄하는 사람들 사이에 일어난 일을 얼마나 독자적으로 해석하고 있는지 알 수 있다. 도스토옙스키는 자신을 방문한 사람들이 잘 자라고 말하고 돌아간 후에 가졌던 생각을 아래와 같이 적고 있다. "자기는 어떻게 자란 말인가? 이 얼마나 황홀한 일인가? ─이 정도로 성공하다니! 그리고 무엇보다도─이 느낌은 정말 귀했다. 아직도 생생하게 기억하고 있다. '누군가 성공을 하면 그냥 그를 칭찬하고, 혹 그를 만나게 되면 축하를 해줄 뿐 아닌가? 그런데 이 사람들은 눈에 눈물을 글썽이며 새벽 네 시에 달려와 나를 깨웠다. '왜냐하면 이건 잠보다 더 중요한 일이기 때문'이란다. …… 아, 얼마나 아름다운 일인가!' 그게 바로 내가 그때 생각했던 것이다. 그런데 어떻게 내가 잠을 잘 수 있었겠는가!" F. M. 도스토옙스키 『자서전적인 글들』, 『전집』. 디미트리 메레쉬코프스키의 협력하에 뮐러 판 덴 브룩 펴냄. 2부 2권(뮌헨, R. 피퍼 출판사, 1919), 374쪽 참조.

[1920년 5월] [두 번째 편지] (31쪽)

1] *모국어Muttersprache*: 이 말은 여기에서 말 그대로 '어머니Mutter의 언어Sprache'를 의미한다. 카프카의 어머니는 체코어보다는 독일어를 쓰기를 좋아했고, 아버지는 체코어를 더 선호했다.

2] *부인의 신문 수필들*: 밀레나는 1920년 1월부터 프라하의 신문들, 특히 『트리부나Tribuna』와 『나로드니 리스티Národní listy』에 정기적으로 수필을 기고하고 있었다. 그 글들은 빈 사람들의 생활 모습, 우정, 결혼 생활, 정취 등등에 관한 것들이었다. 순수 문학에 속하는 수필들은 거의 없었다. 밀레나는 그녀의 글에(그녀의 성과 이름을 함께 쓰거나, 이름만 쓰는 경우도 있었지만, 그런 경우를 제외하면) M.이나 M. P. 혹은 M. J. 혹은 Js.라는 서명을 쓰기도 하고, 때로는 A. X. Nessey 혹은 A. X. N. 혹은 Nessey라는 필명을 쓰기도 했다. (주목할 만한 사실은

그녀가 M. P. [Milena Pollak]이라는 서명을 1920년 3월까지만 사용하고, 그리고 딱 한 번만 J.-P.[Jesenská-Pollaková]라고 썼다는 사실이다. 그 후에는 줄곧 그녀의 처녀 때의 이름과 관련된 서명만을 사용했다.)

[1920년 5월 29일] (34쪽)

1] 수필들: 밀레나가 쓴 수필들을 의미함. [1920년 5월] 두 번째 편지의 주 2번 참조.

2] 보제나 넴초바Božena Němcová : 체코의 위대한 여류 소설가. 그녀의 가장 유명한 소설인 『바비치카Babička』[할머니](1885)를 카프카는 1902년쯤에 알게 되었다. 그리고 1917년 가을에 그녀의 편지들 중 일부를 읽었다. 『편지』, [1917년 9월 22일], 394~395쪽 참조.

3] 일부분이 잘려나간 유행에 관한 글: 카프카가 추측한 것은 아마도 사실이었을 것이다. 밀레나는 『트리부나』와 『나로드니 리스티』에 정기적으로 유행에 관한 수필을 게재했다.

4] 카페에 모이는 무리: 프라하에서 만났을 때의 일을 말한다. 카프카는 그와의 또 다른 만남을 전에도 한 번 언급한 적이 있었다. [1920년 4월]에 쓴 두번째 편지 참조.

5] 막스 브로트Max Brod: 소설가이자 비평가인 막스 브로트(1884~1968)는 카프카와 오랫동안 우정을 나눠온 가장 절친한 친구이다.

6] 스타샤: 스타샤 일로프스카. 처녀 때의 이름은 프로하즈코바(1898~1955)로, 밀레나와 여자 김나지움(고전어 교육을 주로 하며 중등 교육과정으로 대개 9년제이다: 옮긴이)인 미네르바를 같이 다녔던 밀레나의 친구. 프라하 북쪽 몰다우 강가에 위치한 소도시인 리베시츠 Libeschitz/Livšc 출신으로, 번역가이자 편집인이자 저널리스트로 활동했다.

[1920년 5월 30일] (38쪽)

1] *베르펠*: 작가 프란츠 베르펠Franz Werfel(1890~1945). 그는 당시 빈
에 머물고 있었다. 이미 프라하에서부터 에른스트 폴락과 친분이 있
었으며, 그의 산문을 가끔 밀레나가 체코어로 번역했다. 그 결과로 문
학 주간 잡지인 『크멘』의 4권 26호(1920년 9월 9일), 304~308쪽에 「소
년의 날/단편斷編Den z chlapectví/Fragment」, 그리고 역시 『크멘』의
4권 49호(1921년 3월 3일), 581~583쪽에 「어느 정신병자의 신성모독
Blasfemie blázna」이 실렸다.

2] *마이스너가 그의 회고록에*: 알프레드 마이스너Alfred Meißner
(1822~1885)는 그의 저서 『내 생애 이야기』, 2권(테셴, 프로하스카 출판
사, 1884), 165쪽 이하에서 이 이야기를 하고 있다. 『편지』의 518쪽도
참조.

3] *제 막내 여동생*: 오틸리에, 오틀라라고 불림(1892~1944). 약 3개월
후인 1920년 7월 15일에―그녀의 부모와 친척들은 선뜻 동의하지 않
았음에도 불구하고―가톨릭 교인이며 체코인인 요세프 다비트 박사
(1891~1962)와 결혼했다. 오직 그녀의 오빠인 프란츠만이 이 결혼에
적극적으로 찬성했다. 『그리고 네게 편지를 쓴다―카프카의 투쟁의
기록』, 139~143쪽 참조.

4] *빈으로 가지 않을 건지*: 빈으로 자신을 보러 오라고 한 밀레나의 제
안에 대한 첫 반응으로 보인다.

[1920년 5월 31일] 월요일 (45쪽)

1] *거의 5년 동안이나 그녀를 …… 들들 볶아댔지요*: 1967년에 출판된
1912년부터 1917년까지 펠리체 바우어에게 보낸 편지들은 이 5년 동
안에 걸친 결혼을 위한 투쟁에 대한 증거들이다. 이 편지 왕래가 끝날
때쯤에 쓰인 편지들 가운데 하나에서 카프카는 이 투쟁을 다음과 같

은 말로 특징짓는다. "…… 나는 어떤 동화에 나오는 그 어떤 여자를 얻기 위한 싸움도 그대를 얻기 위해 내가 싸운 내면의 싸움보다 더 치열하고 더 절실하지는 못했다고 생각하오. 처음부터, 언제나 다시 새롭게, 그리고 어쩌면 영원히 이어질지도 모르는 그 싸움 말이오." 『카프카의 편지』, 867쪽 참조.

2] "칼스바트에서 만나기로 한 것 유의하시고 ……": 이 전보에서 율리 보리체크는 카프카와 칼스바트에서 만나기로 한 약속을 상기시키고 있다. 카프카는 뒤에 설명하는 것처럼 메란에서 프라하로 바로 돌아가지 않고, 그 전에 율리와 칼스바트에서 며칠을 지내다 가려고 생각했었다.

3] 그 아가씨: 앞의 편지들에서 이미 언급되었던 카프카의 약혼자 율리 보리체크(1891~1939). [1920년 4월 말] 편지의 주 3번 참조. 그는 그녀의 전체 이름을 단 한 번([1920년 7월 6일]의 편지에서) 밀레나에게 그녀의 주소를 가르쳐줄 때 언급했다. 1919년 2월 6일에 막스 브로트에게 쓴 편지(『편지』, 524~525쪽)와 『카프카 심포지엄』(베를린, 클라우스 바겐바흐 출판사, 1965)의 39~53쪽에 실린 클라우스 바겐바흐의 '율리 보리체크, 카프카의 두 번째 약혼녀' 참조.

4] 부인께서 강의를 하는 학교: 밀레나는 빈 상업-언어학교에서 체코어 강의를 하고 있었다.

[1920년 6월 2일] 수요일 (52쪽)

1] 시골에서 지냈던 그 8개월: 취라우에 있는 누이 오틀라의 집에서 1917년 9월 중순부터 1918년 4월 말까지 지냈던 기간을 말한다. 카프카는 폐결핵이 발병하자 프라하에서 약 70킬로미터 떨어진 곳에 위치한 보헤미아 북서부의 그곳으로 옮겨 갔었다. 건강 상태가 호전되기를 바라서였다.

2] 헌신 그 자체인 한 처녀: 율리 보리체크. [1920년 5월 31일] 편지의 주
3번 참조.
3] 회사: 카프카가 1908년부터 일하고 있었던 반 국립기관인 '노동자
재해보험공사', 프라하, 포르지취 7.

[1920년 6월 10일] 목요일 (68쪽)
1] (예를 들어 바이스 씨와의 관계처럼): 카프카는 1913년부터 친분이
있었던 소설가 에른스트 바이스Ernst Weiß(1882~1940)와의 관계가
서먹해진 것은 자기 때문이라고 생각했다. 『카프카의 편지』, 752쪽
참조.
2] 도스토옙스키: [1920년 4월/5월] 편지의 주 1번 참조.
3] 그 아가씨: [1920년 5월 31일] 편지의 주 3번 참조.

[1920년 6월 11일] 금요일 (72쪽)
1] 시골에 산다는 스타샤: 밀레나의 친구. [1920년 5월 29일] 편지의 주
6번 참조.

[1920년 6월 12일] 토요일 (75쪽)
1] 그 여섯 달 동안에 겪은 일들에 대해: 아마도 밀레나가 벨레슬라빈
요양원에 수용되어 있으면서 겪었던 일을 의미하는 것 같다.

[1920년 6월 12일] 토요일에 다시 [두 번째 편지] (77쪽)
1] 편집자 라이너: 『트리부나』 편집자인 요제프 라이너Josef Reiner
(1898~1920)는 1920년 2월 19일 21세의 나이로 자살했다. 감수성
이 많은 시인이며 능력 있는 번역가였던 그는 프라하의 한 유대인 가
정에서 태어났다. 하지만 그에게는 그리스도와 도스토옙스키와 쇼

펜하우어가 그의 유댄툼보다 더 큰 의미를 가지고 있었다. 그는 카프카를 존경했으나 개인적인 친분은 없었다. 아마도 그는 밀레나를 알고 있었던 것 같다. 왜냐하면 그는 그녀의 동창생이자 오랜 친구이기도 한 야르밀라의 남편이었기 때문이다. 이 젊은 편집자에 대한 애도사를 S. K. 노이만이 자신이 발행하는 잡지인 『체르벤Červen』의 2권 51호(1920년 2월 26일)에 썼다. 빌리 하스는 이 사건에 대해 그의 회상록 『문학 세계Die literarische Welt』(뮌헨, 파울 리스트 출판사, 1957)에 처음으로 서술하고 있다. 72쪽 이하 참조.

2] 빌리 하스: 비평가이며 수필가인 빌리 하스Willy Haas(1891~1973). 그는 프라하의 한 문학 서클에서 중심적인 역할을 하고 있었는데, 거기에는 프란츠 베르펠, 에른스트 폴락, 그리고 형제 사이인 한스 야노비츠와 프란츠 야노비츠 등이 속해 있었다.

3] 구시가 광장6번지: 카프카가 살고 있던 카프카 부모의 집.

[1920년 6월 15일] 화요일 (88쪽)

1] 불기둥: 이 비유는 『구약 성서』(출애굽기 13장 21~22절, 14장 24절)에 나오는 불기둥에 빗댄 것이다.

[1920년 6월 20일] 일요일 (89쪽)

1] '힐즈너': 카프카는 여기서 '힐즈너 사건'이라고 불렸던 한 사건을 암시하고 있다. 유대인인 레오폴트 힐즈너는 1899년 4월에 뵈멘의 폴나 근처에서 살해된 채로 발견된 기독교인 소녀를 의식儀式적으로 살해했다는 혐의를 받았다. 이 사건에 대한 재판은 그 당시 뵈멘에서 유대인 배척주의의 큰 파장을 불러일으켰다.

2] 그 아가씨와 관련해서: 율리 보리체크. [1920년 5월 31일] 편지의 주 3번 참조.

3] 막스: 카프카의 친구인 막스 브로트. [1920년 5월 29일] 편지의 주 5번 참조. 앞으로 나오는 막스라는 이름은 모두 이 친구를 의미한다.

[1920년 6월 21일] 월요일 (91쪽)

1] 어마어마한 분량의 편지: 카프카가 1919년 11월에 그의 아버지에게 쓴 편지로, 손으로 쓴 분량이 백 페이지가 넘는다. 그의 어머니가 아버지에게 전해주지 않고 가지고 있었다. 막스 브로트에 의해 처음으로 카프카의 유고집인 『시골의 결혼 준비』에 수록되었다. 카프카 전집 2권 『꿈 같은 삶의 기록』, 솔출판사, 2004년, 525~594쪽 참조.

[1920년 6월 23일] 수요일 (94쪽)

1] 폴락이란 이름으로 보낸 것 같소: 이 이름은 밀레나가 결혼 이후 공식적으로 쓰던 이름이었다.

[1920년 6월 24일] 목요일 (98쪽)

1] 로푸하: 밀레나가 번역해서 『트리부나』, 2권 139호(1920년 6월 15일), 1~2쪽에 실린 구스타프 마이링크Gustav Meyrink의 「두꺼비의 저주―두꺼비의 저주Kletba ropuchy-kletba ropuchy」를 그녀가 카프카에게 보냈었다.

2] 나셰 르제치: [우리 말]. 체코어를 연구하고 가꾸기 위한 잡지. 프라하-카를린에 소재한 체코학술예술원에서 펴냄. 1917년부터 발행되었다.

[1920년 6월 25일] (100쪽)

1] 오토 그로스: 카프카는 1917년 7월 초에 부다페스트에서 빈을 거쳐 프라하로 돌아오는 길에 정신분석학자인 오토 그로스(1877~

1920)와 유명한 문인이었던 그의 처남 안톤 쿠(1890~1941)와 함께 여행했다—오토 그로스를 빈의 '카페 첸트랄'에서, 그리고 나중에는 '카페 헤렌호프'에서 모이던 문인 서클에서 만나 알고 지내던 밀레나가 아마도 이 정신분석학자의 죽음에 대해 카프카에게 알려주었던 것 같다. 그가 1920년 2월 13일에 베를린에서 너무 이른 죽음을 맞게 된 것은 그의 마약 복용이 원인이었을 것으로 추측되었다. 『프라하 타크블라트』, 45권 45호(1920년 2월 22일), 5쪽에 난 그의 죽음에 대한 기사 참조.

2] 한 마을에서 백정 일: 야콥 카프카는 남부 뵈멘의 슈트라코니츠 Strakonitz/Strakonice 근처에 있는 보세크Wossek/Osek라는 마을에서 도축 일을 했었다.

[1920년 6월 29일 빈이라는 소인이 찍힌 우편엽서] 화요일 10시 (103쪽)
1] 레르헨펠더슈트라세: 레르헨펠더슈트라세 113번지에 밀레나와 에른스트 폴락이 살고 있던 집이 있었다. 카프카는 매번 벤노가세와 요제프슈태터슈트라세의 모퉁이에 있는 우체국으로 우체국 유치용 편지를 밀레나 앞으로 보냈다.

[1920년 7월 4일] 일요일 (104쪽)
1] 나흘밖에 안 주다니: 그 나흘 동안 (수요일부터 토요일까지) 카프카는 밀레나와 함께 빈에서 지내며, 빈의 숲의 언덕진 곳(노이 발데크) 등을 돌아다니며 긴 산보를 했었다. 그 후로 몇 달이 지난 후 밀레나는 막스 브로트에게 쓴 편지에서, 카프카가 그 당시 얼마나 건강했는지 그가 환자라는 사실을 거의 느낄 수 없었다고 썼다. "우리는 조금도 애를 쓸 필요가 없었습니다. 모든 것이 간단하고 명료했습니다. 저는 그를 빈 근교의 나지막한 산으로 데리고 다녔습니다. ……" 밀레나가 막스

브로트에게 쓴 다섯 번째 편지 참조(426쪽).

카프카 자신은 나중에 밀레나에게 쓴 편지에서 함께 보냈던 그 나흘 동안을 다르게 평가하고 있다. [1920년 7월 15일] 목요일의 두 번째 편지 참조(142쪽).

2] *바르의 일기*: 헤르만 바르Hermann Bahr, 「일기」, 『노이에스 비너 쥬르날Neues Wiener Journal』, 28권, 9576호(1920년 7월 4일), 4~5쪽.

3] *루제나 예젠스카가 쓴 수필*: 밀레나의 고모인 루제나 예젠스카 Ružena Jesenská(1863~1940)는 프라하의 신문인 『나로드니 리스티』 [국민일보]에 정기적으로 글을 쓰고 있었다. 그녀는 신낭만주의 시와 산문을 발표하여 유명해졌고, 『모데르니 레뷔Moderní revue』라는 잡지를 중심으로 한 문인 서클에 속해 있었다. 그 문인 서클에는 카렐 흘라바체크Karel Hlaváček(1874~1898)와, 릴케가 존경해 마지않던 율리우스 제이에르Julius Zeyer(1841~1901)도 속해 있었다.

[1920년 7월 4일] 일요일, 조금 시간이 지난 후 (105쪽)
1] *이 편지를 보내는 이유*: 율리 보리체크에게서 온 편지. 그녀는 그 편지에서 그날 내로 그녀를 만나러 와달라고 청했었다.

[1920년 7월 4일부터 5일까지] 일요일 11시 반 (106쪽)
1] *아버지께 쓴 편지*: [1920년 6월 21일] 편지의 주 1번 참조.

[1920년 7월 4일부터 5일까지] 월요일 아침 (107쪽)
1] *가련한 악사*: 카프카가 아마도 이미 학생 시절부터 알고 있었던 프란츠 그릴파르처Franz Grillparzer의 소설 『가련한 악사Der arme Spielmann』는 그가 특별히 즐겨 다른 사람들 앞에서 낭독했던 소설 가운데 하나다. 이 소설은—가련한 악사가 사랑했던 여인처럼—'유

능한 여인'이었던 펠리체 바우어와의 약혼 시절에 그에게 '중요한 의미'를 가지고 있었다. (1912년 8월 9일의 일기 참조)

[1920년 7월 5일] 월요일 (113쪽)

1] 그 아가씨: 율리 보리체크. [1920년 5월 31일] 편지의 주 3번 참조.

2] 라이너 이야기: 요제프 라이너. [1920년 6월 12일] 두 번째 편지와 이 편지에 대한 주 1번 참조.

3] 내일은 공휴일이오(후스 기념일이지요).: 제1공화국의 국경일. 마이스터 얀 후스Jan Hus가 1415년 7월 6일에 콘스탄츠에서 화형에 처해진 일을 기념하기 위해 국경일로 정해졌다.

[1920년 7월 6일] 화요일 아침 (116쪽)

1] 나이 드신 외삼촌: 카프카의 외삼촌 알프레트 뢰비Alfred Löwy (1852~1923)는 마드리드의 철도청장이었다.

2] 라우린: 아르네 라우린Arne Laurin[원래는 아르노슈트 루스티크 Arnošt Lustig](1889~1945). 라우린은 그 당시 『트리부나』의 편집장 대리였다.

3] 픽: 오토 픽Otto Pick(1887~1940). 시인, 번역가, 비평가, 편집인이며, 카프카의 지인. 1921년 3월부터 발행되었던 『프라거 프레세 Prager Presse』 신문사에서 일했다.

4] 프르지브람: 카를 프르지브람Karl Příbram(1887~1973). 그의 형인 에발트Ewald 프르지브람은 카프카의 김나지움 시절 친구였다. [1920년 9월 7일] 편지의 주 2번과 3번 참조.

[1920년 7월 7일] 수요일 저녁 (121쪽)

1] 내가 새 집을 갖게 된 걸: 카프카는 바로 아래 동생 엘리(결혼 후

의 이름은 헤르만)의 집—프라하 XII, 마네스 가세Manes gasse/
Mánesova, ul. 45—에서 잠시 살았었다.

[1920년 7월 8일] 목요일 아침 (122쪽)
1] *러시아 교회*: 카프카가 살고 있던 그의 부모의 집(니클라스슈트라
세와 구시가 광장의 모퉁이) 맞은편에 있었던 니클라스 교회. 카프카는
1913년 11월에 그 집으로 이사했고, 그 직후 그레테 블로호에게 쓴 편
지에서 자기의 방에서 내다보이는 이 교회의 모습을 묘사했다.

[1920년 7월 8일] 목요일 오전 (123쪽)
1] *그 아가씨*: 율리 보리체크. [1920년 5월 31일] 편지의 주 3번 참조.

[1920년 7월 9일] 금요일 [첫 번째 편지] (125쪽)
아마도 12번 편지인 것으로 추정된다.
1] *일로프스키*: 루돌프 일로프스키Rudolf Jilovský(1890~1954). 밀레
나의 친구인 스타샤의 남편. [1920년 5월 29일] 편지 주 7번 참조.
2] *플로리안*: 요제프 플로리안Josef Florian(1873~1941), 모라비아 지
방의 스타라 지셰(이글라우 근처의 알트라이쉬)에서 일하고 있던 출판
업자이며 번역가. 특히 가톨릭적인 문학작품을 많이 냈다. 그가 발행
한 시리즈들 중에 『도브레 딜로Dobré dílo』[명작선](1912년부터 간행)
과 『노바 엣 베테라Nova et Vetera』(1912~1922)가 특히 유명했다. 플
로리안은 1929년에 카프카의 「변신Verwandlung」의 최초의 체코어
번역판을 루드비크 브라나와 프란티셰크 파스토르의 번역으로 목판
화까지 곁들인 호화본으로 펴냈다. 그리고 같은 해에 카프카의 단편
집 『시골 의사Landarzt』에 실린 거의 모든 작품이 루드비크 브라나의
번역으로 플로리안의 출판사에서 출간되었다.

[1920년 7월 9일] 금요일 [두 번째 편지] (126쪽)
아마도 13번 편지인 것으로 추정된다.

1] *피터만*: 아르투어 롱엔이라는 예명으로 잘 알려진 배우이자 연출가이며 화가였던 E. A. 피터만Pittermann(1885~1936)은 야로슬라브 하셰크와 절친한 사이였다.

2] *페렌츠 푸투리스타*: (원래는 피알라). 프라하의 배우이자 연출가였다.

[1920년 7월 10일] 토요일 (128쪽)

1] *콜러 부인*: 밀레나와 아주 가깝게 지냈던 콜러 부인은 빈에서 작은 하숙집을 운영하고 있었다. 프라하의 친구들이 폴락 부부를 방문하면 자주 그녀의 집에 묵곤 했었다. 밀레나는 그녀의 수필 「모예 프르지텔키네Moje přítelkyně」[나의 친구]―『트리부나』, 3권 22호 (1921년 1월 27일)―에서 그녀에 대해 묘사하고 있다. 이 책 부록 「나의 친구」(439~446쪽) 참조.

[1920년 7월 12일] 월요일 (129쪽)

1] *시골에서 지낸 일 년*: 카프카가 1917년과 1918년에 걸쳐 취라우에서 지냈던 1년 동안을 의미함. [1920년 6월 2일] 편지의 주 1번 참조.

2] *『노이에 프라이에 프레세』(신자유신문)에서 일하는 키슈*: 카프카의 동창생 파울 키슈(1883~1944).

3] *야르밀라*: 야르밀라 라이네로바. [1920년 6월 12일] 토요일에 다시 [두 번째 편지]의 주 1번 참조.

4] *도브레 딜로dobré dílo의 쇼윈도*: 요제프 플로리안과 스타샤 일로프스카가 공동으로 펴낸 선집 『도브레 딜로』가 진열되어 있었던 보디취코바/바서가세와 슈티에판스카/슈테판스가세 사이의 루체르나

통로에 위치한 진열창. [1920년 7월 9일] 첫 번째 편지의 주 2번 참조.

[1920년 7월 13일] 화요일 조금 후에 (133쪽)

1] *그 아가씨에 대해서도.*: 율리 보리체크. [1920년 5월 31일] 편지의 주 3번 참조.

2] *가련한 악사에 대해*: 프란츠 그릴파르처의 소설. [1920년 7월 4일에서 5일까지]의 편지와, 그 편지에 대한 주 1번 참조.

[1920년 7월 13일] 화요일 [두 번째 편지] (134쪽)

1] *크라머의 편지*: 크라머는 카프카가 밀레나에게 우체국 유치우편으로 보내던 편지에 쓰던 가명이다. [1920년 7월 15일] 편지 참조.

2] *어제 그녀에 대한 편지를 썼는데 차마 부치지 못했소.*: 아마도 소실된 16번 편지가 바로 이 편지인 것으로 추정된다.

3] *편집부*: 비노흐랏스카에 위치한 오르비스 출판사의 편집부. 『트리부나』가 이곳에서 발행되었다.

4] *한 남자와*: 미할Michal[원래는 요세프] 마레시Mareš(1893~1971), 테플리츠–쇠나우Teplitz-Schönau 출신의 『트리부나』 편집인. 시인이며 기자였고, 나중에는 영화 드라마투르크(전문가)로 일하기도 했다. 오랫동안 요제프 라이너와 친밀하게 지냈다. 그는 야르밀라와 빌리 하스가 젊은 편집인 요제프 라이너를 죽음으로 몰고 갔다고 믿고 있었다. [1920년 7월 22일] 목요일 편지의 주 1번 참조.

5] *시카고에 대한 계획*: 랜더방크에서 일하는 것에 만족하지 못했던 에른스트 폴락은 여러 가지 다른 계획들 중에 시카고로 이민을 갈까 하는 생각도 가지고 있었다.

[1920년 7월 15일] 목요일 좀 더 늦게 (142쪽)

1] '바이서 한'에서 쓴 편지: 밀레나가—나중에도 여러 차례 언급되는—'바이서 한' 식당에서 쓴 편지. 요제프슈태터슈트라세에 있는 이 식당은 밀레나의 집과 가까운 거리에 있었다.

2] 누이의 결혼식: 카프카의 막내 누이동생 오틀라는 1920년 7월 15일에 기독교인이며 법학 박사인 요세프 다비트와 결혼했다. 호적 사무소에서 치르는 결혼식은 프라하의 시청 건물에서 거행됐다. [1920년 5월 30일] 편지의 주 3번 참조.

3] 펠릭스 벨치 박사: 펠릭스 벨치(1884~1964)는 막스 브로트와 오스카 바움과 함께 카프카의 가장 친한 친구였다.

[1920년 7월 18일] 일요일 (150쪽)

1] 투르나우: 라이헨베르크 남쪽에 위치한 이 마을에서 카프카는 1918년 9월 중순부터 말까지 2주 동안 요양차 지내면서 정원 일을 했었다. 『편지』, 511~513쪽 참조.

2] 지난 목요일에 결혼한 그의 부인: 『트리부나』의 편집장 대리인 아르네 라우린–루스티히는 1920년 7월 15일 이 신문에 그가 올가 바이스와 결혼한다는 사실을 공표했다.

3] 그 아가씨: 율리 보리체크. [1920년 5월 31일] 편지의 주 3번 참조.

4] 걸인 아주머니: 밀레나가 아마도 카프카와 나흘간 빈에서 함께 지내는 동안에 한 일에 대해 언급했던 것 같다. 카프카는 오페라극장 근처에서 구걸하는 한 걸인 아주머니에게 2크로네를 주고는 1크로네를 거슬러달라고 했는데, 그 아주머니는 돈이 없어서 거슬러줄 수 없다고 했다. 밀레나는 막스 브로트에게 쓴 세 번째 편지[1920년 8월 초]에서 이 일에 대해 이야기하고 있다. 이 책 419쪽 참조.

[*1920년 7월 19일*] 월요일 (*156쪽*)

1] 하이델베르크에 관한 계획 …… 파리와 은행 탈피 계획: 에른스트 폴락이 빈에서 다니고 있던 은행을 그만두려고 할 때 세웠던 여러 계획들 가운데 두 가지 계획.

2] 도나뒤에: 샤를르 루이 필립의 『마리 도나뒤에Marie Donadien』 (파리, E. 파스켈 출판사, 1904). 어쩌면 밀레나가 윌리암 쥐델이 펴낸(베를린, 에곤 플라이쉘 출판사, 1913) 전집 중의 한 권으로 나온 이 소설의 독일어 번역본도 함께 보냈는지도 모르겠다.

3] 막스가 보내준 …… 원고: 막스 브로트의 『이교異敎, 기독교, 유대교. 신앙 고백서』. 2권으로 구성(뮌헨, 쿠르트 볼프 출판사, 1921).

4] 젊은 작가 한 사람: 아마도 구스타프 야누흐가 언급했던 작가 한스 클라우스를 말하는 것 같다. 구스타프 야누흐 『카프카와의 대화 Gespräche mit Kafka』 보완된 개정판(프랑크푸르트, S. 피셔 출판사, 1968), 117쪽 이하 참조.

5] 클로델의 논문: 밀레나가 폴 클로델의 논문 「아르튀르 랭보」를 번역한 것이 『트리부나』, 2권 159호(1920년 7월 8일)에 실렸다.

6] *pamatikálni*: 신문에 이렇게 오자誤字가 나온 것은 밀레나의 글씨가 판독하기 어려워 식자공이 잘못 본 것으로 추정된다.

7] 그 아가씨의 답장: [1920년 5월 31일] 편지의 주 3번 참조.

8] 무덤: 밀레나가 카프카에게 올산 묘지에 가서 어릴 때 죽은 그녀의 동생 예니체크의 무덤을 찾아가달라고 부탁했다.

[*1920년 7월 20일*] 화요일 (*159쪽*)

1] 그대의 편지: 밀레나가—카프카의 부탁으로—율리 보리체크에게 쓴 편지.

[1920년 7월 20일] 오후 (160쪽)

1] *번역*: 밀레나가 카프카의 「독신자의 불행Das Unglück des Junggesellen」을 번역한 것. [Neštěstí mládence]. 『관찰』이라는 단편집에 수록되었던 다른 다섯 편의 단편과 함께 문학 주간지인 『크멘』에 실렸다. 4권 26호(1920년 9월 9일), 308~309쪽.

2] *그대의 등산 실력*: 비너 발트의 얕은 산들을 함께 올라갔던 일과 관련지어 하는 말임. 이 책의 부록 426쪽에 실린 밀레나가 막스 브로트에게 보낸 다섯번째 편지[1921년 1월/2월]에서 이 일에 대해 서술하는 부분 참조. "저는 그를 빈 근교의 나지막한 산으로 데리고 다녔습니다. ……" [1920년 7월 4일] 편지의 주 1번도 참조.

[1920년 7월 21일] 수요일 (162쪽)

1] *그대가 번역한 것이 하나*: 아마도 밀레나가 카프카의 「불행 Unglücklichsein」(「Nešťastný」)을 번역해서 『트리부나』, 2권 166호(1920년 7월 16일)에 게재했던 것을 의미하는 것 같다. 카프카가 "내가 그걸 읽어주기를 원하는지 몰랐었소"라고 말하는 걸 보면, 그의 작품을 번역한 것을 말하고 있음을 짐작할 수 있다.

2] *그 아가씨의 편지*: 율리 보리체크가 카프카에게 보낸 편지. [1920년 7월 19일]에 카프카가 밀레나에게 보낸 편지에 이 편지를 동봉했었다.

3] 『*체스타*』는? 『*리파*』는? 『*크멘*』은? 『*폴리티카*』는?: 밀레나가 가끔씩 수필이나 번역 작품을 싣던 체코어로 발행되던 잡지들.

4] *그 젊은 작가*: 아마도 카프카가 일하고 있던 노동자재해보험공사의 사무실로 자주 그를 찾아왔던, 당시 열일곱 살이었던 구스타프 야누흐를 말하는 것 같다. 야누흐의 아버지는 카프카의 회사 동료였다. 구스타프 야누흐, 『카프카와의 대화』(프랑크푸르트 암 마인, S. 피셔 출판사, 1951) 참조.

5] 이해할 수 없을 정도로 좋은 사람: 1919년부터 카프카의 사장이었던 베드르지흐 오트스트르칠 박사. 그는 카프카를 매우 소중하게 생각했으며, 카프카도 이전의 사장이었던 로베르트 마르쉬너 박사와 그랬던 것처럼, 그와도 아주 좋은 관계를 유지하고 있었다. 『편지』, 622~623쪽 참조.

[1920년 7월 22일] 목요일 (166쪽)
1] 피토메츠*pitomec M*: 카프카는 여기서 전에 이미 한 번 언급했던, 그에게 라이너의 죽음과 관련된 상황들을 말해주었던 미할 마레시 이야기를 하고 있다. [1920년 7월 13일] 화요일, 두 번째 편지의 주 4번 참조.
2] 하스: 빌리 하스는 그 당시 베를린에 살고 있었다. 그는 1921년 3월 말—일 년의 애도 기간이 끝난 후—에 야르밀라와 결혼했다.

[1920년 7월 23일] 금요일 (167쪽)
1] 루돌프 푹스: 독일 문학과 체코 문학의 다리 역할을 했던 루돌프 푹스(1890~1942)는 여러 작품을 번역했는데, 그중에 페트르 베즈루취의 『슐레지엔의 노래』도 있었다. 그는 '카페 아르코'에서 자주 모임을 갖던, 빌리 하스와 프란츠 베르펠을 둘러싼 문학 서클에 속해 있었다. 카프카는 그를 1912년경에 알게 되었다. 막스 브로트, 『프란츠 카프카 전기』 세 번째 보완된 판(뉴욕, 베를린, 프랑크푸르트, S. 피셔 출판사, 1954), 327~330쪽에 실린 루돌프 푹스, 「프란츠 카프카에 대한 추억」 참조.
2] 파리 계획: [1920년 7월 19일] 편지 주 1번 참조.

[1920년 7월 23일] 금요일 오후 (170쪽)

1] *외삼촌*: 이미 [1920년 7월 6일] 편지에 언급했던, 마드리드에서 온 알프레드 [뢰비] 외삼촌. 그 편지의 주 1번 참조.

[1920년 7월 24일] 토요일 (171쪽)

1] '*바이서 한*': 앞에 언급했던 식당. [1920년 7월 15일] 편지의 주 1번 참조.

2] *란다우어*: 밀레나는 구스타프 란다우어의 강연 '그의 시에 나타난 프리드리히 횔덜린'이 『디 바이센 블래터』(취리히), 3권(1916) 6호, 183~213쪽에 실린 것을 번역했다. 이 강연 내용의 번역은 문학 주간지인 『크멘』의 4권 23~25호(1920년 8월 19일~9월 2일)에 실렸다. 이 번역은 밀레나가 독일의 독자들에게도 쉽지 않은 이 텍스트를 번역하면서 많은 어려움을 겪었음을 보여주고 있다. [1920년 8월 4일] 수요일 편지의 주 3번 참조.

3] *우표 수집가*: 앞으로도 계속 여러 번 언급되는 이 우표 수집가는 카프카의 사무실 동료이다.

[1920년 7월 26일] 월요일, 조금 후에 (178쪽)

1] *시인 …… 목판 조각가 …… 부식동판 제작자*: 구스타프 야누흐. [1920년 7월 21일] 편지의 주 4번 참조.

[1920년 7월 27일] 화요일 (179쪽)

1] *무덤*: 앞에서도 언급했던 밀레나의 동생 예니체크의 무덤. [1920년 7월 19일] 편지의 주 8번 참조.

[1920년 7월 28일] 수요일 (182쪽)

1] 아마 3년 전쯤의 일: 카프카는 여기서 1917년 8월에 그가 폐결핵을 앓고 있다는 것을 처음 발견했던 당시의 일을 이야기하고 있다. 『카프카의 편지』, 900~902쪽 참조.

[1920년 7월 29일] 목요일 (186쪽)

1] 그 무덤을 찾아냈소: 카프카는 어릴 때 죽은 밀레나의 동생 예니체크의 무덤을 '예젠스키'라는 이름으로 찾았었다. 그러나 그는 역시 이른 죽음을 맞이했던 그녀의 어머니의 처녀 때의 이름인 '헤이즐라로바'라는 이름으로 그녀의 가족묘에 안장되어 있었다.

2] 시인이자 목판 조각가: 구스타프 야누흐. [1920년 7월 21일] 편지의 주 4번 참조.

[1920년 7월 31일] 토요일 (194쪽)

1] 아버지께 쓴 편지: [1920년 6월 21일] 편지의 주 1번 참조.

2] '불행': 카프카의 산문 「불행Unglücklichsein」은 1920년 7월 16일 「Nešťastný」라는 제목으로 『트리부나』에 실렸다. [1920년 7월 21일] 수요일 편지의 주 1번 참조.

[1920년 7월 31일] 토요일 저녁 (199쪽)

1] '엘제가 아플' 때: 정말 급할 때 카프카가 밀레나에게 갈 수 있도록, 여행 허가를 받아내기 위한 목적으로 밀레나가 보내기로 약속한 가상의 이름을 쓴 전보 내용을 말한다. [1920년 8월 2일부터 3일까지] 화요일 편지의 주 1번 참조.

[1920년 8월 1일] 일요일 (202쪽)

1] *크라자:* 작곡가인 한스 크라자(1899~1944)는 프라하의 카페 '콘티넨탈'에서 모이던 예술가 서클에 속해 있었다.

2] *『트리부나』:* 카프카는 여기서 밀레나가 『트리부나』에—2권 180호(1920년 8월 1일), 6쪽에 실림—쓴 수영복에 관한 글(「Plavky」)에 대해 이야기하고 있다. 밀레나는 이 글에서 수영하는 사람들 중에는 두 가지 종류가 있다며, 수영할 때 몸이 수평으로 되는 사람들과, (전혀 스포츠맨답지 않게) 몸이 항상 밑으로 처지는 사람들이 있다고 쓰고 있다.

[1920년 8월 1일] 일요일 저녁 (206쪽)

1] *오틀라:* 카프카의 막내 여동생 오틸리에는 특히 카프카가 아프기 시작한 후로 그를 여러모로 도와주고 있었다.

[1920년 8월 2일부터 3일까지] 월요일 저녁 (210쪽)

1] *다보스로 가라고 한다든가,:* 카프카는 여기서 밀레나와 막스 브로트가 카프카가 스위스의 공기 요법 요양지인 다보스에 있는 결핵요양원에 가서 쉬다 올 수 있게 도와줄 궁리를 하고 있었던 일에 대해 이야기하고 있다.

[1920년 8월 2일부터 3일까지] 화요일 (212쪽)

1] *엘제가 아프단 말이지요.:* [1920년 7월 31일] 토요일 저녁 편지의 주 1번 참조.

2] *나의 클라라 아주머니께서는 이미 오래전에 돌아가셨소.:* 카프카의 삼촌 필립(아버지의 막내 동생)의 부인이었던 클라라 카프카는 1908년에 죽었다.

3] *오토 픽:* 카프카는 막스 브로트에게 쓴 편지(『편지』, 579쪽)에서도

그의 방문에 대한 이야기를 하고 있다. [1920년 7월 6일] 편지의 주 3번도 참조.

[1920년 8월 4일] 수요일 (214쪽)

1] *아버지의 편지*: 밀레나는 그녀의 아버지에게서 3년 만에 처음 받아본 편지를 카프카에게 읽어보라고 보냈었다.

2] *그대의 생일과 맞아떨어진다는 말*: 밀레나는 아마도 그녀의 편지가 8월 10일에 그녀의 아버지의 손에 들어갈 것이라고 생각하고 있는 것 같다.

3] *논문*: 아마도 밀레나가 카프카에게 그가 요청했던 구스타프 란다우어의 횔덜린 논문 번역한 것을 보낸 것 같다. [1920년 7월 24일] 편지의 주 2번 참조.

[1920년 8월 6일] 금요일 (221쪽)

1] *동유럽 출신의 유대인 배우*: 익살꾼 배우 이작 뢰비. 카프카는 그의 극단이 1911년 10월 프라하에서 공연했던 때부터 그와 친하게 지냈었다. 1911년 10월 14일의 일기 참조.

2] *그대의 여행*: 볼프강 호숫가에 있는 장크트길겐에서 휴가를 보내려고 했던 밀레나의 계획을 말한다.

3] *다보스*: [1920년 8월 2일부터 3일까지] 월요일 저녁에 쓴 편지의 주 1번 참조.

4] *슈타인*: 파울 슈타인. 프라하의 변호사.

5] *내가 말했던 그 젊은 시인의 부모님*: 구스타프 야누흐의 부모님. 카프카는 여기서 밀레나에게 복잡하게 얽힌 그의 출생에 관련된 이야기를 해주고 있다. 구스타프 야누흐의 생부는—그의 이름은 구스타프 쿠바사였다—노동자재해보험공사에서 일하는 카프카의 사무실 동

료였다. (구스타프 야누흐는 그의 생부의 이름을 가질 수 없었다. 왜냐하면 그의 어머니의 첫 번째 남편인 파벨 야누흐는 실종된 것으로 되어 있었으나, 법적으로는 아직 그녀와 호적 분리가 되지 않은 상태였기 때문이다.)

6] 소원 목록: 카프카는 밀레나에게 이미 언급된 바와 같이 올샨의 묘지에 가서 그녀의 동생의 무덤을 찾아보는 일 등 프라하에서 그녀를 위해 할 수 있는 일이 있으면 하겠다고 했었다. 시간이 가면서 이러한 심부름의 횟수도 점점 더 많아지고, 그걸 수행하는 데 따르는 어려움도 점점 더 커져갔다.

[1920년 8월 7일] 토요일 (224쪽)
1] 그 아가씨에게 보낸 편지: 밀레나가 율리 보리체크에게 보낸 편지. [1920년 7월 20일] 편지의 주 1번 참조.

[1920년 8월 8일] 일요일 (228쪽)
1] '거짓으로 쓰인' 답장들: 여러 사람이 밀레나의 필체와 감쪽같이 닮은 필체로 쓴, 밀레나가 쓴 것처럼 속인 편지를 받았었다.

[1920년 8월 8일부터 9일까지] 월요일 [두 번째 편지] (230쪽)
1] 내가 아버지에게 쓴 …… 편지: [1920년 6월 21일] 편지의 주 1번 참조.
2] 라우린에 대한 얘기: 카프카가 아르네 라우린과 나눈 이야기에 대해 쓰고 있는 [1920년 7월 18일] 일요일 편지 참조.

[1920년 8월 9일] [토요일] 월요일 오후 (236쪽)
1] 어떻게 그 토요일이 "좋았다"고 말할 수 있었는지: 카프카가 여기서 이야기하는 것은 빈에서 함께 지냈던 나흘 가운데 토요일에 대한

이야기이다. [1920년 7월 4일] 편지의 주 1번과 [1920년 7월 15일] 목요일 두 번째 편지(142쪽) 참조.

[1920년 8월 10일] 화요일 (239쪽)

1] 아가씨가 아니라 그랬나보오.: 밀레나가 빈에서 여행객의 가방을 운반해주고 받았던 후한 팁에 빗대어 말하는 것임. [1920년 7월 24일] 편지 참조.

2] 일요일판『트리부나』:『트리부나』, 2권 186호(1920년 8월 8일), 5쪽에 실린 밀레나의 유행에 관한 수필「Oblek do deště」[비옷]에 대한 이야기임.

3] '타입'의 2회분:『트리부나』, 2권 185호(1920년 8월 7일), 1~2쪽에 실린 M. 예젠스카,「Nový velkoměstský typus II」[대도시의 새로운 타입 II]. 카프카가 이 글에서 어떤 점이 '유대인 배척주의적'이라고 생각했는지는 잘 드러나지 않는다.

4] 유대인들도 견진성사 비슷한 의식을 행한다오: 만 13세가 되면 치르는 바르 미즈바 성년식. 카프카는 이 성년식을 1896년 6월 13일에 프라하의 치고이너–지나고게(집시 회당이라는 뜻: 옮긴이)에서 치렀다. 이때 찍은 카프카의 사진 한 장이 구스타프 야누흐,『프란츠 카프카와 그의 세계』(빈, 한스 도이치 출판사, 1965), 44쪽과 이르지 그루샤,『프라하의 프란츠 카프카』(프랑크푸르트 암 마인, S. 피셔 출판사, 1983), 25쪽에 실려 있다.

5] 그곳의 동맹파업 때문에:『노이에 프라이에 프레세』는 1920년 8월 9일의 석간신문에 전화 회사와 전보 회사가 '오늘 정오부터' 동맹파업에 들어갔다고 보도하고 있다.

[1920년 8월 11일] 수요일 (244쪽)

1] 운동복: [1920년 8월 7일] 편지 참조. 이 편지에서 밀레나가 카프카에게 운동복을 하나 사서 보내달라고 한 것을 알 수 있다. 카프카가 이 부탁을 바로 들어주자, 그녀는 그가 자기를 '아버지같이' 잘 보살펴준다고 말했던 것 같다.

2] 크로이첸: 도나우 강가의 그라인 근처에 있는 바트 크로이첸.

3] 코카인으로 인해 …… 만신창이가 되어 있다는 말: 밀레나는 실제로 두통을 이기기 위해 가끔 코카인을 먹었었다.

4] *자살*: 요제프 라이너의 자살. [1920년 6월 12일]에 쓴 두 번째 편지와 그 편지의 주 1번 참조.

5] *크라이들로바*: 아말리에 크라이들로바. 밀레나와 같이 프라하에 있는 여자 김나지움인 미네르바에 다녔던 동창생

6] '카바르나': [커피 집]. 밀레나가 『트리부나』에 기고한 글. 2권 187호 (1920년 8월 10일), 1~2쪽에 실림.

[1920년 8월 13일] 금요일 (250쪽)

1] *센커*: 아마도 밀레나가 부탁한 일들 중 하나로, 프라하에 있는 센커 운송주식회사와 관련된 일인 것 같다.

2] *마사리크의 비서*: 체코슬로바키아 공화국의 초대 대통령이었던 토마시 G. 마사리크의 비서. 아르네 라우린의 직속상관이며, 『트리부나』의 설립자인 동시에 사장이었던 베드르지흐 홀라바취는 마사리크와 친구 사이였다.

[1920년 8월 17일부터 18일까지] 화요일 (254쪽)

1] 열흘에서 열나흘이나 지나야: 카프카와 밀레나가 프라하와 빈 사이의 국경 역인 그뮌트에서 (8월 14일부터 15일까지) 만나고 난 직후에

밀레나는 휴양차 볼프강 호숫가에 위치한 장크트길겐으로 떠났다.

2] 예전에는 사관학교였던 건물: 밀레나의 친구 야르밀라는 그 당시 프라하 4지구(흐랏차니)에 위치한 이곳의 근처인 나 발레흐Na Valech/발슈트라세 273번지에 살고 있었다.

3] 편지들: [1920년 8월 8일] 일요일 편지의 주 1번 참조.

4] 내게 살날이 얼마 남지 않았다고 예언했던: [1920년 4월]에 보낸 네 번째 편지 참조.

5] 시민수영학교 맞은편: 카프카의 가족이 1907년부터 1913년까지 살았던, 니클라스슈트라세/미쿨라쉬스카Mikulášská 36번지의 4층에 위치한 집. 그 집에서 내려다보면 몰다우 강 건너편의 시민수영학교와 벨베데레의 정원이 보였다.

[1920년 8월 17일부터 18일까지] 수요일 (259쪽)

1] 여행의 이로운 효과: 카프카가 여기서 말하는 여행이란 그뮌트에서 밀레나를 만나고 1920년 8월 15일 저녁에 프라하로 돌아온 여행을 말한다.

[1920년 8월 19일부터 23일까지] 목요일 (260쪽)

1] 에른스트 바이스: 1913년부터 카프카와 친하게 지내왔던 소설가 에른스트 바이스(1882~1940). 1917년에 이들 사이의 관계가 서먹해지기 시작했다. 나중에 여기에서 언급된 바이스에 대한 소문의 일부분만 사실이었다는 것이 밝혀졌다. [1920년 9월 2일] 목요일 편지 참조.

[1920년 8월 19일부터 23일까지] 금요일 (261쪽)

1] 광고: 카프카는 밀레나를 위해 광고문을 작성해서 프라하에 있는 그 신문사의 사무소를 통해 빈의 『노이에 프라이에 프레세』에 보냈

다. 밀레나는 장크트길겐에서 돌아오는 대로 가능한 한 빨리 강의를 시작하고 싶어 했다. 카프카가 이후에도 여러 번 언급하게 되는 이 광고는 『노이에 프라이에 프레세』의 1920년 8월 28일자 조간(20114호)의 5쪽에 처음으로 게재되었으며, 아래와 같이 쓰여 있다.

> 체코어를 가르칩니다.
> 대학 교육을 받은
> 빈 상업–언어학교
> 여선생.
> 9월 15일부터 가능.
> 주소: 밀레나 폴락 부인
> 레르헨펠더슈트라세 113번지 5호

카프카는 이 광고를—조금 수정해서—같은 신문의 9월 1일, 5일, 12일자 지면에, 그리고 11월 7일, 10일, 14일자 지면에 내보냈다.
2] 블라스타: 밀레나의 아버지인 예젠스키 교수의 개인 진료실 조수이자 그의 심복.

[*1920년 8월 26일*] 목요일 (*263쪽*)
1] 폴가르의 단편: 알프레트 폴가르(빈). 「시골의 테오도어」, 『프라거 타크블라트Prage Tagblatt』, 45권 199호(1920년 8월 24일), 2쪽.
2] 눈밭을 뛰어다니는 토끼: 『트리부나』, 2권 197호(1920년 8월 21일), 1~2쪽에 실린 밀레나의 글 「Výkladní skříně」[쇼윈도]에 대한 이야기. 그 글의 일부를 독일어로 번역해보면 다음과 같다. "…… 나는 매일 어떤 쇼윈도 앞을 지나다녔다. 그 안에 걸린 그림들 중에는 토끼 그림도 있었다. 아주 깜찍한 토끼 한 마리가 하얀 꼬리를 높이 치켜들고

눈밭을 지나 숲 쪽으로 달려가는 그림이었다. 토끼는 그 하얀 세상 안에서 너무나 고독해 보였다. 그리고 그 꼬리는 그의 가슴 답답한 무력함을 표현해주고 있었다.”

3] 란다우어의 논문: 구스타프 란다우어의 「프리드리히 횔덜린」. 이 논문을 밀레나가 밀레나 예젠스카라는 이름으로 번역한 것이 문학 주간지 『크멘』의 4권 23호(1920년 8월 19일), 24호(1920년 8월 26일), 25호(1920년 9월 2일)에 실렸다.

4] 블라디슬라프 반추라: 카프카가 말하는 『크멘』에 블라디슬라프 반추라(1891~1942)의 글 「Vzpomeň si na něco veselého!」[뭔가 재미있는 것을 상기하라!]가 실렸었다. 『크멘』, 4권 23호(1920년 8월 19일), 266~267쪽.

5] 토피치와의 사이에서 중개해주는 것: 밀레나의 부탁을 받은 오토 픽은 막스 브로트가 그와 친분이 있는 출판인인 F. 토피치와의 사이에서 중개해주기를 바랐었다. 그러나 브로트는 그 출판인과의 사이가 틀어진 상태라서 그 일을 할 수 없다고 거절했다. [1920년 8월 26일부터 27일까지]의 편지 참조. 밀레나는 그때 이미 카프카의 단편집을 번역해서 출판하려는 계획을 가지고 있었다. 이미 1920년 7월에 그녀는 『트리부나』에 카프카의 「불행Unglücklichsein」을 번역해 실으면서, 카프카의 단편집을 번역 출판할 준비를 하고 있다고 언급했었다. 그래서 그녀는 그걸 출판해줄 사람을 찾고 있었던 것이다. 아마도 그녀는 이것을 카프카에게 깜짝 선물로 주려 했기 때문에, 픽에게 프라하에서 그걸 출판해줄 사람을 찾는 것을 좀 도와달라고 부탁했던 것 같다.

6] 내 ‘전시 근무’를, 아니 더 정확히 말하자면 ‘기동 연습’: 카프카가 3년 동안 중지했던 글 쓰는 일을 다시 시작한 것을 의미한다.

[1920년 8월 26일부터 27일까지] 금요일 [두 번째 편지] (268쪽)

1] 광고: [1920년 8월 19일부터 23일까지] 금요일 편지의 주 1번 참조.

2] 튀코 브라헤: 막스 브로트, 『튀코 브라헤의 하나님께로 가는 길 Tycho Brahes Weg zu Gott』(라이프치히, 볼프 출판사, 1915). 이 책을 A. 베니히가 체코어로 번역한 책 『Tychona Brahe cesta k Bohu』가 1917년 F. 토피치 출판사에서 출간되었다.

[1920년 8월 28일] 토요일 (271쪽)

1] 그뮌트에 갈 때에는: 국경 도시인 그뮌트에서 8월 14, 15일에 만났던 것을 의미한다. [1920년 8월 17일부터 18일까지] 화요일 편지의 주 1번 참조.

2] 리즐 베어: 에른스트 폴락과 친분이 있었던 여자.

3] 마지막 문장의 번역: 밀레나가 카프카의 단편소설 「선고Das Urteil」를 번역한 것과 관련된 이야기. 카프카는 이 단편을 1912년 9월 22일과 23일 사이의 밤에 '단숨에' 써내렸다고 일기에 적고 있다. 1912년 9월 23일의 일기 참조. 밀레나가 이 작품을 번역한 것은 그러나 1922년 말이 되어서야 「Soud」라는 제목으로 주간지 『체스타』의 5권 26/27호(1922년 말/1923년 초)에 실렸다.

[1920년 8월 28일] (274쪽)

1] 그 시인: 아마도 구스타프 야누흐를 말하는 것 같다. [1920년 7월 21일] 편지의 주 4번 참조.

[1920년 8월 29일부터 30일까지] 월요일 (276쪽)

1] 여기 동봉하는 이 논문: 아마도 『프라거 타크블라트Prager Tagblatt』, 45권 200호(1920년 8월 25일)의 4쪽에 실린 버트런드 러셀

의 「볼셰비즘의 러시아로부터Aus dem bolschewistischen Rußland」라는 글인 것 같다. 여기에서 그는 사회를 변화시키는 공산주의의 구조에 대하여 비판적으로 서술하고 있다.

[1920년 8월 31일] 화요일 (277쪽)
1] 그림멘슈타인 요양원: 빈에서 남쪽으로 약 80킬로미터 떨어져 있는, 호흡기 질환 치료를 위한 요양원. 호흐에크 산(해발 730미터)의 남쪽 경사면에 위치해 있으며 넓은 면적의 숲으로 둘러싸여 있다.
2] 비너 발트 요양원: 빈에서 남쪽으로 약 60킬로미터 떨어져 있는, 레오버스도르프 근처의 오르트만에 위치한 요양원.
3] 블라이: 작가 프란츠 블라이(1871~1942). 여러 문학잡지의 편집인이었다.

[1920년 9월 2일] 목요일 (282쪽)
1] 블라스타: 예젠스키 교수의 조수. [1920년 8월 19일부터 23일까지] 금요일 편지의 주 2번 참조.
2] 그의 애인과 함께: 연극배우였던 라헬 잔차라. [원래의 이름은 요한나 블레쉬케였다.] 그녀는 1920년에 프라하에 있는 도이체스 란데스테아터에서 여러 번 공연을 가졌으며, 베데킨트의 여러 작품에 출연했다.
3] 바움: 카프카의 가장 친한 친구들 가운데 한 사람이었던 맹인 작가 오스카 바움(1883~1941).
4] 란다우어가 『크멘』에 게재되고 있소.: [1920년 7월 24일] 편지의 주 2번 참조.

[1920년 9월 3일] 금요일 *(284쪽)*

1] 『트리부나』는 나쁜 신문이오.: 카프카는 아마도 잘츠부르크 축제의 일환으로 1920년 8월 22일에 처음으로 돔 광장에서 공연되었던 후고 폰 호프만슈탈의 「예더만」 공연에 대한 밀레나의 평이 이 신문에 실릴 것을 기대하고 있었던 것 같다.

[1920년 9월 3일부터 4일] 금요일 저녁 *(286쪽)*

1] 예젠스키라고 서명한 그 편지: 카프카는 이 편지 내용을 알고 있었다. 밀레나가 이 편지를 그에게 읽어보라고 보내줬었기 때문이다. [1920년 8월 4일] 수요일 편지의 주 1번 참조.

2] 라이만 양. 카프카의 어머니가 '라이너'(혹은 '라이네로바')라는 이름을 잘못 들은 것이었다.

[1920년 9월 3일부터 4일] 토요일 *(291쪽)*

1] 죽음의 천사: 요제프 라이너의 자살에 빗대어 하는 말. [1920년 6월 12일]에 '토요일에 다시'라고 쓴 편지의 주 1번 참조.

[1920년 9월 6일] 월요일 *(294쪽)*

1] 한스 야노비츠: H. 야노비츠(1890~1954). 빌리 하스, 프란츠 베르펠, 파울 코른펠트, 루돌프 푹스를 둘러싼 문학 서클에 속해 있었던 작가. 그의 동생인 프란츠 야노비츠(1892~1917)는 크라우스가 매우 높이 평가했던 시인이었는데, 이탈리아의 전선에서 전사할 때까지 역시 이 문학 서클의 일원이었다.

2] 주소들을 보내줘서: 요양원들의 주소. [1920년 9월] 세 번째 편지의 주 1번 참조.

[1920년 9월 7일] 화요일 (296쪽)

1] 볼셰비즘에 대한 논문: [1920년 8월 29일부터 30일까지] 편지와 그 편지의 주 1번 참조.

2] 프르지브람: 에발트 프르지브람. 카프카와 김나지움과 대학을 같이 다닌 동창생. 김나지움의 고학년 때 친해져서 프라하 대학에 다니는 동안 내내 친구로 지냈다. 카프카는 1913년 3월 10일부터 11일까지 쓴 '펠리체에게 쓴 편지'에서 그가 대단한 꽃 애호가라고 얘기한다. 『카프카의 편지』, 429~430쪽 참조.

3] 거기에 함께 있었던 '환자': 역시 벨레슬라빈 요양원에 갇혀 있었던 밀레나를 의미함. 그곳에 프르지브람의 동생 카를도 갇혀 있었다.

4] 러시아에서 온 유대인 이주자들: 1920년 11월 20일자 『프라거 타크블라트』는 1920년 11월 16일부터 19일까지 일어났던 유대인 배척주의자들의 폭력 행위와 관련하여 유대인 시청에 수용되어 있었던 이 이주자들에 대한 이야기를 하고 있다.

[1920년 9월 14일] (304쪽)

1] 둘이 합했을 때의 불완전성: [1920년 9월 20일]의 편지 참조.

[1920년 9월 20일] 월요일 저녁 (310쪽)

1] "둘이 합했을 때의 불완전성": [1920년 9월 14일]의 편지 참조.

[1920년 9월] [첫 번째 편지] (312쪽)

1] 그림을 하나 동봉하오: 이 그림은 이 편지에 동봉한, 아마도 노트에서 찢어낸 것으로 보이는 쪽지에 그려져 있다. 쪽지의 뒷면에는 이전에 썼던 것 같아 보이는 글이 대부분 읽을 수 없게 지워져 있다. 이 쪽지의 크기는 대략 가로 22.5센티미터, 세로 8센티미터다. 여기에 묘사

된 두 인물은 가로로 놓인 쪽지의 양끝에 그려져 있었는데, 여기에서는 기술적인 이유로 인해 이 그림들을 축소하고 그 두 사람 사이의 거리도 좁혀서 실을 수밖에 없었다.

[1920년 9월] [두 번째 편지] (314쪽)
1] 파울 아들러: 소설가 파울 아들러(1878~1946).

[1920년 9월] [세 번째 편지] (318쪽)
1] 두 요양원: 그림멘슈타인과 비너 발트.
2] 『크멘』과 『트리부나』: 『크멘』, 4권 25호(1920년 9월 2일), 289~292쪽에 실린 밀레나의 번역 Lev Tolstoj, 「Cizinec a mužik」[낯선 사람과 농부]와 『크멘』, 4권 26호(1920년 9월 9일), 308~310쪽에 실린 밀레나의 번역 「Franz Kafka, Z knihy prósy」[한 산문집에서]. (이 글에는 카프카의 단편집 『관찰Betrachtung』에서 발췌한 「갑작스러운 산책Der plötzliche Spaziergang」, 「산으로의 소풍Der Ausflug ins Gebirge」, 「독신자의 불행Das Unglück des Junggesellen」, 「상인Der Kaufmann」, 「집으로 가는 길Der Nachhauseweg」, 「스쳐지나가는 사람들Die Vorüberlaufenden」의 번역이 실려 있었다.)
3] 『크멘』과 『트리부나』에 대해 고맙다고 말하는 것: 카프카가 '고맙다'고 하는 건 그녀가 이 작품들을 번역해서 신문에 실은 것에 대해 고맙다는 이야기이고, 그녀가 그것들을 그에게 보낸 것은 아니다.

[1920년 9월] [네 번째 편지] (321쪽)
1] 중국 책: 어떤 책을 말하는지는 알아낼 수 없었음. 이 편지에서 카프카가 인용하고 있는 부분은 조금 변형된 형태로 카프카의 「단편斷編들」에도 실려 있다. 『카프카 전집 2 꿈 같은 삶의 기록』(솔출

판사, 2004), 702쪽 참조.

2] 『거울인간』: 프란츠 베르펠, 『거울인간, 마법의 3부작』(뮌헨, 쿠르트 볼프 출판사, 1920).

[1920년 9월] [다섯 번째 편지] (323쪽)

1] 「쿠페츠」: 단편집 『관찰』에서 발췌된 다른 다섯 편의 단편들과 함께 『크멘』, 26호에 실린 카프카의 산문 작품 「상인」. [1920년 9월] 세 번째 편지의 주 2번 참조.

[1920년 10월 22일] (326쪽)

1] 일로비: 루돌프 일로비(1881~1943). 편집자이자 시인으로, 명시 선집 『Československá Poesie Sociální』(프라하, 1925)을 펴냈다. 거기에 루제나 예젠스카, S. K. 노이만, 요세프 라이너의 시들과 루돌프 일로비 자신의 시들도 실려 있다.

2] 체르벤: 이 잡지의 3권 29호(1920년 9월 30일)에 실린 글.

[1920년 10월 27일] (327쪽)

1] 채식에 대해 질문: 카프카는 1909년부터 확고한 채식주의자였다. 그래서 그에게는 요양원을 고를 때 채식을 제공하는지 여부가 절대적인 전제 조건이 되었다.

2] '법보다 앞서': 『프라보 리두Právo lidu』라는 신문의 29권 253호(1920년 10월 24일), 일요일판 부록 43호에 카프카의 우화 「법 앞에서」가 'Před zákonem'이라는 제목으로, 카프카의 동창생 일로비의 부인인 밀레나 일로바의 번역으로 실렸다. 카프카는 여기서 이 일을 미리 말리지 못해서 유감이라고 말하고 있다. 밀레나 예젠스카에게만 그의 작품을 번역할 수 있는 독점권을 약속했었기 때문이다. 이 책 27쪽

의 [1920년 5월] 편지 참조.

3] 광고: 『노이에 프라이에 프레세』에 냈던 광고를 말한다. [1920년 8월 19일부터 23일까지] 금요일 편지의 주 1번 참조.

[1920년 11월 중순] [첫 번째 편지] (331쪽)

1] *유대인들을 향한 증오심*: 1920년 11월 16일부터 19일까지 일어났던, 특히 프라하에 살고 있는 독일계 유대인들과 그들이 사용하는 시설에 대한 유대인 배척주의자들의 폭력 행위. 『프라거 타크블라트』, 45권 270호(1920년 11월 20일), 1~2쪽에 실린 「화요일부터 금요일까지/프라하에서 일어났던 일」 참조.

2] *누이*: 카프카의 막내 누이동생 오틀라 (다비도바).

3] 「*타냐*」: 에른스트 바이스, 「타냐」, 3막으로 된 희곡 (베를린, S. 피셔 출판사, 1920[실제로 출판된 해는 1919년이었음]). 이 연극은 1919년 10월 11일에 프라하의 도이체스 란데스테아터에서 한스 데메츠의 연출로 초연되었으며, 라헬 잔차라가 주인공 역을 맡았다.

4] *에렌슈타인*: 카프카의 동창생으로, 시인이자 소설가인 알베르트 에렌슈타인(1886~1950). 그는 1920년 11월 8일 저녁에 모차르테움에서 독회를 가졌다. 그가 읽은 글들 중에는 카를 크라우스에 대해 비판하는 글도 있었다. 『프라거 타크블라트』, 45권 262호(1920년 11월 7일), 7쪽 참조. 에렌슈타인의 글 「카를 크라우스」(빈/라이프치히, 게노센샤프트 출판사, 1920)는 1920년 8월 말에 이미 인쇄되어 나와 있었다.

[1920년 11월 중순] [두 번째 편지] (334쪽)

1] *퍼킨스 상사*: 업튼 싱클레어의 소설 『지미 히긴스』에 나오는 인물. 밀레나는 그 소설 중 일부를 체코어로 번역하여 주간지 『크멘』에 실었다. [4권 15호(1920년 6월 24일), 169~173쪽; 16호(1920년 7월 1일),

2] *"짐승은 주인에게서 채찍을 ……"*: 카프카의 유고 중에서 발견된 글. 막스 브로트가 이 글을 전집 중『시골의 결혼 준비』편에「관찰들」이란 제목 아래 묶어 펴냄(42쪽). 똑같은 내용이 같은 책의「세 번째 8절판 노트」라는 제목 아래(84쪽), 또「단편斷編들」이라는 제목 아래 (359쪽) 다시 인쇄되어 있다.

3] 『벤코프』: 요세프 지하Josef Říha가「Bolševismus bez budoucnosti」[미래가 없는 볼셰비즘]이라는 제목으로 민족주의적 색채를 띤 중농주의자重農主義者들의 잡지인『벤코프』의 15권 234호 (1920년 10월 3일), 1쪽에 실린 유대인 배척주의적인 글.

4] 알레시: 미콜라시 알레시Mikoláš Aleš(1852~1913), 체코의 화가, 요세프 마네스Josef Mánes의 제자.

5] 『바비치카』: 여류 소설가 보제나 넴초바Božena Němcová의 유명한 소설. [1920년 5월 29일] 편지의 주 2번 참조.

[1920년 11월] [두 번째 편지] (338쪽)

1] 그라벤Graben쯤 가서: 풀퍼투름Pulverturm(화약탑)과 벤첼스플라츠Wenzelsplatz(벤첼 광장/바츠라프 광장) 사이를 잇는 프라하의 중앙로이며 번화가인 그라벤(Na Příkopě). 그 당시 독일 사람들이 많이 가던 레스토랑과 카페가 이 거리에 많이 있었다. '콘티넨탈'도 그중의 하나다.

2] 아이젠가세: [Železná ul.] 구시가 광장에서—베르크만스가세/Havířská ul.를 지나—그라벤/Na Příkopě으로 연결되는 도로. 폭력 사태 때 바로 이 거리에서 난동이 일어나서 11월 17일에는 경찰에 의해 일시적으로 통행이 금지되기도 했다. [1920년 11월 중순] 첫 번째 편지의 주 1번 참조.

[1920년 11월] [세 번째 편지] (340쪽)
1] 차페크: 체코의 소설가 카렐 차페크(1890~1938).
2] 레비네: 오이겐 레비네Eugen Leviné(1883~1919). 1919년 3월부터
『뮌헤너 로테 파네Münchener Rote Fahne』의 발행인으로 있었다. 뮌
헨 평의회 공화국의 지도층에 속해 있었으며, 1919년 6월 초에 사형
선고를 받고 6월 5일에 총살당했다.

[1920년 11월] 토요일 저녁 (344쪽)
1] 벨베데레: 카프카는 몰다우 강의 왼쪽 강변에 위치한 벨베데레(레
트나Letná)의 정원을 몇 년 전부터 산책하러 즐겨 찾곤 했었다.

[1922년 3월 말] (346쪽)
1] 봄에 대한 수필: 밀레나 예젠스카, 「Klobouky na jaro. Dopis z
Vídně」[봄 모자. 빈에서 온 편지]. 『트리부나』, 4권 47호(1922년 4월 2일),
1~2쪽.
2] 슈핀델뮐레: 카프카는 1922년 1월 27일부터 2월 17일까지 슈핀델
뮐레/Špindlerův Mlýn(리젠게비르게)에 휴양차 가 있었다.

[1922년 9월] (350쪽)
1] 요리사들에 대한 수필: 밀레나가 파울 비글러의 「요리사들」을 번
역한 것을 말함(「Kuchaří」). 『나로드니 리스티』, 62권 234호(1922년
8월 27일), 1~2쪽. 초본은 파울 비글러의 『인물들』(베를린, 히페리온 출
판사, 1916)이라는 책의 64쪽에 처음 소개되었다.
2] 그 아주머니: 루제나 예젠스카. [1920년 7월 4일] 일요일 편지의 주
3번 참조. ─카프카는 여기서 그녀가 신문에 쓴 여러 가지 수필들과
관련하여 이야기하고 있다. 「Poznámky k dopisům」[편지쓰기에 대

408

하여], 『나로드니 리스티』, 62권 220호(1922년 8월 13일), 1쪽. 그리고 「Drobnosti」[사소한 것들], 『나로드니 리스티』, 227호(1920년 8월 20일), 1쪽 참조.

3] 독일 사람들을 너무 그렇게 죽도록 미워하지는 말았으면: 루제나 예젠스카는 이미 이전에도 독일 사람들에 대해 매우 비판적인 글을 썼던 적이 있다. 예를 들어 『나로드니 리스티』, 61권 29호(1921년 1월 30일), 2쪽에 실린 「Nepřátelství」[적대 관계]에서 그녀는 "독일인이 슬라브인과 프랑스인에게 적대감을 가지고 있는 것은 시기심과 모든 것을 쥐고 흔들고 싶은 욕구와 이기적 천성이 시키는 대로 거리낌 없이 다 요구하고 싶은 욕심 때문이다. 그래서 그 끔찍한 전쟁이 일어나게 된 것이었다"라고 쓰고 있다. 하지만 카프카가 여기서 이야기하는 것은 아마도 『나로드니 리스티』, 62권 192호(1922년 7월 16일), 1~2쪽에 실린 그녀의 수필 「O poslušnosti」[순종에 대하여]와 관련된 이야기 같다. 이 글에서 그녀는 『자아처 안차이거』에서 "우리 독일인의 고향이 체코화되는 것을 막아야" 한다고 역설하고 있는 글을 인용하고 나서, "우리가 독일인들의 거만과 약탈욕에 대처하기 위해서는, 우리의 아이들에게 그들의 말에 순종하지 말라고 가르쳐 가지고는 안 됩니다. 그와 정반대로 우리는 그들에게 더 큰 순종을 가르쳐야 합니다. 우리의 혈통에 대한 순종 말입니다. 그리고 우리의 고향과 조국에 대해 더 큰 애정을 가지라고 가르쳐야 합니다. ……"라고 썼다. 이런 비난의 글들이 아마도 카프카로 하여금 루제나 예젠스카가 얘기하는 것과는 전혀 다른 독일인의 정서를 표현하고 있는 아이헨도르프와 케르너의 시를 언급하게 했던 것 같다.

4] 아이헨도르프 …… 유스티누스 케르너: 요제프 폰 아이헨도르프가 1810년에 쓴 시 「작별」과 유스티누스 케르너가 1830년에 발표한 시 「제재소의 방랑자」. 아이헨도르프와 케르너는—마티아스 클라우디

우스와 요한 페터 헤벨과 함께—카프카가 특별히 좋아했던 독일의 대중적인 작가들이었다.

5] *마레시*: 이미 언급한 바 있는, 무정부주의 사상을 가진 작가 미할 마레시. [1920년 7월 13일] 화요일 두 번째 편지의 주 4번 참조.

6] *그의 시집*: 아마도 미할 J. 마레시의 『Disharmonie. Básně prosou a veršem.』[부조화, 산문과 운문으로 쓴 시](프라하—비셰흐라드 구역[출판년도는 명시되어 있지 않음])를 말하는 것 같다.

7] 「*Policejní šťára*」: [순찰] 미할 마레시가 낸 책의 제목. 1922년 프라하의 베체르니체 출판사에서 출간되었다.

[1923년 1월/2월] [첫 번째 편지] (352쪽)

1] 『도나뒤에』: 샤를르 루이 필립의 장편소설 『마리 도나뒤에』. [1920년 7월 19일] 월요일 편지의 주 2번 참조.

2] 「악마」: [1923년 1월/2월] 두 번째 편지의 주 1번 참조.

3] *게오르크 카이저*: 희곡 작가 게오르크 카이저(1878~1945). 그가 절도죄로 형을 선고받았을 때 밀레나가 A. X. Nessey라는 필명으로 그에 대한 글을 썼다. 「Případ Jiřího Kaisera」[게오르크 카이저의 경우], 『트리부나』, 3권 52호(1921년 3월 3일), 1~2쪽. 카이저는 투병 중인 카프카를 베를린—슈테글리츠, 그루네발트슈트라세 13번지에 있는 그의 집으로 찾아갔었다.

[1923년 1월/2월] [두 번째 편지] (356쪽)

1] 「악마」를 읽었습니다: 밀레나의 수필 「Ďábel u krbu」[부뚜막의 악마], 『나로드니 리스티』, 63권 16호(1923년 1월 18일), 1~2쪽. 이 글은 우리말로 번역되어 이 책의 부록에 실려 있다. 451~457쪽 참조.

2] 『도나뒤에』: [1920년 7월 19일] 월요일 편지의 주 2번 참조.

3] 체호프: 안톤 체호프의 작품, 『Na velké cestě』[위대한 길에서]는 아르노쉬트 드보르작의 번역으로 밀레나의 친구 스타샤가 경영하는 프라하의 St.[스타니슬라바] 일로프스카 출판사에서 1921년에 발간되었다.

4] 「방앗간의 빌」: 로버트 루이스 스티븐슨의 소설. 밀레나가 번역하여 『체스타』라는 잡지의 5권 5호와 6호(1922년 8월 4일과 11일), 81~84쪽, 103~106쪽, 124~126쪽에 실렸다.

5] 『프란치』: 막스 브로트, 『프란치, 또는 이급二級의 사랑』(뮌헨, 쿠르트 볼프 출판사, 1922).

6] 부인의 수필: 「Ďábel u krbu」[부뚜막의 악마]. [1923년 1월/2월] 두 번째 편지의 주 1번 참조.

[1923년 10월] (366쪽)

1] 1920년 11월 편지를 끝으로 한참 동안 중지되었던 편지 왕래가 1922년 3월 말부터 다시 띄엄띄엄 이어지기 시작했을 때, 카프카는 1920년 6월 12일부터 쓰기 시작했던 친근한 사이에서 쓰는 Du 대신에 깍듯한 말투인 Sie로 바꿔 쓰고 있었다. 그런데 이 편지에서만 다시 Du를 썼다(옮긴이).

2] 뮈리츠에 갔었소.: 카프카는 1923년에 7월에 그의 바로 아래 누이동생인 엘리와 조카들과 함께 휴양차 뮈리츠에 갔었다. 뮈리츠에서 그는 베를린에 있는 유대인민족수용소 사람들의 캠프촌을 만나게 되었다. 카프카는 동부 유럽에서 이주해온 유대인들을 돕기 위해 1916년에 세워진 이 수용소의 사업에 대한 이야기를 이미 그 당시에 펠리체 바우어를 통해서 들었으며, 한동안 후원하기도 했었다.

3] 믿기지 않을 만한 도움: 카프카가 그 당시 열아홉 살이었던, 믿음이 신실한 동부 유럽의 유대인 가정에서 태어난 도라 디아만트

(1903~1952)를 만난 것을 의미한다. 그녀는 카프카에게 말년의 동반자가 되어주었다.

4] 정원이 딸린 작은 빌라: 베를린–슈테글리츠의 그루네발트슈트라세 13번지에 있었던 카프카의 집. 거기서 그는 1923년 11월 중순부터 1924년 1월 말까지 도라 디아만트와 함께 살았다. (이 집의 사진은 빈의 한스 도이치 출판사에서 1965년에 출판된 구스타프 야누흐의 『프란츠 카프카와 그의 세계Franz Kafka und Seine Welt』의 158쪽에 실려 있다.)

부록

밀레나가 막스 브로트에게 보낸 편지

막스 브로트는 1920년부터 1924년 사이에 밀레나가 자신에게 보낸 편지들을 그가 쓴 카프카 전기의 세 번째 보완된 개정판(뉴욕, 베를린, 프랑크푸르트, 1954)에 실었다. 그 편지들을 여기에 다시 싣는 이유는, 첫째 이 편지들이 밀레나의 면모를 아주 생생하게 보여주기 때문이고, 둘째는 카프카에 대한 밀레나의―변화해가는―입장을 잘 알아볼 수 있게 해주기 때문이다.

1
[1920년 7월 21일에 쓴 것으로 막스 브로트가 추정함]
독일어로 쓰여 있다. 브로트는 이 편지의 내용을―약자로 된 것을 풀어 쓴 것을 제외하고는―전혀 바꾸거나, 고치지 않고 그대로 전하고 있다.
브로트는 개인적인 이유로 밀레나에게 벨레슬라빈 요양원에서 감금 생활을 하고 있는 카를 프르지브람(N. N.)에 대해 물었다. 카프카를 통해 밀레나도 그곳에 얼마 동안 갇혀 있었다는 사실을 알았기 때문이다.

존경하는 박사님!
박사님께서는 제가 벨레슬라빈에 있는 N. N. 씨에게 불의한 일이 행해지고 있다는 사실을 증명해줄 수 있겠느냐고 물으셨습니다. 그 일을 해드리고 싶은 생각은 굴뚝같지만, 유감스럽게도 관리들에게 제출할 만한 확실한 자료는 드릴 게 별로 없는 것 같습니다. 저는 1917년 6월부터 1918년 3월까지 벨레슬라빈에 있었습니다.[1] 저는 그와 같은 동에 수용되어 있었지만, 제가 그를 위해 해줄 수 있는 일이라고는 몇 번 책을 빌려주고, 그로 인해 몇 번 감금되었던 일이 고작이었습니다. 그는 아무하고도 얘기하면 안 됐으니까요. 만약 그가 아주 사소한 일로라도, 심지어 간호사도 있는 자리에서 누구와 이야기하는 일이 생기면 모두가 감금되고 간호사는 해고되었지요.

여기에서 브로트는 밀레나가 프르지브람이 처해 있는 일반적인 상황에 대해 설명하고 있다고 이야기하는 것으로 편지를 중략하고, 그 중 그곳의 상황을 특징적으로 잘 보여주는 한 부분만을 소개한다.

단지 정신병원이라는 곳은 그것이 악용될 때 아주 끔찍한 곳이 될 수 있습니다. 모든 것이 비정상적인 것으로 치부될 수 있으며, 환자가 하는 모든 말이 환자를 괴롭히기 위한 새로운 무기가 될 수 있습니다. 저는 N. N. 씨가 사실은 다른 방식으로도 얼마든지 세상에서 살아갈 수 있는 상태였다는 것을 맹세할 수 있습니다. 하지만 그것을 증명하는 것은 물론 저로서는 할 수 없는 일입니다.

이어지는 편지의 마지막 부분에서 밀레나는 그녀가 (카프카와의 편지에서도 그렇듯이) '프랑크'라고 부르는 ([1920년 7월 20일] 편지와 [1920년 4월] [네 번째 편지]의 주 4번 참조) 프란츠 카프카에 대한 이야기를 꺼낸다.

그리고 박사님께 아주 큰 부탁을 하나 드리고 싶습니다. 프랑크가 어떻게 지내고 있는지 제가 그에게서 직접 알아낼 수 없다는 사실을 박사님도 알고 계실 겁니다. 이 착한 사람은 항상 '아주 잘 지내고 있다'고 이야기하지요. 건강도 아무 문제가 없고 마음도 아주 평안하다는

---

1)　　75쪽의 *[1920년 6월 12일] 편지와* 116쪽 *[1920년 7월 6일] 편지 참조.*

등등 말입니다. 그래서 부탁드리는 건데요. 정말 간절히, 간절히 부탁드리는 건데요. 박사님께서 그가 고통받고 있다는, 그가 저 때문에 육체적으로 고통받고 있다는 것을 보시거나 느끼시면 제발 즉시 제게 알려주시기를 부탁드립니다. 박사님께서 알려주셨다는 이야기는 하지 않겠습니다. 박사님께서 그렇게 해주시겠다고 약속해주시면 제가 조금 안심이 될 것 같습니다. 그의 상황을 알게 되면 제가 어떻게 도울 건지는 아직 잘 모르겠습니다. 하지만 제가 그를 도울 거라는 건 확실히 알고 있습니다. 프랑크는 박사님에 대해 '사랑하고, 자랑스럽게 생각하고, 경탄하지 않을 수 없는 사람'이라고 말합니다. 저도 그렇게 생각합니다. 그리고—제가 박사님을 믿고 안심할 수 있게 해주심에 대해—미리 깊이 감사드립니다.

2
[1920년 7월 29일에 쓴 것으로 막스 브로트가 추정함]
독일어로 쓰여 있다. 브로트는 이 편지를 밀레나가 여러 군데 줄친 것만 제외하고 글자 그대로 전문을 실었다.
막스 브로트는 이 편지 이전에 밀레나에게 쓴 답장 편지에서 "아픈 친구를 좀 더 신경 써서 대해달라고" 부탁했었다(『프란츠 카프카. 전기Franz Kafka. Eine Biographie』, 275쪽).

정말 매우 놀랐습니다. 프란츠의 병이 그렇게 깊은 줄 몰랐습니다. 여기에 왔을 때에는 정말 거의 건강한 사람 같았습니다. 기침하는 것도 전혀 보지 못했습니다. 그는 아주 건강하고 유쾌했으며 잠도 잘 잤습니다.[2] 친절하신 막스 씨께서는 저에게 고맙다고 하시는군요. 비

---

2)   밀레나는 여기서 빈에서 함께 보냈던 4일 동안에 대해 이야기하고 있다([1920년 7월 4일]

난을 해도 시원치 않을 저에게 말입니다. 벌써 거기에 가 있었어야 했음에도 불구하고, 여기 이렇게 앉아서 편지만 쓰고 있는 저에게 말입니다. 저에 대해 나쁘게 생각하지 말아주시기를 부탁드립니다. 이러고 있는 저도 마음이 편치 않다는 사실을 알아주십시오. 저는 정말 괴롭습니다. 완전히 절망하고 있습니다. (프랑크에게는 말씀하지 말아주십시오!) 어떻게 해야 할지 정말 모르겠습니다. 하지만 막스 씨께서 프랑크가 제게서 힘을 얻는 것 같다고, 제가 그에게 좋은 영향을 끼치고 있다고 말씀해주시니 그것이 저에겐 최상의 행복입니다. 프랑크는 꼭 어디든 요양하러 가게 될 겁니다.[3] 그 일을 위해 모든 노력을 다 기울일 겁니다. 그리고 달리 방법이 없다면 제가 가을에 직접 프라하로 가겠습니다. 그리고 우리 둘이 힘을 합치면 그를 꼭 보낼 수 있을 겁니다. 그리고 그가 거기서 마음이 안정이 되고 편안한 상태가 되기를 바랍니다. 저는 그 일을 위해—이건 사실 말할 필요도 없지요—제가 할 수 있는 모든 노력을 다 기울일 겁니다.

저의 결혼 생활과 남편에 대한 저의 사랑에 대한 이야기를 하자면 너무나 복잡해서 여기에서는 말씀드릴 수가 없습니다. 단지 한 가지 명백한 사실은 제가 지금은 여기를 떠날 수 없다는 사실입니다. 어쩌면 영영 떠날 수 없을지도 모릅니다. 저는—아닙니다. 말은 너무나 바보 같은 도구입니다. 하지만 저는 계속해서 저를 위한 출구를, 계속 해결책을, 계속 선하고 옳은 길을 찾고 있습니다. 막스 씨, 제발 안심하십시오. 제가 프랑크를 아프게 하지 않을 거라는 걸, 그것이 제게는 세상의 어떤 일보다도 중요하다는 사실을 믿어주십시오.

그곳 프랑크 곁에 막스 씨께서 계시니 이제 안심할 수 있습니다. 뭔

편지(104쪽)와, [1920년 7월 15일] 편지(142쪽) 참조).
3)　이 말은 카프카가 직장을 그만두고 요양원에 들어가게 하고자 애를 쓰고 있다는 브로트의 말에 대한 답이다(카프카는 1920년 12월에 마틀리아리에 요양차 가게 된다).

가 알려줄 일이 생기면 저에게 바로 알려주실 거지요? 저에게 엄격하고 솔직하게 말해주시리라 믿습니다. 막스 씨께서 계시니, 제가 이제는 완전히 혼자가 아니라는 사실에 오늘은 마음이 좀 놓입니다.

여행에서 돌아오시는 대로 그가 떠날 수 있는 외적인 조건들(예를 들어 사무실 일 같은)에 대해 알려주세요. 그 일을 위해 필요한 것이 무엇인지, 그리고 무엇보다도 의사가 그가 정말 나을 수 있는 희망이 있다고 하는지에 대해서도요. 사실 이 모든 건 중요한 일이 아닙니다. 제가 왜 이런 말을 쓰는지 모르겠습니다. 중요한 건 그가 떠나야 한다는 사실입니다. 그리고 그는 꼭 떠나게 될 겁니다.

정말 감사드립니다. 막스 씨에게 정말로 깊이 고마움을 느낍니다. 편지가 제게 많은 힘이 됐습니다. 제가 막스 씨라고 부르는 걸 용서해주세요. 프란츠가 항상 그렇게 부르니 저도 벌써 그 이름에 익숙해져 버렸습니다.

안녕히 계십시오.

밀레나 P.

3

[1920년 8월 초]

체코어로 쓰여 있는 것을 막스 브로트가 독일어로 번역했다. 그는 밀레나가 그의 책에 대해 칭찬하는 말을 쓴 편지 서두의 말은 생략했다.

막스 씨의 편지에 대해 다 답을 하려면 몇 날 몇 밤이 걸려야 할지 모르겠습니다. 프랑크가 사랑에 대해서는 두려워하면서 삶에 대해서는 두려워하지 않는 이유가 뭔지 모르겠다고 하셨지요? 하지만 저는 다르게 생각합니다. 그에게는 삶이 다른 모든 사람들이 생각하는 삶과는 완전히 다른 것입니다. 무엇보다도 그에게는 돈이나 증권거래소, 외환센터나 타자기조차도 완전히 신비스러운 물건들입니다. (사실 그것들은 신비스러운 물건들입니다. 단지 우리 보통 사람들에게는 그렇지 않게 보일 뿐이지요.) 그것들은 그에게는 너무나도 이상한 수수께끼들입니다. 그래서 그는 그것들에 대해 우리처럼 그렇게 의연히 대처하지 못합니다. 그리고 그가 관리로서 하는 일도 그냥 일반적인 일을 수행하는 것으로 생각하십니까? 그에게는 관직이—자기 자신의 관직까지도—어린아이에게 기관차가 그러하듯, 그토록 수수께끼 같고 경탄할 만한 것이랍니다. 세상의 가장 단순한 일조차도 그는 이해하지 못합니다. 그와 함께 우체국에 가보신 적이 있으십니까? 그는 전보문을 하나 작성해서 고개를 갸웃거리며 가장 마음에 드는 창구를 찾아 섰다가, 왜 그러는지, 무엇 때문인지도 전혀 이해하지 못하는 채로 한 창구에서 다른 창구로 보내지다가, 마침내 해당 창구 앞에 서서 전보를 접수시키고, 돈을 내고 나서 잔돈을 돌려받아 받은 돈을 세어 보고는 1크로네를 더 받았다고 생각하고 창구에 앉은 아가씨에게 그 1크로네를 다시 돌려줍니다. 그러고는 그는 천천히 돌아나와 다시 한 번 세어 보며 계단을 내려갑니다. 다 내려가서야 돌려주었던 그 1크로네가 자신의 것이었다는 사실을 발견합니다. 이제 당신은 어찌할 바를 모르고 그의 옆에 서 있습니다. 그는 안절부절 못하며 어떻게 해야 할지를 생각합니다. 다시 돌아가는 건 어려운 일입니다. 위쪽에는 많은 사람들로 붐빕니다. "그러면 그냥 두시면 되잖아요?" 하고 제가 말합니다. 그는 저를 매우 놀란 얼굴로 빤히 쳐다봅니다. 어떻게 그냥 둘 수가 있단 말이오? 그 1크로네가 아까워서 그러는 게 아니라고, 하지만 이건 옳은 일이 아니다, 1크로네가 모자라는데 어떻게 그걸 그냥 둘 수가 있느냐? 그러면서 오랫동안 거기에 대해 얘기합니다. 그리고 저에 대해 매우 불만스러워하지요. 그리고 이런 일은 상점마다, 식당마다, 거지 여인마다에서 여러 가지 형태로 다시 반복됩니다. 한번은 그가 어떤 거지 여인에게 2크로네를 주고는 1크로네를 거슬러달라고 했습니다. 그녀는 거슬러줄 돈이 없다고 했습니다. 우리는 거기서 2분가량이나 서서 이 일을 어떻게 처리하면 좋을지에 대해 생각했습니다. 그러다가 그녀에게 2크로네를 다 주면 되겠다는 생각이 그에게 떠올랐습니다. 하지만 몇 발자국가지도 않아 그는 기분이 매우 언짢아졌습니다.[4] 그런데 그 똑같은 사람이 저에게는 아주 당연하게, 즉시, 기뻐하며, 행복에 가득 차서 20000크로네를 줄 겁니다. 하지만 제가 그에게 20001크로네를 달라고 하고, 마침 잔돈이 없어서 어딘가에 가서 거슬러야 하는데 어디로 가야 할지 모른다면, 그는 내게 속하지 않는 그 1크로네를 어떻게 하면 좋을지 심각하게 고민할 겁니다. 돈에 대한 그의 편협함은 여자에 대해서도 거의 똑같이 나타납니다. 관직에 대한 그의 두려움도 마찬가지입니다. 한번은 제가 그에게 전보도 치고 전화도 하고 편지도 쓰고 하면서, 하루만이라도 제발 제게 좀 와달라고 하나님의 이름을 빌어 간청했습니다. 그때는 그게 제게 정말 절실히 필요했습니다. 저는 그에게 생사를 걸고 저주를 퍼부었습니다. 그는 며칠 동안이나 잠도 자지 못하고 괴로워했으며, 자기 자신을 저주하는 편지들을 써보내왔습니다. 하지만 오지는 않았습니다. 왜냐고요? 휴가를 달라는 말을 꺼낼 수가 없었기 때문입니다. 타자를 그토록 빨리 칠 수 있다는 사실 때문에 그가 영혼 깊은 곳에서부터 (진지하게!) 경탄해 마지않는 그의 사장님에게 저를 만나러 가야겠다는 말을 할 수가 없었기 때문입니다. 그러면 다른 말을 둘러대면 되지 않겠느냐고 했지요. 그랬더니 또다시 깜짝 놀라는 편지가 왔습니다. 뭐라고요? 거짓말을 하라고요?[5] 사장님에게 거짓말을 하라고요? 그건 불가능하답니다.

---

4) [1920년 7월 18일] 편지 참조.
5) [1920년 7월 31일] 편지 198쪽 참조.

그에게 그의 첫 번째 약혼녀를 왜 사랑했느냐고 물어보면, 그는 "그녀는 정말 유능했어요."[6] 하고 대답하며 얼굴이 그녀에 대한 존경심으로 빛나기 시작합니다.

네, 그래요. 세상 전체가 그에게는 수수께끼이고, 영영 수수께끼로 남아 있을 겁니다. 신비스러운 비밀로 말입니다. 그의 능력이 거기에 미치지 못하기 때문에, 그는 그들의 '유능함'을 그토록 감동적이고 순수한 천진난만함으로 경탄하는 겁니다. 제가 그에게 일 년에 백 번도 넘게 바람을 피우면서 저와 많은 다른 여자들을 일종의 마력으로 사로잡고 있는 제 남편 이야기를 하자, 그의 얼굴은 또다시 존경심으로 환해졌습니다. 그렇게 빨리 타자를 칠 수 있기 때문에 그가 대단한 사람이라고 생각하는 그의 사장님에 대해 이야기할 때나, 그토록 '유능하다'는 그의 약혼녀 이야기를 할 때와 똑같이 말입니다. 그 모든 것이 그에게는 생소한 것입니다. 타자를 빨리 칠 수 있는 사람이나, 네 명의 연인을 가지고 있는 사람이나, 그에게는 다 똑같이 이해할 수 없는 대상들입니다. 우체국에서의 예의 그 1크로네나 거지 여인에게서의 그 1크로네나 마찬가지로 말입니다. 그들이 살아 있기 때문에 이해할 수 없는 겁니다. 하지만 프랑크는 살 수가 없습니다. 프랑크는 살아갈 능력이 없습니다. 프랑크는 절대로 건강해지지 않을 겁니다. 프랑크는 곧 죽을 겁니다.

사실은 이렇습니다. 우리는 모두 겉으로 보기에는 살아갈 능력이 있습니다. 언젠가 거짓 속으로 도피했기 때문이지요. 그리고 맹목, 열광, 낙관주의, 어떤 신념, 비관주의나 다른 어떤 것 속으로 도피했기 때문입니다. 하지만 그는 아직 그를 지켜줄 만한 어떤 피난처로도 도

6)　『가난한 악사』에 대해 이야기하며 그 소설에 나오는 가난한 악사가 사랑했던 여인처럼 자신의 이전 약혼녀 펠리체 바우어도 유능한 여인이었다고 말했던 것을 의미하고 있다. [1920년 7월 4일부터 5일까지] 편지 106쪽 참조.

피하지 못했습니다. 그에게는 거짓말을 한다는 것이 절대적으로 불가능한 일입니다. 그가 술에 취한다는 것이 불가능한 것처럼 말입니다. 그에게는 아무 피난처도 안식처도 없습니다. 그렇기 때문에 그는 우리가 보호받고 있는 모든 대상에 대해 홀로 노출되어 있습니다. 그는 옷 입은 사람들 가운데 알몸으로 서 있는 사람과 같습니다. 그가 말하는 것, 그의 존재, 그의 삶, 그 모든 것은 진리라고 말할 수조차도 없습니다. 그것은 삶을—아름답게든지 비참하게든지 간에—그려나가는 데 도움이 될 만한 모든 부가물이 배제된, 너무나도 단호한 존재 그 자체입니다. 그리고 그의 금욕적인 삶은 철저하게 비영웅적입니다. 물론 그 때문에 더욱더 위대하고 고귀합니다. 모든 '영웅주의'는 허구이며 비겁함입니다. 이 사람은 자신의 금욕적인 삶을 어떤 목적을 위한 수단으로서 구성하는 그런 사람이 아니라, 자신의 무서운 형안炯眼과 순결함과 타협할 줄 모르는 성품으로 인해 금욕적인 삶을 살 수밖에 없는 사람입니다.

타협하기를 역시 원치 않는 아주 똑똑한 사람들도 있습니다. 하지만 그들은 모든 것을 다르게 볼 수 있는 마법의 안경을 쓰지요. 그래서 그들은 타협을 하지 않아도 됩니다. 그러면 그들은 타자를 빨리 치거나 여러 여자들을 거느릴 수 있지요. 그는 그들 옆에 서서 그들을 놀라워하며 쳐다보지요. 그들의 모든 것, 그 타자기와 그 여자들까지도 그에게는 놀랍게 여겨집니다. 그는 그걸 절대로 이해하지 못할 겁니다.

그가 쓴 글들은 놀랍습니다. 그 사람 자신은 그보다 훨씬 더 놀랍습니다. 박사님께 모든 것에 대해 거듭거듭 감사드립니다. 모든 일이 다 잘되시기를 바랍니다. 제가 프라하에 가게 되면 박사님을 찾아뵈어도 되겠지요? 안녕히 계십시오.

4

[아마도 1921년 1월 초에 쓴 것으로 추정됨]
체코어로 쓰여 있는 것을 막스 브로트가 번역하여 전문을 실었다.

친애하는 박사님.

제가 독일어로 쓰지 못하는 것을 용서해주십시오. 제가 쓴 글을 이해할 만큼은 체코어를 하실 수 있을 걸로 믿습니다. 제가 귀찮게 해드리는 걸 용서해주십시오. 어찌해야 좋을지 정말 모르겠습니다. 저의 뇌는 어떤 인상도 어떤 생각도 더 이상 견딜 수가 없고, 받아들이지도 못합니다. 저는 아무것도 모르겠고, 아무것도 느끼지 못하겠고, 아무것도 이해하지 못하겠습니다. 이 몇 달 동안에 제게 아주 끔찍한 어떤 일이 일어난 것 같습니다만, 그게 뭔지는 잘 모르겠습니다. 저는 세상에 대해 전혀 아무것도 모르겠습니다. 단지 제 의식이 받아들이기를 거부하는 그 무엇을 어떻게 해서든지 의식 속으로 받아들이게 되면, 죽어버릴 것 같다는 사실만 어렴풋이 느낄 뿐입니다.

저는 어떻게, 무슨 일로, 그리고 왜 이 모든 일이 일어났는지 박사님께 이야기해드릴 수 있을 겁니다. 저와 제 삶에 대한 모든 것을 이야기해드릴 수 있을 겁니다. 하지만 그게 다 무슨 소용인가요. 그리고 또…… 모르겠습니다. 저는 단지 타트라[7]에서 보낸 프랑크의 편지를 손에 들고 있을 뿐입니다. 아주 간절한 부탁인 동시에 명령인 이 말, "편지도 쓰지 말고, 우리가 만나는 일도 없게 해주오. 오직 이 부탁만 조용히 들어주오. 그렇게 하는 것만이 내가 어떻게든 살아갈 수 있는 유일한 방법이오. 다른 모든 것은 계속 파괴만 할 뿐이오."[8] 저는 그

---

7)   카프카는 1920년 12월 18일부터 요양차 호에 타트라에 있는 마틀리아리에 가 있었다.
8)   밀레나는 카프카의—아마도 실종된 것 같은—작별 편지에서 이 문장을 독일어로 인용하고
     있다.

에게 어떤 말도 어떤 물음도 써 보낼 엄두가 안 납니다. 제가 박사님
으로부터 무얼 알아내려고 하는지도 모르겠습니다. 제가 알고 싶어
하는 게—제가 알고 싶어 하는 게 뭔지도 잘 모르겠습니다. 예수 그
리스도시여, 제 관자놀이를 뇌 안으로 눌러 넣어버리고 싶습니다. 단
한 가지만 말씀해주세요. 박사님은 최근에 그와 함께 계셨습니다. 박
사님은 알고 계실 겁니다. 제가 잘못한 게 있나요, 없나요? 제발 부탁
이니 저에게 위로의 말을 써 보내지 마십시오. 잘못은 아무에게도 없
다고 쓰지 마십시오. 심리 분석도 써 보내지 마십시오. 그 모든 것, 막
스 씨께서 써 보내실 만한 모든 것을 저는 이미 알고 있습니다. 아마
도 제 생애 가운데 가장 처절한 시간인 지금 이 순간 저는 막스 씨를
믿습니다. 하나님께서도 알고 계십니다. 막스 씨께서도 제발 저를 믿
어주십시오. 제가 원하는 게 뭔지 이해해주시기 바랍니다. 저는 프랑
크가 어떤 사람인지 알고 있습니다. 그리고 무슨 일이 일어났는지도
알고 있습니다. 아니, 무슨 일이 일어났는지 모르겠습니다. 저는 거
의 미칠 지경에 와 있습니다. 저는 올바르게, 양심에 따라 행동하고,
살고, 생각하고, 느끼려고 노력하며 살아왔습니다. 하지만 어딘가에
잘못이 들어 있습니다. 그것에 대해서 듣고 싶은 겁니다. 막스 씨께
서 저를 이해할 수 있으신지 모르겠습니다. 제가 말씀드리는 건 저도
역시 다른 여자들처럼 프랑크를 계속 아프게 해서 그의 병이 더 악화
되게 했는지, 그래서 그가 저로부터도 그의 두려움 속으로 도피해야
했는지, 그래서 저도 이제 사라져버려야 하는 건지, 그리고 제가 일
을 그렇게 만든 건지, 아니면 이것이 그의 본질 자체에서 유래된 귀
결인지를 알고 싶다는 겁니다. 제 말이 이해가 되십니까? 저는 그걸
알아야 합니다. 막스 씨는 어쩌면 뭔가를 알고 있을지도 모를 유일
한 분이십니다. 제발 부탁이니 답을 해주십시오. 제발 잔인해도 좋
으니 완전히 적나라한 단순한 진실만을 말해주십시오. 막스 씨가 정

말로 생각하고 있는 그것 말입니다. [세 줄을 알아볼 수 없게 지워버림.] 저에게 답을 해주시면 정말 고맙겠습니다. 그 답이 저에게 어떤 기점基點이 될 수 있을 것 같습니다. 그리고 그가 어떻게 지내고 있는지도 알려주시기를 부탁드립니다. 몇 달 동안이나 저는 그에 대해 아무것도 모르고 있습니다. [두 줄을 지워버림.] 저의 주소: M. K.,[9] 빈 VIII, 65호 우체국, 벤노가세. 용서하십시오. 편지를 다시 쓰지는 못하겠습니다. 이걸 다시 읽어볼 엄두도 안 납니다. 감사드립니다. 밀레나.

5

[1921년 1월/2월]
체코어로 쓰여 있는 것을 막스 브로트가 번역해서 실었다.

호의에 대해 감사드립니다. 그동안 조금 제정신으로 돌아왔습니다. 이제 다시 생각할 수 있게 됐습니다. 그렇다고 해서 더 나아진 건 아닙니다. 프랑크에게 편지를 쓰지 않을 거라는 건 물론 절대적으로 자명한 일입니다.[10] 제가 어떻게 그러겠습니까! 사람은 지상에서 완수해야 할 한 가지 임무가 있다는 말이 사실이라면, 저는 그의 곁에 있는 이 임무를 아주 엉망으로 수행했습니다. 제가 그에게 아무 도움이 되지 못한 이 마당에 어떻게 뻔뻔스럽게 그에게 해가 되는 일을 하겠습니까?
그의 두려움이 어떤 건지 저는 그 신경 밑바닥까지 알고 있습니다. 그건 그가 저를 알기 전에도 이미 항상 존재해 왔습니다. 저는 그

---

9)   크라머의 약자. 밀레나가 우체국 유치용 편지를 받기 위해 만든 가명임. *[1920년 7월 13일]* 편지 134쪽 참조.
10)   밀레나는 서로 편지를 쓰지 않기로 했음에도 불구하고 마틀리아리에 가 있는 카프카에게 마지막으로 또 한 번 편지를 보냈었다. 카프카는 1921년 1월 말경에 브로트에게 쓴 편지에서 "일주일 전에" 그녀에게서 "마지막 편지"를 받았다고 쓰고 있다. 『편지』, 608쪽 참조.

를 알기도 전에 그의 두려움을 먼저 알게 되었습니다. 저는 그 두려움을 이해함으로써 그것에 대해 방어할 수 있었습니다. 프랑크가 제 곁에 있었던 그 나흘 동안에는 그는 두려움을 잃어버렸었습니다.[11] 우리는 그것에 대해 웃을 수 있었습니다. 저는 어떤 요양원도 그를 낫게 하지 못할 거라는 사실을 확실히 알고 있습니다. 그는 절대 건강해지지 못할 겁니다, 막스 씨. 그가 이 두려움을 가지고 있는 한 말입니다. 그리고 그가 아무리 심리적으로 강해진다고 해도, 이 두려움을 극복하지는 못할 겁니다. 왜냐하면 이 두려움이 그가 심리적으로 강해지는 것을 막고 있기 때문입니다. 이 두려움은 저에게만 국한된 것이 아니라, 파렴치하게 살고 있는 모든 것에 대한 두려움입니다. 예를 들어 육체처럼 말입니다. 육체는 너무나 적나라하기 때문에 그는 그걸 바라보는 것을 견디지 못합니다. 그런데 바로 그 점을 저는 그때 그가 극복하도록 도와줄 수 있었습니다. 그가 이 두려움을 느낄 때면 그는 저의 눈을 응시했고, 우리는 마치 숨이 차오르거나 발이 아파 더 이상 갈 수 없을 때처럼 한동안 기다렸습니다. 그러면 조금 후에 그것이 모두 지나가버렸습니다. 우리는 조금도 애를 쓸 필요가 없었습니다. 모든 것이 간단하고 명료했습니다. 저는 그를 빈 근교의 나지막한 산으로 데리고 다녔습니다.[12] 그의 걸음이 너무 느렸기 때문에 저는 앞서 걸었습니다. 그는 무거운 걸음걸이로 저의 뒤를 따라왔습니다. 눈을 감으면 지금도 그의 하얀 셔츠와, 햇볕에 그을린 목과, 힘들게 올라오는 그의 모습이 보이는 듯합니다. 그는 하루 종일 걸어 다녔습니다. 산을 오르기도 하고 내려가기도 하며 말입니다. 햇볕 아래에서도 잘 걸었습니다. 기침 한 번 하지 않고

---

11)   밀레나는 여기서 카프카가 빈으로 와서 그녀와 함께 보냈던 날들에 대해 이야기하고 있다.
       [1920년 7월 4일] 편지 참조.
12)   *[1920년 7월 20일] 편지 참조.*

말입니다. 그는 엄청나게 많이 먹고 잠도 정말 잘 잤습니다. 그는 아주 건강한 사람 같았습니다. 그 나흘 동안에는 그의 병이 가벼운 감기 정도로밖에 느껴지지 않았습니다. 그때 제가 그와 함께 프라하로 갔더라면, 저는 그에게 그때의 밀레나로 남아 있을 수 있었을 겁니다. 하지만 저는 두 발이 너무나 단단하게 여기 이 땅에 뿌리박혀 있었습니다. 저는 저의 남편을 떠날 수가 없었습니다. 그리고 저는 아마 너무나도 여자였기 때문에 그러한 삶을 받아들일 힘이 없었던 것 같습니다. 그건 평생토록 극도로 엄격한 금욕의 삶을 사는 것을 의미한다는 걸 알고 있었기 때문입니다. 하지만 제 안에는 억제할 수 없는 갈망이 있습니다. 그래요, 지금 제가 살고 있는 것과는 전혀 다른, 아마도 내 생애에 한 번도 가져보지 못할 삶에 대한 미칠 것 같은 갈망이지요. 아기가 있는 삶, 땅과 아주 가까운 그런 삶 말입니다. 그리고 그것이 아마 내 안에서 다른 모든 것을 이긴 것 같습니다. 사랑도, 비상飛翔을 향한 사랑도, 경탄도, 그리고 다시 또 한 번 사랑도 말입니다. 하지만 거기에 대해 무슨 말을 하든 그건 결국 거짓말이 될 뿐입니다. 이것이 아마도 그중 가장 작은 거짓말일 겁니다. 그러다가 결국 이미 너무 늦어버린 겁니다. 그러는 동안 제 안의 이 투쟁이 너무나 뚜렷이 드러나 보이게 된 겁니다. 그리고 그것이 그를 놀라게 했지요. 바로 그것이 그가 살아오는 동안 내내 반대편에서 맞서 싸우고 있는 것이었기 때문입니다. 제게서 그는 안식을 찾았었습니다. 하지만 얼마 안 가서 그것은 저와의 관계에서도 그를 추적하기 시작했지요. 제 뜻은 그게 아니었는데 말입니다. 저는 절대로 제거될 수 없는 어떤 일이 우리 사이에 일어났다는 걸 아주 잘 알고 있었습니다. 저는 그가 바라는 대로 하기에는 너무나 약했습니다. 그것이 그에게 도움이 될 수 있는 유일한 일임을 알고 있었으면서도 말입니다. 그것이 바로 저의 잘못이었습니다. 그리고 막스 씨께서도 그것이 저의 잘못이라는 사실을 알고 계십니다. 사람들이 프랑크를 비정상이라고 생각하게 하는 바로 그 점이 그의 탁월한 점입니다. 그와 가까웠던 여자들은 보통 여자들이었습니다. 그렇기 때문에 보통 여자들이 사는 것과 달리 살 수가 없었던 겁니다. 저는 오히려 우리 모두가, 세상 전체가, 그리고 모든 인간이 다 병들었고, 오직 그만이 사물을 바르게 보고, 바르게 느끼는 유일하게 건강한 사람이고, 유일하게 순결한 사람이라고 생각합니다. 저는 그가 삶 자체에 대해 저항하는 게 아니라, 바로 여기 이러한 삶에 대해 저항하는 것뿐이라는 사실을 알고 있습니다. 제가 그와 함께 갈 수 있었더라면, 그는 저와 함께 행복하게 살 수 있었을 겁니다. 하지만 저는 오늘에야 비로소 그것을 알았습니다. 이 모든 것을 말입니다. 그때에는 저는 세상의 모든 여자들처럼 보통 여자에 불과했습니다. 한 작고 본능적인 여자였지요. 그리고 거기에서 그의 두려움이 생기기 시작한 겁니다. 그 두려움은 옳았습니다. 이 사람이 옳지 않은 것을 느낀다는 일이 가능하기나 한 일입니까? 그는 세상에 대해서 세상의 모든 인간들보다 만 배나 더 잘 알고 있습니다. 그의 그런 두려움은 옳았습니다. 그리고 막스 씨께서 잘못 생각하고 계십니다. 프랑크는 절대로 먼저 제게 편지를 쓰지 않을 겁니다. 저에게 쓸 수 있는 말이 없는걸요. 그가 이 두려움 속에서 제게 할 수 있는 말은 정말 한마디도 없습니다. 그가 저를 사랑한다는 사실은 저도 알고 있습니다. 그는 너무나 착하고 올바른 사람이기 때문에 저를 사랑하는 걸 멈추지 못할 겁니다. 그는 그것을 죄로 여길 겁니다. 그는 항상 자신에게 잘못이 있고, 자신이 약하다고 생각하니까요. 하지만 이 세상 어디에도 그처럼 어마어마한 힘을 가진 사람은 없을 겁니다. 완벽함과 순결과 진리에 대한 그의 그 절대적이고 확고한 불가피성 말입니다. 네, 그렇습니다. 저는 이 사실을 저의 마지막 피 한 방울까지 잘 알고 있습니다. 저는 단지 이것을 제 의식 속으로 완전히 들여보낼 수가 없을 뿐입니다. 그 일이 일어난다면 끔찍한 결과를 가져올 것입니다. 저는 거리를 쏘다니기도 하고, 며칠 밤을 꼬박 창가에 앉아서 보내기도 합니다. 때로는 이런저런 상념들이 마치 칼을 갈 때 생기는 작은 불꽃들처럼 튀어오르기도 합니다. 저의 심장은 낚시 바늘 같은 것에 겨우 매달려 있습니다. 아주 가느다란 낚시 바늘 말입니다. 그래서 거기가 그렇게 찢기듯이 아픕니다. 아주 가느다랗고 끔찍하게 날카로운 통증으로 말입니다.

제 건강은 완전히 막바지에 다다랐습니다. 저를 아직도 지탱하고 있는 것이 있다면 그건 제 의지에 반反하는 것입니다. 그리고 그건 아마도 저를 여기까지 지탱해온 것과 동일한 것일 겁니다. 완전히 무의식적인 것, 삶에 대한 어떤 비자의적非自意的인 사랑 같은 것이지요. 최근에 저는 빈의 반대편 끝 어딘가에서 갑자기 기이하게 생긴 철길을 발견했습니다. 길이가 몇 킬로미터나 되는 길을 한번 상상해보세요. 철길이 끊임없이 펼쳐져 있고 빨간 불빛들과 기관차들과 육교들과 기차 차량들이 섞여 있는 모습이 어떤 검고 무시무시한 생명체처럼 느껴졌습니다. 그 옆에 앉아 있으려니, 마치 뭔가가 숨 쉬는 소리가 들리는 듯했습니다. 저는 고통과 그리움과 삶에 대한 끔찍한 사랑 때문에 미쳐버리고 말 것 같다는 생각을 했습니다. 저는 벙어리들이 외로운 것처럼 너무나도 외롭습니다. 제가 막스 씨에게 저에 대해 이야기하는 건, 제가 이 말들을 게워내기 때문입니다. 말들이 완전히 저의 뜻에 반해 그냥 솟구쳐나오는 겁니다. 제가 더 이상 침묵하는 걸 참을 수 없기 때문입니다. 용서하십시오.

프랑크에게 편지를 쓰지 않겠습니다. 단 한 줄도 말입니다. 앞으로 어떻게 될 건지는 모르겠습니다. 봄에 프라하에 가서 막스 씨를 찾아뵙겠습니다. 가끔씩 그가 어떻게 지내는지 써 보내주시면—저는 매일 우체국에 갑니다. 그 습관을 버리지 못하겠습니다—무척 감사하겠습니다.

다시 한 번 감사드리며,

M.P.

부탁이 한 가지 더 있습니다. 아주 우스운 부탁입니다. 제가 「선고」, 「변신」, 「화부」, 「관찰」을 번역한 것을 노이만이—『체르벤』지에서 내는 선집 중의 한 권으로[13]—출판해주기로 되어 있습니다. 샤를르 루이 필립의 『부부Bubu』와 같은 형식으로 말입니다. 그 책은 아마 보신 적이 있으실 겁니다.

번역은 이미 끝냈습니다. —그 일은 최근 몇 달 동안 저의 뇌와 심장을 갉아먹었습니다. 이렇게 그에게 버림받은 상태에서 그의 책들을 번역하는 일은 끔찍했습니다—그런데 노이만이 저에게 "체코어를 쓰는 독자들을 위해 그에 대해 머리말에 몇 마디 써"달라고 하는군요. 하나님 맙소사! 제가 어떻게 그에 대한 이야기를 사람들에게 할 수가 있겠습니까? 게다가 제게는 그 일을 할 수 있는 능력이 없습니다. 저를 위해 그 글을 좀 써주시지 않겠습니까? 막스 씨께서 정치적인 면에서 뭔가 꺼리는 점이 있을지도 모르겠습니다—『체르벤』은 공산주의적 성향을 가진 잡지이기는 하지만, 이 선집 자체는 당파와 관계없습니다. 노이만은 이 책을 아주 기꺼이, 애정을 기울여 내주려고 하고 있고, 그 책이 나오는 것에 대해 벌써부터 기뻐하고 있습니다—물론 막스 씨의 이름이 거기에 나오게 되겠지요. 그것이 꺼려지십니까? 그렇지 않다면 부탁드리고 싶습니다. 서너 페이지 정도로 써주시면, 제가 번역을 해서 머리말로 싣도록 하겠습니다. 그런 비슷한 글을 쓰신 것을 한 번 읽은 적이 있습니다—라포르그 책[14]에 대

---

13) 밀레나의 계획은 수포로 돌아갔다. 그녀가 내려고 했던 책은 발간되지 못했다.

14) 쥘르 라포르그, 『장난꾸러기 피에로』, 막스 브로트, 프란츠 블라이 공역(라이프치히, 악셀 융

한 머리말이었는데 아주아주 좋았습니다. 저를 위해 이 부탁을 들어
주시겠습니까? 그러면 정말 기쁘겠습니다. 이 책은 아주 멋지게 나
와야 합니다. 그렇지요? 번역은 잘됐습니다. 그리고 막스 씨가 쓰시
게 될 머리말도 분명 멋질 겁니다. 정치적인 면에서 꺼려지지 않으신
다면 저를 위해 이 일을 해주시기를 부탁드립니다. 물론 그것은 체코
어를 쓰는 독자들을 위한 소개의 성격을 띠고 있어야 합니다. 하지만
사람들에게 쓰는 듯이 하지 마시고, 그냥 자신에게 말하듯이 써주십
시오. 그 라포르그 머리말처럼 말입니다. 막스 씨께서는 사랑하는 사
람에 대해서는 솔직하시면서도 형안炯眼이 있으십니다. 그리고 막스
씨께서는 아주아주 아름답게 말씀하십니다. 시일이 촉박하기는 합
니다만, 막스 씨, 부탁이니 저를 위해 이 일을 좀 해주십시오. 저는 제
온 힘을 다 기울인 이 완벽한 책을 들고 세상에 나서고 싶습니다―아
시겠어요? 저는 뭔가를 수호하고, 그 정당함을 표명해야 할 것 같은
느낌이 든단 말입니다. 그래서 부탁드리는 겁니다.
그리고 F.[15]에게는 아무 말도 말아주세요. 함께 그를 놀라게 해주기
로 해요. 동의하시지요? 어쩌면, 어쩌면 그 일로 조금은 기뻐할지도
모르니까요.

6
[1921년 봄/여름]
체코어로 쓴 것을 막스 브로트가 번역해서 실었다.

존경해 마지않는 박사님.
이렇게 늦게 답을 드리는 걸 용서해주십시오. 어제서야 처음으로 자

커 출판사, 1909)
15) '프랑크'의 약자(옮긴이).

리에서 일어났습니다. 저의 폐는 이제 살림을 다 산 것 같습니다. 의사는 제가 지금 바로 요양을 떠나지 않으면 몇 달밖에 살지 못할 거라고 하는군요. 이 편지와 동시에 저의 아버지께도 편지를 보낼 겁니다. 아버지께서 돈을 보내주시면 떠날 겁니다. 언제, 어디로 떠날 건지는 아직 모르겠습니다. 하지만 그 전에 꼭 프라하에 들러 박사님을 찾아뵈려고 합니다. 프랑크에 대해 좀 더 자세한 상황을 알고 싶어서입니다. 제가 언제 도착하는지는 다시 알려드리겠습니다. 하지만 F.에게는 저의 병에 대해 아무 말도 말아주시기를 간곡히 부탁드립니다.

책이 언제 나올지는 모르겠습니다. 아마도 겨울에 나오게 될 것 같습니다. 이 책은 K. St. 노이만이 슈테판스가세 37번지에 있는 보로비 출판사에서 『체르벤』 선집 중의 하나로 발행하게 될 겁니다. 박사님께서 쓰신 머리말을 그 책에 실리기 전에 따로 출판해도 되는지 그에게 직접 물어보시면 좋을 것 같습니다.[16] 지금은 종이도 모자라고 자금도 달리는 시기라 모든 일이 오래 걸립니다. 저는 박사님께서 써주신 머리말에서 한 마디도 줄이고 싶지 않았습니다. (글이 너무나 좋았기 때문입니다.)

박사님께서 저에게 무슨 일로 화가 나 계신 듯한 인상을 받았습니다. 왜 그런지는 모르겠지만, 박사님의 편지에서 그런 인상을 받았습니다. 제가 프랑크를 '분석'한 것에 대해 용서해주시기 바랍니다. 그건 주제넘은 일이었고, 제가 감히 그런 일을 한 것에 대해 부끄럽게 생각하고 있습니다. 때로는 저의 뇌를 두 손바닥으로 꼭 누르고 있어야 할 것 같은 생각이 듭니다. 뇌가 터져버리는 걸 막기 위해 말입니다.

모든 친절에 대해 감사드리며, 안녕히 계십시오.

M.P.

---

16) 이 글은 「작가 프란츠 카프카」라는 제목으로 『노이에 룬트샤우Neue Rundschau』의 1921년 11월호에 실렸다.

7

[1924년 7월 중순에 쓴 것으로 추정]; 8번 편지 참조.
독일어로 쓰였다.

친애하는 박사님.
감사의 인사와 함께 책을 돌려드립니다. 박사님을 찾아뵙지 못하는
것을 용서해주십시오. 지금 이 상황에서 프란츠에 대해 이야기할 수
있을 것 같지 않습니다. 그리고 박사님께서도 역시 지금은 저와 그에
대해 이야기하고 싶지 않으실 겁니다. 9월에 프라하에 가게 되면 그
때 기별드리겠습니다. 박사님께서 허락하신다면 말입니다. 저에 대
해 좋게 기억해주시기를 부탁드립니다. 그리고 사모님께도 충심으
로부터의 인사를 전해주십시오. 의도하지는 않았지만 사모님께 한
번 실수를 범한 것 같습니다. 기회가 닿으시면, 제가 프란츠에게 보
냈던 편지들을 불태워주시기를 부탁드립니다. 그 일을 박사님께 부
탁드릴 수 있으니 마음이 놓입니다. 중요한 일은 물론 아닙니다. 그
의 원고들과 일기장[17]들이 (그것들을 제게 가지라고 준 건 절대 아닙니다.
그가 저를 알기 이전의 시기에 쓰인 것들이니까요. 큰 노트로 약 열다섯 권쯤
됩니다.) 저에게 있습니다. 박사님께서 필요하다고 하시면 즉시 내드
리겠습니다. 그건 그의 뜻을 따르는 일입니다. 그는 박사님 이외에는
아무에게도 이것들을 보여주지 말라고 했습니다. 그리고 그것도 그
가 죽고 나면 그렇게 하라고 했습니다. 어쩌면 원고들 중 일부는 이
미 보신 적이 있으실지도 모르겠습니다.
충심의 인사를 드리며, 항상 좋은 친구로 남아 있겠습니다.

밀레나 폴락

---

17)   1921년 10월 초에 카프카는 밀레나에게 자신의 일기장들을 넘겨주었다.

8

[1924년 7월 27일 쓴 것으로 막스 브로트가 추정함]
독일어로 쓰였다.

친애하는 박사님.

원고들을 넘겨드리기 위해 프라하로 가고 싶은 마음은 간절했지만, 갈 수가 없었습니다. 이 일을 마음 놓고 맡길 수 있을 만한 인편도 찾지 못했습니다. 그리고 우편으로 이 노트들을 보내는 건 더더욱 마음이 놓이지 않습니다. 제가 프라하로 가는 일을 10월로 연기하도록 노력해보려고 합니다. 그때가 되면 박사님께서도 다시 돌아와 계실 테니, 박사님께 직접 모든 것을 넘겨드릴 수 있겠지요. 그리고 제 편지들도 카프카 가족에게서 받아다 주시기를 부탁드립니다. 그렇게 해주실 수 있다면 제게는 아주 큰 호의를 베푸시는 일이 될 겁니다. 제가 직접 가서 부탁하지는 못하겠습니다. 저는 그의 가족들과 사이가 좋은 적이 없었으니까요.

거듭거듭 감사드리며, 10월 1일 이후에 프라하에서 만나뵐 때까지 안녕히 계십시오! 그때까지도 프라하에 돌아와 계시지 않을 예정이시면, 언제쯤 이탈리아에서 돌아오실 건지 저에게 빈으로 연락 주십시오.

충직한 인사와 함께
밀레나 폴락

여기에서 밀레나와 막스 브로트 사이의 편지 왕래는 끝이 난다. 두 사람은 후에도 몇 번 만나 직접 이야기를 나누었다. 여기에서 언급된 '원고들'은 (그중에는 일명 『아메리카*America*』라고도 불린 『실종자 *Verschollene*』의 원고도 있었다) 막스 브로트가 넘겨받았다.

밀레나의 카프카에 대한 애도사

그제 빈 근교의 클로스터노이부르크 근처에 위치한 키얼링 요양원에서 프라하의 독일어 작가인 프란츠 카프카 박사가 사망했다. 여기에서는 그를 아는 사람이 극히 적었다. 그는 자기만의 길을 가는 사람이었기 때문이다. 현자였으며, 또한 세상을 두려워하던 사람이었다. 그는 벌써 몇 년 전부터 폐결핵을 앓고 있었다. 그는 병을 고치려고 노력하기는 했지만, 한편으로는 의도적으로 병을 키우고 내심 장려하기도 했다. 영혼과 마음이 짐을 더 이상 짊어지지 못하게 되자, 짐이 적어도 좀 고루 나뉠 수 있도록 하기 위해 폐가 그 짐의 반이라도 짊어지기로 했다고 그는 언젠가 한 번 편지에 쓴 적이 있다. 그의 병은 그 결과였다.[18] 병은 그에게 거의 믿기지 않을 정도의 섬세함과, 거의 소름끼칠 정도로 타협을 모르는 지성적 민감함을 가져다주었다. 그러나 그는 그가 지성적으로 느끼는 삶에 대한 모든 두려움을 자신의 병의 어깨 위에 올려놓았다. 그는 소심하고, 두려움이 많고, 부드럽고, 착한 사람이었다. 하지만 그가 쓴 책들은 잔인하고 고통스러웠다. 그는 세상이 무방비 상태의 인간들을 찢고 파괴하는 보이지 않는 악령들로 가득 차 있는 것을 보았다. 그는 너무나도 형안이 밝고, 너무나 현명했기 때문에 살 수가 없었다. 그는 싸우기에는 너무나 연약한 사람이었다. 고귀하고 아름다운 사람들이 그렇듯이 그는 너무나 약해서, 몰이해와 비정함과 지성적 거짓에 대한 두려움과 싸

18) *[1920년 4월]* 네 번째 편지 참조.

워낼 힘이 없었던 것이다. 그들은 자신이 어찌할 수 없음을 미리 알고는 져줌으로써 승리자를 부끄럽게 하는 그런 사람들이다. 그는 신경이 무한히 예민한 사람만 가질 수 있는 인간에 대한 통찰력을 가지고 있었다. 스스로는 외로우면서도 상대방이 눈만 한 번 반짝거려도 그를 거의 예언자처럼 꿰뚫어볼 줄 아는 그런 사람이었다. 그는 세상을 비범하게, 그리고 깊게 인지하고 있었다. 그리고 그 자신 또한 비범하고 깊은 세계였다. 그는 현대 독일 문학에서 가장 중요한 작품들을 썼다. 전 세계에 걸쳐 오늘의 세대가 치러내야 하는 투쟁들이 그 작품들 속에 담겨 있다. 그러나 거기에는 어떠한 경향도 배제되어 있다. 그 작품들은 진실하고, 적나라하고, 고통스럽다. 그래서 그 작품들이 상징적으로 표현하고 있는 것들조차도 거의 자연주의적인 인상을 준다. 그 작품들은 세상을 너무나 명료하게 바라보았기 때문에 그것을 견뎌낼 수 없어, 그 역시 다른 사람들처럼 세상과 타협하고 여러 가지, 더러는 좀 더 고상해 보이는 이성의, 혹은 무의식의 오류들로 도피하지 않으려면 죽을 수밖에 없었던 한 인간의 메마른 조소와 민감한 통찰력으로 가득 차 있다. 프란츠 카프카 박사는 「화부」라는 단편斷編을 썼다(체코어로 번역되어 노이만의 『체르벤』지에 실렸다).[19] 이 단편은 아직 출판되지 않은 한 대단한 장편소설의 첫 장이다. 그리고 두 세대 간의 갈등 관계를 다룬 「선고」라는 작품과, 현대 독일 문학이 세상에 내놓은 작품들 중 가장 강력한 작품인 『변신』과, 『유형지에서』, 그리고 『관찰』과 『시골 의사』라는 단편집들에 수록되어 있는 소품들을 썼다. 그의 마지막 장편소설인 『법정 앞에서』는 이미 몇 년 동안이나 완성된 원고 상태로 인쇄되기를 기다리고 있다.[20] 이

---

19) 밀레나는 역시 S. K. 노이만이 발행하고 있었던 주간지 『크멘』에 이 작품이 나온 것을 혼동하고 있다.

20) 여기서 밀레나는 『소송』을 의미하고 있다. 실제로 카프카가 마지막에 쓴 소설인 『성』에 대해서는 그녀는 모르고 있었던 것 같다.

소설은 다 읽고 나면 너무나 완벽하게 총괄된 세계로 느껴져서 다른 말은 한마디도 필요 없을 것 같은 인상을 주는 그런 작품들의 부류에 속한다. 그의 작품들은 모두 인간들 사이에서 일어나는 불가사의한 몰이해, 그리고 죄없이 저지른 잘못 등으로 인해 야기되는 끔찍한 전율을 묘사하고 있다. 그는 다른 사람들은 아무것도 듣지 못하고, 그래서 자신들이 안전하다고 믿고 있는 그곳에서조차 어떤 소리를 들을 수 있을 정도로, 그토록 섬세한 양심을 가지고 있었던 예술가요, 인간이었다.

『나로드니 리스티』, 64권 156호(1924년 6월 6일), 5쪽.

밀레나가 잡지나 신문에 게재했던 수필들

A. X. NESSEY (밀레나 예젠스카)
나의 친구

사람은 아주 젊을 때에만 친구를 만들 능력이 있습니다. 그런 생각을 아직 해본 적이 아직 없으십니까? 나이를 먹으면, 다시 말해 더 성숙해지면, 사람은 친구 관계를 맺는 것이 매우 어렵고 힘들어집니다. 가끔은 별로 그러고 싶지 않음에도 마지못해 맺기도 하지만, 그런 친구 사이는 절대 오래가지 못합니다. 그런데 살다 보면 그런 친구 관계가 내 의사와 상관없이 다가올 때가 있습니다. 아주 이상한 친구 관계인 것 같기도 하고, 어찌 보면 전혀 친구 관계라고 할 수도 없는 그런 사이 말입니다. 베토벤의 친한 여자 친구는 방 한구석에 있었던, 조각 장식이 있는 오래되고 넓적한 찬장이었다고 합니다. 나의 친구는 집안일을 해주는 콜러 부인입니다. 그녀는 매일 아침 일곱 시에 인정 많은 얼굴로 손에는 빗자루 하나를 들고 내 침대 곁에 서서—그녀의 구멍 난 실내화를 신은 발을 조바심으로 동동 구르면서—자기가 방을 치울 수 있도록 내가 방을 비워주기를 가여워하는 표정으로 기다립니다.

여러분은 아마도 내가 재미난 이야기를 쓸 거라고 기대하시겠지요? 전혀 그렇지 않습니다. 나는 눈에 감동의 눈물이 그렁그렁한 채 이 글을 쓰고 있습니다. 이미 지나간 시대의 유물인 듯 보이는 이 순진하고 배운 것도 별로 없는 굼뜬 프롤레타리아 여인은 세상의 그 어떤 사람보다도 착한 마음씨를 가지고 있답니다. 그래서 나는 이 여인에 대해 아주 깊은 사랑과 정을 느끼고 있습니다. 나는 이 여인을 생각할 때마다 항상 감상적인 기분이 되곤 합니다. 내가 나답지 않게 너무 상냥한 표현을 쓰는 것을 용서해주기 바랍니다. 얼굴의 기하학적으로 정확히 한가운데에 아주 작은 주먹코가 얹혀 있고, 그 밑에는 이가 듬성듬성 박힌 넓은 입이 벌어져 있는 이 여인의 보름달처럼 둥근 얼굴과, 세상에 대한 기묘한 당혹감으로 항상 땀을 흘리고 있는 그녀의 모습을 생각하면 나는 늘 깊은 감동에 사로잡힙니다. 그녀의 표정을 보고, 어떻게 웃는 게 기뻐서 웃는 건지, 그리고 어떻게 웃는 게 마음이 아프거나 화가 난 걸 표현하는 건지를 알아내는 데는 오랜 시간이 걸렸습니다. 하지만 시간이 감에 따라 나는 그녀의 기분을 알아낼 수 있는 확실한 징조들을 마음에 새겨두게 되었습니다. 예를 들어서 그녀가 기쁠 때에는 윗입술을 위협적으로 세상을 향해 한껏 곤두세웁니다. 그리고 그녀가 슬플 때에는 그녀의 작은 눈들은 보라색이 되어 눈물이 곧 쏟아져나올 듯이 보이고, 그녀의 코는 예상하지 못했던 용적으로 부풀려집니다. 뭔가 제게서 원하는 것이 있을 때에는 그녀는 일종의 조급함으로 내 주위를 뱅뱅 돌며, 잉크병의 먼지를 세 번이나 연거푸 닦습니다. 그리고 일러주지 않아도 밀가루를 사와야 할 때가 된 걸 생각해내고, 그리고 평소처럼 창문을 있는 대로 활짝 열어놓지 않고 난로를 땝니다. 그런 일은 아주 드물게 일어나는 일입니다. 그런데 뭔가 끔찍한 일이 일어났을 때면 그녀의 얼굴은 정말로 하얗게 질리고 송장처럼 굳어져서 그녀의 몸 전체가 마치 그 자체의 축을 중심으로 핑 도는 것 같습니다. 마치 위에서, 바로 머리 위에서 예기치 못했던 몽둥이로 한 대 얻어맞은 듯이 말입니다. 그녀의 얼굴에서 이런 표정을 보게 되면 나도 놀라서 뼛속까지 굳어져버립니다. 왜냐하면 그녀가 그렇게 놀랄 때마다 항상 그럴 만한 이유가 있었기 때문입니다.

그녀에게 있어서 가장 기분 좋은 것은 그녀가 일을 해주는 데 어떤 일종의 규칙성을 가지고 있다는 겁니다. 나는 그녀가 모든 일을 일 분도 틀리지 않고 내가 부탁한 시간에서 정확히 한 시간 후에 처리한 다는 사실을 아주 확실하게 믿을 수 있습니다. 그게 그렇게 흔들리지 않는 원칙으로 굳어지면, 그건 아주 좋은 특성이 될 수 있다는 사실을 여러분도 인정해야 합니다. 그녀가 여섯 시에 불을 때주기를 원하면, 나는 다섯 시에 불을 때 달라고 부탁합니다. 그러면 여섯 시 반쯤에는 따뜻한 방에 앉아 있을 수 있지요. 그리고 이러한 규칙성은 어디에서나, 어떤 것에나 다 적용됩니다. 나는 그녀가 양말을 일 년에 네 켤레 이상은 절대로 훔치지 않는다는 사실을 정확히 알고 있습니다. 매 계절에 한 켤레씩이지요. 그거면 그녀에게는 충분하니까요. 설탕 그릇에서 각설탕이 한꺼번에 다섯 개 이상 없어진 적은 한 번도 없었습니다. 냉장고 속에 있는 버터에서는 아주 작은 조각 이상은 잘라내지지 않고, 연유가 들어 있는 그릇에서는 기껏해야 하루에 커피 스푼으로 두 스푼 정도가 없어질 뿐이지요. 그녀는 필요 이상의 것은 절대로 가져가지 않습니다. 그리고 그녀가 필요로 하는 것은 아주 적은 양에 불과하지요. 일 년 전에 저는 갑자기 고상한 충동 내지는 동지애나 평등주의 같은 걸 추구하고 싶다는 생각이 들어서, 그녀에게 이제는 훔치지 말라고, 그러면 그녀가 규칙적으로 훔치는 것을 내가 자진해서 그녀에게 주겠다고 제안했었습니다. 그러나 그건 그 가여운 여인을 죽도록 놀라게 하는 결과만 가져왔을 뿐입니다. 다른 꿍꿍이속이 있어서 그러는 게 아니라는 걸 내 표정에서 읽을 수 있었기 때문에, 그녀는 훔치지 않았다고 주장하지도 못하면서도, 나에 대해 어떻게 생각해야 할지 몰라 하는 눈치였습니다. 그녀의 겁먹은 두 눈은 처음에는 나를 원망스러운 눈빛으로 쳐다보다가, 나중에는 성난 눈빛이 되었습니다. 나는 그녀가 옳았다는 것을 완전히 깨달았고, 그 후로 모든 것은 예전 그대로 지속되었습니다.

우리는 참 적지 않은 일들을 함께 겪어왔습니다. 내가 이 저주받은 도시에 처박혀 있는 3년 동안 그녀는 내게 위안이 되어주었습니다. 나는 내가 그녀를 사랑하는 것 못지않게 그녀도 나를 사랑한다는 사실, 그리고 그녀는 믿을 수 있는 사람이라는 사실을 알고 있습니다. 하지만 처음부터 그랬던 건 아닙니다. 오래전에 음독자살을 해야겠다는—여러분도 인정하십시오. 그런 생각을 해본 적은 한 번도 없다고 말할 사람이 세상에 어디 있겠습니까? —어리석은 생각을 했을 때만 해도 나는 그런 사실을 전혀 모르고 있었습니다. 아는 사람 하나 없이 의식이 거의 없는 채로 빈 집에 혼자 누워 있었던 일주일 동안, 나는 매일 점심시간이 되면 누군가가 나를 세차게 흔드는 바람에 깨어났습니다. 콜러 부인이 그렇게 해서 나를 다시 삶으로 불러왔던 겁니다. 비몽사몽인 나의 희뿌연 시야에는 눈이 퉁퉁 붓고 눈물로 범벅이 된 둥근 얼굴이 흐릿하게 보였고, 그녀는 석유 냄새가 진동하는 손으로 크고, 둥글고, 시커먼 고기 경단을 내 입 안으로 밀어 넣고 있었습니다. 그것은 내가 먹고 싶다고 항상 큰 소리로 노래를 불러댔던 보헤미아식 고기 경단을 그녀의 감상적인 상상에 따라 나를 위해 손수 만든 것이었습니다. 그 일은 내가 기력이 어느 정도 돌아와 그 시커먼 덩어리를 다시 토해낼 수 있었을 때까지 계속되었습니다. 나는 이제 다시는 음독자살을 시도하지 않을 겁니다. 죽는 게 무서워서가 아니라, 사실 솔직히 말하자면—우리가 서로 떨어지게 된다는 건 거의 생각할 수 없는 일이니—콜러 부인이 만들어주는 고기 경단을 또 먹어야 하는 일이 생길까봐서입니다.

그래도 그건 아직 우리가 함께 겪어냈던 일들 중 최악은 아니었습니다. 한번은 정치적인 상황들로 인해 우리가 각자의 고국으로부터—나는 보헤미아로부터, 그녀는 헝가리로부터—완전히 차단되어, 몇 달 동안이나 돈 한 푼 없이 지내야 했던 적이 있었습니다. 우리는 꼬

르륵거리는 배를 움켜쥐고 콧구멍만한 그녀의 지하방의 석탄재 상자 위에 앉아, 그을음 나는 석유 등잔 불빛 아래에서 어떻게 하면 돈을 마련할 수 있을까 머리를 쥐어짰습니다. 배고픔 자체도 끔찍한 거지만, 낯선 대도시는 정말 잔인했습니다. 우리 옆집에 살고 있었던 헌옷 장수가 이미 우리의 속옷들을 먹어치운 지 오래되었고, 우리의 반지들도 모두 전당포에 가 있는 상태였습니다. 우리는 그렇게 해서 마련한 돈으로 사탕무와 시든 양배추 같은 것들을 사서, 그것들이 다 떨어질 때까지 점심에도, 저녁에도, 아침에도 그걸로 끼니를 해결했습니다. 하지만 영원히 가는 건 아무것도 없었습니다. 그리고 이 비영원성과의 투쟁에서 내가 그녀보다 약하다는 사실이 판명되었습니다. 내 위장은 양배추를 더 이상 참아내지 못했고, 나는 약해질 대로 약해진 나의 몸 상태 때문에 더 이상 우리 두 사람의 식탁을 책임지는 일을 감당하지 못하게 되었습니다. 그 일이—삶 전체가 다 그랬지만—끔찍하게도 소용없는 일로 보였었습니다. 하지만 콜러 부인은 우리 두 사람을 먹여 살렸습니다. 내가 무기력해질수록 이 자그마한 사람은 더욱더 생기가 넘쳐나는 것이었습니다. 그리고 '통풍'으로 부어오른 그녀의 발은 진정한 기적을 일구어냈고, 그녀의 뇌는 증권 거래소에 내놓아도 거의 손색이 없을 차원의 거래 계획들을 고안해냈습니다. 살고 봐야 한다는 투박한 믿음 속에서 그녀는 오늘까지도 내게는 신비로 남아 있는 기적들을 일구어냈습니다. 그렇게 해서 번 돈을 그녀는 마지막 동전 한 닢까지 나와 함께 썼고, 빵이 생기면 항상 나에게 더 큰 덩어리를 떼어주었습니다. 그녀가 없었다면 나는 지금 어떻게 됐을까요? 그때 나는 속으로 맹세했습니다. 만일 언젠가 백만장자가 된다면 그녀에게 절반을 떼어주리라고 말입니다. 그리고 그 맹세는 지금도 확고합니다. 여러분도 보게 될 겁니다.

아! 그런 3년 동안의 세월이 사람을 얼마나 혹독하게 다루었던지요!

그 당시 우리는 사람들이 보헤미안 집단이라고 부르는 그런 공동체가 되어 있었습니다. 우리는 모두 먹을 것이 없었습니다. 그리고 그나마 우리 집이 기차역의 벤치보다 덜 추웠기 때문에, 이 작은 사회의 절망적인 구성원들 중 누군가가 우리 집 부엌 뒤에 붙어 있는 작은 방에 사는 일이 자주 있었습니다—지금은 거기에 부르주아적 풍요로움의 상징으로 땔감 나무가 천장에 닿을 정도의 높이로 자랑스럽게 쌓여 있지만 말입니다. 콜러 부인은 감동할 만한 희생정신으로 이 모든 가난한 사람들의 동지가 되어주었습니다. 떨어진 단추나 끊어진 구두끈이나 너덜너덜해진 셔츠의 깃이나 더러워진 구두 등, 이 모든 것들이 엄마 같은 그녀의 손을 거치면 다시 산뜻하고 점잖은 모습을 되찾았습니다. 그녀는 그 사람들 모두를 이름으로 불렀고, 그들이 그녀가 커피 대용으로 끓여주는 시커먼 치커리 달인 물을 마시지 않고 그냥 나가면 그녀는 무척 섭섭해하곤 했습니다. 그녀는 그녀의 보살핌을 받고 있는 문인들의 시詩들을 오려 가지고 다니며 아주 자랑스럽게 이웃 사람들에게 보여주었습니다. 그리고 한번은 그녀가 그들 중 한 사람을 공산당원이라고 생각하고는 "그에게 아무 일도 일어나지 않게 해준다"는 게 오히려 경찰이 그를 의심해서 찾아오게 만들었던 일도 있었습니다. 그녀는 우리가 발전하는 모습을 자기 일처럼 기뻐하며 지켜봐주었고, 그 예전의 춥고 배고팠던 사람들은 그녀의 은혜를 잊지 않았습니다. W가 최근에 쓴 소설에 대한 원작료를 받으러 이탈리아에 갔다 돌아오거나, L이 큰 잡지사에서 중요한 임무를 맡아 프라하에서 오거나, 또는 지금은 포도주 출장 판매인이 된 F가 이곳에 들르거나, 철도 공무원이 된 F가 이곳에 오게 되면, 그들은 모두 그녀의 작은 부엌에 먼저 들러 인사합니다. 그러면 그녀는 매우 기뻐하며 그들의 바지 주름을 다시 세워주고는 행주치마에 손을 문질러 닦고 나서 '나리'들과 악수를 합니다. 하지만 우리 둘이 다

외롭고 슬픈 기분이 들 때면, 우리는 함께 우리 친구들 중에 그때의 그 어려움을 버텨내지 못하고 죽은 사람들을 생각합니다. 그렇게 죽어간 친구들은 셋이나 되었습니다. 그들은 끝내 '적응하지' 못하고 말았습니다. 그럴 때면 콜러 부인의 작은 눈은 눈물로 가득 차고, 방 안의 어스름 속에서 그녀의 엄청난 코 푸는 소리가 트럼펫 소리를 내며 서럽게 울려퍼집니다.

콜러 부인은 미망인입니다. 그녀의 남편은 전장에서 전사했습니다. 여러분은 그의 사진을 보면 놀라실 겁니다. 그는 기다란 코밑수염을 가진 아주 멋진 남자였습니다. 그런데 콜러 부인에게는 구혼자들이 넘쳐난답니다. 구혼자들 중에는 나이 든 사람들도 있고, 젊은 사람들도 있지요. 그래서 콜러 부인이 요부라는 소리까지도 들을 정도랍니다. 하지만 그건 부당한 소립니다. 그저 누구에게도 무얼 거절하지 못하는 그녀의 착한 마음씨가 죄일 뿐이지요. 그녀의 사랑은 단 한 사람에게만 바쳐져 있답니다. 그런데 그 사람은 아주 끔찍한 '성격적 결함'을 한 가지 가지고 있지요. 그 사람은 매 6주마다 정신을 잃을 정도로 술을 퍼마시고는, 자정쯤 콜러 부인을 찾아와서 고래고래 소리 지르며 문을 발로 걷어차 부수고 들어온답니다.(우연히 문이 잠겨 있을 때면 말입니다. 그런 일은 드물긴 하지만요. 콜러 부인은 그렇게 좀스러운 사람이 아니니까요.) 그러고는 취한 주먹으로 그녀를 어찌나 흠씬 두들겨 패놓는지, 그다음 날에는 우리 마룻바닥이 쓸려 있지도, 광이 나게 닦여 있지도 않지요. 그사이의 6주 동안에는 그는 어린 양처럼 조용하고 평화로우며, 그녀를 위해 석탄을 사러 가기도 하고, 작은 꽃다발들과 초콜릿 등을 선물하기도 하지요. 그리고 6주가 지나면 똑같은 일이 반복된답니다. 그러면 콜러 부인은 슬픔에 싸여 내 부엌에 있는 접시들을 깨먹기도 하고, 머리를 가로저으며 한탄을 하기도 하지요. "나 참, 기가 막혀서! 빨강머리 놈팡이 같으니라고!" 하며 말입니다. 나는 그녀의 심정이 십분 이해가 갑니다. 단지 한 가지 이해가 안 되는 일이 있는데, 그건 그녀가 왜 둘도 없이 사랑하는 사람을 '빨강머리'라고 욕하는지 모르겠다는 겁니다. 실상 그는 칠흑같이 아름다운 검은 머리를 가지고 있는데 말입니다. 하지만 어쩌면 내가 그를 다른 사람과 혼동하고 있는지도 모릅니다.

내 친구는 이런 사람입니다. 여러분도 보다시피 나는 그녀가 없는 삶은 상상할 수가 없습니다. 만일 내가 미국으로 이주를 하게 된다면, 그녀는 나의 짐 가운데 가장 큰 짐이 될 겁니다. 수놓은 앞치마를 입은 그녀가 빗자루를 손에 들고 내 침대 옆에 서 있지 않으면 나는 아침에 일어날 수가 없습니다. 나에게 무슨 일이라도 생기게 된다면, 나는 그녀 이외의 어느 누구에게도 나 자신을 맡길 수 없을 겁니다. 그리고 그녀가 그녀의 몫을 훔쳐 먹지 않았다는 걸 알게 되면―가끔 그녀가 잊어버릴 때도 있지요―저녁 식사가 맛이 없을 겁니다. 우리는 암묵적으로 서로 약속했습니다. 절대로 헤어지지 말기로 말입니다. 그러니까 여러분이 우연히 나를 보게 되면, 콜러 부인도 함께 보게 될 겁니다. 그리고 콜러 부인을 보게 되면, 나도 멀지 않은 곳에 있을 겁니다.

『트리부나』, 3권 22호(1921년 1월 27일), 1~3쪽.

A. X. NESSEY (밀레나 예젠스카)
비 오는 날의 우울함

물론, 야자수 그늘 아래에서 번창하는 도시들도 있다. 푸르른 바다 저 위쪽에 하얀색으로 빛나는 그런 도시들 말이다. 또 만년설이 뒤덮이고 구름다리가 놓여 있는, 현기증 날 것 같은 아름다움이 파노라마처럼 펼쳐지는 산악 지대도 있고, 측백나무들이 길가에 죽 심겨 있는, 묘지로 가는 길처럼 슬픈 시골길들도 있고, 가운데에는 바위들이 우뚝 솟아 있고 그 위에는 새들이 깃들고 있는, 파도와 장려한 고독으로 둘러싸인 섬들도 있다. 그리고 감자밭들과 공장들에 빙 둘러싸여 있는 도시들도 있다. 돌투성이의 움푹 팬 길 양옆에 아카시아 관목과 가시덤불만 무성한 황량한 들판들도 있다.

하지만 이 모든 풍경 위에 태양은 뜨고 또 지고, 그리고 비도 내리고, 바람도 불고, 안개가 차오르기도 하고, 밤이 되기도 한다.

두브로닉에서 나는 죽어가는 한 여자를 보았다. 그녀는 노란 밀랍으로 만든 것 같은 얼굴을 하고 창가에 서 있었다. 빈에서는 전차에 치어 끌려가다가 어찌 손쓸 사이도 없이 바퀴 밑에서 죽어간 한 여자를 보았다. 프라하에서는 다리에서 몰다우 강으로 뛰어내려 익사한 한 남자를 보았다. 다음 날 그는 퉁퉁 부풀어오르고, 푸른빛이 서린 익사체로 둔치에 떠밀려와 있었다. 그리고 또, 모자도 없이, 상의도 안 입은 채로 경찰에 쫓겨 달아나다가, 그게 아무 소용이 없는 일임을 알자 자기 입에 총을 쏘아 아스팔트 위에 쓰러지는 사람도 보았다. 그리고 서커스 마차 속에서 울긋불긋한 끈으로 목을 매 자살한 곱사

등이 어릿광대도 보았다. 끝이 뾰족한 고깔모자가 그의 발아래에 떨어져 있었다. 그리고 나는 또 한 여자를 알고 있다. 그녀는 젊고 아리따운 아가씨인데, 술만 취하면 그녀를 두들겨 패는 비열한 놈팡이를 먹여 살리기 위해 창녀가 되었다. 그리고 나와 친분이 있던 한 남자는 배를 곯다가 아사했고, 또 한 남자는 아내와 석 달 동안이나 쥐가 들끓는 구덩이에서 생활하다가 아내가 불치의 정신병에 걸린 조짐을 보이자—그는 의사였다—그녀에게 독약을 주었다. 지금은 그도 가고 없다. 베를린에서 아사했다고 한다. 그리고 그 두 사람이 낳은 아이, 지금은 빈의 한 프롤레타리아 가정에서 살고 있는 붉은 머리의 작고 병약하고 곱사등이인 이 소녀는 그 두 사람의 아직도 끝나지 않은 비극을 혼자서 짊어지고 세상을 헤쳐나가고 있다.

그러나 우리의 삶을 움직이고 있는 체험들이 어디 그런 것들뿐이겠는가? 저기 길에서 울고 있는 저 작은 소녀나, 꼭 죄는 낡은 웃옷을 입은 저 젊은 부인도 똑같이 잊지 못할 강력한 인상을 남겨주지 않는가? 그리고 그대들이 일요일 기찻길 옆에 서 있을 때, 눈 깜짝할 사이에 지나가버린 그 기차의 창가에 앉아 있었던, 달라붙은 머리칼과 창백한 얼굴의, 포로가 된 그 작은 병사는? 그에게는 어떤 일이 일어났으며, 그는 지금 무엇이 되어 있을까? 그리고 그대들이 마주치는 그 노동자나, 다 헤진 작은 신발을 신고 있었던 그 노처녀는? 그리고 전차에서, 혹은 기차역의 대합실에서 그대들의 옆에 앉아 있는 그 사람들은 각자 어디에서 왔으며, 또 앞으로 어떻게 될 것인가? 그리고 그들 중 가장 기이한 사람들, 인생이 장편소설 같지도 않고, 그들의 인생에 낮에도, 그리고 또 밤에도 전혀 아무 일도 없고, 아무것도 일어나지 않는 그 사람들은?

그대들은 자고 있는 사람을 관찰해본 적이 있는가? 죽은 사람보다 얼마나 더 끔찍한지! 자고 있는 사람은 온통 생각들과 갈망들과 그리움들과 간지奸智들로 가득 차 있다. 그의 속에서 어떤 생각들이 오고 가는지는 아무도 모른다. 그는 편안하게 숨을 쉬고 있으면서, 그 자신도 자기 안에서 어떤 일이 벌어지고 있는지 알지 못한다. 자신이 아침에 어떤 상태로 깨어나게 될 것인지, 그리고 내일은 어떤 일이 일어날 건지도.

그리고 돌로 포장된 건물 안마당과 그 돌 틈 사이에 나 있는 풀포기들과, 겉이 벗겨지고 귀퉁이가 떨어져나간 벽돌 담장, 그리고 먼지 나는 시골길의 길섶을 따라 죽 늘어서 있는 웅웅 소리가 나는 전봇대들, 강낭콩밭과 밭두렁과 7월의 보랏빛 꽃이 피어 있는 감자밭, 헛간 뒤에 있는 도랑과 거기 뒹굴고 있는 밑 빠진 녹슨 냄비와 밑창 없는 구두, 염소 우리의 뒷면, 그리고 이웃 마을로 나 있는 들길…… 이 얼마나 잊지 못할 아름답고도 슬픈 풍경들인가!

여기 쇼윈도가 있고, 그 뒤에 작은 가게가 하나 있다. 그 안에는 인디언 인형이 하나 서 있고, 뱀을 들고 있는 여인도 있다. 그리고 축음기도 하나 있어서 음악을 들을 수 있게 되어 있다. 판 한 장 듣는 데 2크로네란다. 모차르트, 베르디, 스페인 무곡들과 〈아이다〉와 〈돈 조반니〉도 있다. 그런데 〈리골레토〉에는 이런 부분이 나온다. "템피 부오네, 템피 부오네."[21] 그리고 이 곡을 카루소가 부른다. 마치 북을 두드리는 듯한 목소리로. 그렇게 많은 불결함과 가난과 궁핍 속에 담겨져 있는, 그렇게 많은 아름다움과 그렇게 많은 열정을 참을 수가 없다. 내 눈에 눈물이 고여온다.

내 앞에는 작은 그림엽서가 한 장 놓여 있다. 거기에는 뻣뻣한 모자에 찢어진 조끼와 낡은 양복을 칼라도 없이 걸친 찰리 채플린의 사진이 담겨 있다. 그는 층계에 앉아 있고, 그의 옆에는 작은 개 한 마리가

---

21)　"아름다운 시절들이여, 아름다운 시절들이여."(옮긴이)

앉아 있다. 이 영화는 아주 익살스러운 영화로 그 제목은 〈개의 삶〉[22]이었다. 하지만 찰리는 너무나 의지할 데 없고 애처로워 보여 우리는 웃어야 할지 울어야 할지를 알지 못한다. 그리고 그의 옆에 앉아 있는 개 역시 그와 똑같은 모습이다. 개는 주인 옆에 앉아 그에게 몸을 기대고 있다. 그리고 크고 부드러운 개의 앞발은 옆으로 조금 늘어져 있다. 하지만 주인은 더 연약하고 더 가여워 보이며, 더 불행한 표정의 커다란 눈으로 세상을 응시하고 있다. 하나님께서 그들 둘을 도와주시기를.

그대들은 프라하와 파리의 중간에 있는 한 작은 기차역을 아는가? 기차를 타고 지나가다 보면 창밖으로 지금 막 일어서고 있는 한 부인과 아이들을 볼 수 있다. 그리고 그 아이들은 자라서 어른이 될 것이다. 기차들은 매일 같이 그곳을 지나가고 있다. 그리고 그 안에 앉아 있는 사람들은 그다음 날 센 강과 몽마르트르를 보게 될 것이다. 그 작은 기차역은 계속해서 신호등과 종을 통해 신호를 보낼 것이고, 그렇게 일상의 사슬의 한 고리로서 그 파리-프라하 구간의 급행열차와 함께할 것이다. 그런 것들을 의식하게 되면, 그대들은 라포르그 풍의 달콤한 작은 코미디 한 편을 목격하게 될 것이다. 그리고 그대들은 놀라워하며 자문하게 될 것이다. 왜 여기서 사람들이 자고, 먹고, 사랑하고, 살고 있는지.

작가 카프카는 어딘가에 이렇게 썼다. "나의 할아버지께서는 늘 말씀하시곤 하셨다. '인생이란 놀라울 만큼 짧단다. 지금 회상해보면 삶이 어찌나 응축돼 보이는지, 예를 들어 나는 어떻게 한 젊은이가 이웃 마을로 말을 타고 가려고 마음을 먹을 수 있는지가 거의 이해가 안 될 지경이란다. 우연히 운 나쁜 일이 생기는 경우는 차치하고라도, 그냥 행복하게 흘러가는 보통의 삶이라도 그 인생의 길이가 그런

---

22) 〈A Dog's Life〉, 1918년에 나온 영화. 이 제목은 비참한 생활이라는 뜻을 담고 있다(옮긴이).

시도를 하기에는 턱도 없이 모자라지 않을까 하는 두려움도 없이 말이다.'"

『트리부나』, 3권 100호(1921년 4월 29일), 1~2쪽.

A. X. NESSEY(밀레나 예젠스카)
부뚜막의 악마

현대에는 왜 모든, 아니면 거의 모든 부부들이 불행하게 살고 있는가
(마치 현대의 부부들만 불행하고 그 이전에 살았던 부부들은 행복했었다는
얘기로 들리기는 하지만) 하는 물음은 요즈음 마치 유행처럼 번져서,
이 문제를—진지하게는—모든 문학작품들이 소재로 다루고 있고—
좀 덜 진지하게는—모든 티타임 대화가 다루고 있다. 세상에 있는 모
든 문제들은 사사로운 모임의 수다거리가 될 수도 있고 철학 논문의
주제가 될 수도 있다. 그리고 소위 길거리에 널려 있는 이러한 주제
들을 우리 저널리스트들 역시 주워 글을 쓰게 마련이다. 하지만 이
문제는 항상 나를 당혹스럽게 한다. 그건 현대의 부부들은 왜 불행한
가에 대해 대답할 말이 생각나지 않아서가 아니다—저널리스트가
대답하지 못할 문제가 세상에 어디 있겠는가? —그건 내가 '그들이
왜 행복해야만 하는 거지?' 하고 항상 거듭거듭 묻게 되기 때문이다.
바로 여기에서 문제가 시작된다. 이 상상할 수 없을 만큼, 그리고 두
려움과 불안을 야기할 만큼 엄청나게 크고 광대한 지구 위에 살고 있
는 작디작은 두 사람, 아주 왜소하고 외로우며, 살면서 그토록 많은
절망과 비애, 그리고 가망 없음에 내던져졌던, 이(louse)처럼 작고
작은 사람들, 둘 다 출생과 자연과 법률의 법칙에 따라 불행했던 두
사람이 갑자기 하루아침에—예를 들어, 오전 아홉 시 반경에—같은
집, 같은 이름, 공동의 재산, 공동의 운명 안에 갇혀, 둘이 함께 있다
는 그 이유 하나만으로 손바닥 뒤집듯 순간적으로 행복해져야 한단

말인가?

내게는 두 사람이 함께 행복해지기 원하기 때문에 서로 결혼하는 바로 그 순간에 그들은 행복해질 수 있는 가능성을 스스로에게서 빼앗아 가두어버리는 것 같아 보인다. 행복해지려고 결혼한다는 건 20억의 재산이나, 자동차나, 남작이라는 작위 때문에 결혼하는 것과 똑같이 계산적이라고 생각한다. 그리고 20억이라는 재산이나, 자동차나, 남작 작위가 행복의 충분조건이 되지 못하는 것과 똑같이 행복도 그 충분조건이 되지 못한다. 세상에서 꼭 그 값을 치르게 되는 무언가가 있다면, 그건 바로 정신적인 일에서 계산하고 따지는 일일 것이다.

두 사람이 서로 결혼하는 데에 타당한 이유가 될 수 있는 것은 단 한 가지밖에 없다. 그건 그들이 서로 결혼하지 않는 것이 불가능하다는 이유이다. 로맨틱이나 감상주의나 비극 따위를 다 넘어서서 서로가 없이는 살 수 없다는 단순한 이유 말이다. 그런 것은 존재한다. 그런 것은 일상적으로 일어나는 일이다—그것이 사랑이라도 좋고, 다른 어떤 것이라도 좋다. 그것이야말로 세상에서 가장 정당하고 가장 강한 감정이다. 그런데 삶에서 바로 이런 것을 간과하고, 억압하고, 축소시키고, 피해 가고, 깨뜨리는 사람들이 얼마나 많은가?

두 사람이 함께 살기 위해 결혼한다. 이러한 가능성의 이토록 엄청나고 특별한 선물에 더해, 행복이 도대체 왜 더 필요한가? 왜 사람들은 이 진실하고 미화되지 않은 숭고함만으로 절대 만족하지 못하고, 차라리 곱게 꾸민 거짓을 선택하는 걸까? 그들은 왜 서로에게 그들 자신도 해낼 수 없고, 그리고 세상도 자연도 하늘도 운명도 삶도 해줄 수 없는 것, 그 누구도 절대로 이뤄낼 수 없는 것을 약속하는 걸까? 그들은 이 현실적이고, 실제적이며, 성스러우면서도 현세적인 계약에서 왜 그런 문학적 환상의 산물인 행복 같은 걸 요구하는 걸까? 그들은 왜 상대방에게서 자신이 줄 수 있는 것보다 더 많은 걸 요구하는 걸까?

함께할 수 있는 삶 그 자체가 그토록 위대하고, 그토록 엄숙하고, 그토록 심오한 일인데, 어떻게 뭔가를 요구할 생각을 할 수 있는 걸까?

우리가 결혼을 하기 전에 명료한 의식을 가지고 결혼 생활에 대해 찬찬히 숙고해보면, 지금은 생각하지 못하는 몇 가지 일들이 생각날 것이다. 예를 들어 함께하는 삶이 혼자 사는 삶보다 더 쉬워지는 점만 있는 것이 아니라, 더 어려워지는 점도 있다는 사실 같은 것 말이다. 혼자 사는 사람은 그의 외로움에 대해 다른 많은 편리함으로 보상 받고 있다. 예를 들어 책임감이 반밖에 안 된다는 사실이라든지, 자유, 독립성, 또는 오스트레일리아로 여행을 갈 수 있는 가능성을 가지고 있다는 것만 봐도 그렇다. 하지만 결혼한 사람들은 결혼하는 그 순간부터 저절로 주어지는 것 이외에는 모든 것에 대해, 진정한 의미에서 모든 것에 대해 포기해야만 한다는 데에 결혼 생활의 어려움이 있다. 그리고 바로 이 점이 오늘날 많은 부부들이 파경에 이르게 되는 두 번째 이유다. *사람들은 서로에 대한 확실한 결단을 하지 않은 상태에서 그냥 결혼한다. 아니, 다른 모든 것은 일체 포기하겠다는 결단을 하지 않은 상태에서 결혼한다고 말하는 게 더 정확하겠다.*

사람을 옳게 알아본다는 건 엄청나게 어려운 일이다. 한 삼십 분만 서로 대화해봐도 어느 정도는 상대방에 대해 알 수 있지만, 그 사람을 정말 잘 알게 되는 것은 한 십 년을 함께 살아본 후에나 가능하다고 말한다 해도 그리 과장된 주장은 아닐 것이다. 그리고 두 사람이 서로 결혼하기 전에는, 자기 자신이 어떤 사람인지, 자기와 결혼하는 사람은 또 어떤 사람인지를 짐작이라도 한다는 것이 거의 불가능한 일이라고 생각한다. 만약에 어떤 사람이 상대방이 이루어놓은 모든 업적과 상대방의 모든 이념, 모든 열정, 신념과 신조, 신앙 고백 등에 대해 다 알고 있다고 쳐도, 그의 양말이나, 그의 눈곱 낀 눈이나, 매일 아침 이를 닦으면서 내는 기이한 양치 소리, 급사에게 팁을 줄 때에 보여주는 특이한 제스처 같은 것에 대해서는 아직 아무것도 모르고 있을 것이다―사람은 마음 깊은 곳에 대해서는 속일 수 있을지 모르지만, 표면적인 부분에서는 그 사람의 됨됨이가 드러나게 마련이다. 그렇기 때문에 모든 부부에게는 서로에게 실망할 수 있는 위험이 천 가지도 더 되며, 내적으로 실패할 수 있는 모든 가능성을 그 안에 지니고 있는 것이다. 거기에 대항할 수 있는 무기는 단 한 가지밖에 없다. 이런 것들을 그냥 애초부터 받아들이는 것이다. 전 세계적으로 통용되는 관습은 우리가 누구에게나 사랑의 이름으로 그들의 국적이나 정치적, 종교적 소속 같은 내적 천성의 모든 다양성에 대해 관용을 베풀기를 요구하고 있고, 우리는 실제로 그렇게 하고 있다. 하지만 우리 좀 더 깊이 들어가서, 그들의 표면적인 부분들까지도 관용하자. 우리 이제 안나 카레니나식의 현대적 히스테리는 내려놓자. 그리고 상대방의 옆으로 튀어나온 귀나 삐뚤게 매어진 넥타이에 대해 서로 관대해지자. 개개의 인간은 그 자체로 독립된 하나의 세계이다. 그 반대편에서 보자면, 사람은 특색이 두드러질수록 더 완전성을 지니고 있다. 가능성과 능력이 적으면 적을수록, 그 가능성과 능력들은 더욱더 깊이가 있고 본질적인 것이다. 그가 단 한 가지 능력만을 소유하고 있다면 그는 가장 가치 있는 사람일 것이다. 하지만 우리가 금발 머리를 가진 사람에게 동시에―예를 들어, 변화를 주기 위해 화요일과 금요일에만―검은 머리를 가져달라고 요구할 수 없는 것처럼, 우리는 융통성 없는 사람에게 시미[23]를 즐겨 추기를 요구하거나, 머리가 둔한 사람에게 키르케고르를 이해하라고 요구하거나, 침울한 사람에게 노래를 부르라고 하거나, 혼자 있기를 좋아하는 사람에게 파티를 열라고 요구할 수는 없는 것이다.

이건 아주 간단한 이치다. 그런데도 이걸 이해하는 사람이 거의 없다

---

23) 제1차 세계대전 후에 유행한, 상반신을 흔들며 추는 선정적인 재즈 댄스(옮긴이).

는 사실은 이상한 일이다. 사람들은 일반적으로 서로에게 그 사람의 내적 삶의 본질이 되는 바로 그것에 대해 비난한다. 그리고 부부의 임무가 바로 상대방의 본질을 참아주는 것, 상대방이 그가 그인 것이 아주 타당하다고 느낄 수 있을 정도까지 참아주는 것이라는 생각을 전혀 하지 못한다. 인간이 서로에게서 원하는 것은 결국 항상 자기 자신의 존재를 있는 그대로 인정받는 것뿐이다. 그가 그럼에도 불구하고 사랑받고 있다는 증거 말이다. 그런 '그럼에도 불구하고'는 우리 누구나가 다 가지고 있다. 바로 그것 때문에 우리가 불행한 것이다. 나는 사람들이 성적인 필요나, 에로티시즘이나, 돈이나, 사회적인 필요 때문에 함께 산다고는 절대 생각하지 않는다. 사람들은 친구를 가지기 위해 함께 사는 것이다. 그 사람 앞에서만은 벌罰이나, 복수나, 나쁜 편견이나, 정의나, 양심의 가책 등에서 자유로워질 수 있는 그런 한 사람을 가지기 위해서 말이다. 아니면 그대들은 정말로 가정이라는 게 사람들을 세상으로부터, 그리고 무엇보다도 자기 자신의 내면의 거울로부터 보호해주고, 보호해주고, 또 보호해주는 임무 외에 다른 임무를 가진 곳이라고 생각하는가? 남편이 아내에게, 그리고 아내가 남편에게 해줄 수 있는 가장 큰 약속은 우리가 아이들에게 웃으며 말하곤 하는 그 심오한 문장일 것이다. "널 절대로 내주지 않을 거야"라는 문장 말이다. 이것이 "죽을 때까지 당신을 사랑할 거예요."라거나, "죽을 때까지 그대에게 충실하겠소."라고 말하는 것보다 훨씬 더 값있는 말 아닌가? 그대를 절대로 내주지 않겠어요. 이 말 안에 모든 것이 다 담겨 있다. 사람과 사람 사이의 예의범절이나 사람과 사람 사이의 정직성, 가정, 충실함, 소속감, 자기결단, 우정 등 모든 것이 말이다. 이러한 약속은 그 초라하고 닳아빠진 행복과 비교했을 때 얼마나 엄청난 것인가!

그렇다. 간단히 말하자면, 우리들의 부부 생활이 그렇게 불행한 것은 우리가 그것을 너무나 터무니없이 쉽게 생각하기 때문인 것 같다. 상대방에게서 그가 지키지도 못할 약속을 받아내고, 일 년이 지난 후 그가 그 약속을 못 지켰으면 화를 내고 떠나버리는 것은 아주 쉬운 일이다. 그보다는 서로 지킬 수 있는 것을 약속하고, 그리고 그것을 정말로 지켜내는 것이 훨씬 더 어려운 일이라고 생각한다. 그 환상적인 영혼의 깊이니 뭐니 하는 것들은 모두 다 변명에 불과하다. 그런 것들은 인간적으로 바르게 행동하는 것이 결정적인 역할을 하는, 정말로 어려운 상황이 벌어질 때에는 바로 좌절하게 마련이다.

그런데 사람들은 왜 서로에게 가령 고기가 타버리거나, 아니면 상대방이 저녁 식사 시간에 늦거나 해도 소리 지르지 않겠다고 약속하지 않는가? 왜 서로에게 오렌지 한 개, 또는 제비꽃 한 다발, 반짝반짝 빛나는 코히노어표 새 연필이나 건포도 한 봉지를 집에 오는 길에 사다 주는 걸 절대 귀찮아하지 않겠다고 약속하지 않는가? 왜 서로에게 아침에 세수한 얼굴로 물과 비누의 향기를 풍기며 깨끗한 옷을 정성껏 차려입고 식탁에 앉겠다고, 금혼식을 치른 다음 날까지도, 그리고 그날까지 매일매일 그렇게 하겠다고 약속하지 않는가? 왜 서로에게 화가 날 때 상대방을 차라리 때릴지언정, 상대방의 사소한 상스러움이나 작은 비겁함이나 작은 밉상스러움이나 작은 역겨움 같은 것을 꼬집어 상처 주지 않겠다고 약속하지 않는가? 왜 서로에게 항상 그들 자신과 그들의 관심사에 마음을 쓰겠다고 약속하지 않는가? 그 관심사가 예술사와 관련된 것이든, 축구와 관련된 것이든, 나비 채집과 관련된 것이든 상관없이 말이다. 왜 서로 상대방에게 침묵할 수 있는 자유와 홀로 있을 수 있는 자유, 그리고 마음대로 할 수 있는 자유를 주겠다고 약속하지 않는가? 그들은 왜 서로에게 행복 같은 그런 부차적인 것을 약속하는 대신에, 성취할 수 있기는 하지만 항상 등한시되는 이 끝도 없고 어려운 사소한 일들을 해주겠다고 약속하지 않는 건가?

결혼 생활이 의미를 가질 수 있으려면, 그것은 행복에 대한 동경보다는 좀 더 넓고 현실적인 기반 위에 세워져야 한다. 까짓 슬픔이 좀 있다고, 고통과 불행이 좀 있다고 지레 겁먹지 말자. 이렇게 한번 해 보라. 별이 빛나는 밤에 별들이 반짝이고 있는 하늘을 정면으로 한번 올려다보라. 주의 깊게, 정직하게, 시선을 고정하고 딱 5분 동안만 하늘을 올려다보라. 그렇지 않으면 지구의 한 조각을 하늘에서 내려다보는 듯한 느낌으로 내려다볼 수 있는 산 위로 올라가 서 보라! 그대들은 알게 될 것이다. 잠시 그렇게 있다 보면 삶이 얼마나 중요한 것이고, 행복이라는 건 얼마나 하찮은 것인지 깨닫게 된다는 것을. 행복! 행복의 가능성은 다른 그 어디에도 아닌 우리 안에 있지 않은가! 행복할 수 있는 능력은 특별한 천부적 소질이다. 예를 들어 노래할 수 있는 능력이나, 글을 쓸 수 있는 능력, 정치를 할 수 있는 능력이나, 구두를 꿰맬 수 있는 능력처럼 말이다. 어떤 사람에게 그가 요구하는 모든 것을 해주어 보라. 사랑과, 우월성과, 그가 희망하는 모든 것을 퍼부어줘 보라. 그래도 그는 행복하지 않을 것이다. 그리고 또 다른 한 사람은 숨을 쉴 수 없을 정도까지 흠씬 두들겨줘 보라. 그는 무심코 길을 가다가 이슬을 머금고 싱싱하게 빛나고 있는, 초록 잎이 아직 달려 있는 빨간 홍당무 한 무더기를 우연히 보게 돼도 바로 행복해질 것이다.

삶에는 두 가지 가능성이 있다. 자신의 운명을 제 어깨에 짊어지기로 결정하고, 그 운명에 순응하며, 그것을 인정하고, 그것이 가지고 있는 장점과 단점, 행과 불행에 용감하고 정직하게, 흥정하지 않고, 고결하고 겸손하게 자신을 내맡기거나, 아니면 자신의 운명을 찾아나서는 것이다. 하지만 자기 운명을 찾아나서는 사람들은 그로 인해 정력과, 시간과, 환상과, 올바르고 선한 맹목성과, 직관을 잃어버리게 될 뿐만 아니라, 그것을 찾느라고 자신의 가치마저 잃어버리게 되는 것이다. 그들은 점점 더 가난해진다. 새로이 다가오는 것은 항상 먼저 있었던 것보다 못한 것이기 때문이다.

그리고 또: 찾아나서기 위해서는 믿음이 필요하다. 그리고 믿기 위해서는 어쩌면 살기 위해 필요한 힘보다 더 많은 힘이 필요할지도 모른다.

『나로드니 리스티』, 63권 16호(1923년 1월 18일), 1~2쪽.

연대표(1919~1924)

1919

	밀레나가 카프카에게 그의 작품들을 체코어로 번역하는 것을 허락해달라고 부탁하는 편지를 쓴다.
가을	율리 보리체크와 사귄다. 결혼하려고 노력하나 수포로 돌아간다.
10월	프라하의 한 카페에서 밀레나와 처음 만난다.
11월	카프카는 막스 브로트와 함께 셸레젠으로 여행을 떠난다.『아버지께 드리는 편지』를 쓴다.
11월 15일~16일	누이동생 오틀라가 셸레젠으로 카프카를 찾아온다.
11월 21일	다시 노동자재해보험공사에서 일하기 시작한다.
12월 22일~29일	카프카는 건강 상태가 다시 안 좋아져 일을 할 수 없게 된다.

1920

1월	'공사 서기'로 승진하고, 다시 일하기 시작한다.
1월 6일~2월 27일	카프카는 막스 브로트가 「'그'로 시작되는 단문 모음 'Er'-Aphorismen」이라고 이름 지은 단문들을 쓴다. 밀레나가 「화부」를 번역한다.
2월 21일~24일	카프카는 또다시 일을 할 수 없게 된다.

3월 말	카프카는 구스타프 야누흐를 알게 된다.
4월 초	카프카는 요양을 위해 메란에 도착한다. 처음에는 '호텔 엠마'에 머무르나, 곧 운터마이스에 있는 '오토부르크' 하숙으로 거처를 옮긴다. 밀레나와의 편지 왕래가 시작된다.
4월 22일	밀레나가 번역한 「화부」가 잡지 『크멘』에 실린다.
5월 초	카프카는 막스 브로트에게 처음으로 밀레나와의 편지 왕래에 대해 이야기한다.
5월 둘째 주	오틀라가 오빠를 위해 노동자재해보험공사에서 그의 휴가를 연장해줄 것을 신청하여 허락 받는다.
5월 31일	밀레나의 청으로 카프카는 율리 보리체크와 약속한 대로 뮌헨, 에거, 카를스바트를 거쳐 프라하로 돌아오는 길 대신에, 빈을 거쳐 프라하로 돌아오는 길을 택할 것인가를 두고 고민한다.
6월 23일	보첸 근처에 있는 클로벤슈타인으로 소풍을 간다.
6월 28일	메란에서 떠난다.
6월 29일~7월 4일	카프카와 밀레나는 빈에서 나흘 동안을 함께 지내며 비너 발트의 낮은 산으로 산책을 나가기도 한다.
7월 4일	카프카는 프라하에 도착한다.
7월 5일	노동자재해보험공사에서 다시 일을 시작한다.
7월 7일	카프카는 마드리드에서 온 외삼촌 알프레드 뢰비에게 방을 내주기 위해, 임시로 마침 잠시 비어 있는 그의 바로 아래 누이 엘리 헤르만의 집으로 거처를 옮긴다.
7월 7일~24일	알프레드 뢰비가 프라하로 와 카프카의 부모 집에

서 기거한다.

7월 8일	빈에서 함께 지낸 이후 밀레나가 처음으로 쓴 편지가 도착한다.
7월 13일	의사의 진찰을 받은 결과 메란에서 요양한 것이 전혀 효과가 없었음이 판명된다.
7월 15일	오틀라가 요세프 다비트와 결혼한다.
7월 16일	밀레나가 카프카의 작품 「불행」을 번역한 것이 『트리부나』에 실린다.
8월 8일	카프카는 부모의 집으로 다시 들어간다.
8월 10일	밀레나의 생일(그녀는 24세가 된다). 카프카는 선물로 책을 몇 권 사서 보낸다.
8월 14일~15일	카프카와 밀레나가 그뮌트에서 만난다.
8월 16일이나 17일쯤	밀레나가 볼프강 호숫가에 있는 장크트 길겐으로 여행을 떠난다.
9월 9일	밀레나가 카프카의 단편집 『관찰』에서 여섯 작품을 발췌해서 번역한 것이 『크멘』에 실린다.
9월 26일	「학술원에 드리는 보고」를 밀레나가 번역한 것이 『트리부나』에 실린다.
10월	카프카는 요양원으로 가기 위해 또다시 공사에서 휴가를 얻는다.
11월 8일	카프카는 알베르트 에렌슈타인과 만난다.
12월 18일	호에 타트라에 위치한 마틀리아리에서 또다시 요양이 시작된다.

1921

1월	카프카는 밀레나에게 편지 왕래를 중단하고 서로 다시 만나지 않게 해주기를 부탁한다.
2월 3일	카프카는 마틀리아리에서 의대생인 로베르트 클롭슈토크를 알게 된다.
3월 말~4월 초	카프카의 병이 매우 악화된다.
5월 중순	밀레나가 프라하로 와서 막스 브로트를 만난다.
8월 26일	카프카는 마틀리아리에서 프라하로 다시 돌아온다.
8월 29일	카프카는 사무실에 나가 일을 다시 시작한다.
9월	에른스트 바이스, 구스타프 야누흐, 민체 아이스너, 밀레나 등과 만난다.
10월 초	카프카는 밀레나에게 1910년에서 1920년까지 쓴 자신의 일기장을 넘겨준다.
10월 15일	새로운 일기장에 일기를 쓰기 시작한다.
11월	카프카는 체계적인 의학적 치료를 받기 시작한다. 밀레나가 몇 차례 그의 부모님의 집으로 그를 방문한다.

1922

1월 중순	카프카는 신경쇠약을 앓는다.
1월 27일	리젠게비르게에 있는 슈핀델뮐레에서 3주 동안의 휴양이 시작된다. 아마도 이때에 『성』을 쓰기

	시작한 것으로 추정된다.
2월 17일	슈핀델뮐레에서 돌아온다. 「단식 광대」를 쓴다.
4월~5월	밀레나가 카프카를 여러 번 방문한다.
6월 말	카프카는 루쉬니츠 강가에 위치한 플라나에 살고 있는 누이 오틀라의 집으로 이사한다.
7월 말	은퇴. 「어느 개의 연구」가 쓰인다. 카프카는 두 번 프라하로 다니러 간다.
8월 초	카프카는 플라나에서 프라하로 다니러 와서 며칠 동안 머문다.
8월 말	신경쇠약 증세를 보인다. 카프카는 장편소설 『성』의 집필을 포기한다.
9월	플라나에서 프라하로 돌아온다.
10월	소설 「단식 광대」가 『노이에 룬트샤우』에 실린다.
12월 말	밀레나가 번역한 「선고」가 주간지인 『체스타』에 실린다.

1923

겨울에서 봄까지	카프카는 거의 침대에 누워 지낸다.
1월 18일	밀레나의 수필 「Ďábel u krbu」(부뚜막의 악마)가 『나로드니 리스티』에 실린다.
5월 초~11일	카프카는 도브리효비츠/도브지호비체에 휴양차 머문다.
6월	밀레나와 마지막으로 만난다.
7월 초~8월 6일	발트해 연안의 휴양지 뮈리츠에서 누이 엘리와

그녀의 아이들과 함께 지낸다. 카프카는 그곳에서 마침 거기에 와 있던 베를린의 유대인민족수용소 사람들의 캠프촌에서 도라 디아만트를 알게 된다.

8월 7일~8일	카프카는 베를린을 방문한다.
8월 중순~9월	카프카는 오틀라와 그녀의 아이들과 함께 셸레젠에 휴양차 머문다.
9월 22일~23일	카프카는 프라하에 머문다.
9월 24일	베를린-슈테글리츠의 미켈슈트라세 8번지에 살고 있는 도라 디아만트의 집으로 이사한다.
10월~12월	「작은 여인」과 「굴」을 쓴다.
11월 15일	도라와 함께 같은 베를린-슈테글리츠에 있는 그루네발트슈트라세 13번지로 이사한다.
12월 23일	아마도 카프카가 밀레나에게 보낸 마지막 글이 되어버린, 베를린-슈테글리츠에서 보낸 엽서를 쓴다.
12월 말	카프카는 열이 올라 침대에 누워 지낸다.

1924

2월 1일	도라와 함께 또다시 (베를린-첼렌도르프의 하이데슈트라세 25~26번지로) 이사한다. 카프카의 건강 상태가 계속 더 나빠진다.
3월 17일	카프카는 막스 브로트와 함께 프라하로 돌아온다. 「여가수 요제피네, 또는 서씨족鼠氏族」을 쓴다.

3월	결핵균이 후두喉頭에까지 침범한다.
4월 둘째 주	도라와 함께 저지低地 오스트리아에 있는 '비너 발트 요양원'에 머문다.
4월 중순	카프카는 M. 하예크 박사가 운영하는 빈의 병원에서 잠시 머문 뒤, 도라와 함께 키얼링에 있는 호프만 박사의 요양원으로 옮긴다.
4월 20일	「여가수 요제피네, 또는 서씨족鼠氏族」이 『프라거 프레세』에 실린다.
5월 초	로베르트 클롭슈토크가 도라와 함께 카프카를 돌본다. 카프카는 곧 출판될 단편집 『단식 광대』의 교정쇄를 교정본다.
5월 12일	막스 브로트가 마지막으로 방문한다.
6월 3일	카프카는 세상을 떠난다.
6월 6일	밀레나의 추도사가 『나로드니 리스티』에 실린다.
6월 11일	프라하–스트라흐니츠에 있는 유대인 묘지에 안장된다.

이번 판본에 대하여

카프카의 『밀레나에게 쓴 편지』가 처음 출간된 것은 1952년에 빌리 하스가 편집한 판본으로서, 벌써 30여 년 전의 일이다. 밀레나는 이 편지들을 1939년 봄 독일군이 프라하에 진군해 들어온 직후에 하스에게 넘겨주었다. 얼마 안 있어 그가 체코슬로바키아를 떠날 수밖에 없게 되었을 때에는 프라하에 남아 있던 그의 친지들이 이 편지들을 맡아 보관했다. 1949년 빌리 하스는 이 편지들을 출판하기 위해 정리 작업을 시작했다. 이 편지들의 발행인이자 판권 소유자였던 잘만 쇼켄은 독일의 정치적 상황을 고려해서—제삼제국이 붕괴된 지 이제 겨우 4년이 되었을 뿐이었다—유댄툼에 대한 매우 신랄한 비판이 담겨 있는 부분들은 빼는 것이 좋겠다고 제안했다. 그러나 빌리 하스는 이 제안을—"아주 많이 망설이긴 했지만"—한 편지에서만 받아들였다. 이 편지는 어차피 밀레나의 수필 「부뚜막의 악마」를 읽지 않고서는 거의 이해가 안 되는 편지였다. 하스는 자신의 이러한 결정에 대해 "유대인인 카프카에게는 아마도 유대인이 아닌 여자에 대한 사랑이 영적으로나 유전적인 면에서 콤플렉스로 무겁게 짓누르는 거대한 비극적인 문제"가 되었음이 분명하며, 그래서 그것이 "때로 유대인으로서의 자기 비하를 무섭게 쏟아내는 이러한 행동으로" 표출되었을 것이라고[1] 설명하면서, 이러한 부분들

---

1) 프란츠 카프카, 『밀레나에게 쓴 편지』, 빌리 하스가 편집하고 후기 집필함(프랑크푸르트 암 마인, S. 피셔 출판사. 1952), 285~286쪽.

을 빼버리게 되면 이렇듯 여러 면에서 문제가 많았던 둘의 관계에 있어서 중요한 한 단면을 간과하게 되는 결과를 가져올 것이라는 의견을 내놓았다.

하스는 편집후기를 통해, 편지들에서 언급된 사람들 가운데 그 당시 생존해 있는 사람들에 대해서는 배려를 해주어야 했다고 썼다. 그러한 배려는 부분적으로는 지금도 여전히 필요하다. 그래서 이번 판본에서도 당사자의 기분을 상하게 하거나, 모욕적으로까지도 느껴질 소지가 있는 부분들을 네 군데에서 뺄 수밖에 없었다. 이 부분들을 공개하는 것은 개인의 권리에 관한 법에도 저촉되는 행동일 것이다. 더 나아가서 우리 편집자들은 이 편지들 가운데 발신인이 그랬거나, 아니면 수신인이 그랬거나 간에 알아보지 못하게 지운 부분들은— 그중 일부분은 내용을 알아낼 수도 있었지만—그대로 존중되어야 한다고 판단했다. 하지만 그런 제한에도 불구하고 이번 판본은 예전에 빌리 하스가 편집했던 판본보다 5분의 1가량이나 더 많은 텍스트를 제공하고 있다.

구성에 있어서도 이번 판본은 다른 양식으로 짜여 있다. 이번 판본에서는 밀레나가 막스 브로트에게 쓴 여덟 통의 편지와 그녀의 수필 세 편, 그리고 그녀가 카프카의 죽음을 애도하는 추도사를 함께 실음으로써 독자에게 편지의 수신인의 이미지도 어느 정도 전달하고자 노력했다. (그녀의 편지들과 수필들은 동시에 카프카의 편지들을 이해하는 데 도움을 주는 해설의 역할도 하고 있다. 그녀의 편지들은 예를 들어 둘이 함께 경험한 일들을 수신인의 관점에서 조명해줌으로써, 그리고 그녀의 수필들은 카프카의 몇몇 편지들을 이해하는 데 직접적인 도움을 줌으로써 말이다.)

하지만 이번 판본이 기여한 것 가운데 가장 중요한 점은 밀레나에게 쓴 편지들이 쓰인 날짜들을 처음으로 밝히고 있다는 점이다. 편지가 쓰인 날짜를 알아내는 일은 어려운 일이기도 했지만 무모한 시도이기도 했다. 왜냐하면 우체국 소인에서 날짜를 알아볼 수 있는 우편엽서 네 장을 제외하고는 그 어떤 편지에도 날짜가 쓰여 있지 않았기 때문이다.

이 문제는 이미 1940년대 말에 빌리 하스가 이 편지들을 올바른 순서대로 정리하려고 노력하면서 직면했던 문제였다. 전쟁이 끝난 지 얼마 되지 않았던 그 당시에는 이 일이 지금보다 훨씬 더 어려운 과제였을 거라는 건 자명한 사실이다. 오늘날 우리가 접할 수 있는 자료들이 제공하는 가능성은 그 당시 독일의 그것과는 비교도 할 수 없을 만큼 풍부해졌다. 그리고 그 후로 이루어진 카프카의 삶의 궤적에 대한 연구 결과들은 오늘날 비교도 안 될 만큼 월등히 편리한 발판을 마련해주었다. 우리는 이러한 차이점을 「카프카가 밀레나에게 보낸 편지들의 날짜」에 관한 연구에서 이미 강조한 바 있다.[2]

[중략][3]

카프카가 밑줄을 친 부분들은 책에서도 밑줄로 표시했으며, 카프카가 강조하기 위해 두드러지게 큰 글씨로 쓴 단어나 문장들은 진한 글씨로 표시했다.

가끔씩 카프카가 직접 지운 부분들을 되살려 집어넣기도 했는데, 그 앞뒤에 지우지 않은 텍스트를 이해하기 위해서 꼭 필요하다고 여겨지는 곳에서 그렇게 했다. 그런 경우에 이 단어들은 비스듬한 꺾쇠 괄호 안에 넣어서 따로 표시했다.

본문이 쓰인 가장자리에도 글자가 적혀 있는 편지도 여럿 있었다.

---

2) J. 보른, M. 뮐러, 「카프카가 밀레나에게 보낸 편지들의 날짜」, 『독일 실러학회 연감』 25권 (1981), 508~532쪽 참고.

3) 이 부분은 카프카가 쓰는 독일어의 정서법이나 문장 부호 등과 관련된 내용으로서, 번역본에서는 그 의미를 상실하기 때문에 생략했다(옮긴이).

이렇게 덧붙인 글들은 편지의 본문 어디에 끼워넣어야 좋을지 확실치 않을 때가 자주 있었고, 그러면서도 이 글들을 편지의 어느 특정한 페이지의 가장자리에 쓴 특별한 이유가 있었을 거라는 가정을 완전히 배제할 수 없었기 때문에, 이 부분들은 편지의 본문에 삽입하지 않고 해당 페이지의 아랫부분에 첨부했다. 그러나 카프카가 편지의 마지막 부분에서 지면이 모자라 마지막 몇 문장을 쓰기 위해 가장자리를 이용한 경우에는 이와 같이 처리하지 않고 편지의 뒷부분에 넣어주었다.

체코어로 쓰인 부분들은 원문 그대로 실었으며, 그 부분의 번역은 해당 페이지의 아랫부분에 각주로 처리했다.

앞에서 언급한 바와 같이, 이 편지들에는 텍스트의 몇 부분들이—어떤 때에는 그것이 단어 몇 개에 불과할 때도 있고, 어떤 때에는 한 단락 전체일 때도 있다—아주 촘촘한 선을 그어 알아볼 수 없게 지워져 있다. 빌리 하스는 밀레나가 1939년에 자기에게 편지 뭉치를 넘겨주기 직전에 이 부분들을 지웠을 것으로 추정했다. 그는 나중에 새로운 판본을 낼 때에는 이 지운 부분들을 "화학적 처리를 통해서나 뢴트겐 투사를 통해서" 다시 복원할 수 있을 거라고 했지만, 그런 일은 아마 절대 일어나지 않을 것이다. 그러한 '투사 시도들'이 언젠가 성공을 거둔다고 할지라도, 그렇게 해서 그들의 사생활을 침해해도 좋은지에 대해서는 자문해보아야 할 것이다. 이 부분들은 분명 편지의 수신인이 직접 검열하여 삭제했을 것이기 때문이다. 그렇기 때문에 우리는 알아볼 수 없게 지워진 모든 부분들에 대해 그 부분들이 있는 자리와, 그 분량이 대략 얼마나 되는지만 밝히기로 결정했다.

이번 판본에서는 각 편지들에 그 편지가 쓰인 날로 추정되는 날짜가 첨부되어 있다. 그 날짜들은 아래와 같은 방법으로 유추해냈다.

그 첫 번째 방법은 말하자면 편지들의 내적 논리에 따라 그 올바른 순서를 추정해내는 것이었다. 하스 역시 이 방법을 시도했었다. 이러한 정리 방법은—밀레나가 카프카에게 쓴 편지들은 남아 있는 것이 전혀 없다는 사실은 차치하고라도—이 두 사람 사이에서 편지 왕래가 이어지는 동안 일종의 은어가 생성되었기 때문에 한층 더 어려웠다. 그 은어들 때문에 우리는 그들이 하는 말들을 완전히 다 이해할 수가 없었다. 하스는 그런 '공중에 떠 있는 것 같은 암시들'이 존재하는 것은 몇몇 편지들이 통째로, 또는 부분적으로 없어졌기 때문이라고 추정했다. 몇몇 편지들은 아마도 1920년에 이미 배달 사고로 인해 유실된 것으로 추측된다—카프카 자신도 한 편지에서 이런 추측을 하고 있다. 특히 1920년 5월에 쓰인 편지들 중에서 아마도 그렇게 없어진 편지들로 인해 생겨난 공백들이 몇 있음을 알아볼 수 있다.

그럼에도 불구하고 개개의 편지들을 서로 연결할 수 있게 해주는 명백한 단서들이 많이 있었기 때문에, 대부분의 편지들에 대해서는 우선적으로나마 올바른 순서를 추측해낼 수 있었다. (비슷한 방법을 써서 편지들을 '분류하고, 또 새로이 분류하기를 거듭했던' 하스는 텍스트들을 해석하는 데 있어서 몇 가지 오류를 범했다. 아마도 그는 카프카가 [1920년 6월 2일] 편지에서 여러 차례 자기 자신을 두고 'Du'라고 말하는 것을 밀레나를 그렇게 호칭하는 것으로 착각한 것 같다. 그래서 그는 이 편지를 카프카가 아직 'Sie'라는 존칭을 사용하고 있는 초기 편지 그룹에서 빼내, 훨씬 나중의 편지들 사이에 집어넣었다[그가 편집한 판본의 67쪽 참조].)

편지의 내용에 의거하여 일단 올바른 순서를 알아낸 편지들 가운데 몇몇 편지들에 대해서는 편지가 쓰인 정확한 날짜를 알아낼 수 있었다. 그 안에 그 날짜를 정확히 알 수 있는 날들에 대한 언급—예를 들어 후스 기념일이라든가, 프랑스 국경일이라든가, 밀레나의 생일

등—이 있었기 때문이다. 그렇게 하고 나면 날짜를 알아낸 그 편지의 앞뒤에 있는 편지들의 날짜 역시 거의 모두 확실히 알아낼 수 있었다. 적어도 1920년에 쓰인 편지들은 그랬다. 카프카가 이 기간에 쓴 모든 편지의 위쪽에 그 편지를 쓴 요일을 적어놓았기 때문이다(때로는 거기에다 번호까지 붙여놓은 편지들도 있었다). 그리고 그때에는 편지를 아주 자주 썼기 때문이기도 하다. 편지들에는 축제일이나 국경일 등을 언급한 것 말고도, 조사를 통해 역시 특정한 날짜와 연관 지을 수 있는 다른 사건들이나 일들에 대한 암시들도 많이 있었다. 예를 들면 밀레나가 체코의 신문이나 잡지들에 쓴 글들에 대한 카프카의 암시나 논평들, 그리고 카프카가 밀레나를 위해 빈의 신문들에 낸 광고들이 여기에 속한다. 하지만 이런 조사 작업이 모두 다 성공을 거두지는 못했다.

우리는 이런 조사를 통해 알아낸 편지들의 순서와 날짜들을 마지막으로 한 번 더 검토하기 위해 원본을 한 번 더 꼼꼼히 살펴보았다. 하지만 잉크의 색깔이나 종이의 재질 등은 이 편지들의 날짜를 정확히 알아내는 데 그리 큰 도움을 주지는 못했다. 왜냐하면 편지들을 크게 세 부류로밖에 나눌 수 없었기 때문이다(메란에서 쓴 편지들이 두 종류로 나뉘었고, 프라하에서 쓴 편지 유형 하나가 있었다). 그래도 이 방법을 통해, 내용 면에서는 카프카가 프라하로 돌아온 후에 쓴 것으로 추정되었던 편지 하나를 6월 12일자에 쓰인 편지로 확정할 수 있었다. 이 편지가 명백하게 '메란의 잉크'로 '메란의 편지지'에 쓰였기 때문이었다(6월 12일 첫 번째 편지 참조).

여기 우리가 제시한 편지들의 순서와 날짜는 앞으로의 연구 결과들을 통해 몇 부분 수정되어야 할는지도 모른다. 그리고 앞으로 나올 예정인, 보존되어 있는 카프카의 모든 편지들을 총망라하는 비판본 Kritische Ausgabe이—이 비판본은 수신인과는 상관없이 오로지

시기적인 순서대로 정리되어 나올 예정이다—새로운 연구 결과들을 내놓을지도 모르겠다. 그러한—없을 거라고는 절대 장담할 수 없는—세부적인 수정을 제외한다면, 우리 편집자들은 이 판본이 독자들에게 카프카가 밀레나에게 쓴 편지들에 좀 더 쉽게 접근할 수 있는 길을 열어주었기를, 그리고 이 편지들에게 카프카의 전기에서 걸맞은 자리를 찾아주었기를 바란다.

부퍼탈/바리

위르겐 보른/미하엘 뮐러

1983년 3월

결정본 '카프카 전집'을 간행하며

　불안과 고독, 소외와 부조리, 실존의 비의와 역설…… 카프카 문학의 테마는 현대인의 삶 속에 깊이 움직이고 있는 난해하면서도 심오한 여러 특성들과 연관되어 있다. 그러나 지금 카프카 문학이 지닌 깊이와 넓이는 이러한 실존적 차원에 국한되지 않는다. 카프카의 문학적 모태인 체코의 역사와 문화가 그러했듯이, 그의 문학은 동양과 서양 사이를 넘나드는 매우 중요하면서도 인상 깊은 정신적 가교架橋로서 새로운 해석을 요청하고 있으며, 전혀 새로운 문학적 상상력과 깊은 정신적 비전으로 현대와 근대 그리고 미래 사이에 가로놓인 장벽들을 뛰어넘는, 또한 근대 이후 세계 문학에 대한 인식들을 지배해온 유럽 문학 중심/주변이라는 그릇된 고정관념들을 그 내부에서 극복하는, 현대 예술성의 의미심장한 이정표이자 마르지 않는 역동성의 원천으로서 오늘의 우리들 앞에 다시 떠오른다.

■ 옮긴이 **오화영** 서강대학교 독어독문학과를 졸업하고, 독일 본 대학에서 독문학을 전공하였다. 스위스 바젤 대학에서 「프란츠 카프카의 소명의식」으로 박사 학위를 받았다. 서강대학교 독어독문학과 강사를 지냈다.

카프카 전집 8
밀레나에게 쓴 편지

1판 1쇄 발행	2017년 1월 25일
1판 2쇄 발행	2021년 9월 13일
지은이	프란츠 카프카
옮긴이	오화영
펴낸이	임양묵
펴낸곳	솔출판사
편집장	윤진희
편집	최찬미, 윤정빈
디자인	오주희
마케팅	조아라
경영관리	박정윤
주소	서울시 마포구 와우산로29가길 80(서교동)
전화	02-332-1526
팩시밀리	02-332-1529
홈페이지	www.solbook.co.kr
이메일	solbook@solbook.co.kr
출판등록	1990년 9월 15일 제10-420호

© 오화영, 2017

ISBN	979-11-6020-008-9	(04850)
	979-11-6020-006-5	(세트)